티어링의 운명

* 이 도서의 국립중앙도서관 출판예정도서목록(CIP)은 서지정보유통지원시스템 홈페이지(http://seoji.nl.go.kr)와
국가자료공동목록시스템(http://www.nl.go.kr/kolisnet)에서 이용하실 수 있습니다.
(CIP제어번호: CIP2018030545)

THE FATE OF THE TEARLING

THE FATE OF THE TEARLING

티어링의 운명

에리카 조핸슨 장편소설

김지원 옮김

은행나무

나에게 절대로 다른 사람이 되라고 하지 않는 세인에게

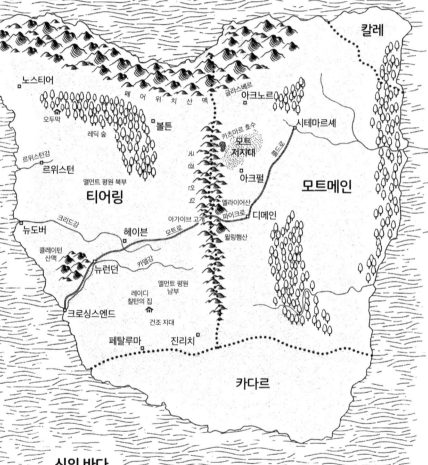

페어위치해

칼레

노스티어

페어위치산맥

글라스베르

암크노르

오두막

레딕 숲

볼튼

시테마르셰

카츠마르 호수

모트

저지대

르위스틴강

르위스턴

앨먼트 평원 북부

티어링

씨드로

불드로

아크펄

모트메인

엘라이어산

크리드강

뉴도버

헤이븐

아가이브 고개

파이크로

디메인

모트로

윌링햄산

클레이턴
산맥

뉴런던

카델강

앨먼트 평원
남부

레이디
찰턴의 집

크로싱스엔드

건조 지대

페탈루마

진리치

카다르

신의 바다

80km

Map Copyright © MMXVI Springer Cartographics LLC

| 차례 |

일러두기

1. 원문에서 이탤릭체가 강조의 의미이거나 독백일 경우 이탤릭체로 표기했습니다.
2. 본문의 주는 모두 옮긴이의 것으로, 괄호 안에 글씨 크기를 줄여 표기했습니다.

티어링의 운명

고아

모트메인의 붉은 여왕이 권력을 잡기 한참 전, 글라스베르는 이미 가망 없는 곳이었다. 그곳은 페어위치의 그늘 아래 잊힌 타이가(북반구 냉대 기후 지역의 침엽수림) 지대였다. 딱딱한 평원에는 풀의 흔적조차 거의 보이지 않았으며 몇 안 되는 마을은 그저 오두막과 진창 몇 개가 모여 있는 수준이었다. 이 평원에서의 삶은 대단히 혹독했기 때문에 다른 선택권이 없는 일부 사람들은 시테마르셰 북쪽을 돌아다니며 식량을 찾았다. 매년 여름이면 글라스베르 주민들은 무더위에 시달렸다. 매년 겨울에는 얼어 죽고 굶어 죽었다.

하지만 올해에는 새로운 두려움의 대상이 생겼다. 얼어붙은 마을에 새로 만든 울타리를 꽁꽁 둘렀고 그 울타리 뒤에서 남자들은 무릎에 사냥용 칼을 놓고 뜬눈으로 앉아서 바짝 보초를 섰다. 구름이 달을 가렸지만 이 구름은 아직 페어위치의 겨울 한설을 알리는 것은 아니었다. 언덕 위쪽으로 늑대들이 기묘한 언어로 울부짖으며 식량이 부족한 것을 한탄했다. 곧 절망감에 찬 늑대 무리는 남쪽 숲으로 내려와 다람쥐와 담비, 또 아주 드물게는 혼자서 겨울 숲에 들어갈 정도로 멍청한 어린애를 사냥할 것이다. 하지만 지금, 2시를 10분 지난 이 순간에 늑대들이 갑자기 한꺼번에 조용해졌다. 글라스베르 위로 들리는 유일한 소리는 바람의 외로운 신음 소리뿐이었다.

언덕 그늘 속에서 뭔가가 움직였다. 남자의 검은 형체가 가파른 언덕을 올라갔다. 발걸음은 확고했지만 위험을 예상하듯 신중하게 움직였다. 빠르고 가벼운 숨소리만 제외하면 그는 그저 바위 사이의 그림자일 뿐, 누구의 눈에도 보이지 않았다. 그는 이선스콥스를 지나오며 거기서 이틀을 머물다가 다시 북쪽으로 계속 이동했다. 마을에서 지내는 동안 그는 주민들을 괴롭히는 전염병 같은 존재, 밤에 돌아다니며 어린애들을 잡아가는 괴물에 관한 온갖 이야기를 들었다. 이 존재는 페어위치 고지대에서는 오래된 이름으로 불렸다. '고아'였다. 글라스베르에선 전에 이런 것 때문에 걱정한 적이 한 번도 없었지만 이제는 실종 사건이 남쪽으로까지 번지고 있었다. 이틀 만에 남자는 들을 만큼 들었다. 마을 사람들은 고아라고 부를지 모르지만 남자는 진짜 이름을 알았다. 가젤처럼 달리고는 있지만 자신의 책임이라는 기분에서는 달아날 수가 없었다.

놈이 풀려났어, 페치는 비탈의 가시나무들을 헤치고 나아가며 공허하게 생각했다. 난 기회가 있을 때 놈을 처치하지 못했고, 이제 놈이 자유로워졌어.

그 생각에 그는 괴로웠다. 그는 속박되어 있다는 이유로 수년 동안 페어위치에 있는 로 핀의 존재를 무시했다. 유감스럽게도 몇 년에 한 번씩 아이가 사라지곤 했지만, 상대해야 하는 더 큰 악이 존재했다. 우선 매달 국가의 승인하에 약 50명의 아이들이 사라지는 티어링 문제가 있었다. 엄청나게 사악한 선적을 시작하기 전에도 티어는 말썽쟁이 어린애처럼 계속해서 신경을 써야만 했다. 랠리가 후계자들은 무관심한 자와 약탈자가 번갈아 자리에 앉았고, 귀족들은 백성들이 굶주리고 있는데 부스러기까지 빼앗으려고 싸웠다. 긴 3세기 동안 페치는 윌리엄 티어의 꿈이 점점 더 수렁으로 빠져드는 것을 보았다. 티어링의 누구도 더 이상 티어의 더 나은 세상을 보지 못했고, 그걸 끄집어낼 용기는 더더욱 내지 못했다. 페치와 동료들만이 그것을 알고, 기억했다. 그들은 나이 먹지도 죽지도 않았다. 페치는 즐기려고 도둑질을 했다. 그리고 최악의 랠리가 인물들을 괴롭히는 데에서 사소한 즐거움을 누렸다. 그는 거의 노닥거리는 기분으로 티어가 혈통을 주시하며 그게 혹시 중요할 수도 있다고 생각하려고 노력했다. 티어의 혈통은 추적하기 쉬웠다. 결국에 언제나 진실성, 지성, 강인한 결의 같은 특성이 드러나기 때문이었다. 수년 동안 몇몇 티어 혈통들은 배신자로 처형되었지만, 교수대 올가미 아래서도 그들은 그 가문의 특징인 고결한 분위기를 결코 잃지 않았다. 페치는 이런 고귀함을 알아보았다. 그것은 거의 2천 명의 사람들에게 바다를 건너 넓은 미지의 세계로 따라오라고 설득할 수 있었던 윌리엄 티어의 자신감, 자력 같은 거였다. 심지어는 모트의 그 망할 계집도 단점은 있지만 그 매력을 아주 약간은 지니고 있었다. 하지만 붉은 여왕은 아이를 낳지 않았다. 오랫동안 페치는 그 혈통이 끊겼다고 생각했다.

그런데 그 여자아이가 나타났다.

가시가 손에 박히는 바람에 페치는 날카롭게 숨을 내쉬었다. 피부를 뚫지는 못했다. 그는 오랫동안 피를 흘린 적이 없었다. 여러 번 그는 자신의 목숨을 끝내려고 했지만, 실패만 거듭하다가 결국에는 그만두었다. 그 자신과 로, 둘 다 벌을 받았지만 이제 그는 자신이 눈멀었었음을 깨달았다. 롤런드 핀은 평생 단 한 순간도 계략을 짜는 걸 그만둔 적이 없다. 그리고 그 역시 여자아이를 기다려왔던 것이다.

그 애는 왕궁에서 자라지 않은 최초의 랠리가 후계자였다. 페치는 한가할 때, 가끔은 한가하지 않을 때에도 종종 몰래 오두막에 가서 그 애를 보았다. 처음에는 별로 많은 걸 알아내지 못했다. 켈시 랠리는 조용하고 내성적인 아이였다. 그 애의 교육은 대부분 성질 드센 레이디 글린의 손에 달린 것 같았으나 페치는 아이의 인격이 옛 여왕의 근위대였던 바톨로뮤에 의해 조용히, 확실하게 형성되었음을 알아챘다. 자라면서 여자아이는 책에 파묻혔고 무엇보다도 이 덕분에 페치는 그 애한테 특별한 주의를 기울일 가치가 있다는 걸 깨달았다. 티어에 대한 기억은 계속해서 흐려지고 그 빛을 잃고 희미해져갔지만 이것 하나만은 기억했다. 티어가 사람들은 언제나 책을 사랑했다. 어느 날 그는 여자아이가 오두막 앞의 나무 아래 앉아서 네다섯 시간 동안 두꺼운 책을 끝까지 다 읽는 것을 보았다. 페치는 9미터 이상 떨어진 나무들 사이에 숨어 있었으나 아이가 책에 푹 빠져 있는 것을 볼 수 있었다. 몰래 다가가서 맞은편에 앉았어도 그 애는 눈치채지 못했을 것이다. 그 애는 정말로 티어가 사람 같았다. 이제는 알겠다. 그 애는 바깥세상만큼 자주 머릿속 세상에서 살았다.

그날부터 그의 사람 한 명이 항상 오두막을 주시했다. 여행자가 그 집 사람들에게 지나치게 관심을 보이면 그 사람은 쥐도 새도 모르게 사라졌다. 몇 번이나 시골 장터에서 오두막까지 남자들이 바톨로뮤를 따라오곤 했었기 때문이다. 페치는 자신이 왜 그렇게까지 노력을 기울였는지 몰랐다. 그저 직감 때문이었다. 윌리엄 티어가 처음부터 그토록 주입했던 것 중 하나가 본능이 진짜이고 믿어야 한다는 사실이었다. 페치는 여자아이가 다르다는 걸, 중요하다는 걸 감지했다.

그 애는 티어일 수도 있어, 그는 어느 날 밤 불가에서 동료들에게 그렇게 말했다. 그럴 수도 있어.

그건 언제나 가능성 있는 일이었다. 엘리사의 근위대에는 그가 출신을 알지 못하는 남자들이 여럿 있었다. 티어든 아니든 그 여자아이는 면밀하게 주시할 필요가 있었고, 해가 가면서 그는 슬그머니 행로를 바꾸었다. 토머스 랠리가 티어의 강력한 귀족과 진짜 동맹을 맺으려는 징후가 보일 때마다 그 귀족에게 모든 관심을 집중해서 상단과 창고를 털고 작물을 훔치고서 어둠 속으로 사라졌다. 토머스가 감시해주는 와중에 계속 도둑질을 하면 잠재적 동맹 관계는 금세 망가지곤 했다. 동시에 페치는 모트메인에, 붉은 여왕의 바로 발밑에서 기초 작업을 시작했다. 여자아이가 왕위에 정말 오른다면 첫 번째 시험대는 선적을 어떻게 처리하느냐가 될 테니까. 모트메인은 불만을 이용할 줄 아는 사람에게는 활짝 열린 땅이었고, 몇 년간 끈질기게 작업한 끝에 훌륭한 반란 세력이 자라났다. 몇 년 동안 신경 쓸 일이 그렇게 많았던 탓에 당연하게도 그는 로 핀 쪽에 소홀해졌다.

앞에 있는 바위 뒤에서 갑자기 형체가 솟아나서 그는 걸음을 멈췄다. 다른 사람들에게는 그저 검은 그림자로 보이겠지만 훌륭한 야간 시력이라는 재능을 타고난 페치는 대여섯 살 정도 된 어린 남자아이임을 알 수 있었다. 아이의 옷은 거의 누더기였고 피부는 추위로 창백했다. 눈은 어둡고 그저 새카맣고, 발은 맨발이었다.

페치는 아이를 잠깐 동안 바라보다 몸이 뼛속까지 차가워지는 것을 느꼈다.

나는 놈을 끝내야 할 때 끝내지 못했어.

남자아이가 앞으로 뛰어나오자 페치는 고양이처럼 아이를 향해 날카로운 소리를 냈다. 기대감에 밝아졌던 아이의 눈이 갑자기 어두워졌고, 아이는 당황해서 페치를 쳐다보았다.

"난 네가 먹을 고기가 아니야. 가서 네 주인을 데려와."

페치가 성난 어조로 말했다.

아이는 잠깐 더 그를 쳐다보다가 바위 안쪽으로 사라졌다. 페치는 머릿속에서 세상이 기울어지며 미친 듯이 검게 소용돌이치는 느낌에 눈을 가렸다. 여자아이가 뉴런던 다리를 부쉈을 때 그의 안에서 명확한 확신이 자리 잡았지만, 그 이래로 보는 순간이 의심의 연속이었다. 그 애는 모트의 손에 들어갔고, 하월의 마지막 전갈에 따르면 디메인으로 호송될 예정이라고 했다. 참된 여왕이 마침내 나타났는데, 너무 늦게 나타났다.

비탈에서 무언가가 내려오기 시작했다. 어둠 속에서 흐릿한 모습이었지만 누군가가 페치에게 몰래 다가올 수 있었던 건 아주 오래전 일이었다. 그는 자기 자리에 서서 기다렸다. 그들이 마지막으로 앉아서 이야기를 나눈 게…… 언제였더라? 2세기도 더 전, 제임스 랠리가 아직 왕위에 있을 때였을 것이다. 페치는 로가 자신을 죽일 수 있는지 알고 싶었다. 그 만남은 칼부림 파티가 되었지만, 둘 다 피 한 방울 흘리지 않았다.

우린 친구였어, 좋은 친구. 페치는 갑자기 떠올렸다.

하지만 그 시절은 먼 과거 속으로, 수 세대 전으로 사라졌다. 그의 앞에서 검은 형체가 남자의 모습으로 뚜렷해지자 페치는 마음을 다잡았다. 페어위치의 정착자들은 고아에 대해서 수많은 전설을 만들어냈지만, 최소한 딱 한 가지는 사실이었다. 그들은 이 존재에게 빛의 얼굴과 어둠의 얼굴, 두 개가 있다고 했다. 오늘은 어느 쪽을 보게 될까?

빛. 그를 돌아보는 얼굴은 페치가 항상 알던 것과 같은 창백하고 오만한 얼굴이었다. 그리고 교활한 얼굴. 로는 늘 누구든 설득할 수 있었다. 오래전 그는 페치가 평생 최악의 결정을 내리도록 설득했다. 그들은 바람 부는 언덕에 서서 침묵 속에 서로를 바라보았다. 모트메인 전체가 뒤로 펼쳐져 있었다.

"뭘 원하지?"

로가 물었다.

"이 일에서 빠지라고 말하러 왔어."

페치가 아래쪽 언덕으로 손을 휘저으며 말했다.

"네가 가려는 이 방향. 여기서는 좋은 결과가 나올 게 없어. 너한테도 말이지."

"내가 가려는 방향을 어떻게 아는데?"

"넌 남쪽으로 움직이고 있어, 로. 네 졸개들이 글라스베르 아래쪽 마을을 밤마다 돌아다니는 걸 봤어. 네 목표는 모르겠지만 모트의 가난한 마을 사람들과 관계된 건 아닐 테지. 왜 그들을 내버려두지 않는 거야?"

"내 아이들이 배가 고프거든."

페치는 오른쪽에서 움직임을 느꼈다. 그들 중 또 하나, 열 살 정도 된 조그만 여자아이가 바위 위에 웅크리고 앉아서 눈도 깜박이지 않고 그를 빤히 쳐다보고 있었다.

"지금 아이들을 몇이나 데리고 있지, 로?"

"곧 한 군단이 될 거야."

페치는 가슴속에서 검은 구멍이 좀 더 커지는 것을 느끼며 몸을 굳혔다.

"그런 다음에 뭘 할 건데?"

로는 아무 말도 하지 않고 그저 더 크게 미소를 지었다. 그 미소에는 인간미라고는 없었다. 페치는 물러나고 싶은 충동을 억눌렀다.

"넌 이미 한번 티어의 왕국을 망가뜨렸어, 로. 정말로 다시 그래야겠어?"

"티어의 땅을 망가뜨리는 데 날 도와준 사람이 있었지, 친구여. 너무 오래돼서 잊어버린 건가, 아니면 스스로를 용서한 건가?"

"난 내 죄에 대한 책임을 느끼고, 바로잡으려고 노력하고 있어."

"그래, 얼마나 잘되고 있지?"

로는 팔을 벌리고 뒤에 있는 땅을 가리켰다.

"모트메인은 열린 하수관이야. 티어는 계속해서 거기 빠지고 있고."

"아니, 그렇지 않아. 받침대가 생겼어."

"그 여사이이?"

로가 공허하고 음울한 소리로 웃었다.

"그만둬, 개브. 그 여자애는 충성스러운 가신이자 대외 홍보용 보물일 뿐이라고."

"날 속일 순 없어, 로. 너도 그 여자아이를 두려워하지."

로는 한참 동안 침묵을 지키다가 물었다.

"여기서 뭘 하는 거지, 개브?"

"그 여자애를 모시는 거야."

"아! 그러니까 또다시 충성 대상을 바꿨군."

그 말은 가슴을 찔렀지만 페치는 미끼를 물 생각이 없었다.

"그 애는 네 사파이어를 가졌어, 로. 티어의 사파이어를 가졌고, 티어의 혈통이야. 그리고 거기에 있었고."

로가 머뭇거렸다. 검은 눈은 표정을 읽을 수 없었다.

"어디에 있었다고?"

"과거에. 그 애는 릴리를 봤고, 티어를 봤어."

"어떻게 알지?"

"그 애가 나한테 말했으니까. 그리고 그 애는 거짓말쟁이가 아니야. 그 애가 조너선에게 가기까지는 시간문제야. 우리에게 가기까지는."

로는 대답하지 않았다. 그의 눈이 바위와 바위 사이를 움직였다. 자신이 마침내 무관심의 벽을 깼다는 것을 느낀 페치는 분노를 삼키고 계속해서 다그쳤다.

"이게 상황을 어떻게 바꿔놓는지 모르겠어, 로?"

"아무것도 바뀌지 않아."

페치는 한숨을 쉬었다. 그는 가장 급하게 필요할 경우에 대비해서 마지막 정보 하나를 숨겨두고 있었다. 이것은 절망적인 수였다. 이걸 내놓으면 로가 사냥에 나설 것이다. 하지만 지금은 다급한 시기였다. 여왕이 모트에 잡혀 있고, 그녀가 없으면 티어링은 로가 손을 대든 안 대든 알아서 부서

질 거라는 걱정이 들었다.

"왕관이 발견됐어."

로가 바람결에 뭔가 냄새를 맡은 개처럼 고개를 번쩍 들었다.

"왕관?"

"그래."

"어디서?"

페치는 대답하지 않았다.

"그게 랠리 왕관이 아니라는 걸 어떻게 알지?"

"토머스가 절대로 쓰지 못하도록 몇 년 전에 내가 랠리 왕관을 부쉈으니까. 이건 진짜 왕관이야, 로."

"내 왕관."

페치의 심장이 내려앉았다. 오래전에 그는 기꺼이, 열렬하게 이 남자를 도왔었다. 둘 다 끔찍한 범죄를 저질렀지만, 뉘우친 사람은 페치뿐이었다. 로는 원하는 것을 낚아채 차지하고 절대로 돌아보지 않았다. 잠깐 동안 페치는 자신이 왜 구태여 여기에 온 걸까 생각했으나 곧 그 생각을 밀어내고 계속해서 설득했다.

"우리가 왕관을 갖게 되면, 그걸 여자아이에게 주고 상황을 바로잡을 수 있을 거야. 과거를 만회할 수 있어, 로."

"넌 죄책감에 평생을 고통받고 다른 사람들도 그럴 거라고 생각하지. 나한테 양심을 불러일으키려고 하지 마. 내 왕관이 서기 이딘가에 있다면 난 그걸 되찾아야겠어."

"그런 다음엔? 세상의 모든 왕국을 다 가져도 우리에게 생긴 일을 바꿀 순 없어."

"이제야 네 생각을 알겠군. 넌 여자애가 너를 끝내줄 수 있을 거라고 생각하는 거지."

"그럴 수도 있어."

"하지만 해줄까? 그 애는 읽기 쉬운 아이야. 그리고 너한테 홀딱 빠져 있지."

로의 입이 심술궂은 미소를 그렸다.

"그 애는 그저 잘생긴 젊은 남자만을 보는 거야."

"솔직히 말해봐. 왜 여기에 온 거지?"

로가 물었다. 페치는 가까이 다가오는 그의 눈이 붉게 번뜩이는 것을 보았다.

"뭘 얻자고 여기까지 온 거야?"

"난 합의를 하고 싶었을 뿐이야. 내가 왕관을 찾는 걸 도와줘. 티어링을 바로잡는 걸 도와줘. 너무 늦은 건 절대 없어, 로. 지금이라 해도 말이야."

"뭐가 너무 늦지 않았다는 거지?"

"우리가 속죄하는 거."

"난 어떤 죄도 짓지 않았어! 더 나은 걸 바랐을 뿐이야. 그뿐이었다고."

로가 날카롭게 말했다. 페치는 예민한 곳을 건드렸다는 사실에 기뻤다.

"그러면 케이티는?"

"넌 가보는 게 좋겠어."

로의 눈이 이제 밝게 타올랐고 얼굴이 창백해졌다.

최소한 아직까지 감정은 있군. 페치는 스스로에게 그렇게 말했으나 그게 얼마나 의미 없는 일인지도 깨달았다. 세상의 어떤 감정도 로의 굶주림을 능가하지는 못할 것이다.

"내가 가지 않겠다면?"

"그러면 내 아이들에게 널 먹으라고 하겠어."

페치는 근처 바위 위에 있는 여자아이를 힐끗 보았다. 아이의 눈은 거의 열이 나는 것처럼 번뜩였고, 저도 모르게 그는 불안감을 느꼈다. 얼어붙은 바위를 발가락으로 움켜잡고 있는 아이의 맨발이 정확히 알 수 없는 이유로 그를 굉장히 깊이 괴롭혔다.

"저 애들은 뭐지, 로?"

"넌 독서가였던 적이 없지, 개브. 이건 오래된 마법이야. 크로싱보다도, 심지어는 예수보다도 오래됐지. 이 애들은 고대의 생물이지만 내 의지를 따르지."

"그런 것들을 글라스베르에 풀어놨단 말이야?"

"이 애들은 동물들만큼이나 정당한 권리가 있어."

이 말이 너무나도 성격을 드러내줘서 페치는 웃음을 터뜨릴 뻔했다. 그와 로가 열네 살과 열다섯 살로 돌아가서 낚싯대를 들고 카렐 강둑에 앉아 있는 것만 같았다.

"이제 가봐. 그리고 내 앞을 가로막지 마."

로의 목소리가 낮고 악의적으로 변했고, 피부는 이제 너무 하얘서 표백한 것처럼 보였다.

"안 그러면 어쩔 건데, 로? 난 죽고 싶은 사람이야."

"다른 사람들의 죽음도 바라나? 그 여자애는?"

페치가 머뭇거리자 로는 미소를 지었다.

"그 애가 나를 풀어줬지, 개브. 내 저주를 깨줬어. 그래서 이제 그 애가 필요 없어. 네가 내 앞을 가로막으면, 혹시 그 애가 내 앞을 가로막으면, 난 그 애를 죽일 거야. 내가 한 일 중에서 가장 쉬운 일일걸."

"로, 이러지 마. 조너선을 생각해."

그는 갑자기 애원하는 어조가 되었음을 깨달았다.

"조너선은 죽었어, 개브. 네가 그를 죽이는 걸 도와줬잖아."

페치는 몸을 뒤로 뺐다가 주먹을 날렸다. 로의 몸이 날아가서 근처 바위에 부딪쳤지만 페치는 로가 일어났을 때 흔적 하나 없을 걸 이미 알고 있었다.

"아, 개브. 우리 이건 이미 할 만큼 하지 않았던가?"

"아직 부족해."

"넌 네 신세계를 만들어. 난 내 세계를 만들 테니까. 누가 승리하는지 한번 보자고."

"왕관은?"

"내 왕관이야. 저기 어딘가에 있다면, 내가 가질 거야."

페치는 몸을 돌려 비틀거리면서 내려가다가 비탈에서 하마터면 넘어질 뻔했다. 열 걸음쯤 내려오다가 그는 눈물로 시야가 흐려졌음을 깨달았다. 바람이 그를 거세게 할퀴었다. 티어를 생각하면 저절로 눈물이 나서 그는 그다음으로 생각나는 것에 집중했다.

사제는 한 달이 넘게 사라졌고 자취는 중간에 뚝 끊겼다. 페치의 사람들이 북부와 중부 모트메인 전역으로 퍼져 있었으나 몇 명은 도로 불러들여야 할 것 같았다. 리어와 모건, 어쩌면 하월도. 페치는 지금 모트메인 전역에서 들끓는 반란을 조직하기 위해서 오랜 시간을 들였지만 왕관이 무엇보다도 중요했다. 모두가 그것을 찾으러 가야 했다. 그리고 여자아이 문제도 있었다 ―

그는 등에 닿는 눈길을 느끼고 돌아보았다가 차가운 바람이 뼛속 깊이까지 파고드는 것을 느꼈다. 뒤쪽 비탈은 하얀 얼굴에 새카만 눈, 맨발의 조그만 아이들로 가득했다.

"맙소사."

그가 중얼거렸다. 밤은 유령으로 가득한 것 같았고, 수 세기가 흘렀지만 아주 가까운 곳에서 조너선 티어의 목소리가 들렸다.

우린 실패하지 않을 거야, 개브. 어떻게 우리가 실패할 수 있겠어?

"우린 실패했어. 위대한 신이시여, 우리는 끔찍하게 실패했습니다."

그는 몸을 돌려 주의를 기울이지 않고 다급하게, 거의 달리다시피 비탈을 내려갔다. 몇 번이나 균형을 잃을 뻔했지만 한시바삐 여기서 내려가고 싶었다. 비탈을 다 내려가자마자 말을 매어놓은 잡목림을 향해 언덕을 가로질러 달려가기 시작했다.

한참 위쪽의 언덕배기에서 아이들은 넓은 비탈을 뒤덮은 빗살처럼 말없이 가만히 기다렸다. 꾸준하게 숨을 쉬느라 나는 거친 쉭쉭 소리가 바위에 부딪쳐 울렸지만 입술 사이에서 입김은 하나도 나오지 않았다. 로 핀은 그들 앞에 서서 아래쪽의 조그만 형체를 바라보았다. 아주 옛날에 개빈은 세상에서 가장 조종하기 쉬운 남자였다. 그 시절은 오래전에 개빈 자신과 함께 사라졌고, 그의 진짜 정체는 페치라고 불리는 남자의 전설 속에 삼켜져 버렸다. 그는 진짜 문젯거리가 되겠지만 로는 주위의 창백한 아이들을 둘러보며 낙관적인 기분을 느꼈다. 이 아이들은 언제나 시킨 대로 행동할 거고, 영원히, 끊임없이 굶주려 있을 것이다. 이 아이들은 자신의 명령만을 기다렸다.

"왕관."

그가 속삭이자 엄청난 흥분이 주위로 파도치는 것이 느껴졌다. 오래전부터 알던 그 흥분이었다. 사냥이 시작되었고, 그 끝에 피바람이 약속되어 있다는 걸 아는 데에서 오는 감정. 그는 거의 300년을 기다렸다.

"가라."

1부

1장
섭정

돌이켜보면 '글린 섭정'은 정말로 섭정 체제는 아니었다. 왕실 섭정의 역할은 간단했다. 정당한 통치자가 없는 사이에 왕위를 지키고 찬탈자들을 막는 방벽이 되는 것이다. 타고난 전사였던 메이스는 그 임무에 특출 나게 잘 맞았으나, 전사의 외모는 또한 예리한 정치적 시야와 더 놀랍게도 글린 여왕의 미래상에 대한 헌신적인 믿음을 감추어주었다. 무산된 제2차 모트 침공 직후에 섭정은 가만히 앉아서 여왕이 돌아오기만을 기다리지 않았다. 대신에 그는 모든 재능을 여왕의 미래상에, 여왕의 티어링에 쏟아부었다.

　―《티어링의 초기 역사》, 머위니언 작

　짧은 기간 동안 켈시는 길 가운데 튀어나온 부분에 마차가 부딪칠 때마다 눈을 뜨는 연습을 했다. 그것은 시간의 흐름을 확인하고 조금씩 바뀌는 풍경을 바라보기에 좋은 방법 같았다. 하지만 이제 비가 그쳤고 밝은 햇살에 머리가 지끈거렸다. 마차가 덜컥거리며 거의 끝없는 졸음에서 다시 깨우자, 켈시는 눈을 질끈 감고 주위에서 말들이 움직이는 소리와 굴레가 흔들리는 소리, 말발굽 소리에 귀를 기울였다.

"은 조각만큼도 안 될걸."

왼쪽에 있는 남자가 모트어로 투덜거렸다.

"봉급을 받을 거야."

다른 남자가 말했다.

"우리 봉급은 쥐꼬리만 하다고."

"사실이야. 우리 집에는 새 지붕이 필요해. 우리 박봉으로는 그것도 못 할걸."

세 번째 목소리가 끼어들었다.

"불평은 그만해!"

"허, 넌 어떤데? 왜 우리가 빈손으로 집으로 돌아가야 하는지 알아?"

"난 병사야. 그런 걸 아는 건 내 임무가 아니거든."

"내가 뭘 좀 들었는데 말이지. 두카르트 밑으로 장군들이랑 그 작자들에게 알랑대는 대령들은 죄다 *자기*들 몫을 받는대."

첫 번째 목소리가 음울하게 말했다.

"무슨 몫? 전리품이 없는데!"

"그쪽엔 전리품이 필요 없어. 그분이 국고에서 직접 돈을 내주시고 우리들 나머지는 이도 저도 아닌 상태로 여기 그냥 놔두는 거야!"

"말도 안 돼. 왜 그분이 아무것도 얻지 못하고서는 돈을 주시겠어?"

"진홍의 레이디가 뭔가를 하시는 이유를 누가 알겠어?"

"이제 그만해! 중위가 들었으면 좋겠어?"

"하지만—"

"조용!"

켈시는 좀 더 귀를 기울였지만 아무 이야기도 들리지 않아서 해를 향해 고개를 뒤로 젖혔다. 두통은 계속됐지만 멍 든 부위에 빛이 기분 좋게 느껴졌다. 마치 피부에 스며들어 그 아래 조직을 치료해주는 것 같았다. 한동안 거울 근처에도 가지 못했지만 코와 뺨은 건드리면 여전히 부어 있었고 자신이 어떤 모습일지 거의 눈에 보일 듯했다.

한 바퀴 돌아서 제자리야. 마차가 또 다른 튀어나온 부분에 부딪쳤고, 그녀는 음울한 웃음을 억누르며 생각했다. *난 릴리를 봤고, 릴리가 되었고, 이제 그녀와 어울리는 멍까지 들었어.*

켈시는 열흘 동안 포로로 잡혀 있었다. 엿새 동안은 모트 야영지 기둥에 묶여 있었고, 지난 나흘은 이 마차에 수갑으로 묶여 있었다. 갑옷을 입은 남자들이 말을 타고 둘러싸고 있어서 탈출 생각은 할 수도 없었지만, 지금 켈시의 진짜 문제는 말을 탄 병사들이 아니었다. 문젯거리는 마차 맞은편에 앉아 햇살에 가늘어진 눈으로 그녀를 응시하고 있었다.

켈시는 모트군이 이 남자를 어디서 찾은 건지 몰랐다. 그는 펜 정도의 나이밖에는 되지 않았고, 턱 아래를 끈처럼 둘러싼 수염이 꼼꼼하게 다듬어져 있었다. 그는 간수장의 태도도 아니었다. 사실 켈시는 그에게 공식적인 자격이 있는지도 이제는 의심스러웠다. 누군가가 그냥 그에게 켈시의 수갑 열쇠를 던져주고 일을 맡긴 건 아닐까? 생각하면 할수록 바로 그랬을 거라는 확신이 들었다. 그날 새벽 천막에서의 일 이래로 붉은 여왕의 그림자도 보지 못했다. 모든 일들이 임시방편으로 처리된 느낌이었다.

"좀 어때, 예쁜이?"

간수가 물었다.

그녀는 그를 무시했지만 뱃속에서 뭔가가 부르르 떨렸다. 그는 그녀를 "예쁜이"라고 불렀지만 켈시는 그게 개인적인 뜻인지 아닌지 알 수가 없었다. 그녀는 이제 정말로 예뻤고 릴리의 판박이였지만, 예전 얼굴을 되찾을 수 있다면 뭐든 줄 수 있을 것 같았다. 물론 평범해진다고 해서 이 남자의 관심을 벗어날 수 있을 것 같지는 않았다. 천막에서 사흘째 되던 날 이래로 그는 그녀의 얼굴과 상체를 철저하게, 신중하게 구타했다. 켈시는 남자가 무엇 때문에 그러기 시작했는지, 심지어는 그가 화가 났는지 어떤지조차 알 수가 없었다. 그러는 내내 그의 얼굴에는 표정이라고는 없었기 때문이다.

나한테 내 사파이어만 있었어도. 그녀는 그렇게 생각하며 그를 마주 보았다. 그에게서 눈길을 내릴 마음은 없었다. 그는 그런 행동을 약점이라고 생각했고, 약점은 그를 부추겼다. 켈시는 이 여행길에 수도 없이 사파이어를 되찾으면 그를 어떻게 할 건지 상상하며 시간을 보냈다. 여왕으로서의 짧은 삶은 여러 가지 형태의 폭력으로 점철되었지만 간수가 가하는 위협은 완전히 새로웠다. 아무 이유도, 아무 목적도 없이 나타나는 폭력이었기 때문이다. 그 무의미함에 좌절했고, 또한 릴리가 생각났다. 일주일쯤 전의 어느 밤에 그녀는 릴리와 크로싱, 불길과 타오르는 바다와 분홍색 새벽으로 가득한 밝고 정신없는 악몽을 꾸었다. 하지만 릴리의 삶은 사파이어 안에 담겨 있었고 이제 켈시에게는 사파이어가 없었다. 그녀는 거의 맹렬할 정도로 도대체 왜 자신이 그런 일을 겪고 그렇게 많은 것을 보아야 했는지 고민했다. 그녀에게는 이제 릴리의 얼굴, 릴리의 머리카락, 릴리의 기억이 있었다. 하지만 이야기의 끝을 볼 수 없다면 그게 다 무슨 소용이 있지? 로핀은 그녀가 티어라고 이야기했지만 보석이 없으면 그게 무슨 가치가 있을지 알 수 없었다. 심지어 레이디 앤드루스의 티아라도 야영지 어디선가 잃어버렸다. 예전 삶의 모든 것들이 뒤에 남겨졌다.

정당한 이유가 있었잖아.

그랬다. 지금 그녀 앞의 티어를 지키는 것은 중요했다. 이 여행의 끝에 죽음이 자리하고 있겠지만, 솔직히 왜 지금까지 살아 있는 건지도 잘 모르겠지만, 그녀는 좋은 사람이 통치하는 자유로운 나라를 남겨두고 왔다. 머릿속에 음울하고 웃지 않는 메이스의 모습이 떠올랐고, 잠깐 동안 그가 너무 그리워서 감은 눈꺼풀 아래로 눈물이 나올 것만 같았다. 그녀는 마차 맞은 편에 앉아 있는 남자가 그녀의 괴로움을 즐길 거라는 생각에 충동을 꾹 억 눌렀다. 그녀를 그렇게 심하게 구타한 이유 중 하나가 울지 않았기 때문일 거라고 확신했다.

라자러스, 음울한 기분을 누그러뜨리기 위해서 그를 생각했다. 그녀의 왕좌에 앉아 있을 메이스. 그가 켈시와 정확히 같은 방식으로 세상을 보지는 않지만 그는 공정하고 훌륭하고 좋은 통치자가 될 것이다. 그러나 켈시는 여전히 1킬로미터씩 가면 갈수록 은근한 고통을 느꼈다. 그녀는 평생 단 한 번도 자신의 나라 밖으로 나와본 적이 없었다. 왜 아직까지 살아 있는 건지 모르겠지만 모트메인으로 죽으러 가는 거라고 거의 확신했다.

무언가가 종아리를 따라 움직이는 바람에 그녀는 펄쩍 뛰었다. 간수가 마차 바닥 너머에서 손을 내밀어 손가락으로 다리를 쓰다듬었던 것이다. 진드기가 피부 속으로 파고들었어도 이보다 더 혐오스럽지는 않았을 것이다. 간수는 반응을 기다리는 것처럼 눈썹을 치켜세우고 다시 씩 웃었다.

난 이미 죽었어, 켈시는 스스로에게 말했다. 이론적으로 그녀는 몇 달째 죽음을 목전에 둔 상태였다. 그 생각은 엄청난 자유를 주었고, 그 덕택에 그녀는 마차 구석에 웅크리듯이 다리를 안으로 당겼다가 마지막 순간에 등을 휘며 간수의 얼굴을 걷어찰 수 있었다.

그가 옆으로 쿵 하고 쓰러졌다. 주위의 말을 탄 병사들이 웃음을 터뜨 렸다. 대부분은 냉혹한 웃음이었다. 켈시는 간수가 기병들에게 그리 인기가 없다는 것을 알아챘지만 그 사실이 도움이 되는 건 아니었다. 그녀는 몸 아래로 다리를 접고서 묶인 손을 앞으로 당겨 최대한 싸울 자세를 취했다. 간수가 일어나 앉자 한쪽 콧구멍에서 피가 흘러내렸지만 그는 알아채지 못한 듯 윗입술로 흘러내리는 피를 닦으려 하지도 않았다.

"난 그냥 장난친 거야. 예쁜이는 놀이를 좋아하지 않나 봐?"

그가 심통 난 어조로 말했다.

켈시는 대답하지 않았다. 빠른 기분 변화는 그의 머리가 정상이 아니라는 사실을 일찌감치 알려주는 증거였다. 기대할 수 있는 행동 패턴이라는 게 없었다. 분노, 혼란, 즐거움…… 매번 그는 다르게 반응했다. 그는 이제야 코피가 나는 것을 깨닫고 한 손으로 피를 닦은 다음 마차 바닥에 문질렀다.

"예쁜이는 얌전하게 행동해야 될 필요가 있어. 내가 이제부터 예쁜이를 돌볼 사람이니까."

그의 말투는 엇나간 학생을 꾸짖는 선생의 어조였다.

켈시는 마차 구석으로 몸을 웅크렸다. 다시금 그녀는 우울하게 사파이어를 떠올렸고 순간적으로 자신이 실제로 이 여행에서 살아남을 거라는 사실을 깨닫고는 깜짝 놀랐다. 간수는 넘어야 하는 수많은 장애물 중 하나일 뿐이었다. 결국에 그녀는 집으로 돌아가게 될 것이다.

붉은 여왕이 절대로 그렇게 놔두지 않을 거야.

그럼 왜 나를 디메인까지 데리고 가는 건데?

널 죽이려고. 아마 네 머리를 파이크로에 기념으로 꽂아두려는 거겠지.

하지만 켈시가 보기에 그건 너무 간단한 설명 같았다. 붉은 여왕은 단도직입적인 여자였다. 켈시를 죽이고 싶었으면 켈시의 몸은 카델 강둑에서 지금쯤 썩고 있었을 것이다. 붉은 여왕이 그녀에게서 원하는 뭔가가 있는 거고, 그렇다면 집에 갈 수도 있을 것이다.

집. 이번에 떠올린 것은 장소가 아니라 사람들이었다. 라자러스. 펜. 페치. 안달리. 알리스. 엘스턴. 키브. 코린. 다이어. 게일런. 웰머. 타일러 신부. 잠깐 동안 그들 모두가 주위에 모여 있는 것처럼 눈앞에 보였다. 그러다가 모습이 사라졌다. 눈을 찌르는 햇빛만이 남아 머리가 다시 욱신거렸다. 환영이 아니다. 자유로워지려는 그녀의 정신이 보여준 것일 뿐이다. 더 이상 마법은 없을 것이다. 현실은, 가차 없이 굴러가서 그녀를 집에서 점점 더 먼 곳으로 데려가는 이 먼지 가득한 마차뿐이었다.

메이스는 절대로 왕좌에 앉지 않았다.

가끔 아이사는 그가 거기 앉아야 한다고 생각했다. 벌써 근위병들 사이에선 농담거리가 되었다. 메이스가 그 단호한 걸음으로 연단에 올라가서는…… 제일 위 계단에 앉아 두툼한 팔을 무릎에 걸치는 모습. 하루가 길었다면 근처에 있는 낡은 안락의자 정도는 사용했지만, 왕좌는 텅 빈 채 여전히 방의 가장 높은 곳에서 번쩍이는 은제 가구로만 남아 있어서, 모두에게 여왕의 빈자리를 되새기게 했다. 아이사는 이게 바로 메이스가 의도하는 것이라고 확신했다.

오늘 메이스는 연단도 무시하고 여왕의 식탁 제일 상석에 앉지도 않고 서 있었다. 아이사는 그의 의자 바로 뒤에 서 있었다. 몇몇 사람들도 서 있었다. 거대한 탁자도 그들 모두가 앉을 만큼 크지는 않았기 때문이다. 아이사는 여기서 폭력 사태가 일어날 가능성은 거의 없다고 판단했지만 그래도 어쨌든 단도에 한 손을 얹고 있었다. 잘 때조차도 거의 단도를 놓지 않았다. 다리 사건 이후 첫날 밤에 메이스가 근위대 숙소 바로 옆에 그녀만의 방을 주었다. 아이사의 머릿속은 이제 다리 전과 다리 후로 나뉘어 있는 것 같았다. 형제들을 좋아하긴 하지만 떨어져 지내게 되어서 다행이었다. 그녀의 인생에서 그 옛날 부분, 가족 부분은 근위대에서 일하면서 잘려나간 것 같았다. 그 부분을 담을 공간이 없었다. 아이사는 새로운 방에서 안전해진 기분이었고 그 어느 때보다도 안전한 기분이었으나 여전히 가끔 아침에 깨서 손에 칼을 들고 있는 걸 깨닫곤 했다.

알리스는 메이스 옆에 앉아 잇새에 그 냄새나는 담배를 물고 앞에 있는 서류 더미를 뒤적이고 있었다. 알리스는 사실과 숫자만을 신봉했고, 아이사는 그의 기록이 여기서 무슨 도움이 될까 의아했다. 여왕 문제는 종이로 해결할 수 있는 게 아닌데.

알리스 옆에는 홀 장군이 부관인 블레이저 대령을 데리고 함께 있었다. 두 사람은 막 전선에서 돌아왔기 때문에 여전히 완전무장 상태였다. 지난 한 주 동안 마지막 남은 티어 군대는 엄청난 규모의 모트 병사 무리가 카델 강을 건너서 천천히, 꾸준하게 앨먼트를 가로질러 동쪽으로 가는 것을 따라갔다. 불가능한 일 같았으나 모트군은 공성 병기를 꾸려서는 철수해서 집으로 돌아가고 있었다.

하지만 왜?

아무도 그건 몰랐다. 티어 군대는 궤멸되었고 뉴런던의 방어선은 종잇장처럼 약했다. 엘스턴은 모트군이 그들을 갈가리 찢어놓을 수 있었을 거라고 말했다. 군대는 속임수일 경우에 대비해서 침공군을 면밀하게 주시했지만 이제 메이스까지도 철수가 진짜라고 확신하는 것 같았다. 모트군은 떠나고 있었다. 말이 안 되지만 어쨌든 실제로 일어나는 일이었다. 홀 장군은 모트 병사들이 심지어 집으로 돌아가며 약탈도 하지 않는다고 말했다.

이 모든 것들이 희소식이었지만 탁자 주변의 분위기는 전혀 열광적이지 않았다. 여왕에 관한 소식은 여전히 전혀 없었다. 모트군이 떠나고도 여왕의 시신은 남아 있지 않았다. 마망은 여왕이 포로로 잡혀갔다고 하셨고 그 생각에 아이사의 피가 끓어올랐다. 여왕의 근위대의 첫 번째 임무는 통치자를 해악으로부터 보호하는 거고, 여왕이 죽지 않았다면 여전히 모트군의 수중에 있는 거였다. 마망조차도 야영지에서 여왕에게 무슨 일이 있었는지 말하지 못하셨다.

메이스의 맞은편에는 창백하고 핼쑥한 얼굴의 펜이 앉아 있었다. 아이사와 다른 근위병들이 여왕을 생각하며 겪는 고통이 어느 정도이든 여왕의 근접 근위병이었던 펜만큼 괴로워하는 사람은 없었다······. *근위병 이상*

이었지, 아이사는 그렇게 생각했다. 그는 최근에 거의 쓸모가 없었다. 침울한 상태로 술을 마시는 것밖에 하지 못하고 누가 이름을 부르면 약간 혼란스러운 얼굴로 그냥 쳐다보기만 할 뿐이었다. 펜의 일부는 여왕이 다리를 부순 그날 사라졌고, 근접 근위병으로서 메이스의 옆에 있긴 하지만 시선은 멍하니 탁자에만 고정되어 있었다. 그 옆에 앉은 코린이 평소처럼 기민한 상태였기 때문에 아이사는 걱정하지 않았지만 엘스턴이 펜의 나태함을 얼마나 봐줄까 궁금했다. 누군가가 펜이 더 이상 그 자리에 걸맞지 않다는 진실을 말하기까지 과연 얼마나 걸릴까?

"시작하지. 새로운 소식은?"

메이스가 말했다.

홀 장군이 목을 가다듬었다.

"저부터 보고해야 할 것 같습니다. 그럴 만한 이유가 있습니다."

"그럼 그렇게 하지. 모트군은 어디에 있나?"

"지금 앨먼트 중부, 크리드 끝부분에 접근하고 있습니다. 하루에 최소한 8킬로미터는 가고 비가 멈춘 후로는 16킬로 정도까지 갑니다."

"뒤에 남은 건 없고?"

홀은 고개를 흔들었다.

"함정이 아닌지 계속 살펴봤습니다만, 철수는 진짜라고 생각합니다."

"최소한 그거 하나는 놀라운 일이군."

"그렇습니다, 하지만—"

"난민들은 어때? 집으로 돌려보내도 되나?"

알리스가 물었다.

"모트 군대를 바로 뒤따라서 보내는 건 안전하지 않을 것 같군요."

"레딕 북부에는 이미 눈이 내렸어, 장군. 작물을 서둘러 수확하지 않으면 수확할 게 아예 없을 거야."

알리스는 잠깐 말을 멈추고 연기를 훅 뿜어냈다.

"그리고 인구과잉의 도시가 마주하는 모든 문제도 다 일어나고 있어. 하수, 정수 처리, 전염병 같은 것들. 빨리 도시를 비울수록 더 좋을 거야. 혹시—"

"폐하를 목격했습니다."

탁자 주위의 모두가 주목했다. 심지어는 펜조차 정신을 차린 것 같았다.

"뭘 기다리고 있는 건가? 빨리 보고해!"

메이스가 소리쳤다.

"어제 아침에 크리드 삼각주에서 목격했습니다. 살아 계시지만 수갑을 차고 마차에 묶여 계셨습니다. 도망치실 만한 기회가 전혀 없습니다."

"그분은 망할 놈의 뉴런던 다리를 반으로 부수셨어! 어떤 사슬이 그분을 마차에 묶어놓을 수 있다는 거야?"

알리스가 쏘아붙였다.

홀의 어조는 냉정했다.

"모트 기병들이 너무 꽉꽉 둘러싸고 있어서 그분을 완벽하게 제대로 보지는 못했습니다. 하지만 매 같은 시력을 가진 루라는 친구가 있습니다. 그 친구는 폐하께서 티어 사파이어를 하나도 걸고 계시지 않는다고 확신하더군요."

"그분의 상태는 어떠셨습니까?"

펜이 끼어들었다.

홀의 뺨에 벌건 색깔이 번졌고 그가 메이스를 쳐다보았다.

"이 이야기는 아무래도 다른 데서—"

"지금 당장 하시죠. 다치셨습니까?"

펜의 목소리가 굉장히 낮아졌다.

홀은 무력하게 메이스를 쳐다보았고 그가 고개를 끄덕였다.

"네. 얼굴에 멍이 드셨더군요. 망원경을 통해서 저한테도 보였습니다. 그분은 구타당하셨습니다."

펜이 의자에 풀썩 주저앉았다. 아이사는 그의 얼굴을 볼 수 없었지만, 볼 필요도 없었다. 내려앉은 어깨가 모든 걸 말해주니까. 탁자 전체가 잠시 동안 침묵에 잠겼다.

"최소한 마차에선 똑바로 앉아 계셨습니다. 일어서실 만큼 건강하셨고요. 뼈가 부러진 데는 없으신 것 같았습니다."

홀이 마침내 조심스럽게 말했다.

"이 마차는 어디에 있지?"

메이스가 물었다.

"모트 기병대 한가운데에 있었습니다."

"직접 공격할 수 있는 가능성은 없나?"

"없습니다. 제 군대가 소수만 남지 않았다고 해도 모트군은 그럴 여지를 아예 남겨두지 않았습니다. 최소한 백 마리의 덩치 좋은 말들이 사방에서 그분을 둘러싸고 있습니다. 기병들이 보병대를 앞서서 그분을 모트로를 따라 데려가고 있습니다. 디메인까지 똑바로 가려는 것 같습니다."

"팔레의 지하 감옥이야. 거기서 도대체 어떻게 그분을 구하지?"

펜이 한 손에 이마를 기대고 중얼거렸다.

"모트 반란군이 디메인으로 내려올 준비를 하고 있어. 르비외의 사람들이 도움이 될 거야."

메이스가 그에게 상기시켰다.

"그를 믿어도 되는지 어떻게 아십니까?"

"난 알아."

아이사는 눈썹을 치켜세웠다. 그녀는 일주일 전에 왕궁을 떠난 르비외에 대해서 별로 생각해보지 않았었다. 그는 잘생겼지만 그 얼굴은 손톱만큼의 의미도 없었다. 그의 부하 앨레인은 카드 마술을 꽤 잘했지만 브래드쇼의 발뒤꿈치도 못 따라갔다. 마술사는 모트 팔레의 지하 감옥에 들어갈 수도 있겠지만 메이스는 마술사들을 신뢰하지 않았다.

"붉은 여왕은 지금 분명히 우익 편대와 문제가 있을 거야. 전리품이 없으니까…… 금도 없고 여자도 없고. 어떻게 군대를 철수하게 만들었는지 모르겠지만, 기뻐하고 있지는 않겠지."

알리스가 생각에 잠겨 말했다.

"르비외도 그렇게 생각하더군요. 돈을 못 받은 병사들은 훌륭한 반란군이 될 수 있지요. 군대가 집으로 돌아가면 상당한 숫자를 모집할 수 있을 거라고 예상하더군요."

"여왕 폐하를 구하지 못하면 그게 우리에게 다 무슨 소용이 있습니까?"

펜이 물었다.

"그건 나중에 의논하자고, 펜. 지금은 좀 진정해."

메이스가 꾸짖었다.

아이사는 인상을 찌푸렸다. 메이스는 펜이 반항하는 것을 무시하고, 계속해서 펜을 달래고 우울한 기분을 떨치게 만들려고 애썼다. 아이사였다면 펜을 장기간 정직시키고 그걸로도 안 되면 얼굴을 제대로 갈겼을 것이다.

"철수에 관해서 계속해서 보고서를 보내게. 하지만 초점은 여왕 폐하께 맞춰. 가장 뛰어난 병사 둘을 뽑아서 모트메인까지 그분을 따라가도록 보내. 절대로 그분을 시야에서 놓치지 말고. 해산하게."

메이스가 홀에게 말했다.

홀과 블레이저는 일어서서 절한 후 문으로 향했다.

"아배스에 대해서 얘기를 좀 하지."

알리스가 말했다.

"아배스?"

알리스는 종이를 모아서 옆에 놓았다.

"오늘 아침 도시는 폭도들에게 피해를 입었어. 광장에 모여서 거기서 베신스클로스까지 간 모양이더구먼."

"폭도들은 늘 있잖소."

"이 작자들은 특별했어. 불만의 핵심이 여왕의 정부에 도덕성이 부족하다는 것인가 보더군."

메이스는 인상을 찌푸렸고 아이사 역시 마찬가지였다. 모트 문제가 빠르게 해결되고 있지만 그 자리를 다른 문제가 채웠다. 바로 교황이었다. 여왕이 도시를 떠나던 바로 그날, 아배스는 공공연하게 재산세를 내지 않겠다고 선언했고 세금을 거부하는 평신도들 역시 용서하겠다고 말했다.

"이 폭도들이 아배스와 무슨 관계가 있죠?"

코린이 물었다.

"없어. 폭도들은 도시 순경들이 도착하기 한참 전에 해산했고, 시민들의 동요를 통제할 군대도 더 이상 없지. 하지만 폭도들은 클로스 외곽의 주택에 침입해서 거기 사는 여자 두 명을 심하게 폭행했어. 부도덕한 생활 방식 때문이라더군."

알리스가 대답했다.

메이스의 뺨에서 근육이 꿈틀거리기 시작했다.

"교황은 나를 강하게 몰아붙이면 내가 여왕의 세금을 징수하지 않을 거라고 생각하는 거야. 하지만 틀렸어."

"귀족들도 메도스와 길런을 제외하면 여전히 세금 납부를 거부하고 있어. 크레슈에도 국고의 상당량이 들어갈 거고, 다리의 통행료 징수소에서 들어오던 수입도 잃었으니, 몇 달 안에 진짜 문제에 봉착하게 될 거야."

"그들은 낼 거요."

메이스는 거의 즐거운 듯 야만적인 웃음을 지었다. 아이사는 움찔했지만 잠시 후 그의 얼굴이 냉정해졌다.

"두 사제에 관한 소식은?"

"전혀 없어. 완전히 사라졌지. 하지만 우리가 아배스의 현상금과 똑같은 금액을 내걸었다는 걸 아배스에서도 들었어."

알리스가 다시 서류 더미에서 한 장을 뽑아냈다.

"어제 교황이 보낸 전갈에서는 타일러 신부에 대한 우리 쪽 현상금을 철회하라고 하더군. 천국에 가고 싶으면 말이지."

"천국에 가고 싶으면이라고. 언젠가 내가 직접 그 작자를 예수 앞에 보내 버리겠어."

메이스가 말했다.

"신경 쓰이는 보고가 하나 더 있는데. 이틀 전에 내 밀수업자 하나가 여러 사제들이 도시를 빙 도는 뒷길로 뉴런던을 떠나는 걸 봤다는구먼."

"어디로 갔지?"

"아마도 디메인이겠지. 내 쪽 사람이 모트로 한참 아래쪽까지 그들을 따라갔다고 했으니까."

메이스의 얼굴이 어두워졌다.

"그쪽을 파볼까요?"

엘스턴이 물었다.

"아니."

메이스는 잠깐 생각하고서 대답했다.

"그가 붉은 여왕과 거래하려는 거라면 팔레에 있는 내 정보원이 무슨 내용인지 알려줄 거야. 다른 건?"

알리스가 목록을 내려다보았다.

"눈이 오기 전에 곡식을 거둬야 돼. 나라 전체가 신선한 과일과 야채에 굶주려 있어. 제일 먼저 돌아가서 추수하는 농부가 가격을 좌우할 수 있을 거야."

"귀족의 땅을 경작하는 사람들에게는 보상이 없을 텐데."

"그렇지. 하지만 모든 귀족들은 아직 뉴런던에 있으니까."

알리스가 짓궂은 미소를 지었고, 아이사는 지금 이 순간 악취 나는 담배까지 포함해서 그를 좋아할 수밖에 없었다.

"모트군이 지나가는 동안 누구누구 귀족이 자기 땅에 신경을 못 썼다면 곡식이 어디로 갔는지 알 게 뭐야?"

"모트군이 돌아가는 길에 약탈을 해 갔으면 어떻게 됩니까?"

엘스턴이 물었다.

"그러지 않았다는구먼. 홀의 부관에게 물어봤지. 모트군은 땅을 전혀 건드리지 않았어. 이유는 신만이 아시겠지만."

알리스가 어깨를 으쓱이고 말을 이었다.

"농부들에게 가서 먼저 추수하게 해주지. 며칠 치 곡식이라 해도 먼저 시장에 내놓을 수 있다면 겨울을 나는 데에 도움이 될 거야. 그리고 이 성공이 나머지 사람들에게 본보기가 될 거고."

메이스가 천천히 고개를 끄덕였다.

"당신이 처리해."

"메릿이 아직 밖에 있습니다, 섭정님."

엘스턴이 그에게 말했다.

"케이든을 몇 명이나 데려왔지?"

"세 명요."

"겨우?"

"네. 하지만 그냥 세 명이 아닙니다. 밀러 형제들입니다."

"아하."

메이스는 이 정보를 잠깐 동안 생각했다. 아이사는 밀러 형제들이 누군지 몰랐지만 케이든을 여왕동에 들이는 것에 대해 치열한 논쟁이 있었다. 엘스턴은 좋아하지 않았고 대부분의 다른 근위병들 역시 마찬가지였지만 메이스는 그들을 데려와야겠다는 결심이 확고했고 아이사는 그가 이기기를 바랐었다. 진짜 케이든을 가까이서 보고 싶었기 때문이다.

"그럼 들여보내."

메이스가 연단으로 올라갔고 아이사는 숨을 죽이고 기다렸다. 하지만 그는 왕좌를 무시하고 그저 제일 위 계단에 앉았다. 데빈이 문을 열고 케이든을 들여보냈다.

대장인 메릿은 180센티미터가 넘었지만 메이스처럼 필요하면 빠르게 달릴 수 있는 덩치 큰 남자 특유의 보폭 넓은 걸음으로 걸어왔다. 이마에는 흉측한 상처가 있었다. 훈련받다가 손과 팔에 칼자국이 여러 개 생긴 아이사는 상처가 칼날로 생긴 것처럼 깔끔하진 않다고 생각했다. 추측건대 사람의 손톱으로 생긴 상처 같았다. 그녀도 메릿에 대해서 들어보았다. 모두가 들어봤을 것이다. 케이든 중에서도 엘리트였기 때문이다. 하지만 뒤를 따라오는 세 남자는 수수께끼였다.

그들은 한 명은 앞에, 두 명은 뒤에 서서 삼각형 모양으로 들어왔다. 아이사가 훈련을 통해 배운 방어 형태였다. 왕궁 벽의 회색 돌을 배경으로 한 핏빛 망토는 어울리지 않게 환했다. 육체적으로 세 남자는 다 달랐다. 한 명은 크고, 한 명은 중키였고, 한 명은 작았으며, 모랫빛부터 짙은 갈색까지 제각기 다른 색조의 갈색 머리였다. 하지만 육체적으로는 아니라도 기묘하게 비슷한 점이 있었다. 아이사는 그게 뭔지 정확하게 짚을 수가 없었다. 한 명이 움직이면 다른 두 명도 움직였다. 그들은 말이나 눈에 띄는 다른 신호 없이 삼각형을 유지했고 아이사는 그들이 아주 오랫동안 함께 활동했다는 걸 느꼈다. 임시 대장이 된 엘스턴은 어떤 케이든도 메이스의 3미터 이내로 오지 못하게 하라는 명령을 내렸고 이제 아이사는 그의 신중함이 기뻤다. 이 세 명은 문젯거리처럼 보였다.

메릿이 세 동료를 차례대로 가리켰다.

"크리스토퍼, 대니얼, 제임스 밀러요."

메이스는 그들을 잠시 바라보다가 말했다.

"당신네 세 명은 길드에서 제명당했다고 들었는데."

"길드가 생각을 바꿨죠."

가장 키가 큰 사람인 크리스토퍼가 온화하게 대답했다.

"왜지?"

"우리가 유용하니까요, 섭정 나리."

"6년 전에는 유용했었지. 그 이래로는 당신들에 대해서 들은 바가 없어."

"하지만 저희는 놀고 있지 않았습니다."

제임스가 말했다.

"물론 그랬겠지. 여왕 폐하를 뒤쫓았으니까."

메이스의 목소리가 날카로워졌다. 세 남자는 입을 다문 채 살기 어린 눈으로 그를 마주 보았고, 마침내 메이스가 누그러졌다.

"과거는 과거지. 당신들을 위한 일거리가 있어. 길드에서 참여하고 싶은 사람은 누구든 참여해도 돼."

"우리 길드는 굉장히 바쁩니다."

제임스가 말했지만 아이사에게 그 대답은 자동적으로 들렸다. 그들은 언제나 처음에는 싫다고 하는 걸까 궁금했다.

"그래, 바쁘시겠지. 우리도 얘기를 들었어. 강도질하는 케이든, 심부름꾼 케이든, 투견과 그보다 더 저열한 것들을 운영하는 케이든."

메이스의 말투에 조롱하는 기색이 섞였다.

"우리는 해야만 하는 일을 합니다. 그게 어떻다는 겁니까?"

"이런 일들은 당신들의 수준 이하지. 당신들이 하고 싶은 일도 아니고. 그들은 당신네 길드의 위신을 망가뜨리고 있어. 나한테 더 나은 일거리가 있어. 어렵고 위험한 일이지. 물론 교묘한 수완도 필요하고. 아직 나한테 제대로 된 군대가 있었다고 해도 이런 일을 병사들에게 맡길 만큼 신뢰하지는 않아."

세 번째 케이든인 대니얼이 처음으로 입을 열었다.

"그래서 어떤 일입니까?"

"크레슈를 청소하는 것."

제임스가 낄낄 웃었다.

"쉬운 일이군요. 물통만 있으면 됩니다."

"전혀 쉽지 않을걸."

메이스가 웃음기 없는 얼굴로 말했다.

"그쪽 지구를 다 폐쇄하고 상당히 위험한 상황의 여자들과 아이들을 데리고 나와야 돼. 남자들도. 여왕 폐하께선 내가 남자들까지 언급하기를 바라실 테지. 무고한 사람들은 안전하게 내보내고, 포주들과 불법 결투 거래자들은 산 채로 체포해."

"이 일의 가격은 얼맙니까?"

"일괄이야. 한 달에 1만 파운드씩 석 달 안에 처리해야 돼. 그때까지 당신네 길드에서 처리하지 못하면 아예 해낼 수 없는 일인 거겠지."

"일찍 끝내면 보너스는요?"

메이스가 알리스를 바라보자, 알리스가 마지못해 고개를 끄덕이고 말했다.

"두 달 안에 끝내면, 확실히 해두는데 끝을 내라고 했네. 그러면 세 배를 주지."

밀러 형제는 안쪽으로 돌아서서 서로에게 뭐라고 속삭였고 방 안의 모두가 기다렸다. 메릿은 무리에 끼지 않고 그저 무표정하게 옆에 서 있었다. 그는 이미 무상으로 돕겠다고 동의했다. 메이스는 그가 여왕에게 빚을 졌다고 말했지만 아이사는 의아했다. 도대체 무슨 빚을 졌기에 케이든이 공짜로 일을 해주는 걸까?

위쪽에서 메이스가 무표정하게 세 형제를 쳐다보았지만 아이사는 더는 속지 않았다. 뭔가가 그를 몰아붙이고 있었다. 아이사는 다리 이전에는 크레슈에 대해 들어본 적도 없었고 아무도 그녀에게 직접 이야기하지 않았지만, 이제는 그녀도 거기가 어떤 곳인지 엿들을 만큼 엿들었다. 최악의 악덕들을 저지를 수 있는, 도시 아래의 미로. 아이사보다 어린 애들이 돈과 즐거움 때문에 팔리는 곳. 그곳에 대한 생각이 그녀를 괴롭혔다. 아빠도 나빴지만 그래도 한 사람일 뿐이었다. 그런 사람들이 수두룩하다는 게, 그들 모두가 끔찍한 짓을 한다는 게, 똑같은 악몽을 겪은 아이들이 가득한 지하세계가 존재한다는 게…… 그 생각이 아이사를 괴롭히고 밤잠을 못 이루게 했다. 메이스 역시 그 생각에 괴로운 것 같았다. 그와 알리스가 상당한 에너지를 크레슈에 쏟았기 때문이다. 물론 알리스는 돈 문제로 아까워하긴 했다. 아무도 이 문제에 관해 메이스와 논쟁하지 않았지만 어떤 것도 그의 성에 찰 만큼 빠르게 흘러가는 것 같지 않았다. 아이사는 이제 그의 어깨 위로 여왕의 그림자가 그를 몰아붙이는 게, 그를 계속 재촉하는 게 보일 것만 같았다.

케이든이 일종의 합의를 한 듯 메이스 쪽으로 몸을 돌렸다. 크리스토퍼가 그들을 대표해서 말했다.

"섭정님의 제안을 다음번 길드 전체 모임에서 제시하겠습니다. 그사이에는 저희 셋이 무상으로 이 일을 한번 살펴보지요."

"좋아. 자네들이 무상으로 일하는 한 나도 기한을 정하지 않겠어. 하지만 시간은 대단히 중요해. 여왕 폐하께서 돌아오시기 전에 이 문제가 해결되기를 바라."

세 명의 케이든이 날카롭게 고개를 들었다.

"어째서 그분이 돌아오실 거라고 생각하십니까?"

제임스가 물었다.

"오실 거야."

메이스는 논쟁의 여지를 잘라버리는 어조로 대답했다.

"일을 하기로 하면 지불 문제는 나와 처리하게 될 거야. 선수금이나 뭐 그런 쓸데없는 건 없을 테니까 말도 꺼내지 말라고."

알리스가 그들에게 말했다.

"하지만 작은 선수금 하나를 요청하고 싶군요. 저기 저 아이 말입니다."

대니얼이 아이사를 가리키고 말을 이었다.

"이 아이에 대해서 들었죠. 단도 천재라고 하던데, 우린 그런 건 본 적이 없습니다. 가기 전에 시범을 좀 볼 수 있을까요?"

메이스가 인상을 찌푸렸다.

"어린애와 싸우고 싶은가?"

아이사는 인상을 찌푸렸다. 나이를 상기시키는 게 정말 싫었다.

"진짜 싸움은 아닙니다, 섭정 나리. 그저 시범이죠."

대니얼이 말했다.

메이스는 아이사에게 묻는 듯한 눈길을 던졌고 그녀는 열심히 고개를 끄덕였다. 케이든과 대결을 하다니! 비기기만 해도 엄청난 일일 것이다.

"상처라도 입으면 네 엄마한테는 *네가* 직접 설명해야 할 거다, 들고양이."

메이스가 그녀 쪽으로 몸을 기울이고 속삭였다.

아이사는 이미 갑옷 끈을 잡아당겨 벗어버리고 단도를 칼집에서 꺼냈다. 펠이 아이사를 위해서 특별히 이 단도를 만들어주었다. 다른 근위병들이 갖고 다니는 단도와 똑같은 형태와 재질로 만들어진 것이었다. 오래된 벨런드 모델로 평평한 날과 곡선형 날이 둘 다 있었다. 하지만 아이사의 손이 작아서 베너는 손잡이 둘레가 더 작고 칼날이 더 가늘어져야 한다고 생각했다. 펠은 단골 무기 제조사에게 일을 맡겼고 그 결과물인 견고한 단도는 휘두를 때마다 아이사에게 기쁨을 주었다. 베너는 늘 좋은 단도 전문가는 무기를 자기 손의 일부로 만든다고 말했지만 아이사는 가끔 그것을 넘어서서 단도가 손의 일부가 아니라 존재의 일부가 되어 악마가 다가오지 못하게 막아주는 것 같다고 생각했다. 무장하고 있을 때면 아빠조차 멀리 사라졌다.

케이든 대니얼은 나머지 무기를 떨어뜨렸지만 아이사 것보다 날이 더 긴 단도가 손에 반쯤 감추어진 채 반짝였다. 베너도 그것을 보고서 대니얼의 무기를 가리키고 외쳤다.

"공정한 싸움이 아니야!"

"어느 한쪽이 불리한 건 전투의 자연스러운 일부죠."

대니얼이 대답하고서 메이스를 향해 말했다.

"저는 저 아이보다 키도 30센티는 더 큽니다. 하지만 어린애이니만큼 보통 때 하는 것보다 손잡이를 좀 더 높이 잡도록 하죠. 공정합니까?"

메이스가 아이사를 보았고 그녀는 고개를 끄덕였다. 훨씬 불리한 입장에서도 그와 싸울 것이다. 그렇게 하는 게 더욱 영예를 얻는 일이니까.

"조심해야 돼, 꼬마! 네 재능을 기억해!"

베너가 외쳤다.

아이사는 단도 날이 아래로 가도록 해서 꽉 잡았다. 베너는 아이사의 덩치가 언제나 싸움에서 불리하게 작용하겠지만 속도와 책략으로 벌충할 수 있다고 여러 번 말했다. 다른 근위병들이 물러나서 대략 지름 6미터 정도의 공간을 싸울 수 있도록 내주었고, 아이사의 머릿속 한구석에는 그녀를 놓고 내기를 거는 소리가 들렸다.

"너한테 상처를 입히지는 않을 거다. 그저 네가 가진 걸 시험해보고 싶을 뿐이야."

대니얼이 3미터 정도 떨어진 위치에 서서 말했다.

그 말은 아무런 의미도 없었다. 베너와 펠도 상처를 입히려던 건 아니었지만 이미 아이사의 손과 팔에 나아가는 중인 상처가 여러 개 있었다. 싸움은 싸움이었다.

"나한테 휘둘러봐라."

대니얼이 말했지만 그녀는 움직이지 않았다. 베너는 먼저 덤비는 건 실수라고 가르쳤다. 우위에 있지 않을 때 공격하는 건 갈비뼈와 목을 상대에게 내주는 거였다.

"신중하군, 응?"

대니얼이 말했다. 아이사는 대답하지 않았다. 그녀는 그를 가늠하느라 너무 바빴다. 그는 갈비뼈 가까이 팔을 붙이고 에너지를 아끼고 있었다. 팔 길이는 그녀보다 더 길 것이다. 그에게 가까이 가면 팔 윗부분에 최소한 한 번은 상처를 입을 것이다. 그녀는 신중하게 몇 번 앞으로 나아갔다. 본래 움직임보다 일부러 느리게, 실제 거리보다 더 짧게 움직였다. 그녀의 피가 노래를 부르기 시작했다. 베너는 그게 아드레날린이라고 했지만 아이사는 그게 실제로 싸움의 노래라는 걸, 자신과 자신의 칼밖에 의지할 데 없이 구석에 혼자 몰렸을 때 나오는 노래라는 걸 알았다. 입안에서 금속 맛이 났다.

케이든이 갑자기 앞으로 돌진하며 주의를 흩뜨리기 위해 한 팔을 흔들고 다른 팔로 칼을 휘둘렀다. 하지만 아이사는 칼을 든 손에 주의를 집중하는 법을 익혔고 쉽게 피해서 찌르는 칼 아래로 몸을 굴려 벌떡 일어섰다.

"빠르군."

대니얼이 말했다.

아이사는 대답하지 않았다. 케이든이 자신을 따라오려고 몸을 돌릴 때 뭔가를 알아챘기 때문이다. 그의 왼쪽 다리는 약했다. 절름발이거나 아마도 최근에 상처를 입은 것이리라. 그는 은근히 그쪽 다리가 그녀의 범위에 들어가지 않도록 유지하며 보호했다. 아이사는 목 쪽을 공격하는 척했고 그의 칼이 그녀의 팔 뒷부분을 긋자 날카롭게 숨을 들이켰다. 하지만 동시에 메이스가 가르쳐준 대로 발가락을 세우고 왼쪽 무릎뼈를 날카롭게 걷어찼다. 케이든이 낮게 고통의 신음을 내뱉으며 비틀거리다 바닥으로 쓰러졌다.

"하! 바로 그거지! 가까이 가, 꼬마! 쓰러져 있을 때 끝장내!"

그녀가 그의 목을 칼로 겨냥하고 케이든의 등으로 뛰어들었지만 그는 이미 방어 자세를 취했고 그녀는 제대로 공격하지 못했다. 그가 그녀를 잡고 어깨 위로 들어 올렸고, 등으로 떨어져 바닥에 머리를 부딪치는 바람에 이번에는 아이사가 신음했다.

"괜찮으냐, 아이사?"

메이스가 물었다.

그녀는 메이스를 무시하고 주위를 도는 케이든에게 시선을 고정한 채 일어섰다. 무릎을 공격해서 상처를 입혔지만, 그 역시 그녀에게 상처를 입혔다. 팔뚝의 상처는 깊었고 단도를 쥐지 않은 손이 피로 미끄러웠다. 베너는 참을성을 기르는 훈련을 시켰지만 벌써 피곤하고 근육이 느려지는 게 느껴졌다. 그녀는 칼을 고쳐 잡으며 새로운 틈새를 찾았다. 케이든은 다시는 약한 다리 쪽으로 다가오게 놔두지 않겠지만, 아까의 서툰 속임수 공격이 통할지도 몰랐다. 그는 전만큼 갈비뼈를 잘 방어하지 않고 있었다. 제대로 한 번 뛰어들면 기회가 있겠지만, 그녀도 대가를 치러야 할 것이다.

"발밑을 조심해. 바닥에 피가 있어."

대니얼이 충고했다.

"내가 아래를 보길 바라는군요, 안 그래요?"

그가 씩 웃으며 칼을 오른손으로 고쳐 잡았다. 주위 근위병들이 이것을 보고 툴툴거렸지만 아이사는 신경 쓰지 않았다. 베너도 양손잡이였다. 그녀는 자신이 원하는 부분, 그의 갑옷이 가려주는 곳 바로 바깥, 왼팔 팔뚝 아래 갈비뼈 쪽에 절대 시선을 주지 않았다. 그녀는 더 크고 빠르고 실력이 좋은 우월한 적을 상대하고 있었고, 목숨이 걸린 싸움이었으면 이미 끝장 났을 것이다. 하지만 여기서 필요한 건 한 번 찌르는 것뿐이었다.

그녀는 그가 자신에게 다가오려는 순간을 알아챘다. 그가 좀 더 깊게 숨을 들이켜고 달려들어 칼로 크게 호를 그으며 어깨를 내리그으려 했다. 아이사는 몸을 구부리고 갈비뼈 위를 단도로 그었다. 공격은 깔끔하게 들어가지 않았다. 손에서 칼이 거의 튕겨나갈 뻔했고 동시에 이두박근에 칼날이 박히는 게 느껴졌다. 하지만 그 역시 고통으로 숨을 들이켜는 소리가 들렸고, 그가 그녀를 잡고 홱 돌렸다. 아이사는 균형을 잃었고 다음 순간 그에게 잡혀 목에 칼이 닿은 채 무력하게 서 있어야 했다. 그녀는 꼼짝하지 않고 숨만 헐떡이려고 애를 썼다. 케이든은 호흡조차 흐트러지지 않았다.

"그 애를 놔줘."

메이스가 명령했다.

대니얼은 그녀를 놔줬고 아이사는 돌아서서 그를 보았다. 잠깐 동안 둘은 그저 그 자리에 서서 서로를 바라보았고 주위 근위병들이 말다툼을 하며 동전을 교환하기 시작했다.

"검은 얼마나 쓰지?"

대니얼이 물었다.

"그럭저럭요."

아이사가 솔직하게 말했다. 검술을 배우는 게 느리다는 사실이 아픈 구석이었다.

"내가 좀 쉽게 해주긴 했지만 그렇게까지 쉽게 하진 않았고, 난 길드에서 제일가는 단도 전문가 중 하나지."

그는 한참 동안 그녀를 보다가 말했다.

"칼에 뛰어나고 검에는 평범하고…… 너는 여왕의 근위댓감은 아니야, 꼬마. 넌 암살자야. 다 크고 나면 이 묘지에서 빠져나와 우리를 만나러 와라."

그가 갈비뼈의 상처를 건드리고서는 피가 묻은 손을 메이스를 향해 들어 올렸다.

"감사합니다, 섭정 나리. 멋진 쇼였습니다."

아이사는 갑옷을 들고 연단 뒤 자리로 되돌아갔다. 그녀가 지나가자 키브가 윙크를 했다. 가슴 갑옷을 다시 입고서 몸 앞쪽에다가 피를 닦았다. 회의가 끝나고 메이스는 코린에게 팔을 치료해주라고 하겠지만, 지금은 아니었다. 이 싸움을 자청한 건 그녀였으니까. 그게 공정한 거지만 피가 계속 흐르고 있었다. 잠깐 생각한 끝에 그녀는 찢어진 소매 아래쪽을 팔에 감고 꼭 조였다.

"여기서 우리 볼일은 끝났습니다. 길드에서 답을 주면 다시 오겠습니다."

크리스토퍼가 메이스에게 말했다.

"길드가 좋다고 하면 도와줄 여왕의 근위대를 최소한 스무 명은 보내줄 수 있어."

"거질힙니다. 이미 추어가 끼는 건 원치 않습니다."

불만스러운 중얼거림이 근위대 사이에 퍼졌지만 밀러 형제는 이미 몸을 돌리고 떠나는 중이었다.

메릿이 낄낄 웃었다.

"나도 저 셋에 대해 딱히 애정은 없지만 목적에는 딱 맞을 거요, 섭정 나리. 내 경우에는 여왕 폐하께 봉사할 준비가 되어 있지."

그가 다른 케이든을 따라 문으로 향했고 아이사는 근육에서 긴장이 풀리는 걸 느꼈다. 아무한테도 인정할 마음은 없지만, 사실 대니얼의 말을 머릿속에서 굴려보고 있었다.

"그럼 꼬마 여왕님만 남는군, 그렇지?"

알리스가 물었다. 그는 싸움 내내 탁자 앞에 남아 있었고 그래서 아이사는 좀 놀랐다. 알리스가 제일 먼저 내기를 걸 거라고 생각했기 때문이었다.

"뭘 하면 될까?"

"그분을 구하러 가야지. 하지만 우리 뒤로 나라가 무너지도록 놔두고 떠났다가는 그분이 날 죽이실 거야. 우선순위를 좀 정해야지."

메이스가 대답했다.

아이사는 팔을 살짝 건드리는 손길을 느끼고 몸을 돌렸다. 코린이 상처를 확인하고 있었다.

"흉하군, 꼬마 아가씨, 하지만 그렇게 깊지는 않아. 소매를 걷으면 꿰매주지."

그녀는 소매의 남은 천을 찢어버렸다.

"넌 훌륭하게 싸웠어, 들고양이. 하지만 그자에게 잡혀 균형을 잃었지."

메이스가 지적했다.

"알아요. 그 사람이 저보다 빨랐어요."

아이사가 대답하고 코린이 상처를 소독하기 시작하자 이를 꽉 물었다.

"젊음의 어설픔이야. 그건 영원하지 않을 거다."

하루도 아이사에게는 너무 길게 느껴졌다. 아이라기에는 너무 나이 들었고 어른이라고 하기에는 너무 어린 나이. 그녀는 끔찍한 중간 지대에 사로잡힌 기분이었다. 어서 어른이 되어서 일하고 싶고, 자기 일을 수행하고 돈을 벌어 앞가림을 하고 싶었다. 싸우는 걸 배우고는 있지만 근위대의 수업 대부분은 배워서 아는 것이 아니라 흡수하는 거였다. 대중 앞에서 행동하는 법, 자신보다 근위대를 먼저 생각하는 법, 무엇보다도 여왕을 우선하는 법. 이런 것은 어른들이 배우는 내용이고 아이사도 그렇게 배우고 있었다. 하지만 여전히 가끔은 마망에게 달려가서 마망의 어깨에 머리를 기대어 쫓기는 어린아이일 때 마망이 해주셨던 것처럼 위로를 받고 싶었다.

둘 다 가질 수는 없어.

코린의 바늘이 팔뚝 살을 뚫었고 그녀는 깊게 숨을 들이켰다. 근위대의 누구도 이런 것들에 관해 말하지 않지만 그녀는 어떻게 싸우는지만큼 중요한 것이 어떤 식으로 상처를 감수하느냐라는 것을 알고 있었다. 주의를 분산할 것을 찾다가 그녀가 물었다.

"제명당하는 게 뭔가요?"

"뭐?"

"그 케이든들요. 그 사람들이 제명당했다고 그러셨잖아요."

"그랬지. 6년 전에. 길드에 엄청난 이익을 얻게 해주고서는 그 결과 제명당했지."

"아야!"

아이사가 비명을 질렀다. 코린의 바늘이 어딘가 신경을 건드린 탓이었다.

"그 사람들이 뭘 잘못했는데요?"

"레디 크로스라는 젊은 귀족 여자가 있었어. 테어 경이 그 여자에게 눈독을 들였지. 물론 그녀 가족의 땅도 말이야. 하지만 레디 크로스는 앨먼트의 가난한 소작농과 은밀하게 약혼한 사이였고, 테어 경을 매번 거절했어. 그래서 테어 경은 그녀를 납치해서 레딕 남쪽 끝에 있는 자기 성으로 데려가 탑에 가뒀지. 그리고 결혼에 동의할 때까지 거기 두겠다고 맹세했어."

"결혼은 멍청한 짓이에요. 난 절대로 결혼하지 않을 거예요."

코린이 실을 팽팽하게 잡아당기자 아이사는 이를 갈며 날카롭게 말했다.

"물론 그렇겠지."

메이스가 낄낄 웃고 이야기를 이었다.

"하지만 전사가 아니었던 레이디 크로스는 결혼하고 싶었고, 젊은 약혼자와 결혼하고 싶었지. 그녀는 두 달 동안 테어 경의 성에 앉아서 한 치도 물러서지 않았어. 그래서 테어 경은 식사를 끊어버린다는 놀라운 생각을 해냈지."

"결혼에 동의하게 만들려고 *굶긴다고요*? 그냥 결혼한 다음에 도망쳐버리지 그랬대요?"

아이사가 인상을 찡그렸다.

"신의 교회에는 이혼이 없단다, 꼬마. 남편에게는 언제나 부인을 집으로 끌고 갈 수 있는 권리가 있지."

아빠가 그렇게 했었지, 아이사는 떠올렸다. 어린 시절에 몇 번이나 마망은 몇 안 되는 짐을 싸게 하고서 몰래 도망쳤지만, 여행은 언제나 아빠와 함께 집으로 돌아가는 걸로 끝났다.

"그래서 어떻게 됐나요?"

"음, 레이디 크로스는 쇠약해져가면서도 여전히 물러서지 않았어. 그 일은 나라 안에서 상당한 논쟁거리가 되기 시작했지."

"약혼자는 아무것도 안 했나요?"

"그가 할 수 있는 일이 별로 없었어. 자신이 가진 얼마 안 되는 돈을 테어에게 제시했지. 레이디 크로스의 가족들 역시 몸값을 제시했지만 소용없었어. 테어 경은 그 무렵 뭔가에 사로잡혀 있었던 거야. 이 여자를 굴복시키겠다는 데에 자존심이 걸려 있었던 거지. 많은 귀족들이 레이디 크로스를 대신해서 섭정에게 청원했지만 섭정은 가정사로 치부하고 티어 군대를 보내는 걸 거부했어. 결국 레이디 크로스가 그 상태로 탑에서 죽을 거라는 게 거의 확실해지자 크로스가에서 돈을 모아서 그녀를 구해달라고 케이든을 고용했지."

"그래서 해냈나요?"

아이사가 물었다. 그녀는 얘기에 푹 빠졌다. 마치 마망의 동화를 듣는 것 같았다.

"그래, 그것도 아주 교활한 방법으로 말이야."

엘스턴이 끼어들었다.

"제임스가 레이디의 동의를 받아내러 온 사촌인 척하고, 크리스토퍼와 대니얼은 신하인 척했지. 그들은 한 시간 동안 레이디와 만났고, 방을 나올 무렵 그녀가 테어 경과 결혼하는 데 동의했어. 테어 경은 신이 나서 바로 다음 주에 결혼식을 올릴 준비를 했지."

속임수야, 아이사는 생각했다. 가끔 그녀는 인생의 모든 것을 싸움으로 축소할 수 있다고 생각했다.

"결혼식을 올리는 주에 테어 경은 레이디 크로스에게 엄중한 경비를 붙였고 나라 전체가 그녀가 정말로 항복한 줄 알았어. 여기 우리 대장은 그렇지 않다고 생각했지만—"

엘스턴이 메이스를 향해 손가락 두 개로 경례를 붙이고 말을 이었다.

"우리 모두는 속았지. 그렇다고 레이디 크로스를 무시한 건 아니야. 굶어 죽는 건 정말 끔찍하거든."

"그래서요?"

아이사가 물었다. 코린은 이제 이두박근 쪽을 꿰매고 있었으나 거의 알아채지 못했다.

"결혼식 당일에 레이디 크로스는 제일 좋은 옷을 차려입었지. 아배스에서는 식을 집전하도록 그 지역 주교를 보냈어. 테어 경은 승리를 보여주기 위해 나라 안의 절반을 초대했고, 교회는 경비와 손님들로 가득했지. 크로스가는 참석을 거부했지만 다른 귀족들은 거기에 갔고, 심지어 섭정 본인도 갔지. 레이디 크로스는 제단 앞으로 와서 주교를 따라 두 시간 동안 식을 치르고 모든 말을 다 했고, 그들은 결혼했어."

"네?"

"결혼식은 평화롭게 끝났지. 그리고 식이 끝나자마자 테어 경의 걱정도 끝이 났어. 그는 레이디 크로스의 땅과 작위를 가졌고, 그게 그가 원하던 거니까. 그는 아래층에서 경비들과 술을 퍼마셨고 레이디 크로스는 위층에서 결혼식 드레스를 벗었지. 한 시간 후에 테어가 아내를 찾으러 가보니 그녀는 아주 쉽게 사라지고 없었지. 그가 되찾아올 부대를 조직할 무렵에 그녀는 이미 레딕을 절반이나 가로질러 간 상태였어."

"하지만 이미 결혼했잖아요."

"그런 거 같지? 테어 경은 분노해서 사냥개처럼 케이든을 쫓아갔고, 그들을 찾을 수 없자 섭정에게 탄원했지. 주교와 상의해보겠다는 생각을 할 때까지 이틀이 걸렸고, 주교를 찾아갔더니 그는 성에서 호위병들과 함께 꽁꽁 묶여 있었어. 굶주리고 화가 나 있던 주교는 결혼식을 치러준 사람과는 전혀 다른 사람이었지."

"여기가 영리한 부분이야, 들고양이."

이번에는 메이스가 끼어들었다.

"나는 라틴어를 못하지만 할 줄 아는 사람을 몇 명 알지. 그들이 말하길 결혼식은 횡설수설이었다는 거야. 마늘의 미덕에 관한 긴 설교가 있었고, 그다음에는 럭비의 규칙에 관해서, 그리고 또 무슨 소리를 했는지는 신만이 아시겠지. 레이디 크로스는 평생 맥주를 사랑하고 따르겠다고 맹세했지. 그녀는 라틴어를 할 줄 알고, 테어 경은 못했거든."

아이사는 잠깐 이 이야기를 생각해보았다.

"하객들은요?"

"결혼식에 참석한 많은 사람들이 라틴어를 할 줄 알았고, 몇 명은 심지어 테어 경의 친구들이었지. 하지만 결혼식이 사기라는 걸 두 눈으로 보면서도 아무도 한마디도 하지 않았어. 한참 나중까지 말이야. 그 세 케이든은 도박을 한 거야. 아주 훌륭한 도박을. 막판에는 온 나라가 레이디 크로스를 동정했거든. 그녀가 궁지에 몰리기를 진심으로 바랐던 유일한 사람들은 새디스트와 여성혐오자들뿐이었고, 케이든은 그런 사람들은 전부 라틴어를 하지 못할 거라는 데 걸었던 거지."

"훌륭한 도박이었어. 난 그 결혼식 때문에 한재산 잃었지."

알리스가 툴툴거렸다.

"테어 경이 그걸 알고 어떻게 했나요?"

"오, 티어 전역에 대고 그들 모두에게 복수할 거라고 맹세했지. 레이디 크로스, 케이든, 가짜 주교까지. 하지만 가짜 주교는 결코 찾을 수가 없었어. 그리고 테어 경은 레이디에 대해 법적인 소유권이 없었고, 이 문제가 정리될 무렵에 그녀는 이미 자신의 농부와 함께였지."

"그 사람과 결혼했나요?"

"그래, 그리고 그 결과 가족에게 의절당했어. 이것 때문에 밀러 형제들이 곤란해졌던 거야. 그들은 레이디를 가족에게 돌려주기로 되어 있었는데, 대신에 농부에게 데려갔거든. 크로스가에서는 돈의 절반만을 지불했어. 케이든은 격분했고, 길드에서 형제들을 쫓아냈지. 또한 신의 교회에서도 파문당했지만, 거기에 딱히 신경을 썼을 것 같지는 않아."

"하지만 그들은 해냈군요. 그녀를 구했어요."

아이사가 생각에 잠겨서 말했다.

"그래, 큰 보수를 받고서."

"테어 경은요? 그 사람은 어떻게 됐나요?"

"아, 그자는 겨울 맥주처럼 씁쓸한 기분으로 여전히 자기 성에 앉아 있지. 여왕 폐하의 몰락을 계획하는 데 끼었고, 봄에 아가이브에 있었다는 걸 증명할 수만 있었으면 이미 그자의 목을 매달아버렸을 거야. 하지만 지금 으로서는 그냥 놔두는 중이지."

메이스가 대답했다. 실망스러운 이야기였다. 진짜 동화였다면 악당은 벌을 받았을 텐데.

"그들은 항상 함께 일하나요? 그 세 형제요."

그녀가 물었다.

"그래. 많은 케이든이 그런 작은 무리를 이뤄서 일하지. 특히 서로 보완 해주는 기술을 갖고 있다면. 하지만 대규모로 협력해서 일하기도 하지. 모 든 케이든이 공동 목표를 위해 일하는 건 꽤나 볼만한 장면일 거다."

"하지만 왜 크레슈입니까? 여왕 폐하가 우선인 줄 알았는데요."

코린이 물었다.

"그렇지. 하지만 내가 폐하만을 우선으로 삼는다면 그분이 나를 절대로 용서하지 않으실 거야. 그분이 나에게 책임을 맡기셨지."

메이스는 눈을 깜박였고, 아이사는 잠깐 동안 그의 눈에서 눈물이 반짝 이는 걸 봤다고 생각했다.

"당시에는 무슨 뜻인지 몰랐지만, 그분은 나에게 이곳을 바로잡을 책임 을 맡기셨어. 훌륭한 사람들과 마찬가지로 무방비한 사람들을 돌볼 책임 을 맡기셨고, 그 임무는 그분이 돌아오실 때까지 미뤄둘 수가 없어."

여왕동의 거대한 양 문을 두드리는 소리에 아이사는 펄쩍 뛰었다. 근위 병들이 메이스의 주위를 둘러쌌다. 데빈과 카이가 문을 약간 열었지만 안 으로 들어온 사람은 새하얀 옷을 입은 왕궁 하녀였다. 아이사는 그녀의 말 을 알아들을 수 없었지만 그들의 다급하고 높은 어조가 방 안쪽까지 분명 하게 들렸다.

"뭔가, 카이?"

메이스가 말했다.

"아래층에 문제가 생겼습니다, 섭정님. 소른의 마녀한테요."

"무슨 문젠데?"

왕궁 하녀가 눈을 커다랗게 뜨고 메이스를 보았다. 젊은 여자는 아니었고 얼굴은 새하얗게 질려 있었다.

"말을 해!"

"그 여자가 사라졌습니다."

여자가 갈라진 목소리로 말했다.

"월은? 그 여자 경비는?"

하지만 여자는 대답하지 못했다. 욕을 내뱉으며 메이스가 계단을 뛰어 내려와서 여왕동을 나갔다. 아이사는 그를 따라 복도를 지나 3층 아래에 있는 브레나의 임시 감옥으로 갔다. 그녀는 브레나가 무서웠다. 모두가, 가장 용감한 근위병조차도 브레나를 두려워했다. 브레나의 방에 가는 것은 위험한 일이었지만 아이사는 케이든의 말을 머릿속에서 지울 수가 없었다.

다 크고 나면 우리를 만나러 와라.

마지막 모퉁이를 돌자 메이스가 브레나의 방에서 3미터 앞에 우뚝 멈췄다. 문은 활짝 열려 있었지만 앞쪽 바닥에 피가 고여 있었다. 냄새가 아이사의 뺨을 후려치는 것 같았다. 이미 파리가 피 웅덩이 주위에 몰려들었고 한 마리가 아이사의 머리 주위에서 윙윙거렸다. 그녀가 손을 저어 쫓았다.

메이스가 다시 앞으로 가기 시작했지만 엘스턴이 그의 가슴에 한 손을 올려 막았다.

"저희가 먼저 가겠습니다."

메이스는 고개를 끄덕였지만 아이사는 그가 그런 제한에 짜증을 내는 걸 느낄 수 있었다. 엘스턴과 키브가 방으로 들어갔고 아이사는 보고 싶으면서도 보고 싶지 않은 기분으로 그들 뒤로 조금 따라갔다. 그녀는 엘스턴

주위를 슬쩍 둘러보다가 구석의 새빨간 덩어리를 보고 움찔했다.

"안전한가?"

"네."

엘스턴이 대답했지만 목소리는 기묘했다. 메이스가 다가오자 그가 물러섰고, 아이사는 방 안 모습을 제대로 보고서 후회했다. 윌은 목이 심하게 망가진 채 바닥에 누워 있었다. 마치 짐승이 그를 물어뜯은 것 같았다. 아이사는 전에 시체를 본 적이 한 번도 없었다. 구역질이 날 거라고 예상했지만 그녀의 배는 불쾌한 장면을 수월하게 넘겼다. 메이스는 절대로 아이사가 브레나와 단둘이 있지 못하게 했다. 그녀가 교대 임무로 여기에 왔던 두 번의 경우에는 코린이나 키브와 짝이 되었다. 윌은 괜찮은 경비였으나 마녀는 그에게 너무 과한 상대였던 모양이다. 어쩌면 그들 모두 짝을 지어 근무했어야 했는지도 모른다.

키브가 윌 옆에 무릎을 구부리고 앉아서 죽은 남자의 팔을 들어 올리고 피로 뒤덮인 손을 관찰했다.

"살점이 손톱 아래 있습니다. 아무래도 자기 손으로 이런 거 같습니다."

키브가 고개를 들고 말했다.

아이사는 윌의 망가진 목을 다시 약간의 음울한 흥미를 갖고 쳐다보았다. 왜 사람이 자기 목을 찢어질 때까지 할퀴지?

난 예전보다 더 강해졌어. 난 견딜 수 있어. 언젠가는 뭐든지 견딜 수 있게 될 거야. 그녀는 시체를 쳐다보면서 문득 깨달았다.

"비위가 강한 하인들에게 여길 청소하라고 시켜. 그리고 이웬이 여기 내려오지 못하게 주의하고."

메이스가 명령했다.

"마녀를 쫓을 추적대를 보낼까요?"

"아니. 현상금을 걸어둬. 그 여자는 눈에 띄지. 하지만 그런들 별다른 결과가 나오진 않을 거야. 코린은 지난번에 순전히 운이 좋아 그 여자를 잡았던 거야."

"하지만 그 여자가 어디로 가는지에 제 칼을 걸죠. 맙소사, 저걸 보십쇼."
코린이 중얼거렸다.

아이사는 바닥의 피투성이 시체에서 시선을 떼어냈다. 브레나의 방은 깨끗하고 안락했다. 사치스럽지는 않지만 넓은 공간에 가구들도 좋아 보였다. 몇 시간쯤 된 남은 식사가 탁자 위에 놓여 있어서 파리 떼를 끌어들였다. 하지만 코린이 말하는 건 맞은편 벽이었고 그 모습에 아이사는 깊고 고통스러운 숨을 내쉬었다. 벽은 기묘한 상징들로 뒤덮여 있었다. 그것은 단하나의 단어 주위를 비틀비틀 도는 별자리처럼 돌 위에서 춤을 추는 것 같았고, 전부 다 피로 쓰여 있었다. 가운데 단어는—

2장

타운

윌리엄 티어와 함께 최초의 크로싱을 했던 헌신적인 유토피아주의자들은 평화롭고 평등한 위대한 사회라는 엄청난 꿈을 공유했다. 약 2천 명에 이르렀던 이들은 클레이턴산맥 그늘 아래, 현대의 뉴런던이 될 높은 언덕 위에 자리를 잡았다. 그들은 농사짓는 법을 배웠고, 마을 회의에서 투표를 했고, 서로를 돌봤다. 이 목가적인 환경에서 마을은 빠르게 자라났다. 크로싱 한 세대 만에 인구는 거의 두 배로 급증했다. 종교는 엄격하게 사적인 일이었고 폭력은 금지되었다. 겉보기에는 윌리엄 티어가 위대한 이상을 현실로 이룬 것이었다.

—《티어링의 초기 역사》, 머위니언 작

언덕을 올라가는 여정은 힘겨웠다.

케이티 라이스는 강부터 타운까지 언덕 비탈을 지그재그로 오르는 이 길을 수도 없이 가보았다. 그녀는 길에 있는 모든 지형지물을 다 알았다. 세 번째 갈림길을 지나 표지판처럼 맞이하는 부서진 바위, 반쯤 올라가면 곡선 길 위로 이제 막 구부러지기 시작한 어린 참나무들, 평원에서 불어오는 바람을 수년 동안 맞아서 침식된 바람받이 비탈길의 닳은 자리. 지난주 회의에서 윌리엄 티어가 이 닳은 자리에 관해 말했다. 여기를 어떻게든 보강해야 한다는 거였다. 그는 자원자를 모집했고 백여 개의 손이 위로 올라갔다.

케이티는 이 길을 알았지만 여전히 싫어했다. 생각하는 것 말고는 할 게 없는 이 긴 도보 여행이 싫었다. 하지만 양 농장은 언덕 아래 있었고 케이티는 걷는 걸 싫어하는 만큼 양모를 사랑했다. 엄마가 처음 뜨개바늘을 손에 들려주셨을 때가 세 살이었고 열네 살인 지금은 타운에서 제일가는 뜨개질 장인일 뿐만 아니라 제일 훌륭한 방적공이자 염색공 중 하나였다. 양모를 만들고 염색하려면 이 여행은 꼭 필요한 대가였다.

나무들 사이에서 나오자 타운이 보였다. 완만하게 굽이진 언덕 꼭대기에 조그만 나무 집들 수백 채가 자리하고 있었다. 집들은 언덕 사이의 움푹한 곳을 따라 퍼져서 강 가장자리까지 이어졌다. 강은 마을 쪽으로 둥글게 들어왔다가 다시 남쪽으로, 그다음에는 서쪽으로 휘어져 흘러갔다. 엄마는 처음에 바다에서 강을 따라 올라와서 이곳을 찾았다고 하셨다. 케이티는 티어의 정착자들에게 여기가 어떻게 보였을까 상상해보곤 했다. 나무로 뒤덮인 여러 개의 언덕들뿐이었으리라. 크로싱 이후 16년이 흘렀고, 케이티에게 굉장히 긴 시간처럼 느껴졌지만 사실은 굉장히 짧다는 것도 알았다.

그녀는 몸을 돌려 뒤로 좀 걸어갔다. 이곳이 가장 좋아하는 전망대였기 때문이다. 비탈에 나무들이 가득하고 그 뒤로 반짝이는 파란 강 앞에 초록색과 금색 밭이 평원 위로 펼쳐져 있었다. 여기서는 강 건너편의 넓은 직사각형 파종 열에서 50명쯤 되는 재배자들이 일하는 게 보였다. 재배자들은 해 질 녘까지 일하다가 일이 끝나지 않으면 등불을 켜고 계속할 것이다. 하지만 케이티가 태어나기 전에 끔찍한 2년의 시기가 있었다. 엄마는 그때를 굶주림의 시기라고 부르셨다. 정착자들이 작물을 키우는 법을 몰라서 전체 인구의 4분의 1에 달하는 400여 명 이상이 죽었다. 이제 농사는 타운에서 가장 심각한 일이었다.

내년이면 케이티는 마침내 학교를 마치고 견습생이 될 수 있는 나이가 된다. 원하면 농장에서 일할 수도 있지만 그럴 것 같지는 않았다. 그녀는 물건을 들어 올리고 나르는 육체노동을 좋아하지 않았기 때문이다. 하지만 9월과 10월에는 아기와 관절염을 앓는 노인을 빼면 모든 사람들이 농장에서 일했다. 아직 전업 농부가 부족한 데다, 서리가 내리기 전에 추수를 해야 하기 때문이다. 언제나 그렇듯이 누군가가 불평을 하면 어른들은 굶주림의 시기에 대한 얘기를 꺼냈고 그러면 오래된 이야기들이 줄줄 나왔다. 강아지만 빼고 모든 개들을 도살해서 잡아먹어야 했던 일, 여러 집단들이 밤에 도망쳐서 다른 곳에서 식량을 찾다가 눈 속에서 얼어 죽은 일, 윌리엄 티어가 자기 몫의 음식을 다른 사람들에게 나눠주다가 끔찍하게 마르고 영양실조가 되어 폐렴에 걸려 거의 죽을 뻔한 일. 이제는 곡식과 감자, 당근, 딸기, 양배추, 호박이 많이 있고 닭과 소, 양도 많아서 아무도 굶지 않았다. 하지만 매년 가을마다 케이티는 굶주림의 시기를 다시 체험해야 했고 이제는 추수 생각만으로도 배 속이 울렁거렸다.

작년 회의 때 윌리엄 티어는 케이티가 잊을 수 없는 이야기를 했다. 언젠가 이 평원이 전부, 눈에 보이는 아주 먼 곳까지 다 밭으로 뒤덮일 거라는 얘기였다. 케이티는 그 모든 넓은 풀밭을 밭고랑으로 갈아놓는 걸 상상조차 할 수가 없었다. 그때가 살아생전에는 오지 않기만 바랄 뿐이었다. 풍경이 지금 이대로 남기를 바랐다.

"케이티!"

그녀는 몸을 돌리고 100미터쯤 위쪽에 있는 로를 보았다. 케이티는 가슴속에서 짜릿한 감각이 이는 것을 느끼며 서둘러 그에게 달려갔다. 로는 돌아가는 길을 즐겁게 만들어줄 것이다. 늘 그랬다.

"어디서 오는 거야?"

그녀가 물었다.

"남쪽 비탈. 금속을 찾고 있었어."

케이티는 금세 그의 말을 이해하고 고개를 끄덕였다. 로는 마을에서 제일가는 금속 세공사 중 한 명이었다. 그는 제나 카버의 금속 가게에서 일을 배우고 있었다. 사람들은 항상 고쳐야 할 보석이나 찻주전자, 칼 같은 더 실용적인 물건들을 그에게 가져갔다. 하지만 수리는 로에게 그저 직업적인 일일 뿐이었다. 그가 정말로 사랑하는 건 작품을 만드는 거였다. 장식품, 팔찌, 장식을 넣은 불붙이는 도구, 정교한 손잡이가 달린 만능 칼, 탁자 위에 놓는 조그만 조각상. 케이티의 지난번 생일에 로는 은으로 만든, 조그만 참나무 아래 앉아 있는 여자 조각상을 선물로 주었다. 이파리 조각만 해도 며칠은 걸렸을 것이다. 조각상은 케이티가 가장 아끼는 물건이 되어 그녀의 침대 옆 탁자에, 책 더미 바로 옆에 놓았다. 로는 재능 있는 예술가였지만 그가 좋아하는 재료인 금속은 타운에서는 구하기가 어려웠다. 종종 로는 며칠씩 동네를 떠나서 숲과 평원을 뒤지고 다녔다. 한번은 일주일 동안 북쪽으로 가서 커다란 숲을 찾았다. 숲 가장자리에는 놀랄 만큼 많은 구리가 묻혀 있었다. 로는 열렬하게 숲으로 돌아가고 싶어서 윌리엄 티어에게 북쪽으로 탐사단을 데려갈 수 있도록 허가를 내려달라고 요청까지 했다. 하지만 지금까지 티어는 내답해주지 않았다.

그들은 소나무 숲 뒤쪽의 평지 1에이커(약 4천 제곱미터)로 된 묘지를 지나갔다. 가장자리에는 최근에 덧댄 나무 울타리가 둘러져 있었다. 늑대나 아니면 그냥 너구리 같은 것이 묘지에 침입했기 때문이었다. 지난 몇 주 동안 묘지 관리를 맡은 멜로디 뱅크스가 여러 개의 무덤이 파헤쳐지고 시신이 묘지 여기저기 흩어진 것을 발견했다. 멜로디는 누구 무덤인지 말하지 않았고 시신은 이미 다시 묻혔다. 케이티는 묘지나 시체를 별로 무서워하지 않았지만 그래도 동물이 사람들의 묘를 파헤치는 건 생각만으로도 싫었다. 마을 회의에서 묘지에 울타리를 치기로 표결했을 때 그녀는 안도했다.

"언젠가 내가 지도자가 되면 여기를 다 파내서 전부 화장해버릴 거야."

로가 말했다.

"왜 네가 지도자가 될 거라고 생각해? 내가 될 수도 있잖아."

케이티가 물었다.

"우리 둘이 할 수도 있겠지."

로가 씩 웃으며 대답했지만 케이티는 그 웃음 아래 진지한 결의가 담긴 것을 느꼈다. 그녀는 타운의 지도자가 되어 윌리엄 티어가 매일같이 처리하는 800여 가지의 임무들을 관리할 마음은 없었다. 하지만 로의 야심은 진짜였다. 겨우 열여섯 살인데 그는 타운의 비능률적인 부분에 화를 냈고 자신이 더 잘할 수 있다고 확신했다. 그는 책임을 갈망했고 케이티는 그가 잘할 거라고 생각했다. 로는 타고난 문제 해결사였다. 하지만 지금까지 타운의 어떤 어른도 그런 자질을 알아본 것 같지 않았고, 아무도 알아주지 않는다는 게 로에겐 아픈 부분이었다.

케이티의 불만의 근원은 약간 달랐다. 그녀는 타운을 사랑하고, 모두가 서로를 돌본다는 아름다울 정도로 단순한 개념이 좋았다. 하지만 지난 몇 년 동안 그녀는 가끔 사회가, 그 상냥함이, 모두가 서로를 살핀다는 사실 자체가 사람을 옥죈다는 느낌을 받았다. 케이티는 이웃 사람들 중 여럿을 좋아하지 않았다. 지루하거나 멍청했다. 심지어는 친절하게 행동해야만 하기 때문에, 티어가 감시하고 있기 때문에 친절한 척하는 위선자들이었다. 케이티는 예의를 좀 희생한다 해도 정직한 게 더 좋았다. 모든 걸 솔직하게 터놓을 수 있기를 바랐다.

좀 더 상냥한 그녀의 절반은 윌리엄 티어의 최측근 조언자 중 한 명이자 뼛속까지 진정한 티어의 신봉자인 엄마에게서 물려받은 거였다. 케이티는 아빠가 누군지 몰랐다. 엄마는 남자가 아니라 여자를 좋아했고 케이티는 엄마가 아빠가 될 자원자를 구한 후에 그냥 잊어버렸다고 거의 확신했다. 케이티는 아빠가 누군지를 놓고 호들갑을 떨지 않았지만 가끔 이 얼굴도 모르고 신원도 모르는 남자가 자신의 불만은 아닌지, 가슴속에서 솟구치는 초조함, 거의 분노에 가까운 초조함의 원인이 아닌지 고민이 되었다.

"또 휘청거리는 거야?"

로의 말에 케이티가 낄낄 웃었다.

"휘청거리는 게 아니라 그냥 생각하는 거야. 그런다고 해가 되진 않아."

로는 어깨를 으쓱였다. 문제의 양면을 보고 공정하게 생각하려는 욕구를 로는 *휘청거린다고* 불렀고, 그가 전혀 공감하지 못하는 부분이었다. 로는 뭘 생각하든 자신이 확실하게 옳았고, 절대로 그보다 더 깊이 살펴보려 하지 않았다. 그 때문에 가끔 케이티는 화가 났지만, 안도가 되는 부분도 있었다. 로는 절대로 뒤를 돌아보고 자신이 일을 망친 건 아닌지, 자신이 공정하지 않았던 건 아닌지 고민하지 않았다. 그가 저지른 사소한 실수들은 밤에 그를 괴롭히지 않았다.

그들은 모퉁이를 돌아 주도로로 들어서서 도서관을 지나갔다. 사서인 시브기 막 마지막 사람들을 밖으로 내보내는 중이었다. 도서관은 타운이 자랑할 만한 유일한 2층짜리 큰 건물이었다. 잠나무로 지어진 타운의 건물 대부분과 달리 도서관은 벽돌로 지어졌다. 도서관은 항상 어둡고 조용하고 책으로 가득해서 케이티가 좋아하는 곳이었다. 로도 좋아하지만 그의 취향은 케이티와는 좀 달랐다. 그는 이미 오컬트에 관한 몇 안 되는 책들을 다 읽었으나 두 번, 세 번씩 읽고 또 읽었다. 책을 만지고 다루는 데에는 엄격한 규칙이 있었고, 책장을 구부리거나 천인공노하게도 책의 먼지막이 비닐을 벗기기라도 했다가는 지브가 매처럼 잡아냈다. 케이티는 지브에게 도서관에 책이 몇 권이나 있느냐고 물어본 적이 있었고 지브는 낮은 목소리로 약 2만 권이 있다고 대답했다. 케이티가 감탄하기를 바랐던 것 같지만 그렇지 않았다. 그녀는 일주일에 두세 권씩 읽었다. 평생 그렇게 읽는다면 읽을 책이 충분하겠지만, 대부분이 마음에 안 들면 어떡하지? 아직 읽지 못한 책을 다른 사람이 빌려 가면? 책은 더 이상 없었으나 사람은 더, 아주 많이 늘어날 것이다. 2만 권이 전혀 많지 않고 오히려 적다는 사실을 케이티만 이해하는 것 같았다.

지브가 마침내 꾸물거리는 마지막 사람들을 몰아냈다. 케이티는 그녀에게 손을 흔들었고 피곤한 얼굴의 사서가 한 손을 들었다가 안으로 들어가며 도서관 문을 닫았다.

"로!"

케이티가 몸을 돌리자 애니타 베리가 현관 계단을 거의 뛰어 내려와서 그들에게 다가오는 게 보였다. 케이티는 애니타에게 별로 호감이 없었지만 어쨌든 미소를 지었다. 다른 여자아이들에게 미치는 로의 영향력 때문에 언제나 즐거워졌기 때문이다. 로는 놀랍도록 잘생겼다. 케이티도 그건 알 정도였다. 가끔 아주 드물게 우정이라는 렌즈 바깥에서 로를 볼 때면 그가 잘생겼다는 생각이 들곤 했다. 하늘은 그에게 천사의 얼굴이라는 선물을 주었다. 높은 광대뼈, 그 아래로 살짝 들어간 뺨, 커다랗고 아름다운 입술. 숱 많은 머리카락은 하도 짙은 갈색이라 거의 검어 보였고 이마로 흘러내려 검은 눈을 가릴 정도였다. 그에게는 추종자들을 끄는 자력이 있었고, 그 추종자들이 전부 10대인 것도 아니었다. 몇 번쯤 케이티는 나이 많은 여자들이, 가끔은 나이 많은 남자들까지도 그와 시시덕거리는 걸 보았다.

"안녕, 애니타. 우리가 좀 급해서. 학교에서 얘기하자."

로가 말했다. 케이티는 걸어가면서 웃음을 억눌렀다. 애니타는 풀 죽은 얼굴이었다. 로가 갈비뼈를 찔렀고 케이티는 그를 보고 씩 웃었다. 로도 자신이 여자들에게 미치는 영향을 알았다. 그에게 그건 게임이었다. 케이티는 이런 관심에 기묘하게 자부심을 느꼈다. 그녀도 제대로 이해할 수 없는 자부심이었다. 그녀와 로는 그런 끌림에서 완전히 벗어나서 섹스보다 더 섬세하고 강한 것을 찾았다. 소문과 서로의 뒤통수치기에만 관심이 있는 것 같은 또래의 다른 여자아이들에게서 케이티가 본 것과는 다른, 단단하고 충성스럽고 확고한 우정이었다. 케이티는 섹스를 해본 적이 없었다. 브라이언 로드와의 성급하고 서툰 애무가 섹스와 가장 가까운 행위였다. 하지만 로와의 우정은 섹스를 하면 오히려 망가지리라는 확신이 드는 그런 것이었다.

로의 집에 도착하자 그가 머뭇거리며 불쾌한 눈으로 어머니가 기다리는 현관을 쳐다보았다. 로의 인기와 달리 아무도 핀 부인을 좋아하지 않았다. 부인은 늘 초조하고 잘 우는 유형의 여자였고 계속 잘못된 얘기를 하곤 했다. 부인의 눈에 로는 절대로 잘못을 저지르지 않았지만, 그가 자기 어머니의 그런 충성스러운 모습을 딱히 좋아하는 것도 아니었다. 그가 어머니에게 느끼는 최대의 감정은 혐오 섞인 무관심이었다.

"아직 들어가고 싶지 않아?"

케이티가 물었다.

로는 우울하게 웃으며 목소리를 낮췄다.

"가끔 그냥 나가버리고 싶어, 알아? 마을 맞은편에 내 집을 지어서……
하지만 그러면 어머니가 날 따라와서 밤낮으로 내 집 문을 두드리겠지."

케이티는 대답하지 않았지만 속으로는 로 말이 맞을 거라고 생각했다. 로의 아버지는 윌리엄 티어의 친한 친구였지만 랜딩 직후에 사망했고, 핀 부인은 거의 부끄러울 정도로 절망적으로 로에게 달라붙었다. 핀 부인은 케이티에게 상황을 똑바로 보게 해주었다. 케이티의 어머니는 허튼짓을 용납하지 않았지만, 강하고 공정했고 마을에서 가장 존경받는 여자들 중 한 명이었다. 엄마는 케이티에게 별로 자유를 주지 않았지만 그렇다고 그녀를 숨 막히게 하거나 다른 사람들 앞에서 창피를 주지는 않았다.

"우리 같이 도망가도 돼. 평원으로 도망가서 야영지를 만드는 거야. 거기서는 절대 우릴 찾지 못하실걸."

케이티가 제안했다.

"아, 라푼젤."

로가 그녀의 뺨에 한 손을 올렸고 케이티는 자신도 모르게 미소를 지었다. 둘이 처음 만났을 때 케이티는 학교 뒤에서 울고 있었다. 브라이언 로드가 머리를 아주 *세게* 잡아당겼고, 쉬는 시간이 끝난 후에 교실로 돌아가고 싶지 않았기 때문이었다. 브라이언이 거기 있을 테니까. 그는 그녀의 뒤에 앉았고 늘 머리를 잡아당겼다. 워런 선생님이 브라이언에게 얘기를 했지만 그는 선생님이 안 볼 때까지 기다렸다가 다시 시작했다. 이 상황의 불공평함, 잔인함 때문에 여섯 살 난 케이티는 울었다. 머리를 전부 잘라서 매디 이모처럼 짧게 만들어버릴까 하는 생각을 하고 있는데 로가 옆으로 와서 학교 벽에 기대앉았다. 케이티는 그가 무서웠다. 그는 3학년이었기 때문이었다. 하지만 그는 그녀의 불평을 신중하게 들어주고, 머리를 살피고, 그다음에 긴 머리 덕택에 감옥에서 탈출할 수 있었던 라푼젤 이야기를 해주었다.

우리가 그럴 수만 있다면. 그럴 수만 있다면. 케이티는 아까 느낀 타운에 대한 초조함이 되살아나는 것을 느끼며 생각했다.

"로!"

핀 부인이 현관까지 나와서 외쳤다. 비쩍 마른 그녀는 눈이 커다랗고 애처로운 데다 입가가 불만스럽게 아래로 내려간 여자였다. 저녁 식사에 낄까 생각하던 케이티는 갑자기 집에 가기로 했다.

"로, 어서 들어오렴!"

"우리 엄마는 우릴 안 찾을지 모르지만, 너희 엄마는 찾으실걸."

로가 말을 이었다.

"맞아. 우리 엄만 사냥개 같다니까."

"로! 너 어디 갔었니?"

어머니가 다시 외쳤다. 로는 덫에 걸린 것 같은 모습으로 미소를 짓고 현관으로 터덜터덜 걸어갔다. 케이티는 몸을 돌리고 길을 따라 계속 갔다. 로는 언덕의 높은 비탈 쪽에 살았으나 케이티의 집은 꼭대기에, 윌리엄 티어의 집 바로 옆에 있었다. 엄마의 집이 한쪽에 있고 반대편에는 매디 프리먼의 집이 있어서 티어는 사방으로 보호를 받았다. 마을의 누구도 그 두 사람에게 시비를 걸려 하지 않았다.

"케이티!"

개닛 부인이 자기 집 현관에서 외쳤다. 개닛 부인은 소문에만 관심이 있는 사람이라 케이티는 그냥 계속 걸어가고 싶었지만, 그런 이야기는 항상 엄마의 귀에 들어갔다. 그래서 걸음을 멈추고 손을 흔들었다.

"그분이 너희 집에 있어."

개닛 부인이 케이티에게 말했다.

"누구요?"

"알잖니. 그분. 티어."

개닛 부인이 거의 속삭이는 수준으로 목소리를 낮췄다.

케이티는 눈을 굴리지 않으려고 애를 써야 했다. 모두가 그러듯이 티어를 경배해야 한다는 건 알지만, 누군가가 티어의 이름을 숭배 조로 부르는 걸 들을 때마다 그녀의 반항적인 일부가 티어를 욕해서 그가 대단하지 않다는 걸 증명하고 싶어 했다. 하지만 그럴 만한 용기는 없었다. 티어에게는 뭔가가 있었다. 어쩌면 그가 그녀를 바라보는 방식, 그 꿰뚫는 듯한 회색 눈 때문인지도 모른다. 그 눈 때문에 케이티는 두려웠다. 그 눈은 그녀의 가슴 깊은 곳을, 다른 사람에게 알리고 싶지 않은 것들까지 들여다보는 것 같았다. 그녀는 그와 직접 이야기를 나누지 않으려고 늘 노력했다.

하지만 티어의 아내인 릴리는 좋아했다. 아니, 아내는 아니지, 그녀는 정정했다. 윌리엄 티어와 릴리는 결혼하지 않았으니까. 하지만 모두가 릴리를 좋아했다. 릴리는 케이티가 아는 사람들 중에서 몇 안 되는 진실한 여자였으나, 케이티는 릴리의 정직함이 힘들게 얻은 거라는 느낌이 들었다. 아무도 보지 않는다고 생각할 때 릴리에게서 가끔씩 뭔가 슬픈 모습을, 우울함에 가까운 것을 볼 수 있었기 때문이다. 윌리엄 티어도 그게 보일까? 그럴 것이다. 그는 모든 걸 다 보는 것 같으니까.

언덕 꼭대기에 도착할 무렵 해가 지기 시작했지만 등불이 전부 다 켜져서 가벼운 저녁 바람에 안에 있는 촛불이 흔들려 불빛이 일렁거렸다. 케이티가 고를 수 있는 다른 견습 일도 있었다. 촛불 만드는 법을 배우는 거였다. 그녀는 타운 벌통 근처에는 전혀 가고 싶지 않지만 엄마는 벌 관리는 따로이고, 촛불 제작자들은 밀랍만을 다룬다고 말씀하셨다. 케이티는 왜 오늘 견습 일이 이렇게 머릿속을 채우는 건지 알 수가 없었다. 아직도 몇 달이나 남았는데. 어쩌면 이것이 나이를 먹는다는 확실한 징표이기 때문인지도 모른다. 그녀는 어린애로 사는 데 질렸다.

"케이티!"

고개를 들자, 현관에서 엄마가 허리에 손을 얹고 기다리고 있었다. 머리는 아무렇게나 동그랗게 말아 올렸고 셔츠에는 스튜 같은 얼룩이 튀어 있었다. 가끔은 엄마 때문에 미칠 것 같지만 가끔, 오늘 같은 날에는 너무 고집스러워서 요리할 때 앞치마를 절대로 두르지 않는 엄마에 대한 사랑이 물밀듯이 밀려오는 걸 느꼈다.

"어서 오렴, 못난아."

엄마가 그녀를 꼭 껴안은 다음 안으로 서둘러 밀었다.

"손님이 오셨단다."

집 안의 모든 등불이 환하게 켜져 있었다. 케이티의 눈이 거실의 낮은 불빛에 점차 적응하면서 윌리엄 티어와 매디 이모가 벽난로 옆에서 낮은 목소리로 이야기하고 있는 게 보였다.

"우리 케이티. 어떻게 지냈니?"

매디 이모가 몸을 돌리고서 말했다. 케이티는 기쁘게 그녀를 껴안았다. 매디 프리먼이 진짜 이모는 아니었지만 케이티는 엄마만큼이나 그녀를 사랑했다. 매디 이모는 즐기는 법을 알았다. 케이티가 기억하는 한, 재미난 게임을 생각하거나 비 오는 오후에 실내에서 시간 보내는 법을 떠올리는 사람은 언제나 매디 이모였다. 하지만 이모는 또한 이야기를 잘 들어줬다. 케이티가 아홉 살 때, 워런 선생님이 학교에서 섹스에 대해 이야기하기 2년 전에, 그리고 엄마에게 케이티가 직접 그 주제에 대해 이야기하기 한참 전에 그에 대해서 말해준 사람도 매디 이모였다.

매디 이모는 거의 그녀가 찌부러질 정도로 껴안았다. 이모는 농장이나 심지어는 가축우리에서 일할 만큼 튼튼했지만 이모에게 진짜 직업이 있다면 그건 윌리엄 티어에게 조언하는 거였다. 엄마와 매디 이모, 에번 올컷…… 티어는 그중 최소한 두 명과 함께가 아니면 어디에도 가지 않았고, 이 남자에 대한 케이티의 양가적인 감정에도 엄마나 매디 이모가 그의 옆에 있는 걸 보면 자부심이 드는 건 어쩔 수가 없었다.

"나랑 같이 뒤뜰로 좀 가겠니, 케이티?"

매디 이모가 말했다. 케이티는 자신이 곤란해진 걸까 생각하며 따라갔다. 매디 이모는 걱정할 자기 아이들이 없어서 케이티를 감독하는 데 지나치게 많은 시간을 쏟았다.

탁 트인 뒤뜰은 엄마가 카델 집안의 개가 들어오지 못하도록 세워놓은 막대 울타리로 다른 집과 나뉘어 있었다. 해가 집들 아래로 낮게 걸려서 지평선에 아슬아슬하게 닿아 타오르는 오렌지색 공처럼 보였다. 여전히 몇 집 건너에서 아이들의 고함 소리가 들렸으나 금방 잠잠해질 것이다. 타운은 밤에는 언제나 조용했다.

매디 이모는 사과나무 아래 있는 널찍한 나무 의자에 앉은 다음 옆자리를 두드렸다.

"앉으렴, 케이티."

케이티는 자리에 앉았지만 불안감이 더 커졌다. 그녀는 거의 잘못을 저지르지 않았지만, 그럴 때면 그녀를 잡아내는 건 항상 매디 이모였다.

"내년에 견습 일을 시작하지?"

매디 이모가 말했다.

그러니까 이건 그녀의 과거가 아니라 미래에 대한 이야기였나 보다. 케이티는 긴장을 풀고 고개를 끄덕였다.

"뭘 하고 싶은지 생각을 좀 해봤니?"

"도서관에서 일하고 싶지만 엄마가 모두들 거기서 일하고 싶어 하니 들어가기가 엄청 어려울 거라고 하셨어요."

"맞는 얘기야. 지브 씨한테는 어디다 써야 할지 모를 만큼 조수가 많지. 두 번째 선택은 뭐니?"

"아무거나 괜찮을 것 같아요."

"상관없어?"

케이티는 고개를 들고 엄격한 매디 이모에게 얘기하고 있는 게 아니라는 걸 깨닫고 안도했다. 매디 이모에게는 두 얼굴이 있었고, 지금은 케이티가 일곱 살 때 바닥을 뒹굴며 싸우다 망가뜨린 원피스를 숨기는 걸 도와주었던 동정심 많은 쪽이었다.

"딱히 흥미가 없어요. 벌 관리같이 정말로 싫은 견습 일도 있는데, 그런 것만 아니면 별로 상관하지 않아요."

의외로 매디 이모는 미소를 지었다.

"나한테 널 위한 견습 일이 있단다, 우리 케이티. 아마 넌 좋아할 거야. 네 엄마도 승낙한 일인데, 다만 이건 비밀로 해야 한단다."

"무슨 견습 일인데요?"

"아무한테도 말하면 안 돼."

"로한테도요?"

"특히 로한테는."

매디 이모가 대답했다. 이모의 얼굴은 대단히 심각했고 케이티가 하려던 반박의 말이 입안에서 스러졌다.

"비밀로 할 수 있어요."

그녀가 대답했다.

"좋아."

매디 이모는 단어를 신중하게 고르는 듯 잠깐 뜸을 들였다.

"바다를 건너오면서 우리는 무기를 남겨두고 왔고, 그래서 폭력으로부터 우리를 지킬 수 있는 능력이 상당히 떨어졌어. 여기서 그런 게 필요할 거라고 생각하지 않았지. 너도 무기에 대해서 읽어봤지, 응?"

케이티는 침대 옆에 있는, 사람들이 다른 사람에게 총을 쏘는 내용의 책을 떠올리며 천천히 고개를 끄덕였다. 타운에는 총이 없고 칼과 화살뿐이었고, 사냥과 거래에 쓰는 용도였다. 길거리에서 칼을 갖고 다니는 것조차 허용되지 않았다.

"크로싱 이전에 너희 엄마와 난 둘 다 무기가 되는 훈련을 받았단다."

매디 이모가 먼 곳을 바라보며 나직하게 말했다.

"총이 있었지만 그걸 쓸 필요도 없었어. 우린 맨손으로 죽이는 법을 배웠지."

"*죽여요? 사람을요?*"

케이티는 눈을 깜박이며 그 말을 이해하려고 애썼다. 책에서는 그런 일이 항상 일어나지만 그건 책 속의 이야기일 뿐이었다. 그녀는 매디 이모나 엄마가 누군가를 죽이는 모습을 상상해봤지만 그게 어떤 모습인지조차 전혀 모른다는 것을 깨달았다. 그녀가 아는 한 폭력적으로 죽은 사람은 마을에 딱 한 명이었고, 그 사람은 몇 년 전에 평원을 습격하러 온 늑대에게 살해되었다. 회의에서 그 일에 대해 논쟁이 있었지만 케이티는 당시에 그걸 이해하기엔 너무 어렸다. 여러 사람들이 타운 주변에 활을 든 경비를 세우자고 주장했다. 그런 결정은 언제나 민주적인 투표로 내렸지만 윌리엄 티어는 그 주장에 반대했고, 윌리엄 티어가 반대하면 투표 결과도 항상 그쪽으로 갔다. 케이티는 근육질에 흉터가 드문드문 있는 매디 이모의 손과 팔을 차례로 보았다.

"그래서 이모가 항상 윌리엄 티어를 따라다니시는 거예요? 누굴 죽여야 할 경우에 대비해서?"

그녀가 물었다.

이번에는 매디 이모가 눈을 깜박였다.

"물론 아니지. 우린 그분에게 뭔가 필요한 게 있을 경우에 대비해서 옆에 있으려는 거야."

매디 이모가 거짓말하는 거라고 케이티는 생각했다. 그렇다고 화가 나지는 않았다. 어른들도 항상 거짓말을 하고, 그러는 이유도 종종 어린애들만큼 우스꽝스러웠다. 하지만 놀랄 만큼 정직한 내용의 이야기를 하는 와중에 매디 이모가 거기에 대해서는 거짓말을 해야 한다고 생각한다는 게 조금 기묘했다.

"네 견습을 조금 일찍 시작할까 싶어, 케이티. 다음 달에. 네 엄마와 내가 폭력을 마주했을 때 어떻게 해야 하는지 훈련받은 것처럼 너를 훈련시키고 싶단다."

"왜요? 무슨 폭력요?"

매디 이모의 얼굴에서 감정이 사라졌다. 심지어는 눈까지도 감정을 숨겨서 멍해 보였다.

"아마 폭력 같은 건 없을 거야. 그냥 예방책일 뿐이야."

또 다른 거짓말. 이번에 케이티는 웅크리고 기다리는 짐승처럼 안에서 분노가 부르르 솟아나는 것을 느꼈다.

"이거 묘지하고 관계된 일인가요?"

그녀는 파헤쳐진 묘와 풀밭에 불쌍하게 흩어진 시체를 떠올리며 물었다. 짐승이 그런 거라고들 했지만 개인적으로 케이티는 의문스러웠다. 동물들은 모든 곳을 다 파헤쳐놓지 않나? 뭐가 묘지를 파헤쳤건 간에 그것은 서너 개의 특정한 묘를 목표로 했었다.

"아니. 하지만 다른 위험이 있을 수도 있어. 네가 예방책이 되는 거라고 생각하렴."

"저만요?"

케이티는 자신의 덩치를 생각했다. 작지는 않았지만 그렇다고 크지도 않았고, 마른 편이었다. 맨손으로 남자와 싸워야 한다면 훈련을 받든 안 받든 아마 질 것이다.

"아니. 젊은 애들을 몇 명 골랐단다. 네 친구 버지니아. 개빈 머피. 조너선 티어. 리어 윌리엄스. 제스 올컷. 그리고 몇 명 더."

"로는 아니고요?"

"아니야. 롤런드 핀은 이 일에 끼지 못할 거고, 알아서도 안 돼."

잠시 케이티는 분노가 다시금 솟구치는 것을 느꼈다. 로는 재능이 많았다. 왜 어른들은 단 한 번도 알아주지 않는 걸까? 로는 숨기려고 애쓰지만, 그런 무시에 상처받았다. 그리고 켈시도 마치 자신이 당하는 것처럼 아픔을 느꼈다.

"너 하고 싶니?"

매디 이모가 물었다.

케이티는 침을 삼키고 가슴속의 짐승을 억누르려고 노력했다. 그녀는 하고 싶었지만, 그 말은 로에게 비밀을 만든다는 거였다. 그럴 수 있을까? 서로에게는 비밀이 없었다. 로는 그녀의 모든 것을 알았다.

"생각 좀 해봐도 될까요?"

"아니. 지금 결정해야 돼."

매디 이모의 목소리는 상냥하지만 확고했다.

케이티는 바닥을 바라보며 열심히 생각했다. 이 일을 하고 싶었다. 로에게 뭔가를 감춘 적은 한 번도 없지만, 이번 한 번은 할 수 있을 것 같았다. 이 비밀 임무에 끼고 싶었다.

"할게요."

매디 이모가 미소를 짓고서 집 쪽을 손가락으로 가리켰다. 몸을 돌려보니 윌리엄 티어가 다가오고 있었다. 아무 생각 없이 케이티는 벌떡 일어나 몸을 꼿꼿이 세웠다. 매디 이모가 그녀의 어깨를 한번 꼭 쥐어준 후 자리를 떠났지만 케이티는 이모가 가는 것도 거의 알아채지 못했다. 윌리엄 티어와 단둘이 있었던 유일한 때는 작년 저녁 식사 때 어쩌다가 둘이 동시에 부엌으로 갔을 때뿐이었다. 케이티는 그에게 뭐라고 해야 할지 몰라서 얼어붙은 듯이 서 있었고, 그가 접시를 들고 식탁으로 돌아가자 안도했었다. 지금도 별다를 바 없었다.

"겁먹을 거 없단다, 케이티."

티어가 매디 이모가 앉았던 자리에 앉았다.

"너한테 문제가 생긴 게 아니니까. 그냥 너에게 얘기를 하고 싶은 거란다."

케이티는 고개를 끄덕이고 자리에 앉았지만 다리 근육이 후들거려서 억지로 움직이지 않게 힘을 줘야 했다.

"이 견습 일을 하고 싶니?"

"네."

기묘하게도 케이티는 입을 열고 말을 쏟아내고 싶은 기분이었다. 비밀을 잘 지킬 수 있고, 좋은 전사가 될 수 있고, 절대로 타운에 해가 될 일은 하지 않을 거라고.

"그래, 안다."

티어의 말에 케이티는 깜짝 놀랐다.

"그게 우리가 이 일에 너를 고른 이유 중 꽤 큰 부분이란다. 싸우고 칼을 다루는 것만 배우는 건 아니야, 케이티. 세상 어떤 훈련을 받아도 신뢰가 없으면 의미가 없어. 난 수년 동안 너를 봤단다. 너한테는 재능이 있어. 우리 모두 봤지. 너한텐 가면을 꿰뚫어 보는 재능이 있어. 타운에는 그런 게 필요하고, 내가 늘 여기 있을 수는 없어."

케이티는 당황해서 그를 빤히 보았다. 그녀는 타운의 다른 어른들의 나이는 가끔 생각해봤지만, 티어의 나이를 생각해본 적은 없었다. 티어는 최소한 쉰 살은 됐겠지만 그건 그냥 숫자일 뿐이었다. 티어에게는 나이가 없었다. 그냥 존재할 뿐이었다. 그러나 그의 어조에는 오해의 여지가 없었다.

"어디 아프세요?"

"아니. 아직 몇 년은 더 살 수 있을 거란다. 그냥 조심하는 거야. 그래서 이 일을 하기로 한 거고."

티어가 미소를 짓고서 모직 스웨터 아래로 손을 넣어 사슴 가죽 끈으로 묶어놓은 조그만 주머니를 꺼냈다. 케이티는 전에는 이런 주머니를 본 적이 없었고, 티어가 주머니를 열고 내용물을 손바닥에 쏟아놓는 것을 흥미롭게 쳐다보았다. 그것은 반짝이는 새파란 보석이었다. 아마 사파이어인 것 같다고 케이티는 생각했다. 저무는 햇살 속에 많은 단면들이 빛을 반사했다. 마을의 많은 사람들이 크로싱을 건널 때 보석을 가져왔지만, 케이티는 이런 크기의 보석을 본 적이 없었다. 티어가 그녀에게 그것을 내밀었지만 잠깐 동안 그녀는 그저 쳐다보기만 했다.

"괜찮아. 받으렴."

그녀는 보석을 집었고 손에서 따뜻하게 느껴졌다. 아마 티어의 가슴에 닿아 있어서겠지만, 케이티는 보석이 살아서 숨을 쉰다는 기묘한 생각을 떨칠 수가 없었다.

"나한테 약속을 해줬으면 한단다, 케이티. 그리고 경고하는데 이건 가볍게 할 게 아니라 굉장히 진지한 약속이야. 네가 들고 있는 보석은 거짓말한 사람들을 후회하게 만들 수 있지."

케이티는 사파이어를 꼭 쥐었고 손바닥 전체가 따뜻해지는 것을 느꼈다. 혈관 속에서 모든 것이 더 빠르게 움직였다. 그녀는 고개를 들었다가 끔찍한 것을 목격했다. 티어의 뺨을 타고 한 줄기 눈물이 흘러내렸다. 그것은 케이티가 항상 알던 세상과 너무나 어울리지 않았다.

"약속하렴, 케이티. 언제나 이 마을에 최선인 일을 하겠다고 약속하렴."

케이티의 어깨가 안도감에 늘어졌다. 그건 딱히 어려운 약속이 아니었기 때문이다. 하지만 티어가 정말로 괴로워 보여서 그녀는 한 마디 한 마디 생각하는 것처럼 천천히, 진지하게 말을 해야 했다.

"타운에 최선인 일을 하겠다고 약속할게요."

그녀는 말을 멈추었다가 그 말로는 어쩐지 부족하게 느껴져서 덧붙였다.

"누군가가 타운에 해가 되는 일을 하려고 하면 제가 막을게요. 제가…… 제가 그 사람들을 죽일 거예요."

티어의 눈썹이 위로 올라갔다.

"사나운 짐승이구나. 네 엄마도 그렇게 말했지. 하지만 더 이상 죽이는 얘기는 하지 말자꾸나, 알겠지?"

그가 손을 내밀었고 케이티는 사파이어를 도로 떨어뜨렸다.

"절대 폭력적인 일이 생기지 않았으면 좋겠구나. 여기는 누굴 죽이는 곳이 아니어야 했는데."

"저 질문 하나 해도 될까요?"

"물론이지."

케이티는 온갖 용기를 끌어모았다.

"가끔 미래의 환영을 보신다면서요? 다들 그러던데요."

"그래."

"타운이 위험하다면, 누구 때문인가요? 그건 모르세요?"

티어는 고개를 흔들었다.

"내 환영은 종종 그림자 정도일 뿐이란다, 케이티. 심지어는 아무것도 아닐 수 있어."

"하지만 그렇게 생각하지 않으시잖아요."

"그래. 그림자만 보일 때에도 대체로 그건 진짜 그림자니까."

그는 사파이어를 들어 올렸고 마지막 남은 햇살에 보석이 반짝거렸다.

"이 보석은 강력하지만, 한계가 있단다. 시키는 대로 작동하는 게 아니거든. 난 이걸 사용할 수 있지만, 이걸 통제하지는 못해."

"어디서 얻으셨어요? 구세계에서요?"

"그렇기도 하고, 아니기도 하지."

그녀는 어리둥절해서 그를 쳐다보았다.

"언젠가는 너한테 얘기를 해주마, 케이티. 하지만 지금은 그냥 네가 약속을 했다는 것만 기억해두렴. 진지한 약속을. 우린 다음 주에 시작할 거고, 그때까지 이 일을 아무한테도 이야기해서는 안 된다. 네 친구들하고도. 우린 아직 모두에게 이야기하지 않았어."

"엄마랑은 이야기해도 되나요?"

"물론이지. 하지만 다른 사람은 안 돼."

그녀는 로에 관해서, 왜 그는 여기 끼지 못하는지 물어보고 싶어서 머뭇거렸다. 로는 이 동네에서 가장 영리한 10대일 것이다. 아마 조녀선 티어는 제외해야겠지만…… 하지만 매디 이모는 조녀선은 언급을 했었다. 케이티는 이제야 떠올렸다. 그는 케이티보다 겨우 한 살 많았지만 학교에서 그녀보다 3년을 앞서갔고, 나이보다 훨씬 더 성숙했다. 조녀선은 한 번도 부모님과 함께 저녁 식사를 하러 오지 않았고, 바로 옆집에 사는데도 케이티는 그를 거의 보지 못했다. 그는 무서울 정도로 영리했다. 케이티는 조녀선이 몇 학년을 앞서갔음에도 아직 다른 사람은 배울 준비가 안 된 미적분학을 가르치는 특별 수학 수업을 그를 위해 개설해야 했다는 이야기를 들었다. 하지만 그에게는 친구가 없었고, 학교에서 도는 얘기 때문에 일종의 아웃사이더로 찍혔다. 윌리엄 티어의 아들이라 아무도 그를 괴롭히지는 않지만, 그가 남들과 다르고 동떨어졌다는 것은 사실이었다. 로도 그런 면에서는 다른 애들과 다르지 않았다.

"케이티?"

그녀가 몸을 돌리자, 티어가 그녀의 혼란스러운 기분을 마치 읽은 것처럼 연민 조로 미소 짓고 있었다. 보석과 작은 주머니는 스웨터 안으로 다시 사라졌으나 케이티는 거의 알아채지 못했다. 오히려 그녀는 회색도 아니고 심지어 밝은 회색도 아니고, 저무는 햇살 속에 거의 은빛으로 반투명하게 반짝이는 티어의 눈에 사로잡혔다.

"더 이상 나를 두려워할 필요 없단다. 알겠니?"

티어가 말했다.

케이티는 고개를 끄덕이고 자신도 모르게 그를 향해 미소를 지었다. 그녀는 티어와 티어의 아첨꾼들에 대한 자신의 혹평을 떠올리고서 갑자기 부끄러움을 느꼈다. 그는 선천적으로 선량한 사람, 좋은 사람이었다. 잠시 케이티는 그 선량함이 너무 강력해서 서로를 묶어주는 밧줄이 있는 것 같은 기분이 들 정도였다. 문득 왜 엄마가 이 사람을 따라 바다를 건너왔는지 알 것 같았다.

이 사람은 모두에게 최선의 것만을 원해. 그 모든 속삭임과 숭배 아래로 이건 사실이었던 거야. 로에게 말해줄 수 있으면 좋을 텐데.

"고맙구나."

티어가 말했다. 남은 평생 케이티는 이 순간을 잊을 수 없을 것 같았다. 이 키 큰 남자가 그녀를 보고 미소를 짓고, 그 뒤로 언덕과 강이 펼쳐져 있고, 새빨간 태양의 마지막 조각이 그 위로 걸려 있는 모습. 그녀는 이번에는 미소를 짓지 않았다. 그러면 실제로는 아니더라도 기억 속에서 이 순간의 중요성이 격하될 것 같았기 때문이었다.

"이제 들어가자꾸나."

그녀는 그의 옆에서 걸으며 가늘고 빳빳한 풀을 스치는 발소리를 들었지만 머릿속은 다른 곳에 있었다. 티어가 옳았다. 이 일은 비밀로 해야 했다. 싸움과 무기…… 이런 것들은 타운의 규칙에서 너무 크게 벗어나는 거라서 사람들이 알게 되면 무슨 일이 생길지 상상조차 할 수가 없었다. 버지니아 워런, 리어 윌리엄스, 개빈 머피, 제스 올컷, 조너선 티어, 그녀 자신과 몇 명 더. 하지만 로는 빠져 있다.

왜지? 내가 모르는 뭔가를 알고 계시는 거야? 그녀는 티어의 긴 다리와 두꺼운 모직 신발을 곁눈질로 보면서 생각했다.

엄마는 부엌 바로 앞 벽에 기대 등 뒤에 손을 끼운 자세로 그들을 기다리고 있었다.

"다 됐어. 정말로 사나운 짐승이던데, 도리. 딱 제 엄마 같아."

티어가 한 손을 엄마의 어깨에 올리면서 말하고 안으로 들어갔다. 케이티는 이제 무슨 일이 생길지 모른 채 엄마를 쳐다보았다. 엄마는 예측 불가능이었다. 케이티의 실수에서는 놀랄 만큼 이성적이다가 가끔 말도 안 되는 것에 폭발하곤 했다. 엄마가 미소를 지었지만 눈은 신중했다.

"넌 평생 한 번도 비밀을 가져본 적이 없지, 케이틀린 라이스. 그것도 이렇게 중요한 비밀은 말이야."

"알아요."

케이티는 잠시 곰곰이 생각하다가 불쑥 말했다.

"엄마, 로는 정말로 똑똑해요! 왜 로는 뽑지 않은 거죠?"

"아."

엄마는 다시 벽에 기댔고 케이티는 엄마가 대답을 고심하는 것을 볼 수 있었다.

"로는…… 예측 불가능한 아이지."

"그게 무슨 뜻이에요?"

"아무것도 아니란다. 들어와서 식탁 차리렴."

케이티는 여전히 이 수수께끼를 풀려고 고민하면서 말없이 따라 들어왔다. 로에게 장난기가 좀 있긴 했다. 그는 다른 사람을 어리둥절하게 만드는 데에서 즐거움을 느꼈다. 하지만 악의가 있는 건 아니었다. 둘이서 돌이켜 보고 나중에 웃지 못할 그런 일은 없었다. 로를 대신해서 화를 내고 싶었지만 그녀가 느끼는 것은 그저 슬픔뿐이었다. 그녀만이 로의 진짜 가치를 알아보았고 그녀의 일부는 그게 좋았다. 그들 사이의 비밀 같았다. 하지만 지금은 타운의 다른 사람들이 로를 똑바로 볼 수만 있다면 그 신중하게 지켜온 친밀감을 전부 내줄 수 있을 것 같았다. 그리고 로 이야기가 나왔으니 말이지만, 이 모든 걸 어떻게 그에게 감출 수 있을까? 견습 일에는 엄청난 시간이 걸렸다. 어떻게 로에게 이걸 숨기지?

티어가 알아서 할 거야.

가슴 깊은 곳에서, 불안할 만큼 어른스럽게 느껴지는 곳에서 목소리가 들렸다. 케이티는 그 말이 사실임을 깨달았다. 티어가 알아서 해결할 것이다. 여기에는 지켜야 할 비밀이 다수였다. 케이티는 은폐의 원이 그녀를 넘어서서 타운의 기만적인 고요한 표면 위로 파문처럼 퍼져나가는 것을 느꼈다. 그녀는 커다란 사파이어를 떠올리고 몸을 떨었다. 타운을 지키겠다고 약속했고 그건 진심이었지만, 마음 깊은 곳에서 또 다른 일부가, 다른 사람을 걱정하는 데 지친 일부가, 자신만을 생각하고 싶어서 발버둥 치는 일부가 저항했다.

난 둘 다 할 수 있어, 그녀는 그렇게 생각하려 했지만 그것은 절망적인 억지 같았다. 그녀 안의 뭔가가 그런 얼버무림조차도 가짜라는 걸, 언젠가는 하나를 선택해야만 한다는 걸 아는 것만 같았다.

켈시는 번쩍 정신을 차리고 자신이 어둠 속에 있다는 걸 깨달았다. 간수의 그림자가 근처에 늘어져서 그녀를 긴장시켰지만, 잠시 후 그의 머리와 가슴이 마차의 움직임에 맞춰 흔들리는 게 보였다. 그는 자고 있었다. 머리 위의 하늘은 짙고 매끄러운 검은색이었다. 켈시는 이른 새벽이라는 걸 느낄 수 있었지만 동틀 기미도 보이지 않았다.

난 봤어.

마차 위로 불빛이 퍼졌다. 고개를 들자 화려한 가로등이 머리 위로 지나갔다. 동시에 자신이 익숙해졌던 덜컹거리고 흔들리는 움직임이 매끄럽게 변했다는 것도 깨달았다. 매끈한 도로로 다시 돌아왔다. 밤공기는 거의 얼어붙을 것 같았고 켈시는 망토 끝자락을 다시 어깨 위로 밀어 올렸다. 또 다른 가로등이 지나가고 불에 비친 수많은 그림자들이 마차 바닥에 스쳤다. 일어나 앉아서 여기가 어딘지 알아내야 했지만, 대신에 그녀는 얼어붙은 듯이 그냥 그대로 누워 있었다.

"난 봤어."

그녀는 그 말이 그것을 사실로 만들기라도 할 것처럼 나직하게 중얼거렸다.

"난 봤어."

충동적으로 한 손을 가슴에 올리고 더듬었지만, 당연히 사파이어는 거기 없었다. 그것들은 오래전에 사라졌지만, 여전히 눈을 감으면 눈앞에 그 광경이 펼쳐졌다. 타운, 숲, 카델, 멀리 펼쳐진 앨먼트. 그게 어떻게 가능하지? 심지어 릴리의 세계조차 그렇게 뚜렷하지 않았었는데.

그녀는 릴리가 아니야.

그래. 그건 티어링에 그 이름이 붙기 훨씬 전에 티어링에서 자란 다른 여자아이였다. 그 애의 엄마는 배에 총을 맞고 릴리 메이휴의 뒤뜰로 굴러떨어졌던 도리언 라이스였다. 여자아이는 케이티 라이스였다. 배경은 크로싱 몇 년 후이고, 조너선 티어가 열다섯 살이던 때였다. 그 생각에 켈시의 심장이 욱신거렸다. 그녀가 아는 한 5~6년 후에 조너선 티어는 살해당할 거고 윌리엄 티어의 유토피아는 혼돈의 도가니가 될 것이다.

시간이 너무 짧아. 어떻게 모든 게 그렇게 산산조각 날 수가 있지?

켈시가 되돌아가서 직접 답을 알아내지 않는 한은 해답이 없는 수수께끼였다. 하지만 그녀는 쓰라린 경험을 통해서 과거로의 이 작은 나들이가 끔찍한 대가를 치를 수 있다는 걸 알게 되었다.

지금 달리 할 일이 있는 것도 아니잖아.

켈시는 그 생각에 피곤한 미소를 지었다. 그 실용적인 태도가 메이스를 떠오르게 했다. 이 마차에서 그녀가 할 수 있는 일은 확실히 별로 없었다. 기병대가 모트 군대 대부분을 한참 뒤에 남겨두고 어제 국경을 넘어 아가이브 고개를 내려왔다. 붉은 여왕이 군대와 함께 있는지 아니면 밤사이에 앞서갔는지는 알지 못했다. 그녀는 검은색에서 짙은 파란색으로 막 밝아지기 시작하는 하늘을 올려다보며 잠시 자신의 나라가 너무나 끔찍하게 그리워서 다시 울 것만 같았다. 메이스의 손에 티어링을 넘겨주었고, 그건 확실히 위안이 되었다. 하지만 나라가 끔찍한 위기에 처했다는 기분을 지울 수가 없었다.

머리 위로 이른 새벽바람에 살짝 흔들리는 또 다른 가로등이 지나갔다. 모트의 이런 사소한 부분까지도 켈시를 초조하게 만들었다. 가로등은 밤에만 켜고 아침에는 꺼야 했다. 안 그러면 기름을 낭비하게 되니까. 아무것도 없는 이런 황무지 한가운데에서 누가 이 가로등을 전부 관리한단 말인가? 다시금 켈시는 잃은 사파이어를 한탄했다. 가로등만 봐도 두려움이 효율을 낳는다는 귀중한 교훈을 알려주니까.

잃은 게 아니야.

그 말에 켈시는 놀라서 펄쩍 뛰었다. 머릿속 깊은 곳에서 들리는 목소리는 분명히 릴리의 것이었다. 그래, 사파이어를 완전히 잃은 건 아니지만, 붉은 여왕의 손에 들어갔다. 그건 달에 있는 거나 다름없었다. 붉은 여왕이 쓰지 못한다고 해도 켈시 역시 못 쓰는 건 마찬가지니까.

왜 그녀가 쓰지 못할까? 릴리의 목소리는 머릿속 깊은 곳에 있어서 굉장히 멀게 들렸지만 그래도 켈시는 그 목소리에 어린 다급함을 알아챌 수 있었다. *잘 생각해봐, 켈시. 왜 그녀가 쓰지 못하지?*

켈시는 열심히 생각해보았지만 아무 답도 떠오르지 않았다. 로 핀이 티어 혈통에 대해서 뭔가 말했었는데. 그 기억을 떠올려보려고 애쓰자 머리가 아파왔다. 붉은 여왕은 티어 혈통을 가졌지만, 켈시가 더 강하다고 핀이 말했다. 그녀는 사파이어를 줘버렸는데, 그럼 어떻게 여전히 과거를 볼 수 있는 걸까? 갑자기 일주일 전에 꾸었던 꿈이 떠올랐다. 크로싱, 배들, 수평선에 밝은 구멍이 뚫려 있던 검은 하늘. 윌리엄 티어는 시간을 통과해서 문을 열었고, 제한적이기는 하지만 켈시도 구멍을 내서 과거를 엿보는 똑같은 행동을 하고 있었다. 사파이어가 없는데도 그 구멍이 그대로 열려 있을 수 있을까? 그녀가 본 크로싱이 진짜였다면, 그것은 그녀가 방금 본 것과 깔끔하게 일치했다. 몇 년 더 나이 들었지만 잘 살고 있는 릴리의 여동생 매디 프리먼.

이 마차에서 빨리 나가면 나갈수록 좋을 것이다. 그녀는 둔주 상태에서는 자신을 통제하지 못했다. 메이스와 펜 둘 다 그렇게 말했다. 그녀는 몸을 돌려 등을 대고 누우며 망토 안으로 나뭇조각이 파고드는 것을 느꼈다. 윌리엄과 조녀선 티어에게 손을 뻗어 폭풍이 휘몰아치는 미래에 대해 얘기해서, 그냥 바라보는 대신에 역사를 바꿀 수만 있다면—

머리 위에 해골이 나타났다.

켈시는 한 손으로 입을 막으며 벌떡 일어나 앉았다. 해골은 사실 가로등 사이에서 창에 꽂힌 채 허공에 높이 매달려 있었다. 턱에는 아직도 살점이 조금 남아 있었고, 눈구멍에는 오래전에 검게 변한 피가 말라붙어 있었다. 가로등 불빛이 뒤로 흐려지면서 해골의 모습도 사라졌지만, 또 다른 가로등이 나타나고 잠시 후에 또 다른 해골이 나타났다. 이번 것은 굉장히 오래돼 보였다. 바람과 시간에 턱뼈가 다 닳아버렸고 코 주변이 매끈하게 굴곡져 있었다.

최소한 한 가지 의문은 해결되었다. 그녀는 파이크로에 있었다.

켈시는 사슬이 덜그럭거려 간수가 깨지 않도록 든 채로 최대한 조용히 마차에서 일어섰다. 새벽이 이제 빠르게 다가오고 있었다. 동쪽 지평선이 분홍빛으로 변했지만 그 아래 땅은 널따란 어둠이었고 창과 가로등이 점점이 서 있는 현재 지나는 길만 보였다. 그들은 약간 내리막인 경사를 지나고 있었지만 멀리 거대한 장벽을 향해 가파른 오르막으로 길이 변하는 게 보였다. 밝아지는 하늘을 배경으로 높고 튼튼하게 지은 검은색 방벽이었다. 벽 위로 많은 건물들의 그림자가 보이고 그 모든 건물들 위쪽에 거대한 구조물이 보였다. 구조물에는 못과 직사각형의 구멍들이 있어서 켈시는 성탑이라는 것을 알아볼 수 있었다.

디메인이야. 그녀는 배 속이 꽉 뭉치는 것을 느끼며 생각했다. 한때 여기는 정착자들이 벽돌을 하나하나 쌓아 고원 위에 만든 뉴유럽의 수도 에번스턴이었다. 하지만 지금은 악몽에서 나온 것처럼 보였다.

켈시는 마차 짐칸에 기대앉아서, 몸을 움찔거리기 시작하는 간수를 쳐다보며 망토로 몸을 감쌌다. 용기를 끌어모으려고 했지만 용기의 샘이 다 말라버린 것 같았다. 그녀는 지금 자신만의 크로싱 한가운데 있었으나 이 여정은 윌리엄 티어의 것과는 전혀 달랐다.

이것은 어둠의 땅으로 가는 여정이었다.

두카르트가 문으로 들어오자 여왕은 안 좋은 소식임을 직감했다. 이 보고를 며칠 동안이나 기다리며 인내심을 발휘하려고 노력했다. 물론 그녀의 본성에 완벽하게 반하는 행동이었지만, 두카르트가 상황을 파악하는 데 약간 시간이 걸릴 걸 이해했기 때문이다. 겨우 2주 전에 국경에서 모트메인으로 그를 먼저 보냈다. 여자아이와의 일 이후로 두카르트는 지휘관으로서 아무 쓸모가 없었기 때문이다. 그는 자기 자신조차도 겨우 건사하는 것 같았다. 큰 소리만 나도 펄쩍 뛰었고, 가끔은 여왕이 이름을 두 번 세 번 불러야만 알아들었다. 그녀는 그가 예전 임무로 돌아가면, 직접 만들고 자기 것으로 삼은 자리로 돌아가면 원래대로 돌아올 수 있기를 바랐다. 하지만 현실에 두카르트가 들어오자마자 그녀는 아무것도 바뀌지 않았음을 알아챘다. 오히려 그는 전보다 더 안 좋아 보였다. 여자아이가 그에게 뭘 했는지 모르지만, 제대로 한 것 같았……. 어쩌면 이건 영구적일 수도 있었다. 그리고 두카르트가 없으면 여왕의 위치는 전보다 더 약화될 것이다.

그녀는 반란을 앞두고 있었다. 엄청난 노력을 기울였지만 여왕이 떠났다는 이야기가 새어 나갔고, 반란군 지도자 르비외는 시테마르셰를 포위했다. 대리를 맡긴 웃자란 머저리들은 전부 다 이 르비외라는 작자를 막는 데, 심지어는 그자의 정체를 밝히는 데에도 눈곱만큼의 진전조차 보이지 못했다. 그녀의 군대는 마침내 티어링에서 돌아왔지만 출정할 때보다 더 느리게, 훨씬 느리게 움직였고 이런 느린 속도에서 여왕은 배신의 기운을 감지했다. 출발하기 전에 그녀는 두카르트의 대리자인 빈 장군에게 티어에서 약탈하다가 잡힌 자는 누구든 제일 가까운 나무에 목을 매달라고 엄격하게 지시했다. 하지만 빈 장군은 군대를 두려움에 떨게 만드는 사람이 아니었다. 여왕에 대한 두려움만이 이제는 병사들을 얌전하게 만들었으나 그 두려움도 차츰 약해지고 있는 게 느껴졌다. 대령과 장군들은 돌아오면 전리품 대신 보상을 받을 것을 알기에 충성스러웠으나 나머지 병사들은…… 제길, 그녀에게는 지금 두카르트가 필요했다! 그를 잃으면 가장 곤란한 이런 때에 어떻게 저렇게 무너질 수가 있는 거지?

하지만 여왕은 이런 분노를 얼굴에 전혀 드러내지 않았다. 두카르트에게 예전 유능함의 절반만 있어도 대부분의 사람들이 허풍을 떨어대는 것보다 훨씬 낫다고 그녀는 스스로에게 말했다. 두카르트의 뒤로는 그의 뒤에서 예의 바르게 시선을 바닥으로 내리고 조용히 서 있는 것이 좋다는 걸 잘 아는 중위 두 명이 있었다.

"무슨 소식이지, 베냉?"

두카르트는 망토를 뒤로 젖히고 근처 의자에 풀썩 앉았다. 또 다른 불편한 징조였다. 전에는 절대로 앉는 걸 좋아하지 않았는데, 이제는 계속해서 근처에 기댈 곳만 찾는 것 같았다.

"시테마르셰는 혼란 상태입니다, 폐하. 지난주에 폭도들이 왕실 창고에 잠입해서 음식과 유리와 강철과 무기들을 전부 다 탈취했습니다. 경비를 서던 병사들은 사라졌습니다. 지벤 시장도 사라졌고, 그가 없으니 도시의 민병대를 움직일 권한을 가진 사람이 아무도 없습니다."

"나한테 권한이 있어."

"물론입니다, 폐하. 제 말뜻은 그게 아니라—"

"민병대를 그쪽으로 보내서 내 물건들을 찾아와."

"거기에 좀 문제가 있을 것 같습니다, 폐하. 유리나 강철을 가진 자들을 몇 명 잡았는데, 한 명당 한두 개밖에 없더군요. 그 반란군 개자식 르비외가 이미 물건을 전부 다 도시 전역으로 분배한 것 같습니다. 식량은 이미 다 없어졌을 거고 나머지를 되찾으려면 도시 인구의 절반을 체포해야 할 겁니다."

"남들에게 나눠주기 위해서 훔쳤다는 거야?"

"그런 것 같습니다, 폐하."

여왕은 꼼짝도 하지 않았지만 안쪽으로는 분노로 근육이 꿈틀거렸다. 아무 소득도 없는 침공을 하느라 엄청난 돈을 허비한 걸로 모자라서 이제 돌아와서는 이런 문제를 상대해야 한다니!

"지벤을 찾으면 그자를 시테마르셰의 벽에다 매달아놔."

"네, 폐하."

두카르트는 잠깐 머뭇거리다가 물었다.

"머리만요?"

"온몸을 다!"

그녀가 소리를 질렀다.

"온몸을 통째로 매달아, 베냉! 산 채로! 까마귀한테 파먹히고 나면 그 작자가 얼마나 훌륭한 반란군인지 알 수 있겠지!"

"네, 폐하."

두카르트가 멍하니 대답했고 여왕은 왕좌에서 뛰어내려 그의 뺨을 후려치고 싶은 충동을 억눌러야 했다. 지금부터 약 20년 전에 두카르트가 칼레에서 배신자를 데려와 산 채로 천천히, 꼼꼼하게, 남자의 비명에도 아랑곳

하지 않고 조각가가 진흙을 깎아내듯이 남자의 피부를 칼로 벗겨낸 적이 있었다. 예전의 두카르트에게는 그런 명확한 지시가 필요 없었다. 그냥 알아들었을 것이다. 여왕은 모든 것이 자신의 안에서 위태롭게 흔들리는 것을 느끼며 깊이 숨을 들이켰다.

"디메인은 어떻지?"

"지금 디메인은 비교적 조용한 것 같습니다, 폐하. 하지만 오래가지는 않을 거라고 생각합니다."

"왜지?"

"제 첩자들 여럿을 외곽으로 보내서 노예 반란의 가능성을 가늠하도록 시켰습니다, 폐하. 그리고 그 부분에서는 별로 염려할 게 없다는 답을 받았습니다."

여왕은 고개를 끄덕였다. 도망친 노예에 대한 처벌은 언제나 그런 짓을 효과적으로 막을 만큼 엄격했다.

"그런데?"

"묘한 이주가 일어나고 있습니다, 폐하. 글라스베르의 마을들이 버려지고 있습니다. 사람들이 가축과 가져갈 수 있는 귀중품들을 다 챙겨서 남쪽으로 떠나고 있습니다. 다수가 이미 시테마르셰로 밀려들었고요."

"왜지?"

"제 첩자들은 너무 사방으로 퍼져 있어서 제대로 된 심문을 할 수가 없습니다, 폐하. 이게 그들이 한 자발적인 이야기에서 주워들을 수 있던 내용의 전부입니다. 페어위치에 오래된 미신이 있습니다—"

두카르트가 말을 멈추고 살짝 기침을 했다.

"산과 언덕을 돌아다니며 어린 먹이를 찾는 생물에 대해서—"

"고아야."

여왕이 중얼거렸다.

"폐하?"

"아무것도 아니야. 나도 이 미신에 대해 알아, 베닝. 나보다 더 오래된 거지. 뭐가 바뀌었지?"

"새로운 보고가 있습니다, 폐하. 마을이, 하나가 아니라 이런 것들에게 떼로 습격을 당하고 있다는 겁니다. 데빈스콥스로 간 첩자가 빈집 바닥에서 피와 뼈를 발견했습니다. 제 부하들은 마을 여덟 곳이 그런 식으로 버려진 걸 발견했고요. 부하 두 명도 일주일 넘게 실종 상태입니다."

"그 외에 설명할 만한 이유는?"

여왕이 물었다. 하지만 말투는 공허했다. 의미 없는 질문이었기 때문이다. 어둠의 존재가 사냥에 나섰다. 그녀는 두카르트 역시 그렇게 생각한다는 걸 알 수 있었지만 그가 이유를 물어보면 뭐라고 말해야 할까?

아주 오래전에 겁에 질린 어린 여자아이가 글라스베르의 마을에서 도망쳤지. 그 애는 이미 추방당한 상태였고 숨기 위해 북쪽으로 간 거였지만 글라스베르의 마을에서도 편안하기는커녕 학대밖에는 당하지 않았기 때문에 차라리 산에 들어가 굶어 죽는 편을 택했지. 그 애는 죽을 준비를 하고 갔지만, 어느 날 밤에 깜박이는 불길을 발견했어—

"마찬가지로 이들을 심문할 만한 일손이 없었습니다. 하지만 그들이 자신들이 하는 말을 믿고 있다는 것만은 확실합니다, 폐하. 북쪽에서 뭔가가 끔찍한 짓을 하고 있고, 그게 계속 남쪽으로 내려온다면 나라 전체가 피신처를 찾아 이곳 문을 두드리게 될 겁니다."

여왕은 왕좌에 몸을 기댔다. 관자놀이에서 맥박이 불쾌하게 쿵쿵 뛰었다. 2주 전에 그녀는 악몽에서, 평생 가장 끔찍한 악몽에서 깨어났다. 유령이 아니라 실체를 갖고, 더 이상 불에 매이지 않은 어둠의 존재가 왕궁 복도를 따라, 신세계 전체를 가로질러 그녀를 쫓아오는 꿈이었다…….

풀려났어, 그녀는 깨달았다. 어둠의 존재라고 하든 고아라고 하든 중요치 않았다. 사냥당하는 페어위치의 그 불쌍한 마을 사람들은 가끔 아이들이 흔적도 없이 사라지는 이유에게 뭔가 이름을 붙여야만 했을 것이다. 어쨌든 그것이 이제 자유롭게 저 바깥을 돌아다니고 있었다……. 그게 이쪽 방향으로 오고 있을까? 거기에 의심의 여지가 있나?

이비!

목소리가 머릿속에서 울렸지만 여왕은 그것을 밀어내고 가장 오래되고 충실한 지지자를 서글프게 쳐다보았다. 두카르트는 이제 몸을 앞으로 기울이고 팔짱을 낀 팔을 무릎에 걸친 채 바닥을 쳐다보고 있었다. 그는 아직 예순 살도 되지 않았지만 피곤하고 지친 노인처럼 보였다. 예전의 두카르트 장군, 그 이름만으로 온 나라를 벌벌 떨게 만들었던 국내 보안 장관은 죽었고, 여왕은 그를 애도했다. 두카르트는 칼레 반란을 진압했고, 모트메인에 대한 여왕의 지배를 강철처럼 견고하게 만드는 것을 도왔다. 하지만 그는 망가졌다. 여왕은 이제 두카르트를 티어링으로 보낸 게 자신이 저지른 가장 치명적인 실수였을지도 모른다는 사실을 깨닫기 시작했다. 그가 없으면 그녀를 방어해줄 사람이 아무도 없었다. 군대마저도 그럴 수는 없었다.

다른 것들도 있었을까? 머릿속에서 겁에 질린 쥐새끼처럼 의문이 이쪽저쪽으로 달음박질치는 게 느껴졌다. *다른 실패가 있었나? 내가 실수를 몇 가지나 저질렀을까?*

"어떻게 하기를 바라십니까, 폐하?"

여왕은 왕좌의 팔걸이를 잠시 두드리고 있다가 거의 느긋한 어조로 물었다.

"여자애는 어디에 있지?"

두카르트의 표정은 변하지 않았지만 낯빛이 조금 창백해졌다. 그 순간 그가 더 나이 든 것처럼 보였다. 여왕 역시 여자아이를 생각하는 게 달갑지 않았다. 천막에서의 장면을 떠올리는 건 끔찍했다. 너무나 끔찍해서 그 기억을 머릿속 제일 구석에 밀어 넣어뒀을 정도였다. 여자애는 이제 너무 많은 것을 알았다―

이비!

―여왕이 무덤까지 갖고 가려고 했던 많은 것들을 알아버렸다.

"어제 데려왔습니다, 폐하. 지금은 안전하고 확실하게 지하 감옥에 있습니다."

하지만 두카르트도 말을 하며 움찔했다.

"경비를 엄중하게 하도록 해."

"탈출할까 봐 걱정하시는 겁니까, 폐하?"

"물론 아니야. 감금되어 있다가 죽을까 봐 걱정하는 거야. 그대의 부하들은 그 부분에서는 기록이 별로 좋지 않으니까, 베냉. 그 계집애는 살아 있어야 돼."

"그녀의 이름이 반란군들의 구호가 되고 있습니다. 그냥 처형하는 게 더 낫지 않으시겠습니까?"

여왕이 왕좌를 주먹으로 내리쳤고, 그가 펄쩍 뛰는 걸 보자 기분이 조금 좋아졌다.

"내 말 들었나, 베냉?"

"네, 폐하. 살려두란 말씀이시지요."

하지만 여왕은 이제 그를 신뢰하지 않았다. 두카르트가 그녀를 배반할 수 있을까? 어떤 충성도 확실해 보이지 않았다. 그녀는 자신의 명령이라면 불길 속으로라도 뛰어들 수 있었던 옛 시종 베릴을 아쉬움 속에 떠올렸다. 하지만 베릴은 죽었고, 여왕은 이제 늘 뒤에서 속삭이는 것 같은 쥘리에트를 그의 자리에 세워두었다. 지금도 쥘리는 제 할 일을 잊고 벽에 느긋하게 기대서 왕궁 경비 한 명과 눈짓을 주고받고 있었다. 여왕의 다른 시녀들도 여기저기 흩어져서 거의 아무런 주의도 기울이지 않았다.

"다른 건?"

"군대 문제입니다, 폐하."

두카르트는 뒤에 서 있는 두 부하들 쪽으로 불편한 시선을 힐끗 던지며 신중하게 말했다.

"골치 아프게 되었습니다. 많은 병사들이 직위 해제된 후에도 집으로 돌아가기를 거부하고 있고, 다수가 무리 지어 딴엔 은밀하다고 생각하는 모임을 갖고 있습니다. 디메인 전역에서 만취해서 싸움을 벌인다는 보고가 들어오고 있고, 망가진 가구와 구타당한 여자들 문제에 관해 폐하를 비난하고들 있습니다."

여왕은 미소를 짓고서 분노를 약간 목소리에 드러냈다.

"그래, 왜 그 문제에 대해서 그대가 뭔가 하지 않는 거지, 베넹?"

"저는 이제 제 병사들을 통제하지 못합니다, 폐하. 그들은 진부한 말이나 애국심을 원하지 않습니다. 제일 하위 보병들까지도 전부 다 전리품을 원합니다. 그게 아니면 현금으로 받기를 원합니다."

두카르트가 완고한 어조로 말했다.

여왕은 고개를 끄덕였지만, 두카르트가 말하는 건 불가능한 일이었다. 그녀는 언제나 직접 돈을 관리했고, 금고에 돈이 얼마만큼 있는지 정확하게 알았다. 예비 자금이 있긴 하지만 티어 선적이 멈춘 이래로 들어오는 돈이 상당히 줄었다. 불만을 품은 병사들 수천 명에게 티어 침공으로 얻을 수 있을 거라고 생각했던 양만큼 줄 돈은 물론 없었다. 잠깐 여왕은 그래도 그들에게 조금씩이나마 지불할까 생각을 해보았다. 그렇게 하면 금고는 비겠지만 가끔은 그런 행동도 필요한 법이다. 여왕은 전에도 여러 번 도박을 해보았고, 도박은 언제나 그만한 결과를 가져왔다.

하지만 그 생각은 그녀의 심기를 건드렸다. 어쨌든 그녀 역시 얻은 게 전혀 없었다. 두 개의 티어 사파이어가 옷 아래 걸려 있지만 그건 예쁜 장신구일 뿐이었다. 티어 침공에서 얻기를 바랐던 그 모든 힘, 무적의 능력이 가슴 사이에 걸려 있는 텅 빈 트로피로 축소되었다. 팔레로 돌아오면서 자신이 아는 모든 것, 모든 마법을 다 써봤지만 보석은 그녀에게 응답하지 않았다. 미칠 노릇이었다. 그녀도 티어 혈통이었다. 최소한 어둠의 존재가 그녀에게 그렇게 말했다. 그러니까 그녀도 이걸 쓸 수 있어야 했다. 보석의 힘이 다 어디로 간 거지?

두카르트는 여전히 해법을 기다리고 있었으나 여왕에게는 답이 없었다. 그녀의 병사들은 어린애들이었다. 지휘관들에게는 관대할 정도의 보상을 해주었다. 그 돈으로 그들이 뭘 할지는 그들의 문제였다.

그녀가 마침내 대답했다.

"이건 내 군대야. 그들은 나를 위해서 일하지. 그걸 잊었다면 상기시켜주는 수밖에."

"두려움으로 억누르는 데에는 한계가 있습니다, 폐하."

"두고 보라고, 베냉."

두카르트는 더 논쟁하고 싶은 것 같았지만 잠시 후에 그저 아까 같은 패배한 자세로 돌아가 무릎 위로 머리를 늘어뜨렸다. 거의 백 번째로 여왕은 여자아이가 그에게 도대체 무슨 짓을 한 걸까 생각했다. 이 남자가 두려워할 능력이 있다는 것조차 몰랐건만 이제 그는 부들부들 떠는 것밖에는 할 수 없어 보였다.

"다른 게 더 있나?"

"신경 쓰이는 보고가 하나 있습니다. 폐하의 병사들이 은밀한 만남을 가지면 제 부하들이 항상 감시합니다. 이틀 전에 열 명의 중위들 무리가 남부 지구의 버려진 집에서 만남을 가졌습니다."

"그런데?"

"두 명의 사제와 만났습니다."

"*티어 사제들?*"

"네, 폐하. 두 번째는 누군지 모르겠지만 책임자는 매튜 수사가 처형된 후 교황의 오른팔 자리를 차지한 라이언 신부였습니다."

여왕의 입술이 뒤틀리며 이가 드러났다. 티어 교황의 원칙은 하도 속이 들여다보여서 거의 투명할 지경이었고, 그가 여왕과 맺은 계약은 지금 불확실한 상태였다. 교황은 여자아이를 죽이는 데 실패했고 여왕은 군대를 철수시켰다. 더는 티어링에 손도 대지 않을 것이다. 설령 보석이 생명을 잃은 것처럼 보여도 그녀는 거기 대고 맹세했고, 감히 시험해볼 마음은 없었다. 하지만 아배스의 그 두 얼굴의 개자식이 자기 편의만을 찾으려고 할 줄 알았어야 했다. 그놈의 목을 손에 쥐고 비틀어버리고 싶었다.

"이 만남의 내용은?"

그녀가 물었다.

"아직 모릅니다, 폐하. 중위 두 명을 구금해뒀습니다만, 아직까지 무너지지 않았습니다."

"당장 무너뜨려."

"알겠습니다, 폐하."

하지만 두카르트는 기운 없는 어조였고 여왕은 그가 말하지 않은 것을 쉽게 읽을 수 있었다. 사람들이 은밀한 곳에서 계략을 짜지 못하게 만드는 건 굉장히 어려운 일이었다.

이비!

"이런 제기랄, *좀 닥쳐!*"

그녀가 속삭였다.

"폐하?"

"아무것도 아니야."

여왕은 머릿속을 조용히 시키려고 노력하며 관자놀이를 문질렀다. 여자아이가 두카르트에게 상당한 피해를 입혔지만, 당한 건 두카르트만이 아니었다. 오래전에 이블린 랠리를 죽여 없앴다고 믿었던 여왕도 이제 머릿속이 이블린의 불안정한 유령들로 가득하다는 것을 깨달았다. 그녀에게는 평화가, 앉아서 생각할 시간이, 뭘 할지 고민할 여유가 필요했다. 차를 마시고 뜨거운 목욕을 하고 나면 대답이 떠오를 수도 있고, 아니라면 최소한 낮잠을 자며 요즘 늘 머릿속을 뒤덮고 있는 것 같은 혼란을 조금이라도 걷어내고 싶었다. 티어 사파이어가 불면증을 치료해줄 거라고 너무나 확신했었는데 당연하게도 보석은 그런 것조차 해주지 않았고, 이제 매일이 전날 밤에 못 잔 잠을 벌충하는 일로 점철되는 것 같았다—

가벼운 쇠붙이 소리가 허공에 울렸다. 오래된 본능으로 여왕은 왕좌에서 벌떡 일어나 연단 옆으로 몸을 날려 웅크린 자세로 착지했다. 무언가가 왕좌 등받이에 부딪쳤지만 그녀는 이미 연단 양옆에 있는 거대한 기둥 뒤로 달려가고 있었다. 머릿속으로 앞에서 벌어지는 움직임이 희미하게 들어왔다. 중위 한 명을 붙잡는 두카르트, 계단 아래쪽에 떨어진 단도, 검을 손에 들고 기둥 쪽으로 슬금슬금 다가오는 다른 중위.

암살이야, 여왕은 그 생각에 거의 어안이 벙벙했다. 이것은 오래된 게임이었지만, 누군가가 감히 여기서 시도하려고 한 것은 굉장히 오랜만이었다. 그녀는 매끄럽고 둥근 기둥 표면으로 몸을 바싹 붙였다. 머릿속이 빠르게 움직였다. 그래, 군대는 불만으로 가득했지만 불만만으로는 절대로 이렇게 극단적인 행동을 할 수 없다. 왠지 모르지만 그들은 그녀가 취약하다고 생각한 것이다. 그녀가 약해서 티어를 가만히 둔 거라고 생각했나? 참을 수 없는 일이었다. 두카르트가 이 일과 관련이 있을까? 그건 아닐 것 같았다. 그보다는 두카르트도 2차적인 목표물이었을 것이다. 아무도, 심지어 그의 병사들조차도 그를 사랑하지 않으니까.

그녀는 두 번째 중위가 이제 다가오는 것을 감시했다. 토끼처럼 가볍고 빠른 맥박이 기둥 뒤편에서 느껴졌다. 그를 간단히 죽일 수 있지만 중위 둘이서 이런 계략을 짜냈을 리가 없다. 최소한 하나는 살려둬야 했다. 방 가운데에서 목이 졸려 컥컥거리는 소리가 들렸다. 두카르트가 아니기를 바랐지만 그렇다고 해도 어쩔 수 없는 일이었다. 암살자가 기둥을 돌아서 왼쪽으로 다가오고 있었고, 여왕은 그의 오른손을 공격할 준비를 하고 몸에 힘을 주었다. 하지만 그때 기둥에 뭔가가 부딪쳤고, 지름 3미터의 단단한 돌을 통해서도 여왕은 그 충격을 느낄 수 있었다. 남자의 검이 앞쪽 바닥으로 쨍그랑 떨어졌다.

"폐하? 괜찮으세요?"

강한 티어 억양의 말소리가 들렸다. 여왕은 기둥 옆을 살짝 내다보고 미나가 죽은 후 쥘리에트가 선택한 새로운 여자애, 시녀 한 명을 발견했다. 이름은 기억나지 않았다. 기둥을 천천히 돌아와서 그녀는 여자가 중위를 기둥으로 밀어붙이고 돌기둥에 그의 얼굴을 짓누르고 목에 칼을 누르고 있는 것을 보고서 자신도 모르게 감탄했다. 여왕의 시녀들이 전부 다 그렇듯이 여자치고는 키가 크고 근육질이었지만 그래도 병사보다는 더 작은데도 그녀는 중위를 꼼짝 못 하게 붙들고 있었다.

알현실의 상황이 많은 것을 말해주었다. 쥘리에트는 꼼짝도 하지 않았고 다른 시녀들도 마찬가지였다. 여왕의 근위대장 기슬랭은 두카르트를 공격자 아래서 끌어내고 있었고, 이만큼 떨어진 곳에서도 두카르트의 목에 생기는 흉측한 멍 자국이 보였다. 다른 중위는 등에 칼이 박힌 채 죽은 상태였다. 여왕의 개인 근위병들 대부분이 여전히 벽에 서서 날카로운 눈으로 그녀의 움직임 하나하나를 보고 있었다. 그들은 거의 손가락 하나 움직이지 않았다.

맙소사! 내 개인 근위병들이!

여왕이 새 시녀 쪽으로 몸을 돌렸다.

"이름이 뭐지?"

"에밀리입니다, 폐하."

"베넹! 죄수를 데려갈 만큼 멀쩡한가?"

"전 괜찮습니다. 그놈이 저를 기습했습니다."

두카르트가 거의 으르렁거리는 어조로 내뱉었다.

여왕의 입술이 팽팽해졌다. 아무도 두카르트를 기습하는 데 성공한 적이 없었는데. 그녀는 다시 에밀리에게 몸을 돌려서 그녀를 평가했다. 키가 크고 금발에 탄탄하게 팔 근육이 잡힌 훌륭한 티어 출신으로, 예쁘지만 별로 영리하지는 않은 젊은 여자였다. 그녀는 여왕이 언제나 티어의 최하층민들 특유의 표정이라고 여긴 그 멍한 표정을 짓고 있었다.

"넌 선적을 통해서 왔지."

여왕이 말했다.

"네, 폐하. 선택된 시녀입니다. 겨우 지난달입니다."

여자아이는 티어어와 엉망인 모트어가 섞인 말로 대답했다.

말도 똑바로 못하는 시녀라니! 쥘리에트가 다급했던 게 분명했다. 하지만 지난 몇 분 동안 일어난 사건으로 보아 여왕은 그 선택에 흠을 잡을 만한 입장이 아니었다. 혼자서도 암살자를 상대할 수 있었겠지만, 그게 중요한 게 아니었다. 이 방의 모든 사람들 중에서 딱 두 명만 행동했다. 기슬랭과 이 노예였다. 모트어를 질하는 사람은 많지만, 충성심은 요즘 굉장히 부족한 자원이었다. 이 여자애가 티어인이라는 게 참으로 안타까운 일이었다.

"그자를 두카르트 장군에게 줘."

그녀가 에밀리에게 말했다.

"베넹! 이름을 알아내!"

"네, 폐하."

두카르트가 대답하고서 간신히 일어섰다. 새로운 시녀가 죄수를 건넸고 여왕은 초조함을 감추려고 애쓰고 있는 쥘리에트를 신중하게 바라보았다. 그게 죄책감 때문인지 여왕은 분명하게 알 수가 없었다. 이제 배신이 주위를 둘러싸고 있는 것 같았다. 성안에서는 안전하지만, 경비를 아도 두껍게 해놔서 나갈 수도 없는 외로운 독재자에 관한 티어 옛이야기 같았다. 두카르트가 군대를 철수시키면 정말로 문제가 생길 거라고 경고했었고, 이제 그녀는 두카르트가 자신보다 병사들을 잘 이해하고 있었다는 걸 깨달았다. 그의 말을 들었어야 했다. 두카르트가 죄수를 데리고 문으로 향하자 여왕은 불쾌한 사실을 마주해야만 했다. 이 비참한 자가 친구에 가장 가까운 존재였다. 혼자서는 각자 그리 오래 버티지 못할 것이다.

"베냉!"

그가 돌아보았다.

"폐하?"

여왕은 목으로 한 마디 한 마디를 살살 달래 끌어내야 하는 것 같은 기분으로 깊이 숨을 들이켰다. 도움을 구하는 것…… 그건 세상에서 가장 어렵고 끔찍한 일이었다. 하지만 그녀에게는 선택지가 없었다.

"이제 그대와 나뿐이야, 베냉. 알겠지?"

두카르트가 고개를 끄덕였지만 얼굴이 움찔거리는 게 보였다. 여왕은 놀라운 사실을 깨달았다. 그녀가 그를 불쾌하게 여기는 것만큼 그 역시 그녀를 불쾌하게 여기는 것이다. 그것은 생각해볼 만한 사실이었지만 나중에, 이 위기를 넘기고 마침내 제대로 밤잠을 자게 될 때로 미뤄두어도 될 것이다.

"가봐."

두카르트는 중위를 앞으로 밀면서 방을 나갔다. 어차피 그자에게서 알아낼 만한 사실은 아무것도 없을 것이다. 불만 가득한 군대는 훌륭한 모집 대상이 될 테니까. 하지만 영리한 음모가라면 암살자에게 아무것도 말하지 않는 법이고, 보이지 않는 적수인 이 르비외라는 자는 영리함 그 자체였다. 여왕은 다시 왕좌에 앉아서 앞에 있는 잠재적 배신자 무리들을 바라보았다. 근위병들, 시녀들, 병사들, 신하들, 최소한 서른 명의 사람들이 전부 그녀를 무너뜨릴 계략을 세울 수 있었다. 쥘리에트가 바닥의 시체를 치우기 위해서 분주하게 움직였지만 시선은 계속 두려움에 차서 여왕에게로 향했다.

여왕은 다른 시녀들과 함께 다시 벽으로 물러선 티어 여자아이를 찾았다. 여자아이의 배경을 알아내서 그런 식으로 단도를 다루는 법을 어디서 배웠는지 알아볼 수도 있지만, 나중에 해도 될 것이다. 지금은 걱정할 것들이 너무 많았다. 마을 전체가 글라스베르에서 도망쳐서 사라졌다. 여왕은 더 이상 군대를 통솔하지 못했고, 죄다 살인자들 무리로 돌변했다. 고아, 어둠의 존재, 무슨 이름을 붙이든 간에 그가 오고 있고, 그녀에게는 그를 막을 만한 것이 아무것도 없었다. 여자아이는 쓸모가 있을 수도 있지만 위험한 불확실 요인이었고, 여왕은 불확실한 것이 세상 무엇보다 싫었다. 갑자기 비명을 지르고 뭔가 던지고 싶었다. 이 모든 사람들이 그녀를 바라보며 그녀가 또 다른 실수를 저지르기만 기다리고 있는 걸 멈추고 싶었다.

"에밀리라고 했던가?"

그녀가 노예에게 물었다.

"네, 폐하."

여왕은 그녀를 잠시 바라보며 다시금 평가했다. 아무도 믿을 수 없다는 걸 이제 깨달았지만, 그래도 이 티어인 노예가 다른 사람들보다는 나은 선택일 것 같았다. 대체로 선적으로 온 티어인들은 자국에 충성심이 남아 있지 않았다. 오히려 적극적으로 증오하는 편이었다. 티어 노예를 티어 여왕과 만날 수 있게 하는 건 꽤나 위험성이 큰 일이지만, 최소한 이 여자아이는 행동을 했다. 제기랄…… 그리고 그것은 여왕이 방 안의 대부분의 사람들, 심지어는 개인 근위병들에게 기대할 수 있는 것 이상이었다. 다시금 그녀는 베릴을, 충성이란 게 나쁜 것들 사이에서 골라야 하는 것이 아니던 시절을 떠올리고 그리움을 느꼈다.

"넌 이제 시녀가 아니야."

여왕이 그녀에게 말했다.

"특별 임무를 주지. 내 지하 감옥으로 내려가라. 그리고 티어 여왕의 상태에 대해서 자세한 보고를 올려. 어디에 있고, 상태가 어떤지 전부 다. 간수들에게 특별한 요청을 하는지에 관해서도 알아내."

여자는 고개를 끄덕이고 쥘리에트에게 승리의 시선을 던졌다. 쥘리에트의 얼굴이 더욱 어두워졌다. 서로 딱히 호감은 없는 모양이었다. 좋은 신호였다.

"그리고 모트어 선생을 구해서 빨리 배워. 네 입에서 티어어가 나오는 걸 듣고 싶지 않으니까."

에밀리가 말대꾸하지도 질문하지도 않고 그저 고개만 끄덕이고 나가는 것은 또 다른 좋은 신호였다.

여왕은 왕좌로 돌아왔지만 자리에 앉아도 바닥에 갓 생긴 핏자국을 보는 것 말고는 딱히 할 일이 없는 것 같았다. 반란과 저항. 어떤 통치자도 그런 것을 힘으로 오래 억누르지 못했다. 르비외와 어둠의 존재…… 잠깐 동안 그녀는 그들이 손잡은 게 아닐까 생각했다. 하지만 그럴 리 없었다. 어둠의 존재는 다른 사람과 손잡을 만큼 자신을 낮추지 않을 것이다. 심지어 협조자라고 생각했던 여왕조차 그에게는 졸일 뿐이었다. 어둠의 존재는 그녀가 약해질 때까지, 모트메인 전역의 반란이 최고조에 달할 때까지 기다렸다가 그녀에게 올 것이다.

도망칠 수도 있어, 여왕은 그렇게 생각했지만 그것은 의미 없는 발상이었다. 그녀는 카다르와 칼레 양쪽 모두에서 증오의 대상이었다. 북쪽에서는 어둠의 존재가 기다리고 있고, 서쪽은 최악의 선택지였다. 티어에서 그녀를 사로잡으면, 그녀가 그저 비명을 지르는 걸 보기 위해서 갈가리 찢어놓을 것이다. 설령 어딘가 어두운 구멍, 음습한 구석으로 도망칠 수 있다고 해도 그녀의 명령에 따라 온 나라가 춤추는 걸 보는 데 익숙해진 상황에 그게 대체 어떤 삶이 될까?

이비! 이리 와!

"싫어."

그녀가 속삭였다. 티어가 첫 번째 선적을 보내기 훨씬 전에 그녀는 이미 노예였다. 이제는 절대로 돌아갈 수 없었다. 차라리 죽을 것이다. 그녀는 벌써 몇 달째 자신을 반복해서 괴롭히는 악몽을 떠올렸다. 마지막 탈주, 여자아이, 다가오는 불길, 그리고 그들 뒤의 회색 옷을 입은 남자. *넌 도망치게 될 거야,* 어둠의 존재는 그렇게 말했다. 아마도 그렇게 될 것이다. 하지만 그건 그녀에게 아무것도 남지 않은 가장 마지막의 일이다. 그녀는 턱을 들어 올리고 앞에 가득한 배신자들을 바라보았다.

"다음."

3장

디메인

이 사람들은 증오를 우라지게 자랑스러워하고 있어요! 증오는 쉽고, 아주 게으른 행동이에요. 노력이 필요하고 우리 각각에게 대가를 요구하는 건 바로 사랑이죠. 사랑에는 노력이 들어요. 그리고 그게 사랑의 가치죠.

—《글린 여왕의 말》, 타일러 신부 편찬

오랫동안 상상할 수 있는 모든 장소를 몰래 들락날락하면서 페치는 가장 귀중한 기술이 정확한 걸음걸이라는 것을 알게 되었다. 너무 빠르면 의심을 받는다. 너무 느리면 길을 잃는다. 하지만 적당한 속도, 여기 있을 만한 사람임을 드러내는 자신감 있는 걸음걸이, 이런 것이 근위병과 보초들의 의심을 풀어주는 마술 같은 힘을 지녔다.

그는 무심하게 계단을 올라갔다. 지금 향하는 목적지가 달갑지 않은, 훨씬 육중한 남자의 걸음이었다. 그는 아배스 경비의 망토를 둘렀지만 두건 아래의 눈은 움직임을 찾아 사방으로 움직였다. 새벽 3시 반이었고 아배스 사람들 대부분이 잠들었다. 하지만 전부는 아니었다. 페치는 한참 위쪽에서 움직임을, 위층에서 계단 중앙을 타고 흘러내리는 수많은 목소리를 들을 수 있었다. 새로운 폭도들이었다. 교황이 임명되자, 도시의 열성 신도들은 아배스 앞에서 사흘간 단식을 하면서 그 일을 축하했다. 바로 이들은 교황이 교회의 영광을, 글린 여왕이 즉위한 이후 계속해서 침식되고 있는 영광을 되살릴 거라고 생각했다. 이 사람들을 이용해서 교황은 폭도들을 조직했다.

내가 너희들에게 얘기해줄 수 있지, 페치는 생각했다. 그 생각은 머릿속에서 검게 물들었고, 이제 교황 대신 하얀 옷을 두른 로의 모습이 떠올랐다. *내가 신의 교회에 대해 너희들에게 이야기해줄 수 있지.*

폭도들은 끔찍했다. 이미 도시의 여러 군데에서 많은 "죄인들"을 학살했다. 하지만 더 끔찍한 일이 기다리고 있었다. 새 교황은 아배스에 스물다섯 명이 넘는 회계 담당자들을 고용했으나 관심 없는 사람이 봐도 이들이 회계사가 아니라 깡패들이라는 건 분명했다. 하월은 이들 여럿을 따라 도시 전역을, 거트와 창고 구역을, 심지어는 크레슈까지 돌아다녔다. 그들은 거기서 좋은 돈벌이가 되는 거라면 어떤 음란한 일이든 다뤘다. 직감적으로 페치는 여기, 길 아래 어둠 속에서 거대한 범죄 제국이 조직되고 있다는 걸 알아챘다.

물론 티어링에는 깡패 조직이 많았다. 여왕의 재무관도 그중 하나였다. 하지만 이곳은 교회였다. 신의 교회가 막 탄생하던 시절에 그 일원이었던 페치는 마음 깊은 곳에서 차이를 느꼈다. 범죄자와 포주들…… 왜 이 사실이 그를 놀라게 하는지 알 수가 없었다. 하지만 지금 그가 느끼는 부끄러움은 그때 느꼈던 부끄러움과 똑같았다.

죽기 전에 토머스 랠리는 왕관이 교황 손에 있다고 말했다. 토머스는 그 것을 돌려받기 위해서 끝없이 사소한 뇌물들을 바쳤지만, 최소한 예전 교황이 진짜 원하던 것, 교회에 영구적으로 세금을 면제해주는 것만큼은 주지 않을 정도의 정신머리가 있었다. 어쨌든 그건 그지 왕관일 뿐이었으니까. 물론 항상 토머스를 쉽게 읽어냈던 페치는 그 빌어먹을 작자의 눈에서 다른 진실을 보았다. 그는 왕관을 지독하게 원했다. 그게 뭘 할 수 있는지는 몰랐지만, 그 부분에 관해서는 페치 역시 정확하게 알지 못하지만, 어쨌든 은제 관은 토머스가 증명하려던 것을 상징했다. 처형되기 직전 그 마지막 순간에 페치는 그를 불쌍하게 여겼지만, 도끼를 내리치지 않을 정도는 아니었다.

몇 주 전에, 여왕이 잡혀가기 직전에 하월은 아베스에서 뭔가 도난당했다는 이야기를 주워들었다. 교황의 깡패들은 그게 뭔지 전혀 몰랐지만 광을 낸 벚나무 상자에 들어 있다는 것만은 알았다. 하월이 얘기한 그 부분에서 그의 귀가 번쩍 뜨였다. 페치의 부하들은 상자를 본 적이 없지만, 페치는 오래전에, 그가 친구라고 생각했던 남자의 손에서 그것을 본 적이 있었다. 그것을 로의 손에 들어가지 못하게 하는 게 가장 중요하지만, 그만큼 안 좋은 손길은 더 있었다. 교회 전체가 왕궁 사제 타일러 신부를 찾고 있었고, 그의 머리에 걸린 현상금이 매일같이 높아졌다. 왕궁 사제가 왕관을 가져갔다면 아베스를 어슬렁거리다가 그걸 찾지는 못할 것이다. 하지만 어제 그는 흥미로운 것을 목격했다. 인생이 그에게 가르쳐준 게 하나 있다면 더 많은 정보는 절대로 나쁜 게 아니라는 점이다. 우연히 들은 사소한 사실들이 나중에 유용할 때가 종종 있었다.

그의 앞에, 수사들의 숙소로 이어지는 복도의 의자에 검은 머리 여자가 앉아 있었다. 여자의 얼굴은 면도칼 같은 걸로 엉망으로 그어놓았다. 상처를 꿰매지 않아서 얼굴에는 말라붙은 피와 감염된 살이 번갈아 교차되었다. 여자는 페치가 다가가도 바닥만 바라보았다.

하월은 이 여자에 대해서 아무 얘기도 하지 않았지만, 페치는 부엌 소문을 통해 여자 이름이 마야이고 교황의 정부였다는 사실을 알아냈다. 유망

한 사람을 알아보는 눈이 있는 페치는 몇 년간 앤더스 추기경을 주시했다. 그는 항상 여자를 딱 둘씩 보유했다. 대중에게는 숨기고 있어도 이 여자들은 아배스에서는 비밀이 아니었다. 이들은 창녀 출신으로 앤더스의 관심이 끝나면 대체로 다시 그 일로 돌아갔다. 하지만 이 여자 마야는 다시는 일하지 못할 것이다. 교황의 모든 여자들이 그렇듯이 이 여자도 모르핀에 중독되었고, 페치는 바로 그 중독 때문에 여자가 의자에 얌전히 앉아 있는 게 아닐까 생각했다. 여자는 다음번 약을 할 순간 외에는 생각하지 않고 있겠지만, 페치는 여자의 죽음이 그리 멀지 않았다는 걸 알았다.

어쨌든 여자는 수수께끼였다. 앤더스는 절대로 자기 여자에게 상처를 입히지 않았다. 그가 폭력적인 자인 건 확실했지만, 늘 그 성향은 반동성애의 본보기를 위해서 억눌러두곤 했다. 하지만 마야를 숨기려는 노력은 보이지 않았다. 여자는 완전히 전시된 상태였다. 그녀는 벌을 받고 본보기로 전시된 거였다. 그는 그 이유를 알아낼 생각이었다.

페치가 어깨를 두드리자 여자가 고개를 들었다. 흐릿한 횃불 빛 속에서도 얼굴에 난 칼자국이 끔찍하게 잘 보였다. 하나는 여자의 콧날 위를 지나 거의 눈가까지 닿아서 피눈물을 흘리는 것처럼 보였다. 이 모습에 페치는 다시 로를 떠올렸다. 이 여자를 찾았다는 흥분에 그는 티어와 모트메인 양국의 북쪽 끄트머리에서 현재 일어나고 있는 끔찍한 난리를 잠시 잊었다. 그게 로의 수많은 위험 중 하나였다. 너무 늦을 때까지 무시하기가 빌어먹게 쉬웠다.

"당신은 페치군요."

마야가 중얼거렸다.

잠깐 그는 깜짝 놀랐지만, 곧 자신이 가면을 쓰고 있다는 걸 기억했다. 종종 그걸 잊어버리곤 했다. 그 가죽 질감에 하도 익숙해져서 가끔은 얼굴의 일부처럼 느껴졌다. 멀리, 아배스의 깊은 배 속에서 시계가 두 번 울리는 소리가 났다.

"나한테서 뭘 원하나요?"

그녀가 물었다. 페치는 그녀의 머리카락을 가볍게 건드려 이마에서 넘겼다. 그는 종종 자신이 원하는 걸 얻기 위해, 특히 여자들에게 간계를 쓰곤 했지만, 지금은 그런 게 아니었다. 티어링에는 폭력이 가득했지만, 페치는 이렇게 끔찍한 대우를 받은 여자는 거의 보지 못했다. 잠깐 동안 머릿속 깊은 곳에서 윌리엄 티어의 목소리가 들리는 것 같았다.

신은 자기 손 간수를 못 하지. 믿어도 좋고 믿지 않아도 좋지만, 네 이웃의 믿음은 너 자신의 믿음만큼이나 네게 해를 입힐 거다.

페치는 신음할 뻔했다. 그들 모두가 그 말을 들었다. 윌리엄 티어가 여러 가지 변형된 문장으로 몇 번이나 이 말을 하는 걸 들었지만, 제대로 귀를 기울인 적이 없었다. 크로싱 이후에 태어나 기준 틀이 없었던 그들 모두에게 티어의 말은 단순히 스치는 것에 불과했다. 페치는 눈앞의 참상이 신이나 선량함과는 아무 관계가 없다는 걸 알 만큼 오래 신의 교회에 몸담았다. 십자가 아래서 잔인함은 엄청난 위장 의상을 찾아냈다.

우린 귀 기울이지 않았어.

아니, 네가 귀 기울이지 않았지. 케이티는 귀를 기울였어.

그건 사실이었다. 그녀는 들었다. 그리고 그녀는 그 대가를 치렀다. 조너선의 아이로 커다래진 배를 안고 추방당했다. 갑자기 페치는 그 무엇보다도 케이티와 5분만 시간을 보낼 수 있었으면 싶었다. 그녀에게 사과하고, 그녀가 옳았다고 말하고 싶었다. 젊은 개빈은 너무 자존심이 세서 사과할 생각조차 하지 못했지만, 페치는 나이를 먹으면 사과의 필요성을 깨닫고 대가를 치르고 상황을 바로잡고 싶어진다는 사실을 깨닫게 되었다. 하지만 케이티에게 사과를 구하기에는 너무나 한참 늦어버렸다. 이제는 얼굴에 면도칼 흔적을 달고 있는 눈앞의 이 여자뿐이었다.

"그가 왜 이런 짓을 했지?"

페치가 물었다.

"내가 왕궁 사제를 도망치게 해줬거든요."

"왜?"

마야는 흐릿한 눈으로 그를 보았다.

"그 노인은 상냥했어요. 얘기를 들어줬어요. 그리고 여왕이 좋은 —"

여자가 말을 멈추고 주위를 둘러보았고, 페치는 자신이 틀렸음을 깨달았다. 여자는 모르핀이 아니라 금단증상 때문에 움직이지 않는 거였다. 목과 어깨의 피부가 땀으로 젖어 있었다.

"좋은 분이라고 했어요."

마야가 말을 이었다. 목소리는 이제 쉬어 있었다. 근육이 경련을 일으켜 성대를 조이는 탓이었다.

"그분이 좋은 분이라고 했어요. 그리고 그분이 좋은 분이라면 앤더스가 그걸 그분에게서 빼앗아 갖고 있으면 안 된다고 난 생각했어요. 그런 짓을 해서는 안 되는 거라고요."

"뭘 갖고 있었는데?"

"왕관요. 그는 아무도 보지 않을 때면 그걸 써보는 걸 좋아했고, 난 약에 취해 있었어도 그건 그 사람 게 아니라고, 여왕님 거라고 생각하곤 했어요. 그 사람은 그걸 써서는 안 됐어요."

그녀가 천천히 눈을 깜박였다. 페치는 그녀가 의식을 잃기 직전인 것 같다고 생각했다.

"노인이 왔을 때 난 기회인 걸 알아챘고, 그 기회를 잡았어요."

페치는 그녀에게 더 묻고 싶었지만, 시간이 별로 없었다.

"이 왕관. 어떻게 생긴 거였지?"

"은이에요. 동그래요. 파란 사파이어. 예쁜 상자 안에 있었어요."

"왕궁 사제가 그걸 가져갔다고?"

그녀는 고개를 끄덕였다.

"어디 있지?"

"몰라요. 그분이 세스 신부님을 데리고 도망쳤대요. 앤더스는 그걸 알고 내 얼굴을 그었어요."

페치는 인상을 찌푸렸다. 뱃속이 뒤틀렸다. 티어에서 랠리 가문이 수 세기 동안 쓴 은제 관이 모조품이라는 걸 아는 사람은 거의 없었다. 진짜 왕관은 벚나무 상자와 함께 완전히 사라졌다. 페치는 케이티가 그걸 가져갔을 거라고 생각했지만 확신하지는 못했다. 왕관이 지금 어디 있든 간에 최소한 잠시 동안 여기 아배스에 있었는데 그가 놓쳤다. 세속을 떠난 두 명의 아배스 사제가 뉴런던에서 달랑 자기들끼리 도망을 쳤다? 그 생각만으로도 몸이 떨렸다.

"그들이 너한테 먹을 건 주나?"

그가 마야에게 물었다.

"네. 매일 조금씩, 하지만 모자라게……."

페치는 인상을 찌푸렸다.

"여기서 내 말동무가 되어주지 않을 거죠? 난 당신 가면이 무섭지 않은데."

마야가 말했다.

"그러면 네가 처음이군."

페치가 중얼거렸다. 그 자신조차도 가면이 무서웠다. 더 이상 누가 그 아래 있는 진짜인지 알 수가 없었기 때문이다. 범법자? 누가 알아볼지도 모른다는 생각을 더는 참을 수가 없어서 숨어서 가면을 써야만 하는 음울한 배반자? 아니면 올바른 일을 하고 싶어서, 영리해지고 싶어서 애쓰다가 그들 중 가장 교활한 협잡꾼에게 쉽게 넘어간 개빈이라는 이름의 소년?

누가 진짜 너지?

그도 몰랐다. 그는 300년이 넘게 티어를 돌아다녔고 가끔은 자신이 한 명이 아니라 나름의 인생을 산 여러 다른 사람들로 이루어진 집합체처럼 느껴졌다.

하지만 지금 진짜 너는 누구지? 그의 머리가 계속해서 질문을 던졌다. 넌 어떤 사람이 된 거지?

아, 그건 진짜 의문이었다. 소년 개빈은 앞에 있는 의자의 망가진 여자를 그냥 두고 떠났을 것이다. 목적을 달성했고, 정보를 알아냈으니까. 성인인 페치는 여자를 구했겠지만, 그건 토머스 랠리의 코앞에서 불행한 정부를 빼냈을 때처럼 자신의 전설을 드높이기 위한 것이었으리라.

그는 셔츠 안쪽 주머니 깊숙한 곳을 뒤져 옷감으로 싸인 물건을 꺼냈다. 그 안에는 여러 개의 바늘과 고급 모르핀이 상당량 들어 있었다. 이게 필요할 거라고 예상하지 못했지만 혹시나 싶어 가져왔다. 이제 그는 옷감을 풀고는 마야의 얼굴 앞에 대고 손가락으로 딱 소리를 냈다.

"잘 들어."

그가 병을 그녀의 손에 밀어 넣었다.

"이건 네 거야. 숨겨놔. 잘 숨겨놓도록 해."

그녀의 눈이 바늘을 보고서 예리해졌다.

"내 거요?"

"그래. 혹시 모르니까."

그가 그녀의 뺨을 두드려 자신을 보게 했다.

"이건 그랜드마일 등급이야. 아마도 네가 교황에게서 받은 것보다도 훨씬 더 강할 거야. 이걸 전부 한꺼번에 투약하면 밤사이에 목숨을 잃게 될 거야."

그녀는 차분히 그를 쳐다보며 물건을 손으로 꽉 쥐었다.

페치는 그녀를 의자에 남겨놓은 채 뒤꿈치를 들고 조심스럽게 물러났다. 잠깐 위층으로 올라가서 교황의 목숨을 완전히 끝장낼까 생각했으나 곧 그럴 수 없다는 걸 깨달았다. 결국에는 그가 필요할 수도 있고, 그렇지 않다 해도 그의 뒤로 열의에 찬 사제들이, 아마도 더 나쁜 놈들이 줄줄이 대기하고 있었다. 아니, 언제나 그랬듯이 그냥 조용히 사라지는 편이 낫다. 그러나 자신이 혐오스러운 기분은 떨칠 수가 없었다.

"신이시여."

그가 중얼거렸다. 지금 신세계에서 가장 오래된 경배의 집을 거닐고 있지만, 자신이 말하는 상대는 존재하지 않는다는 걸 잘 알았다. 만약 신이 티어링에 존재했다 해도 오래전에 떠나고 없었다.

제이블은 가만히 서 있을 수가 없었다. 아침 내내 조그만 빗방울이 떨어지는 창문 앞을 서성였다. 차가운 비가 지난 2주 동안 디메인에 내리다 말다를 반복했고 이 동네 브린의 비포장도로는 젖은 습지에 지나지 않았다. 모트 수도에는 뉴런던보다 몇 주 일찍 겨울이 왔다. 제이블은 게일런이 두꺼운 옷을 가져가야 한다고 주장했던 것에 감사했다. 가끔 게일런의 신중한 태도는 마치 엄마의 잔소리 같아서 짜증 났지만 대부분의 경우에는 그 신중함이 그럴 만했다고 증명되었다. 제이블은 게일런의 본능을 믿어야 한다는 걸 알게 되었고, 며칠 전 게일런이 새로운 지역으로 이동할 때가 되었다고 하자 짐을 싸서 브린으로 옮겨 왔다.

제이블은 디메인을 좋아하게 될 거라고는 예상하지 못했었다. 앨리를 빼앗아 가기 전에도 모트메인은 제이블이 자라며 들은 동화 속의 어둠의 영역, 사악한 왕국이었다. 하지만 디메인은 건물과 뒷골목과 길거리로 이루어진 그냥 도시일 뿐이었고, 제이블은 평생 도시 사람이었다. 디메인은 뉴런던보다 더 크고 웅장한 건축물들을 자랑했다. 건물들 대부분은 나무가 아니라 벽돌로 지어졌고, 길거리는 창문들로 반짝였다. 모트메인은 카다르에서 유리가 풍부하게 들어오는 덕택에 벽돌만큼 싸기 때문이었다. 붉은 여왕은 바보가 아니었다. 그녀는 모트메인의 가난뱅이들조차 유리를 살 수 있도록 해주었다. 도시는 그런 사소한 의도들, 삶의 질을 과시하는 요소들, 광장과 공원들로 가득했다. 여기는 편안하고 탁 트인 모습을 자랑했고 제이블이 항상 머릿속에 갖고 있던 모트메인의 모습과는 전혀 달랐다.

하지만 광장과 공원은 사실 여왕의 국내 보안국으로부터 엄중한 감시를 받고 있었다. 그들은 누가 누구와 만나는지를 감시했고, 창문은 감출 수 있는 게 거의 없다는 의미였다.

"진정하라고, 정문 경비. 바닥 러그 다 닳겠어."

게일런이 책상에 앉아 메이스에게 보낼 메시지를 쓰면서 중얼거렸다.

제이블은 창문 앞에서 멈췄다. 멈추고 나니 발아래가 규칙적으로 쿵쿵 울리는 게 느껴졌다. 길 아래쪽에서 강철 제련소, 벽돌 제작소, 그 외에 여러 종류의 업체들이 영업을 하고 있었고 실내에서도 소음은 끔찍할 정도였다. 소음 덕택에 1층은 집세가 굉장히 쌌고 그들은 지금 이틀째 미클존 술집에서 성질이 아주 고약한 주인에게 하루씩 방세를 지불하며 머물고 있었다. 언제나 신중한 게일런은 제이블이 술집에 머물러야 하는 것에 걱정을 표했지만, 걱정할 필요는 없었다. 디메인의 술집은 틀어박혀 술이 떡이 되도록 마실 수 있는 뉴런던의 어두운 구멍 같은 술집들과는 달랐다. 그리고 제이블은 평생 지금처럼 술이 마시고 싶지 않았던 적이 없었다. 다이어는 밤새 나가 있었지만 곧 돌아올 거고, 성공했다면 앨리가 있는 장소를 알아 올 것이다.

그들은 굉장히 안 어울리는 무리였다. 여왕의 근위대건 아니건 게일런은 이런 모험을 하기에는 나이가 너무 많았다. 다이어와 제이블은 예의와 불신 사이에서 불안한 균형에 도달했지만, 제이블은 상황이 달라지지 않았다면 다이어가 기꺼이 ㄱ의 목숨을 끊어버렸을 거라는 걸 살 알았다. 다이어는 종종 그에게 미끼를 흔들었고 그것은 간단한 일이었다. 제이블은 다이어가 계속해서 들먹이는 두 가지 내용을 반박할 수 없었기 때문이다. 바로 제이블이 반역자이고, 술주정뱅이라는 사실이었다. 여러 차례 말다툼이 폭력 직전까지 가는 바람에 게일런이 둘을 말려야 했으나 휴전은 늘 일시적일 뿐이었다. 물론 제이블도 주먹다짐으로 가면 자신이 두들겨 맞을걸 잘 알았다. 다이어는 제이블을 혐오했고, 제이블은 종종 다이어보다 제이블 본인이 자기 자신을 더 혐오한다고 사실대로 말해서 시간을 아낄까 하는 생각을 하곤 했다.

하지만 이 기묘한 동료 관계는 종종 유용했다. 국경 마을에서 자란 게일런은 모트어를 완벽하게 해서 도시 사람들 사이에 쉽게 섞일 수 있었다. 그들은 게일런에게 대부분의 이야기를 맡겼다. 다이어도 모트어를 잘했으나 귀가 예민한 사람이라면 약간의 억양을 알아챌 수도 있을 정도였고, 제이블은 모트어를 아예 못해서 말하지 말라는 명령을 받았다. 제이블은 게일런이 솜씨 좋은 협상가임을 인정해야 했다. 그는 거의 공짜로 미클존에 방을 구했고, 더 중요한 건 주인이 그들에게 상관하지 못하게 만들었다는 것이다.

그리고 다이어의 경우에 제이블은 그가 우선적으로 검술 실력 때문에 오게 된 거라고 생각했다. 그는 여왕의 근위대에서도 최고 중 한 명으로 알려져 있었기 때문이다. 하지만 그에게는 다른 재능이 있었다. 그가 경매인 사무소의 여자를 낚는 데 겨우 이틀이 걸렸다. 그 이래로 여러 번 더 만남을 가졌고, 만나고 올 때마다 다이어는 점점 더 여왕과 나라를 위해서 꾹 참고 희생한다는 분위기를 드러냈다. 세 사람은 남쪽에서 온 상인으로 가장했고 다이어는 또한 노예 거래에 끔찍하게 흥미가 있는 척했다. 어젯밤에 여자는 그에게 경매인 사무소를 보여줄 예정이었으나 제이블이 아침에 깨보니 다이어는 아직도 돌아오지 않았다. 이제 제이블은 창문 앞에서 서성거리는 것 말고는 아무 할 일이 없었다. 경매인의 목록에는 모트메인에서 온 모든 노예의 이름과 위치, 출신이 적혀 있고, 게인 브루사드의 사무소는 소른의 예전 인구조사부만큼이나 효율적이었다. 한 달 전쯤 디메인에 아렌 소른이 죽었으며, 글린 여왕이 직접 그를 처형했다는 소식이 도착했다. 심지어는 모트의 대중도 속 시원하게 여기는 것 같았다. 하지만 제이블에게 소른의 죽음은 그가 예상했던 것만큼의 만족감을 안겨주지 않았고, 그저 공허한 기분만 남겼다. 그는 소른이 어떤 잘못도 하지 않았다고 믿으며 죽었을 거라는 데 전 재산을 걸 수 있었고, 설령 그가 마지막에 약간 회개했다고 해도 세상에는 소른 같은 자들이 넘쳐났다.

"또 서성거리고 있군. 얌전히 있지 못한다면 의자에 붙들어 매어두는 수가 있어."

게일런이 말했다.

"죄송합니다."

제이블이 중얼거리고서 가만있으려고 노력했다. 희망을 갖는다는 건 끔찍했다. 가끔 그는 예전이 그리웠다. 뉴런던에서의 지난 6년은 비참했지만, 최소한 그때는 차가운 확신에 차 있었다.

바깥에서 비는 차분한 보슬비에서 폭우로 바뀌었고, 길 양편에서 물건을 팔던 장사치들이 가게를 접기 시작했다. 제이블의 바로 아래, 바깥 보도에는 아무도 치울 생각을 하지 않는 말똥이 쌓여 있었다. 창문이 많든 적든 여기는 좋은 동네가 아니었다. 디메인에는 거의 모두가 나쁜 짓을 꾸미는 거트에 비견할 만한 지역은 없지만, 도시를 돌아다녀본 제이블은 붉은 여왕의 개선의 손길이 닿지 못한 많은 지역들, 부패되기 시작한 곳들을 발견할 수 있었다. 그는 머릿속 지도에 이런 지역들을 표시해두었다. 이게 그가 유용한 부분이자 이 모험에서 짐만 된다는 기분을 느끼지 않는 이유였다. 다이어는 거의 평생을 왕궁에서 살았고 게일런은 시골 출신 근위병이었다. 두 사람 다 디메인의 규모를 가늠하고 방향을 찾는 일이 어렵다는 사실에 두려움을 느꼈고, 도시 지형에 대해 의문이 생기면 늘 제이블에게 물었다.

창문 옆에서 20분을 보내면서 제이블은 벌써 지나가는 모트 병사 부대를 셋이나 보았다. 거트는 없다지만 어떤 면에서는 도시의 거의 전체가 거트 수준이었다. 모두가 해야만 하는 일을 하고 서로 못 본 척했다. 디메인 사람들은 계엄령하에 있다고 생각하지 않는 것 같았지만, 도시의 경찰 병력은 끊임없이 길거리를 돌아다녔다. 제이블은 진짜 불온 행위를 보진 못했으나 게일런은 모트메인보다 티어링이 토머스 랠리 치하에서조차 늘 훨씬 더 국내 불안 정도가 낮았다고 지적했다. 게일런은 군인들은 선행 조치라고 말했다. 그가 옳았다. 세 이방인들도 심지어 지금 도시의 달라진 점을, 조용한 지역들에서 울리는 불만의 소리를 느낄 수 있었다. 여왕의 근위대임을 절대로 잊지 않는 게일런은 밤에 술집에 앉아서 에일 한 잔을 들고 몇 시간 동안 버티며 메이스의 귀 노릇을 했고, 최근에 많은 이야기를 들었다. 디메인에 무시무시한 마법사라고 널리 알려져 있는 티어링의 여왕이 모트 야영지로 쳐들어가서 그 어머니가 그랬듯이 모트군을 뉴런던의 바로 정문 앞에서 돌아가게 만들었지만 아무도 어떻게 그렇게 했는지 몰랐다. 제이블은 잠시 여왕이 선적을 다시 시작한 게 아닐까 생각했다가 그 생각을 지웠다. 그는 게일런이나 다이어처럼 아첨꾼이 아니었지만, 왕궁 잔디밭에서 본 여자, 우리 문을 연 여자를 절대로 잊을 수 없었다. 그녀는 노예 매매를 되살리느니 자기 목을 그을 것이다.

다이어와 게일런 둘 다 열심히 숨기려고는 하지만 여왕의 일로 초조한 상태였고, 술집에서조차 그녀에 대한 소식은 더 이상 없었다. 나머지 소문들은 모트메인의 곤경에 관한 거였고, 문제가 수두룩했다. 북쪽에서는 일종의 전염병이 돌아 마을이 텅 비고 사람들은 흩어졌다. 북부 도시 시테마르세와 아크노르에서는 반란이 맹위를 떨치고 있었다. 반란군은 디메인을 향해 내려오는 중이고 디메인은 그들을 기다리고 있었다. 사고 팔 노예가 없어서 도시의 많은 사람들이 일자리를 잃었고, 다른 산업에서도 많은 사람들이 왕실에서 나오던 정기적인 노동 보조금을 일시적으로 잃었다. 경매인 사무소의 여자조차 다이어에게 해고될 두려움 속에서 산다고 털어놓았다. 디메인의 경제는 대단히 위태로워졌고, 도시 전역의 사람들이 붉은 여왕에게 정통으로 책임을 돌렸다. 티어링 침공을 통해 군대가 전리품을 가득 안고 돌아와 절실하게 부(富)를 필요로 하던 도시에 투입해줬어야 했는데 빈손으로 온 것이다.

제이블은 병사들의 귀환이 도시의 불안정한 분위기를 가라앉힐 거라고 생각했었다. 하지만 대신에 붉은 여왕에게 문제가 악화되었을 뿐이었다. 두 근위병은 이 모든 혼란이 잘된 일이라고, 임무가 더 쉬워질 거라고 생각하는 것 같았다. 제이블도 그렇기를 바랐다.

"대장!"

문 두드리는 소리가 났다. 다이어의 목소리였다. 제이블은 다이어가 자신의 눈을 피해서 들어왔다는 걸 깨닫고 기분이 상했다. 게일런이 고개를 끄덕이자 제이블이 문을 열었다가 다이어가 숨을 헐떡이며 홱 들어오는 바람에 넘어질 뻔했다.

"대장, 빨리 와보십쇼."

게일런이 일어서서 망토를 집었다. 이것이 여왕의 근위대에서 제이블이 감탄한 점이었다. 그들은 당면한 상황에 따라서 어떤 말다툼도, 사소한 논쟁도, 모든 의문도 전부 제쳐두었다. 앨리에 대해서 물어보고 싶었지만 게일런의 전문가적인 태도에 부끄러워져서 입을 다물었다. 아무도 그에게 오라고 하지 않았지만 어쨌든 그는 방문을 신중하게 잠그고 따라갔다. 두 근위병이 노려보는 술집 주인을 지나쳐 속도를 늦추지 않고 길거리까지 빠르게 나갔기 때문에 그도 서둘러야 했다. 비는 다시 부슬거리는 수준으로, 거의 안개비 정도로 줄었다. 공기 중에는 강철 제련소에서 흘러나온 매캐한 증기 냄새가 가득했다. 오른쪽 건물 위로 제이블은 팔레의 가장 높은 성탑과 그 위에서 날리는 새빨간 깃발을 흐릿하게 볼 수 있었다. 디메인 사람들이 붉은 여왕의 통치가 피로 시작되었음을 잊지 않게 만드는 것이었다.

여왕의 두 근위병은 꾸준히 빠른 속도를 유지했다. 제이블은 폐가 터져 나갈 것 같았으나 1.5킬로미터쯤 간 후에 속도가 줄었다. 그들은 디메인을 반으로 가르는 거대한 대로(大路) 뤼그랑주로 다가가고 있었다. 제이블은 도시 탐험이 즐거웠지만 뤼그랑주는 되도록이면 피하려고 했다. 디메인의 서쪽 문, 파이크로의 시작점으로 가는 주된 출입구였기 때문이다. 제이블은 수년 전에 앨리가 우리에 실려 바로 이 길을 지나갔으리라는 사실을 잊을 수가 없었다. 하지만 다이어는 이 방향으로 데려갔고 제이블도 따라가는 수밖에 없었다. 대로에 가까워질수록 사람들이 점점 많아졌다. 길 곳곳에 사람들이 가득한 것 같았지만 커다란 여왕의 두 근위병은 쉽게 뚫고 지나갔고 제이블도 그들이 지나간 자리로 따라갔다.

대로로 나오자 멈춰야만 했다. 공간이 더는 아예 없었다. 한가운데는 텅비어 있고 커다란 말들 수백 마리가 팔레를 향해서 정확히 열을 맞춰 전진하는 중이었다. 말발굽의 무게로 바닥이 진동했으나 제이블은 군중의 고함 소리 때문에 아무것도 들을 수가 없었다.

"도대체 뭡니까?"

그가 다이어의 귀에 대고 소리쳤다. 그는 반쯤은 다이어가 그를 돌아보고 한 대 칠 거라고 생각했다. 전에도 그랬으니까. 하지만 다이어는 그에게 관심조차 주지 않았다. 그의 시선은 끝없는 말들의 행렬에 고정된 채 뭔가를 찾고 있었다.

"저기!"

그가 외쳤다. 제이블은 발뒤꿈치를 들고 커다란 남자들의 어깨 너머로 뭐가 있나 보려고 했다. 몇 초 후에 그는 모트 병사 열 한가운데 깊이 자리한, 위가 뚫린 마차를 발견했다. 게일런의 어깨 너머로 보려고 껑충 뛰었다가 그는 마차에서 뒤를 바라보고 앉아 있는 형체를 발견했다. 두건이 얼굴 아래쪽까지 가리고 있었다.

"저게 뭔가요?"

그가 다시 외쳤다. 이번에는 다이어가 그를 알아챈 듯 혐오감으로 입술을 말면서 대꾸했다.

"여왕 폐하다, 이 망할 주정뱅이야."

제이블은 취하지 않았다고 마주 소리치고 싶었다. 벌써 6개월째 멀쩡한 상태라고. 하지만 다음 순간 다이어의 말이 머릿속에 들어왔다.

"여왕 폐하?"

"그래, 여왕 폐하. 우리가 여기서 네놈과 멍청한 짓거리를 하는 동안 포로로 잡히셨어."

다이어가 으르렁거렸다.

제이블은 다시 발뒤꿈치를 들고 마차를 보았다. 이제는 거의 바로 앞에 있었다. 어깨선과 마차에 묶여 있는 가는 팔목이 여자임을 드러냈다. 점점 가까워지자 군중의 고함 소리가 더 커졌고, 생고기 같아 보이는 뭔가가 대로 반대편에서 날아와 그녀의 머리를 거의 스치고 지나갔다.

"우리가 어떻게 해야 되죠?"

다이어가 게일런에게 외쳤다.

제이블은 허리에 가벼운 손길이 닿는 것을 느꼈다. 내려다보니 겨우 어린 애를 벗어난 소매치기가 바쁘게 그의 망토 아래를 뒤지고 있었다. 그는 소년을 밀어냈다.

"아, 맙소사!"

게일런이 외쳤다.

제이블은 고개를 들고 이제 그들을 지나쳐 가는 마차를 보았다. 포로의 두건 아래가 충분히 보일 정도였고, 누군가 그녀를 구타한 걸 알 수 있었다. 아랫입술은 터졌고 오른쪽 눈은 끔찍하게 멍이 들어 있었다. 하지만 그 초록 눈은 착각할 수가 없었다. 사람들이 그녀를 욕하고 진흙이 거의 무릎 위에 떨어질 뻔했는데도 그 눈은 사람들을 날카롭게 훑어보았다. 끝이 없는 것 같은 한순간에 제이블은 그녀의 눈이 그들 셋을 스쳤고 성한 한쪽 눈이 그를 똑바로 보았다고 확신했다. 그리고 다음 순간 마차는 시야 밖으로 사라졌다.

다이어가 검을 뽑으려 했고 제이블은 공포가 심장을 움켜쥐는 것을 느꼈다. 다이어가 정말로 달랑 셋이서 모트 군대를 상대하려고 하는 걸까? 지금? 그럼 앨리는 어쩌고?

그들 뒤에서 손 하나가 뻗어 나와 다이어의 손목을 꽉 잡았고 낮은 티어어가 들렸다.

"아무것도 하지 마!"

그들은 휙 돌아섰다. 어두운 옷차림의 남자들이 뒤에 서 있었다. 대장 격의 남자는 크지 않았지만 더 큰 남자들에게 둘러싸여 있었고, 그중 한 명은 다이어나 게일런이 상대할 수 있는 정도보다도 훨씬 컸다. 이들이 모트 경비대라면 셋 다 죽은 셈이었다. 제이블은 혹시 기회가 없을 경우에 대비해 앨리가 어디 있는지 알려달라고 다이어에게 빌까 생각했다.

게일런이 단도를 꺼냈지만 낯선 남자는 그것을 힐끗 본 다음 다시 다이어를 쳐다보았다.

"그 사람은 지금으로서는 네가 손댈 수 없는 곳에 있어, 여왕의 근위대. 다른 기회를 위해서 힘을 아껴둬. 그 사람은 피를 흘리긴 했어도 망가지지는 않았다고. 봐!"

세 사람이 돌아보았지만 마차는 오래전에 사라졌다. 모트 기병대가 계속해서, 거의 끝없이 지나가고 있었다.

"당신들은 누구지?"

게일런이 다시 돌아서며 물었다. 하지만 남자와 동료들은 이미 군중 속으로 사라진 뒤였다.

켈시의 지하 감옥은 가로세로 2.4미터 크기였다. 그녀는 벽을 따라 걸으며 걸음 수를 세서 이것을 알아냈다. 돌로 단단하게 지어진 삼면은 손가락으로 더듬어도 금이나 구멍 하나 찾을 수 없었다. 네 번째 벽은 철창과 문으로 되어 있었고 그 너머는 길이를 가늠할 수 없는 복도였다. 이 복도에서 들리는 소리는 그리 좋지 않았다. 비명, 신음, 그리고 복도 아래쪽에서는 한 남자가 조르주라는 사람을 상대로 끝없이 혼잣말을 계속 지껄여댔다. 조르주가 거기 없어서 말상대를 해주지 못한다는 사실이 이 불쌍한 영혼에게는 전혀 장애가 되지 않는 것 같았다. 그는 이 존재하지 않는 친구에게 자신이 도둑이 아니라는 걸 납득시키려고 열심이었다.

시간을 측정할 방법은 전혀 없었다. 그들은 야영지에서 시계를 빼앗았고 켈시는 안 그래도 안 좋은 상황에서 최악인 부분이 시간의 흐름을 가늠할 수 없다는 것임을 이미 깨달았다. 식사는 아주 드문드문 나왔다. 어차피 대체로 차가운 야채에 가끔 뭔가 알 수 없는 고기를 조금 얹은 소량이었다. 그녀는 억지로 다 먹었다. 식사는 정해진 시간에 나오는 것 같지 않았고 다음 식사가 올 때까지 오래 걸릴 수도 있었다. 물 역시 불규칙적으로 주어져서 켈시는 식수를 나누어 마시는 법을 익혔다.

보이는 건 거의 없었다. 모트인들은 죄수들에게 촛불을 허용하지 않았다. 죄수들 몇 명은 원치 않는 삶을 부지하고 있는 모양이었다. 복도를 따라 여러 명이 죽게 해달라고 애걸하는 소리가 들렸기 때문이다. 불을 주지 않는 이유도 알 수 있었다. 어둠 그 자체가 끔찍한 것이니까. 그녀는 죄수들에게, 심지어는 소른에게도 엄청나게 상냥했던 거였다.

하지만 소른을 생각한 건 실수였다. 추측건대 켈시는 여기에 나흘 정도 있었고, 지하 감옥이 생각하는 것 말고는 별로 할 게 없는 곳임을 깨달았다. 왕궁에서의 마지막 몇 주 동안 모트군이 다가오는 걸 보면서는 자기 평가를 할 시간이 없었는데 여기서는 달리 할 일이 없으니 단상에 무릎을 꿇고 고통으로 얼굴을 일그러뜨린 아렌 소른이 종종 떠올랐다. 그는 반역자에 인신매매범이고 고문에 충격받지 않는 잔인한 남자였다. 그는 티어링에 분명한 위협이었다. 하지만 그래도―

"조르주, 내 말을 믿어야 돼! 내가 가져가지 않았다니까!"

복도 아래쪽의 남자가 소리쳤다.

켈시는 왜 아무도 그를 조용히 시키지 않는 걸까 궁금했다. 여기서는 사람을 거의 볼 수 없었고 간수들과 음식을 가져오는 하인들 정도였다. 그들이 가져온 횃불이 잠깐 사방을 비추어서 켈시는 바닥이 텅 빈 감방 안에서 두 개의 양동이를 볼 수 있었다. 도착한 이래로 간수도 보지 못했고, 그래서 기뻤다. 어둠, 단조로움, 대중없는 식사…… 이런 것들은 최소한 음울하게나마 예측 가능했지만, 간수는 그야말로 변수였다. 켈시는 음울하지만 확실한 고독 쪽이 더 좋았다.

여기는 춥고 습했다. 팔레 주변으로 해자는 보이지 않았지만 어디선가 물기가 분명히 새어 들어왔다. 그래도 켈시는 비교적 다행스러웠다. 다리를 건널 때 아침 일찍 나오느라 따뜻한 드레스를 입었고, 무거운 모직은 긴 여정 동안 거의 닳지 않았다. 그래서 바람이 지하 감옥으로 날카롭게 들어오는 드문 경우에만 추위를 느꼈다. 바람이 들어온다는 건 출입구가 여러 개 있거나 구조물에 하자가 있다는 분명한 신호였다. 그녀는 창살 근처에 앉아서 이곳의 공간적인 거리를 가늠하기 위해서 귀를 바싹 곤두세웠다. 팔레는 티어 왕궁만큼 높지 않았지만 훨씬 넓은 공간을 차지하고 있었다. 바깥쪽 벽과 1킬로미터쯤 떨어져 있을 수도 있었다.

지금 현재 켈시는 창살 옆 벽에 기대앉아서 정말로 벽 반대편에서 뭔가 할퀴고 긁는 소리가 들리는 건지 확인하려는 중이었다. 여기로 들어올 때 그 흐릿한 횃불 빛 속에서 본 것을 바탕으로 하자면 반대쪽에 창살이 있는 감방이 또 있었다. 모트인들은 공간 낭비를 싫어했고 죄수들에게 조금이라도 사생활을 확보해주는 것도 좋아하지 않았다. 반대편에 누군가가 있고, 그 사람이 계속해서 딱히 어떤 양식 없이 벽을 긁어내고 있었다.

켈시가 목을 가다듬었다. 몇 시간이나 물을 마시지 못해서 한 마디 한 마디가 목을 할퀴며 나오는 것 같았다.

"이봐요?"

그녀가 모트어로 말했다. 긁는 소리가 멈췄다.

"거기 누가 있나요?"

긁는 소리가 이번에는 좀 더 천천히 다시 났다. 켈시는 그쪽에 누가 있든 일부러 그러는 거라고, 듣고는 있지만 대답할 마음이 없다는 걸 보여주는 거라고 생각했다.

"여기에 얼마나 있었죠?"

긁는 소리는 계속 들렸고 켈시는 한숨을 쉬었다. 이 사람들 몇 명은 분명히 여기에 몇 년 동안 갇혀 있어서 감빙 밖 세상에 대한 흥미를 오래전에 잃어버렸을 것이다. 하지만 그녀는 다급한 기분을 떨칠 수가 없었다. 티어링은 안전하다고, 그녀가 번 3년 동안 안전할 거라고 스스로에게 말했으나 그렇다면 왜 그녀가 여기 처박혀 썩어가는 게 중요하지? 윌리엄 티어의 생각이, 이미 안에서부터 썩어가기 시작한 그의 유토피아와 타운의 모습이 머릿속에 스쳤다. 하지만 그것은 켈시가 갇혀 있든 아니든 일어날 일이었다. 머릿속에 보이는 과거는 볼 수는 있어도 바꿀 수는 없다.

왜 없어?

켈시는 펄쩍 뛰었지만 생각을 계속하기도 전에 멀리서 뭔가 소리가 들렸다. 한 쌍 이상의 부츠 굽이 오른쪽 복도를 따라 걸어오는 소리였다. 소리가 점차 가까워지자 벽을 긁는 소리가 멈췄다. 발소리가 두 쌍의 작은 계단을 내려왔다. 복도 끝에 있지만 보이지는 않는 계단이었다. 왠지 모르지만 켈시는 그들이 자신을 보러 온다는 걸 직감하고 일어섰다. 횃불이 모퉁이를 돌아왔을 때 그녀는 감방 안에 당당하고 꼿꼿하게 서 있었다.

상대는 두 명이었다. 한 명은 전처럼 이유 없이 즐거운 눈을 하고 횃불을 든 켈시의 간수였고 다른 한 명은 파란색 벨벳으로 된 좋은 옷을 입은 여자였다. 여자는 키가 아주 크고 날카로운 눈에 아마도 전투 훈련을 받은 것처럼 대단히 신중하게 움직였다. 켈시는 기억을 더듬어 붉은 여왕의 시녀들은 자기 앞가림을 할 줄 알아야 한다고 오래전에 메이스가 말했던 사소한 정보를 떠올렸다.

"더럽잖아. 씻게 해주지 않았어?"

여자는 억양이 굉장히 형편없는 모트어로 말했다. 간수는 고개를 흔들었다. 켈시는 그가 약간 당황하는 걸 보고 속으로 기뻤다.

"마지막으로 음식을 준 건 언제야?"

"아마도 어제인 것 같은데."

"자기 일을 정말이지 잘도 하네, 안 그래?"

간수는 어리둥절한 눈길을 던졌고 켈시는 그게 순전히 연기라는 걸 알아챘다. 간수에게는 뭔가 근본적으로 잘못된 구석이 있었지만, 그래도 멍청하지는 않았다.

"그거 줘!"

여자가 쏘아붙이고서 횃불을 낚아채 높이 들어 올렸다. 여자의 가느다란 눈이 켈시의 얼굴을 응시했다.

"이 여자 맞았잖아."

간수는 어깨를 으쓱이고 바닥을 쳐다보았다.

"난동을 부렸어."

"이 여자는 귀중한 포로야. 하급 간수는 이 여자의 생명을 구하려는 게 아닌 한 손가락 하나 대면 안 돼. 알겠어?"

간수는 부루퉁하게 고개를 끄덕였다. 눈에서 희미하게 분노가 번뜩였지만 그 자체는 두렵지 않았다. 켈시가 두려운 것은 그가 순식간에 눈앞에서 그 감정을 감추었다는 사실이었다.

"이 여자의 손을 묶고 3층으로 올려 보내."

여자가 명령했다. 간수는 감방 문을 열었고 여자가 모퉁이를 돌아 사라지자 켈시는 긴장했다.

"예쁜이는 특별해. 하지만 나한테만큼 그 사람들에게 특별하지는 않지. 예쁜이는 내 거야."

간수가 혼잣말로 중얼거렸다.

켈시의 입술이 혐오감에 뒤틀렸다. 이제 그가 파란 옷 여자의 분노를 사지 않고서 다시 그녀를 때릴 수 없을 테니 이 잘못된 착각을 바로잡아주기 딱 좋은 때인 것 같았다. 그녀는 모트어로 신중하게, 한 마디 한 마디 강조해서 말했다.

"난 누구노 아닌 나 사신의 거야."

"아니, 아니야. 나, 나만을 위한 게 아니라면 예쁜이가 여기에 갇혔을 리가 없어."

켈시는 그의 무릎뼈를 걷어차고 싶은 엄청난 충동을 억눌렀다. 비무장한 사람이 가할 수 있는 가장 고통스러운 상처 중 하나라고 메이스가 이 동작을 시범 보이는 걸 봤었다. 무릎의 둥근 부분을 직격해서 뼈를 조각조각 내 부수는 거였다. 지금 켈시에게는 마법의 힘이 없고 쓸 수 있는 게 자기 자신의 힘뿐이었지만, 이 정도는 할 수 있을 거라고 생각했다. 이 남자가 고통에 울부짖는 소리를 듣는 게 갑자기 세상에서 가장 근사한 생각인 것 같았다. 하지만 그 뒤에 할 수 있는 일이 없었다.

"손."

남자가 횃불을 받침대에 걸면서 말했다. 켈시는 손을 내밀고 남자가 손목에 수갑을 채우기를 기다렸다.

"예쁜이는 그렇게 빨리 움직이지 못해."

"그럴지도 모르지. 하지만 예쁜이가 이 지하 감옥을 떠나기 전에 너를 상대할 거야. 확실히 알아둬."

켈시가 말했다. 남자는 깜짝 놀라서 시선을 들었다.

"말도 안 돼. 예쁜이는 그냥 죄수야."

"아니. 그녀는 여왕이야."

"그래."

남자는 수갑을 잠그고서 머리카락을 손바닥으로 쓰다듬었다. 그가 닿으면 더 싫은 만한 신체 부위를 만지지 않아서 다행이긴 했지만, 그 동작에 담긴 소유욕에 켈시의 피부에 소름이 돋았다.

"나만의 여왕이지."

그녀는 속이 뒤틀리는 기분으로 눈을 굴렸다.

"맙소사, 빨리 가지."

"여자들은 욕하면 안 돼."

"망할."

그는 놀라서 눈을 깜박였으나 반응하지 않고 그저 그녀의 팔을 잡고 감옥에서 데리고 나왔다. 켈시는 이 순간에 사파이어를 가질 수 있다면 온 세상과 세상의 모든 재화를 다 줄 수 있을 것 같았다. 그녀의 정신으로 조금만 밀어붙여도 간수는 비명을 지르며 죽을 텐데. 원한다면 며칠 동안 질질 끌 수도 있을 것이다.

잔인해. 그녀의 머리가 속삭였고 아렌 소른의 얼굴이 눈앞에 얼핏 떠올랐다가 사라졌다. 넌 그 모든 걸 뒤에 남겨두기로 했었잖아, 안 그래?

그녀도 기억했다. 붉은 여왕의 천막에서의 그 순간은 폭력을 사용하는 것에 대한 켈시의 가벼운 생각을 완전히 무너뜨렸다. 하지만 증오는 기억보다 훨씬 더 강했고, 증오 속에서 켈시는 왕궁에서의 마지막 몇 주 동안 되었던 여자, 스페이드의 여왕의 그림자를 느꼈다. 켈시는 그 여자를 잠재울 생각이었지만, 여자는 그렇게 쉽게 잠들려 하지 않았다.

복도를 지나서 계단 몇 층을 올라갔다. 켈시가 지하 감옥에 들어올 때와는 다른 길이었고, 마지막 계단 꼭대기에서 그녀는 안쪽에 경비 두 명, 바깥쪽에 경비 두 명이 서 있는 육중한 철창 문을 보고 낙담했다.

탈출에 관한 생각은 여기까지군. 그녀는 음울하게 생각했다. 머리가 터질 때까지 갖다 박아도 저 철창을 빠져나갈 수 없을 것이다. 내부 경비가 문의 자물쇠를 푸는 동안 그녀는 시선을 내리깔았다. 간수의 손이 엉덩이를 쓰다듬자 그녀는 펄쩍 뛰었다. 사파이어에 대한 욕구가 물리적인 것처럼, 거의 열병처럼 느껴졌다.

그들은 붉은 실크가 깔린 길고 천장이 높은 복도로 들어섰다. 수많은 횃불 빛 속에 천이 밝게 윤을 내며 반짝였다. 그 효과는 아름다웠고, 켈시는 다시금 붉은 여왕, 어린 시절 내내 들어온 마녀 여왕, 무자비하고 심장이 없는 여자와 어울리지 않는다고 느꼈다.

그렇지 않아. 그녀에겐 심장이 있고, 아주 복잡하지. 너도 알잖아. 그녀의 머리가 속삭였다.

물론 알았다. 간수가 그녀를 이끌고 또 한 층을 올라가는 동안 그녀는 붉은 여왕이 마침내 자신을 죽이기로 한 걸까 생각했다. 켈시는 붉은 여왕의 목숨을 살려주었지만, 이 사실이 딱히 고려될 거라고는 전혀 생각하지 않았다. 붉은 여왕은 켈시를 이제 순수하게 골칫거리로 여길 것이다. 붉은 여왕이 묻어버리려 했던 것을 그녀가 너무 많이 알았으니까. 그녀는 붉은 여왕의 이름을 알았다.

난 살아남아야 해. 안 그러면 어떻게 집으로 돌아갈 수 있겠어? 켈시는 그렇게 생각했지만 그 아래로 조용하지만 강력한 다른 생각이 더 있었다. 내가 어떻게 이야기의 끝을 들을 수 있겠어? 붉은 여왕은 뭔가를 원했다. 안 그러면 켈시를 애초에 이 지옥 같은 곳으로 끌고 오지 않았을 것이다. 켈시는 정신을 단호하게 다잡고 협상의 표정을 지었다. 그녀와 붉은 여왕은 이전에 한 번 협상을 했고, 그때는 켈시가 이겼지만 오로지 운이 좋아서였다. 그녀는 붉은 옷의 이 여자를 절대로 과소평가하지 않았다.

세 번째 층 계단 꼭대기에 붉은 여왕의 시녀가 기다리고 있었다. 그녀가 간수에게 가보라는 뜻으로 한 손을 흔들었다.

"여기서부터는 내가 데려갈 거야."

간수는 인상을 찌푸리고 간식을 빼앗긴 어린애처럼 입술을 내밀었다.

"내가 그 여자랑 같이 있어야 돼."

"시킨 대로 해."

그의 눈이 타올랐다. 켈시는 잠깐 그에게 혀를 내밀까 생각했다가 충동을 억눌렀다. 남자의 끔찍한 학대와 망상을 참아줄 생각은 없지만, 그렇다고 그의 적대감을 더 불러일으킬 필요도 없었다.

딱 한 순간만. 간수가 형편없는 태도로 수갑 열쇠를 넘기는 동안 그녀는 생각했다. 내 보석을 딱 한 순간만 가질 수 있으면 네놈의 속을 파내버릴 수 있는데.

"따라오세요."

시녀가 말했다. 그녀는 이제 티어어로 바꿔서 말을 했고, 티어어 실력은 아주 훌륭했다.

"목욕물을 준비해뒀고, 깨끗한 옷도 챙겨뒀어요."

켈시는 그 말에 기분이 좀 좋아져서 거의 뛰다시피 여자의 뒤를 따라갔다. 간수는 최소한 오래전 아침에 신고 왔던 좋은 승마용 부츠를 그냥 남겨주었다. 뉴런던 다리를 건너 달려갈 때 이 부츠는 아주 유용했다. 메이스가다리를 새로 지었을까? 국고에 돈이 별로 없으니 대형 건설 계획은 사치처럼 느껴졌다.

널 좀 봐! 여기서도 통치를 하려고 하잖아! 그녀의 머리가 야유했다.

여자 앞에서 목욕하는 것은 어려웠다. 켈시는 오래전에 목욕탕에서 안달리를 내쫓았으나 최소한 안달리는 가끔 도움이 되었던 반면 이 여자는그저 벽에 기댄 채 무표정한 얼굴로 그녀를 바라보기만 했다.

"지위가 어떻게 되지?"

켈시가 마침내 물었다.

"폐하의 시녀예요."

그러니까 켈시 생각이 옳았다. 하지만 그래도 티어인 시녀라니! 켈시에게는 진짜 시녀가 없었다. 안달리가 그 임무를 다 처리했으니까. 하지만 붉은여왕은 티어에 관한 모든 걸 혐오하는 걸로 유명했다. 이 여자는 뭔가 특별한 게 분명했다.

"이름이 뭐지?"

"에밀리예요."

"어떻게 여기로 오게 된 거야? 추첨에 걸렸어?"

"머리 감으세요. 나오면 서캐가 없나 확인해볼게요."

켈시는 잠깐 여자를 바라보다가 머리를 물에 담갔다. 이제 길고 직모인그녀의 머리는, 릴리의 머리는 등 중간까지 내려오는 헝클어진 뭉치였다. 머리를 빗어 내리는 데 한참 시간이 걸렸지만, 켈시에게는 다행스럽게도 이는 없었다. 의도인지 우연인지는 모르겠지만 그들은 검은 드레스를 입으라고 주었다. 켈시는 기쁘게 그 옷을 받았고, 편안하고 꽤 비쌀 게 분명한 모직 옷임을 깨달았다.

"따라오세요. 여왕 폐하께서 기다리십니다."

시녀가 말했다.

켈시는 여자를 따라 또 다른 긴 복도로 걸어갔다. 복도에는 어두운 벽난로가 줄지어 있었다. 사방에 경비병들이 있는 것 같았고, 여왕의 붉은색 옷차림이었으나 근접 근위병 같은 분위기는 아니었다. 켈시와 달리 붉은 여왕은 손수 고른 병사들로 왕궁의 한 건물만을 지키고 앉아 있지 않았다. 왕위가 공고하다는 건 어떤 기분일까 켈시는 궁금했다.

그들은 복도 끝에 있는 두 개의 검은 문을 향해서 걸어갔다. 근접 근위병임이 분명한 남자가 문을 막고 있었다. 그는 어딘지 낯익어 보였지만 그것 말고도 다른 게 있었다. 단순히 거기 서 있는 것뿐이라 해도 그에게서는 자신의 지위에 대한 자부심이 드러났다. 방금 지나온 긴 복도에 서 있던 남자들에게 경비는 그저 직업일 뿐이었지만 이 남자에게는 아니었다. 시녀가 고개를 끄덕이자 그가 노크를 두 번 한 다음 문을 열었다.

켈시는 일종의 알현실을 예상했지만 몇 걸음 들어간 후 거기가 사실(私室)임을 깨달았다. 벽, 천장, 심지어는 방에서 가장 큰 공간을 차지한 거대한 침대에도 전부 다 새빨간 실크가 덮여 있었다. 커다란 참나무 책상과 붉은 벨벳으로 덮은 소파도 있었다. 어떤 것도 금색이 아니었다. 이걸 보고 켈시는 붉은 여왕에 대한 평가를 수정해야 했다. 벨벳과 실크는 분명히 사치품이지만, 방은 천박하거나 야하게 보이지 않았다. 강력한 개성을 보여주는 방이었다.

"켈시 글린."

붉은 여왕이 맞은편 구석에서 일어섰다. 드레스가 커튼과 완벽하게 어울려서 켈시는 처음에 둘러볼 때 그녀를 미처 못 봤지만 이제는 붉은 여왕의 상태가 그리 좋지 않다는 걸 알 수 있었다. 피부가 창백하고 마치 열이 있는 것처럼 번들거렸다. 눈은 오랫동안 제대로 자지 못한 사람처럼 시커멓게 그림자가 졌다.

우리 둘 다 그러네, 켈시는 우울하게 생각했다.

"이제 됐어, 에밀리. 기슬랭, 우리끼리 있게 나가봐."

펜은 여기서 켈시와 말다툼을 벌였을 것이다. 아, 하지만 펜을 생각한 건 실수였다. 뉴런던 다리에서의 그 괴로운 얼굴은 하루 온종일 켈시의 눈앞에서 사라지지 않았다. 하지만 붉은 여왕의 근접 근위병은 그저 절을 하고 방을 나갔다. 그가 천막에서 수갑을 채운 남자였다고 켈시는 갑자기 기억을 떠올렸다. 그가 그녀의 목을 자를 거라고 믿었으나 그는 그저 수갑을 채운 후 끌고 나갔다. 어떻게 그날이 이렇게 오래전처럼 느껴지는 거지?

"앉아."

붉은 여왕이 모트어로 말하며 새빨간 소파를 가리켰다. 아픈지는 모르겠지만 검은 눈은 폭풍우 속의 잔잔한 항구처럼 조금도 흔들림이 없었다. 켈시는 이 외적인 침착함이 존경스럽고 자신도 그렇게 하는 법을 알았으면 하고 바랐다. 그녀는 협상의 얼굴을 유지하려고 노력했지만, 힘들었다. 사파이어가 여기 어디에 있었고, 켈시가 기꺼이 내주기는 했지만, 스페이드의 여왕은 되찾고 싶어 했다.

그녀는 자리에 앉았으나 손이 묶인 채로는 꽤 어설펐다. 소파는 그녀가 앉아본 가구 중에서 가장 부드러웠다. 푹신한 벨벳에 파묻히는 기분이었다. 붉은 여왕도 옆의 의자에 앉아서 켈시가 굉장히 불편해질 정도로 한참 동안 그녀를 똑바로 쳐다보았다.

"넌 평범한 애였었는데. 내가 꿈속에서 너를 봤을 땐. 그런데 더 이상 그렇게 평범하지 않군, 안 그래?"

붉은 여왕이 말했다.

"당신도 마찬가지죠, 진홍의 레이디."

붉은 여왕이 짜증 난 듯이 턱에 힘을 주었다.

"거처는 어떻지?"

"별로 편안하지는 않지만, 더 나쁜 곳에도 있어봤어요."

"그래?"

붉은 여왕의 시선이 예리해지고 흥미가 어렸다. 켈시는 신중하게 행동해야 한다고 스스로에게 말했다. 천막에서 붉은 여왕은 릴리의 초상화를 통해 그녀를 알아보았다. 붉은 여왕은 릴리에 대해 몰랐지만 초상화와 그 주인공에 대한 관심은 중요한 협상 재료가 될 수 있었다. 하지만 뭘 협상하지? 켈시가 이 여자에게 어떤 걸 제시하면 풀려날 수 있을까?

"손이 묶인 채 망할 운명의 도시에 꼼짝 못 하고 앉아 있는 건 더 끔찍하죠."

"네 손은 묶여 있지 않았었어."

그랬나요? 몰랐군요. 켈시는 그렇게 대답할 뻔했지만 문득 메이스가 생각났다. 확실한 적을 상대할 때 메이스는 어떤 것도 드러내지 않을 것이다. 그를 생각하자 마음이 차분해졌고 자신의 권위도 좀 찾을 수 있었다. 집으로 돌아가지 못하면 메이스를 다시는 볼 수 없을 것이다.

붉은 여왕이 드레스 주머니에 손을 넣고서 두 개의 사파이어를 꺼내 손가락으로 잡고 늘어뜨렸다.

"네가 이 보석들에 무슨 짓을 했는지 알고 싶어. 왜 나한테서는 작동하지 않는 거지?"

켈시는 두 개의 보석을 쳐다보며 자신의 감정을 이해하려고 노력했다. 며칠 동안이나 간절히 바라고 다시 손에 넣기만 하면 어떤 불벼락을 내릴 건지 생각했었다. 하지만 지금 바라보니 벗었을 때 아무것도 느끼지 못했던 것처럼 아무 느낌이 없었다. 무슨 의미일까?

그녀가 대답할 마음이 없는 걸 보고 붉은 여왕이 어깨를 으쓱였다.

"아무도 이 티어 보석을 이해하지 못하지. 이걸 걸었던 사람들조차도. 엘리사는 손톱만큼도 몰랐어. 그냥 목에 걸고 있기에 예쁜 펜던트라고 생각했지만, 그래도 집착했지. 심지어는 그 나라를 걸고서도 이걸 벗게 만들지 못했어."

"엘리사 여왕에 대해서 많은 의견을 들었지만, 그래도 궁금하군요. 당신의 의견은 뭐죠?"

"그녀에게 나라의 통치를 맡기지 말았어야 했다는 거지."

"그건 다른 사람들 의견이랑 똑같군요. 하지만 어떤 사람이었죠?"

"얄팍했어. 부주의하고."

딱 켈시가 고를 만한 단어였다. 그녀는 쿠션에 몸을 묻었다.

"내가 공짜로 조언해주지, 글린. 너는 지나치게 신경을 써. 혈연이라는 건 네가 원하는 만큼만 강할 뿐이야. 어떤 부모는 독약이고, 그냥 내버리는 편이 훨씬 나아."

"당신은 그게 그렇게 쉽던가요?"

"그래."

붉은 여왕이 소파 끄트머리로 당겨 앉았다.

"후계자와 예비 후계자가 필요하건 말건 내 어머니는 네 어머니처럼 아이를 낳지 말았어야 했어. 그걸 깨닫고 나서 나는 그 사람을 버렸고 다시 돌아보지 않았지."

거짓말이야, 켈시는 생각했다. 그녀는 잠깐이지만 이 여자의 머릿속을 보았고, 미의 여왕이 그 안의 사방에 존재했다.

"네 아빠는 누구지? 솔직히 난 정말이지 알고 싶어."

붉은 여왕이 물었다.

"나도 마찬가지예요."

"너도 모른단 말이야?"

붉은 여왕이 고개를 흔들고 피식 웃었다.

"아, 엘리사."

"내 어머니를 공격한다고 내가 상처 입지는 않아요."

"누가 그녀를 공격한다는 거지? 나도 매일 밤 침대에 다른 남자를 들이지. 우리는 여자에게 세상의 모든 쾌락을 무시하기를 요구하는 티어인이 아니야. 하지만 비밀을 지키는 건 엘리사답지 않은데. 그리고 이게 너에게 이야기해주지 않았다는 건 더더욱 기묘하고."

붉은 여왕이 생각에 잠긴 채 사파이어를 들어 올렸다.

켈시는 어깨를 으쓱였다.

"그렇게 기묘하지는 않아요. 알고 싶다는 불타는 욕구 같은 걸 느낀 적이 없으니까요."

"아버지가 누군지 상관없단 말이야?"

"왜 상관이 있어야 하죠? 그 사람이 나를 키운 것도 아니고 내게 영향을 미친 것도 아닌데요. 그런 건 다른 사람들이 해줬어요."

"하지만 피는 많은 걸 알려주지, 글린."

붉은 여왕이 우울한 미소를 지었다. 켈시는 이 여자에게 거의 안쓰러움을 느낀다는 걸 깨닫고 정신을 바짝 차렸다. 붉은 여왕의 기억에 더 이상 빠져들 수는 없었으나 이미 만들어진 연결 고리를 풀어낼 수도 없었다. 미의 여왕은 시장에서 소를 팔듯이 딸을 내다 팔았고, 그 배신감이 여전히 붉은 여왕의 머릿속에 드리워 있어서 마음을 어둡게 만들고 그 아래 지면을 불태웠다.

"피는 우리를 키우고 우리가 아직 이해하지 못하는 형태로 우리 모습을 형성하지."

"아, 그래요. 당신이 유전학자라고 자칭한다는 이야기를 들었어요."

"그냥 말일 뿐이야. 사실 난 유전자 자체에 대해서는 별로 아는 게 없어. 그 기술은 아직까지 되살리지 못했거든. 하지만 특성은, 글린, 특성은…… 그게 내가 보고 분석하는 거지. 우리는 멘델 수준까지 돌아왔지만 여전히 행동에 관해서는 배우고 이해해야 하는 게 많아."

"멘델은 외면적 특성을 다뤘죠."

"그 사람은 야심이 부족했던 거야. 정신적인 특성도 유전이 되지."

"나한테 혈연이 아무 의미 없다고 한 사람이 할 말인가요?"

붉은 여왕은 인정하듯 미소를 지었지만 그 미소에 켈시는 불안해졌다. 이 여자가 그녀에게 뭘 원하는 걸까?

"당신 입으로 아무도 이 보석을 이해하지 못한다고 했잖아요. 그럼 왜 나는 이해할 거라고 생각하죠?"

"그럴 수밖에 없어. 이건 생명력을 잃은 상태야. 이런 건 들어본 적이 없는데, 지금 이런 상태라고. 뭘 했지?"

"모르겠어요. 로 핀에게 물어보지 그래요?"

켈시가 솔직하게 말했다.

"로 핀이 누구야?"

켈시는 눈을 가늘게 떴다. 이 여자가 자신과 장난을 치려는 거라면 전혀 대화를 이어갈 생각이 없었다. 하지만 붉은 여왕의 정신을 엿봤을 때를 떠올리고서 붉은 여왕이 정말로 로 핀의 진짜 이름을 모를 수도 있다는 것을 깨달았다. 두 사람이 공통의 과거를 가진 건 분명했고, 켈시는 언뜻 죽은 어린아이에 관한 것을 보았다……. 하지만 그것은 순식간에 사라졌다. 그녀가 이 여자의 정신을 헤집은 시간이 너무 짧았다.

"그만둬."

붉은 여왕이 그녀의 손목을 잡았다.

"네가 뭘 하는지 알아. 그건 불공평해."

"불공평해요? 당신은 날 감옥에 가둬두고 있잖아요."

"네가 살펴보는 건 네 게 아니야. 넌 그걸 훔쳤어. 난 네 정신을 살피지는 않았어."

"하지만 할 수만 있으면 했겠죠, 진홍의 레이디."

"그런다고 해서 뭐가 달라지지?"

그 질문에 켈시는 깜짝 놀랐다. 그녀는 그 경우에는 상황이 달라진다고 확신했었다……. 하지만 정말 그럴까? 메이스는 그렇다고 대답했겠지만 켈시는 더 이상 확신할 수가 없었다. 그녀가 할 수 있다고 해서, 다른 사람들도 똑같이 할 거라고 해서 실제로 그게 옳은 일일까?

"난 네 나라의 상황에 대해서 매주 보고를 받고 있어."

붉은 여왕은 조롱 조의 말투로 계속해서 말했다.

"켈시 글린, 위대한 원칙을 가진 여왕. 네 정부는 사생활의 가치를 널리 알리고 있지. 심지어는 네 그 가소로운 사법부도 그걸 바탕으로 사건을 처리해. 사생활은 사생활이야, 켈시 글린. 자, 넌 원칙의 여왕이야, 아니야?"

켈시는 궁지에 몰렸음을 깨닫고 인상을 찌푸렸다. 붉은 여왕의 주장은 위선적이었지만, 그렇다고 거기 깔린 논리가 바뀌는 건 아니었다. 누군가의 사생활은 존중하고 누구 것은 침해할 수는 없는 일이다. 잠깐 망설이다가 붉은 여왕의 기억의 끈을 놓았다. 기억은 드레스를 벗을 때처럼 정신의 발치로 툭 떨어져서 모양 없는 덩어리가 되었다.

붉은 여왕은 고개를 끄덕이고 승리에 찬 어조로 말했다.

"원칙은 너를 약하게 만들지, 글린. 아주 곤란한 시기에 늘 너에게 안 좋은 쪽으로 작용할 거야."

"원칙이 없는 건 더 나빠요."

"그 중간도 있어."

"그게 아마도 모트 방식이겠죠. 불편한 것은 다 버리는 것."

"이 사파이어들에 무슨 짓을 한 거지? 난 알아야겠어."

"그 정보가 당신에게 얼마나 가치가 있죠?"

"날 시험하지 마, 글린. 넌 내 관용 덕택에 목숨을 부지하고 있는 거야."

그녀는 뭔가를 원해, 켈시는 깨달았다. *그냥 정보가 아니라 다른 뭔가를 원해.* 그 생각에 기분이 조금 들떴다. 그녀는 소파에 몸을 기대고 다리를 꼬았다.

"말을 안 하는군."

"왜 해야 되죠? 아직 아무 제안도 못 들었는데요."

붉은 여왕의 얼굴이 일그러졌다. 그녀는 켈시에게 금지된 음식 앞에서 꼼짝 못 하는 개를 연상시켰다.

"당신 눈 아래 푹 꺼진 부분으로 들어가서 잠도 잘 수 있겠어요, 진홍의 레이디. 뭐가 그렇게 고민스러운 거죠?"

"네 말이 맞아. 난 잘 자지 못해. 환영이 나를 괴롭히고 있지."

붉은 여왕이 천천히 대답했다.

"무슨 환영이요?"

"미래에 관한 거. 달리 뭐가 있겠어?"

과거에 관한 거, 켈리는 그렇게 대답할 뻔했지만 입을 다물고 있었다.

"내 땅에 역병이 내렸어."

켈시는 눈을 깜박였다.

"전염병이요?"

"네가 말하는 그런 뜻이 아니야. 이 역병은 페어위치에서 시작됐지."

차가운 손이 켈시의 가슴속을 스치는 것 같았다.

"너의 티어에서 그는 고아라고 불리지. 악의로 가득한 고대의 괴물."

붉은 여왕이 눈을 가늘게 뜨고 그녀를 보았다.

"하지만 너는 그걸 다르게 봤을 거라고 생각해, 글린. 아마도 젊은 남자 겠지? 악마 그 자체처럼 잘생긴 젊은 남자."

켈시는 꼼짝도 하지 않았다. 그녀는 앞에 있는 여자를 손톱만큼도 믿지 않았지만 자신도 모르게 정신이 뒤로, 저 먼 과거로, 로 핀이라는 소년이 윌리엄 티어의 마을에서 무시당한다고 느끼던 때로 돌아갔다.

그는 항상 여기에 있었어. 언제나 여기서 내 나라를 망가뜨리려고, 아마 도 신세계 전체를 망가뜨리려고 기다리고 있었지. 그리고 내가 그를 풀어 줬어.

"북쪽에서 끔찍한 것들이 움직이며 내 백성들을 남쪽으로 몰아내고 있 어. 마을 전체가 사라졌지."

"무슨 끔찍한 것들이요?"

"어린애들."

붉은 여왕은 혐오감과 다른 무언가로 얼굴을 일그러뜨린 채 대답했다. 죄책감인가?

"그들은 마을에서 마을로 다니면서 노인을 죽이고 어린애들을 모으고 있어."

켈시는 눈을 감았다. 핀을 용서했던 그 순간에 그녀는 협상이 안 좋다는 사실을 느꼈고, 자신이 다시금 다급함에 몰려서 끔찍한 결정을 내리도록 속아 넘어갔다는 것을 깨달았다. 감은 눈꺼풀 뒤로 그녀는 왕궁 앞에 있는 우리, 어린아이들을 위해 만들어진 특별한 우리를 볼 수 있었다. 그 기억은 위로가 되는 대신 엄청난 공허감을 안겼다. 왕위에 오른 이래로 그녀가 뭔 가 가치 있는 일을 하긴 했나? 장기적으로 의미 있는 일을 뭔가 했을까?

오지만디아스, 왕 중의 왕. 그녀의 머리가 속삭였다. 비난 대신 구슬픈 말투, 주위를 휩쓸고 앞에 있는 모든 것을 날려버려 아무것도 남기지 않는 바람 같은 어조였다. 칼린은 셸리의 시를 암기시켰고 이제 그녀는 그 이유를 확실하게 알게 되었다.

"왜 아이들이죠?"

그녀가 물었다.

"나도 몰라. 항상 그는 아이들을 원했지. 몇 년 동안 난 그의 도움이 필요할 때를 대비해서 선적에서 일부를 떼어놔야 했어."

"어떤 도움이요?"

"그가 아는 것들이 있었어. 그는 그냥 알았지. 어디선가 반란을 모의하고 있으면 그는 알았고, 난 음모가 뿌리내리기 전에 행동할 수 있었어. 내가 도망자나 배신자를 찾아야 할 때면 그가 어디에 있는지 알려줬어. 너만 빼고, 글린. 그는 네 평생 너를 보호했지. 다른 문제들에 관한 정보는 대가만 지불하면 기꺼이 알려줬는데, 언제나 대가는 지불해야 했지만, 그런데 너에 관한 거, 네 위치는 전혀 알려주지 않았어. 왜라고 생각하지?"

켈시는 다시금 속이 울렁거리는 걸 느끼고 고개를 돌렸다.

안 좋은 협상이었어!

"불은 내가 갈 수 없는 곳을 그가 가게 해주지만, 그에겐 더 이상 불이 필요 없어. 그가 와서, 아이들이 그와 함께 와서 마을과 마을을 다니면서 내 백성들을 고기로 삼지."

그 말은 켈시의 갈비뼈 아래 연약한 부분을 찌르는 것 같았으나 그녀는 그저 어깨를 으쓱이고 물었다.

"내가 왜 신경을 써야 하죠? 그는 자신의 증오는 여기로 향한다고 했어요."

"모트메인에?"

"당신 말이에요, 진홍의 레이디. 그가 당신을 찾아온들 내가 왜 신경을 써야 하나요?"

"멍청하게 굴지 마, 이 어린애 같으니. 이 아이들이 입히는 피해는 무작위적인 게 아니야. 한 번에 마을 하나씩 이 애들이 갈가리 찢어놔. 집을 망가뜨리고, 들판을 진흙탕으로 만들고, 무덤을 파헤치지…… 뭔가 찾고 있는 거야."

파헤친 무덤…… 타운의 또 다른 메아리다. 켈시는 불안해졌다. 과거와 현재는 따로따로 남아 있어야 하는데. 릴리의 시대를 볼 때도 환영은 강력했지만 항상 별개였다. 티어의 사람들이 현재의 세상과 무슨 관계가 있지?

그녀는 머릿속을 맑게 하려고 고개를 흔들었다.

"뭘 찾는데요?"

"누가 알겠어? 하지만 내 나라에서 그걸 찾지 못하면 분명히 네 나라로 갈 거야."

"펜이 그 정도로 강력할 리는 없어요."

"그럴 수 있어. 너도 알잖아. 이 존재는 오로지 악의만으로 수 세기를 살아남았어."

"흠, 내가 그 사람을 어떻게 하라는 거예요?"

"너희 이상주의자들은 다 똑같아."

붉은 여왕이 침을 뱉듯이 말했다.

"자신이 해를 입힐 마음이 없기 때문에 자기 결정이 언제나 무해할 거라고 생각하지. 이 존재는 속박되어 있었어, 글린……. 나조차도 근원을 찾을 수 없을 만큼 어두운 마법으로 묶여 있었다고. 이제 그 주문이 깨졌고 그아는 풀려났어. 네가 그랬다는 거 알아. 이 역병은 네가 만든 거야."

켈시는 차분한 척하는 표면 아래로 분노가 깨어나 솟구치는 것을 느꼈고, 그게 마치 문 앞에 찾아온 오랜 친구인 것처럼 반겨 맞았다.

"비위도 참 좋군요, 진홍의 레이디. 책임 소재를 논하자는 건가요? 그럼 당신 책임에 대해서 얘기를 해보죠. 내 나라에서 빼앗긴 수천 명의 사람들, 남자, 여자, 아이들이 여기로 끌려와서 일을 하고 성폭행을 당하다가 결국

학대당해 죽었어요. 그리고 몇 명이나 당신이 직접 핀에게 넘겨줬죠? 선적이 시작된 이래로 당신은 엄청난 수의 아이들을 얻었고 그 애들이 어디로 갔는지에 내 왕관을 걸 수도 있어요. 내 손이 피투성이라면 당신은 거기서 헤엄을 치고 있을걸요."

"그렇게 생각하면 밤잠이 잘 와?"

켈시는 이를 갈았다. 이 여자와 논쟁을 하는 건 사람을 미치게 만드는 일이었다. 위선이라는 게 이 여자에게는 전혀 부끄럽지 않은 일인 것 같았다.

"아닐지도 모르지만, 내 나라를 통치하면서 두려움을 느끼진 않죠. 난 비밀경찰도 없고, 두카르트도 없으니까요."

"하지만 너도 있기를 바랄 테지."

"내가 질투한다고 생각해요? 당신을요?"

켈시가 회의적으로 물었다.

"난 내 백성들을 한 세기도 넘게 안전하게, 배부르게, 쉴 집이 있게 보장했어. 넌 그런 성과는 꿈으로나 꿀 수 있겠지. 그런 주제에 재고도 하지 않고서 우리 모두를 나락으로 빠뜨렸어."

"당신은 날 몰라요. 난 내가 내린 모든 결정에 괴로워해요."

"이렇게 끔찍한 피해를 주는 결정은 없었을걸. 어둠의 존재는—"

"그의 이름은 로 핀이에요. 당신 정말 그 사람에 대해서 아는 게 없군요, 그렇죠?"

"너도 모르잖아."

"아, 난 알아요."

켈시는 갑자기 나아가야 할 길을 희미하게 깨닫고서 대답했다.

"난 당신이 상상할 수 있는 것 이상으로 그를 알죠. 그는 윌리엄 티어의 마을에서 자랐어요. 어머니 이름은 세라였죠. 그는 재능 있는 금속 세공사였고요."

"거짓말이야."

"아니에요."

"그가 너한테 그런 이야기를 했을 리 없어."

"그가 한 건 아니에요."

붉은 여왕이 한참 동안 그녀를 쳐다보았다.

"어디서 알아냈지?"

"당신만 환영에 시달리는 게 아니에요."

켈시는 머뭇거렸다. 이제 둔주의 진실을 부인하는 것은 거의 본능이 되었기 때문이었다. 하지만 결국엔 말을 이었다.

"난 랜딩을, 뉴런던이 윌리엄 티어가 다스리는 언덕 위의 마을에 지나지 않았던 때를 봤어요."

"과거에 대한 환영이 무슨 쓸모가 있지?"

"그거 참 좋은 질문이지만, 어쨌든 난 그걸 봤어요. 랜딩 16년 후에, 티어의 마을이 내부에서부터 막 썩어 들어가기 시작하던 때를요."

말을 하면서 켈시는 역사가 도움이 되지 않았음을 깨달았다. 칼린에게서 항상 티어의 유토피아가 몰락한 것은 조너선 티어의 죽음 때문이라고 배웠다. 하지만 몰락은 그보다 훨씬 전부터, 인류의 오랜 악덕 전부가 되살아나면서부터 시작되었다. 켈시는 그것을 가장 오래되고 신뢰받는 티어의 부관 중 한 명이 키운 케이티에게서까지 감지했다. 케이티조차도 의심을 품고 있었다.

어쩌면 우리는 만족할 능력이 없는지도 몰라, 켈시는 그렇게 생각했고, 그 생각이 마음속에 큰 구멍을 연 것만 같았다. 어쩌면 유토피아는 우리 손을 넘어서는 곳에 있는지도 몰라.

하지만 아니, 그녀는 그것을 믿지 않았다.

"그리고 고아, 그러니까 네 말대로라면 핀도 거기 있었다고?"

붉은 여왕이 물었다.

"네, 어린애에서 막 벗어난 상태로요."

"하지만 연약했겠지."

붉은 여왕이 중얼거렸다. 눈이 번뜩이기 시작했다.

"모든 건 초기에는 연약해."

"그럴지도요. 하지만 그 연약한 부분을 찾으려면 내가 오래 살아야 할 거예요. 내 환영은 통일성이 없어요. 시간 순서로 진행되지만, 가끔씩 중간 중간 뛰어넘죠. 장으로 나누어진 이야기처럼."

"참 기묘하군."

붉은 여왕은 생각에 잠겼지만 시선은 예리했다.

"내가 티어 사파이어를 갖고 있는 지금도 이 환영을 본단 말이야?"

"네."

"어떻게 그럴 수 있지?"

"모르겠어요."

"이 로 핀 말이야, 그를 죽일 수 있을까?"

"아마도요."

켈시는 솔직하게 대답했다. 가능하다고 느꼈기 때문이다. 아직 어리긴 하지만 케이티의 시각은 굉장히 명확했다. 소년 핀은 확실히 오만했으나 거기에는 신중하게 숨겨둔, 그를 몰아붙이는 두려움이 있었다. 그 두려움의 근원이 뭘까?

"하지만 넌 그를 어떻게 죽이는지 모르지."

"내 환영은 무작위하게 찾아와요. 내가 통제할 수 없어요. 내게 시간을 줘야 해요."

"시간이라. 이 존재가 내 코앞까지 와 있는데?"

붉은 여왕은 몸을 돌렸지만 켈시는 이미 놀라운 것을 목격했다. 붉은 여왕의 깍지 낀 손에서 손가락 관절이 너무 하얗게 변해서 금방이라도 부러져 피를 흘릴 것만 같았다.

"당신은 뭘 그렇게 두려워하는 거죠?"

켈시가 부드럽게 물었다. 답을 기대하지는 않았으나 붉은 여왕은 그녀를 놀라게 했다. 어깨 너머로 대답하는 목소리가 나직하게 들렸다.

"넌 내가 내 백성들에게 신경 쓰지 않는다고 생각하지만, 네가 네 백성들을 신경 쓰는 것만큼 나도 신경 써. 난 아무것도 없는 상태에서 이 나라를 세웠어. 엉망진창인 쓰레기 더미에서 기계를 탄생시켰다고. 이게 무너지게 놔두지 않을 거야. 난 내 백성들을 아껴."

당신 자신을 아끼는 것만큼은 아니겠죠, 켈시는 그렇게 생각했으나 그 말은 입 밖으로 내뱉지 않았다.

"시간이 필요해요. 그가 뭘 두려워하는지 알아낼 시간이요. 그리고 다른 간수를 원해요."

그녀가 단호하게 반복했다.

붉은 여왕은 미간을 찌푸린 채 잠시 그녀를 바라보다가 외쳤다.

"에밀리!"

시녀가 들어와서 절을 했다.

"네, 폐하?"

"간수가 누구야?"

"스트라스입니다, 폐하."

"스트라스? 도대체 왜―"

"3년 전에 사고가 있었습니다, 폐하."

시녀가 형편없는 모트어로 대답했다.

"저는 여기 없었습니다만 이야기를 들었습니다. 여자 죄수요."

"아아."

붉은 여왕은 인상을 찌푸리고 켈시 쪽을 가리켰다.

"그자가 얼굴을 저렇게 만들었어?"

"그리고 다른 곳도요, 폐하."

붉은 여왕은 고개를 흔들고 켈시를 다시 돌아보았다.

"그런 일은 일어나지 말았어야 했어. 다른 간수로, 그런 성향이 없는 여자 간수로 보내주지."

"왜 그런 성향의 간수를 데리고 있는 거죠?"

붉은 여왕은 에밀리에게 나가보라고 손을 흔들고 문이 닫힐 때까지 기다렸다가 대답했다.

"자기 일을 잘하니까. 죄수들이 탈출하지 못하거든."

켈시는 왕궁의 이웬을 떠올렸다. 그 역시 죄수들이 아무도 탈출하지 못하게 했지만, 자신이 맡은 죄수들을 절대로 다치게 하지 않았다.

"그건 변명이 되지 않아요."

"네가 누굴 비난하는 거야? 미친개가 네 근위대 대장이잖아."

"라자러스에 대해서 한마디만 더 하면 간수를 바꿔주든 아니든 당신을 돕지 않을 거예요."

붉은 여왕의 눈이 분노로 빛났다. 켈시는 도움을 구한다는 이런 행동이 그녀에게 얼마나 새로운 것일지를 깨달았다. 그녀의 성격으로 보아 거의 참을 수 없는 일일 것이다.

"내가 로 핀과 관련해서 당신을 돕길 바라면 쌍방으로 오가는 게 있어야죠. 당신이 아는 걸 나한테 말해줘요."

붉은 여왕은 고개를 끄덕였고 손이 떨리는 걸 보고 켈시는 깜짝 놀랐다.

과거를 두려워하는 건 나 혼자가 아니야. 저 사람은 나보다 더 후회할 게 많아. 그녀는 생각했다.

"그리고 내 사파이어를 돌려줘요."

"아직 안 돼."

"왜죠? 당신에게는 쓸모가 없잖아요."

"하지만 너한테는 큰 쓸모가 있지, 글린. 우선 서로 어느 정도 신뢰를 쌓아야 돼."

켈시는 웃음을 터뜨렸다.

"신뢰는 없을 거예요, 진홍의 레이디. 공통의 이익을 위한 것뿐이죠."

붉은 여왕은 인상을 찌푸렸다. 켈시는 그녀가 자신을 신뢰하고 싶어 한다는 기묘한 기분을 느꼈다. 붉은 여왕의 정신을 잠깐 탐색할 때 많은 걸 빠뜨렸던 모양이다. 여기에는 그녀가 이해하지 못하는 것이 아직도 많았으나 이 여자의 피상적인 침착함 아래에 절망적인 불행이 깔려 있다는 걸 켈시는 느꼈다.

이 사람은 외로운 걸까? 그런 게 가능하긴 한가? 켈시는 의심스러웠다.

붉은 여왕이 한 손을 내밀었다. 켈시는 잠깐 동안 불편한 기분으로 그 손을 쳐다보았다. 얼마 전의 일이 하나 확실히 해준 게 있다면 그것은 그녀에게 안 좋은 협상을 알아보는 능력이 없다는 거였다.

"그럼?"

본능이 네 최고의 조언자란다. 바티의 말이 칼린과는 정반대로 차분하게, 상냥하게 머릿속에서 들렸다. *세상의 모든 지식을 배운다 해도 네 본능이 언제나 최고의 것을 알고 있을 거야.*

"나의 업적을 보라, 너희 위대한 자들이여, 그리고 절망하라."(시 '오지만디아스'의 구절)

켈시가 중얼거리고서 붉은 여왕의 손을 잡고 흔들었다.

4장
브레나

이제 더 이상 눈물은 없으리라. 나는 복수를 생각할 것이다.
—메리 스튜어트(선크로싱 시대 영국인)

손에 피가 묻어 있었다.

그녀는 손바닥을 보며 기억을 떠올리려고 노력했다. 지난 며칠은 흐릿했다. 하지만, 주인이 죽은 이래로는 모든 것이 흐릿했다. 그 순간부터 그녀는 시간을 명확한 것이 아니라 그저 흐르는 강물로, 가끔씩 강가에서 그녀를 적시곤 하는 것으로 인지했다. 여왕의 근위대를 죽인 것은 기억나지만 그 다음에 어떻게 탈출했는지는 기억나지 않았다. 어떻게 여기까지 왔는지도 몰랐다.

왼쪽으로 작은 개울이 흘렀다. 브레나는 몸을 구부려 손을 씻고 말라붙은 피를 씻어내기 위해서 손톱을 문질렀다. 번스콥스에서 남자를 죽였다. 이제 기억이 났다. 음식과 돈 때문에 죽였다. 그녀는 남자가 무기를 빼기도 전에 사로잡았고, 남자는 최면에 걸려 그녀를 멍하니 쳐다보기만 했다. 그녀는 갈비뼈 사이에 칼을 찔렀다. 남자에게는 말도 있었지만 그녀는 말을 탈 줄 몰랐고 사람들의 눈길을 끌지 않고 그 말을 팔 방법도 없었다. 티어 전체가 그녀를 알비노라고 생각했고, 주인은 그게 잘된 거라고, 비밀로 해 두는 게 좋다고 말했다. 하지만 그녀는 미치광이도 아니고 알비노도 아니었고, 주인이 죽은 이래로 벌써 몸의 색깔과 생명력이 조금 돌아오기 시작했다. 그래도 남들 눈에 띄지 않고 말을 팔 수 있을 정도는 아직 아니었다. 사람들 속에 섞일 수 있을 정도도 아직 아니고.

주인님.

그녀는 그를 위해 눈물을 흘리지 않았지만, 그건 눈물이란 아주 비겁한 애도 방식일 뿐이기 때문이었다. 제일 처음 할 일은 복수고, 그 뒤에, 수년이 흘러 모든 손익을 맞춘 다음에야 슬픔에 잠겨도 되는 법이다. 주인의 비명이 여전히 머릿속에서 울렸다. 그 목소리를 잠재울 수가 없었다. 그가 죽는 것을, 그의 고통을 느꼈다. 더 끔찍하게도 마지막 순간에 그가 빠져나갈 길이 없다는 걸, 자신이 거래할 수 없는 상대를 마침내 만났다는 걸 깨달았을 때의 완벽한 공포를 느꼈다. 그녀는 어린애일 때부터 평생 그의 고통을 대신 받았다. 그래서 그녀가 하얗게 변했다.

그녀는 개울에서 몸을 펴고 사냥감을 찾아 동쪽으로 다시 몸을 돌렸다. 그녀는 정확하게 후각을 사용하는 건 아니었다. 그보다는 먼 거리를 헤치고, 수천 명의 사람들을 헤집고, 진흙탕 같은 그들의 오만 가지 감정을 뚫고서 자신이 찾는 것을 정확하게 골라내는 것과 비슷했다. 이 특별한 능력은 주인에게 굉장히 유용했다. 누군가가 선적에서 도망치려고 해도 브레나의 머릿속에 있는 추적자로부터 숨을 방법은 없었으니까. 이것은 강력한 능력이었고, 그녀가 어릴 때 케이든은 몇 번이나 그녀를 주인에게서 떼어 내 데려가려고 했었다. 그녀가 케이든 세 명을 죽이고 나서야 그들은 마침내 포기했다. 작년에 그들이 다시 접근했다. 여러 명이 주인에게 와서 랠리

후계자를 찾기 위해 잠깐 그녀의 힘을 빌리고 싶다고 제의했다. 하지만 그들은 주인이 원하는 만큼의 돈을 내려 하지 않았다.

그들이 돈만 냈어도! 브레나가 격렬하게 생각했다. 전에도 여러 번 생각이 이렇게 흘러가곤 했지만, 몇 번을 생각해도 늘 씁쓸하고 화가 났다. *그들이 돈만 냈어도 주인님은 아직까지 살아 계셨을지도 몰라!*

그녀는 바람 쪽으로 얼굴을 돌리고 혀로 그 움직임을 느꼈다. 그 망할 년이 저기 어딘가에 있지만, 더는 움직이지 않았다. 이제 차갑고 어두운 방에 있었다. 브레나는 그 벽을 시험해보고 혀로 맛보고서 두꺼운 돌이라는 것을 알아냈다.

"감옥에 갇힌 모양이지?"

그녀가 속삭였다. 확실하지는 않지만 그 망할 년이 자신의 말을 들을 수 있기를 바랐다. 그 계집에게는 힘이, 엄청난 힘이 있었다. 페어위치에서 항상 힘을 느낄 수 있었던 것과 마찬가지로 지금도 멀고 희미하지만 느낄 수 있었다. 그녀는 잠깐 북쪽으로 방향을 돌려 산악 지대로 가서 도움을 구할까 생각했다. 거기 있는 게 뭔지는 모르지만 강하다는 것만은 분명했다. 브레나는 발아래로 그것이 끌어당기는 힘을 느꼈다. 하지만 지금 페어위치로 가는 건 꽤 힘들 거고, 언제나 티어링 아래 깔려 있던 힘의 줄기가 움직이기 시작했다는 것도 느껴졌다. 불확실한 게 너무 많았고, 그녀는 정신이 분산되는 것을 원치 않았다. 모트 국경까지 갈 수 있을 정도의 음식을 구했다. 어차피 영양분이 많이 필요하지도 않았다. 분노가 음식보다 더 큰 양분이었다.

하지만 그 망할 년이 디메인의 지하 감옥에 있다면 브레나의 손길도 거기에 닿지는 않을 것이다. 팔레에 들어가려다가 죽으면 주인을 위해 아무것도 이루지 못하게 된다. 다른 방법이 있을 것이다.

잠깐 생각해본 다음 브레나는 숲을 둘러보기 시작했다. 동물들 대부분이 다가가면 도망쳤지만, 이제 가만히 있으니 다시 슬금슬금 나오기 시작했다. 몇 분 동안 찾다가 그녀는 나무 뒤에서 내다보는 회색 다람쥐를 발견했다. 녀석이 눈도 깜박이기 전에 그녀는 그것을 잡았다. 다람쥐가 그녀의 살을 물고 찢었지만 브레나는 아픔을 무시하고 목을 비틀었다. 아픔이라는 건 그저 정신의 속임수일 뿐이니까. 죽은 남자의 칼을 꺼내 그녀는 다람쥐의 목부터 배까지 가르고 피를 바닥에 떨어뜨려 웅덩이를 만들었다. 서둘러야 했다. 피는 다른 포식자들을 불러들일 거고 놈들은 사냥꾼을 끌어들일 것이다. 그런 자를 상대할 수는 있지만, 자취를 남기고 싶지는 않았다. 그녀는 지금은 자유로웠다. 하지만 주인은 언제나 그녀에게 메이스를 과소평가하지 말라고 말하곤 했다.

다람쥐를 옆으로 던지고 그녀는 조그만 피 웅덩이 위로 몸을 구부려 구리 냄새를 깊이 들이켰다. 누군가가 어디 있는지를 알아내는 건 쉬웠다. 그들이 어디로 갈지가 좀 더 어려운데, 그래도 직접 모트 지하 감옥에 들어가는 것보다는 훨씬 쉽게 해낼 수 있을 것이다.

그 계집이 거기서 죽으면 어떡하지?

브레나는 그런 생각조차 거부했다. 모트 감옥에서 그 망할 년이 죽는 건 예쁜 죽음이 아니겠지만, 브레나가 염두에 두고 있는 것에 비하면 휴가 같을 것이다. 브레나는 고통을 받았고 주인도 고통을 받았다. 미래가 그들에게서 복수의 기회를 빼앗아 갈 거라고는 믿지 않았다.

그녀는 꼼짝도 하지 않고 한참 동안이나 새빨간 웅덩이를 바라보았다. 그녀의 눈은 커다랗고, 숨을 쉴 때마다 고통스러운 소리가 났다. 0.5킬로미터쯤 떨어진 모트로에서는 수많은 마차와 말을 탄 사람들이 동쪽으로 향하고 있었다. 뉴런던의 난민들이 국경에 있는 집으로 돌아가는 중이었다. 아무도 브레나를 보지 못했지만 모두가 지나가면서 마치 얼음장 같은 바람을 맞은 것처럼 부르르 떨었다.

브레나가 마침내 미소를 지으며 몸을 폈다. 뺨 색깔이 조금 더 되살아났다. 그녀는 피 묻은 칼과 음식 보따리를 들고서 남동쪽으로 향했다.

제이블은 망토로 좀 더 단단히 몸을 감싸며 머리 위로 솟은 건물의 그림자 속으로 더 들어갈 수 있으면 좋겠다고 생각했다. 또 다른 모트의 거리 순찰대가 겨우 몇 분 전에 그를 지나쳤다. 조만간 누군가가 그가 꼼짝도 하지 않고 그냥 거기 서 있는 것을 알아채고 뭔가 나쁜 짓을 꾸미고 있다고 생각할 것이다.

다이어가 알아낸 주소는 바로 맞은편이었다. 높은 담과 철문으로 둘러싸인 3층짜리 웅장한 벽돌 주택. 문 바로 안쪽에 경비 두 명이 서서 특정한 사람들에게만 문을 열어주고 있어서 제이블은 창문 안조차 들여다볼 수가 없었다. 다이어의 말에 따르면 앨리의 구매자는 마담 아르노였고 그게 제이블이 얻을 수 있었던 유일한 정보였다. 뤼그랑주에서 여왕을 본 이래로 앨리 문제는 세상에서 싹 사라진 것 같았다. 강철 지구의 버려진 공장으로 거처를 옮긴 다이어와 게일런은 저녁마다 설명할 수 없는 볼일을 보러 가고 제이블이 알아볼 수 없는 남자들과 야간에 은밀히 만나느라 바빴다. 이 남자들은 강철 무기를 지닌 모트인들이지만, 병사는 아니었다. 구출 작전이 진행 중이었고, 제이블은 그 어느 때보다도 귀찮은 짐이 된 기분이었다.

길 건너편에서 위가 뚫린 마차가 집 뒤쪽으로 빙 돌아갔다. 뒤쪽에 마구간이 있는 모양이었다. 남자들이 도착하면 문에 서 있는 경비 한 명이 재빨리 말을 끌고 옆으로 돌아가기 때문이었다. 제이블은 이미 남자들 여럿이 오가는 것을 보았다. 두 명은 완전히 취해 있었다. 끔찍한 깨달음이 서서히 파고들며 배 속이 울렁거리고 무릎이 후들거렸다.

다른 종류의 집일 수도 있어, 그는 스스로에게 말했다. 하지만 말도 안 되는 생각이었다. 이 동네가 거트보다 깨끗할지 몰라도 어떤 것들은 어디서든 똑같았다. 그는 자신이 뭘 보고 있는지 알았다. 그는 눈썹 위를 손으로 문지르고서 늦가을의 냉기 속에서도 땀을 흘리고 있음을 깨달았다. 이럴 가능성이 있다는 걸 이미 알고 있었잖아, 그가 스스로에게 말했다. 아무도 앨리처럼 예쁜 여자를 하녀로 쓰기 위해 사지 않는다. 그리고 그는 그녀가 창녀가 되었을 수도 있다는 사실을 받아들이려고 최선을 다했다. 그러나 지금은 그 최선으로는 부족했던 게 아닐까 하는 의심이 들기 시작했다. 아내가 다른 남자 밑에 있는 모습을 상상만 해도 뭔가 차고 때리고 부수고 싶었다.

높고 명랑한 웃음소리에 그는 시선을 들었다. 여자들 다섯 명이 이야기를 나누면서 집 앞쪽에서 나왔다. 어깨에 가방을 메고 있었다. 모두가 잔뜩 꾸미고, 반짝이는 천으로 된 옷을 입고, 눈가는 색칠을 했고, 머리는 위쪽으로 높이 올렸다.

그리고 앨리가 한가운데 서 있었다.

한참 동안 제이블은 꼼짝도 할 수가 없었다. 분명히 그의 앨리였다. 지금은 머리 위쪽으로 모아 올렸지만, 그 독특한 금발 곱슬머리를 알아볼 수 있었다. 하지만 얼굴은 굉장히 달랐다. 그래, 더 나이가 들었다. 눈가에 주름이 생겼다. 하지만 진짜 달라진 건 그게 아니었다. 그의 앨리는 상냥했었다. 이 여자는…… 예리해 보였다. 입가도 긴장되어 있었다. 다른 사람들과 즐겁게 웃고는 있지만 제이블이 알던 웃음이 아니었다. 크고 비밀스럽고 어두운 호수에 낀 살얼음처럼 차가웠다. 제이블은 그녀가 자기 의지로 마차에 올라 여전히 웃으면서 다른 여자들 옆에 앉는 것을 놀라서 쳐다보았다.

키가 크고 덩치 좋은 남자 한 명이 그들을 따라 문에서 나왔다. 남자가 마차에 앉을 때 제이블은 코트 안쪽으로 단도가 번뜩이는 것을 보았다. 또 다른 경비가 분명했지만 제이블은 이미 디메인 탐험을 통해서 대부분의 창녀들이 뉴런던에서보다 여기서 훨씬 대우를 잘 받는다는 걸 알아챘다. 길거리에서 일하는 여자들조차 괴롭힘을 당하지 않았다. 왜 다섯 명의 고급 창녀들에게 디메인에서 경비가 필요한지 모르겠지만, 경비와 마부까지 고려할 때 제이블은 차마 마차에 접근할 수가 없었다.

마부가 말을 출발시키고서 담 바깥으로 나갔다. 꿈속인 것처럼 제이블은 뒤를 따라가며 간신히 30미터쯤 거리를 유지했다. 그의 앞에서 어두운 구멍이 열렸다. 지난 6년 동안 그는 앨리의 삶을 종종 상상했고, 수많은 모습들이 머릿속에 가득 차서 시장으로 염소를 모는 사람처럼 술집으로 달려가곤 했다. 하지만 그녀가 웃는 모습은 상상조차 해본 적이 없었다.

마차가 다음 사거리에서 교통이 밀려 멈추자 제이블은 좀 더 가까이 다가가 바로 옆 골목에 숨었고, 두 번째로 불쾌한 사실을 알게 되었다. 앨리를 포함해서 다섯 명의 여자들이 모두 모트어로 말을 하고 있었다. 마차가 뤼그랑주로 접어들었다. 제이블은 몸을 숨기고 피하고 하면서도 뒤를 따라갔다. 여기는 대로의 시장 구역이었고, 상인들의 좌판과 물건을 사러 온 손님들로 길이 항상 붐볐다. 마차의 모습을 놓칠 것 같을 때에 기적적으로 마부가 속도를 늦추고 한옆에 마차를 세웠다. 여자들이 내려서 보도에서 흩어졌다. 두 명은 길을 건너갔다. 제이블은 이게 쇼핑 나들이라는 것을 깨닫고 깜짝 놀랐다. 앨리는 약제상으로 곧장 들어갔다.

마부는 마차에 남았고 경비 역시 그와 함께 있었으나 눈은 계속해서 길을 훑었다. 제이블은 자신의 그가 문제의 징조만 보여도 움직일 준비가 되어 있음을 알아챘다. 제이블은 자신의 계획이 뭔지조차 모른 채 슬그머니 다가갔다. 그의 일부는 안전한 창고로, 앨리의 운명에 대해 전혀 모르던 때로 돌아가고 싶었다.

그는 예리한 눈으로 경비와 마부를 주시하며 태연히 약제상을 향해 걸어갔다. 사람들이 그를 떠밀고 지나갔지만 그는 몸을 구부려 그들을 피하면서 문을 바라보았다. 마부는 뭔가 이야기를 하고 있고 경비는 능글맞게 웃고 있었다. 제이블은 그들을 슬쩍 지나쳐 가게 안으로 들어갔다.

앨리는 어두운 구석에, 카운터 앞에서 기다리고 있었다. 악제사는 아무데도 보이지 않았으나 조그만 초록색 커튼 뒤쪽에서 약병이 덜그럭거리는 소리가 들렸다. 다른 상황에서, 언제고 관객이 나타나지 않을 만한 때에 할 수 있다면 좋겠지만, 이런 기회는 다시 없을 수도 없었다. 지금이 아니면 안 된다.

"앨리."

그녀가 깜짝 놀라서 고개를 들었다. 제이블은 보라색으로 칠한 눈꺼풀 아래로 차갑고 의심 어린 눈을 보는 순간 세상의 축이 기우는 느낌이었다. 그녀는 한참 동안 그를 쳐다보았다.

"뭘 원해?"

"내가 여기까지—"

제이블은 목이 막혀서 말을 이을 수가 없었다. 그는 추억을 떠올렸다. 술집에서 앉은 채 반쯤 잠들어 보냈던 그 많은 밤들, 눈꺼풀 아래로 떠다니던 앨리의 얼굴, 끊임없이 그를 휘감던 자신에 대한 증오. 기나긴 6년 동안 그는 그녀를 여기 놔뒀고, 그녀는 지금 눈앞의 여자가 되었다. 그녀를 다시 여기 남겨두고 가면 그 뒤에 그는 어떻게 자신을 받아들일 수 있을까?

"당신을 집에 데려가려고 왔어."

그가 마침내 어색하게 말했다.

앨리는 짧고 쉰 소리를 냈고, 그는 마침내 그게 웃음소리라는 것을 깨달았다.

"왜?"

"당신은 내 아내니까."

그녀가 웃기 시작했다. 그 소리에 제이블은 뺨을 한 대 맞은 기분이었다.

"당신을 여기서 빼낼 수 있어. 친구들이 있어. 당신을 안전하게 지켜줄 수 있어."

"안전이라. 참 멋지네."

그녀의 말에 제이블은 얼굴을 붉혔다.

"앨리—"

"내 이름은 앨리스야."

"난 당신을 구하러 여기까지 왔다고!"

"대단한 기사님 납셨네!"

그녀가 밝게 외쳤지만 눈은 전혀 변하지 않았다. 제이블은 그녀의 밝은 어조 아래로 엄청난 분노를 감지했다.

"당신의 용기가 내게 조금이라도 도움이 될 수 있었던 6년 전에는 어디 계셨지, 기사님?"

"난 당신을 따라갔었어! 모트로까지 계속 따라갔었다고!"

제이블이 주장했다. 그녀는 한참 동안 차갑게 그를 바라보았다.

"그래서?"

"소른의 사람들은 너무 강했어. 난 아무것도 할 수가 없었어. 우리가 도 망칠 수 있을 것 같지 않았다고."

"그 이후로 지금까지는?"

"난—"

하지만 더 이상 할 수 있는 말이 없었다. 그녀에게 뭐라고 말할까? 술집 에 내내 있었다고?

"난 노력했어."

그가 마침내 띄엄띄엄 말했다.

"좋아, 노력했네. 하지만 그 시절에 겁쟁이였던 이상, 이제 와서 용감한 척하지 마. 당신은 6년이나 늦었어. 난 여기서 자리를 잡았어. 만족하고 있고."

"만족해? 당신은 창녀잖아!"

앨리가 그를 평가하는 눈으로 한참 보았다. 그 눈길은 항상 제이블을 60센티쯤으로 작아진 것 같은 기분이 들게 했으나, 결혼 생활 동안에는 그가 뭔가를 약속했다가 잊어버린 몇 번의 경우에밖에 볼 수 없었다. 그녀가 어떤 마법에 걸린 것 같은 기분이 들었다. 그녀를 여기서 빼내기만 하면 그 마법을 깨뜨리고 그녀를 되찾을 수 있을 것 같았다.

"뭐 문제라도 있어요, 앨리스?"

목소리가 들렸다. 제이블이 몸을 돌리자, 마차에 있던 덩치 좋은 경비가 문 바로 안쪽에 서 있는 것이 보였다. 그의 눈길이 제이블에게 고정되었고 그 눈빛에 제이블은 몸을 떨었다. 남자는 금방이라도 그를 떡이 되게 두들겨 팰 것 같은 얼굴이었다.

"아무 일도 아니에요. 그냥 고객 모집 중이에요."

앨리가 밝게 대답했다.

그 말에 제이블의 입이 떡 벌어졌다. 갑자기 쇼핑 나들이의 이중적인 목적이, 여자들의 고급 드레스와 두꺼운 화장의 이유가 이해가 되었다.

"아, 뭐 필요한 거 있으면 알려주세요."

확실하게 실망한 얼굴로 경비가 가게에서 나갔다.

제이블은 갑자기 남자의 말을 완벽하게 알아들었다는 것을, 그가 티어 어로 말했다는 것을 깨달았다. 온몸에서 폭력성을 드러내고는 있지만 경비가 앨리를 대하는 태도는 굉장히 공손했다. 제이블은 앨리를 돌아보며 아까 한 마지막 말을 취소할 수 있기를 바랐지만, 그래봐야 소용없다는 느낌이 들었다.

"그래, 난 창녀야."

앨리가 한참 후에 말했다.

"하지만 난 일을 하고 있어, 제이블. 내 돈을 내가 벌고 누구 명령을 따라야 할 이유가 없지."

"당신 포주는?"

자신의 목소리에 어린 독기가 싫었지만 제이블도 통제할 수가 없었다.

"난 마담 아르노에게 방값을 내. 뉴런던의 비슷한 집 가격에 비하면 굉장히 적절한 가격이지."

제이블은 대답할 수가 없었다. 이 마담 아르노라는 여자의 목을 딱 한 번만이라도 움켜쥘 수 있으면 좋을 것만 같았다.

"대신에 난 아름다운 방이 딸린 스위트룸에서 하루 세 끼 조리된 음식을 먹어. 날 이용하려는 자들로부터 보호를 받고, 내가 원하는 시간에 일하고, 내 고객을 내 마음대로 고를 수 있지."

"무슨 매춘굴이 창녀에게 그렇게까지 자유를 주지? 그리고 어쨌든 그건 나쁜 일이야."

그가 주장했다.

앨리의 눈이 가늘어졌고 놀랍게도 목소리가 더욱 싸늘해졌다.

"행복하고 건강한 매춘부가 더 많은 돈을 벌어온다는 걸 아는 곳이니까. 난 당신의 정문 경비 월급의 세 배를 벌어."

"하지만 우린 아직 결혼한 상태야! 당신은 내 아내야."

"아니. 당신은 6년 전에 내가 우리에 들어가는 걸 가만히 보고 있을 때 날 포기한 거야. 난 당신에게서 아무것도 원하지 않고, 당신도 나한테서 뭔가를 바랄 권리가 없어."

제이블은 반박하려고 입을 열었다. 설령 모트메인에서라 해도 결혼이 그렇게 쉽게 끝날 리 없으니까. 하지만 그 순간에 초록색 커튼 뒤에서 약제사가 다시 나타났다. 그는 안경을 쓴 조그만 대머리 남자였고 손에는 작은 상자를 들고 있었다.

"여기 있습니다, 레이디."

그가 앨리에게 상자를 내밀며 말했다. 그 역시 티어어를 썼다. 디메인 길거리에서 티어어를 한 번도 들은 적이 없고 늘 형편없는 모트어 실력으로 단어 한두 개만 주워들어야 했던 제이블에게 이것은 굉장히 수수께끼로 느껴졌다.

"두 달 치입니다. 각각 충분한 식사를 하고 드셔야 됩니다. 안 그러면 울렁거리는 게 더 심해지실 수 있을 겁니다."

앨리는 고개를 끄덕이고 동전이 가득한 지갑을 꺼냈다.

"고마워요."

"두 달 후에 오시면 다음번 기간 약을 만들어드리겠지만, 6개월부터는 끊으셔야 됩니다. 안 그러면 아기에게 해가 될 수 있습니다."

마지막 말에 제이블은 비현실적인 기분에 사로잡혔다. 앨리가 동전 몇 개를 건네고 상자를 가방 안에 집어넣는 것이 거의 눈에 들어오지 않았다. 약제사는 두 사람을 번갈아 보다가 뭔가 긴장된 분위기를 느낀 듯 도로 커튼 뒤로 사라졌다.

"당신 임신했어?"

제이블의 말은 질문이라기보다는 스스로 납득하기 위한 것이었다.

"그래."

그녀는 할 말 있으면 해보라는 투로 그를 쳐다보았다.

"어떻게 할 거야?"

"뭘 어떻게 해? 아기를 낳아서 좋은 아이로 키울 거야."

"매춘굴에서!"

앨리의 시선이 햇살처럼 그를 꿰뚫었다.

"내 아이는 사랑받을 거고 마담 아르노가 오로지 가정교사로 쓰기 위해서 고용한 세 여자에게 교육을 받을 거야. 그리고 나이가 들면 엄마가 창녀라고 해도 전혀 부끄러워하지 않을 거고. 그건 어떻게 생각해?"

"난 그게 범죄라고 생각해."

"그렇겠지, 제이블. 나도 한때는 그렇게 생각했을 거야. 하지만 여자들에게 이 도시는 뉴런던의 전체를 다 끌어모은 것보다도 훨씬 좋아. 당신이 여기 오는 데에는 용기가 필요했을지 몰라. 하지만 당신의 용기는 위험도가 낮은 용기일 뿐이야. 늘 그랬고, 난 그 이상을 가질 자격이 있어. 당신 몸뚱이를 소중하게 여긴다면 다시는 나한테 접근하지 마."

그녀는 밖으로 훌쩍 나갔다. 그녀의 뒤로 문이 쿵 닫혔고, 제이블은 여전히 벽에 기댄 채 서 있었다. 폐소공포증이 느껴졌다. 가게가 갑자기 조그맣게 느껴졌지만 그녀가 갔다는 게 확실해지기 전까지는 밖으로 나갈 수가 없었다. 약제사가 커튼 뒤에서 나오지 않기만을 빌었고, 기적적으로 남자는 나오지 않았다. 마침내, 거의 몇 시간쯤 흐른 것 같은 기분이 들 즈음에야 제이블은 가게의 유리문 바깥을 살짝 내다보고 마차가 사라진 것을 확인했다. 그는 깊이 숨을 들이켜고 밖으로 나왔다.

대로는 이전과 똑같았고 그게 제이블에게는 기묘하게 느껴졌다. 모든 게 바뀌었는데 어떻게 도시가 계속 정상적으로 돌아가는 거지? 공기 중에 달콤한 냄새, 근처 빵집의 빵 냄새가 풍겼으나 제이블에게 그 냄새는 이 도시 전체처럼 쓰레기가 썩어가는 냄새같이 역겨웠다. 그는 앨리를 걱정하고 앨리 때문에 고통받으며 6년을 보냈는데 이제는 뭘 해야 할지 알 수가 없었다. 이전 같은 생활로 돌아가는 건 생각만으로도 참을 수가 없었다. 앞으로 나아가는 건 더 끔찍하게 느껴졌다. 그리고 밤이 오고 있었다.

그는 깊은 생각에 잠긴 사람처럼 손에 머리를 묻고 보도에 서 있었다. 하지만 머릿속은 텅 빈 상태였다. 그가 눈에서 손을 떼고 고개를 들었고, 눈앞의 모든 것이 선명하게 들어왔다.

그는 술집 바로 앞에 서 있었다.

메이스조차 두 사제를 찾을 수 없었다.

여왕의 근위대는 항상 메이스와 함께 있어야 했다. 여왕이 직접 그 임무를 내렸다. 아이사는 다른 사람들이 그녀보다 그 임무를 덜 진지하게 여긴다고는 생각하지 않았다. 하지만 메이스는 메이스였고, 그가 사라지고 싶으면 다른 사람들은 그를 막을 수가 없었다. 그는 어제 사라졌다가 지금 갑자기 다시 나타났다. 부엌의 비밀 문을 통해 나오는 바람에 스튜를 만들던 밀라가 놀라서 비명을 질렀다.

메이스가 사라지는 건 정말 곤란한 일이었지만, 아이사조차도 메이스가 간신히 그들을 참아주고 있다는 걸 알았다. 그는 천성이 지키는 쪽이지 지켜져야 하는 쪽이 아니었기 때문이다. 가끔 그는 그들을 전부 다 떼어놓고 어딘가로 가야만 했다. 아이사는 메이스가 술을 마시거나 누군가를 감시하러 가는 거라고 추측했지만 엘스턴과 코린의 대화를 엿듣고 그게 아니라는 걸 알았다. 그는 아배스가 현상금을 건 왕궁 사제 타일러 신부와 두 번째 사제인 세스 신부를 찾으러 다니고 있었다.

"케이든도 그들을 찾고 있어. 현상금을 원하고 있지. 우리 쪽이든 아배스 쪽이든 상관없이 말이야. 두 노인네가 이렇게 잘 숨을 줄 누가 알았겠어?"

코린이 말했다.

"영원히 숨어 있진 못할 거야. 그리고 대장이 왕궁을 떠날 때마다 교황이 그 이야기를 듣게 될 가능성이 높아진다고."

엘스턴이 투덜거렸다.

아이사는 이야기를 더 듣고 싶었지만 그 순간 코린이 문가에 있는 아이사를 발견하고 쫓아 보냈다.

이런 외출에서 두 사제를 찾지 못한 채로 돌아올 때마다 메이스는 점점 더 낙담하는 것 같았다. 아이사는 타일러 신부가 죽었을 거라고 생각했다. 그 소심한 신부가 이렇게 오래 숨어 있는 것은 불가능하게 느껴졌기 때문이다. 그녀만 그렇게 생각하는 건 아니었지만 아무도 감히 메이스에게 그런 말을 꺼내지 못했다. 그들은 이런 때에 그를 혼자 놔두어야 한다는 사실을 알게 됐지만, 오늘은 탁자 주위에 있는 의자에 쓰러지듯이 앉자마자 메이스가 소리를 지르기 시작했다.

"알리스! 당장 이리로 오시오!"

그 말이 알현실 바닥 전체를 흔들었다.

"알리스!"

"인내심을 좀 가져, 이 둔한 머저리! 난 달릴 수가 없다고!"

알리스가 복도에서 소리를 질렀다.

메이스는 몸을 구부리고 앉았다. 얼굴에 흉측한 표정이 떠올랐다. 두 사제를 찾지 못하는 건 문제의 아주 작은 일부일 뿐이라고 아이사는 생각했다. 진짜 문제는 비어 있는 은왕좌였다. 여왕의 부재에 모두가 힘들어했고, 특히 메이스가 가장 힘든 것 같았다. 아이사는 그 무표정한 외모 아래로 근위대장이 펜보다 더 괴로워하고 있을지 모른다고 생각했다.

알리스가 복도 입구에서 느릿느릿 나타났다.

"무슨 일이야, 섭정 씨?"

"교황에 대한 제일 최근 소식이 뭐지?"

"오늘 아침에 또 전갈이 왔어. 타일러 신부를 내놓고 아배스의 재산세를 면제해주지 않는다면 우리 모두를 교회에서 파문하겠다고 하더군."

"'우리'가 누구요?"

"왕궁 전체. 여왕 폐하부터 그 이하로."

메이스가 낄낄 웃으며 붉은 눈을 한 손으로 문질렀다.

"웃을 일이 아니야. 나야 신 같은 게 아무 쓸모도 없지만 여기에는 열성 신도들이 가득해. 근위대에도 성실한 기독교도들이 있고. 당신은 신경을 안 써도 그들은 신경 쓸 거야."

"아배스에 있는 그 쓰레기 놈의 말을 신의 말로 생각할 만큼 머저리들이라면 불에 타 죽어도 돼."

알리스는 어깨를 으쓱였지만 아이사는 그가 더 이야기하고 싶어 하는 것을 알 수 있었다.

"그들이 타일러 신부를 요구한다고? 세스 신부는 아니고?"

"타일러 신부만. 그리고 현상금을 두 배로 올렸어."

"묘하군. 여전히 그가 아배스에서 도망칠 때 무슨 일이 있었는지는 알려진 게 없소?"

"실랑이가 있었던 모양이야. 교황의 방에서 경보가 울렸다더군. 그게 내가 알아낼 수 있는 전부였어."

"묘한 일이야."

메이스가 다시 중얼거렸다.

"그리고 이 공식 서한에서 보면 그는 더 이상 타일러 신부도, 왕궁 사제도 아니야. 교황이 그에게 새로운 이름을 내렸지."

"뭐지?"

"배교자."

메이스는 고개를 흔들었다.

"내가 없던 사이에 또 다른 일은?"

"언덕가의 또 다른 마을이 공격을 당했어."

"어떤 공격?"

알리스는 고개를 흔들었다.

"생존자가 두 명뿐이고, 그들의 목격담은 괴물이니 유령이니 영 신뢰가 안 가서 말이야, 섭정 씨. 며칠만 더 여유를 줘."

"알겠소. 다른 건?"

알리스가 엘스턴을 돌아보았다.

엘스턴은 갑자기 굉장히 불편한 기색이었다.

"펜 이야기를 좀 해야겠습니다."

그가 중얼거렸다.

"펜이 왜?"

엘스턴은 시선을 내리고서 할 말을 찾았고, 알리스가 끼어들었다.

"그 꼬마는 술을 너무 많이 마시고—"

"알아."

"내 말 안 끝났어. 어젯밤에는 싸움을 벌였어. 사람들 앞에서 말이야."

아이사의 눈이 커졌지만 아무 말도 하지 않았다. 그녀가 있는 걸 알고 코린이 지난번에 그런 것처럼 쫓아 보낼까 봐서였다.

펜, 그녀는 그를 떠올리고 울적하게 고개를 흔들었다.

"내가 도박판을 운영하는 술집에 있었으니 망정이지, 안 그랬으면 죽었을 거야. 칼도 없이 다섯 명이랑 싸웠어. 실제로 완전히 두들겨 맞았고. 입단속을 시키긴 했지만, 이야기가 분명히 퍼질 거야. 항상 그러니까."

"지금 어디 있지?"

"숙소에서 자고 있어."

메이스가 음울한 얼굴로 일어섰다.

엘스턴이 비참한 어조로 말했다.

"죄송합니다. 섭정님. 제가 단속하려고 노력했는데—"

"됐어, 엘. 이건 내가 만든 난장판이야."

메이스가 복도를 따라 단호한 걸음으로 성큼성큼 근위병 숙소로 향했다. 잠시 후 엘스턴이 따라갔고, 코린과 키브도 뒤를 따랐다. 아이사는 그들 뒤로 조심스럽게 걸어갔다. 그들이 복도 끝에 도착했을 때 손바닥이 살에 부딪치는 짝! 소리가 들려서 모두 걸음을 멈췄다.

"당장 일어나!"

펜이 뭐라고 웅얼거렸다.

"우린 네 응석을 받아줄 만큼 받아줬어, 상사병 걸린 머저리 자식. 침대에서 나오지 않으면 내가 직접 네놈을 끌어낼 거야. 그리고 난 네놈의 어디가 부러져도 신경도 안 쓸 거고. 넌 너 자신과 이 근위대를 수치스럽게 만들었어. 날 수치스럽게 만들었고."

"왜요?"

"내가 널 뽑았으니까, 이 망할 자식아!"

메이스가 고함을 질렀다.

"내가 길거리에서 본 칼 솜씨 좋은 꼬맹이가 너 하나였다고 생각해? 내가 널 골랐어! 그런데 내가 너를 가장 필요로 하는 때에 네놈은 무너졌지!"

펜이 다시 뭐라고 웅얼거렸다. 그는 여전히 취해 있거나 최소한 엄청난 숙취 상태인 것 같았다. 아이사는 아빠가 그런 식으로 웅얼대는 걸 여러 번 들은 적이 있었다. 이제 좀 더 크게 펜이 말했다.

"전 근접 근위병이고, 대장님껜 근접 근위병이 안 필요하시잖습니까. 그분은 저 너머에 계시는데 우린 여기 앉아서 아무것도 하고 있지 않아요! 제가 지킬 사람이 아무도 없단 말입니다!"

나무 부러지는 소리, 그리고 쿵 소리가 나고, 뒤이어 펜의 고통스러운 비명이 들렸다.

"우리가 안으로 들어가야 될까요?"

아이사가 속삭였으나 엘스턴은 고개를 흔들고 들쭉날쭉한 이 위로 손가락 하나를 댔다. 방문 밖으로 질질 끌리는 소리가 들렸다. 메이스가 펜을 바닥에서 끌어당겼고 힘이 드는지 호흡이 거칠었다.

"넌 똑똑한 녀석이었어. 우리가 전부 늙고 느려지면 네가 대장이 되어 이 근위대를 끌고 갈 예정이었다고. 그런데 넌 여기서 진창의 돼지처럼 비참함에 빠져서 허우적대고 있지."

누군가가 셔츠 자락을 당기는 것을 느끼고 아이사는 고개를 돌렸다가 글리가 자신을 올려다보고 있는 것을 발견했다.

"글리! 너 여기 내려오면 안 되는 거 알잖아."

그녀가 속삭였다.

글리는 초점 없는 눈으로 계속 그녀를 올려다보았고, 아이사는 글리가 몽환 상태라는 것을 깨달았다.

"글리? 내 말 들리니?"

"너의 기회."

글리가 속삭였다. 아이의 눈은 너무 멍해서 텅 빈 것처럼 보였다.

"분명하게 볼 수 있을 것이다. 그들이 모퉁이를 돌면 네 기회를 잡아."

아이사의 입술이 벌어졌다. 지금은 메이스와 펜 사이에 싸움이 벌어지고 있어서 글리에게 신경을 쓸 수가 없었다. 가구가 더 부서지고 주먹이 부딪치는 소리가 계속 들렸다.

"마망한테 가, 글리."

그녀는 글리를 돌려세우고 복도 쪽으로 살짝 밀었다. 몇 초 동안 아이사는 걱정스럽게 동생을 바라보다가 다시 근위대 숙소 쪽으로 몸을 돌렸다. 엘스턴과 키브는 문틀에 기대고 있었고 아이사는 용기를 끌어모아 바닥에서 살금살금 기어서 엘스턴의 다리 옆으로 고개를 내밀고 방 안을 훔쳐보았다.

펜은 맞은편 벽에 있는 세면대 안에 고개를 숙이고 있었다. 메이스가 그의 위에 서서 목덜미를 잡고 있었고, 아이사는 펜이 너무 빨리 고개를 들려고 하면 메이스가 도로 누를 거라는 인상을 받았다. 엘스턴이 자리를 비울까요 하는 신호를 보냈으나 메이스는 그저 어깨만 으쓱였다.

펜이 고개를 들고 숨을 크게 들이켰다. 갈색 머리가 얼굴에 축축하게 달라붙어 있었다. 아이사는 여기저기 멍이 들고 양쪽 눈 모두 시퍼렇게 되고 뺨에는 길게 핏자국이 말라붙어 있는 그의 얼굴을 보고 움찔했다. 하지만 메이스는 전혀 신경 쓰지 않는 것 같았다.

"이제 정신이 좀 드나, 꼬마?"

"왜 우리는 뭔가 하지 않는 겁니까? 여기서 그냥 기다리고 또 기다리고 있잖습니까. 그분은 거기서 지금—"

펜이 울부짖었고, 메이스가 그의 뺨을 때렸다.

"용기가 가상하군, 펜. 네 비참함을 넘어서면 분명하게 볼 수 있을 거다. 우리한테는 집이 필요한 사람들이 도시에 가득 있어. 이 왕좌를 반으로 쪼개고 싶어 하는 교회가 있고, 거트에서는 상처가 곪아가고 있고. 너도 여왕 폐하를 알잖나, 펜. 우리가 이 난장판을 처리하지 않고 그저 그분을 되찾겠다고 나서면 우리 둘 다 그분 손에 목숨이 남아나지 않을 거다."

"그분이 여기 안 계시면 전부 다 악화될 겁니다. 교회도 더 악화되고—"

메이스의 눈이 번뜩였다.

"그래. 그리고 네가 큰 도움이 될 수 있는데 넌 슬픔에 사로잡혀 술을 마시고 싸움질만 하고 있지. 여왕 폐하께서 네가 이러는 걸 보고 즐거워하실 것 같은가? 너를 자랑스러워하실까?"

펜이 바닥을 내려다보았다.

"그분은 나만큼 너를 한심하다고 여기실 거다, 펜."

메이스는 깊이 숨을 들이켜고 팔짱을 꼈다.

"가서 씻고 깨끗한 옷을 입어. 그리고 여기서 나가. 해야 할 일을 하면서 이 근위대에 남아 있고 싶은지 어떤지를 고민해봐. 이틀 주지. 멀쩡한 모습으로 돌아오든지 아니면 아예 오지 마. 내 말 알겠나?"

펜은 날카롭게 숨을 들이켰다. 핏발 선 눈에는 상처받은 표정이 어려 있었다. 아이사는 메이스가 그를 한 대 더 때려주면 좋겠다고 생각했지만 메이스는 그저 문으로 나와 그들 모두에게 가자고 손짓했다.

"죄송합니다, 섭정님."

엘스턴이 다시 말했다.

"자네 잘못이 아니야, 엘."

메이스가 대답하고 등 뒤로 숙소의 문을 닫았다.

"내가 오래된 규칙을 어겼지. 그러지 말았어야 했는데."

"저 녀석이 돌아올 거라고 생각하십니까?"

"그래."

메이스가 짧게 대답했다.

알리스가 사무실 앞에서 평소의 서류들을 들고 기다리고 있었지만, 오늘은 이웬이 함께 서서 알리스의 어깨 너머로 수줍음 타는 어린애처럼 그들을 쳐다보았다.

"추수할 곡식의 추정치를―"

알리스가 말하려고 했지만 메이스가 그의 말을 잘랐다.

"이웬, 무슨 일이지?"

뺨이 짙은 빨간색으로 달아오른 채 이웬이 재무관의 뒤에서 나왔다.

"얘기를 좀 하고 싶습니다, 섭정님."

"해."

이웬은 연설을 시작하려는 것처럼 깊게 숨을 들이켰다.

"저는 여왕의 근위대가 아닙니다. 섭정님과 여왕님께서는 정말 친절하게도 제가 망토를 입고 그런 척하게 해주셨죠. 하지만 저는 진짜 여왕의 근위대가 아니고 절대로 그렇게 되지도 못할 겁니다."

메이스가 엘스턴에게 날카로운 눈길을 던졌다.

"누군가가 자네한테 여기에 대해서 이야기라도 했나, 이웬?"

"아뇨. 모두들 섭정님처럼 저한테 친절했습니다."

이웬이 더욱 빨개진 얼굴로 말을 이었다.

"제 머릿속에서 정리를 하는 데 시간이 좀 걸렸지만, 이제는 압니다. 저는 *진짜* 여왕의 근위대가 아니지만, 다시 쓸모 있게 되고 싶습니다."

"어떤 식으로 말이지?"

"제가 늘 하던 방식으로요. 간수로서요. 탈주한 죄수가 있지 않습니까."

"죄수―"

메이스는 한참이나 그를 보다가 중얼거렸다.

"맙소사, 이웬. 안 돼."

"저는 다시 쓸모 있게 되고 싶습니다."

이웬이 고집스럽게 말했다.

"이웬, 우리가 처음에 브레나를 어떻게 잡았는지 아나? 코린이 아주 우연히 소른의 모르핀 소굴에서 깊게 취해 있던 그 여자를 발견했어. 아래층에서 월에게 무슨 일이 있었는지 이야기 들었지? 지금 아는 것들로 볼 때 코린이 다가가는 걸 브레나가 알아채지 못한 게 천만다행이었어. 티어 최고의 칼잡이를 보내도 그 마녀를 잡을 수는 없을 거야. 그리고 절대로 자네를 보내지는 않을 거고."

이웬은 어깨에 힘을 주고서 몸을 꼿꼿이 세웠다.

"저도 그 여자가 누군지 압니다, 섭정님. 처음 본 날부터 알았습니다. 그리고 그 여자가 벽에 써놓은 글에 대해서도 들었습니다. 그 여자는 여왕 폐하께 해를 입히려고 해요."

메이스는 인상을 찌푸렸다.

"자네 아버지와 이 일에 관해서 얘기해봤나?"

"아버지는 돌아가셨습니다, 섭정님. 하지만 돌아가시면서도 저한테 여왕 폐하를 지키기 위해서 뭐든 하라고 하셨어요."

메이스는 한참 동안 대답하지 않았으나 아이사는 그가 고민하고 있다는 걸 알았다.

"이웬, 그 여자는 평범한 죄수가 아니야. 여왕 폐하께서 그 여자를 살려두겠다고 약속하셨기 때문에 죽여서는 안 돼. 하지만 그런 마녀를 살려두려고 하다가는 자네가 죽을 수도 있어. 자네의 용기는 가상하지만 자네에게 이 일을 맡길 수는 없어. 여왕 폐하께서도 똑같이 말씀하셨을 거야. 미안하군."

이웬은 말없이 바닥만 쳐다보았다.

"자네가 할 다른 일을 찾아보지. 여왕 폐하에게 도움이 될 만한 걸로. 약속하겠어."

"네."

"가봐."

이웬은 어깨가 처진 채 알현실 쪽으로 걸어갔다.

"저 애를 보내주지 그래."

알리스가 조용히 말했다.

"그게 섭정으로서 내가 남기는 굉장한 유산이 되겠군, 안 그렇소? 어린 애를 자살 임무에 보내다니."

"저 친구는 영예로운 일을 하고 싶어 하는 겁니다. 허락해주는 편이 좋을 수도 있습니다."

뜻밖에도 엘스턴이 끼어들었다.

"아니, 어린애 살인자 노릇은 그만뒀어."

아이사는 얼어붙었지만 아무도 그의 말에 놀란 것 같지 않았다.

"자네의 그 시절은 오래전에 끝났어."

알리스가 중얼거렸지만 메이스는 쑵쓸하게 웃으며 고개를 흔들었다.

"친절을 베풀려고 그러는 거겠지만 과거에서 아무리 멀어지려고 해도 그건 항상 가까이에 있지, 노인 양반. 난 그 시절을 끝냈지만, 그 시절도 나와의 관계를 정리한 건 아니오."

"자네는 이제 좋은 사람이야."

"아, 그렇지."

메이스는 고개를 끄덕였지만 거의 저주받은 것처럼 눈이 공허했다.

"하지만 그게 이전에 있었던 일을 지워주는 건 아니니까."

그들은 추수 문제를 의논하면서 계속 복도를 걸어갔지만 아이사는 바닥에 뿌리가 박힌 것처럼 그 자리에서 꼼짝할 수가 없었다. 머릿속에서는 그 단어가 계속해서 뱅뱅 맴돌았고 이해하려고 아무리 노력해도 이해할 수가 없었다. 그녀는 베너를 제외하면 메이스가 여왕동에서 제일 훌륭한 사람이라고 생각했고, 그녀가 아는 근위대장과 그의 말이 불러일으킨 이미지를 도저히 합치할 수가 없었다. 어린애들 무리를 향해서 낫을 휘두르는 그런 사람이라고는 생각할 수가 없었다.

어린애 살인자.

두 시간 후 그들은 섭정의 알현을 위해서 알현실에 모였다. 엘스턴, 아이사, 코린, 데빈, 키브가 연단 주위에 섰고 나머지 근위대는 방 여기저기로 흩어졌다. 메이스는 연단 위의 안락의자에 앉았고 알리스는 그의 옆에 있는 의자에 앉은 채로 진정인들을 받기 시작했다. 텅 빈 왕좌가 횃불 빛 속에 반짝였다.

"하늘이 도와주시기를. 예전에는 여왕 폐하께서 왜 이런 일에 성미를 억누르지 못하는지 의아했는데, 이제는 어떻게 그걸 참아내셨는지가 더 의문이군."

메이스가 중얼거렸다.

알리스가 낄낄 웃었다.

"꼬마 여왕님의 분노는 강력했지. 재미있기도 했고. 그분이 그립구면."

"우리 모두 다 그리워하고 있어. 이제 그분의 일을 대신 해보지."

메이스가 부루퉁하게 말했다.

아이사는 엘스턴이 추천한 무표정하고 금욕적인 표정을 지은 채 문 쪽으로 몸을 돌렸다. 오랜 전통에 따라 귀족들이 먼저 들어왔고, 아이사는 여러 번 메이스와 알리스가 알현을 중단할까 의논하는 것을 들었다. 하지만 실제로는 이게 일 처리를 더 빠르게 만들었다. 이제 메이스에게 알현을 청하는 귀족의 수가 줄었고, 오늘은 두 명밖에 없었다. 둘 다 면세를 요청했다. 들판에서 일하는 사람이 아무도 없었고, 아이사조차도 이 문제를 빨리 처리해야 한다는 걸 알 정도였다. 음식이 없을 뿐만 아니라 빈 들판과 농장은 왕국 내의 모든 귀족들이 세금을 피할 변명거리가 되었다. 레이디 베넷과 테일러 경은, 메이스가 상황 변화로 아직 이 문제에 대한 결정을 내릴 수가 없었다고 놀랄 만큼 인내심 있게 설명하는 것을 음울한 얼굴로 들었다. 아이사는 알리스가 추수 문제와 사람들을 집으로 돌려보내는 일을 처리하고 있다는 걸 알았지만, 일가족이 걸어서 그만한 거리를 돌아가는 동안 필요한 물자를 공급하는 것은 금방 처리되는 일이 아니었다. 두 진정인은 앞의 수많은 사람들과 마찬가지로 빈손으로 불만스럽게 떠나야 했다.

귀족들 다음에는 가난한 사람들 차례였다. 아이사는 이 사람들이 훨씬 좋았다. 그들의 문제는 현실적이었기 때문이다. 처리되지 않은 범죄, 사라진 가축, 재산을 놓고 벌어진 다툼…… 메이스는 종종 아이사가 생각도 못 한 해결책을 제시했다. 근위대는 이 알현자들을 받을 때에는 조금 긴장을 풀었고, 아이사조차 약간은 즐기고 있었다. 하지만 군중이 길러지고 아빠를 발견하는 순간 그 즐거움은 싹 사라졌다.

아이사의 손이 저절로 단도로 향했다. 그녀는 상반된 감정에 사로잡혀 처음에는 그 감정을 구분할 수가 없었다. 하나는 봄 이후로 키가 몇 센티미터 더 자라서 더 이상 아빠가 그렇게까지 커 보이지 않는다는 사실에서 오는 안도감이었다. 그리고 또 하나는 거리와 시간으로 더욱 예리하게 타올라 그녀의 머리와 뱃속을 달구는 오래된 불길 같은 증오였다. 그리고 마지막으로 더 다급한 감정은 동생 글리와 모린을 찾아서 그들을 세상 모든 것으로부터, 무엇보다도 아빠로부터 지켜야 한다는 절박함이었다.

메이스 역시 아빠를 알아본 듯 턱에서 근육이 꿈틀거렸다. 그가 몸을 앞으로 기울이고 낮은 목소리로 물었다.

"여기서 나가고 싶으냐, 들고양이?"

"아뇨."

아이사는 목소리만큼 자신의 결심도 굳었으면 하고 바랐다. 아빠는 더이상 그녀를 커다랗게 위압하지 않았으나 여전히 똑같아 보였다. 돌을 나르는 일을 해서 하체보다 상체가 두 배쯤 컸다. 그가 왕좌로 다가오자 아이사는 단도를 뽑아 갑자기 땀으로 축축해진 손으로 꽉 쥐었다.

메이스가 키브에게 손짓하고서 속삭였다.

"안달리가 여기 오지 못하게 해."

아빠는 혼자가 아니었다. 아이사는 이제야 그가 옆에 사제를 달고서 왔다는 것을 깨달았다. 사제는 아배스의 하얀 로브를 입었지만 두건을 눈썹위로 내려써서 얼굴이 보이지 않았다. 아빠는 해석할 수 없는 날카로운 눈길을 아이사 쪽으로 던진 다음 그녀를 무시하고 메이스에게 집중했다.

"또 자네인가, 보언? 오늘의 메뉴는 뭐지?"

메이스가 지친 목소리로 물었다.

아빠는 뭔가 말을 하려는 것 같았으나 사제가 앞으로 나와서 두건을 뒤로 젖혔다. 아이사는 메이스가 낮게 숨을 들이켜는 소리를 듣고서 자동적으로 칼을 뽑았고 엘스턴도 앞으로 뛰어나왔다. 나머지 근위대도 빠르게 연단 발치를 둘러쌌고 아이사도 그들과 함께 계단을 두 단 올라가서 카이와 키브 뒤에 섰다.

"교황 성하. 여기까지 오시다니 영광입니다. 지난번은 아주 흥미진진했지요."

메이스가 천천히 말했다.

교황이 직접 오다니! 아이사는 빤히 보지 않으려고 노력했지만 어쩔 수가 없었다. 그녀는 교황이 늙은 사람일 거라고 생각했지만 이 사람은 타일러 신부보다 훨씬 젊었다. 머리도 아직까지 검은색이고 얼굴에는 옅은 주름밖에 없었다. 메이스는 교황이 호위 없이 절대로 아무 데도 가지 않는다고 했지만, 아이사는 그를 둘러싼 군중 사이에서 호위병을 찾을 수 없었다. 어쨌든 그녀는 메이스 주위로 방어막을 치는 다른 남자들의 신호에 따라 움직였다.

"난 여왕의 행정부에 정의를 요구하러 왔네."

교황이 깊고 잘 울리는 목소리로 선언했다. 아이사는 이제 그의 공허하고 거의 파충류처럼 감정이 드러나지 않는 눈을 볼 수 있었다.

"우리의 교구민인 보언 형제가 몇 주 전에 우리에게 탄원하러 왔지. 여왕은 그의 아버지로서의 권리를 부정했어."

"그런가요? 왜 그런 일을 하셨을까요?"

메이스가 안락의자에 도로 몸을 기댔다.

"사적인 이득을 위해서. 여왕은 보언의 아내를 하녀로 쓰고 싶어 했지."

메이스는 보언을 한참 쳐다보았다.

"그게 이번 주의 이야기인가? 멍청한 얘기로군. 안달리는 누구의 하녀도 아니야."

"나는 보언의 이야기가 진실이라고 믿네."

교황이 말했다.

"보언은 딘 신부의 교구에서 수년 동안 성실한 교구민이었고—"

"이 성범죄자에 대한 탄원을 하러 온 건 아니실 테니까, 뭘 원하십니까?"

교황이 머뭇거렸지만, 아주 잠깐이었다.

"내 개인적으로는 배교자를 돌려줄 것을 요구하러 왔네."

"거의 열 번쯤 말한 것 같지만 우리에게는 그 사람이 없습니다."

"나는 아니라고 믿네."

"흠, 성하께서 증거도 없이 뭔가를 믿으시는 게 처음도 아니지요, 안 그렇습니까?"

메이스의 말투는 조롱 조였지만 이마에서 굵은 핏줄이 펄떡거렸다.

"우리에게는 타일러 신부가 없고, 이 문제에 대해서 더 이상 논의하고 싶지 않습니다."

교황이 빙긋 미소를 지었다.

"그러면 보언의 문제에 관해서는?"

"보언은 아동 성도착자입니다. 정말로 아배스를 그의 문제와 연관 짓고 싶으십니까?"

"그건 중상모략이야."

교황이 차분하게 대답했지만 아이사는 그의 미소가 다시금 잠깐 사라지는 것을 볼 수 있었다. 어쩌면 그들은 메이스가 그 이야기를 대중 앞에서 꺼내지 않을 거라고 생각했는지도 모른다. 아이사는 안도해야 할지 실망해야 할지 알 수가 없었다.

"보언은 선량한 기독교도로서의 삶을 살았어. 매일 아침 새벽 미사에 참석하지. 밤이면 시간을 내서—"

"보언은 선량한 기독교도로 살 수밖에 없습니다. 지난 6개월 동안 뉴런던의 경관을 딱 붙여뒀으니까요. 이웃들이 굉장히 안도하고 있더군요."

메이스가 으르렁거리는 어조로 말했다.

이 말에 아이사는 깜짝 놀랐다. 메이스가 여왕에게 직접적으로 영향을 미치지 않는 일에 관심을 가질 거라고는 생각도 하지 못했기 때문이다. 그녀는 마망도 알고 있을까 궁금했다. 아빠는 절대로 훌륭한 교구민이 아니었다. 그들 가족은 1년에 겨우 몇 번밖에 교회에 가지 않았다.

"보언은 지난 행동에 대해서 진심으로 참회하고 있네. 그는 개심했고, 이제 아내와 아이들과 함께 있고 싶을 뿐이야."

교황이 말했다.

"개심이라. 아무 말이나 지껄여보라고, 보언. 조만간 우리 둘 다 네놈 안의 그 병이 도질 거라는 걸 알지. 네놈이 일을 저지르는 걸 잡으면 확실하게 끝장내주겠어."

메이스가 비웃었다.

"내 아이들은 내 거야! 당신은 그 애들을 나한테서 데려갈 권리가 없어!"

아빠가 소리쳤다.

"넌 네 아이들에게 손을 대는 순간에 아이들을 포기한 거야. 그 애들의 엄마도 그렇고."

아이사의 눈에 멀리서 뭔가 움직이는 게 들어왔다. 복도 입구에 팔짱을 끼고 선 마망이었다. 키브는 알아채지 못했거나 못한 척하는 것 같았고 아이사도 아무 말 하지 않았다. 메이스가 마망에 관한 걸 어떻게 알았을까? 그 시절에 대해서 마망이 이야기하셨을까? 그럴 것 같지는 않았다. 그들은 그 이야기를 절대로 꺼내지 않았다.

"내 딸이 바로 거기 있잖아! 물어봐! 얼마나 끔찍한 대우를 받았는지 물어보라고!"

아빠가 소리쳤다. 방 안의 모든 사람들의 눈이 갑자기 자신에게로 향하자 아이사는 얼어붙었다.

"네 딸은 날 위해 일하지. 네가 아니라 내 명령에 따라서만 말해."

메이스가 재빨리 말했고, 아이사는 그가 이런 상황에 대비하지 못했다는 것을 깨달았다.

아이사의 눈이 아빠에게로 향했고 거기서 승리의 눈빛을 발견했다. 아빠는 여전히 아이사를 잘 알았다. 이것은 잘 계산된 도박이었다. 그녀가 자신의 비참함을, 그들의 끔찍한 과거를 절대로 드러내고 싶어 하지 않을 거라는 계산에서 나온 행동이었다. 그녀의 수치를 낯선 사람들에게, 지금 그녀를 쳐다보고 있는 이 많은 사람들에게 말한다는 건…… 어떻게 그런 일을 하고 계속 살 수 있을까? 설령 그들이 그녀를 믿는다 해도 모두가 그녀에 관해 제일 먼저 알게 된 사실이 그런 거라는 걸, 그녀가 이런 일을 겪으면서 살았다는 거라는 걸 감수하고 어떻게 남은 평생을 살 수 있을까? 누가 그런 걸 견디며 살 수 있겠는가?

여왕 폐하. 여왕 폐하는 말을 하시고 그 뒤에 무슨 일이 일어나든 받아들이실 거야. 그녀의 머리가 갑자기 대답했다.

하지만 아이사는 그렇지 못했다.

"아이사는 많은 일을 겪었어. 진정한 기독교도라면 그 애한테 여기서 그런 일을 말하라고 요구하지 않을 거야."

메이스가 말했다.

"진실로 신께서는 모든 아이들을 사랑하시지."

교황이 고개를 끄덕이며 말하고는 덧붙였다.

"거짓말쟁이만 빼고 말이야."

"입조심하시지, 교황 나리."

메이스의 목소리가 한 옥타브 떨어졌다. 그를 아는 사람들에게는 위험신호라는 게 빤히 보였으나 교황은 상관하지 않는 것 같았다. 아이사는 그가 여기서 두들겨 맞거나 체포되려고 온 걸까 궁금했다. 그러면 아베스로서는 유용한 일일 테니까. 메이스는 거기에 넘어가기엔 너무 영리했다……. 아이사는 그러길 바랐다. 이 낮고 조용한 분노는 그가 소리를 지를 때보다 더 나빴다. 그녀는 아빠의 눈이 다시 자신에게로 향하는 것을 느꼈고, 그 눈을 마주 보고 싶은 충동과 싸웠다.

"아이가 그런 비난을 했다면 당연히 지어낸 거겠지. 보언에 대한 이 근거 없는 혐의는 여왕의 법률이 자신의 욕구만을 충족하기 위해 만들어진 독단적인 거라는 사실을 감추기 위한 것일 뿐이야. 모든 신의 사람들이 그를 옹호할 거야."

교황이 별거 아니라는 투로 말했다.

"자신의 욕구라. 모트군이 왔을 때 여왕 폐하께서는 왕궁을 열어 1만 명의 난민을 받았지요. 아배스는 몇 명이나 받았습니까?"

"아배스는 성스러운 곳이야."

교황이 대답했다. 아이사는 메이스가 그의 리듬을 다시 깨뜨린 것을 알아채고 안도했다.

"교황의 허가 없이 어떤 평신도도 신의 집에 들어올 수 없어."

"신과 교황 성하께 참으로 편리한 일이로군요. 예수께서는 집 없는 자를 받아들이는 것에 대해 뭐라고 하셨지요?"

"배교자를 돌려주시지, 섭정."

교황이 재빨리 말했다. 아이사는 사람들을 힐끔 보았으나 그들이 교황의 빠른 퇴각을 알아챘는지 어떤지 알 수가 없었다. 대부분은 그저 입을 벌리고 연단만 쳐다보고 있었다.

"타일러 신부 말입니까?"

"금요일 정오까지 그를 내놓지 않으면 교회는 왕실의 모든 고용인들을 파문할 거야."

"그렇군요. 다른 게 다 실패하니 이제는 협박이라."

"그렇지 않아. 하지만 신께서는 왕실이 티어링 내의 죄악을 바로잡지 못하는 것에 실망하고 계시지. 여왕이 없으니 섭정이 이 기회에 자연에 어긋나는 행위들을 찾아내 처벌하기를 바랐는데 말이야."

엘스턴이 옆에서 움찔했다. 아이사는 그것을 보기보다는 느꼈다. 하지만 고개를 들어보니 그는 평소처럼 무표정한 얼굴로 군중만을 쳐다보고 있을 뿐이었다.

"재산세는 어떻게 되어가고 있습니까? 신년에 낼 준비가 되셨습니까?"

메이스가 갑자기 물었다.

"무슨 말인지 모르겠군."

교황이 대답했지만 말투는 불안했다.

메이스가 웃음을 터뜨렸고 그 소리에 아이사는 조금 긴장을 풀었다. 굳었던 어깨가 약간 내려갔다. 그녀는 다시금 방 안을 둘러보다가 마망의 눈이 메이스에게 고정되어 있고 입가에 살짝 미소가 떠오른 것을 발견했다.

"앤더스, 잠깐 동안 난 당신이 여기서 뭘 하는지 잘 모르겠더군요. 하지만 이제 완벽하게 알겠습니다. 지금 이 기회에 확실하게 말을 해두죠. 무슨 일이 벌어지든 간에 그 세금은 2월 1일까지 무조건 내야 할 겁니다."

"이건 돈 문제가 아니야, 섭정."

"모든 건 언제나 돈 문제입니다. 당신은 티어인들에게 십일조를 받아서는 그걸 죄다 차지하고 사치품에 쏟아부으며 어수룩한 자들과 굶고 있는 자들을 뜯어먹고 있죠. 당신은 돈벌이를 하고 있어요."

"사람들이 성스러운 대의를 위해 자유롭게 내는 거야."

"그렇습니까?"

메이스의 얼굴에 흉한 미소가 번졌다.

"하지만 난 그 돈이 어디로 가는지 정확히 알지요. 지난주에 당신의 앞잡이 둘을 잡았습니다. 당신은 크레슈에서 사업을 벌이고 있더군요."

이 말에 사람들 사이에서 웅성거림이 퍼졌고 교황의 미소가 다시금 사라졌으나 그가 금방 회복하고 소리쳤다.

"근거 없는 비난이야! 나는 신의 사자고—"

"그러면 당신의 신은 아동 인신매매범이로군요."

군중이 헉하고 숨을 들이켰다.

"그리고 너!"

메이스가 보언을 보았다.

"네놈도 여기서 뭘 하려는 건지 몰랐지만 이제는 훤히 알겠어. 왕좌에 남자가 있으면 네놈의 그 멍청한 주장이 더 잘 먹힐 거라고 생각했겠지. 다시한번 네 아내와 아이들 곁에 오려고 하면 내가 —"

"뭐? 날 죽이려고? 그런들 뭔가 달라질 것 같아? 난 이미 죽은 몸이야. 내 아이들을 빼앗겼고, 어딜 가든 경관이 따라다니며 괴롭히지! 그냥 지금 죽이지?"

보언이 소리를 쳤다. 메이스는 차가운 검은 눈으로 조용하게 말했다.

"난 널 죽이지 않을 거다. 널 체포해서 네 아내가 운명을 결정하게 할 거야."

아빠의 얼굴이 창백해졌다.

메이스가 교황에게 시선을 고정한 채로 계단을 내려갔다.

"당신은 나를 협박할 수도 없고, 여왕 폐하의 계획을 포기하게 만들지도 못할 거요. 다시 내 앞에 이런 헛소리를 들고 오지 말라고. 여기에 발을 들이는 다음번 사제는 이렇게 좋은 대접을 받지 못할 테니까. 그리고 너, 보언…… 네놈은 다시 내 눈에 띄지 않는 게 좋을 거다."

아이사는 심장이 터져나갈 것만 같았다. 마망과 웬이 항상 아빠에게서 그녀를 지켜줬지만, 가족이 아닌 사람이 그렇게 해주는 것은 전혀 달랐다. 메이스를 껴안아도 된다면 아마 그랬을 것이다. 갑자기 엄마 외에는 누구에게서도 느끼지 못했던 강렬한 애정이 솟아올랐기 때문이다.

"이리 오게, 보언 형제."

교황이 말했다.

"내가 늘 말했던 대로야. 글린 왕가는 자신들의 자부심에 사로잡혔어. 신께서는 이 부정을 아시겠지만, 이 사건을 대중 법정에 가져가고 이곳이 어떤 곳인지를 만천하에 밝히자고."

"해보시지. 하지만 경고하겠소, 교황. 보언의 아이들만이 고발자가 아니지."

메이스가 차분하게 말했다.

"아무도 그를 고발하지 않았어, 섭정."

"내가 고발해요."

아이사의 입에서 억누르기도 전에 그 말이 튀어나왔다. 군중의 시선이 그녀에게로 향했고 그녀는 갑자기 그 말을 당장에 도로 삼킬 수 있었으면 싶었다.

"뭐라고 말을 했느냐, 꼬마야?"

교황이 물었다. 말투는 대단히 상냥했지만 눈은 그녀를 노려보고 있었다. 기묘하게도 그 눈길에 아이사는 다시 말할 수 있었다. 말 한 마디 한 마디가 점점 더 힘들 거라고 생각했지만, 한번 시작하니 다행히 그 반대였다. 첫 번째 말이 가장 하기 어렵고, 그 뒤는 목 안의 댐이 터진 것처럼 점점 쉬워졌다.

"당신이 그 짓을 시작했을 때 난 세 살이나 네 살 정도였어요."

그녀는 아빠의 눈을 마주 보려고 애를 썼지만 결국 턱에 시선을 고정하고 말했다.

"당신은 같은 나이의 모린에게 갔어요. 우린 결국에 당신에게서 도망치려고 바닥 밑에 숨어야 했죠."

아이사는 자신의 목소리가 고통으로 높아지는 것을 알았으나 이제 팔을 휘두르며 언덕 아래로 달려 내려가는 것처럼 멈출 수가 없었다.

"항상 강요만 하죠. 아빤 항상 그랬어요. 그리고 우리끼리만 놔두지도 않았어요. 그게 내가 제일 잘 기억하는 거예요—"

"거짓말이야!"

교황이 소리쳤다.

"아니에요! 이건 사실이고, 당신은 그냥 듣고 싶지 않은 거잖아요!"

"들고양이."

메이스가 부드럽게 말했다. 그녀는 말을 멈추고 성난 숨을 깊게 들이
켰다.

"네가 잘못한 건 아니다만, 이제는 네가 갔으면 좋겠구나. 코린, 그 애를
제 엄마에게 데려다줘."

코린이 그녀의 팔을 살짝 당겼고 잠시 후 아이사가 그를 따라갔다. 그녀
는 마지막으로 뒤를 힐끗 보았다. 수많은 눈길이 여전히 그녀에게 고정되어
있었다. 아빠는 교황 옆에서 분노로 시뻘게진 얼굴로 서 있었다.

"너 괜찮니?"

코린이 낮은 목소리로 물었다. 아이사는 뭐라고 대답해야 할지 알 수가
없었다. 속이 울렁거렸다. 그녀의 뒤로 메이스가 두 남자에게 나가라고 하
는 소리가 들렸다.

"아이사?"

코린이 물었다.

"제가 대장님을 창피하게 만들었어요."

"아니, 그렇지 않아."

그녀는 그의 사무적인 어조가 고마웠다.

"넌 유용한 일을 해줬어. 아배스는 이제 네 아버지를 대중 법정으로 데
려갈 수 없을 거야. 여기서 너무 많은 사람들이 봤으니까."

모두가 알겠지. 그 생각에 아이사의 속이 괴롭게 타올랐다.

"케이든은 상관하지 않을 거다."

코린이 사뿐히 덧붙였고 아이사는 걸음을 멈추었다.

"왜 그런 얘기를 하세요?"

"난 네 얼굴을 봤어, 꼬마. 우리가 언젠가 널 잃을 거라는 걸 알아. 하지만 회색 망토든 빨간 망토든 너 자신을 위해서 이거 하나만 하렴. 과거로 인해서 미래를 망치지 마."

"그게 그렇게 쉬운가요?"

"아니. 대장조차도 매일같이 그걸로 싸우고 계시지."

어린애 살인자. 아이사는 그 말을 떠올렸다. 마망이 갑자기 앞에 나타나 팔을 벌렸고 아이사의 안에서 모든 것이 기쁘게도 무너지는 것 같았다. 그녀는 수년 동안이나 아빠를 죽일 준비가 되어 있었으나 이제는 자신이 그보다 더 어려운 일을 해냈다는 사실에 놀랐다. 그 일에 관해서 남들 앞에서 말을 한 것이다.

타일러는 지옥을 믿지 않았다. 오래전에 신께서 벌을 주고 싶으시면 바로 여기에 무한한 기회가 있다는 결론을 내렸기 때문이다. 지옥 같은 건 필요하지 않았다.

하지만 지상에 지옥이 있다면 타일러는 지금 확실히 거기에 있었다.

그와 세스는 땅속 깊은 곳에 있는 터널의 감추어진 깊은 벽감 안쪽에 들어가 있었다. 그들은 석조 건물의 조그만 틈새를 통해서 이 안으로 들어왔다. 타일러가 손에 든 조그만 성냥불에 비친 바닥과 벽에는 곰팡이가 가득했다. 성냥불이 꺼지기 직전에 타일러는 세스가 오늘 더 안 좋아 보인다는 것을 알아챘다. 뺨은 열로 벌겋고 각막은 감염으로 누렜다. 타일러는 며칠이나 세스의 상처를 살피지 못했지만 아마 세스의 배에서 가슴으로 빨간 감염이 타고 올라왔을 것이다. 처음 아배스에서 도망쳤을 때 세스를 의사에게 데려가 모아뒀던 돈 대부분을 썼다. 하지만 그 남자는 진짜 의사가 아니었고, 며칠 동안 세스의 통증을 덜어줄 약을 주긴 했지만 감염을 막을 수는 없었다.

성냥이 다 타버렸다. 잠시 후 타일러는 터널 바깥으로 여러 명이 뛰어가는 발소리를 들을 수 있었다.

"동쪽 골목! 동쪽 골목으로 가서 길에서 만나자고."

남자가 숨을 헐떡이며 말했다.

"케이든이야. 난 알아. 그놈들이 오고 있어."

또 다른 남자가 두려움에 약해진 목소리로 말했다.

"케이든이 여기서 뭘 원하는 거야? 여기엔 그 작자들 돈 될 거리가 없는데."

"너희들 전부 다 동쪽 골목으로 가. 빨리!"

발소리가 다시 달려가기 시작했다. 타일러는 벽감 벽에 기댔다. 심장이 쿵쿵거렸다. 그와 세스는 이미 엄청나게 곤란한 상황이었으나 정말 여기에 케이든이 온 거라면 문제는 배가 되는 셈이었다. 도망친 초기에 타일러는 몇 차례 바깥으로 나가서 현금으로 음식과 깨끗한 물을 살 수 있었으나 소식이 들리기까지는 오래 걸리지 않았다. 아배스는 둘 다에게 현상금을 걸었다. 타일러와 세스는 오래전에 아배스 사제복을 버렸지만 평복을 입어도 더 이상 지상에서는 안전한 기분이 들지 않았다. 타일러는 2주도 넘게 터널 밖으로 나가지 못했고 식량도 거의 사라졌다.

"타이? 그들이 우리를 잡으러 왔을까?"

세스가 나직하게 속삭였다.

"모르겠어."

타일러가 대답했다. 여기서는 안전할 거라고 생각했지만, 안전에는 대가가 따랐다. 터널을 돌아다니며 타일러는 많은 것들을 보았고, 이 미궁이 실제로 뭔지 알게 되면서 그는 아배스에서의 마지막 몇 주 동안 그를 사로잡은 영적 어둠 속으로 다시 미끄러지기 시작했다.

신이시여, 왜 이런 일을 허용하십니까? 이 세상은 당신의 것입니다. 왜 이 사람들이 고통을 겪는데 아무것도 하지 않으시는 겁니까?

놀랄 일도 아니지만 답은 없었다.

세스를 서둘러 여기서 데리고 나가야 한다는 건 알았다. 그는 왕궁으로 갈 수 있는 지하의 길을 찾아보았다. 메이스가 읽기 수업을 받기 위해 눈에 띄지 않고 아배스에 들락날락할 때 그 길을 사용했을 것이다. 하지만 타일러는 안전한 틈새에서 너무 멀리까지 나가는 게 두려웠다. 세스에게 걸린 현상금은 1천 파운드였지만 타일러가 마지막으로 바깥에 나갔을 때 그에게 걸린 현상금은 5천 파운드였다. 어떤 케이든도 그런 기회를 눈 뜨고 놓치려 하지 않을 것이다. 음지의 술집에서 들은 소문에 따르면 현상금에는 그의 소유물까지 포함되었다. 이는 교황이 그들 둘 다 죽기를 바라고 타일러를 신의 심판대로 보내기 위해서 많은 돈을 쓸 용의가 있지만 가장 우선적인 목적은 타일러나 세스가 아니라 타일러가 가방에 갖고 있는, 광을 낸 벚나무 상자라는 것을 알려주었다. 타일러는 이것을 꺼내 다시 열어보고 싶었지만 성냥에 허비할 돈이 없었다. 마지막 통까지 다 썼다. 그래도 가방을 바싹 당기면 안에 든 상자 모서리가 닿아 마음이 놓였다.

터널에서 몇 주를 보내며 타일러는 이 상황을 일부나마 끼워 맞출 수 있었다. 티어 왕관은 엘리사 여왕이 죽은 후로 발견되지 않았다. 그녀가 교회에 선물로 주었을 것이다. 1년에 한 번 이상 미사에 참석하지 않는 왕실이 하기엔 기묘한 행동이지만, 죽기 직전에 예수를 찾는 사람이 엘리사가 처음도 아닐 것이다. 타일러는 글린 여왕의 어머니를 만난 적이 없지만, 그녀는 천국에 들어갈 길을 돈으로 사려 할 만한 사람으로 여겨졌다. 왕관은 은과 사파이어로 만들어져서 분명히 가치가 꽤 나가겠지만, 타일러에게 그 가치는 돈 이상이었다. 이 왕관은 조너선 티어 이래로 모든 통치자들의 머리에 있었고, 수많은 유혈 계승 전쟁을 일으켰다. 또한 마법의 능력이 있다는 소문도 있었으나 타일러는 그 이야기를 재밋거리 이상으로 여기지 않았다. 그에게 왕관은 티어의 거칠고 폭력적이고 놀라운 역사를 목격한 유물이었고, 세스를 두고 떠날 수 없는 것과 마찬가지로 이런 걸 부주의하게 다룰 수는 없었다. 게다가 그는 이걸 지키겠다고 약속했다. 그 여자, 마야를 떠올리자 몸이 반으로 잘리는 기분이었다. 그녀가 그에게 왕관을 주었는데 그는 그녀를 약이 놓인 탁자 앞에 그냥 두고 떠났다. 그녀를 데려올 수가 없었다. 그랬으면 상황이 더욱 어려워졌을 것이다. 그도 알지만, 그렇다고 마음이 편해지는 건 아니었다. 앤더스는 매를 아끼는 사람이 아니었고 타일러는 자신이 도망친 후 마야가 어떻게 되었을지 상상조차 할 수가 없었다. 어쨌든 그는 약속을 지켜 여왕에게 왕관을 가져갈 생각이었다. 하지만 이 아래에서는 아무것도 할 수가 없었다.

타일러의 머리 위 돌을 밟고 달려가는 소리가 나자 그는 몸을 떨었다. 케이든일 수도 있고 타일러가 여기 아래서 본 길 잃은 불쌍한 영혼들일 수도 있었다. 하지만 수많은 발소리가 계속되었고, 타일러는 술집에서 들은 또 다른 이야기에 대해 생각하지 않을 수가 없었다. 뉴런던 길거리에서 폭도들이 칼과 직접 만든 십자가를 들고 신을 찬양하고 똑같이 하지 않는 사람들을 폭력으로 위협하고 다닌다는 얘기였다. 이 폭도들을 신의 교회와 연관 지을 증거는 없었지만 타일러는 이들에게서 교황의 악취를 맡을 수 있었다. 그는 이 사람들이 아배스의 명령을 받았다는 데에 자신의 성경을 걸 수 있었다.

한때는 좋은 교회였는데, 타일러는 그렇게 생각했다. 사실이었다. 티어 암살 이후에 신의 교회는 질서를 바로잡는 것을 도왔다. 교회는 첫 번째 랠리 왕가를 위해 일했고, 윌리엄 티어의 정착지가 산산조각 나지 않도록 만들었다. 후크로싱 2세기에 진취적인 설교자 데니스가 상상력을 사로잡는

연극적인 분위기와 예식의 중대한 가치를 알아보고 가톨릭을 도입했다. 데니스는 아배스의 설계와 건축을 감독했다. 이것은 교회의 금고를 싹 비우고 사람을 제 나이보다 늙게 만드는 엄청난 업적이었다. 데니스는 마지막 돌이 올라가고 사흘 후에 죽었고 교회는 이제 그를 최초의 진정한 교황으로 승인했으나 신의 교회를 같은 길로 인도했던 사람이 그의 앞에도 여럿 있었다. 구전 역사를 최대한 모아온 타일러는 교회가 전혀 완벽하지 않았다는 걸 잘 알았다. 하지만 역사상 가장 어둡던 시기에도 지금의 아배스 같은 상태는 아니었다.

물론 교황은 여왕이 있을 때에는 감히 이런 일까지 하지 못했을 것이다. 앤더스는 켈시 여왕을 두려워했다. 대단히 두려워한 나머지 바로 얼마 전에 타일러에게 독약을 주고 끔찍한 명령을 내리지 않았던가. 여왕은 모트메인에 자신을 내주었고, 이제 메이스가 나라의 지휘권을 잡고 있었다. 이 소식은 타일러의 짧은 지상 나들이에서도 못 들을 수 없을 정도였다. 그러나 티어링 사람들은 메이스를 사랑하지 않고 그저 두려워했고, 두려움은 그렇게까지 위험하지 않았다. 여왕이 없으니 교황은 대담해진 거였다.

그분이 돌아오셔야 돼. 그분이 오셔야 돼. 타일러는 거의 기도처럼 생각했다.

새로운 발소리가 터널 바깥을 울렸다. 타일러는 벽으로 몸을 더 바싹 붙였다. 조그만 입구 앞으로 여러 남자들이 지나갔지만 그들은 발소리 말고는 아무 소리도 내지 않았고, 벽을 통해서도 타일러는 남자들의 행동에 깔려 있는 통일된 군사적인 효율성을 감지할 수 있었다.

케이든이야. 그의 머리가 속삭였다. 하지만 뭘 찾는 거지? 타일러와 세스 때문에 온 걸까, 아니면 다른 사람 때문에 온 걸까? 별로 중요하지는 않았다. 터널 벽의 좁은 입구를 찾는 데에는 날카로운 한 쌍의 눈이면 충분하고, 그러면 그들은 발각될 것이다.

발소리가 속도를 줄이지 않고 지나갔고 타일러는 안도했다. 세스가 몸을 떨며 그에게 기댔고 타일러는 친구에게 팔을 둘렀다. 세스는 천천히, 고통스럽게 죽어가고 있었고 타일러는 그에게 아무것도 해줄 수가 없었다. 아배스에서 탈출하도록 세스를 도왔지만, 지금은 그 탈출이 무슨 의미가 있었을까 싶었다. 모두가 그들에게서 등을 돌렸는데.

신이시여, 타일러는 자신의 말이 어두운 머릿속 구석 외에는 아무 데도 전달되지 않을 거라는 걸 확신하면서도 기도했다. *신이시여, 제발 저희에게 빛을 보여주십시오.*

하지만 아무것도 나타나지 않았다. 오로지 어둠과 끝없이 떨어지는 물방울 소리, 그리고 근처에서 멀어져가는 암살자들의 발소리뿐이었다.

5장
티어의 땅

유토피아의 실수는 모든 게 완벽할 거라고 믿는 거예요. 그 정의가 완벽함일 수는 있지만, 우리는 인간이고, 유토피아로도 우리의 아픔과 실수, 질투, 슬픔을 가져가게 돼요. 설령 낙원을 위해서라고 해도 우리의 결점을 포기할 수는 없으니 인간의 본성을 고려하지 않고 새로운 사회를 계획하는 건 그 사회를 실패로 몰아가는 지름길이죠.

—《글린 여왕의 말》, 타일러 신부 편찬

윌리엄 티어는 뭔가를 굉장히 걱정하고 있었다. 케이티는 확신했다.

그와 1년 가까이 일했음에도 그녀는 티어를 잘 알지 못했다. 그는 누군가가 잘 알 수 있는 사람이 아니었다. 경계를 거의 풀지 않기 때문이다. 케이티는 엄마조차도 그를 완전히 이해한다고는 생각하지 않았다. 가끔 케이티는 티어에게 짐이 되고 그의 어깨를 굽게 만들고 나이 들게 만드는 것이 뭔지 알 것 같았고, 그가 걱정하기 때문에 케이티 역시 걱정했다.

그녀는 마을의 북쪽 경계를 이루는 빽빽한 삼림지로 된 좁고 긴 땅인 벨트 한가운데 바닥에 앉아 있었다. 여기에는 나무가 빽빽하게 자라서 마른 풀 위로 햇살이 아주 드문드문 들어왔다.

"밀어!"

티어가 소리쳤다.

"발 디딘 자세가 어설퍼, 보여? 이게 네가 네 몸무게를 이용해서 그를 밀어 넘어뜨려야 하는 순간이야. 남자를 확실하게 네 아래로 붙잡고 손에 칼을 들고 있으면 이미 이긴 거지."

케이티는 팔로 무릎을 감싸고 앞에서 벌어지는 대련장에 집중하려고 노력했다. 개빈과 버지니아가 엉켜서 싸우고 있었다. 각각 손에 칼을 들고 있었지만 지금 무기는 부차적이었다. 이것은 지렛대 원리에 대한 훈련이었다. 케이티는 칼을 그렇게 잘 쓰지 못했고 누군가를 압도할 만한 덩치도 아니었지만, 그들 중에서 제일 빨랐고 자신의 몸과 반사 신경, 균형 감각을 신뢰했다. 버지니아는 더 크고 근육질이었지만 밀어뜨릴 데를 찾지 못했고, 몇 초 후에 티어가 중단시키고 그녀가 놓친 부분을 지적했다. 버지니아는 불만스러워 보였지만 케이티는 그걸 나쁘게 여기지 않았다. 여기서 총 아홉 명이 훈련을 받았다. 케이티, 버지니아 워런, 개빈 머피, 제스 올컷, 조너선 티어, 리어 윌리엄스, 벤 하월, 앨레인 가비, 모건 스프루스였다. 모두들 각기 다른 장점이 있었으나 버지니아의 장점은 가장 귀중했다. 그녀는 어떤 것도 두려워하지 않았다. 케이티는 작년 한 해 동안 많은 것을 배웠지만 대담함은 배울 수 있는 게 아니었고, 그래서 그 자질이 부러웠다.

"버지니아, 앉아서 봐라. 이번에는 알아챌 수 있는지 한번 봐."

티어가 손가락을 퉁겼다.

"앨레인, 개빈과 붙어라."

앨레인이 둘러앉은 맞은편 자리에서 일어나 개빈에게 신중하게 다가갔다. 둘은 좋은 친구였지만 앨레인이 그들 중에서 제일 약했고 개빈도 그걸 잘 알았다. 개빈의 눈에 과도한 자신감의 빛이 번뜩였다. 케이티는 고개를 흔들었다. 개빈은 훌륭한 싸움꾼이었지만 거만해지는 경향이 있었고, 그래서 여러 번 곤란한 입장에 몰리곤 했다.

"몸을 움츠려, 개비! 안 그러면 저 녀석이 너를 날려버릴 거야!"

매디 이모가 티어의 옆에서 외쳤다.

앨레인이 어깨를 가슴 쪽으로 당기고 허리의 칼집에서 칼을 꺼냈다. 칼은 손잡이 달린 뾰족한 창에 지나지 않는 조잡한 물건이었다. 일꾼들이 소를 잡을 때 쓰는 것과 같았다. 하지만 케이티는 엄마가 매디 이모에게 티어가 그들에게 진짜 칼을, 싸움용 칼을 만들어줄 거라고 하는 것을 엿들었다. 그런 무기는 비밀리에 만들어서 비밀리에 갖고 다녀야 했다. 가끔 케이티는 윌리엄 티어와 함께 뒤뜰 의자에 앉아 있었던 이래 기나긴 한 해 동안 그녀의 삶이 비밀로 가득 차서 새기 직전인 주전자 같아졌다는 기분을 느꼈다. 그들은 준비가 된 후에 칼을 받을 것이지만 케이티는 기다릴 수가 없었다.

앨레인은 개빈보다 키가 컸지만 개빈이 가장 칼을 잘 다뤘고 나무 도마뱀처럼 움직였다. 몇 초 만에 개빈이 앨레인의 뒤로 돌아가서 단호하고 체계적으로 그의 오른손을 잡고 팔목을 무릎으로 쳐서 칼을 떨어뜨리게 하려고 했다.

"그만!"

티어가 외치고서 대련장 안으로 들어갔다. 엄마도 못마땅한 눈을 하고 그를 따라갔다.

"진짜 싸움에서는 무슨 일이 생길까, 개빈?"

엄마가 물었다.

"그를 계속 잡고 있어야 합니다. 팔목을 부러뜨린 다음 무릎을 부숴야 해요."

개빈이 조용한 어조로 대답했다.

"이 대련장에서는 실패해도 별 상관 없어. 하지만 진짜 세상, 진짜 싸움에서 실패는 곧장 죽음이야. 이게 너희가 이해하고 기억해야 하는 거야."

티어가 앨레인에게 말했다.

눈가로 케이티는 버지니아가 음울하게 고개를 끄덕이는 것을 보았다. 그들은 친구 비슷한 사이였다. 버지니아는 진짜 친구가 되기에는 너무 사나웠지만 말이다. 지난주에 추수 배급에 관해서 큰 말다툼이 있었고 버지니아는 실제로 엘리스 씨의 목을 움켜잡았다. 어른들 여러 명이 그녀를 떼어 놓지 않았다면 케이티는 버지니아가 맨손으로 그를 목 졸라 죽였을 거라고 거의 확신했다. 케이티가 어린 시절에 타운에서는 싸움이 없었다. 문제가 생기면 사람들은 말로 해결했다. 하지만 이제는 매주 사건이 일어나는 것 같았다. 케이티는 종종 그들이 평화를 유지하기 위해서 훈련을 받는 걸까, 아니면 이게 윌리엄 티어가 예견했던 문제일까 생각하곤 했다.

버지니아 옆에서 조너선 티어가 대련장 한가운데 있는 두 명을 바라보고 있었다. 그의 눈은 그들의 움직임을 관찰하고 배웠다. 조너선의 모든 것이 윌리엄 티어와 판박이였지만, 커다랗고 검은 눈만은 릴리의 눈이었다. 케이티는 종종 닮은 구석을 알아챘다. 조너선은 좋지도, 나쁘지도 않은 싸움꾼이었다. 그가 한 살 많은데도 전에는 그녀가 그를 이겼다. 하지만 그건 별로 중요하지 않았다. 매분 매초 언제나 조너선은 뭔가를 *배웠다*. 케이티는 그 검은 눈이 정보를 기록하고 조너선의 뇌라는 거대한 방으로 분석하러 보내는 것을 볼 수 있었다. 방? 아니, 저택쯤 되겠지.

"개빈, 교대해. 리어, 네가 앨레인과 붙어라."

리어가 자리에서 일어났다. 케이티는 앨레인이 신음하는 게 보일 것 같았다. 리어가 그들 중 제일가는 싸움꾼은 아니었지만 영리하기 때문에 가장 존경받았다. 크로싱에서 죽은 그의 아버지는 윌리엄 티어가 가장 신뢰한 사람 중 한 명이었고 엄마는 종종 리어가 제 아빠의 뇌를 물려받았다고 하셨다. 그는 타운 역사가인 웰런드 씨 밑에서 견습 일을 했고 자신만의 타운 역사를 작성하는 중이었다. 크로싱에 대한 건 아니었다. 그들은 그 시기에 대해서 별로 아는 게 없었고, 어른들에게서 얻은 대답은 짜증나리만큼 모호했다. 하지만 개빈에 따르면 리어는 평생 동안 타운 역사를 연대순으로 기록해서 죽을 때 출간할 생각이라고 했다. 그렇게 장기적인 계획을 세울 수 있는 상대와 싸우고 싶은 사람은 아무도 없었다.

"원을 좀 좁혀. 실수할 공간을 줄이게."

엄마가 명령하자 모두가 좁혀 앉았다.

"시작."

리어가 거의 얼어붙은 듯이 서 있는 앨레인의 주위를 돌았다. 앨레인은 그들의 약점이었고 케이티는 그 약점에 화가 났다. 여기서는 그런 약점을 가질 여유가 없었다.

그건 로가 할 법한 말이야.

그녀는 인상을 찌푸렸다. 머릿속을 조용히 만들 방법이 있으면 좋을 텐데. 요즘 그녀는 마치 조현병 환자같이 생각했다. 각각의 생각들을 로의 것이나 티어의 것으로 나눌 수 있을 것 같았다. 앨레인은 뛰어난 싸움꾼은 아니지만, 크로싱의 아이들 다수가 그렇듯이 다른 재능, 특히 손재주에 놀랄 만한 재능이 있었다. 그저 허풍을 떨고 싶어서가 아니라면 절대로 앨레인과 카드를 해서는 안 된다. 케이티가 도박을 그만둬야 한다는 걸 깨달을 때까지 그는 그녀의 제일 좋은 말드 실을 몇 타래나 따 갔다. 매년 가을 수확제에서 앨레인은 마술 쇼를 벌여 어른들을 감탄하게 만들고 어린애들을 완전히 흥분시켰다. 그가 대단한 싸움꾼이 아니라 해도 케이티는 한 사회에 이렇게 많은 다양한 사람들이 있는 게 얼마나 귀중한지 그 가치를 알았다. 한 명 한 명이 제각각의 재능과 단점, 관심사와 특이성이 있었다. 그들 모두가 책에 나오는 캐릭터들처럼 복잡다단한 태피스트리를 이룰 것이다. 그것이 타운에서 아이들이 걷기도 전부터 가르치는 교훈이었다. *너는 특별하고, 모두가 특별하단다. 하지만 네가 더 '낫지는' 않아. 모두가 귀중해.*

하지만 로는 그런 태피스트리의 가치를 이해하려 하지 않았다. 케이티가 종종 설명해주려 했지만 그가 그녀의 말을 이해하는지 알 수 없었다. 로는 비효율적인 것을 참지 못했고, 가끔 그의 생각이 케이티의 생각에 뒤엉켜서 티어의 목소리를 억누르고 없애버렸다.

리어가 빙 돌던 것을 멈추고 빠르고 조용하게 파고들었다. 순식간에 그는 앨레인의 뒤로 돌아가서 친구의 목에 팔을 두르고 꼼짝 못 하게 조였다.

"그만."

윌리엄 티어가 팔짱을 끼고 서서 앨레인을 보았다. 그 눈은 무자비하지는 않았지만 차가웠고, 케이티는 갑자기 앨레인이 살얼음판 위에 있음을 깨달았다.

"오늘은 이쯤이면 됐다. 다들 평소의 견습 일로 돌아가라."

리어가 앨레인을 놓아주었고, 앨레인은 비틀거리며 물러나서 목을 문질렀다. 리어는 그의 등에 한 손을 올렸고 앨레인은 성격 좋게 미소를 지었지만 그 표정에는 음울함이 어려 있었다. 그 역시 자신이 일종의 관찰 기간임을 아는 것 같았다. 개빈이 그를 괴롭히기 시작했지만 그게 개빈의 성격이었다. 그는 자신의 재능을 너무 확신해서 가끔 의도치 않게 잔인하게 행동했다. 개빈이 작년 여름 피크닉에 그녀더러 같이 가자고 했고, 그가 잘생기긴 했지만 케이티는 거절했다. 개빈에게는 목표까지 가는 길을 가로막는 건 전부 다 부숴버리려고 하는 가차 없는 면이 있었다. 케이티는 그가 무언가를 자신보다 앞에 둘 거라고는 생각하지 않았다.

아, 그래? 로는 뭐 달라? 그녀의 머리가 조롱했다.

그래, 하지만 로는 자신이 더 나쁘다는 것을 잘 알았고 스스로에 대한 환상이 전혀 없었다. 그건 큰 차이였다. 로는 잔인할지 몰라도 개빈은 바보였다. 그는 심지어 책 읽는 것도 좋아하지 않았다.

티어, 매디 이모, 엄마가 공터를 나가서 서쪽으로, 마을 쪽으로 향했다. 엄마가 케이티에게 오늘 잘했다는 은밀한 신호로 고개를 살짝 끄덕였다. 개빈과 하월, 앨레인, 모건은 나무 사이로, 동쪽으로 언덕을 돌아 가축 농장이 있는 남쪽으로 사라졌다. 제스는 벌목장이 있는 언덕 아래로 향했고 버지니아도 따라갔다. 버지니아는 타운 바깥의 넓은 지역을 탐험하고 지도를 만드는 큰 모임의 일원이었다. 모임에서는 그 바깥 지역을 이제 티어의 땅이라고 불렀으나 케이티는 윌리엄 티어가 이것을 좋아하지 않는다는 이야기를 엄마에게서 들었다. 그들은 이 수업을 감추기 위해서 다들 견습 일을 따로 했다. 심지어 조너선 티어조차 낮에 낙농장에서 일했다. 하지만 어떤 견습 일도 티어의 훈련에 견줄 수 없었다. 티어는 싸우는 법을 가르쳤지만, 그것은 수업의 절반일 뿐이었다. 설명하기 힘든 방식으로, 케이티는 티어가 그들에게 말이 아니라 실습으로 더 나아지는 법을 가르친다는 느낌이 들었다. 더 나은 사람, 더 나은 사회의 일원이 되는 법. 수업 때에는 로의 목소리가 여전히 케이티의 머릿속에 들리긴 해도 훨씬 작아졌다. 로의 세상에서 앨레인은 오래전에 쫓겨났겠지만, 로의 예외론이라는 발상, 인정사정 없는 세계관, 이런 것들은 이 공터에서 발붙일 데가 없었다.

케이티는 1분쯤 기다리다가 일어서서 바지 엉덩이에 달라붙은 풀을 털었다. 양 농장에는 조금 늦게 가도 괜찮았다. 그녀는 열심히 일했고 방적공과 염색공들의 관리자인 린 씨는 그녀가 사실상 물 위를 걷는다고 생각했다. 그녀가 한 일주일쯤 일을 빼먹으면 그제야 뭔가 말할지도 모른다.

공터 맞은편에 조너선 티어가 여전히 앉아서 앞쪽을 바라보고 있었다. 그의 얼굴은 거의 졸린 것처럼 멍했고 케이티는 그를 놔두고 걸어갔다. 조너선은 정말로 이상했다! 개인을 귀중하게 여기는 사회라 해도 조너선이 어느 위치를 차지하는지 케이티는 알 수가 없었다. 그는 아버지 때문에 굉장한 지위를 차지할 수도 있었지만, 타운이 그에게 쏟고 싶어 하는 지나친 칭찬을 전혀 받아들이려 하지 않았다. 그는 그런 걸 어떻게 감당해야 하는지 모르는 것 같았다. 자유 시간은 전부 도서관 2층 어두운 구석에서 책을 쌓아놓고 보냈다. 훈련 시간에도 조너선은 나머지 아이들이 즐기는 엘리트 집단이라는 행복한 감각, 익살스러운 친근감에서 동떨어져 있었다. 그는 정말로 그냥 이상했고, 케이티의 첫 번째 충동은 그를 그냥 놔두는 거였다.

하지만 공터 가장자리로 가면서 걸음이 느려지다가 결국 멈췄다. 엄마의 목소리가 머릿속에서 들렸다. 케이티가 어린 시절에, 이웃 사람이 곤경에 처하면 아무리 그 사람을 싫어하거나 그 사람과 마음이 맞지 않는다 해도 멈춰서 도와야 한다고 말하던 그 목소리였다.

조너선 티어는 그리 상태가 좋아 보이지 않았다.

좌절감 어린 한숨을 쉬고서 케이티는 몸을 돌려 도로 그에게로 걸어갔다.

"너 괜찮아?"

조너선은 대답하지 않고 그저 앞만 바라보았다. 케이티는 무릎을 구부리고 앉아서 그의 얼굴을 보다가 자신이 멍한 표정이라고 생각했던 게 실은 멀리 있는 뭔가를 보는 것처럼 완전히 홀려 있는 표정임을 깨달았다. 케이티는 뒤를 보았지만 공터 맞은편 끝에는 나무들의 벽뿐이었다.

"조너선?"

그녀가 그의 눈 앞에 대고 손가락으로 딱 소리를 냈지만 그는 눈도 깜박이지 않았다. 그의 동공은 커다랬고 케이티는 그가 일종의 마비라도 일으킨 걸까, 누굴 불러야 하나 생각했다. 하지만 나머지 애들은 전부 가버렸다. 발소리마저 사라지고 들리는 건 숲과 새소리, 이른 오후 바람이 나뭇잎을 스치며 나뭇가지가 바스락거리는 소리뿐이었다.

게이티는 천천히, 머뭇머뭇 손을 내밀어 조너선의 어깨에 올렸다. 그가 펄쩍 뛰었지만 그의 동공은 수축되지 않았고, 그녀를 쳐다보는 시선은 여전히 조금 전처럼 공허하고 멀었다. 그녀를 꿰뚫고 그 뒤를 보는 시선에 케이티는 몸을 떨었다.

"다 나빠졌어. 나쁜 마을, 나쁜 땅. 너랑 나, 케이티. 너랑 나, 칼."

그가 중얼거렸다. 마지막 말에 케이티는 펄쩍 뛰었고 손이 저절로 허리의 칼로 향했다. 조너선이 손을 내밀어 얼음처럼 차가운 손가락으로 그녀의 손목을 꽉 잡았다. 그의 입가에 유령 같은 웃음이 떠올랐다.

"우린 노력했어, 케이티. 우린 최선을 다했어."

그녀가 낮게 비명을 지르며 손목을 떨쳐냈다. 조너선이 눈을 깜박였다. 그의 동공이 얼룩덜룩한 햇살에 수축되었다. 그가 미간을 찌푸리고 그녀를 보았다.

"케이티?"

그녀는 황급히 뒤로 물러났다. 심장이 여전히 쿵쿵 뛰었고 그의 곁에 가고 싶지 않았다. 그에게서 위험이 마치 열기처럼 뿜어져 나오는 게 느껴졌다.

"너 꿈꿨어."

그녀가 조심스럽게 말했다.

꿈이라, 그녀의 머리가 조롱 조로 말했다. 그는 몽환 상태였어. 애니 파울러가 내일 날씨가 어떠냐고 물으면 가끔 그렇게 되는 그런 종류의 몽환 상태에 있었지.

하지만 애니는 그냥 잠깐 눈을 감고 있다가 날씨를 대체로 정확하게 예측했다. 조너선에게 방금 일어난 일은 전혀 다른 거였다. 그건 마치—

"연습 끝났어?"

조너선이 물었다.

"응."

그녀는 몸을 펴고서 그에게 한 손을 내밀었다. 그를 일으켜 세우고 나면 다 끝날 것이다. 오늘 치 이웃에 대한 봉사는 다 한 것이다. 여기서 빠져나가 양 농장으로 내려가서 실을 좀 염색하며 이 오싹한 상황에 대해서는 잊어버릴 수 있을 것이다.

하지만 자신도 모르게 그녀가 입을 열었다.

"뭘 봤어?"

그의 얼굴이 무표정해졌다.

"무슨 말이야?"

그녀가 그를 잡아당겼다.

"너희 아빠도 몽환 상태가 되시잖아. 엄마가 거기에 대해 말해주셨어. 너도 그랬던 거잖아. 뭘 봤어?"

"아무한테도 이건 말하면 안 돼."

"왜? 네가 연습 도중에 이렇게 한 게 내 잘못은 아니잖아."

그가 그녀의 어깨를 잡았다. 케이티는 갑자기 그가 자신보다 30센티미터는 크다는 것을 깨닫고서 긴장했다. 그녀가 칼에 손을 뻗었지만 꺼내기 전에 조너선이 그녀를 놓아주고 뒤로 물러났다.

"미안. 하지만 아무도 이 일에 대해서 몰랐으면 좋겠어."

그가 긴장한 어조로 말했다.

"왜? 난 그런 천리안이 있으면 좋겠는데. 난 크로싱에서 어떤 재능도 받지 못했어."

케이티가 당황해서 말했다.

조너선은 그녀를 평가하는 눈으로 보았다.

"내 평생, 사람들은 날 관찰하고, 내가 아버지의 판박이가 되기를 기다렸어. 그건 괜찮아. 왜 그러는지 이해하니까. 하지만 왕조라는 건 위험해.

디음번에 이 마을을 이끌 사람으로 누가 뽑히든 그 사람이 누구의 아들이어서 뽑히는 건 안 돼. 내가 다른 사람들과 똑같다고 생각하면 사람들이 더 나은 결정을 내릴 수 있을 거야."

"그건 숨기기가 좀 힘들지 않아?"

"별로. 난 거의 늘 혼자 지내니까."

케이티는 당황해서 시선을 내렸다. 그녀는 조너선이 혼자 있는 게 단순히 사교술이 떨어지기 때문이라고 생각했었다. 그게 자발적일 거라고는 한번도 생각해본 적이 없었다. 그녀와 로가 그에 관해 나누었던 신랄한 말들이 떠오르자 그녀는 창피해졌다.

"그러지 마. 그게 네가 받아야 하는 인상이 맞으니까."

조너선의 말에 케이티는 펄쩍 뛰었고 다시금 두려워져서 물러났다. 그녀가 생각하는 걸 그가 들은 걸까? 마을의 몇몇 10대들에게 그런 능력이 있었다. 케이티는 엄마와 매디 이모가 거기에 대해 말하는 걸 한번 들은 적이 있었다. 엄마는 윌리엄 티어가 이런 것에 대해 이야기하지 말라고, 크로싱의 아이들이 특이한 것처럼 만들지 말라고 지시했다고 말했다. 로는 불로 놀라운 일을 할 수 있었다. 그게 그의 재능이었다. 엘리 베넷은 물로 그럴 수 있고, 맷 밴 와이는 물건을 사라지게 만들 수 있었다. 로도 재능을 자랑하고 다니지 않았다. 케이티와 아마도 로의 어머니만이 이 능력으로 로가 뛰어난 금속 세공사가 되었음을 알 것이다. 랜딩 2년쯤 후에 태어난 케이티에게는 그런 재능이 없었고 종종 그 사람들이 부러웠다. 하지만 봄 축제 때 숨겨지는 달걀처럼 타운 여기저기에 있는 이 작은 마법을 가진 크로싱의 아이들은 조너선과 전혀 달랐다. 조너선은 힘이 둘러싸고 있는 것 같았다. 케이티는 시선을 내렸다가 팔에 털이 곤두서 있는 것을 발견했다. 그녀는 한 손을 칼에서 떼지 않았다.

"난 너한테 위험한 사람이 아니야."

조너선이 말했다.

그럴 수도 있지만, 어쨌든 그에게는 위험한 부분이 있었다. 케이티는 그것을 알아내려고 애썼다. 방금 전에 타운은 모든 사람들이 똑같이 귀하고 모든 재능이 태피스트리처럼 엮이는 곳이라고 생각하지 않았던가?

똑같이 귀해? 윌리엄 티어는 어쩌고?

케이티는 눈을 깜박였다. 케이티가 여기서 발견한 걸 알려주면 로가 뭐라고 할까 궁금했고, 즉시 답이 나왔다.

우리에겐 또 다른 윌리엄 티어가 필요하지 않아.

그래, 그건 로의 목소리였지만 로는 그날 밤에 거기에 없었다. 의자에 앉아서 티어의 위대함을, 그의 장엄함을 보지 못했던 것이다. 티어는 이 시간을 방해받지 않기 위해, 그들이 다른 일을 하고 있을 때에도 견습을 받고 있는 것처럼 하기 위해 다른 모든 선생들과 일정을 조율했다. 덕택에 아직까지 이야기가 퍼지지 않았지만 로에게 비밀로 하는 건 전혀 다른 이야기였다. 그는 케이티가 전적으로 솔직하지 않다는 걸 알았고 그것은 그들 사이를 약간 갈라놓았다. 케이티는 이 틈이 싫었지만 달리 어떻게 할 수 있는 방법이 없었다. 그녀는 여전히 타운의 구조와 그 내적인 위선에 종종 짜증이 났지만, 윌리엄 티어를 상대로 저항할 수는 없다는 걸 깨달았다. 티어는 신이나 혹은 왕처럼 경배받고 싶어 하지 않았다. 거기에는 위험한 것이, 그가 소중하게 여기는 민주주의에 선천적으로 적대적인 것이 있었다. 하지만 케이티는 어쨌든 그를 경배했다. 그리고 지금은 여기, 티어의 아들이, 케이티 학교의 외톨이 미운 오리가, 그녀가 늘 전혀 중요치 않다고 무시하곤 했던 소년이 온몸에서 윌리엄 티어의 힘이 흘러넘치는 상태로 서 있었다. 케이티의 머릿속에서 전에는 생각도 못 했던 일이 떠올랐다. 윌리엄 티어가 사망하면 타운은 어떻게 될까?

"칼에서 손 좀 떼줄래?"

조녀선이 말했다.

그녀는 손을 뗐다. 조녀선은 긴장을 풀고 웅크리고 앉았다. 케이티는 갑자기 그가 자신보다 한 살 많다는 걸 떠올렸다. 잠깐 동안 그 차이가 수십 년처럼 느껴졌다.

"아무한테도 말 안 할게."

그녀의 말에 그가 고개를 들고 미소를 지었다. 케이티는 시선을 돌려야 했다. 그 미소가, 거기 담긴 선의가 눈이 부실 정도로 반짝였기 때문이다. 잠깐 동안 그녀는 그에게 용서를 구하고 싶었다. 다시금 뒤뜰에서의 그날 밤, 티어의 옆에 앉아서 자신이 그가 요청하는 건 뭐든지 할 거라고 생각했던 밤이 떠올랐다. 티어가 사람들은 위험했지만, 그것은 칼의 위험과는 달랐다.

"고마워."

조녀선이 말했다. 케이티는 시계를 보았다. 한참 전에 양 농장에 갔어야 했지만 왠지 모르게 발이 떨어지지 않았다. 이 기분의 정체가 뭔지 깨닫고서 그녀는 깜짝 놀랐다. 그녀는 그가 가라고 하는 걸 기다리고 있었던 것이다.

"가봐."

조녀선이 말하자, 케이티는 공터 가장자리로 비틀거리며 걸어갔다. 머리는 제대로 집중할 수가 없고 피부에는 소름이 돋았다. 나무에 벼락이 떨어지면 이런 기분일 거라고 그녀는 생각했다.

뒤를 돌아보았지만 조녀선은 이미 그 자리에 없었다. 케이티는 몸을 돌려 계속해서 동쪽으로, 비탈을 둘러싸고 있는 길을 찾아 걸어갔다. 언덕로(路)로 이어지는 길이었다. 마침내 길을 찾아냈지만 벼락 맞은 듯한 기분은 사라지지 않았다.

무슨 일이 있었던 거지? 나한테 거기서 무슨 일이 있었던 거야? 그녀가

스스로에게 물었지만 답은 나오지 않았다.

하지만 한 가지 사실만큼은 머릿속에서 분명해졌다. 이제 지켜야 하는 비밀이 또 늘었다. 타운뿐만이 아니라 로한테도. 그들을 갈라놓는 또 다른 비밀에 케이티는 마음속에 더 깊게 쐐기가 박힌 기분이었다. 티어와 로, 이제는 그들이 너무나 멀어서 협곡의 양쪽에 나누어져 있는 것 같았다. 그녀는 어느 쪽에 깃발을 꽂아야 할까?

둘 다 할 수 있어! 그녀가 주장했지만 머릿속에서조차 그녀의 목소리는 거짓말을 감추려고 할 때처럼 높고 날카롭고 초조하게 들렸다.

톡톡톡.

케이티는 갑자기 도망치는 꿈에서 깨어나서 어둠 속에 있는 것을 깨달았다. 두드리는 소리가 계속 났다. 잠깐 동안 그녀는 꿈이 종종 그러듯이, 어릴 때 엄마가 읽어주던 시처럼 매끄럽고 끊긴 부분 없이 다른 꿈으로 이어진 거라고 생각했다. 바깥에서 까마귀가 두드리고 있고 케이티는 창문을 열 수 없었다. 거기서는 광기만이 기다리고 있으니까.

다시 부드럽게 두드리는 소리가 났다. 그녀는 자신이 완전히 잠에서 깼고 엄마가 커다란 판자를 경첩에 달아 움직이게 만든 창문을 손가락으로 두드리는 소리가 정말로 들리는 것임을 깨달았다. 책에 나오는 유리 창문과 다르게 이 창문은 그저 불투명한 판자여서 밖에 누가 있는지 보이지 않았다.

아무것도 없어. 좋은 건 없어. 무시하고 도로 자. 그녀의 머리가 속삭였다.

하지만 두드리는 소리를 무시할 수는 없었다. 오히려 소리가 점점 커지고 빨라지기 시작해서 조금 있으면 엄마까지 깨울 것 같았다. 케이티는 숨을 깊게 들이켜고 자신이 사나운 짐승이라는 것을 상기하며 빗장을 풀고 창문을 살짝 열었다.

로가 창틀 아래 웅크리고 앉아 있다가 달빛 속에서 그녀를 힐끗 올려다보았다.

"옷 걸치고 얼른 나와."

"어디 가게?"

그녀가 물었다.

"밖에."

"몇 시야?"

그녀가 침대 옆 탁자에서 시계를 더듬더듬 찾았다.

"2시 반."

로가 검고 모양 없는 덩어리를 들어 올린 뒤 말을 이었다.

"망토 가져왔어. 이걸 입으면 아마 어른처럼 보일 거야."

케이티는 움직일 수가 없었다. 온몸의 본능이 가지 말라고 말했지만 로에게 있는 어둠에는 끔찍한 매력이 있었다. 그는 규칙을 깨뜨리고도 곤란해지지 않았다. 하지만 케이티는 그렇게 용감하지 않았다.

그가 미소를 지었다.

"괜찮아. 나 알잖아, 케이티. 난 절대로 안 들켜."

그녀는 조녀선 티어와 보낸 오후를 떠올리고서 갑자기 몸이 싸늘하게 식는 것을 느꼈다. 모두가 그녀의 마음을 읽나? 그녀는 의심스럽게 로를 바라보며 그가 수년 동안 그녀에게 그걸 비밀로 했던 걸까 생각했다.

"너 혹시—"

"난 널 알아, 라푼젤. 우리가 서로의 마음을 읽는 데 언제부터 마법이 필요했어?"

그건 사실이었다. 가끔 둘은 완벽하게 마음이 맞아서 말을 할 필요도 없을 때도 있었다.

"대체 뭐가 그렇게 무서운 거야? 나?"

로가 창틀에 양팔을 올리고서 물었다.

아니, 로가 무서운 건 아니지만 설명할 수가 없었다. 언제나 로가 제안하는 것은 어둡고 제멋대로에 금지된 거였다. 창으로 나가서 보내는 밤처럼. 통금 시간 이후에 나갔다가 걸리면 엄마에게서 혼나는 걸로 끝나지 않을 것이다. 윌리엄 티어에게까지 들어갈 것이다. 어쩌면 그가 그녀를 경비대에서 쫓아낼 수도 있었다.

"왜 여기 있는 거야? 미아는 어쩌고?"

그녀가 물었다.

로는 어깨를 으쓱였고 거기 담긴 모든 이야기를 케이티는 쉽게 읽을 수 있었다. 그는 이번 주에 미아 길런과 잤겠지만, 마을의 모든 여자들이 로를 기다리듯이 미아도 기다릴 것이다. 그는 같이 잘 여자를 얼마든지 고를 수 있었고 그 여자들을 잘 이용하지만, 어떤 여자도 그에게는 의미가 없었다. 케이티는 그 생각에 조금 마음이 편해졌다. 어릴 때부터 그들 둘을 둘러싼 마법의 원이 너무나 단단해서 미아 길런처럼 말도 안 되는 누군가가 깨뜨릴 수는 없는 것처럼 느껴졌다.

로가 몸을 좀 더 기울이고 그녀의 앞에 망토를 흔들었다.

"마지막 기회야, 라푼젤."

떨리는 손가락으로 그녀가 망토를 잡았다.

"옷 입어야 돼."

"난 앞쪽에 있을게. 서둘러."

몸을 떨며 케이티는 창문을 닫았다. 문제가 될 수 있다는 걸 알면 언제나 그러듯 배 속이 꽉 뭉쳤다. 마치 토할 것 같았다.

"너 뭐 하는 거야?"

그녀는 두꺼운 모직 바지와 제일 따뜻한 셔츠를 입으면서 스스로에게 속삭였다.

"왜 이런 일을 하는 건데?"

대답할 말이 없었다. 케이티는 다시금 조너선 티어와 그의 아버지, 엄마, 책들을 생각했다…… 하지만 이런 것들은 낮의 것이고, 지금은 밤이었다.

"정말 멍청해. 멍청해, 멍청해, 멍청해."

그녀는 중얼거리며 창틀에 다리를 걸쳤다.

바닥으로 뛰어내린 뒤 그녀는 창문을 닫았다. 경첩에서 삑 소리가 나서 움찔했다. 빗장을 지르지 않아서 나무가 편편하지 않고 1센티미터 정도 틈이 생겼지만 그건 어쩔 수가 없었다. 창문 아래의 풀은 밤이슬로 젖어 있었다. 그녀는 벌써 두꺼운 모직 신발이 젖어드는 것을 느낄 수 있었다. 하지만 발이 제멋대로 움직여서 앞으로 나아가, 로가 망토를 두르고 두건을 쓰고 조용히 기다리고 있는 집 앞 길로 향했다. 그가 그녀의 손을 잡았고 케이티는 기묘한 흥분이 혈관을 타고 흐르는 것을 느꼈다.

"이리 와."

그들은 재빨리 길을 따라 마을 남쪽 끄트머리로 향했다. 안개가 언덕을 덮고 드문드문 불이 켜진 가로등만 빼면 전부 가리고 있었다. 모든 것이 조용했다. 그 고요함에 오늘 그 어떤 것보다도 어른이 되기 직전에 있는 그녀의 기묘한 중간 입장이 떠올랐다. 모든 아이들은 다 잠자리에 들었는데 어른도 아니고 아이도 아닌 그녀와 로는 허락도 받지 않고 짙고 푸른 세상의 침입자가 되어 거리를 돌아다니고 있었다.

몇 분 후 길은 완전히 내리막으로 변했다. 케이티는 안개 속에서 방향 감각을 잃었지만 로는 어디로 가는지 잘 아는 것처럼 그녀의 손을 당기며 길에서 벗어나서 집들 사이로 들어갔다. 케이티는 그가 어떻게 이렇게 길을 확실하게 아는 건지 알 수가 없었다. 그녀에게 1.5미터 앞은 아예 안 보이는데. 신발은 이제 완전히 젖어서 발가락 끝의 감각이 없어졌다. 집들이 보이지 않고 그들은 이제 숲에 들어섰다. 로는 케이티를 끌고 나무와 관목 사이를 빠르게 지나갔다. 계속 아래로 내려가면서 안개가 걷히기 시작했고 곧 케이티는 그들이 어디에 있는지 알 수 있었다. 그들은 동쪽 비탈이 다시 숲으로 이어지기 직전에 있는 마을의 마지막 부지, 벤드 저지(低地)에 있었다. 로는 여기 있는 제나 카버의 금속 가게에서 견습 일을 했고, 거기가 목적지라는 걸 케이티는 곧 깨달았다.

"로, 왜—"

"쉿."

제나의 가게는 무너질 것 같은 나무 건물로, 동쪽 비탈에 몰아치는 끊임없는 바람에 방비가 전혀 되어 있지 않았다. 케이티는 제나에게 많은 사람들의 귀중품이 있으니 문이 잠겨 있을 거라고 생각했지만, 낡은 계단을 올라갈 때 로가 열쇠를 꺼냈다.

"그거 어디서 났어?"

"내가 복제했어."

케이티는 자신의 멍청한 질문에 고개를 흔들었다. 로와 제나는 다른 수많은 금속 물건들 외에도 자물쇠와 열쇠를 만들었다. 마을에서 집의 문을 잠그고 다니는 사람들은 많지 않지만, 모두에게 자물쇠가 *있었다.* 케이티는 이런 기묘한 특징이 다른 많은 것들처럼 선크로싱 시대와 관계가 있는 게 아닐까 의심했지만 확신은 할 수가 없었다. 어른들은 모두 다 똑같이 지리에 관해서는 짜증 나도록 모호해도 어쨌든 크로싱 그 자체나 세계의 역사에 대해서는 즐겁게 이야기했지만, 크로싱 직전 30년에서 40년가량의 기간에 관해서는 타운의 의식에 뚫린 검은 구멍 같았다. 무엇 때문에 그들이 전부 여기로 왔는지는 모르겠지만, 그들은 그걸 묻어버리기로 한 게 분명했다.

그녀는 로를 따라 가게 안으로 들어가서 그가 등불을 켤 때까지 몸을 떨며 기다렸다.

"이거 좋은 거여야 할 거야, 로. 나 얼어 죽기 직전이라고."

"중요한 거야."

로가 대답하며 제나의 책상 서랍을 뒤졌다.

"이거 봐!"

그가 짙은 색 보석을 들어 올렸다. 많은 단면이 반짝였다. 흐린 불빛 속에서도 케이티는 이것이 윌리엄 티어의 보석이라는 걸, 그녀가 1년 전에 손에 쥐었던 바로 그것임을 쉽게 알 수 있었다. 그러나 그녀는 마치 처음 보는 것처럼 쳐다보았다.

"그게 뭐야?"

그녀가 물었다. 그녀의 일부는 슬픔을, 로에게 오후에 어디 있었는지에 관해 거짓말할 때 느꼈던 것과 똑같은 슬픔을 느꼈다. 이제 비밀이 너무나 많았다!

"윌리엄 티어 거야. 그 사람이 제나에게 은으로 목걸이를 만들어서 달아 달라고 줬어. 난 모르는 걸로 되어 있지."

로가 대답했다.

"그럼 어떻게 알았어?"

"엿들었거든."

로가 씩 웃었다. 케이티는 그 웃음을 잘 알았지만 이 순간에는 거의 괴기스럽게 느껴졌다. 그녀는 윌리엄 티어의 사파이어가 로의 손안에 있는 걸 보는 게 싫었다.

"그걸 보여주려고 날 여기까지 끌고 온 거야?"

"이건 그냥 돌이 아니야! 여기, 만져봐."

케이티는 보석을 받았다. 의자에서의 그날 밤에 느낀 것 같은 감각은 느껴지지 않고 그저 차가운 무게와 많은 단면이 손바닥을 찌르는 느낌뿐이었다. 로는 열렬하게 그녀를 쳐다보았지만 잠시 후 인상을 찌푸렸다.

"안 느껴져?"

"뭐가 느껴져?"

"마법."

"마법."

케이티의 말에 빈정거림이 묻어났다.

"진짜 마법이야, 케이티! 그걸 쥐었을 때 느낄 수 있었어!"

케이티는 그에게 짜증 난 시선을 던졌지만 자신의 거짓말에 대한 슬픔 아래로 갑자기 깊은 고통을 느꼈다. 로의 열정은 가짜가 아니었다. 케이티는 오랫동안 그가 무언가에 이렇게 흥분하는 걸 보지 못했다. 보석을 쥐었을 때 그에게 무슨 일이 일어났다……. 그의 말에 따르면 마법이겠지. 왜 케이티에게는 아무 일도 일어나지 않는 걸까? 그녀는 보석을 꽉 쥐었지만 아무것도, 티어와 의자에 나란히 앉았던 그날 밤에 느꼈던 따뜻한 욱신거림조차도 느껴지지 않았다. 보석은 그녀의 손에서는 평범한 돌일 뿐이었다.

"무슨 마법?"

"나한테 뭔가를 보여줬어!"

로의 눈이 흥분으로 반짝였다.

"과거. 크로싱. 난 무슨 일이 있었는지 알아, 케이티! 왜 그들이 그걸 비밀로 했는지 안다고!"

그는 말을 멈추고 그녀가 이유를 묻기를 기다렸지만, 케이티는 묻지 않았다. 분노가 가슴속에서 부글부글 끓어올랐다. 끔찍하고 쓰라리게 방울방울 솟아오르는 분노는 바로 질투였다.

"정신 차려, 로."

그녀가 몸을 돌렸다.

로가 그녀의 팔을 잡았다.

"거짓말이 아니야! 난 봤어!"

"물론 그랬겠지."

케이티의 일부는 가장 오래되고 친한 친구와 나누는 이 대화에, 거짓말에 다시금 속이 메스꺼워졌다. 하지만 어쩔 수가 없었다. 가슴속에서 솟구치는 질투가 빠르게 출렁이는 강처럼 커졌다. 약속을 한 사람, 윌리엄 티어를 따르는 사람, 그의 수업을 듣기 위해 자신을 죽이는 사람은 케이티였다. 이제 그녀는 조녀선 티어의 비밀까지도 지키고 있었다. 로는 윌리엄 티어를 싫어했다. 그런데 왜 그에겐 보인 거지?

로가 화나고 상처받은 얼굴로 그녀를 쳐다보았다.

"내가 거짓말한다고 생각해?"

"네가 일종의 망상을 한 거라고 생각해."

로의 눈이 가늘어졌다. 그가 말없이 한 손을 내밀었고 케이티는 사파이어를 돌려준 후 그가 그것을 도로 서랍에 넣는 것을 보고 안도했다. 서랍이 닫힐 때 케이티는 거의 동그란 모양에 광을 내지 않은 흐릿한 은 같은 것을 보았으나 금세 시야에서 사라졌다.

"네 시간을 낭비해서 미안해. 이제 집에 데려다줄게."

로가 딱딱한 어조로 말했다.

케이티 역시 똑같이 딱딱하게 고개를 끄덕였다. 그냥 걸어갈 수 있으면 좋겠지만 혼자 어둠 속에서 마을로 돌아간다는 생각만으로도 몸이 떨렸다. 그녀는 로가 등불을 끌 때까지 조용히 기다렸다가 그를 따라 문을 나왔다.

바람이 다시 몰아치며 소나무 사이로 쉭쉭 소리를 냈다. 케이티의 야간 시력은 이제 완전히 약해져서 현관 나무들 너머로 검은 세상밖에 보이지 않았다.

타운이 이제 더 어두워, 그녀는 그렇게 생각했지만 그게 무슨 뜻인지는 알 수가 없었다.

로가 제나의 가게 문을 잠갔고, 움직일 때마다 케이티는 그들 사이에 전에는 없었던 바다가 점점 더 깊어지는 것을 느꼈다. 가끔 말다툼은 했지만 이런 식은 아니었다. 갑자기 그 말을 취소하고 그를 믿는다고 말하고 싶은 엉뚱한 충동이 들었지만 자존심 때문에 말을 꺼낼 수가 없었다. 게다가 로가 윌리엄 티어의 사파이어로 대체 뭘 하는 건데? 그는 그것에 대해서 몰라야 한다고 그 자신의 입으로 말하지 않았던가.

제기랄. 최소한 네가 질투하는 거라는 건 인정해.

케이티는 인상을 찌푸렸다. 인정은 할 수 있지만, 로에게는 아니었다. 그녀는 더 빨리 걸어가서 로를 추월해 지나간 후 얼음장 같은 공기 속에서 호흡을 내뱉었다. 아침까지 그와 말을 안 하면 좋겠다는 생각이 들었다. 그때면 그녀의 마음도 진정되겠지. 왜 그녀가 이렇게 질투하는 걸까? 그녀는 케이티 라이스로서 만족했다. 마법도 필요치 않고 기묘한 재능을 가진 크로싱의 아이들 중 하나가 되고 싶지도 않았다. 인생이 자신에게 준 걸로 만족을 못 하는 사람은 로였다. 윌리엄 티어의 마을 전체를 무너뜨릴 때까지는 쉬지 않으려는 것도 로고—

케이티는 걸음을 멈추었다. 마지막 생각은 그녀 자신의 것이 아니라 낯선 사람이 그녀의 머릿속에 있는 것처럼 아예 다른 사람의 생각이었다. 로도 아니고 티어도 아니고 세 번째 사람, 전에는 들어본 적 없는 목소리였다.

목소리가 들린단 말이지. 너 조만간 완전히 미치는 거 아니야?

하지만 케이티는 그 말을 믿지 않았다. 그녀는 그 목소리가 맞는지 틀린지, 그의 얼굴에서 파괴욕을 볼 수 있는지 없는지 확인하려고 로를 돌아보았다.

뒤쪽의 길은 텅 비어 있었다.

케이티가 천천히 한 바퀴를 돌았다. 그녀는 벤드 저지 가장사리에, 갑자기 가팔라지며 언덕을 끼고 구부러져서 마을 중심으로 향하는 길이 시작하는 지점에 있었다. 주위는 드문드문 서 있는 가로등 덕택에 밝았지만 이것은 뒤에 있는 수많은 그림자들을 오히려 강조해줄 뿐이었다. 양쪽으로 비바람에 낡은 건물들이 바람의 공격 속에서 삐걱거리며 신음했다. 벤드 저지의 이쪽 끝은 타운이 자랑하는 산업 거리에 가장 가까운 곳이었다. 에딩스 씨의 대장간, 엘런 와이크로프트의 제분소, 열 개의 도자기 돌림판과 두 개의 가마가 있고 신청만 하면 누구든 쓸 수 있는 도자기 가게, 그리고 연필심과 캔버스, 수제 페인트, 평범하지만 질 좋은 참나무 액자틀을 파는 레비 씨의 다목적 예술품 가게도 있었다. 전부 다 좋은 건물들, 친숙한 건물들이었지만 지금은 어둠 속에서 기울어진 채 신음하고 있었다. 케이티는 건물들이 얼마나 달라 보이는지, 어둠 속에서 얼마나 쉽게 확신이 사라지는지를 깨닫고 불편한 기분을 느꼈다. 로는 어디 갔지? 그녀에게 장난을 치는 거라면 후회하게 만들어줄 것이다.

"로?"

그녀가 불렀다. 바람이 목소리를 휘감아 데려가버렸다. 마치 길을 따라 내려가서 모퉁이를 돌아 그림자 속으로, 그녀가 닿기를 바라지 않는 곳으로 실어 나르는 것 같았다. 그녀는 묘지를, 그리고 묘지를 파헤쳐 시체를 끌어내는 것밖에 생각하지 않는 짐승이 사방에 흩어놓은 뼈들을 떠올렸다. 워런 선생님이 종종 그녀에게 창작 글쓰기를 맡기곤 했을 정도로 생생한 상상력이 번뜩이며 살아났다. 사방에서, 뒤에서, 그림자 속마다 무언가가 움직이는 것 같았다.

"로!"

그녀가 고함을 질렀다. 목소리가 중간에서 갈라졌다. 이제는 두 사람 다 눈에 띄든 말든 상관없었다. 사실 차라리 그 편이 좋을 것 같았다. 그녀의 행동을 꾸짖는 어른이 나타나 통금 시간 이후에 돌아다닌 것에 대해 엄마와 이야기하려고 그녀를 타운까지 데려다주면 아주 기쁠 것 같았다. 케이티 앞에는 거의 눈에 띄지 않을 만큼 희미한 길이 나 있는 어두운 숲이 있었다. 저 숲에 혼자 들어가느니 누군가에게 들키는 편이 차라리 나을 것 같았다.

"로!"

그녀가 소리를 질렀지만 바람이 목소리를 잡아서 갈가리 찢어버리는 것 같았다. 마을 이쪽 끝에는 아무도 살지 않았다. 모든 건물들이 밤에는 텅 빈 채 잠겨 있고, 그 텅 빈 것이 갑자기 케이티에게 끔찍하게 느껴졌다. 채워지기를 기다리는 빈 공간 같았다. 이 일에 관해서 절대로 로를 용서하지 않을 것이다. 그는 그녀를 놔두고 몰래 빠져나가 자신이 아는 비밀 길로 숲을 가로질러서 지금쯤 집에 반쯤 갔을 것이다. 가는 내내 웃었겠지. 그들 둘 다 공포 소설을 좋아했지만 로는 케이티만큼 그런 이야기에 겁을 먹지 않았다. 그는 아마 그녀를 여기 어둠 속에 혼자 남겨둔 것을 대단치 않게 생각하고, 근사한 장난이라고 여길 것이다.

그가 너를 이보다는 잘 안다고 생각하지 않아?

그래, 그랬다. 로는 케이티의 상상력을 잘 알았고, 그녀가 바람 부는 어둠 속에 혼자 있는 걸 싫어한다는 것도 알았다. 그는 일부러 이랬다. 케이티가 제나의 가게에서 형편없이 행동했으니까. 그녀도 알았다. 그래서 사과할 생각이었다. 하지만 로가 저지른 이런 짓은 고의적이고, 악의적이었다.

케이티의 귀에 무슨 소리가 들렸다.

높고 차가운 바람의 비명 속으로 그녀의 귀는 무언가가 움직이는 낮은 소리를 들었다. 뒤가 아니라 앞에, 제분소와 도자기 가게 너머 어디선가 나는 소리였다. 그쪽에 수많은 움직임이 있었다. 이쪽 비탈의 바람은 굉장히 강해서 나무들이 계속해서 자기들의 비밀 언어로 속삭이고 바스락거리지만, 이건 나무 소리가 아니었다. 느리고 어설프지만 단호하게, 소리는 점점 가까워졌다. 나뭇가지가 부러지는 예리한 딱 소리가 들렸다.

"로?"

그녀가 희미하게 물었다. 소리는 입술 밖으로 거의 나오지 않았고, 그래서 다행이었다. 그녀에게 다른 재능은 없었다. 개빈처럼 어둠 속에서 잘 보지도 못하고, 리어처럼 빠르게, 동물처럼 조용히 움직이지도 못하지만, 그녀의 직감은 다른 사람들만큼 작동했고, 그녀가 들은 소리는 안 좋은 거였다. 로처럼 매력적이고 유혹적이라 안 좋은 게 아니라 뭔가 끔찍해서 안 좋은 거였다. 케이티는 화장대 위, 옷 더미 옆에 아직 놓여 있을 칼을 아쉽게 떠올렸다. 연습 때 말고 다른 곳에서는 칼을 차면 안 되지만, 케이티는 지금 칼을 손에 쥘 수 있다면 뭐든 줄 수 있을 것 같았.

하지만 그건 아무 소용 없는 바람이었다. 그녀는 몸을 돌리고 숲으로 난 길을 따라 걷기 시작했다. 고개는 숙이고 최대한 조용히 발을 옮기며 뒤돌아보지 않겠다고 결심했다. 숲도 나쁠 수 있지만, 그래도 그건 감당할 수 있었다. 그녀는 열다섯 살이었다. 이 길은 로의 지름길보다 더 멀지만, 최소한 케이티가 아는 길이었다. 길을 잃지는 않을 것이다. 마을로 돌아가서 침대로 들어가고, 다음번에 로가 창문을 두드리면 절대로 열어주지 않을 것이다.

어둠 속에서도 그녀는 꽤 많이 걸어왔다. 나무들이 빼곡하게 서 있었지만 가지 사이로 달빛이 충분히 들어와서 케이티는 쉽게 길을 따라갈 수 있었다. 결심은 좋았으나 결국에 그녀는 계속 뒤를 돌아보았고, 다행히 아무 것도 보이지 않았다. 아까 그게 뭐였든 여기까지 따라오지는 않았다. 그리고 그녀는 안전하게 침대로 들어가고 해가 떠올라 타운 전체를 빛으로 물들이기 전까지는 그게 뭔지 깊이 생각해볼 마음이 없었다.

길이 굽어졌다. 앞쪽으로 케이티는 나무들이 갈라져서 넓고 평평한 들판이 보이는 틈새를 발견했다. 달빛이 들판을 뚜렷하게 비추고 어둡고 둥그런 비석들을 드러냈다. 묘지였다. 식수가 오염될까 봐 걱정한 타운에서는 늘 언덕 아래쪽에 죽은 사람들을 묻었다. 윌리엄 티어는 화장을 장려했고, 티어와 로는 최소한 화장에는 의견이 같았다. 하지만 종교적 믿음을 가진 많은 사람들이 흙에 묻히고 싶어 했다. 마지막으로 이 주제가 회의에서 나왔을 때 폴 아네스콧은 기독교 대표로 지지를 끌어모았다. 결국에 그들이 묘지를 유지하는 투표에서 이겼고, 공정하게 이기긴 했지만 잠깐 동안 케이티는 그들 모두를 미워했다. 그 넓은 들판이 달빛 아래서 유령처럼 빛났지만 케이티를 가장 불안하게 만든 건 비석이었다. 사람들이 땅에 묻혀 썩는 것만으로도 안 좋은데 그걸 기념까지 해야 하나?

뒤에서 나뭇가지 부러지는 소리가 났다.

케이티는 홱 돌아섰다. 이파리 사이 작은 틈새로, 아주 멀리로, 벤드 저지의 희미한 불빛이 보였지만 방금 걸어온 길은 긴 그림자만 깔려 있었다. 심장이 귀에서 쿵쿵 뛰는 것 같았지만 그 쿵쿵 소리 위로 가지를 살짝 밀고 무언가가 움직이는 소리가 다시 들렸다. 무언가가 그녀 쪽으로 다가오고 있었다. 하지만 오른쪽일까, 왼쪽일까?

"로! 만약 네가 그러는 거면 죽여버릴 거야!"

그녀가 숲으로 소리쳤다. 두려움에 목이 아팠다.

하지만 대답은 없고 그저 신중하게, 의도적으로 계속 다가오는 소리만 날 뿐이었다. 케이티는 바닥에 주저앉아 흙을 더듬고 파다가 마침내 찾던 것을 발견했다. 매끄럽고 둥글지만 무거워서 휘두를 수 있는 적당한 크기의 돌이었다. 한쪽은 울퉁불퉁했다. 아마도 정동석(晶洞石)인 듯 돌의 깨진 틈새로 석영이 드러났다. 케이티는 손에 돌을 쥐고 몸을 폈지만 무언가가 9미터쯤 앞에서 달빛을 가로막은 채 움직이는 것을 보고 우뚝 멈췄다.

뭔지는 모르지만 그것은 컸다. 키 큰 남자 정도의 높이였다. 케이티의 눈에는 그저 둥근 어깨와 튀어나온 머리 정도의 윤곽만 보였지만 그 형태와 자세가 잘못되어 있었다. 앞으로 구부러져 마치 쭈그리고 앉은 것처럼 보였다. 절망적으로 그녀는 로가 그녀에게 장난치는 거라고 마지막으로 생각해보려 했지만, 그게 아니라는 걸 알았다. 케이티의 직감은 답을 알았다. 그것에게서는 보관함에서 상한 야채처럼 축축하고 썩은 냄새가 났다.

그것은 꼼짝하지 않고 말없이 그녀를 바라보고 서 있었다. 그 침묵 속에서 케이티는 위협을, 늑대나 다른 야생동물처럼 강렬하고 간신히 억누른 위협이 아니라 더 끔찍한 것을 감지했다. *생각할 줄 아는* 위협이었다. 케이티는 갑자기 그게 그녀가 누군지 안다고, 특별히 그녀를 찾아온 거라고 확신했다.

저건 내 이름을 알아, 케이티는 그렇게 생각했고, 그 순간 긴장이 깨졌다. 그녀는 돌아서서 도망쳤다.

그게 뭐든 간에 대단히 빨랐다. 그것이 지나가는 속도에 맞춰 케이티의 뒤에서 나뭇가지가 획획 소리를 내고 부러졌다. 케이티는 목을 헤집고 들락거리는 자신의 헐떡이는 숨소리를 들을 수 있었고, 그 아래로 뒤에 있는 것이 숨을 쉬는 게 아니라 바람이 학교 앞의 바람개비를 지나갈 때 나는 낮은 획획 소리 같은 울음소리를 내는 것을 알아챘다. 케이티는 오르막을 달리는 데에 익숙하지 않았다. 그것이 점점 다가오는 게 느껴졌다.

그녀는 벌목장을 가로질러 이제 마구 달렸다. 전력을 다해서 달리는 동안 뒤따라오는 것이 벌목지에 부딪쳐서 금속과 나무가 구르는 소리가 들렸다. 그녀는 그것이 쓰러졌기를 바라고 뒤를 힐끗 돌아보았지만 그것은 여전히 뒤에서, 전보다 더 가까이 있었다. 땅에 바싹 몸을 구부리고 천천히 달려오는 검은 그림자였다. 나무들이 줄어들고 케이티는 하얀 살과 노려보는 눈, 짐승처럼 바닥을 스치는 손을 확인하고서 비명을 억눌렀다. 그것은 사람이었지만 또한 그런 식으로 구부러진 등과 인간 같지 않은 쉭쉭 소리로 볼 때 사람이 아니었다.

끔찍해, 케이티는 생각했다. *끔찍한 게 뭔지 난 잘 알아. 저게 바로 그거 야. 저게 날 먹을까? 그렇게 끝나는 건가?*

그때 나무들이 다시 많아졌다. 케이티는 다시 우거진 숲으로 들어갔다. 호흡이 목 안쪽을 사포처럼 긁었다. 그녀는 쓰러진 나무둥치를 뛰어넘었 다. 가지가 다리를 긁었지만 거의 느껴지지도 않았다. 그녀는 앞으로 희미 하게 보이는 길만 쳐다보았다. 잘못해서 숲 안쪽으로 들어가면 길을 잃을 것이다. 보도가 그녀의 앞으로 어둠 속에서 길고 밝은 홈처럼, 파란색으로 그려놓은 것처럼 뚜렷하게 나타났다. 그래, 이제 모든 게 보였다! 이렇게 겁 을 먹지 않았다면 웃음을 터뜨렸을 것이다. 크로싱에서 야간 시력을 받은 게 개빈 혼자만이 아니었기 때문이다. 하지만 잠시 후 그녀는 이게 야간 시 력 덕택이 아니라는 걸 깨달았다. 오른손에 아직까지 쥐고 있던 돌에서 빛 이 나고 있었다. 작은 파란색 빛이 손가락 사이에서 길을 비출 정도로 밝게 흘러나왔다.

뒤를 따라오는 것이 으르렁거렸다. 케이티는 그것이 바로 뒤에 있어서, 그 목소리가 왼쪽 귀 바로 뒤, *바로 거기서* 들려서 비명을 질렀다. 무언가가 엉덩이를 잡고 꽉 쥐었고, 그녀는 마을의 방화 벨처럼 비명을 질렀다. 이제 그녀는 나무들에서 벗어났고 멀리서 타운이 지루하기 짝이 없게 반짝였 다. 하지만 지금 케이티는 그 지루함 속으로 미친 듯이 돌아가고 싶었다. 타 운의 둔감하게 뛰는 심장 속으로 발을 내디딜 수만 있다면 당장 거기에 키 스를 하고—

그녀는 다시 뒤를 돌아보았다가 우뚝 멈췄다. 너무 갑작스러워서 흙 위 로 넘어져 왼쪽 팔꿈치를 긁었다.

뒤에는 아무것도 없었다.

나무들은 그녀가 넘어진 곳에서 30미터쯤 떨어져서 고가로(路)의 바로 끝을 이루고 있었다. 거기서부터 집들이 시 있고 가로등이 어둠 속에서 즐겁게 반짝였다. 숲 가장자리의 나무들이 바스락거렸지만 그것은 케이티가 평생 들어온 자연스러운 소리, 평원을 가로지른 바람에 나뭇잎과 가지들이 서로 부딪치는 소리였다. 뭔가가 움직이는 흔적은 전혀 없었다.

"케이티?"

그녀가 몸을 굴리고 숨을 헐떡이며, 설령 자신이 엎어져 있어도 돌을 던지려고 팔을 들었다. 파란 빛은 이제 사라졌다. 실제로 나오긴 했던 건지조차 잘 모르겠다. 그래도 등불이 여전히 펄럭이고 있어서 고가로 조금 앞쪽에 머리카락 하나 흐트러지지 않은 채로 서 있는 로를 알아보는 건 어렵지 않았다.

"케이티, 무슨 일 있었어?"

"로! 어디 있었어?"

그녀가 벌떡 일어나 울면서 그에게 몸을 날렸다.

"난 지름길로 돌아왔는데 갑자기 둘러보니까 네가 없더라고. 무슨 일 있었어?"

울면서 케이티는 그에게 이야기했다. 로는 그녀에게 팔을 두르고 있었지만 그 포옹에는 뭔가 거리감이 있었다. 잠시 이야기하다가 케이티는 그가 위로해주지 않는다는 것을 깨달았다. 그는 고개를 돌린 채 그냥 듣고만 있었다.

"—그리고 나무 사이에서 나와서 돌아보니까 거긴 아무것도 없었어. 그냥 *사라졌어*, 로. 하지만 그건 분명히 있었고—"

"나라면 걱정하지 않겠어."

로가 부드럽게 말했다.

"뭐?"

로가 그녀를 내려다보았다. 케이티는 그의 입술이 위쪽으로 살짝 올라가 미소 짓고 있는 것을 볼 수 있었다. 승리감과 잔인함이 가득한 미소였다. 그녀는 여러 번 로의 얼굴에서 그 미소를 보았지만, 그 표정은 한 번도 그녀를 향한 적이 없었다. 너무나 마음이 아파서 그녀는 그의 품에서 빠져나와 물러서서 커다랗고 상처받은 눈으로 그를 올려다보았다.

"나라면 걱정하지 않겠어. 사실 말이야, 케이티, 난 네가 아마 망상을 한 거라고 생각해."

로가 말했다.

그녀는 입을 딱 벌리고 그를 보았지만 로는 이미 몸을 돌리고 언덕 위쪽으로 떠나가버렸다.

켈시는 과거에서 깨어나 자신이 어둠 속에 있는 것을 깨달았다. 잠깐 동안 환영에서 빠져나올 수가 없어서 그녀는 숨을 헐떡이며 몸을 굴리다가 아래 있는 단단한 돌바닥을 알아차렸다. 그녀는 여전히 감방에 있었다. 한참 동안 그녀가 느낄 수 있는 건 케이티와 함께 거기로, 숲속으로 돌아가지 않아도 된다는 기쁜 안도감이었다.

창살 밖에 아무도 없다는 것 역시 안도할 만한 일이었다. 붉은 여왕은 둔주에 대해 알지만, 그래도 켈시는 누가 본다는 생각만으로도 싫었다. 등의 벽을 통해서 그녀는 이웃 죄수가 뭔가 하고 있다는 걸 알 수 있었다. 종이 넘기는 소리와 펜으로 뭔가 쓰는 듯한 기묘한 소리가 났다. 그녀는 여전히 그 사람이 말하게 만들지 못했지만, 종종 들리는 침묵은 그녀가 말할 때 그가 듣고 있다는 것을 알려주었다. 하지만 지금은 쓱쓱 소리뿐이었다. 지하 감옥의 나머지 부분은 조용했다. 켈시는 한밤중이 아닐까 생각했다.

손에 뭔가 단단하고 둥근 게 있었다. 그녀는 잠시 눈을 깜박이며 그게 뭘까 생각해보려고 했지만 전혀 알 수가 없었다. 그녀는 이제 특별 취급을 받았다. 시녀 에밀리가 초와 성냥 몇 개를 갖다준 것이다. 켈시는 그걸 낭비하고 싶지 않아서 망설였지만, 호기심이 너무 킹했다. 그녀는 바닥을 더 듬다가 손가락으로 초를 찾았고, 좀 더 더듬어서 마침내 불을 붙였다. 불꽃은 약하고 지하 감옥에 부는 수많은 외풍으로 위태로웠지만 그래도 켈시가 볼 수 있을 정도는 됐다. 그녀는 손에 든 물건을 한참 동안 바라보았고, 그 의미를 찾기 위해서 머리로 애를 썼다.

그녀는 파란색 석영이 가로지르고 있는 매끄러운 타원형 돌을 들고 있었다.

2부

6장
아이사

미래는 과거와 단절될 수 없어요. 내 말을 믿어요. 난 아니까.
　—《글린 여왕의 말》, 타일러 신부 편찬

"들고양이. 갈 시간이다."

아이사는 안장주머니에서 고개를 들었다. 베너가 문가에 서 있었다. 그의 길고 시무룩한 얼굴이 걱정으로 음울했다.

"필요한 건 다 있니?"

"네."

"그럼 네 엄마에게 작별 인사를 해라."

그녀가 재빨리 달려갔다.

마망은 여왕의 방에서 침대 리넨을 갈고 있었다. 마망은 아무도 거기서 자지 않는데도 이틀에 한 번씩 리넨을 바꿨다. 잠깐 동안 아이사는 문가에 서서 마망이 일하는 것을 보았다. 마망이 분명히 그립겠지만, 그녀는 세상으로 빨리 나가고 싶었다. 메이스가 이미 디메인까지 가지는 않을 거라고 말했나. 그녀는 비교적 안전한 앨먼트에서 홀 장군과 함께 있게 될 것이다. 하지만 그래도 마망이 그녀가 가도 된다고 허락했다는 사실에 놀랐다. 머릿속의 작고 짜증 나는 목소리는 마망이 그녀가 없어지길 바라는 거 아니냐고까지 말했다.

"마망, 저 가요."

마망이 씌우고 있던 베개 커버를 내려놓고 사주식 침대를 빙 돌아 나와 팔을 벌렸다. 마망의 얼굴은 언제나처럼 차분했지만 아이사는 마망의 눈에 슬픔이 가득한 것을 보고 깜짝 놀랐다. 마망은 아빠의 집에서 탈출한 이래로 그런 모습을 보인 적이 없었다.

"뭔가 보셨어요, 마망? 우리가 여왕 폐하를 구해 오는지 아닌지 보셨어요?"

그녀가 물었다.

"아니, 우리 아가. 그건 모르겠구나."

"그럼 저에 관해서 뭔가 보셨어요?"

마망은 머뭇거리다가 말했다.

"너에 관해 많은 걸 본단다, 아이사. 넌 벌써 너무 빨리 자랐고, 네가 따라갈 운명의 길을 못 가게 막는다면 난 형편없는 엄마겠지."

"제가 여왕 폐하를 구해낼 운명인가요?"

마망은 미소를 지었지만 아이사는 그 아래 깔린 쓸쓸함을 알아챌 수 있었다.

"넌 싸울 운명이란다, 우리 딸. 그저 조심하렴. 위험한 곳에 가게 될 테니까."

아이사는 마망이 얼버무리는 것을 알았지만 이런 모호한 대답들을 전혀 이해할 수가 없었다. 한순간 마망이 그들과 함께 가면 좋겠다고 생각했다. 하지만 아니, 그것은 재앙일 것이다. 마망 같은 천리안을 가진 여자는 모트메인에서 엄청난 몸값에 거래될 것이다. 메이스가 여러 번 그렇게 말했다.

"안달리!"

엘스턴의 목소리가 바깥에서 커다랗게 울리는 바람에 둘 다 펄쩍 뛰었다. 아이사는 칼을 잡았고 두 사람은 엘스턴이 있는 복도로 달려갔다.

"당신 막내야. 그 애가 발작을 일으켰어."

마망이 뛰기 시작했다. 알현실로 따라 들어가서 아이사는 마망이 몽환 상태에 있는 글리의 위로 몸을 구부리는 것을 보았다. 이런 모습을 여러 번 봤기 때문에 아이사는 그 절차를 알게 되었고, 주위 남자들의 반응, 즉 거의 똑같이 미신적인 공포의 표정을 띠고 글리에게서 물러나는 모습을 약간 즐겁게 쳐다보았다.

"귀염둥이? 우리한테로 돌아오겠니?"

마망이 말했다. 하지만 글리는 고개를 격렬하게 저었다. 그 애의 커다란 눈이 방 안을 잠시 떠돌다가 메이스에게 고정되어 그마저도 불편해 보일 정도로 오랫동안 빤히 바라보았다.

"너는 소중한 것을 찾고 있어."

글리가 마치 머릿속으로 문제를 푸는 것처럼 생각에 잠긴 어조로 중얼거렸다.

"하지만 디메인에서는 찾지 못할 거야."

아이사가 이름을 기억하지 못하는 새 근위병 한 명이 성호를 그었다.

"진리치를 살펴봐."

글리가 메이스에게 말했다.

마망이 글리의 어깨에 손을 얹었다.

"귀염둥이! 우리 귀염둥이, 내 말 들리니?"

"진리치. 하지만 알 수 없어—"

글리가 다시 말했다.

"글리, 일어나렴!"

"그 애를 여기서 데리고 나가, 리. 모두를 놀라게 만들기 전에."

메이스가 으르렁거렸다.

마망은 글리를 품에 안아 들고 복도를 따라 나갔다. 아이사는 따라갈까 생각했지만 가지 않았다. 이미 마망에게 작별 인사를 했으니까.

난 떠날 준비가 됐어. 이제 정말로 준비가 됐어. 그 생각에 그녀는 조금 놀랐다.

메이스가 알리스를 돌아보았다.

"우리 정보가 확실한 거 맞아?"

"확실해! 내가 여자애를 손수 골랐다고!"

알리스가 좌절감에 싸인 얼굴로 대답했다.

"그들이 몰래 여왕 폐하를 옮겼으면?"

"그러지 않았어. 지난 이틀 사이에 그랬으면 몰라도."

"알아보시오."

알리스가 일어나서 사무실로 향했다.

"게일런 말고 르비외를 통해! 그쪽이 더 빨리 대답할 테니까!"

메이스가 그의 뒤에 대고 외쳤다.

알리스가 한 손을 흔들었다. 아이사는 메이스가 어떻게 할까 궁금했다. 글리의 환영은 가끔은 아무 의미도 아닐 때도 있지만 아이사는 그 애의 예측이 아예 틀리는 경우는 한 번도 본 적이 없었다. 하지만 진리치는 처음 들었다.

"엘? 어떻게 생각하나?"

엘스턴은 어깨를 으쓱였다.

"저 어린애가 뭔가 보는 건 확실합니다만, 저라면 모호한 것보다는 확실한 정보를 따를 겁니다. 계획대로 디메인으로 가죠."

메이스는 고개를 끄덕였다.

"나도 동의해. 기회를 놓칠 수는 없지."

그가 방의 나머지 사람들 쪽으로 돌아섰고 아이사는 머릿속에서 그 불안한 단어, *어린애 살인자*라는 이름이 계속 맴도는 것을 깨달았다. 마망에게 물어보았지만 마망은 자신도 모른다고 하셨다. 하지만 아이사는 마망의 눈에서 다른 진실을 볼 수 있었다. 코린에게 메이스가 어디 출신인지 물어보았고 그 역시 모른다고 대답했다. 여기에는 비밀이 있고, 아이사는 그것을 알아낼 생각이었다.

"여기 남는 모두에게 말한다. 데빈이 근위대의 책임자가 될 거다! 다른 문제들은 전부 알리스나 안달리가 맡을 거고!"

메이스가 선언했다.

이 말에 아이사는 입을 딱 벌렸다. 메이스가 마망에게 책임을 맡긴다고? 근위병 몇 명도 이게 마음에 들지 않는 것 같았으나 그들의 중얼거림은 메이스의 눈길 앞에서 사그라졌다. 방을 둘러보다가 아이사는 메이스의 몇 미터 뒤에 서 있는 펜을 갑자기 발견했다. 그의 눈 주위에는 그림자가 졌지만 최소한 멀쩡한 정신인 것 같았다. 그는 무장하고 여행용 옷을 입고 엉덩이에 검을 차고 있었다.

"우리가 돌아올 때를 위해 이곳을 정리해둬라. 우리는 여왕 폐하를 집으로 모셔올 거다. 그분께 너희가 낮잠 자고 있는 꼴을 보이지 마."

메이스가 근위병들에게 말했다.

하지만 그 자신감 있는 어조에도 메이스는 여전히 고민하는 얼굴이었다. 10분 후에 아이사가 안장주머니를 가져왔을 때에도 그는 여전히 식탁 위로 몸을 굽히고 지도를 들여다보고 있었다.

어두울 때 도시로 나오는 것은 흥분되는 일이었다. 메이스는, 주정뱅이

들이 잠자리에 들었지만 새벽 일꾼들은 아직 나오지 않은 시각, 길이 거의 텅 빈 한밤중의 가장 조용한 시간을 골랐다.

하지만 모두 다 조용한 건 아니었다. 거트 외곽으로 다가가자 아이사는 소음이 커지고 남자들이 서로에게 소리를 지르고 종종 칼 부딪치는 소리가 나는 걸 알아챘다.

"저게 뭐야?"

이웬이 물었다. 그는 무리의 거의 뒤쪽, 아이사 옆에서 말을 타고 있었다.

"나도 몰라요."

"크레슈야."

이웬의 반대편에서 말을 타고 있는 브래드쇼가 말했다. 그는 마지막 순간에 근위대에 합류했지만, 결국에는 메이스조차 마술사가 탈옥에 유용할 거라고 인정하는 수밖에 없었다. 아이사는 여전히 왜 메이스가 이웬을 데려가기로 했는지 몰랐다. 아이사, 이웬, 브래드쇼, 이 세 사람은 무장은 했지만 진짜 근위병은 아니라는 기묘한 경계선에 있었고, 아이사는 그들이 이 여행에서 사실상 짐 덩이라는 똑같은 역할을 하는 게 아닐까 의심스러웠다. 하지만 그게 여왕의 근위대의 삶이었다. 여왕의 안전이 최우선이다. 설령 세 명 전부 인간 방패밖에는 되지 못한다 해도 말이다.

"크레슈가 뭔가요?"

이웬이 물었다.

"거트 아래쪽의 터널. 케이든이 본격적으로 그곳을 싹쓸이하러 나섰지."

이웬은 여전히 이해가 안 가는 것처럼 보였지만, 그럴 만했다. 그가 크레슈가 뭔지 어떻게 알겠는가? 이제 그들은 더 가까이 접근했고 거트에서 들리는 싸움 소리는 대단히 끔찍했다. 아이사는 거기 사는 사람들이 어떻게 저걸 참는지, 잠을 잘 수는 있는지 궁금했다.

"왜 저 사람들은 밤에 일하죠?"

이웬이 물었다. 브래드쇼의 입술이 혐오감으로 말렸다.

"이 시간이 고객을 잡기에 더 좋으니까."

아이사 역시 인상을 찡그렸다. 그녀는 크레슈를 놀랄 만큼 명확하게 머릿속에서 떠올릴 수 있었다. 터널, 도망치는 남자들, 횃불, 붉은 망토. 그 모두가 그녀의 머릿속에서 아빠와 연결되었다. 왜냐하면 저 아래 있는 아이들, 그 애들 전부 위험 속에 살고 있으니까.

"아이사?"

그녀는 눈을 깜박이고, 자신이 말을 세웠다는 걸 깨달았다. 이웬과 브래드쇼가 3미터쯤 앞에서 얼른 오라고 손짓했다.

"아이사?"

이웬이 다시 불렀다. 그녀는 이것을 그에게 설명하려고 입을 열었다. 어쨌든 이웬도 진짜 여왕의 근위대가 아니니까. 그는 이 세계에 절반만 발을 걸치고 있는 게 어떤 건지 알았다. 하지만 아니, 이웬에게 짐을 지울 수는 없었다. 그의 상상력은 그렇게 좋지 않았고, 겨우 몇 길 아래에서 벌어지는 인간의 흉한 모습을 이해할 수 없을 것이다. 하지만 아이사는 이해할 수 있고, 이해했다. 왼쪽에서 남자 한 명이 비명을 질렀고 달려오는 발소리가 들렸다. 아이사의 분노가 솟구쳤고 갑자기 글리가 며칠 전에 했던 말을 떠올렸다. *그들이 모퉁이를 돌면 네 기회를 잡아.*

"아이사? 괜찮아?"

그녀는 미소를 지었다. 근위대가 모퉁이를 돌았다. 그녀의 앞에 기회가 분명하게, 밝고 환하게 있었다. 메이스에게 개인적으로 사과하고 이게 그녀가 해야 하는 일이라는 걸 설명하지 못하는 것만이 아쉬울 뿐이었다. 그녀의 손이 허리의 단도 위를 맴돌았고, 그녀는 자신의 속에서 무언가가 거대하게 솟구치는 것을 느끼며 손잡이를 쥐었다. 그녀는 실제로는 여왕의 근위대가 아니었다. 갑자기 한 여자의 목숨보다 세상에 더 중요한 것들이 있다는 걸 알 수 있었다. 그녀는 세상을 내달리며 악을 찔러 죽이고 싶었다. 몇 달이나 그런 꿈을 꾸었다. 하지만 이 꿈의 근원은 훨씬 더 오래전으로, 어린 시절로, 아빠에게까지 되돌아간다는 것을 잘 알았다. 그녀는 평생 이 기회만을 기다려왔다.

"대장님께 죄송하다고 전해줘요. 저한테는 선택의 여지가 없었다고요."

이웬의 얼굴에 혼란스러운 표정이 어렸고 브래드쇼가 물었다.

"뭘 하려고?"

"여왕 폐하께서 하셨을 일요."

아이사는 몸을 돌렸다. 눈 안쪽에서 기억이 되살아났다. 우리, 병사들, 창살 뒤에서 당황하고 겁에 질려 있던 글리의 얼굴, 비명을 지르던 마망. 그건 세상의 끝처럼 느껴졌고, 그때 여왕 폐하가 오셨다. 그분이 글리를 우리에서 풀어주셨지만, 우리는 사방에 있었다.

"꼬마, 넌 거기 가면 안 돼!"

브래드쇼가 말렸다.

"난 꼬마가 아니에요."

아이사가 대답했고, 그 말을 하자마자 사실임을, 그녀가 마침내 머릿속에서 그 신비로운 경계를 넘어섰음을 깨달았다.

"대장님께 제가 여왕 폐하의 일을 하러 간다고 전해줘요."

이웬의 입이 실망으로 벌어졌지만 그가 뭐라고 말하기 전에 아이사는 기회를 움켜쥐고 거트의 그림자 속 깊은 곳으로 사라졌다.

"이봐요! 거기 여자!"

켈시는 깜짝 놀라서 고개를 들었다. 남자 목소리였고 티어어 실력도 좋았지만, 어디서 나는 건지 알 수가 없었다. 그녀는 바닥에 책상다리를 하고 꼼짝도 않고 앉아 있었지만 지난 한 시간 동안 머릿속은 정보를 조합해서 통일된 가설을 만들기 위해 분주하게 돌아가고 있었다. 겨우 사파이어와 윌리엄 티어에 대해서 뭔가 조금 알 것 같았는데 남자의 목소리 때문에 생각이 도로 흩어졌다.

"옆방의 당신 말이에요!"

그는 보이지 않는 감방 동료였다. 그녀가 창살 쪽으로 다가갔다.

"뭐죠?"

"당신이 낙인의 여왕이에요?"

켈시는 눈썹을 치켜세웠다.

"아마도요."

"간수가 그러는데 당신 군대가 궤멸했다면서요. 학살당했다고. 정말인가요?"

"그래요."

그녀는 속삭임 수준으로 목소리를 낮추었다. 복도 끝에 있는 얕은 계단을 내려오는 발소리가 들렸기 때문이다.

"수적으로 엄청난 열세였죠."

"아무도 살아남지 못했어요?"

켈시는 대답하지 않았다. 발소리가 가까워지고 횃불 빛이 모퉁이를 돌아왔다. 그녀는 새 간수 로나가 자신을 데리러 온 걸 거라고 생각했지만 발소리는 옆방에서 멈추었고 남자가 모트어로 말하는 소리가 들렸다.

"너, 일어나. 네놈을 원하신다."

켈시는 창살 사이로 몸을 기울이고 경비병이 이웃 감방 문을 열 때 복도를 보려고 애썼다. 별로 많은 게 보이지는 않고 그저 맞은편 벽 정도였지만 잠시 후에 남자의 대머리 뒤통수가 보였다. 그는 간수의 그림자 진 모습을 따라 복도를 걸어갔고 그의 뒤로 빛이 사라졌다.

켈시는 감방 안쪽 벽으로 물러나서 바닥에 앉았다. 초를 다시 켤까 생각하디가 그러지 않기로 했다. 생각은 늘 어둠 속에서 너 잘되는 법이다.

8개월 전에 그녀에게는 아무 마법도 없었다. 그녀는 괜찮은 머리를 가졌고 좋은 교육을 받았고 어떤 것은 확실하게 옳고 어떤 것은 절대적으로 틀렸다는 강한 확신을 가진 여자아이였다. 아기 때부터 사파이어 하나를 목에 걸고 있었지만 그건 그냥 보석일 뿐이었다. 그녀는 왕족이긴 했지만 눈에 띄지는 않았다. 인생은 평범했다. 그녀는 전혀 여왕처럼 느껴지지 않았었다.

뉴런던까지 오는 여정에서 처음으로 달라지는 것을 느꼈다. 그것은 아마도 매가 나타났던 날의 이른 새벽이었을 것이다. 다른 날이었을 수도 있고. 하지만 그때부터 모든 것이 바뀌기 시작했다. 그녀가 왕위에 오를 열아홉 살이 되어서였을까? 그것도 그럴듯한 설명인 것 같지만, 그래도 여전히 틀린 것처럼 느껴졌다. 열아홉 살짜리들은 그냥 바보일 뿐이었다. 윌리엄 티어도 그것을 알았을 것이다.

같이 있게 됐지. 두 사파이어가. 내가 내 손으로 그 둘을 쥐었고. 켈시는 갑자기 이렇게 생각했다.

그럴 수도 있을까? 모르겠다. 두 번째 사파이어는 어디서 난 걸까? 케이티의 마을에서 두 탐색대가 이미 페어위치 언덕까지 갔었다. 분명히 둘 중 하나가 결국 산에서, 지표면 가까운 곳에서 사파이어를 찾았을 것이다. 원석을 구하면 목걸이로 만드는 것은 쉽다. 로 핀은 타운에서 제일가는 금속 세공사였지만 유일한 사람은 아니었다.

이게 어떻게 너한테 도움이 돼? 이 모든 역사들이 도움이 된 적이 있긴 해? 그녀의 머리가 물었다.

하지만 그 목소리는 칼린 글린의 양딸에게는 아무 효과도 없었다. 역사는 언제나 중요했다. 여기에는 패턴이 있다. 조만간 반복되기 시작할 것이다. 켈시와 조너선 티어, 둘 다 무너져가는 왕국을 물려받았다. 양쪽은 다른 이유로 무너지고 있지만, 그래도—

딴생각하지 마. 넌 기억하는 한 평생 목에 그 보석 하나를 걸고 있었어. 그러면 왜 그렇게 오랜 세월 동안 그게 아무것도 하지 않고 그냥 걸려 있었던 걸까?

어쩌면 할 일이 없어서였을지도 몰라.

그게 옳게 느껴졌다. 그 세월 동안 그녀는 레딕에서 안전하게 익명으로 숨어 살았다. 많은 사람들이 그녀를 찾으러 다녔지만 아무도 오두막을 찾아내지 못했다. 만약 그들이 찾았으면 켈시의 보석이 아무것도 하지 않고 조용히 목에 걸려 있었을까? 그녀를 욕조에서 끌어낸 암살자를 죽인 바로 그 보석이?

그는 내 목걸이를 벗기려고 했었잖아, 그녀는 기억을 떠올렸지만 이 사실은 문제를 더 혼란스럽게 만들었다. 힘은 어디서 나온 걸까? 사파이어가 어떻게 스스로의 호위병 노릇을 하는 걸까? 켈시는 자신의 의지로 붉은 여왕에게 보석을 주었지만, 붉은 여왕은 분명히 켈시보다 마법에 대해서 더 많이 아는데도 그걸 사용할 수가 없었다. 보석들이 나름의 생각을 가진 걸까? 만약 그렇다면 왜 켈시를 택했을까? 랠리가 사람들은 오랫동안 보석을 걸고 있었지만 켈시가 아는 한 어떤 마법도 쓴 적이 없었다.

그녀는 생각의 흐름에서 빠져나와 고개를 들었다. 왼쪽 복도에서 뭔가 소리가 들린 것 같았다. 그녀는 이제 이 지하 감옥의 구조를 알았고, 이 소리는 감옥에서 날 법한 소리가 아니었다. 무언가가 복도 벽을 긁는 것 같은 쓱쓱 소리. 다른 소리는 전혀 들리지 않았다. 복도 위쪽에 있는 도둑 혐의를 받는 사람 소리도 들리지 않았고, 켈시는 문득 그 사람 소리를 며칠이나 못 들었다는 걸 깨달았다. 이 감옥에서는 늘 사람들이 죽었다. 붉은 여왕의 시녀 에밀리가 최소한 하루에 두 번씩 그녀를 확인하러 오지만…… 이 소리는 그녀의 소리가 아니었다.

또 다른 쓱 소리가 들렸다. 이번에는 좀 더 부드럽고 거의 은밀했고, 확실히 좀 더 가까웠다. 켈시의 안에서 뭔가가 차갑게 식었다. 자신도 모르게 그녀는 조그만 침구 더미로 손을 뻗어 돌을, 케이티의 돌을 찾았다. 케이티는 이게 파란 석영이라고 생각했지만 켈시는 촛불 빛 아래서 한참 살펴본 끝에 자신의 목걸이와 똑같은, 티어링의 기반암에 퍼져 있는 듯한 바로 그 사파이어라는 결론을 내렸다. 이것은 페어위치에서 가장 접근하기가 쉬운 것 같지만 사방에 존재하며 그녀의 나라를 지탱해주고 타운의 지반을 형성한 것 같았다. 켈시는 케이티의 길을 비추어준 파란 불빛을 쉽게 알아볼 수 있었다.

하지만 바닥을 더듬어도 돌은 찾을 수가 없고 오로지 성냥과 식사 남긴 것뿐이었다. 그녀는 꼼짝도 하지 않고 기다렸다. 복도 아래쪽에서 발소리가 한 번, 두 번 들렸다. 누군가가 맨발로 발뒤꿈치를 들고 오는 것처럼 소리는 낮았다. 횃불을 들고 있다면 지금쯤 불빛이 보여야 했다. 누군지 모르지만 어둠 속에서 오고 있었다. 차가운 손이 목 뒤를 잡는 것 같았고, 그녀는 존재만으로 방 안의 온도를 낮출 수 있는 소른의 창조물 브레나를 떠올렸다. 하지만 브레나는 안전하게 왕궁에 갇혀 있다. 발소리가 그녀의 감방 바로 앞에서 멈췄고 켈시는 거의 숨조차 쉬지 않고 가만히 있었다. 움직이지 않으면 아무도 그녀를 찾지 못할 거라는 순간적인 희망이 솟아서였다. 손가락이 감방 앞쪽을 스치자 창살에서 작게 팅 소리가 났다. 긴장감이 깨졌다.

"거기 누구죠?"

그녀가 물었고, 곧 묻지 말걸 하고 후회했다. 얼굴 없는 어둠에 대고 질문을 하는 건 어쩐지 끔찍했다. 그녀는 어둠에 대고 소리를 질렀던 케이티를 떠올리고서 눈을 감았다.

"예쁜이를 나한테서 떼어놓을 수 있다고 생각들을 하지."

켈시는 얼어붙었다.

"나한테 열쇠가 없는 줄 알아."

켈시는 벽 쪽으로 물러났다. 간수에 대해서 잊고 있었다. 그건 멍청한 실수였다. 열쇠 뭉치가 잘그락거리는 소리가 들리자 맥박이 빨라졌다.

"나한테 다가오지 마."

"예쁜이가 나 말고 다른 사람의 것이라도 되는 양 말이지."

그 말에 켈시의 두려움이 갑자기 분노로, 아름답고 반가운 분노로 바뀌었다. 희미한 기억이 그녀를 끌어당겼다. 아렌 소른을 갈가리 찢어버린 날이 떠올랐다. 다시는 그런 짓을 하지 않겠다고 약속했지만, 지금은 얼마든지 다시 할 준비가 되었다.

간수가 열쇠를 자물쇠에 밀어 넣었고 컵이 떨어지는 것 같은 소리에 켈시의 마지막 남은 두려움까지도 사라졌다. 분노가 가슴속에서 밝고 찬란하게 솟아올라 가슴이 실제의 두 배쯤 부푼 느낌이었다. 아, 지난 몇 주 동안 분노를 얼마나 그리워했는지. 상상도 할 수 없을 정도로 그리웠다. 이제 그녀는 자신과 재결합해서 완전한 하나가 된 기분이었다.

"예쁜이가 어디 있을까?"

간수가 나직하게 말했다. 이건 그에게 게임이었다. 전에도 해본 놀이가 분명했다. 얼마나 많은 죄수들이 이런 일을 견뎌야 했을까? 그가 감방 안으로 들어오자 켈시는 갑자기 자신이 그를 볼 수 있다는 걸, 희미한 파란 불빛 속에서 형체가 보인다는 걸 깨달았다. 돌 때문이었다. 감방 구석에 있는 케이티의 돌, 케이티의 사파이어가 옅은 파란 빛을 내고 있었다. 하지만 거기에 대해서 오래 생각할 여유가 없었다. 간수가 더 가까이 다가왔기 때문이었다.

"저기 있네."

간수가 중얼거렸다. 그의 눈이 구석으로 가서 빛을 내는 사파이어 조각에 멎었지만, 별기 아니라고 생각하는 것 같았다.

"나한테 가까이 다가오지 않는 게 좋을걸."

켈시가 천천히 말했다. 허풍이었지만 그 말이 사실임을 깨달았다. 언덕을 굴러 내려가며 점점 힘과 속도를 얻는 거대한 바위처럼 뭔가 강력한 것이 안에서 쌓이고 있었다. 간수가 허리에서 단검을 꺼냈고, 이 때문에 켈시는 무엇보다도 화가 났다. 그녀보다 최소한 20킬로그램은 더 나가는데도 공정한 싸움을 하려는 척조차 하지 않았다. 그녀는 그의 몸 여러 부위를 생각하다가 옅은 파란 빛 속에 잘 보이는 눈으로 결정했다. 그 눈을 그의 머리에서 파내는 건 아주 즐거운 일일 것이다.

이것을 생각하자마자 간수가 비틀거리며 손을 눈으로 올렸다. 단검이 바닥으로 떨어지자 켈시가 재빨리 주웠다. 간수는 무릎을 꿇고 비명을 질렀다. 켈시는 앞으로 달려가서 그를 쓰러뜨리고 온몸을 이용해 바닥으로 넘어뜨렸다. 그의 머리가 창살에 부딪쳤지만 켈시는 거의 알아채지 못했다. 무엇 때문에 꼼짝 못 하는지 모르지만 금방이라도 다시 일어날 수 있었다. 그 다급한 생각에 그녀는 단검을 꽉 쥐고서 손도 대기 싫긴 하지만 그의 위에 올라타고 목에 칼을 박았다. 간수가 꾸르륵거리는 소리를 냈으나 켈시는 단검 손잡이를 꽉 쥐고 아래로 더 깊게 찔렀다.

"아무도 날 소유하지 못해."

그녀가 속삭였다.

한참, 아마도 5분에서 거의 영원 같은 시간이 흐른 끝에 마침내 간수의 버둥거림이 멈추었다. 몸 아래로 근육이 늘어지는 것을 느끼고 켈시는 긴장을 풀었다.

돌에서 정말로 빛이 나왔는지조차 모르겠지만, 빛이 사라지면서 켈시는 분노도 함께 빠져나가는 것 같은 기분이었다. 매트리스 가장자리 아래쪽을 더듬어서 성냥을 찾아냈다. 초를 찾는 데에는 더 오래 걸렸다. 초가 손에 부딪쳐서 감방 맞은편 구석으로 굴러갔기 때문이다. 마침내 초에 불을 붙인 다음 켈시는 바닥에 널브러진 남자 위에 서서 그를 내려다보았다. 소른을 죽일 때 느꼈던 것과 똑같이 아주 약간, 아주 가벼운 실망감만 느껴졌다. 이제 기억의 어두운 구석에서 안달리의 목소리가 들렸다.

이것이 이 세계의 악의 핵심이라고 생각합니다, 폐하. 자신이 원하는 건 뭐든지 가져도 된다고 생각하는 자들은, 그런 사람들은 자신에게 그럴 권리가 있는지를 절대로 고민하지 않습니다.

실망감이 들었다. 켈시는 진정한 악을 없애고 싶었지만, 그럴 수가 없었다. 그녀가 할 수 있는 일은, 약하고 무가치한 악의 도구인 소른 같은 사람들, 간수 같은 사람들을 죽이는 것뿐이었다. 진정한 변화는 손이 닿지 않는 곳에 있었다.

"이걸 어떻게 고쳐야 되지? 우리가 어떻게 더 나은 세상을 만들 수 있지?"

그녀가 시체를 보며 중얼거렸다.

누군가가 질문을 듣고 답을 해주길 바라고 또 바라며 그녀는 말없이 기다렸다. 엄청난 힘을 가져서 시간과 죽음이라는 두 개의 거대한 공간을 넘어서서 목소리가 울릴 정도인 윌리엄 티어 본인이라든지. 하지만 잠깐 생각한 후 그녀는 티어가 이미 오래전에 답을 해주었음을 깨달았다. 악을 빠르고 쉽게 제거할 방법은 없었다. 오로지 시간과 세대의 흐름, 다른 사람들의 생명을 자신의 것처럼 아낄 줄 아는 아이들을 키워내는 사람들이 필요할 뿐이었다. 티어는 답을 알고 있었지만, 그의 최선의 노력조차도 실패했다.

왜냐하면 그들이 잊었으니까, 그녀의 머리가 말했다. *한 세대도 지나지 않아 그들이 배웠어야 했던 모든 걸 잊었지.*

하지만 정확하게 그것은 사실이 아니었다. 부모들, 크로싱을 이뤄낸 세대가 일부러 아이들에게 과거를 숨겼던 것이다. 케이티는 학교에서 세계사에 관해서는 조금 배웠지만 크로싱 직전의 산인한 시기, 총과 감시, 가난에 대해서는 전혀 알지 못했고 그 또래들도 마찬가지였다. 티어의 사회주의에 반기를 들기 시작한 세대는 동전의 반대편에 대해서 전혀 알지 못했다. 티어는 엄청난 교훈이 담긴 이야기를 해줄 수 있었는데 그것을 낭비하고 경고가 사라지게 놔둬버렸다.

하지만 넌 기억하잖니, 켈시. 마지막에는 모든 걸 다 알게 될 수도 있어. 칼린이 속삭였다.

그 지식을 갖고 내가 뭘 해야 하죠?

답은 없고 그저 그녀를 올려다보는 간수의 얼굴뿐이었다. 그의 각막은 짙은 빨간색이었다. 그가 자신의 눈을 파내려고 했던 것이다. 켈시는 가공하지 않은 사파이어 조각을 찾았다. 그것은 감방 안쪽 구석에 여전히 놓여 있었다.

"넌 뭐지?"

그녀가 물었다. 그것을 집어 들려고 하다가 그녀는 갑자기 얼어붙었다. 호흡까지 멈춘 기분이었다. 감방 문이 활짝 열려 있고 자물쇠에서 간수의 열쇠 뭉치가 여전히 흔들거렸다.

첫 번째 충동은 감방에서 그냥 달려 나가는 것이었다. 하지만 켈시는 간신히 충동을 억누르고 상황을 파악했다. 지하 감옥의 구조에 대해서 약간은 알지만 그다음 성의 구조에 대해서는 전혀 몰랐다. 그녀가 실제로 얼마나 멀리까지 갈 수 있을까?

겁쟁이처럼 굴지 마. 문이 열려 있잖아!

티어링을 생각하자 그리움에 마음이 찢어지는 것 같았다. 그녀는 자신의 나라에 관해 구체적으로 생각하는 것을 피했다. 이 어두운 감방에서 나라를 떠올리는 건 미치기 딱 좋은 방법이었다. 하지만 지금은 눈을 감으면 수 킬로미터나 펼쳐진 농장과 강이 있는 앨먼트, 그리고 언덕 위에 있는 그녀의 도시 뉴런던이 떠올랐다. 윌리엄 티어의 마을과 완전히 다른 이 도시 역시 분명히 가라앉고 있었지만, 그래도 좋은 부분은 아직 남아 있었다. 모트 군이 도시에 도착하고 마지막 피난민들까지 왕궁으로 들이면서 왕궁은 꽉 찼지만 그래도 여전히 피신처가 없는 사람들이 2천 명이나 남아 있었다. 밤에 기온이 영하로 떨어져서 길거리에서 잘 수는 없었다. 알리스마저 기지가 바닥난 마지막 순간에 상인들, 뉴런던 가게 주인 길드가 나서서 자신들의 집과 가게에 그들을 받아들이겠다고 했던 게 지금에야 떠올랐다. 그녀의 나라에 흠은 있지만 그래도 지킬 만한 것이 아직 남아 있었다. 무엇보다도 켈시는 그저 집에 가고 싶었다.

하지만 바라는 대로 행동하다가 전에도 곤란해진 적이 있다. 소른의 얼굴이 다시 눈앞에 떠올랐다. 가끔 켈시는 그에게서 절대로 도망칠 수 없을 거라는 기분을 느꼈고, 그건 꽤 정확했다. 그를 죽일 때 그녀는 나라에 대해 생각하지 않고 그녀 자신만을 생각했으니까. 여기서는 그런 실수를 저질러서는 안 된다. 죽으면 그녀의 나라를 도울 수가 없다. 지금은 오로지 붉은 여왕의 관대함 덕택에 살아 있는 거니까. 탈옥 시도는 그들의 연약한 긴장 완화 관계를 망가뜨릴 것이다. 아무리 원해도 그냥 도망친 다음 잘되기를 빌 수는 없었다. 그녀의 나라를 위해서 여기에 있어야만 했다.

최소한 감방에서 간수의 시체를 밀어낼 수는 있을 것이다. 하지만 그를 다시 쳐다보고 켈시는 그래봤자 소용없다는 것을 깨달았다. 시체 주변으로 바닥이 피투성이였다. 아니, 그들은 그를 찾아낼 거고, 그녀의 감방 안에서 찾게 될 것이다. 그 상황을 막을 방법이 없었다.

문이 열려 있다니까! 그녀의 머리가 외쳤다.

"주위만 좀 둘러보는 거야."

켈시가 중얼거리다가 자신이 간수에게 말하고 있다는 걸 깨닫고 끔찍한 기분을 느꼈다. 그녀가 시체를 빙 돌아서 문으로 향했다.

"뭐가 뭔지 그냥 주위만 좀 보는 거야."

그녀가 살금살금 감방을 나왔다. 오른쪽 복도는 어두웠지만 왼쪽은 복도 아래쪽으로 계단 근처에서 횃불이 희미하게 반짝이는 게 보였다. 그 외에 길게 줄지어 있는 감방들은 전부 조용하고 어떤 움직이는 소리도 들리지 않았다. 간수가 죽을 때 시끄럽게 소리를 냈지만, 비명은 이 지하 감옥에서는 딱히 드문 게 아니었다. 누가 확인하러 오는 것 같은 소리도 들리지 않았다. 촛불 주위를 손으로 감싸고 켈시는 빛을 향해 걸어갔다.

이웃한 빈 감방을 잠깐 살펴보니 오래 지낸 만큼 특권이 있는 모양이었다. 대머리 남자는 침상과 양동이 여러 개가 있을 뿐만 아니라 책상과 의자도 있었다. 책상에는 종이 한 뭉치와 펜 여러 자루가 꽂힌 병, 그리고 초가 열 개 있었다. 벽 역시 켈시의 감방처럼 휑한 게 아니라 그림이 붙어 있었다. 켈시는 초를 더 높이 들었다가 우뚝 멈췄다.

그림이 아니라 도면이었다. 종이의 구석구석까지 전부 수치와 지시 사항이 가득했다. 대부분의 작업물은 빛에서 너무 멀어서 정확히 보이지 않았으나 창살 근처에 있는 것에서 몇 개의 설계도를 볼 수 있었다. 9미터가 넘는 크기의 공성탑. 가운데 뭔가 맞물리는 기능을 가진 이중 장치. 두 종류의 활. 창살 근처에 있는 책상 위에도 뭔지 알 수 없는 반쯤 완성된 도면들이 가득했다. 그녀는 초를 더욱 높이 들어 올리다가 뜨거운 밀랍이 손에 흘러내리는 바람에 숨을 들이켰다. 하지만 책상 위에 핀으로 꽂아놓은 도면이 이제 더 명료하게 보였다. 그녀가 모트 군수 마차에서 본 것과 똑같은 대포의 도면이었다. 이 모든 그림들이 갖는 의미가 머릿속에 들어오며 켈시의 숨이 멎었다. 붉은 여왕의 무기 설계사를 찾아냈다.

하지만 도대체 그런 사람이 여기서 뭘 하는 거지? 대머리 남자는 완벽한 티어어를 했다. 그가 노예였다고 생각하는 것이 맞을 것 같았다. 그렇다면 그는 붉은 여왕이 차지할 수 있는 아주 귀중한 노예 중 한 명이었을 것이다. 그런데 왜 팔레의 지하 감옥에 넣어놓은 걸까? 왜 그를 겨울에 이렇게 축축하고 바람이 많이 들어와서 폐렴에 걸리거나 폭력과 쥐에 노출될 만한 곳에 둔 걸까? 이렇게 재능 있는 기술자는 모트의 노예가 상상할 수 있는 가장 화려한 삶을 살아야 할 텐데.

빈 감방은 켈시에게 아무 답도 주지 않았다. 그녀는 창살 앞에 계속 서서 자신이 놓친 게 없는지 확인한 후에 다시 복도를 따라 움직였다.

다음 감방에는 침상조차 없었다. 켈시의 나이쯤 되는 젊은 여자가 맨바닥에 웅크리고 잠들어 있었다. 여자는 벌거벗었고 가는 촛불 빛 속에서도 몸을 떠는 게 보였다. 팔에는 뭔가에 찔린 것 같은 빨간 상처 자국으로 가득했다. 간수와 함께 사라진 줄 알았던 켈시의 분노가 다시금 뱃속 깊은 곳에서 솟아났다.

어떻게 이런 짓을 할 수가 있죠? 당신은 멍청하지 않고, 옳은 것과 그른 것도 알아요. 어떻게 이러고 살 수 있는 거죠? 그녀가 머릿속으로 붉은 여왕에게 물었다.

하지만 대답한 것은 칼린이었다.

네 시간을 낭비하지 마, 켈시. 어떤 사람들은 그냥 망가졌단다.

놀랍게도 켈시는 붉은 여왕을 그렇게 생각하고 싶지 않다는 것을 깨달았다. 그 여자를 좋아하는 건 아니지만, 그래도 존경하게 되었다. 어린 이블린은 쉬운 삶을 살지 않았다.

붉은 여왕을 위한 변명을 댈 수 있다면 소른을 위한 변명도 댈 수 있겠지……. 심지어는 네 간수에 대한 변명도 댈 수 있을 거고. 다들 행복한 어린 시절을 보내지는 못했을 테니까.

켈시는 이 생각을 털어버렸다. 간수의 죽음은 마음에 전혀 걸리지 않았다. 그가 없으면 세상이 더 좋아질 것이다. 소른도 그렇고―

계단 위쪽 문이 갑자기 열렸다. 잠깐 동안 켈시는 꼼짝도 못 하고 서 있었다. 탈옥할 생각이었다 해도 이제는 불가능했지만, 탈옥 직전이었다는 걸 알릴 수는 없었다. 간수를 죽였다고 벌을 받을 수도 있겠지만, 그건 이제 어쩔 수 없는 일이었다. 그녀의 다리가 마침내 움직였고, 그녀는 서둘러 복도를 지나 감방으로 돌아갔다. 달리는 동안 초가 꺼졌다. 그녀는 마지막 몇 걸음은 거의 느낌으로 걸어가서 열린 문을 잡고 안으로 들어갔다. 간수의 열쇠가 아직 자물쇠에 꽂혀 있었고 잠시 그녀는 그걸 뺄까 말까 하다가 그냥 놔두기로 했다. 간수가 제 힘으로 들어왔다는 사실이 그녀의 이야기에 신빙성을 더해줄 것이다. 게다가 켈시는 간수의 죽음이 붉은 여왕에게 딱히 골칫거리가 아닐 거라고 생각했다.

햇불 빛이 복도로 쏟아졌고 그녀는 감방 안쪽으로 물러나서 꼼짝도 하지 않고 기다렸다. 간수의 시체를 보자 안도감이 가슴을 채웠다. 그것은 릴리의 기억과 너무나 비슷한 감정이라 마치 세상이 되돌아간 것처럼 느껴질 정도였다. 무슨 일이 생기든 최소한 다시는 저 간수를 보지 않아도 된다.

햇불이 나타나고 그 아래로 붉은 여왕의 시녀인 덩치 좋은 에밀리의 모습이 나타났다. 그녀는 감방 안의 모습을 빠르게 살피고서 햇불을 받침대에 걸고 재빨리 안으로 들어왔다.

"타이밍이 나빠. 정말로 타이밍이 나빠."

그녀가 티어어로 중얼거리고 켈시를 보았다. 눈에는 초조한 빛이 어려 있었다.

"다치지 않으셨어요?"

"난 괜찮아."

"그럼 좀 도와주세요. 이자를 여기서 없애야 하니까."

"뭐?"

"붉은 여왕이 당신이 간수를 죽인 걸 알면 보안을 강화할 거예요. 지금 그럴 수는 없어요. 날짜가 이렇게 가까운데."

"무슨 날짜?"

"도와달라고요! 드레스를 벗으세요."

에밀리가 날카롭게 말했다.

"피가 너무 많아."

"나중에 닦으면 돼요. 하지만 자취를 남겨놓을 순 없어요. 그 드레스 주세요."

잠깐 머뭇거리다가 켈시는 머리 위로 드레스를 벗어서 에밀리에게 건넸다. 에밀리가 간수의 목에 천을 감기 시작했다. 반사적으로 켈시는 몸을 가리다가 지금은 정숙함이 별로 중요하지 않다는 것을 깨달았다. 그녀는 손을 내리고 부츠에 속옷 차림으로 몸을 떨며 그냥 서 있었다. 에밀리가 간수의 열쇠 뭉치를 자물쇠에서 빼고 켈시의 감방 열쇠를 빼낸 다음, 뭉치를 주머니에 넣었다.

"다리를 잡으세요."

켈시는 간수의 다리를 잡고 에밀리가 그를 바닥에서 들어 올리는 걸 도왔다. 시녀는 켈시보다 힘이 훨씬 세서 자신의 몫보다 더 많이 들었다. 켈시는 정말로 어리둥절해서 그녀를 쳐다보았다. 그녀가 티어링에 아직까지 충성을 바치고 있을 수도 있을까?

"소리 내지 마세요. 오른쪽 감방은 비었지만 나머지는 꽉 차 있어요. 죄수들이 자고 있지 않을 수도 있어요."

에밀리가 중얼거렸다.

"빛이 필요하지 않아?"

켈시가 속삭였다.

"이 지하 감옥의 지리를 다 외웠어요. 그냥 저를 따라오시고, 소리 내지 마세요."

더 많은 의문이 켈시의 머릿속에 솟았으나 그녀는 꾹 삼키고 지하 감옥

바깥으로 에밀리를 따라갔다. 오른쪽으로 돌자 에밀리가 옳았다는 것을 알게 되었다. 반대편 감방은 비어 있었다. 모퉁이를 돌자 빛이 약해졌고 마침내 완전히 어두워졌다. 켈시의 손가락 아래로 간수의 다리는 아직 따뜻했고, 한 걸음 걸을 때마다 켈시는 점점 더 비합리적인 확신으로 불안해졌다. 그가 죽은 게 아니라 그냥 잠든 거고, 조만간 그의 손이 그녀의 손을 쓰다듬고 그의 목소리가 바로 옆에서 들릴 거라는 확신이었다.

예쁜이.

"거기 누구 있어요?"

켈시의 오른쪽에서, 너무 가까운 곳에서 남자가 소리를 질렀고 그녀는 비명을 억누르며 왼쪽으로 홱 돌다가 간수의 다리를 놓칠 뻔했다. 미간에서 땀이 솟았다. 감방 안에서 다른 사람들이 기침하고 우는 소리가 들렸다. 머릿속에 릴리의 시대에서 본, 거대한 고통의 검은 미궁이었던 보안국 시설이 떠올랐다.

우린 아무것도 배우지 못했어. 다 잊어버린 거야. 그녀는 다시금 생각했다.

앞쪽에서 에밀리가 목을 가다듬자 켈시는 걸음을 멈췄다. 간수의 몸 반대편이 기울어지는 게 느껴지자 그녀도 다리를 바닥에 놓았다. 아래쪽에서 금속이 철컹거렸다. 에밀리가 간수의 몸에 열쇠 뭉치를 도로 넣어두는 소리였다. 이 여자는 압박감 속에서도 굉장히 냉정했다. 그 모습을 보니 안달리가 생각났다. 잠시 후 에밀리가 그녀의 팔을 잡고 왔던 길로 되돌아갔다. 켈시는 속옷 차림으로 팰리의 지하 감옥을 돌아다니는 지금, 자신의 모습을 메이스가 보면 뭐라고 할까 생각했다. 정말로 추워서 악문 입술 뒤에서 이가 딱딱 부딪쳤다. 복도 끝에, 맨바닥에서 떨고 있던 벌거벗은 여자가 떠올랐다. 켈시에게는 옷이 빨리 필요했다.

마지막 모퉁이를 돌아가자 다시 그녀의 감방이 있는 복도임을 알 수 있었다. 아래를 보고 켈시는 손과 팔에 온통 핏자국이 말라붙어 있는 것을 깨달았다. 하지만 복도는 깨끗했다.

"도로 들어가세요."

에밀리가 그녀를 감방으로 밀면서 말했다. 에밀리는 켈시의 피 묻은 드레스 나머지를 손에 들고 있었다.

"청소 도구랑 새 드레스를 갖고 돌아올게요."

"그다음엔?"

"그자가 감방에 들어오지 않은 것처럼 보일 거예요."

에밀리가 은으로 된 켈시의 감방 열쇠를 들어 올렸다.

"그자는 이 열쇠를 갖고 있지 않았어야 돼요. 제가 버릴게요."

다시금 안달리의 무서울 만큼 효율적인 행동이 떠올라서 켈시는 머뭇거렸다. 에밀리가 감방 문을 닫을 때 켈시가 창살을 잡고 닫히지 않게 막았다.

"당신은 누구지? 티어인들을 위해 일하는 거야?"

"아뇨. 전 메이스를 위해서 일해요."

에밀리가 켈시의 손에서 문을 밀어 닫고 잠근 다음 복도를 따라 사라졌다.

"일어나, 이 비참한 주정뱅이 놈아."

제이블은 천천히 현실로 돌아왔다. 느린 과정이었다. 두통, 요통, 배 속의 무겁고 텅 빈 감각 등 무시해야 하는 감각이 너무 많았다. 모트의 술은 티어의 술보다 훨씬 독했다. 술이 항상 그에게 선사하는 무의식으로 빠져들기 직전 아주 잠깐 바텐더가 내준 무언가를 마셨던 기억이 나는 것도 같았고 그 뒤로는 아무것도 생각나지 않았다. 뺨이 축축한 게 느껴졌다. 침 자국이었다.

"일어나라고, 이 망할 놈아!"

뭔가가 제이블의 뒤통수를 후려쳤고 두통이 더 심해져서 거의 앞이 안 보일 지경이었다. 그는 신음하며 손을 밀어냈지만 그 손은 그의 머리카락을 움켜잡고 위로 홱 들어 올렸다. 두통이 너무 심해서 그는 비명을 질렀다. 그리고 눈앞에 다이어가 보였다.

"이. 머저리. 개자식."

다이어가 말을 할 때마다 그를 잡고 흔들었다. 그의 목소리는 낮게 쉭쉭거리는 것 같았다.

"우린 여기 아주 조심스러운 일을 하러 온 거야. 그런데 네놈은 여기 뻗어 있는 거냐?"

제이블의 머릿속은 멍했다. 그가 술집에서 뭘 했더라? 그는 몇 달이나 술을 마시지 않았다. 정말로 이제 와서, 제일 밑바닥에서 다시 시작해야만 했나?

앨리.

기억이 고통스러울 정도로 분명하게 되돌아왔다. 앨리가 그를 이렇게 만들었다. 창녀의 옷을 입고 화장을 하고 더 이상 그녀가 아니라 다른 사람이 된 앨리. 그녀는 그의 일부가 되고 싶어 하지 않았다. 디메인에서 몇 달 동안 유령을 쫓았던 것이다. 제이블은 다이어가 사라지기를 바랐다. 다시 술을 주문하고 이 회전목마에 또다시 올라타고 싶었다. 최소한 술 한 잔이면 두개골이 부서질 것 같은 두통이 좀 누그러질 것이다.

"뭐가 문제야, 배신자?"

"앨리. 내 아내요. 그녀가……."

제이블이 웅얼거렸다.

"아, 이런 제길."

다이어가 그의 목깃을 움켜잡고 바닥에서 들어 올렸다. 제이블은 자신이 카운터에 머리를 박고 술집 의자에 앉아 밤을 보냈다는 걸 깨달았다. 처음은 아니지만, 아, 이런 날들은 과거로 흘려보냈다고 생각했는데.

"내 아내가—"

하지만 말이 잘 나오지 않았다. 앨리를 그의 아내라고 계속 불러도 되나?

"그녀가 옷을 꼭—"

"창녀처럼 입었어?"

다이어가 물었다. 그는 조금의 동정도 없이 제이블을 똑바로 처다보고 있었다.

"네."

제이블은 직접 그 단어를 말하지 않아도 된다는 사실에 감사하며 대답했다. 하지만 잠시 후 차가운 것이 얼굴에 쏟아지는 바람에 눈을 도로 떴다. 다이어가 그의 얼굴에 물을 끼얹은 것이다. 희미하게, 제이블은 바 뒤에 있는 술집 주인이 모든 걸 본 사람 특유의 흥미 없는 표정으로 그들을 보고 있는 것을 깨달았다.

"내가 정리를 좀 해보지, 정문 경비. 넌 아내가 모트의 매춘업소에 있는 걸 발견했어."

"네."

"그래서?"

"자길 거기 놔두라고 하더군요. 행복하다고요. 그녀는—"

제이블은 침을 삼켰다. 마지막 부분이 가장 인정하기 힘들었다.

"그녀는 내 일부가 되고 싶지 않다고 했어요."

"맙소사."

다이어가 카운터에 몇 마르크를 던지고서 그를 문으로 끌고 나갔다. 술집 주인은 눈도 깜짝하지 않고 그저 고개만 끄덕이고 매끄러운 동작으로 바 위에서 돈을 쓸어 갔다.

밖으로 나오자 햇살이 제이블의 두개골을 쪼개는 것 같았다. 그는 신음하며 머리를 감싸 안았다.

"조용히 해, 이 공간 낭비 쓰레기야."

다이어가 그를 질질 끌고 갔다. 약제상을 지날 때 제이블은 문가에 침을 뱉고 싶은 충동을 억눌렀다.

"그녀는 웃고 있었어요."

그가 다이어에게 말했다. 왜 수많은 사람들 중 그가 배신할 기미만 감시하고 있는, 여왕의 근위대인 이 남자에게 말을 하고 있는지 알 수가 없었다. 하지만 달리 들어줄 사람이 없었다.

"그녀는 행복했어요."

"그래서 화가 났나?"

"당연하죠! 왜 화가 안 나겠어요?"

제이블이 소리쳤다. 다이어는 그의 목덜미를 잡고 벽에 갖다 박았다. 고통이 퍼지기 직전 잠깐 동안 제이블은 차라리 죽었으면 싶었다.

"네가 빌어먹을 머저리니까 내가 설명을 해주지, 정문 경비. 네 아내는 우리에 실려서 300킬로미터가 넘게 갔어. 이 도시에 도착한 다음엔 벌거벗겨진 채 수색당하고 경매인 사무실 앞의 연단에 서야 했지. 낯선 사람들이 가치를 품평하고 어린애들이 티어인이라는 이유만으로 야유를 보내는 동안 몇 시간은 서 있어야 했을 거야. 경매인 서류에 쓰인 것처럼 곧장 매춘업소에 팔려 갔다면 시키는 대로 따라야 했을 거고 안 그러면 얻어맞거나 강간당하거나 굶어야 했겠지. 6년 동안."

다이어의 목소리가 낮아지고 거칠어졌다.

"6년 동안 말이야. 그동안에 넌 어디 있었지? 낮에는 일을 하고 밤이면 봉급을 다 퍼부어 술을 마셨지."

"그녀는 여전히 내 아내예요."

다이어가 그를 거칠게 흔들어서 머리가 다시 벽돌에 부딪쳤다.

"네 아내는 해야만 하는 일을 했어. 그에 대해서 즐거운 척하는 게 여기서의 삶을 더 쉽게 만들어줬을 거라는 생각은 안 들던가?"

"즐겁다니! 그녀는 임신했다고요! 다른 남자의 애를 낳을 거라고요!"

제이블이 고함을 질렀다.

"도대체 어디서 그런 배짱이 나오는 건지 난 도통 모르겠군, 정문 경비."

다이어가 혐오감 가득한 어조로 말하며 그를 놓아주었다.

"네 아내는 네가 자유인으로 뒤에 남아 있는 동안 모트메인으로 실려왔어. 그런데 그녀가 어떻게 살아남았는지에 관해서 네놈이 질문을 던질자격이 눈곱만큼이라도 있다고 생각해?"

"난 그녀를 사랑해요. 그녀는 내 아내예요."

제이블이 더듬더듬 반복했다.

"그녀의 마음은 옮겨 간 것 같은데."

"하지만 나는 어쩌고요?"

"너도 똑같이 해야지. 그녀를 놓아줘."

다이어의 눈길은 여전히 무자비했지만 목소리는 약간 부드러워졌다.

"여왕 폐하께서 너한테 뭔가를 보셨어. 나는 아무리 생각해도 모르겠지만 말이야. 내 눈엔 안 보이거든. 어쨌든 여기서 네 목적은 끝났지만, 우리에게 넌 아직 유용할 수도 있으니까. 그녀에게."

"앨리요?"

"여왕 폐하 말이야, 이 등신아."

다이어가 고개를 흔들고 말을 이었다.

"대장이 오고 있으니까 도착하면 우린 팔레에서 여왕 폐하를 구출하거나 구출 시도를 하다가 죽겠지. 사람이 더 필요해."

"그게 나랑 무슨 상관이죠?"

다이어가 봉인된 편지를 꺼냈다.

"이건 대장의 가장 최근 명령이야. 대장은 전령을 다시 뉴런던으로 보내서 경비병을 더 데려오길 바라지만, 대장의 사람들을 낭비할 수가 없어. 게일런과 나도 못 가고."

낭비란 말이지, 제이블은 씁쓸하게 생각했다.

"대장이 나흘 안에 도착할 거야. 그 뒤 이틀 안에는 지원군이 필요해. 그러니까 바람처럼 달려갈 전령이 필요하지."

다이어가 그를 평가하는 눈으로 쳐다보았다.

"여기 오는 동안 널 봤지. 술만 처마시지 않으면 넌 괜찮은 기수야. 내일 일찍 떠나면 시간 안에 도착할 수 있을 거다."

제이블은 인상을 찌푸리고 머리가 아프긴 해도 시간을 계산해보았다. 최소한 사흘 안에는 뉴런던에 도착해야 했다. 긴 시간은 아니지만, 그 정도면 충분할 것이다.

"물론 가는 길에 술집에 발을 들이지는 말아야겠지."

"앨리는 어쩌고요?"

"자, 그게 네 앞에 놓인 선택지야. 정문 경비. 여왕 폐하를 모시든지, 네 허튼짓에 몰두하든지. 대장은 내 손에 네 운명을 맡겼고, 난 여기서 네놈이 술독에 빠져 죽는 편이 더 낫겠다 싶으면 그냥 놔두고 갈 수도 있어. 나한테는 상관없어."

다이어가 제이블의 어깨 너머를 보고 눈을 가늘게 떴다.

"어느 쪽이든 이 길거리에서 너무 오래 어슬렁거렸어."

제이블은 그의 시선을 따라가서 다음 네거리에서 무슨 소동이 이는 것을 보았다. 또 다른 폭동이었다. 디메인 길거리는 폭동으로 가득했다. 반란 세력이 폭동을 일으키고, 디메인의 보안대가 그들을 분쇄하고, 그러면 다음 날 또 다른 폭동이 일어났다. 게일런은 도시가 전방위적인 봉기를 향해 가고 있다고 말했다.

다이어는 문제를 피해서 길 위쪽으로 향했고 제이블도 따라갔다. 머릿속은 혼란스러웠다. 일부는 숙취 때문이고, 일부는 앨리 때문이고, 아주 작고 불확실한 구석만 다이어의 말을 이리저리 재고 광산에서 캔 원석처럼 살피고 있었다.

넌 아직 유용할 수도 있으니까.

그도 한때는 유용했다. 술에 빠져들기 전에, 아렌 소른이 유독한 뇌물 바구니를 들고 나타나기 한참 전에, 평범하지만 유능하고 자기 일을 잘하는 것에 만족하고 하루가 끝나면 아내가 있는 집으로 돌아가는 게 낙이던 제이블이라는 이름의 정문 경비였던 시절에는 그랬다.

여왕 폐하를 모시든지, 네 허튼짓에 몰두하든지.

그는 마차에 실려 지나가는 여왕을 본 이래로 몇 주나 여왕에 관해 생각하지 않았다. 하지만 이제야 두 여왕의 근위병이 다른 생각은 전혀 하지 않고 있다는 걸 깨달았고, 이걸 이제 깨달았다는 사실이 바보처럼 느껴졌다. 여왕은 배내커와 아배스 사제에게 그랬던 것처럼 반역죄로 제이블의 목을 매달 수도 있었고, 아니면 소른에게 했던 것처럼 갈가리 찢어버릴 수도 있었다. 하지만 그러지 않았다. 죽음이 제이블에게 친절을 베푸는 일이었겠지만 여왕이 그걸 알 리 없었다. 이제 그는 비참하긴 해도 살아서 자유를 누리고 있는 반면에 여왕은 모트의 지하 감옥에 갇혀 있었다. 제이블은 이 사실을 좀 더 고민하며 보도를 따라 굴러가는 수레를 피하고서 허겁지겁 다이어를 따라갔다.

"내일 떠나겠습니다."

다이어가 걸음을 멈추었고, 빈정거리는 말을 기다리던 제이블은 고개를 들었다. 여왕의 근위병이 처음으로 그를 똑바로 바라보고 있었다. 한참이

지난 후에 다이어가 봉인된 편지를 다시 주머니에서 꺼내 제이블에게 내밀었다.

"항상 몸에 지니고 있고 뉴런던에 도착할 때까지 아무한테도 보여주지 마. 이거면 정문 경비를 지나서 여왕동까지 들어갈 수 있을 거야. 여왕동의 책임자로 있는 데빈에게 줘."

제이블은 편지를 받아서 셔츠 안주머니에 넣었다. 그들은 다시 걸어가며 지나가는 마차가 튕기는 진흙을 피했다. 다이어의 시선은 거의 슬픈 듯이 먼 곳을 향하고 있었고 제이블은 그가 여왕을 생각한다는 걸 알 수 있었다. 제이블은 오늘 밤에도, 그 후 많은 날에도 앨리를 생각할 거고, 그 생각은 분명히 고통스럽겠지만 그래도 그녀는 죄수는 아니었다.

"그분을 꺼내 올 수 있을까요?"

제이블이 조용히 물었다.

다이어는 자신의 손바닥에 주먹을 내리쳤다.

"나도 모르지, 정문 경비. 하지만 신이시여, 우리가 실패한다면……."

제이블은 불붙기만을 기다리고 있는 연료 같은 다이어의 분노를 경계하면서 그의 얼굴을 힐끗 보았다. 하지만 그가 본 것은 그보다 훨씬 불안했다.

다이어는 울고 있었다.

7장

몰락

글린 여왕 주위에 나타난 사대주의자들과 싸우는 일은 어려웠다. 많은 역사가들이 여왕의 결정에 의문을 제기하지 못한다. 하지만 필자는 글린 여왕이 엄청나게 끔찍한 실수를 여럿 저질렀음을 안다. 티어링은 절대적인 통치자라는 전설에 매달렸지만 글린 여왕이 결정적인 시기에 나라를 저버리고 메이스에게 책임을 넘겼다는 사실은 변하지 않는다. 그리고 그 역시 책임을 등한시했다. 이런 결정은 재앙과 같은 결과를 불러왔고, 진정한 역사가들이라면 이 사실을 인정해야 한다.

　—《티어링의 대체 역사》, 이선 갤러거

"난 공격받고 있어. 매일, 점점 더 가까워지고 있지."

붉은 여왕이 말했다.

그들은 팔레에서 가장 높은 발코니에 서 있었다. 다른 성탑들보다도 훨씬 높이 솟아 있어서 한 바퀴 크게 빙 돌면 사방으로 앞을 가리는 것 없이 전부 볼 수 있었다. 디메인이 발아래 깔린 카펫처럼 펼쳐져 있었다. 붉은 벽돌과 회색 돌로 만든 거대한 태피스트리 같았다. 그 너머에는 도시를 둘러싼 넓은 들편 샹디메인이 있었다. 모트메인은 티어링보다 훨씬 푸르른 나라였다. 토지 대부분이 소나무 숲으로 덮여 있었지만 논밭조차도 켈시가 앨먼트에서 익숙하게 본 황무지가 아니라 녹색 식물들로 가득했다. 여기는 굉장히 놀라운 땅이었다. 켈시는 모트와 티어를 갈라놓고 서로를 적으로 만든 쓰라린 역사가 아쉬웠다. 얼마나 끔찍한 낭비인지.

서쪽으로는 엘라이어산과 월링햄산의 쌍둥이 봉우리가 희미하게 보였다. 꼭대기는 늦가을 안개로 감추어져 있었다. 두 산 모두 이미 눈에 덮여 있었으나 켈시의 눈은 모트와 티어를 갈라놓는 부분인 아가이브 고개에 멎었다. 자신의 땅으로 돌아가 티어의 흙을 밟고 싶은 갈망이 너무나 예리해서 가슴속의 뭔가를 비트는 것 같았다.

"내 군대는 이 반란을 진압하지 못해."

붉은 여왕의 말을 잇자 켈시는 자신만의 생각에서 빠져나왔다.

"저 아래를 봐."

그녀의 시선을 따라가서 켈시는 아래쪽 도시 북쪽 구역에서 거대한 연기 구름이 솟구치는 것을 발견했다.

"저게 뭐죠?"

"내 무기고."

붉은 여왕이 무덤덤하게 말했다.

"이 반란자들은 언제나 내 병사들을 그냥 지나쳐 갈 수 있어. 그나마 얼마 안 남은 귀중한 몇 명을 말이지. 매일 내 군대의 다수가 탈영해서 이 티어인 미치광이에게 합류하고 있어."

"르비외요?"

"그를 알아?"

"이름을 들어봤어요."

켈시가 신중하게 대답했다.

"왜 티어인이 나한테 이런 짓을 하려고 하지?"

켈시는 돌아보고서 붉은 여왕이 진지한 것에 깜짝 놀랐다.

"당신은 우리 나라를 침공했어요."

"철수했잖아."

"이번에는 그렇죠. 지난번에는 당신이 아끼는 장군이 강간과 살육의 흔적을 줄줄이 남겼고요. 설령 티어인이 그걸 잊어준다고 해도 17년의 선적은 잊지 않을 거예요."

붉은 여왕이 고개를 흔들었다.

"대중은 졸이야, 글린. 그냥 졸들의 행동일 뿐이야."

"사람들은 그런 식으로 생각하지 않을 걸 당신도 알 테죠."

하지만 잠시 후에 켈시는 붉은 여왕이 정말 알까 의심스러워졌다. 그녀는 한 세기가 넘게 자신의 백성들에게서 유리된 채 살았다. 켈시의 마음속에서 생기던 약간의 동정심이 싹 사라졌다.

"사람들은 자신들을 졸로 생각하지 않아요. 선적으로 인해 가족이 갈라지고 배우자가 잡혀가고 부모들은 아이들을 빼앗겼어요. 그 고통을 사람들이 잊을 거라고 생각해요?"

"잊을 거야."

"아뇨, 그렇지 않아요."

켈시가 단호하게 대답했다.

"사람들은 세상이 생길 때부터 사고 팔렸어."

"그런다고 그게 괜찮아지는 건 아니에요. 더 나쁘죠. 지금쯤 우린 뭔가를 배웠어야 했어요."

붉은 여왕은 그녀를 한참 동안 쳐다보았다. 여왕의 시선은 거의 아쉬워하는 빛이었다.

"누가 널 키웠지, 글린?"

"좋은 남자와 여자가요."

바티와 칼린을 생각할 때면 늘 그렇듯 켈시의 목이 조여들었다. 그녀는 그들의 이름을 말하지 않고 머뭇거리다가 비밀로 할 이유가 없다는 것을 깨달았다. 더 이상 다칠 사람도 없다.

"바톨로뮤와 칼린 글린이요."

"엘리사의 가정교사. 진작 알았어야 했는데."

"왜요?"

"그 엄격한 도덕성. 엘리사에게는 지나치게 엄격했지. 레이디 글린은 네가 태어나기도 전에 총애를 잃었어. 어쨌든 네가 부럽군."

붉은 여왕이 고개를 흔들며 말했다.

"내가요?"

"물론이야. 넌 뭔가를 믿으면서 자랐어. 많은 것들을."

"당신은 아무것도 믿지 않나요?"

"나 자신을 믿지."

켈시는 가장자리 쪽으로 몸을 돌렸다. 한참 아래쪽 팔레의 문에서 검은 물결이 몰려나가고 있었다. 디메인 북쪽의 불길을 향해 가는 병사들이었다. 저 불이 정말 페치의 작품일까? 그가 여기서 대체 뭘 원하는 걸까?

아무도 켈시를 간수의 죽음과 연관 짓지 않았다. 그가 발견되었을 때 소동이 벌어졌고, 켈시의 감방 복도에 사람들이 꽤 몰려들었지만 그녀는 취조받지 않았다. 스트라스는 확실히 사람들의 호감을 사지는 못했던 모양이었다. 그의 죽음을 둘러싼 소동은 금세 사그라졌다. 지하 감옥에서의 삶은 언제나와 같이 흘러갔다. 켈시는 기묘한 돌을 손안에서 계속 이리저리 돌리며 무슨 일이 있었던 건지 알아내려고 애썼다. 보이지 않는 동료 죄수, 무기 설계사는 다시 침묵에 잠겼다.

"왜 나를 여기로 불러온 거죠?"

그녀가 붉은 여왕에게 물었다.

"시테마르세와 연락이 끊겼어. 내가 콜드로(路)를 따라 보낸 세 명의 사절들이 돌아오지 않았어."

붉은 여왕이 거의 굶주린 듯이 켈시를 보았다.

"새로운 소식은, 글린? 그에 대해서 뭘 알아냈지?"

"당신이 원하는 만큼은 아니에요."

"왜?"

"내가 과거를 더 빨리 움직일 수는 없어요. 난 그저 소년만 봤을 뿐이에요."

"그 애는 어떤데?"

"잔인해요."

켈시는 대답하며 잠깐 동안 한밤중에 티어의 마을 산업 지대에 꼼짝 못하고 서 있던 케이티에게로 돌아갔다.

"앙심을 품는 성격이고요."

"다른 건?"

"잘 모르겠어요."

켈시는 눈을 감고 타운의 묘지와 파헤쳐진 무덤을 떠올렸다. 케이티는 아직 그것들을 연관 짓지 못했다. 그녀는 켈시만큼이나 자신의 친한 친구에 대해서 잘 몰랐다.

"그는 살짝 건드리는 중이에요."

"뭐를?"

"주술요. 죽은 사람을 되살리려는 것 같아요."

"흠, 그건 이제 할 줄 알지."

붉은 여왕이 북동쪽을 가리키며 쓸쓸하게 말했다.

"새로운 난민들이 계속 끔찍한 이야기를 갖고 여기로 오고 있어. 이 아이들은 갈로는 죽일 수가 없어. 오로지 마법으로만 가능하지."

"그에 대해서 당신은 뭘 알죠?"

"그는 피를 마시는 자야."

붉은 여왕이 냉정하게 말했다.

켈시는 놀라서 눈을 깜박였지만 아무 말도 하지 않았다.

"그의 도움에 대한 대가로 선적에서 온 아이들을 주곤 했었지. 그 애들 중 누구도 돌아오지 않았어."

"그를 어떻게 만났어요?"

"난 도망치던 중이었어."

"당신 어머니에게서요?"

최소한 이 정도는 붉은 여왕의 머릿속에서 볼 수 있었다. 끔찍한 배신이 있었지만 정확한 배경은 제대로 보이지 않았다.

"그래. 그리고 카다르인들에게서도."

붉은 여왕은 개가 물을 터는 것처럼 고개를 흔들었다.

"어쨌든 어둠의 존재는 내게 은신처를 제공했고 페어위치에서 굶주림으로부터 날 구해줬어."

"그가 왜 그런 일을 했죠?"

"내가 그를 풀어줄 수 있을 거라고 생각했던 거야."

붉은 여왕이 음울하게 웃었다.

"하지만 내가 아니었지, 글린. 너였어."

"난 내 나라를 구하기 위해서 해야만 하는 일을 했어요."

"그래봐야 일시적인 구원일 뿐이야, 글린."

"왜 나를 여기로 데려온 거죠? 자랑하려고요?"

"아니."

붉은 여왕이 갑자기 가라앉은 어조로 말했다.

"난 이야기할 상대가 필요했어."

"당신은 온 나라를 발아래 두고 있잖아요."

"난 그들을 믿지 않아."

"나도 믿지 않잖아요."

"하지만 너는 표리부동하지는 않지, 글린. 이 성 전체가, 이 사람들 전부가 나를 무너뜨릴 방법만 찾고 있어."

"사람들은 언제나 당신을 상대로 음모를 꾸미죠. 그게 독재의 본질이에요."

"난 그런 거엔 신경 쓰지 않아. 내가 참을 수 없는 건 계략이야. 넌 나를 경멸할지 모르지만, 네 증오는 솔직하고 명료하지. 이 사람들은 웃고 있지만 그 아래로……."

붉은 여왕의 목소리는 쉬어 있었다. 그녀의 손은 발코니 난간을 관절이 하얘질 정도로 꽉 쥐었다. 티어 전설에서 붉은 여왕은 심장이 없이 태어났다고 하지만, 그건 사실과 전혀 다른 이야기였다. 켈시는 지금 수십 년의 강철 같은 자제력에 처음 금이 간 모습을 보았다. 붉은 여왕의 어깨에 손을 올릴까 하다가 그녀는 자신이 뭘 하고 있는 건지 자문했다. 이 여자와 우정 같은 건 키울 수 없었다.

내가 왜 이 여자한테 그렇게 많은 권한을 줘야 되지?

네가 그 여자 머릿속에 들어갔으니까.

켈시는 그 말이 사실임을 인정하고 고개를 끄덕였다. 사파이어 때문에 감정이입이라는 엄청난 경험을 하게 됐다. 인생 이야기를 그렇게 한참 본 상대를 증오하는 건 불가능한 일이었다. 수년 동안 이블린 랠리를 거부한 아름답고 끔찍한 어머니…… 그러다가 팔 것이 필요해지자 그녀를 불렀다. 그 뒤 아이는 소용돌이 속에 내던져졌다. 붉은 여왕도 끔찍한 결정을 여럿 내렸지만, 태어날 때부터 불리한 조건만 쌓여온 것이다.

니도 니 나름의 끔찍한 결정들을 내렸지. 네가 누구라고 남을 비판하겠니? 칼린이 음울하게 속삭였다.

켈시는 눈을 감았고 온갖 장면들이 그녀를 괴롭혔다. 뉴런던 광장에서 소리를 지르던 폭도들, 증오로 일그러져서 사람이 아니라 괴물처럼 보이던 그들의 얼굴. 벽난로 앞에 서 있던 로 핀의 미소. 고통 속에 죽어가며 수많은 상처에서 피를 흘리던 아렌 소른의 얼굴. 그리고 마지막으로 칼을 쥐고 손가락이 피로 붉게 물든 켈시 자신의 손.

"누가 당신을 키웠죠?"

그녀가 그 모습들을 지우려고 갑자기 눈을 뜨고 물었다.

"몰라?"

붉은 여왕이 물었다.

"난 전부 다 보진 못했어요."

켈시가 솔직하게 말했다.

"유모가 있었지. 라이트라는 여자였어. 아주 영리했지만, 그 사람도 나를 무서워했어. 삶이 힘든 거라고 가르치는 걸 자기 임무라고 생각하는 것 같았어."

칼린처럼, 켈시는 그렇게 생각하고 조금 놀랐다. 붉은 여왕의 머릿속에서 그 여자의 모습을 몇 번 보았다. 머리는 길고 칼린처럼 하얗지 않고 검었지만, 비슷한 데가 있었다. 두 여자 모두 날카로운 매 같은 눈을 갖고 있었다.

"어머니는 나를 라이트에게 떠넘겨서 기뻐했지. 일레인이 어머니의 시간을 전부 차지했어."

"아버지는 누구였나요?"

"몰라."

붉은 여왕이 날카롭게 켈시를 보았다.

"알고 싶지도 않아. 넌 네 아버지를 알고 싶어?"

네, 켈시는 그렇게 대답하려다가 곧 아뇨, 라고 생각했다. 알고는 싶었지만 그건 학술적 호기심에서 나오는 거였다. 별로 답을 알고 싶지 않았다. 안 그러면 메이스가 알려줬을 것이다.

"신경 쓰지 마, 글린. 너한테 이렇게 많은 이야기를 할 생각은 아니었는데, 누구에게 이야기를 해본 게 너무 오랜만이었어. 리리안 이후로는 없었지."

"당신 예언자 말이죠. 사람들 말처럼 그렇게 뛰어났나요?"

"더했지. 우린 친구였어. 최소한 나는 그렇게 생각했지."

갑자기 혼란스러운 듯 붉은 여왕은 미간을 찌푸렸다.

"그런 여자들은 알기가 어려워. 얘기가 나와서 말인데, 네 교황에게서 굉장히 흥미로운 제안을 받았지."

"교황요? 그 남자와 거래를 할 거라면 한 손에 칼을 쥐고 가는 게 좋을 걸요."

붉은 여왕이 미소를 지었지만 그 미소는 눈에까지 이르지 않았다.

"네 나라가 굉장한 위기에 처한 것 같아, 글린. 교황이 용병을 빌려달라고 하더군. 내 군대 한 부대를 말이야."

켈시의 안에서 뭔가가 뒤집히는 것 같았다. 그들 모두에게 경고해야 했다. 메이스에게 경고해야 했다……. 하지만 당연히 누구에게도 경고할 수 없었다.

"무엇 때문에요?"

"누가 알겠어? 하지만 너에 대한 그의 증오는 분명하게 보이더군."

"병사를 빌려줄 건가요?"

켈시가 굳은 입술로 간신히 물었다.

"그럴지도. 거래품의 가치가 어느 정도냐에 달렸지."

"거래품요?"

"교황이 나에게 너, 켈시 여왕에게도 자신만의 예언자가 있다고 하더군."

켈시의 입이 딱 벌어졌다. 누가 얘기했지? 그녀는 홱 돌아서서 멀리 있는 난간을 쳐다보았지만 이미 늦었다.

"사실이었군!"

붉은 여왕의 목소리에 정말로 놀란 기색이 드러났다.

"그럼 아이도?"

켈시의 안에서 뭔가가 부서졌다. 정신을 차리기도 전에 그녀는 발코니를 가로질러 붉은 여왕의 벨벳 드레스 어깨를 잡고 그녀를 바닥에서 들어 올렸다. 하지만 자신이 정말로 이 여자를 난간 너머로 내던질 수 있을 만큼 강할지는 의문이었다.

스페이드의 여왕이야! 그녀의 머리가 소리쳤지만 그 소리는 멀리, 절망적으로 들렸다.

"생각도 하지 말아요. 그들을 건드리겠다는 생각도 하지 마."

그녀가 으르렁거리며 말했다.

"조심해, 글린. 네가 뭘 하고 있는지 잘 생각해."

켈시는 망설였다. 주위 공기가 거의 전기가 흐르는 것처럼 팽팽해지고 피부가 불편할 만큼 조였다. 갑자기 숨을 쉬기가 힘들어졌다. 목이 조여들었다.

"날 내려놔, 글린."

붉은 여왕이 어린애에게 하듯이 켈시의 뺨을 톡톡 두드렸다.

"날 내려놓지 않으면 네 목을 졸라서 죽일 거야."

잠깐 머뭇거리다가 켈시는 붉은 벨벳을 잡은 손에서 힘을 빼고 여자를 바닥으로 내렸다. 목은 10초 정도 더 조이다가 풀렸다. 붉은 여왕의 입술이 살짝, 승리의 기색을 띠고 올라가는 걸로 봐서 고의가 분명했다. 켈시는 숨을 헐떡이며 폐 속으로 공기를 크게 들이켰다.

"넌 배짱이 있어. 그것만은 인정하지."

붉은 여왕이 양쪽 팔 아래 솔기가 터진 드레스를 내려다보며 말했다.

"예전에 내 드레스를 망가뜨렸다고 시녀에게 매질을 한 적도 있는데."

"난 당신 하인이 아니에요."

켈시는 난간에 기대서 숨을 몰아쉬었다. 불타는 무기고에서 올라오는 연기 기둥이 이제 흐릿했다. 시야가 흐릿하게 이중이 되었다. 관자놀이에서 두통이 시작되는 게 느껴졌다.

"넌 네 패를 너무 쉽게 드러내."

붉은 여왕이 옆으로 다가오며 말했다.

"난 이제 교황에게든 누구에게든 티어링으로 병사를 보낼 수가 없어. 정보가 정확한지 아닌지 알고 싶었을 뿐이야. 네 시녀장과 그 막내딸이라니! 난 항상 천리안이 유전적일 거라고 생각했지만 전에는 연구해볼 기회가 없었어."

"행운을 빌죠. 이 예언자는 당신 손에 딸이 들어가는 걸 보느니 아이를 죽일 테니까요."

"너한테는 더 큰 문제가 있어, 글린. 교황이 이중 거래를 하고 있다고 베냉이 그러더군. 내 등 뒤로 직접 내 군대에 제안하고 있다고."

"당신 병사들이 예언자를 원한다고요?"

"아니, 내 병사들은 전리품을 원해. 하지만 예언자, 실력이 증명된 예언자는 공개시장에서 높은 값을 받을 수 있어. 부대 전체에 다 돌아갈 수 있을 만큼 높은 값을. 난 더 이상—"

붉은 여왕이 말을 끊었고, 켈시는 그녀가 그 말을 하는 게 꽤 힘들다는 것을 감지했다.

"난 더 이상 내 군대를 완벽하게 통제하지 못해."

"그거 참 끔찍한 일이겠군요."

"웃고 싶으면 웃어, 글린. 하지만 내 병사들이 독자적으로 행동하기 시작하면 이건 네 문제도 될걸."

켈시는 대부분의 군대가 앨먼트에서 전사해서 이제 지키는 사람이 없는 왕궁을 떠올리고 움찔했다. 홀 장군의 휘하에는 백여 명밖에 병사가 없었고, 이는 모트의 일 개 여단에 상대가 되지 않았다. 그녀는 나라가 3년 동안 안전하도록 거래했다고 생각했지만, 정말로 뭔가 얻은 게 있나? 직접 연락할 수만 있다면! 기억의 안쪽에서 뭔가가 반짝였지만 그것은 금세 사라졌다.

"고아에 대해서 나한테 알려줄 유용한 정보는 더 없어?"

켈시는 고개를 흔들었다.

"아직요."

"에밀리!"

붉은 여왕이 외쳤고 시녀가 발코니 가운데 있는 계단통에서 나타났다. 그녀의 눈이 재빨리 켈시에게로 향했다가 돌아갔고, 켈시도 그녀를 아는 척하지 않았다. 간수를 치운 이래로 에밀리는 더 이상의 질문에 대답하기를 거부했다.

"지금은 얘기 끝났어. 지하로 다시 데려가."

말의 내용은 퉁명스러웠지만 말투는 전혀 달랐다. 계단을 내려가며 붉은 여왕을 돌아보고 켈시는 다시금 한계에 몰린 사람 특유의 깊은 불행을 감지했다. 왕궁에서의 그 비운의 마지막 몇 주 동안에 자신의 목소리에 종종 드러나던 그런 분위기였다.

그녀는 지하로 내려오는 동안 에밀리에게 말을 붙이려 하지 않았다. 복도에 너무 많은 사람들이 있어서 누군가가 엿들을 가능성이 너무 높았다. *날짜가 이렇게 가까운데*, 에밀리는 그렇게 말했고, 그제야 켈시는 탈옥 계획이 진행되고 있을지도 모른다는 생각을 할 수 있었다. 그녀는 그걸 바라면서도 아니기를 바랐다. 교황이 왕궁을 상대로 공격할 준비를 하고 있다면 메이스에게는 더 큰 문제가 있는 거였다. 켈시는 메이스에게 경고하기 위해서, 안달리에게 경고하기 위해서, 그녀와 글리가 더 이상 안전하지 않다는 걸 알리기 위해서 에밀리에게 전갈을 보내달라고 부탁하고 싶었다. 그런데 교황이 안달리에 대해서 어떻게 알아낸 걸까? 여왕동에 또 다른 배신자가 있나?

여기서 나가야 돼. 대가가 뭐든 상관없어. 내 나라가 활짝 열려 있다고. 켈시는 생각했다.

옆 감방을 지나갈 때 켈시는 안쪽을 힐끔 들여다보았다. 대머리 남자가 책상 앞에 앉아 촛불 빛에 의지해서 캔버스에 거의 2센티미터 앞까지 얼굴을 들이대고 열심히 작업하고 있었다. 옆얼굴을 조금밖에 못 봤지만 생각했던 것보다 더 젊다는 건 알 수 있었다. 대머리이긴 하지만 얼굴을 좀 더 가까이서 보니 머리를 민 것 같았다. 켈시는 그를 제대로 보고 싶었지만 남자는 두 사람이 지나가도 그녀나 에밀리를 아는 척하지 않았다.

에밀리가 감방 문을 닫을 때 켈시는 그녀의 팔을 잡고 가까이 오라고 손짓했다. 안달리 이야기를 하고 메이스에게 전갈을 부탁하려는 것이었다. 하지만 에밀리는 몸을 빼고 입술 위에 손가락 하나를 얹은 후 떠나버렸다. 켈시는 좌절감에 비명을 지르고 싶었다. 에밀리의 횃불 빛이 사라지자 켈시는 초를 하나 켜고 신중하게 창살 옆 바닥에 놓았다. 밀랍의 낭비지만 메이스와 펜, 안달리, 모두가 위험에 처한 상황에서 왕궁에서 즐겁게 지내고 있을 걸 생각하자…… 이 모습에 마음속의 뭔가가 무너졌고 어둠 속에 앉아 있는 걸 참을 수가 없었다.

피를 마시는 자.

붉은 여왕이 사실을 말한 거라면, 그리고 그 여자를 신뢰하지는 않아도 붉은 여왕의 목소리에 남긴 설망감은 믿는다면 켈시는 세상에 악몽을 풀어놓은 거였다. 손에서 미끌미끌한 피가 느껴지는 듯했다.

"나도 전에 살인을 해봤어."

그녀가 중얼거렸다. 기묘하게도 지금 떠오르는 건 소른이나 간수가 아니라 먼이었다. 그를 죽인 건 자비로운 행동이었다……. 당시에 그녀는 그렇게 생각했다. 감방의 고요가 아프게 와닿았고, 잠시 후 그녀는 무릎을 꿇고서 창살을 움켜잡았다.

"거기! 그림 그리는 남자!"

옆 감방이 조용해졌다.

"여기에 얼마나 오래 있었죠?"

계속 침묵이었다. 어떻게 그가 말을 하게 만들지? 켈시는 잠깐 생각해본 다음 시험 삼아 말했다.

"전쟁터에서 당신의 대포를 봤어요. 굉장한 장비였죠."

"쏘는 것도 봤나요?"

그가 물었다. 켈시는 인상을 찌푸리고 거짓말할까 생각하다가 대답했다.

"아뇨. 우리한테 사용하진 않았어요."

남자가 씁쓸하고 공허하게 웃기 시작했다.

"그거야 쏠 수가 없으니까 그랬겠죠. 발사되게 만들지 못했거든요. 내 설계는 확실하지만, 붉은 여왕의 화학자가 제대로 된 화약을 만들어냈어야 했는데 성공하지 못했죠."

켈시는 창살에 몸을 기댔다. 대포 때문에, 대포를 망가뜨릴 방법을 찾기 위해 얼마나 많은 시간과 에너지를 허비했던가. 자신을 걷어차고 싶었다.

"당신은 속았어요."

남자가 그렇게 말하고 한참 있다가 물었다.

"티어 군대가 정말로 전멸했나요?"

"그래요."

"장군은요?"

"버몬드는 죽었어요."

켈시가 대답했다. 머리로는 평생 군인으로 살았던 사람을 애도해야 한다는 걸 알지만, 그럴 수가 없었다. 버몬드는 옆구리에 박힌 가시 같은 반동분자였다.

"그의 부관이 남은 내 군대를 지휘하고 있죠. 제대로 된 도시 경찰 병력도 되지 않을 정도예요."

"그건 재난이군요. 맨바닥에서 좋은 군대를 만드는 데에는 몇 세대가 걸리죠."

"3년 여유가 있어요."

그보다 적을 수도 있지, 그녀의 머리가 지적했다. 교황이 무장 군대를 지휘한다는 생각에 가슴속에서 뭔가가 타오르는 것을 느꼈다. 설령 교황이 실패한다 해도 로 핀, 핀과 그 창조물들이 바로 뒤따라올 것이다.

"3년이라? 행운을 빌죠."

옆방 남자가 낄낄 웃었다.

"당신은 왜 여기 있죠?"

켈시가 그저 뭐든 대화를 계속하고 싶은 마음에 물었다. 어둠 속에 혼자 앉아 있고 싶지 않았다.

"당신은 노예죠?"

"네."

"붉은 여왕이 뛰어난 노예들은 자유인처럼 대접해준다고 들었어요. 당신은 실력 있는 기술자잖아요. 왜 지하 감옥에 있죠?"

그는 한참이나 침묵을 지켰다. 켈시의 심장이 내려앉았다. 그녀는 무릎 아래로 돌이 파고드는 것을 느끼며 창살을 다시 잡았다.

"제발 말 좀 해줘요. 이 고요힘 때문에 미칠 것 같으니까."

"여왕의 간청이라니 사소한 일은 아니겠군요. 설령 지하 감옥에 있는 여왕이라 해도요."

남자가 책상에서 일어나느라 의자가 돌바닥을 긁는 소리가 들렸다. 그리고 종이가 바스락거리는 소리가 났다.

"어차피 별 상관 없어요. 일주일에 한 번씩 내 감방을 수색해서 내가 지나치게 창의적인 걸 만들지 못하게 확인하니까요. 하지만 나를 여기로 데려올 때 내 그림과 도면들을 그냥 통째로 가져온 덕택에 지금까지 이건 그들 손을 피했죠. 이게 내가 진짜로 여기 들어온 이유예요. 봐요."

잠시 후에 구겨진 종이 하나가 켈시의 감방 앞에 떨어졌다. 그녀는 몸을 뻗어 그것을 집은 다음 돌바닥에서 구겨진 종이를 반듯하게 폈다. 일종의 광고 같았지만 촛불을 더 가까이 들이대자 모트어와 티어어로 아름답게 쓰인 정치 전단이라는 걸 알 수 있었다.

모트메인 사람들이여!

노예로 사는 데 질렸는가? 타락한 소수의 변덕을 채우기 위해서 끊임없이 일만 하는 데 질렸는가? 당신의 아들들이 전쟁터에 갔다가 빈손으로 집에 돌아오는 데에, 혹은 집에 오지 못하는 데에 질렸는가? 더 나은 것을 원하는가?

우리의 싸움에 합류하라.

"당신은 반란군의 일원이군요."

켈시가 중얼거렸다. 이 전단은 굉장히 영리한 방법이었다. 직설적이고 단순한 언어지만 많은 사람들에게 매력적으로 느껴질 것 같았다.

"난 반란군이 아니에요. 그저 가끔씩 광고를 만든다든지 이런 일을 해주고 몇 마르크 벌었을 뿐이죠."

그의 목소리에 자기 조롱의 빛이 섞였다.

"이건 나 자신을 위험에 노출하지 않고서 반란에 참여하는 멋진 방법이었어요."

"그런데도 당신은 여기 있군요."

켈시가 여전히 전단지를 보면서 멍하니 말했다. 종이는 평범한 대량 생산품이었고, 알리스가 섭정 법안을 작성할 때 쓴 것과 두께도 똑같았다. 하지만 글자의 무언가가 기묘하게 눈에 걸렸다. 켈시는 촛불을 최대한 종이에 가까이 들이대고 한 글자 한 글자 눈을 가늘게 뜨고 살폈다. 모트메인의 두 개의 e가 똑같은 모양 같았고, 특색이 전혀 없이 크기도 똑같았다. 심지어 검은색 잉크의 색깔도 똑같이 일정했다. 켈시의 눈이 단어에서 단어로, 모음에서 모음으로, 자음에서 자음으로 돌아다니며 결점을, 흠을 찾으려고 했다…….

"신이시여."

그녀가 숨을 들이켰다.

이 전단지는 손으로 쓴 게 아니라 인쇄한 거였다.

이웬은 티어링이 이렇게 넓을 거라고는 상상도 해본 적이 없었다. 그는 뉴런던에서 자랐고 도시 바깥으로 한 번도 나가보지 않았다. 늘 그는 카델강에서 지평선까지가 나라일 거라고 생각했다. 하지만 여왕의 근위대가 카델강 끝에 도착하자 땅이 그 앞으로도 계속 이어졌다. 결국에 크리드강이 끝나고서 그냥 풀밭으로 변했다. 멀리 이웬이 한 번도 본 적 없는 산맥이 점점 더 가까이 다가오기 시작했다. 여왕을 구하러 가는 것은 굉장히 심각한 일이고, 이웬은 그것을 이해했다. 하지만 어쨌든 그는 굉장한 모험에 나선 기분이었다.

그들은 두 개의 높은 언덕 사이 움푹한 곳에 야영지를 만들었다. 메이스는 이웬에게 보초 임무를 맡겼다. 누군가가 다가올 것에 대비해서 서쪽을 살피는 거였다. 그들은 많은 사람들로 이루어진 큰 무리를 몇 번 보았다. 코린을 통해서 이웬은 그들이 도시에서 나와서 집으로 돌아가는 난민들이라는 걸 알았다. 누군가가 다가오는 걸 보면 그는 그들이 야영지에 가까이 가지 못하게 막아야 했다. 아무도 메이스가 뉴런던을 떠났다는 걸 알아서는 안 되기 때문이었다. 이웬은 보초 임무를 굉장히 진지하게 맡았지만, 그래도 그림을 그릴 시간이 있었으면 싶었다. 안장주머니에 종이와 연필을 넣어 왔다. 여기, 언덕에서 언덕까지 얼마나 많은 세상을 볼 수 있는지 그는 생각도 못 했었다.

메이스는 야영지 한가운데서 홀 장군과 모트메인에서 온 남자와 회의를 하고 있었다. 이웬은 회의에 참석할 사람으로 뽑히지 않았지만 기분이 나쁘진 않았다. 왜 메이스가 애초에 이 여정에 그를 데려온 건지조차 몰랐으나 여기 있는 것만으로 기뻤다. 여기 있으니 아빠에 대해서 생각을 덜하게 되었다. 두 달 전에 아빠는 돌아가셨고, 다음 날 아침에 이웬은 세 형제들과 함께 아빠를 땅에 묻었다. 이웬은 그날에 대해서 생각하지 않으려고 노력했지만 종종 떠오르곤 했다. 그는 울었지만 그건 괜찮았다. 피터도 울었다. 이웬은 아빠가 밝은 갈색 관에 누워 있는 걸, 지하의 어둠을 막아주는 게 참나무 한 장뿐이라는 걸 생각하는 게 싫었다.

"이웬!"

몸을 돌리자, 뒤쪽 언덕에서 마술사 브래드쇼가 다가오는 것이 보였다.

"우리보고 다시 돌아오래."

이웬은 고개를 끄덕이고 망토와 물통을 챙겼다. 브래드쇼는 기다리다가 함께 야영지로 걸어갔다. 이웬은 브래드쇼가 좋았다. 그는 물건을 사라지게 했다 다시 나타나게 할 수 있었고, 늘 이웬이 주머니에 뭘 갖고 있는지 맞히곤 했다. 또한 인내심이 있어서 이웬이 이해하지 못하는 것들을 기꺼이 설명해주었다.

"당신도 회의에 있었어요?"

이웬이 물었다.

"아니. 난 저녁으로 먹을 사슴을 잡아 오라고 해서 나갔어. 내가 동물들에게 말을 할 수 있다고 믿는 모양이야."

"할 수 있어요?"

이웬은 그러면 정말 멋지겠다고 생각하며 물었다.

"아니."

꾸중을 들은 기분이라서 이웬은 더는 아무 말도 하지 않았다.

야영지는 북적거렸다. 여왕의 근위대가 열두 명, 홀 장군이 데려온 병사들이 여덟 명, 그리고 모트메인에서 온 남자를 따라온 남자들이 여러 명이었다. 엘스턴과 키브스는 사슴을 요리하고 있었고 공기 중에는 고기 굽는 냄새가 가득했다. 나머지 사람들은 배고픈 독수리처럼 불 주위를 어슬렁거렸다. 이웬은 브래드쇼와 주위를 걸어가며 이야기를 주워들었다. 여왕, 모트의 반란, 고아에 관한 무슨 이야기. 이웬은 근위대에 고아가 있는지 잘 몰랐지만, 아빠가 돌아가셨으니 그 자신도 고아가 된 셈이었다. 다른 날이라면 브래드쇼에게 물어봤겠지만 지금은 조용히 있는 게 좋을 것 같았다.

"거기 둘! 이리로 와."

메이스가 소리쳤다.

이웬과 브래드쇼는 그를 따라 야영지 한가운데 있는 천막으로 들어갔다. 안에는 조그만 접이식 탁자에 지도가 가득했고 막 회의를 마친 듯 주위에 의자들이 놓여 있었다. 메이스가 자리에 앉자 이웬은 그의 눈 주위에 검게 그림자가 드리운 걸 볼 수 있었다. 평소에 이웬은 메이스가 무슨 생각을 하는지 감히 짐작도 할 수 없었지만, 지금은 알 것 같았다. 뉴런던에서 나온 첫날 밤에 그들은 격렬하게 말을 달리느라 새벽이 되어서야 메이스는 아이사가 없어진 걸 알아챘다. 근위대 전부가 이 소식을 힘들게 받아들였지만, 베너가 가장 심했다. 그는 아빠가 발작이라고 부를 법한 행동을 하면서 욕을 하고 안장주머니에서 물건을 꺼내 던졌다. 메이스는 아무 말도 하지 않았지만 그의 침묵에 이웬은 겁이 났다. 메이스가 그나 브래드쇼를 비난할까 봐 걱정스러웠다. 어쨌든 그들이 아이사를 마지막으로 봤으니까. 하지만 아무도 아무 말도 하지 않았고, 차츰 이웬은 자신이 곤란해진 게 아니라는 것을 깨달았다.

"이걸 빨리 처리해야 돼. 앉아."

메이스가 말했고 둘은 자리에 앉았다.

"르비외가 여왕 폐하께서 아직 팔레의 지하 감옥에 계신다고 확인해줬어. 하지만 아가이브를 통해 모트메인에 들어갈 수는 없어. 홀 장군이 모트 부대가 뒤에 남아서 고개의 동쪽 끝을 막고 있다고 했거든. 지금부터 출입을 통제하려는 거지. 그러니까 우린 똑바로 동쪽으로 가서 국경 언덕을 지나갈 거야."

이웬에게는 별로 이해가 되지 않았지만 어쨌든 그는 브래드쇼가 하는 대로 고개를 끄덕였다.

"너희 둘은 우리와 같이 가지 않을 거다."

브래드쇼가 화가 나서 숨을 들이켰지만 이웬은 그저 기다렸다. 그를 집으로 돌려보내는 게 아니기만을 바랐다. 여기 있는 게 좋았기 때문이다. 왕궁에서는 평생을 지하 감옥에서 일한 아빠 생각을 안 할 수가 없었다.

메이스가 인상을 찌푸렸다.

"안달리의 딸은 겨우 세 살이고, 난 어린애의 꿈을 바탕으로 전략을 세우는 사람이 아니야. 하지만 글리가 종종 옳다는 것도 사실이지."

"그 애는 능력이 있죠."

브래드쇼가 조심스럽게 말했다.

"이게 내 딜레마야. 르비외는 여왕 폐하가 팔레의 지하 감옥에 계신다고 했어. 거기 계신 걸 직접 봤고, 난 그의 말을 믿어. 글리는 여왕 폐하께서 진리치에 계신다고 했고 안달리는 내게 글리가 옳다고 했지. 그러니 내가 어떻게 해야 할까?"

"진리치가 어딥니까, 섭정님?"

브래드쇼가 물었다.

"앨먼트 남부의 작은 마을이야. 건조 지대 바로 북쪽, 넓은 사막을 건너서 왕의 통행료를 내지 않고 카다르에 들어가려는 머저리들이 들르는 중간 기착지지. 마을엔 기껏해야 200여 명밖에 없을 거야. 여왕 폐하께서 거기서 뭘 하실지 전혀 모르겠지만 그래도 말이지……."

메이스가 말끝을 흐렸다.

"철저히 대비를 하셔야죠."

브래드쇼가 대신 마무리했다.

"그래. 좀 이상하게 들릴 수 있지만 두 사람이 진리치로 가서 그냥 관찰을 좀 하고 있었으면 해. 뭔가 눈에 띄는 걸 찾아봐."

메이스가 안장주머니를 뒤져서 브래드쇼에게 동전 주머니를 던졌다.

"그거면 3주쯤 좋은 방에 머물 수 있을 거야. 아무 일도 안 생기고 아무 것도 못 봤다면 집으로 돌아가."

"뭔가를 보게 되면요?"

"그럼 자네 판단에 맡기겠어. 우리의 우선순위는 여왕 폐하야. 그분을 되찾는다면 가능한 한 빨리 왕궁으로 돌아갈 계획이야. 그러니 건조 지대로 가서 자네들을 찾아볼 여유는 없을 거야. 무슨 일이 생기면 이 야영지로 전갈을 보내. 근위병 여러 명과 홀의 부하들 대부분이 여기 남을 거니까."

이웬은 이 임무가 별로 좋은 것 같지 않았다. 사막에 있는 조그만 마을에 둘만 있어야 하는 것 같은데, 브래드쇼가 마술을 부릴 수 있다 해도 둘 다 칼을 쓰는 법은 잘 몰랐다.

"오늘 밤에 저녁 식사를 하고 조용히 떠나. 크리드의 관개시설을 따라가. 하룻밤 정도 남쪽으로 말을 달리면 진리치가 나올 거야."

"거기인지 어떻게 알죠?"

이웬이 물었다.

"물어보면 되겠지. 브래드쇼에게 책임을 맡기겠어."

브래드쇼는 그 말에 깜짝 놀란 얼굴이었고 이웬도 마찬가지였다. 아이사는 이웬에게 메이스가 마술을 좋아하지 않는다고 말했으나 이웬은 그 이유를 몰랐다. 특이한 일이 일어날 수 있으면 세상이 더 멋지지 않을까?

"자네를 믿어보겠어, 마술사. 자네와 동류인 다른 자들은 믿지 않지만 말이야."

브래드쇼는 어깨를 으쓱였다.

"여왕 폐하께서 저에게 호의를 베푸셨습니다, 대장님. 저도 할 수 있으면 그분께 갚아드릴 겁니다."

"가봐."

두 사람은 천막에서 나갔다. 이웬은 브래드쇼가 자신만큼이나 놀랐다는 느낌을 받았다. 브래드쇼는 놀라운 일을 많이 할 수 있었다. 그래서 메이스가 그를 고른 걸지도 모른다. 하지만 잠깐 생각해본 후에 이웬은 메이스가 그들에게 뭔가 일이 일어날 거라고 예상하지 않는다는 결론을 내렸다.

"짐 챙겨. 내가 음식이랑 물을 챙겨 올 테니까."

브래드쇼가 말했다.

이웬은 고개를 끄덕이고 말을 찾으러 갔다. 모닥불 주위에서 들리는 소리로 보아 사슴 요리 준비가 다 된 것 같았지만 입맛이 없어졌다. 그는 아빠가 이야기해준 동화 속에 나오는 사악한 나라인 모트메인이라는 개념 자체가 무서웠다. 하지만 동시에 자신이 이 임무에 선발되어서 자랑스러웠다. 자신이 여왕의 근위대가 될 만큼 영리하지 않다는 걸 잘 알았고, 그 마녀 브레나를 잡으러 갈 마음의 준비도 했었다. 그건 영광스러운 일이니까. 하지만 이 임무는 진짜처럼 느껴지지 않았다.

말에 다가가자 혼자 서 있는 사람이 보였다. 말 우리 역할을 하는 돌에 혼자 앉아 동쪽을 보고 있는 펜이었다. 몇 번이나 이웬은 근위대의 다른 사람들이 펜이 여왕에게 가장 총애를 받았다고 하는 것을 들었고, 여왕이 떠난 이래로 펜이 평소 같지 않다는 것도 알아챘다. 이웬은 펜에게 말을 걸지 않는 게 좋겠다고 생각하고 짐을 뒤져서 안장과 안장주머니를 찾아 말이 있는 곳으로 가져갔다. 이웬은 좋은 기수가 아니었다. 어릴 때 형제들에게 말 타는 법을 배웠지만, 피터와 아서만큼 잘 타지 못했다. 브래드쇼 역시 그리 뛰어난 기수가 아니라서 두 사람은 종종 이 여행에서 뒤처졌고, 다른 사람들이 쉬는 동안 간신히 따라잡곤 했다. 이제 그들은 이웬이 들어본 적도 없는 곳으로 가게 되었다. 그의 말 밴이 마치 상황을 이해하는 것처럼 그를 바라보았고, 이웬은 한참 동안 밴의 목을 쓰다듬었다. 모트메인에 혼자 가는 건 그렇다 해도 동물까지 데려가는 건 다른 문제였다. 최소한 밴은 위험하지는 않을 것이다.

그는 말 등에 안장주머니를 걸쳤고, 회색 근위대 망토가 바닥으로 떨어졌다. 이 여행 동안에 망토를 걸치지 말라는 명령을 받았으나 이웬은 그래도 가지고 왔다. 진짜로 그의 것이 아님은 알지만, 그래노 그가 가신 물선 중에서 가장 소중했기 때문이다. 그가 메이스의 말로 가서 망토를 접어 안장 위에 걸쳐놓았다.

"이웬."

펜이 그를 불렀다. 이웬은 마지막으로 망토를 쓰다듬은 다음 펜에게로 갔다. 가까이 가자 펜의 눈이 마치 울고 있었던 것처럼 붉은 게 보였다.

"진리치로 가지?"

이웬은 고개를 끄덕였다.

"난 너희가 거기서 뭔가 찾을 거라고 생각하지 않고, 대장도 마찬가지야. 하지만 만약에 찾는다면……."

펜은 한참이나 침묵하다가 말을 이었다.

"만약에 뭔가 찾으면, 넌 이제 여왕의 근위대야. 진짜 여왕의 근위대라고, 알겠어? 어떤 대가를 치르든 여왕 폐하를 보호해."

이웬은 너무 놀라서 그저 고개를 끄덕이는 것밖에 할 수 없었다. 펜이 그의 어깨를 두드렸다.

"거기 있는 동안 그림을 좀 그려다 줘. 우리 모두 왕궁으로 돌아가게 되면 앉아서 네 작품집을 살펴보자고."

이웬은 미소를 지었다. 펜은 그림 모음에 이름이 있다는 걸 처음으로 알려준 사람이었다.

"행운을 빌어, 이웬."

"저도 행운을 빌게요."

이웬이 대답했다. 펜이 멀어지는 동안 그는 펜이 한 말을 이해하려고 애를 썼다. 여왕의 근위대는 여왕을 지키기 위해서 목숨을 바쳐야 하고, 이웬도 그것을 이해했다. 하지만 펜은 뭔가 다른 것에 대해 이야기하는 것 같았다.

브래드쇼가 무거운 가방을 한쪽 어깨에 걸치고 말 우리 쪽으로 다가왔다. 이웬은 여전히 펜의 말을 곱씹으며 그를 기다렸다. 이런 것을 부르는 단어가 있는데…… 그것이 잠깐 동안 이웬의 의식의 가장자리에서 흔들거리다가 마침내 손에 잡혔다. 바로 그거였다. 펜에게 여왕의 근위대라는 것은 희생이 핵심이다. 그의 모습으로 보아 그 때문에 가장 아픈 것 같았다. 이웬은 잠깐 더 머뭇거리다가 이유도 잘 모른 채 메이스의 안장에서 회색 망토를 도로 집어서 자신의 안장주머니에 넣었다.

제이블은 비명 소리에 잠을 깼다.

여자 목소리였다. 잠깐 동안 그는 어리둥절하다가 자신이 어디에 있는지를 기억해냈다. 왕궁이었다. 그는 사흘 동안 말에 물을 먹일 때에만 잠깐씩 쉴 뿐 죽어라 달렸고, 데빈의 손에 메이스의 편지를 건네자마자 그가 자신을 믿는지 안 믿는지에 상관없이 그저 여정이 끝났다는 사실에 무한한 기쁨만 느꼈다.

이번에는 남자가 소리를 질렀다. 제이블은 침대에서 일어나 앉아 한 손으로 얼굴을 문지르다가 최소한 나흘 치 수염이 자란 것을 깨달았다. 한동안 잔 것 같았다. 바깥에서 말다툼의 소리가 점점 더 높아져서 알아들을수 없이 그저 바락바락 악을 쓰는 수준이 되었고, 제이블은 한숨을 쉬고부츠를 집었다.

복도로 나오자 여왕의 근위병들이 줄지어 서 있었다. 책임자인 데빈은제이블의 방문 바로 앞에서 키가 큰 검은 머리 여자와 싸우고 있었다. 제이블은 여자를 알아보지 못했지만 다른 여왕의 근위병들이 그녀를 보지 않으려고 바닥이나 천장이나 다른 곳에 시선을 고정한 채 애쓰고 있는 것을알아챘다.

"내가 말하잖아요. 그들이 온다고요!"

여자가 데빈에게 소리쳤다.

"진정해요, 안달리! 건물 전체를 깨우겠어요!"

"잘됐네요! 우린 여기서 나가야 돼요, 당장!"

데빈은 시뻘게진 얼굴로 주위의 남자들을 보았다.

"나한테 명령을 내리는 겁니까?"

"그래요, 이 고집스러운 멍청이 같으니! 이 사람들을 다 깨우라고요!"

"조용!"

목소리가 복도를 울렸다. 제이블의 오른쪽으로 복도 저쪽 방에서 새로운 사람이 나왔다. 제이블도 아는 사람이었다. 뉴런던에서 제일 큰 도박업자이자 딜러 중 한 명인 알리스였다. 거트에서 잠깐이라도 술을 마셔본 사람이라면, 그리고 제이블은 당연히 거기서 오랜 시간을 보냈으니, 이런저런 술집을 들락거리면서 도박판을 열고 운영하며 엄청난 돈을 버는 땅속 요정처럼 생긴 알리스의 존재를 못 봤을 리가 없었다.

"이거 그럴 만한 일이어야 할 거야. 난 아직까지 떠나고 싶어 하지 않는 수십만 명의 사람들을 이주시키려는 중이라고. 식량 공급만 해도 눈물이 나올 정도로 힘들어."

알리스가 으르렁거렸다.

여자, 안달리가 말했다.

"떠나야 돼요. 당장. 지금 즉시요."

"어디로?"

"어디로든요."

그녀가 냉정하게 대답했다.

"이 여자는 악몽을 꾼 겁니다. 제가 정리하죠. 신경 쓰지 마십시오."

데빈이 알리스에게 말했지만 목소리가 약했고, 그 역시 안달리를 똑바로 쳐다보지 못했다. 제이블조차 그녀에게 기묘한 분위기가 있다는 걸 느낄 수 있었다. 마치 이 세계를 넘어선 다른 곳을 보는 것처럼 눈이 먼 곳을 향해 있었다. 여왕의 근위대는 불편하게 발을 움찔거리며 데빈과 알리스를 번갈아 보았다.

"안달리?"

알리스가 물었다.

"교황의 사람들이 지금 여기로 오고 있어요. 여기서 나가야 돼요."

"경고했어요. 안달리."

데빈이 목소리를 낮추었다. 이제 복도 이쪽저쪽에서 문이 열리기 시작했기 때문이다.

"아이들에게 돌아가요."

"그럴 수 없어요. 메이스가 당신에게 근위대를 책임지라고 했지, 나를 책임지라고 한 게 아니에요."

안달리가 차갑게 대답했다.

"교황이 왕궁에 무슨 수로 들어온다는 말입니까? 그에겐 병사들이 없어요!"

"아뇨, 있어요. 모트군요."

"모트군은 떠났어요!"

"아니에요."

"그녀 말이 맞습니다!"

젊은 근위병이 말했다. 제이블은 아가이브에서 돌아오던 그 길고 꿈 같은 여행길에 그를 본 기억이 희미하게 났다. 스무 살이 채 넘지 않았을 것이다. 등에는 활이 매달려 있었다.

"안달리는 항상 옳아요! 여기서 나가야 합니다!"

"조용히 해, 웰머!"

데빈이 쏘아붙였다. 동시에 요란하게 쾅 소리가 나며 발아래서 바닥이 부르르 떨렸다. 제이블이 비명을 질렀고 다른 사람들도 마찬가지였다.

"공성퇴야. 이미 늦었어."

알리스가 중얼거렸다.

데빈이 근위병 한 명을 잡았다.

"아래에서 무슨 일이 생긴 건지 알아봐."

근위병이 사라졌다. 제이블은 아래쪽 문에서 벌어지는 장면을 상상하며 그가 가는 것을 보았다. 정문 경비가 서둘러 문을 강화하고 도개교를 올릴 것이다. 그들은 침입자를 물리치는 방법을 알았다. 그건 정문 경비의 표준 훈련 중 일부였다. 하지만 다리에 너무 많은 사람이 있으면 올릴 수가 없고, 문이 강철로 되어 있긴 하지만 철제 파성퇴를 영원히 버티지는 못할 것이다. 심지어 해자도 장애물 역할을 하기에는 너무 얕았다. 빌이 아직도 정문 경비대장이라면 언제나처럼 차분하고 유능하게 저 아래에서 사람들에게 지시를 내리고 있을 것이다. 나머지 경비들은 문을 벽돌로 막고 다리를 올리려고 애쓰고 있겠지. 하지만 공격 부대의 수가 많다면 정문의 모든 경비들은 이게 그저 지연책일 뿐이라는 걸 알 것이다.

알리스가 데빈을 돌아보았다.

"메이스의 뒷길은 어떻지? 터널 말이야."

"저는 그 길을 모릅니다. 저에게 말해주신 적이 없습니다."

데빈이 부끄러운 표정으로 말했다.

"안달리는?"

그녀도 고개를 흔들었다. 또 다른 충격에 주위의 벽이 흔들렸고 돌가루가 천장에서 떨어져 눈에 들어가는 바람에 제이블은 눈을 깜박였다.

"모트군이 또 침공해 온 겁니까? 어떻게 우리가 몰랐을 수가 있죠?"

데빈이 물었다.

"침공이 아니에요. 아배스예요."

안달리가 대답했다.

제이블은 누군가가 바지를 당기는 것을 느끼고 아래를 보았다. 조그만 여자아이가 그를 올려다보고 있었다. 아이는 걸음마 단계를 막 벗어난 정도로 작았지만 그 눈은 기묘하게 어른스러웠다. 제이블은 아이를 무시하려고 했지만 아이는 단호한 얼굴로 계속 당겼고, 결국에 그가 몸을 구부리고 물었다.

"무슨 일이지, 꼬마야?"

"정문 경비."

여자아이가 속삭였다. 아이의 목소리 역시 나이에 어울리지 않았다. 그것은 기묘하게 낯익은 조롱 조였다.

"웅?"

"넌 아직 유용할 수도 있으니까."

제이블은 움찔했지만 아이는 이미 그의 다리를 놓고서 아장거리며 안달리에게로 걸어가 품에 안겼다. 그들은 마치 대화를 하는 것처럼 한참 동안 서로를 보았다. 제이블의 등을 따라 전율이 흘렀다. 지난 며칠 동안 술 마시는 생각도 안 날 정도로 격렬하게 말을 달렸으나 지금 이 순간에는 위스키 한 잔을 마실 수 있다면 뭐든 줄 수 있을 것 같았다. 아니, 열 잔쯤.

규칙적으로 쿵쿵 두드리는 소리가 발밑에서 울렸고 알리스가 고개를 흔들었다.

"정문은 영원히 버티지 못할 거야. 건물에 바리케이드를 쳐야 돼."

안달리가 고개를 끄덕였다.

"가구가 필요하겠군요. 무거운 걸로요."

방에 있는 무거운 장식장을 떠올리고 제이블이 뛰어 들어갔다. 하지만 침대 발치의 애처로운 짐을 보고 문가에서 멈췄다. 그는 앨리가 돌아왔을 때 아무것도 변하지 않은 걸 보여주고 싶어서 집을 있는 그대로 남겨놓으려고 모트메인에 물건을 몇 가지밖에 가져가지 않았었다. 그 생각에 웃음이 나왔으나 그것은 싸늘한 웃음이었다. 옛날 삶은 완전히 사라졌고, 애처롭게 반만 찬 짐 상태가 그것을 증명하는 것 같았다.

정문 경비, 여자아이의 목소리, 다이어의 목소리가 머릿속을 울렸다.

"그랬지."

제이블은 거의 멍하게 중얼거렸다. 그는 10년이 넘게 정문 경비였고, 능력도 괜찮았다. 매일 일을 하러 갔고, 해야만 하는 일을 하고, 유능하게 해 냈다……. 그것은 영예로운 일이었다. 하지만 과거의 실수에 사로잡히는 바람에 그것을 보지 못했다. 제이블은 몸을 구부려 짐에서 검을 집어 들고 벼랑 끝에 서 있는 것 같은 기분으로 그것을 한참 보았다.

유용할 수도 있으니까.

그는 몸을 돌려 복도를 달려서 여왕의 텅 빈 왕좌가 있는 커다란 방으로 들어갔다. 모퉁이를 돌자 근위병들이 무거운 가구로 거대한 양 문에 바리케이드를 칠 준비를 하고 있는 게 보였다. 맞은편 벽에는 이미 많은 가구들이 쌓여 있었다.

"잠깐만! 지나가게 해줘요!"

제이블이 소리쳤다.

"거기 나가고 싶지 않을걸. 밖에 최소한 200명은 되는 폭도들에다 모트 군까지 있어."

데빈이 말했다.

"전 정문 경비입니다. 지나가게 해주세요."

제이블이 말했다.

"자네 장례식이지."

데빈이 문을 네 번 두드리고서 빗장을 들어 올리고 제이블이 빠져나갈 수 있을 만큼만 열었다.

"도로 넣어주지는 못할 거야!"

데빈이 그의 뒤에 대고 소리쳤다.

"그렇겠죠."

제이블은 그렇게 중얼거리며 발걸음을 빨리했다. 공성퇴 소리가 여기서는 훨씬 크게 들렸고 규칙적인 충격으로 벽이 흔들렸다. 천장에서 더 많은 가루가 떨어지며 횃불 빛 속에서 가벼운 눈처럼 보였다. 제이블이 계단을 내려가는 동안 쿵쿵 소리는 더 커져서 이가 맞부딪칠 정도로 강해졌다. 한 번 칠 때마다 나무가 철에 부딪치는 금속음이 울렸다. 제이블의 일부, 항상 술집 그림자 속으로 물러나던 그 약한 부분은 돌아서서 위층으로 도로 도망치고 싶어 했다.

"안 돼. 난 아직 유용할 수도 있어."

그가 스스로를 설득하려고 말했다.

1층에 도착해서 그는 중앙 복도로 뛰어가다가 눈을 휘둥그렇게 뜬 왕궁 하인 여러 명을 지나쳤다.

"저기, 무슨 일인가요?"

나이 많은 여자가 물었다.

"포위전이에요. 위층으로 올라가서 숨어요."

여자는 도망쳤다.

제이블이 마지막 모퉁이를 돌자 정문 경비들이 문에 벽돌을 쌓을 준비를 하고 있는 것이 보였다. 이것은 그들 모두가 대비한 긴급 사태였고, 오로지 이런 목적으로 정문 경비실 근처에 작은 창고가 있었다. 경비들은 창고를 오가며 벽돌 더미를 날랐고 몇 명은 이미 바리케이드 뒤에서 벽돌과 모르타르를 삼중으로 쌓는 중이었다. 제이블은 그중 두 명을 알아보고 안도했다. 마틴과 빌이었다. 그가 다가가자 빌이 흙손을 들고 몸을 폈다.

"제이블! 무슨—"

"어떻게 된 거예요?"

제이블이 소리쳤다. 여기서는 공성퇴 소리가 너무 커서 등골이 부르르 떨릴 지경이었다.

"어디서 갑자기 나타났어!"

빌 역시 소리를 질렀다.

"정문을 내렸지만 다리를 올릴 시간이 없었어. 문은 벽돌로 막지 않으면 버티지 못할 서야!"

제이블이 고개를 끄덕였다.

"나한테도 일을 줘요, 빌!"

"넌 여왕의 근위대가 된 줄 알았는데!"

"난 정문 경비예요! 일을 줘요!"

제이블이 마주 소리쳤다.

빌은 한참이나 평가하듯이 그를 보다가 말했다.

"모르타르 섞을 사람이 더 있으면 좋지! 길이 이미 창고에 있어. 가!"

제이블은 고개를 끄덕이고 미소를 지었다. 이 단순한 명령이 마치 축복
을 받은 것처럼 느껴졌다. 그는 검을 허리에 차고 마틴의 등을 가볍게 두드
리고서 일을 하러 갔다.

아이사는 단도에 손을 올린 채 벽감 그림자 안에 웅크리고 있었다. 온몸
이 터널의 흙먼지로 뒤덮여서 지저분했고 오랫동안 엉겨 붙은 땀과 이곳을
뒤덮고 있는 것 같은 축축한 썩은 내가 뒤섞인 냄새가 몸에서 풍겼다. 어제
입은 팔의 긴 상처가 욱신거렸다. 하지만 싸움의 노래가 그녀를 둘러싸고
있었다. 그녀의 피가 노래에 맞춰 빠르게 흘렀다.

메릿이 아이사의 뒤에 서 있었고 터널 맞은편 다른 벽감에 밀러 형제가
흐린 횃불 빛 속에서 거의 보이지 않게 숨어 있었다. 대니얼의 목에는 붕대
가 칭칭 감겨 있었다. 그는 끓는 기름 솥 앞에서 닭을 요리하고 있던 여자
를 놀라게 만드는 바람에 심한 화상을 입었다. 여자는 솥을 그에게 뒤집어
씌우고는 자신이 맡고 있던 남자아이 둘과 여자아이 셋을 데리고 도망치려
고 했다. 전부 열 살 이하의 아이들이었다. 그들은 아이들을 구해서 거트에
있는 커다란 대기 지역으로 데려왔다. 하지만 여자는 어둠 속으로 도망쳤
다. 또 다른 아이들 담당자인 남자는 삽으로 크리스토퍼를 내리치려고 했

고 결국에 갈비뼈에 그 삽이 박히는 결말을 맞았다. 아이사는 밀러 형제들이 전형적인 케이든인지 아닌지 몰랐고 더 이상 상관하지도 않았다. 그녀는 그들에게 합류하기 위해 죽도록 노력할 생각이었으니까.

하지만 꿈은 여전히 몇 년이나 떨어진 일이었다. 첫 번째 단계, 지금 그녀가 이룰 수 있는 것은 그들이 그녀를 다른 사람들처럼, 다룰 수 있는 도구처럼 여기게 만드는 거였다.

크리스토퍼가 빛 쪽으로 몸을 기울이고 아이사를 가리켰다. 메릿이 등을 찔렀다.

"너 말이다, 꼬마. 우리에게 또 한 번 멋진 쇼를 보여다오."

아이사는 단도를 바지 뒤쪽에 꽂고 셔츠 자락으로 가렸다. 깊게 숨을 들이켜고 그녀는 주 터널로 달려갔다. 그곳은 넓은 동굴로 너비가 아마 6미터는 될 것 같았고 머리 위로 아치형 천장까지도 6미터쯤 될 것 같았다. 틈새에서 물이 스며 나와 뚝뚝 떨어져서 바닥에 웅덩이를 만들었다. 아이사는 여기가 왕궁 해자 근처, 어쩌면 바로 그 아래쯤 될 거라고 생각했다.

앞쪽으로 터널은 세 개의 길로 나뉘었고 각각이 어둠으로 이어졌다. 세 개의 길 중 하나는 최소한 열 명의 아이들을 잡고 있는 여러 명의 남자들, 포주와 고객들이 있는 곳으로 이어졌다. 아이사와 네 명의 케이든은 이 지하 미궁에서 하루가 넘게 그들을 추적했다. 위층은 산발적이긴 해도 어쨌든 꾸준히 밝혀놓은 횃불로 밝았지만 여기 아래에는 그들이 가져온 것 말고는 불빛이 전혀 없었다. 아이사는 횃불을 너 높이 들었시만 세 개의 길 입구밖에는 보이지 않았다. 더 깊은 어둠으로 이어지는 크고 어두운 입처럼 보였다.

"저기요, 거기 누구 있나요?"

그녀가 외쳤다.

침묵. 하지만 아이사는 자신을 보는 눈길을 느낄 수 있었다. 그녀는 추위

타는 어린애처럼 한 팔을 몸에 감고서 비틀비틀 앞으로 걸어갔다. 닷새 동안 여기 아래 있으면서 살아 있는 아이들과 죽은 아이들을 수두룩하게 보았다. 제임스는 그녀에게 조용하고 사무적인 어조로 어떤 포주들은 아이들이 자신을 지목하거나 도망칠 때 발목을 잡지 못하도록 자기 물건들을 죽이는 쪽을 택한다고 설명해주었다.

"저기요? 에번스 아줌마?"

그녀가 다시 불렀다.

그들은 사흘 전에 에번스 부인을 체포했고, 그녀는 이제 뉴런던 감옥에 갇혀 있었다. 부인은 쉽게 잡히지 않았다. 아이사의 팔에 칼자국을 남긴 사람이 바로 그 여자였다. 하지만 부인의 이름은 굉장히 유용했다. 크레슈에서 잘 알려져 있었고 아무도 그녀가 체포된 걸 모르기 때문이었다. 아이사는 이미 이 속임수를 두 번이나 성공적으로 써먹었다.

"에번스 아줌마? 저 배고파요."

그녀는 앞쪽에서 무언가가 움직이는 것을 느꼈지만 어느 터널인지 알 수가 없었다. 가슴속에 두려움이 고였지만 아드레날린이 더 강했다. 이건 싸움의 노래였지만, 여기서 일하는 데에는 다른 감정도 있었다. 아이사는 중요한 일을 하고 있었다. 케이든이 까다로운 먹이 앞에 미끼로 달아놓는 것 말고는 아이를 이용한 적이 없다면 그녀를 받아들여줄지 어떨지 알지 못했다. 하지만 그건 더 이상 중요하지 않았다. 그녀는 약한 사람을 구하고 벌받아야 하는 사람에게 벌을 주는 걸 돕고 있었다. 싸움의 노래 그 자체도 멋졌지만 정당한 싸움의 노래는 훨씬 더 강력해서 아이사가 두려움을 무시하고 몇 미터 더 앞으로 절뚝거리며 나아갈 수 있게 해주었다.

"저기요?"

왼쪽 터널에서 그림자 같은 남자의 형체가 나타났다. 아이사는 눈을 깜박이며 그를 보았다. 본능이 경보를 울렸지만 그녀는 조용히 있었다. 먹이를 놀라게 만들면 먹이가 겁에 질리고, 그러면 아이들을 죽일 가능성이 높았다.

"에번스 아줌마가 날 두고 가셨어요."

그녀는 뒤에 있는 케이든에게 들리게 목소리를 높여서 말했다.

그가 미소를 지었다. 그녀는 희미한 불빛 속에서 남자의 이가 하얗게 빛나는 걸 볼 수 있었지만, 나머지는 커다란 그림자로만 보였다. 그가 한 손을 내밀었다.

여기가 아이사에게 가장 어려운 부분이었다. 그녀는 그의 손목을 그냥 잘라버리고 싶었지만 저 터널에 열 명이 넘는 아이들이 있었다. 남자가 비명을 지를 기회를 감수할 수는 없었다.

그녀는 그의 손을 잡고 그 축축한 피부에 속으로 인상을 찡그렸다. 남자가 그녀에게서 횃불을 받아 높이 들어 올리고서 그녀를 끌고 터널로 들어갔다. 자유로운 손으로 그녀는 등 뒤에서 단도 손잡이를 잡았다. 남자는 훨씬 컸고 그의 목을 칼로 그으려면 날카롭고 매끄러운 동작으로 움직여야 할 것이다. 크레슈 사람들은 어른이든 아이든 동물 같아서 잘 놀라고 위험에 지나치게 예민했다. 메릿은 이게 그림자에서 사는 삶의 결과라고 말했지만 아이사는 의문스러웠다. 그녀도 잘 놀라는 편이니까.

그들은 모퉁이를 돌았다. 아이사는 옆에 있는 남자가 간신히 똑바로 설 정도로 천장이 낮고 사방이 폐쇄된 조그만 공간으로 들어섰다는 걸 깨달았다. 공간 자체는 두 개의 횃불을 밝혀놓았지만 맞은편 벽에 어둠으로 이어지는 또 다른 문이 있었다. 바닥에는 아이들이 책상다리를 하고 앉아 있었다. 재빨리 살펴보니 모두 열네 명이었다. 가장 나이 많은 아이도 열한 살이 넘지 않을 것 같았다. 남자 다섯 명이 더 벽을 따라 서 있었고 아이사는 세 명이 검을 갖고 있다는 것을 확인하다가 네 번째 남자에게 시선이 닿은 순간 멍하니 멈췄다. 아빠가 그녀를 똑바로 쳐다보고 있었다.

그의 눈이 커졌고 그의 입이 소리를 지르느라 벌어졌다. 아이사는 손을 뿌리치려고 했지만 키 큰 남자가 먼저 그녀를 돌려세우고 벽으로 밀쳤다. 아이사는 반쯤 멍한 상태로 쓰러졌다. 남자가 그녀의 갈비뼈를 걷어차는 바람에 가슴으로 통증이 번졌다.

"함정이야! 도망쳐!"

아빠가 소리쳤다.

아이들이 비명을 지르기 시작했고 모든 목소리가 터널 벽에 부딪쳐 울려서 아이사는 손으로 귀를 막았다. 아이들이 벌떡 일어나서 맞은편 문으로 달려갔다. 갈비뼈의 발길질이 멈췄다. 아이사는 고개를 들어 마지막 남자까지 그들 뒤로 사라지는 것을 보았다.

아빠였어, 그녀는 멍하니 생각했다. 그리고 왜 자신이 아빠를 예상하지 못한 걸까 생각했다. 포주든 고객이든 어느 쪽이라도 놀랍지 않았다.

네 명의 케이든이 검을 들고 들어왔고 그녀는 일어나 앉으려고 애를 쓰며 맞은편 문을 가리켰다.

"괜찮니, 꼬마?"

대니얼이 물었다.

"괜찮아요. 가요, 얼른요."

그녀가 숨을 몰아쉬며 말했다.

그들은 문으로 빠르게 빠져나갔고 아이사는 천천히 일어서기 시작했다. 갈비뼈가 욱신거리고 벽에 부딪친 머리에는 상처가 난 것 같았다. 터널 안쪽에서 검 부딪치는 소리가 들려서 그녀는 몸을 밀고 일어섰다. 케이든은 자기 몸을 지킬 수 있지만 나중에 그녀가 옆에 없었다는 걸 기억할지도 모른다.

아빠가 여기 있어, 그녀의 머리가 반복했고 그 생각이 이제 날카롭게 가슴을 찔렀다. 그녀는 받침대에서 횃불 하나를 집어 들고 주위를 둘러보다

가 바닥에 떨어진 단도를 찾았다. 아이들의 비명 소리가 이제 잠잠해지고 멀어졌다. 한 손에 단도를 쥐고 다른 손에는 횃불을 들고서 아이사는 깊게 숨을 들이켰다. 갈비뼈에서 뭔가 당기는 느낌이 들었으나 그녀는 그들을 쫓아갔다.

터널의 이쪽 편은 더 좁았고, 곧 뱀 같은 바람이 불어왔다. 앞쪽으로 남자가 고함을 지르는 소리가 들리고 그 후로는 그녀의 발소리밖에는 들리지 않았다. 벽이 점점 좁아져서 아이사는 신선한 공기를 마실 수 있으면 뭐든 줄 수 있을 것 같은 기분이 들었다. 그들을 따라잡은 것 같았으나 확실하지 않았다. 머리가 욱신거렸다. 몇 초마다 눈가로 흘러내리는 피를 닦아야 했다.

모퉁이를 돌았다가 그녀는 우뚝 멈췄다. 발치에 남자의 시체가 있었다. 그녀는 살금살금 다가가서 발로 남자의 몸을 돌렸다. 아빠는 아직 숨을 쉬고 있었다. 그 역시 머리를 얻어맞은 모양이었다. 관자놀이에 흉측한 멍이 들기 시작하는 게 보였다.

아이사는 쪼그리고 앉아서 횃불을 바닥에 내려놓고 속임수일 경우에 대비해서 단도를 꽉 쥐었다. 하지만 아빠는 숱 많은 검은 수염 사이로 거친 숨을 몰아쉬며 꼼짝도 하지 않았다.

"당신을 지금 죽여버릴 수도 있어."

아이사가 아빠의 감은 눈 앞에서 단도를 휘두르며 중얼거렸다.

"목을 잘라버려도 아무도 상관하지 않을 거야. 난 자기방어를 했다고 하면 돼."

그리고 그건 사실일 것이다. 아이사는 문득 깨달았다. 아빠가 더는 이 땅을 돌아다니지 못한다는 사실을 아는 채로 사는 건 어떤 기분일까 상상조차 가지 않았다. 그들 모두에게 위협이 되는 적이 더 이상 저 바깥을 돌아다니지 않는다는 사실을 안다는 거…… 그것은 굉장한 자유일 것이다. 아이사는 누굴 죽여본 적이 없었으나 시작해야 한다면 이것이 가장 좋은 선택일 것 같았다.

하지만 여전히 그녀는 단도를 쥔 채 머뭇거렸다. 무릎이 욱신거리고 땀으로 손바닥이 끈끈해지기 시작했다.

"왜죠?"

아빠의 눈꺼풀이 움찔거리는 것을 보며 그녀가 속삭였다.

"왜 이런 사람이어야만 했던 거예요?"

그녀는 아빠를 죽이고 싶은 것보다 더 답을 알고 싶었다. 그가 설명해주기를 바랐다. 그를 죽이는 건 너무 쉬운 일 같았다. 특히 그가 이렇게 의식이 없는 상태라면. 이건 벌이 되지 않을 것이다.

통로를 따라 어린애의 비명 같은 소리가 울려서 아이사는 펄쩍 뛰었다. 잠깐 동안 자신이 왜 여기 있는지를 잊었다. 아이들 때문에. 언젠가, 채 1년도 되지 않은 예전에 그녀는 부엌에 들어갔다가 아빠가 글리의 원피스 안에 손을 넣고 있는 것을 발견했다. 글리가 세 살도 되지 않았을 때였다.

"너무 쉬워. 지나치게 쉬워."

그녀가 중얼거렸다.

케이든에게는 수갑이 있었지만 그녀는 그들이 언제 돌아올지 몰랐다. 아이사는 아빠를 건드리지 않으려고 조심하면서 단도를 써서 셔츠 소매를 잘라냈다. 그걸로 아빠의 손목과 발목을 감고 최대한 단단하게 매듭을 묶었다. 그녀가 끈을 조이자 아빠가 몸을 떨고 신음했지만 눈은 감은 채였다. 아이사는 그를 한참 동안 내려다보며 자신이 이 모든 걸 극복할 수 있을 만큼 나이가 들었으면 좋았을 거라고 생각했다.

누군가가 터널을 따라 다시 돌아왔다. 아이사는 단도를 들어 올리고서 몸을 세웠다. 하지만 소리가 규칙적으로 걷는 여러 명의 발소리로 변하자 그녀는 긴장을 풀고 단도를 도로 집어넣었다. 임무의 다른 부분이 곧 시작될 거고, 이번에는 잘해내고 싶었다.

아이들 무리가 횃불을 든 네 명의 케이든을 따라서 모퉁이를 돌아왔다. 크리스토퍼와 제임스가 각각 심하게 얼굴을 얻어맞은 죄수를 끌고 왔다. 아이들은 겁에 질린 상태였고 여럿이 울고 있었다. 아이들은 두려움에 차서 빨간 망토를 두른 네 명을 쳐다보았다. 아이사가 양손을 들어 올렸다.

"잘 들어. 이 사람들은 좋은 사람들이야. 너희를 도와주러 온 거야, 정말로. 우린 너희를 터널 밖으로 데리고 나갈 거야."

그녀는 마지막 말을 최대한 부드럽게 했다. 아이들이 무엇보다도 이 이야기를 두려워한다는 걸 알게 되었기 때문이다. 많은 아이들이 평생을 이 아래에서 살아서 위쪽 세상에 대한 개념조차 없었다.

"우리한테는 먹을 게 많이 있어."

아이사가 말을 이었고 아이들의 눈이 호기심으로 밝아졌다.

"계단 위로 올라가면 아파질 거예요. 우리 아빠가 그랬어요."

나이가 좀 든 여자아이가 말했다.

"너희 아빠가 거짓말한 거야."

아이사는 말을 하면서 아빠를 힐끗 보았다. 가슴이 여전히 무의식 상태의 편안한 리듬으로 오르락내리락했다.

"난 평생 저 위에서 살았어."

여자아이는 여전히 약간 반항적인 표정이었지만 아무 말도 하지 않았다.

"우리를 따라오고, 다 함께 있어야 돼. 흩어지면 어둠 속에서 길을 잃을 수도 있어."

처음 며칠 동안 이런 가능성에 아이사도 겁을 먹었지만, 대니얼은 물이 흘러내려도 지워지지 않는 특별한 분필로 항상 벽에 표시를 잘 해두었다. 불이 다 꺼지지만 않으면 그들은 괜찮았다.

크리스토퍼가 아빠에게로 몸을 구부리고 매듭을 확인했다.

"너한테 매듭 묶는 법을 가르쳐야겠구나, 꼬마. 깨어나면 몇 초 안에 풀어버릴 거다."

깨어나면 내가 죽여버리면 돼요.

하지만 아이사는 그 말은 하지 않았다. 아이들을 겁먹게 만들고 싶지 않았다. 무엇보다도 케이든이 그 사람이 아빠임을 아는 걸 바라지 않았다. 코린은 케이든이 근위대처럼 신입이 과거를 깨끗이 지워버리는 걸 허용한다고 말해주었다. 하지만 그녀가 그들에게 실제로 어느 정도로 중요한지 아직 잘 모르는 데다가, 이렇게 흉측한 과거도 지울 수 있을까?

크리스토퍼가 아빠의 팔목에 수갑을 채운 다음 붙잡아 일으켰다. 아빠가 흐릿하고 벌건 눈을 떴고, 그 눈이 잠시 주위를 둘러보다가 아이사를 발견하고 그녀에게 가 멎었다.

"네가 이 영광을 차지하겠니?"

대니얼이 물었다.

그의 눈을 마주 보고 아이사는 얼어붙었다. 그가 이미 안다는 걸 깨달았기 때문이었다. 모두가 알았다. 알현 때문에, 온 세상에 그녀의 수치를 밝혔던 그 망할 알현 때문이었다. 메릿은 동정을 거의 감추지 못하는 눈으로 그녀를 쳐다보고 있었고 제임스는 어깨에 손을 올렸다.

"하렴. 너한테 좋을 거다."

그가 말했다.

아이사는 깊게 숨을 들이켰다. 아이들의 얼굴이 그녀를 진정하게 하고 여기에 얼마나 큰 일이 걸려 있는지를 상기시켜주었다. 그러자 수치심이 사그라졌다. 무슨 말을 할지 고민할 필요조차 없었다. 지난 한 주 동안 하도 많이 들어서 바로 머릿속에, 금방 꺼낼 수 있는 곳에 자리하고 있었으니까.

"켈시 글린 여왕 폐하의 이름으로 너희들을 매춘 알선, 인신매매, 폭행 혐의로 체포한다. 너희는 판사 앞에 서게 될 때까지 뉴런던 감옥에 구금될 거고, 탈옥을 시도하지 않는 한 추가적인 해를 입지는 않을 것이다."

"얼른 움직여. 이놈들을 위로 끌고 가자고. 넌 아이들을 계속 봐라, 꼬마. 엉뚱한 곳으로 가지 못하게 해."

대니얼이 무뚝뚝하게 말했다.

그들은 온 길을 되돌아가기 시작했다. 제임스와 크리스토퍼가 앞에 서고 아이사와 메릿, 대니얼이 뒤쪽을 맡았다. 아이사의 팔이 욱신거렸다. 어제는 아물었던 긴 상처가 붉은 상처 자국 아래로 붓기 시작한 게 보였다. 아드레날린이 빠져나가면서 상처의 통증이 무시하기 힘들 정도로 강해졌지만 아이사는 최대한 꾹 참고 양손으로 아이들의 손을 잡고 걸었다.

한 시간이 넘게 오르막을 걸은 끝에 그들은 여섯 개의 터널이 있는 넓은 교차로로 나왔다. 아이사는 여기를 알아보았다. 여기서부터 지상까지는 겨우 30분 거리였다. 파란 불빛이 여러 겹의 창살 사이로 분산되어 나왔고 아이사는 위쪽에는 이미 새벽이 왔다는 걸 깨달았다. 햇살을 본다는 생각만으로도 기분이 좋아졌다. 여기 아래에 너무 오래 있으면 횃불의 호박색 불빛 말고 다른 게 있다는 생각조차 잊게 된다.

아이들은 지쳤다. 다섯 살이 넘지 않은 것 같은 어린 남자아이가 몇 걸음 뒤처지기 시작했고 아이사가 아이의 손을 살짝 당겨 따라오게 해야 했다. 모두가 말없이 걸었고 비틀거리는 발소리가 돌에 부딪쳐 울리는 것 말고는 아무 소리도 들리지 않았다. 이 고요함 덕택에 아이사는 오른쪽 뒤 어디서 낮고 다급한 남자의 목소리를 들을 수 있었다.

"신이시여, 제발."

아이사는 걸음을 멈췄다. 이 터널의 음향 효과는 좀 이상해서 가끔은 멀리서 나는 소리가 단어까지 알아들을 수 있을 만큼 명확히 나는가 하면 가끔은 3미터 앞에서 대니얼이 명령하는 말도 잘 들리지 않았다. 방금 들은 목소리는 명확했고, 거리감이나 정체된 공기의 독특한 느낌도 나지 않았다. 밀한 사람은 분명히 가까이 있었다.

"뭐지, 꼬마?"

메럿이 고개를 돌리고 그녀를 기다리며 물었다.

"횃불 좀 주세요."

"멈춰!"

그가 밀러 형제들에게 외치고서 횃불을 아이사에게 건넸다. 불을 높이 들고서 그녀는 터널을 따라 몇 미터를 걸어가며 벽을 조사했다. 교차로는 그들 뒤로 이제 최소한 30미터는 떨어져 있었고 그녀는 목소리가 그렇게까지 먼 데서 들렸다고는 생각하지 않았다. 숨겨진 소굴인가? 배수창 아래쪽에 영리하게 숨겨놓았던 그런 소굴을 이미 하나 찾았다. 케이든은 그 지부를 운영하던 여섯 명의 남녀를 죽여야 했지만 아이사는 별로 대단한 손해라고 여기지 않았다. 한 여자는 구석에 몰린 걸 깨닫고 걸음마를 겨우 뗀 나이의 어린 여자애 목에 칼을 들이댔던 것이다. 하지만 대니얼은 단도를 휘두르는 것만큼 던지는 것도 잘했고, 여자는 아이에게 상처 하나 내지 못하고 경정맥에 정확히 칼이 박혀서 죽었다. 아이사는 터널의 울퉁불퉁한 표면을 손가락으로 쓸면서 뒤로 물러나다가 돌 사이에서 25센티도 되지 않는 틈새를 발견하고 숨을 멈췄다.

"불요! 불이 더 필요해요!"

그녀가 터널 위쪽에 대고 소리쳤다.

케이든이 아이들과 죄수들을 뒤로 밀어내고 틈새를 보러 다가왔다. 비쩍 마른 남자 정도밖에는 들어갈 수 없겠지만, 아이들은 들어갈 수 있을 정도였다. 아이사는 벽 맞은편에서 울리는 빠른 심장박동을 귀가 아니라 아마도 마음으로 들을 수 있다는 사실이 놀라웠다.

"저쪽에 누가 있어요."

그녀가 메럿에게 말했다.

"안으로 들어갈 수 있겠니?"

그녀가 그에게 횃불을 건넸다. 자신의 심장박동도 빨라졌다. 분명히 위험한 일일 테지만 그들이 따라올 수 없는 곳에 혼자서 들어가는 걸 아무도 막지 않는다는 사실이 기뻤다.

단도를 앞쪽으로 들고서 그녀는 몸을 구부리고 쉽게 틈새로 들어갔다. 딱 맞긴 하지만 지나치게 끼지는 않았다. 금방이라도 어른의 손이 불쑥 나와 그녀를 잡을 거라고 예상했으나 아무 일도 일어나지 않았고, 그녀는 곧 벽 너머에 도착해서 메릿에게서 횃불을 건네받았다.

"조심해, 꼬마!"

대니얼이 바깥쪽에서 소리쳤다.

아이사는 횃불을 들어 올리고 주위를 둘러보았다. 그녀는 거의 터널 그 자체인 것 같은 좁은 공간에 있었다. 여기는 눈에 눈물이 고일 정도로 냄새가 훨씬, 훨씬 심했다. 벽에는 곰팡이가 여기저기 붙어 있었다. 바닥에는 쓰레기가 널려 있고, 구석에는 아마 사람의 분변인 것 같은 더미가 있었다. 쥐의 커다란 몸뚱이가 발 위로 지나가는 바람에 그녀는 숨을 들이켜며 펄쩍 뛰었고, 잠깐 동안 이 방과 이 터널에서 그냥 도망쳐서 왕궁까지 긴 길을 따라 달려가고 싶다는 생각이 들었다. 팔이 욱신거리고, 마음이 욱신거렸다. 그녀는 겨우 열두 살이었다.

고통. 그 목소리는 그녀의 머릿속 깊은 곳에서 나지막하게 울렸지만 그래도 아이사는 몸을 똑바로 세웠다. 메이스의 목소리였기 때문이다. *고통은 약한 자만 무너뜨릴 뿐이야.*

어린애 살인자. 그녀의 머릿속 목소리가 되돌아왔지만 그 생각은 더 이상 힘이 없었다. 크레슈에서 일어나는 일은 살인보다 더 끔찍했다. 훨씬 더 끔찍했다.

"약한 자만. 오로지 약한 자만."

아이사는 스스로에게 속삭였다.

그녀는 횃불을 더 높이 들고 길고 좁은 방 맞은편을 살피며 앞으로 걸어 갔다. 불빛이 맞은편 벽에 닿자 그녀는 걸음을 멈추고 본능적으로 칼을 들 어 올렸다.

거기, 남자 두 명이 벽에 기대앉아 있었다. 옷은 진흙과 먼지로 완전히 얼룩져서 전혀 알아볼 수가 없었다. 한 남자는 눈을 감고 있었다. 잠이 든 것 같았지만 아이사는 본능적으로 그가 죽었다는 걸 알았다. 다른 사람은 그저 커다랗고 초점 없는 눈을 하고 있었다. 얼굴이 진흙으로 더럽고 뼈만 남은 데다가 광대뼈 아래도 홀쭉했다. 소매 아래로 보이는 손목은 마른 나 뭇가지 같았다. 그가 빛을 향해 시선을 들자 동공이 커졌고 아이사는 왕궁 사제, 타일러 신부를 알아보고서 헉하고 숨을 들이켰다.

"거기 다 괜찮냐, 꼬마?"

케이든 한 명이 터널 밖에서 소리쳤다.

"네."

"그럼 서둘러! 이 애들에게는 음식이 필요하고 우린 좀 자야 돼."

사제가 말하려고 입을 벌렸지만 아이사는 입술 위에 손가락을 올렸다. 그녀의 머리가 이전처럼 느릿느릿한 게 아니라 번개처럼 빠르게 움직였다. 여왕의 서재에서 읽을 책을 찾는 걸 도와주었던 타일러 신부. 메이스는 타 일러 신부가 왕궁으로 돌아오기를 바랐지만 찾지 못했다. 마지막으로 들었 을 때 아배스는 타일러 신부의 머리에 만 파운드의 현상금을 걸었다. 물론 메이스도 현상금을 걸었지만 두 금액은 계속해서 달라졌다. 메이스는 아 배스가 제시한 금액과 똑같이 맞춰줄 수 있겠지만, 아이사는 그걸 알아도 케이든은 모를 수 있었다. 아이사가 케이든에게 이 벽 뒤에 만 파운드가 있 다고 하면 그들이 단지 그녀의 말만 믿고 타일러 신부를 왕궁으로 데려가 는 걸 도와줄까? 그럴 리가 없다.

최대한 조용히 아이사는 회색 망토의 주머니를 뒤져서 겨우 이틀 된 빵 반 덩어리와 말린 과일 몇 조각을 타일러 신부의 발치에 내려놓았다. 그가 빵을 들고 게걸스럽게 먹기 시작했다. 그녀는 물통 역시 내려놓은 다음 입술에 다시 손가락을 올린 후 벽의 틈새를 향해 되돌아갔다.

"제 실수였어요! 커다란 쥐 둥지였어요."

그녀가 외쳤다.

"그럼 이리로 나와. 우린 지쳤어."

제임스가 짜증스러운 어조로 외쳤다.

아이사는 타일러 신부를 향해 손바닥을 평평하게 해서 여기에 있으라는 신호를 보낸 다음 주 터널로 다시 빠져나왔다.

"죄송해요. 목소리가 들린 줄 알았어요."

그녀가 중얼거렸다. 대니얼은 어깨를 으쓱였다.

"구석구석 확인해보는 게 좋지. 가자."

그 안에 있는 잠시 동안 아이사는 아빠에 대해 잊었지만 틈새에서 나오자 그의 목소리가 터널을 울렸다.

"우리 아이사."

그녀는 시선을 들었고, 그녀의 일부는 그런 자신을 혐오했다. 아빠의 목소리는 여전히 그녀의 머릿속에서 신의 목소리 같아 무시할 수가 없었기 때문이다.

"뭐예요, 아빠?"

"저놈들이 나한테 이런 짓을 하게 놔두지는 않겠지?"

"입 닥쳐!"

크리스토퍼가 쏘아붙이고서 인형처럼 아빠를 흔들었다.

"난 내 딸한테 말하고 있어."

아이사는 속이 뒤집히는 기분으로 그를 보았다. 그의 머리는 헝클어졌고 수염은 피에 젖어 있었으나 그 아래로 아빠는 언제나와 똑같아 보였다. 수갑을 찼든 아니든 아이사는 갑자기 겁이 났다. 유들유들하게 그녀를 꾀는 아빠의 이런 목소리를 정확하게 기억하고 있었기 때문이다.

"아이사? 내가 감옥에 가는 걸 보고 싶지는 않겠지?"

그녀가 그의 얼굴을 후려쳤다.

"아빠가 구덩이에 처박히는 꼴을 보고 싶어요. 하지만 감옥도 괜찮겠죠. 다시는 우리 가족을 만나지 못할 거예요. 어둠 속에서 죽어버리면 좋겠어요."

그녀가 크리스토퍼를 보았다.

"절 위해서 저 사람 입을 좀 막아주세요."

"우리 모두를 위해서 해줘."

메릿이 혐오감 가득한 목소리로 말했다. 그들 주위로 아이들 무리가 이 대화에 눈을 휘둥그렇게 뜨고 보고 있었고 어린 남자아이가 아이사의 손을 다시 잡고서 그녀를 올려다보았다. 크리스토퍼는 천 조각을 아빠의 입에 처박았다. 재갈로도 아이사는 안도감이 들지 않았다. 그저 거기 비참하게 서서 다른 사람의 자식이었으면 하고 바라며 벽의 구멍을 돌아보지 않으려 애쓸 뿐이었다. 케이든을 어떻게든 떼어내고 음식을 더 갖고서 여기로 돌아와야 했다……. 혼자서, 어둠 속에서 여기로 내려와야 한다. 그 생각에 겁이 더럭 났지만 달리 방법이 없었다. 신부는 왕궁으로 돌아가야 했다. 그녀는 자신을 받아주고 일을 시켜준 케이든에게 강한 충성심을 느꼈다. 하지만 메이스와 여왕에게도 충성했고, 이쪽이 더 강했다. 그리고 여왕과 메이스 둘 다 타일러 신부가 돌아오기를 바랐다.

난 어느 쪽이지? 케이든이야, 여왕의 근위대야?

그녀도 알 수 없었지만, 어느 쪽을 고르든 위험한 일일 것이다. 팔은 계속해서 욱신거렸다. 지상으로 올라오자 상처 자국에서 투명한 액체가 흐르기 시작한 게 보였다. 주변의 피부는 벌겋게 성이 나 있었다.

감염됐어, 아이사의 머리가 속삭였고 뱃속이 조여들었다. 벤드 저지대에 있는 작은 집에 살 때 이웃집의 라임 부인이 더러운 칼에 베였다. 벤드 저지대의 누구도 항생제를 살 수 없었고, 라임 부인은 결국 그냥 주위에서 없어져버렸다. 부인의 집은 텅 빈 채 남아 있다가 불법거주자들이 차지했다. 아이사는 머릿속에서 조종(弔鐘)처럼 울리는 그 단어를 언제나 기억했다.

감염.

8장
티어의 땅들

나의 수첩— 내 여기에 적어두노라—

저자가 미소를 짓고 또 짓는다 해도 악당이라고.

─《햄릿》, 윌리엄 셰익스피어(선크로싱 시대 영국인)

좀 더 이기적인 기분일 때면 케이티는 추수가 끝나기만을 바랐다. 그녀는 농장도, 거름 냄새도, 그저 먹으면 끝인 음식을 얻기 위해서 허리가 휘도록 채소를 뽑아야 하는 것도 싫었다. 그녀는 육체노동이 싫었다. 가끔 들판에 불이 났으면 싶었다.

그녀만 그런 게 아니었다. 주위에서 전보다 불만 소리가 훨씬 많이 들렸고 대부분은 언덕 꼭대기에 있는 사람을 향했다. 너무 나이가 많거나 아파서 일을 못 하는 사람들이나 남겨두기엔 너무 어린 애들이 있는 부모들. 이 사람들은 항상 추수에서 빠졌으나 올해는 그런 예외가 평소보다 더 많은 악담을 낳았다.

어쩌면 로 말이 맞는지도 몰라, 그녀는 어느 늦은 오후에, 등이 끔찍하게 아프고 옥수수 바구니를 나르느라 손에 물집이 잡힌 걸 보며 생각했다. 우리 중 누구도 여기서 살 만큼 이타적이지 않은지도 몰라.

로와 케이티는 올해에는 추수 파트너가 되지 않았다. 로는 1에이커 이상 떨어진 호박밭에서 개빈과 달라붙어 있었다. 케이티는 엄마가 일부러 이렇게 만든 게 아닐까 의심했다. 최근에 케이티는 엄마가 적극적으로 로와 떼어놓으려고 한다고 느꼈다.

"행운을 빌어요, 엄마."

케이티가 옥수수를 따며 나직하게 으르렁거렸다. 로와의 우정은 예전과 완전히 달라졌다. 로는 그날 밤에 자신이 무슨 짓을 했는지 절대로 인정하지 않았고, 두 사람은 여전히 로가 어둠 속에서 그녀를 잃어버린 척했던 때의 태도를 유지했다. 하지만 둘 다 그게 아니라는 걸 알았고 그 사실이 그들의 우정을 복구 불가능하게 바꿔놓았다. 더 이상 두 사람은 바깥세상이 침입할 수 없는 마법의 원으로 묶인 것처럼 느끼지 않았다. 여전히 친구였지만 이제 케이티는 많은 친구들 중 한 명이었고, 로에게 개빈이나 리어나 다른 사람보다 딱히 더 특별하지 않은 것 같았다. 가끔은 그게 마음이 아팠지만, 많이는 아니었다. 그날 밤 숲에서의 기억이 너무 강했다.

"뭐라고 말했어?"

조너선이 옥수숫대 옆으로 몸을 기울이고 물었다.

"아무것도 아니야."

그가 다시 시야에서 사라졌다. 케이티는 왜 그들이 파트너가 된 건지 몰랐지만 그보다 더 나쁠 수도 있었다. 조너선은 성실한 일꾼이었고, 꽉 찬 바구니를 창고로 끌고 갈 때가 되면 로가 종종 그랬던 것처럼 사라지지도 않았다. 추수 기간 처음 며칠 동안 케이티는 조너선이 다시 몽환 상태가 되는 걸 기다렸지만 아무 일도 생기지 않자 포기했다. 공터에서의 그날 이후 2년이 흘렀다. 그녀는 약속대로 아무에게도, 로에게조차 말하지 않았다.

하지만 조녀선이 기억이나 하고 있을까 알 수가 없었다. 그는 항상 진지했고 모든 관심을 당면한 일에만 쏟았다. 그를 보면 케이티는 그의 아버지가 떠올랐다.

몇 줄 아래에서 누군가가 혼잣말을 했다. 케이티는 잠깐 듣다가 그 말이 기도라는 것을 깨달았다. 이게 또 다른 새로운 현상이었다. 케이티는 어릴 때 공공장소에서 누가 기도하는 걸 들은 적이 없었다. 그렇게 한다고 해서 벌을 받는 건 아니었지만, 윌리엄 티어는 그런 행동을 반대했고 티어의 반대면 그런 행동을 끝내기에 늘 충분했다. 하지만 지금은 계속해서 기도 소리가 들리는 것 같았고 그게 지독하게 짜증이 났다. 엄마는 종교를 질색했고 그런 엄마의 시각이 케이티에게도 영향을 주었다. 그녀는 타운 위에 보이지 않는 하늘 아버지가 있어서 비합리적인 행동을 시키는 걸 바라지 않았다. 사방에서 기도 소리가 들리는 것도 싫었다.

조녀선도 듣고 있었다. 그가 따던 것을 멈추고 고개를 기울였다.

"—신께서 모든 악마와 악령, 아이들 도둑으로부터 우리를 지켜주시고 우리를 축복해주시고 안전하게 지켜주시며—"

"조용히 좀 해요!"

케이티가 생각보다 더 크게 소리쳤다. 그녀의 목소리가 밭을 따라 울리며 순식간에 조용해졌다. 조녀선이 옥수수 옆으로 눈썹을 치켜세우고 그녀를 보았다.

"미안. 참을 수가 없어서."

케이티가 중얼거렸다.

"저 사람들은 무서운 거야."

조녀선이 또 다른 옥수수 열매를 따면서 말했다.

"모두가 무서워하고 있어. 하지만 우리 모두가 예수를 찾을 만큼 멍청하진 않아."

조너선은 고개를 흔들었고 케이티는 뺨이 붉어지는 것을 느꼈다. 조너선과 5분만 이야기를 해도 그가 그녀보다 훨씬 나은 사람이라는 걸, 상냥하고 이해심 많고 인내심이 있다는 걸 다시금 알 수 있었다. 케이티는 이제 열일곱 살이고 조너선은 열여덟 살이었지만 여전히 그는 그녀보다 몇 살쯤, 어쩌면 몇 세기쯤 더 나이가 많은 것 같았다.

"위험하다고 생각하지 않아? 사방에서 이 모든 종교적 헛소리가 튀어나오는 게 말이야."

그녀가 물었다.

"나도 모르겠어. 하지만 어디서부터 시작된 건지는 알고 싶어. 우리 아버지조차 출처를 찾지 못하시거든."

"폴 아네스콧은 어때? 그 사람 성경 모임이 점점 더 커지고 있잖아."

"아네스콧은 멍청이야. 하지만 우리 아버지는 그 사람이 진짜 문제가 아니래."

"너희 아버지가 이걸 못 하게 막으실 순 없어?"

"아직은. 아이들이 없어지고 있는 한은 안 돼. 두려움은 미신의 비옥한 양분이니까."

케이티의 심장이 내려앉았지만 마음 깊은 곳에서 그녀는 그가 맞다는 걸 알았다. 그들은 학교에서 같은 역사를 공부했다. 종교는 언제나 경마 기수처럼 혼란의 등에 올라탔다. 타운이 아직 공황 상태는 아니었지만 공포는 그리 멀리 있지 않았다. 2주 전에 일곱 살 난 유수프 만수르가 공원에서 숨바꼭질 놀이를 하다가 사라졌다. 타운은 숲을 샅샅이 뒤지고 강가까지 다 찾아봤지만 아이의 자취를 발견하지 못했다.

케이티가 제일 처음 떠올린 것은 숲에서 보았던 생물, 그녀를 마을까지 쫓아왔던 생물이었다. 그녀는 그날 밤 일을 로 말고는 아무한테도 말하지 않았다. 스스로도 그 일을 떠올리지 않으려고 노력했다. 몇 주 동안 악몽도

꾸었지만 차츰 그것은 사라졌다. 묘지가 파헤쳐지는 일도 오래전에 멈췄고 다시는 일어나지 않았다. 케이티는 어두워진 이후에 마을 밖에 절대로 혼자서 나가지 않았다. 대부분의 날에는 상상이었던 척할 수 있었다. 하지만 유수프가 공원에서 사라지자 케이티는 누군가에게 그날 밤 일을 이야기할 때가 된 게 아닌가 생각하기 시작했다. 설령 남들이 그녀를 미쳤다고 해도 말이다. 마음이 편하자고 그런 정보를 마을 사람들에게 감출 권리는 없었다. 그녀가 타운의 완벽한 일원은 아니라 해도, 그 정도는 알았다.

하지만 누구한테 이야기하지? 엄마? 케이티는 그 생각에 여러 가지 이유로 움찔했다. 엄마는 통금 시간 이후에 로와 함께 나갔다는 사실에 격분하실 것이다. 게다가 엄마는 케이티가 아는 사람 중에서 가장 강한 사람이었다. 엄마는 꼬리를 말고 도망치지 않으셨을 것이다. 그것과 싸웠을 거고, 그것이 항복하지 않으면 발버둥 치는 그것을 끌고 마을로 돌아와서 윌리엄 티어의 앞에 내보였을 것이다……. 아니면 그러려고 애쓰다가 죽었으리라. 케이티는 엄마에게 위험으로부터 도망쳤다는 걸 알리고 싶지 않았다.

그다음으로는 윌리엄 티어 본인에게 이야기를 해볼까 생각했다. 그와 단둘이 이야기를 하는 건 꽤 힘든 일이겠지만, 그래도 할 수는 있을 것이다. 하지만 역시나 케이티는 그 생각에 움츠러들었다. 티어는 더 똑똑하고 나은 사람들을 제치고, 심지어 더 키 큰 사람들까지도 제치고 그녀를 마을 경비로 뽑았다. 그런 혜택을 받고서도 지난 2년 동안 침묵을 지켰다는 사실을 정말로 그에게 알리고 싶은가? 어쨌든 유수프가 사라진 지는 2주가 넘었다. 살아 있을 가능성은 거의 없었다.

티어가 뭘 할 수 있을까? 네가 본 그것을 상대로 사람들이 뭘 할 수 있을까? 그녀의 머리가 물었다.

하지만 케이티는 그 질문을 무시했다. 윌리엄 티어는 윌리엄 티어였다. 그가 풀지 못하는 문제는 없었다.

"무슨 일이야?"

고개를 들자, 조너선이 살을 벗겨내는 것 같은 눈빛으로 그녀를 바라보고 있었다. 다시금 그녀는 자신도 모르게 그의 아버지를 떠올렸다. 그들의 뒤에서 보이지 않는 종교인이 다시 신에게 기나긴 애원을 늘어놓기 시작했고 케이티는 그 사람의 머리를 삽으로 기쁘게 내리칠 수 있을 것 같았다.

"뭘 본 거야?"

조너선이 물었다. 케이티는 어느새 그에게 낮은 목소리로 이야기를 털어놓기 시작했다. 건너편에 있는 기독교인이 듣는 건 바라지 않았기 때문이다. 그녀는 조너선에게 모든 것을, 심지어 결국에는 전에 절대로 그녀에게는 드러내지 않았던 로의 잔인하고 앙심 어린 모습까지도 다 이야기했다. 지금도 그날 밤의 기억은 케이티의 심장을 얼리는 것 같아서 털어놓기가 힘들었다. 하지만 다 말하고 나자 케이티는 자신이 올바른 사람을 골랐음을 깨달았다. 조너선을 그렇게 잘 알지는 못하지만, 그에게 짐을 건넸고, 그녀가 부탁하지 않았는데도 그가 짐을 짊어진 것처럼 기분이 나아지고 거의 편안해졌다.

"로 핀이 아버지의 사파이어를 가졌단 말이지."

이야기를 마치자 조너선이 거의 질문하듯이 말했다.

"응."

케이티는 당황해서 대답했다. 방금 말한 그 모든 것들 중에서 그가 신경 쓰는 건 사파이어란 말이야? 그녀는 로를 배신했다. 지금에야 그녀는 그 사실을 깨달았다. 하지만 이 모든 일은 몇 년이 지난 거고 윌리엄 티어의 사파이어는 목걸이에 꿰여서 오래전에 주인에게 돌아갔다. 그녀는 여러 번 티어의 목에서 그것을 보았다. 아무 해도 없고 문제도 없었다.

"음, 넌 미친 게 아니야."

조너선이 마침내 말했다.

"숲에 뭔가가 있어. 너희 엄마, 우리 아버지, 매디 이모, 모두가 몇 달째 사냥을 하고 있어."

"뭐? 언제부터?"

"거의 2년 전부터. 밤늦게 원정을 나가곤 하셨어. 나도 가고 싶었지만 아버지가 난 어머니랑 있으라고 하셨어."

"뭔가 찾았대?"

"아니. 그게 뭐든 간에 항상 묘지 근처를 어슬렁거렸는데, 묘지의 도굴 사건이 멈추자 그것도 멈췄어."

"도굴 사건?"

조너선은 상냥하지만 약간 초조한 표정으로 그녀를 보았다.

"물론 도굴이지. 정말로 늑대 이야기를 믿었던 건 아니지?"

"물론 아니지! 하지만 그 생각은 설마…… 누가 묘지에서 물건을 훔쳐? 무슨 이유로?"

케이티가 물었다.

"은 때문. 우리가 찾아낸 시체들에는 아무런 보석도 남아 있지 않았어."

조너선이 음울하게 말했다.

"마을의 누구도 묘지에서 물건을 훔치지 않을 거야."

"정말 그렇게 생각해?"

조너선이 다시 미소를 지었지만 그 미소는 좀 달랐다. 거의 슬퍼 보였다.

"음, 아니. 하지만 —"

그가 그녀의 손을 잡았다. 케이티는 펄쩍 뛰고 손을 빼려고 했지만 조너선은 계속 움켜잡았다. 잠깐 동안 그들이 2년 전 그 공터로 돌아간 것 같았으나 이번에 몽환 상태에 빠진 것은 조너선이 아니라 케이티였다. 그녀는 조너선의 커다란 손에 잡힌 작은 손을 내려다보았지만 눈앞에 보이는 건 그런 게 아니었다. 어둡고 바람이 부는 땅과 드문드문 서 있는 묘비가 보였다. 머리 위로 번개가 하늘을 가르며 묘지를 잠깐 비추었고, 그 불빛 속에서 케이티는 어떤 남자가 무덤을 파고 있는 것을 볼 수 있었다. 하지만 고개를 숙이고 있어서 얼굴은 보이지 않았다.

엄청난 힘으로 그녀는 조너선에게서 손을 빼냈다. 타는 듯한 섬광이 번쩍이며 그들 사이의 연결이 끊겼고 케이티는 비명을 질렀다. 손이 무감각해진 것처럼 얼얼했다.

"왜 이런 거야?"

그녀가 물었다.

"이 마을은 위험한 상황이야."

"나도 알아."

하지만 갑자기 같은 이야기를 하는 걸까 의문이 들었다. 그녀는 유수프의 실종에 관해 생각했었으나 이제는 이번 주에 들은 온갖 불평, 추수에서 제외된 사람들에 대한 독설이 머릿속에 떠올랐다. 로에게서 수년 동안 들은 것과 같은 이야기였다. 모든 사람이 똑같지 않은데 똑같이 대할 이유가 없다는 거였다. 어떤 사람들은 다른 사람들보다 더 귀중하다는 것이다. 물론 이런 생각은 타운에서는 금기였고, 로도 윌리엄 티어가 들을 수 있는 곳에서 그런 이야기를 하지 않으려고 조심했다. 하지만 로의 생각이 차츰 지지를 얻고 있었다. 가끔 케이티는 두 개의 마을이 있는 것처럼 느껴졌다. 모든 사람이 똑같이 귀중한, 그녀가 평생 살아온 사회. 그리고 그 옆에, 내부에서 생겨나 타운의 그림자 속에서 자라난 어두운 사촌 같은 두 번째 사회. 케이티가 전에 본 적 없는 현상인 종교적 열광이 이 두 번째 마을 안에 기생충처럼 자리를 잡은 것 같았다.

"난 아버지가 하시는 모든 말에 동의하지는 않아."

조너선이 또 다른 옥수수 열매를 따면서 말했다.

"하지만 아버지의 미래상은 믿어. 모든 사람들이 적당히 살 수 있는, 동등한 기회를 얻는 균형적인 상태에 도달할 수 있다고 믿어."

"나도 그건 믿어."

케이티가 대답하고서 잠시 스스로에게 놀라 입을 다물었다. 그녀와 로가 그동안 내내 다른 종류의 마을에 대해서 의논했었는데…… 그 시간이 그렇게 오래된 것도 아닌데 케이티는 어린 시절의 자신을 벗어버리고 뒤에 남겨놓은 것처럼 굉장히 멀게 느껴졌다.

"하지만 우리가 거기에 헌신하지 않으면 절대로 거기 도달하지 못할 거야. 예외론이라는 교리는 없어져야 돼."

조너선이 말했다. 케이티는 그가 그녀의 마음을 읽었다고 생각하고 얼굴을 붉혔지만, 잠시 후 로의 생각만이 타운을 떠도는 그런 종류의 교리가 아니라는 것을 깨달았다. 지하 종교 운동에서 많은 사람들이 자신들은 믿음을 가졌기 때문에 더 낫다고 주장했다. 심지어는 개빈도 이런 헛소리를 떠들기 시작했다. 윌리엄 티어에게 들릴 만한 자리에서는 신중하게 입을 다물었지만 말이다. 구원받은 사람들은 한때 자신들이 죄인이었다는 사실을 잊어도 되는 권리를 얻는 모양이었다. 과거에 세례가 그랬던 것처럼 말이다. 케이티는 구원이라는 그 단어를 절대로 믿지 않았다. 왜 윌리엄 티어가 이걸 가로막지 않는 걸까? 그 역시 반대하면서도 금지하지는 않았다. 케이티가 티어를 조금이라도 이해하게 되었다고 생각할 때마다 실은 그를 전혀 이해하지 못한다는 것을 깨닫곤 했다.

멀리서 오늘의 일이 끝났음을 알리는 종이 울렸다.

"가자."

조너선이 말했고 두 사람은 각자 옥수수 바구니를 들었다. 케이티의 등 아래쪽이 항의했지만 그녀는 불평하지 않았다. 추수 첫날 근육에 담이 들었을 때 조너선이 바구니를 대신 들어다 주겠다고 했었다. 다시는 그런 일이 생기게 하지 않을 것이다.

그들은 바구니를 들고 브라이언 벨이 숫자를 세려고 기다리고 있는 창고 쪽으로 고랑을 따라갔다. 다른 밭에서 다가오는 수확자들이 스무 줄로 섰고 브라이언의 줄은 그중 하나였다. 두 줄 너머에 개빈과 로가 보였다. 둘 다 그녀만큼 지저분하고 불만스러워 보였고 각각 더러운 호박이 담긴 바구니를 들고 있었다.

케이티는 20층 높이가 넘는 거대한 창고 안에 한 번도 들어가본 적이 없었다. 하지만 엄마에게서 그 안에 긴 홈통이 있고 매일 아침 신선한 물이 채워진다고 들었다. 나중에 브라이언과 다른 검사자들이 모든 생산품의 수를 세고 흙과 벌레를 씻어낸 다음 분배할 것이다. 일부는 마을의 모든 사람들에게 각자 공정한 양만큼 나누어질 테지만 옥수수처럼 말린 야채 대부분은 보관용이나 종자용으로 저장될 것이다. 창고의 대부분은 돈 모로의 나무 공방에서 만든 보관통으로 이루어져 있고, 뚜껑이 굉장히 평평해서 거의 확실하게 밀폐되었다.

"저녁 먹으러 올래?"

케이티는 눈을 깜박였다. 잠깐 동안 조녀선이 다른 사람에게 이야기하는 거라고 생각했다.

"정신 차려, 케이티 라이스. 우리 집에 오겠냐고."

"왜?"

"저녁 먹으러."

"왜?"

조녀선이 그녀를 보고 씩 웃었지만 바구니를 몇 미터 앞으로 끌고 가느라 그 웃음은 찡그린 표정으로 바뀌었다.

"매너의 여왕이구나."

케이티는 그런 말에 넘어가지 않았다. 그녀는 바구니를 끌고 가면서 눈을 가늘게 떴다.

"왜 나한테 저녁 먹으러 오라고 하는데?"

"먹어야 되잖아."

"나 너희 아버지랑 뭔가 문제가 있어?"

"나야 모르지. 문제 있어?"

"아, 짜증 나."

그녀가 바구니를 내려놓고 숨을 몰아쉬었다.

"너도 뭐 그렇게 모범적으로 지낸 건 아니잖아. 네가 수업을 빼먹었다는 거 알아. 학교 전체가 다 안다고."

"물론 알겠지. 하지만 넌 그 이유를 모르잖아."

"그래…… 왜 그랬는데?"

"저녁 먹으러 오면 가르쳐줄게."

그녀는 여전히 뭔가가 잘못된 초대라는 걸 감지하고 인상을 찌푸렸다. 조녀선이 누군가를 자기 집에 초대했다는 이야기를 들어본 적이 없고, 자신보다 더 어린 애랑 놀았다는 이야기조차 들어보지 못했다. 다시금 그녀는 공터에서의 그날을, 조녀선의 눈이 수 킬로미터 떨어진 곳을 전부 다 바라보는 것 같던 날을 떠올렸다.

우린 노력했어, 케이티. 우린 최선을 다했어.

"앞으로 끌고 와!"

브라이언 벨이 소리치는 바람에 그녀는 깜짝 놀라 바구니를 잡고 서둘러 줄을 서러 갔다.

"올 거야?"

조녀선이 물었다.

"몇 시에?"

"7시."

"알았어."

케이티는 이마를 닦았다. 온몸이 흙으로 뒤덮인 기분이었다. 윌리엄 티어의 집에 저녁을 먹으러 가려면 우선 목욕부터 해야 할 것이다.

"그럼 그때 봐."

조너선이 바구니를 카운터 위에 쏟아놓고 벨이 확인하기를 기다렸다가 자리를 떴다. 케이티는 그의 뒷모습을 바라보며 공터에서의 그날을 떠올리고 생각했다. 우리가 뭘 노력했지?

그리고 다시 생각했다. 어떻게 우리가 실패했지?

티어의 집과 케이티의 집은 가까이 있음에도 그녀는 평생 그 집에 열 번도 가보지 않았다. 엄마와 매디 이모, 가끔 에번 올컷을 제외하면 사람들은 티어의 집에 거의 초대받지 못했다. 의논할 것이 있으면 대체로 티어가 그들의 집으로 갔다. 케이티는 그가 백성들에게 알현하러 오라고 하는 왕처럼 보이지 않으려고, 평범한 사람처럼 행동하려고 그러는 거라고 생각했지만, 그런 거라면 그는 실패했다. 티어가 방문할 때면 사람들은 축제 때보다도 더 격식 있는 옷을 차려입었다.

케이티는 목욕을 하고 긴 호박색 머리를 잘 빗었다. 머리를 빗는 건 쉬운 일이 아니었다. 그녀는 지난번 목욕 이후로 머리에 빗질을 한 적이 없어서 완전히 엉켜 있었고 들판에서 이틀 동안 땀을 흘린 탓에 완전히 까치집이었다. 좀 생각을 한 끝에 케이티는 티어나 혹은 더 끔찍하게도 조너선이 예뻐 보이려고 했다고 생각하는 게 싫어서 틀어 올렸다.

엄마에게 옆집에 저녁을 먹으러 간다고 하면 질문이 끝없이 쏟아질까 봐 두려웠지만 엄마는 그저 어깨를 으쓱이고 빵 반죽만 계속할 뿐이었다. 케이티는 왜 그렇게 걱정한 걸까 자문했다. 어쨌든 그녀는 더 이상 행동 하나하나를 엄마에게조차 설명할 필요가 없는 열일곱 살인데. 열여덟 살이 되면 마을 어딘가에 그녀만의 집을 짓기 시작할 거고, 열아홉 살이 되면 독립할 것이다. 스무 살 생일이 겨우 한 주 남은 로는 일반적인 시기를 한참 넘겨서까지 어머니와 함께 살고 있다. 케이티는 로가 일찍 독립하려고 했으면 핀 부인이 무슨 일을 했을까 상상도 가지 않았다. 하지만 그도 이미 자기 집을 설계했고 대부분의 목재도 물물교환으로 구했다. 그는 하루빨리 나가고 싶겠지만 케이티는 조금 양면적인 감정을 느꼈다. 그녀의 일부는 엄마 곁을 떠나고 싶지 않았으나 또 다른 일부는 자신만의 집에서 누구의 명령도 받지 않고 마음대로 산다는 생각이 너무나 좋았다.

티어의 집은 케이티의 집과 거의 똑같았다. 단층에 높이 솟은 현관이 정면에 있고 지하실이 딸려 있었다. 케이티가 계단을 올라가자 현관문이 열리며 릴리가 나타났다. 릴리도 오늘 들판에서 일했지만 지금은 어딘가 아파 보였고, 마을에 유행하는 열병에 걸린 게 아닐까 생각했다.

"케이티."

릴리는 케이티가 마치 선물이라도 가져온 것처럼 정말로 기쁜 어조로 말했다.

"프리먼 부인."

케이티가 예의 바르게 인사했다. 그녀는 항상 릴리를 속으로 티어 부인이라고 생각했지만, 여기서 뭔가 실수라도 했다가는 엄마의 귀에 곧장 들어갈 것이다.

"들어오렴."

케이티는 그녀를 따라 티어의 집 거실로 들어갔다. 조그만 공간에는 윌리엄 티어가 직접 만든 게 분명한 편안한 목제 의자들이 놓여 있었다. 거실 동쪽 벽에는 커다란 벽돌 벽난로가 있었으나 10월 초인 지금은 불을 피우지 않았다. 벽난로 선반 위에는 초상화 두 개가 걸려 있었고 드물게 티어의 집에 올 때면 항상 그러듯이 케이티는 잠깐 멈춰서 그것을 보았다.

하나는 윌리엄 티어의 초상화였다. 마을에서 제일가는 화가로 여겨지는 존 빈슨이 그렸으나 그리 잘 그린 그림은 아니었다. 티어는 작은 책장 옆에 서서 어깨를 뒤로 젖히고 화가를 바라보고 있었다. 자세와 배경은 적절했지만 티어 본인은 초상화를 위해 자세를 잡고 있는 것이 짜증스러워 보였다.

다른 그림은 릴리였다. 윌리엄 티어 본인이 그렸고, 빈슨 같은 기술은 없었으나 케이티는 그가 릴리를 훨씬 잘 잡아냈다고 생각했다. 사냥용 옷을 입은 그녀는 햇살이 비치는 들판에 서 있었고, 금방이라도 애가 나올 듯 만삭이었다. 그녀는 어깨 너머로 돌아보고 있었고 얼굴은 금방이라도 웃기 직전이었다.

엄마는 티어가 이 초상화를 실제로 보고 그린 게 아니라 기억에 의존해 그렸다고 말했다. 어쨌든 이것은 굉장히 실물 같았고 늘 케이티에게 자유의 기분을 주었다. 초상화 속의 릴리는 놀랄 만큼 행복해 보였으나 티어는 크로싱 이전의 힘든 삶과 오래 묵은 고통을 암시하는 눈가와 입가의 옅은 주름을 빠뜨리지 않았다. 케이티는 그 시절 삶이 어땠는지 전혀 몰랐지만 릴리가 꽤 힘들었던 것만은 분명했다.

"18년 전에, 난 조너선을 임신하고 있었고 우리는 막 굶주림의 시기를 극복한 참이었지. 모든 게 우리 앞에 훤히 펼쳐진 것 같았어."

릴리가 케이티의 옆으로 와서 초상화를 보면서 말했다.

"무슨 일이 생겼나요?"

릴리는 그녀를 날카롭게 보았고 케이티는 자신의 말을 물릴 수 있었으면 싶었다. 타운에서 뭔가가 잘못된 걸 느끼는 게 그녀 혼자일까?

아냐. 조너선도 알잖아.

잠시 후 릴리는 긴장을 풀고 초상화 쪽으로 돌아섰다.

"우린 잊었지. 우리가 배웠어야 했던 모든 걸 잊었어."

케이티는 아래를 내려다보고서 릴리가 손바닥의 흉터를 문지르고 있는 것을 보았다.

"무슨—"

"저녁 먹으러 가자."

릴리가 갑자기 말하며 그녀를 앞으로 밀었다.

식사를 보고 케이티는 깜짝 놀랐다. 그녀는 티어 집안사람들은 마을의 다른 사람들보다 더 좋은 음식을 먹을 거라고 생각했었다. 왜 그렇게 생각했는지는 모르겠다. 어쩌면 로가 한 말 때문일지도 모른다. 하지만 그녀가 집에서 먹는 것만큼 간소한 저녁 식사였다. 구운 닭고기, 브로콜리, 다섯 가지 곡물로 만든 빵. 에일이나 주스 대신 물을 마셨다. 티어와 릴리는 탁자 양쪽 끝에 마주 앉았고, 조녀선은 그 사이에, 케이티가 그 맞은편에 앉았다. 네 번째 의자를 당기면서 케이티는 의자가 먼지로 덮여 있는 것을 알아챘다.

케이티는 항상 티어 가족이 저녁 식사 때 뭔가 깊고 무거운 문제에 대해서 이야기할 거라고 생각했지만, 여기에 대해서도 놀랐다. 릴리는 소문에 관해서 줄줄이 늘어놓았다. 상냥한 시선이긴 했지만 어쨌든 소문이었다. 멜로디 도노번이 임신했다더라. 앤드루 엘리스가 집을 완성했는데 그리 괜찮은 목수가 아닌지 부엌 벽으로 외풍이 하도 많이 들어와서 겨울이 오기 전에 뜯어내고 다시 만들어야 한다더라. 데니스 린스키와 로지 노리스가 추수가 끝나면 결혼하기로 했다더라.

이런 이야기 하나하나에 윌리엄 티어는 거의 별말을 하지 않고 고개만 끄덕였으나 앤드루 엘리스의 집 이야기에는 고개를 흔들었다. 케이티는 작년에 들은 이야기를 문득 떠올렸다. 엘리스가 타운의 더 솜씨 좋은 건축자들의 도움을 전부 거절했다는 거였다. 그는 혼자서 다 하기로 결심했고 케이티는 그것을 존경했다. 하지만 지금은 엘리스 씨가 그저 멍청했던 게 아닐까 하는 생각이 들었다. 그리고 자신이 이 자리에서 뭘 하는 걸까 생각했다. 왜 조너선이 그녀를 여기로 초대한 걸까?

조너선은 아버지에게 유수프 만수르의 자취를 아직 못 찾았는지 물었고, 티어는 지친 듯 고개를 흔들었다. 케이티가 몇 년 전 그의 어깨에서 보았던 그림자가 지금은 더욱 뚜렷해진 것 같았다. 그가 마치 사라지기 시작하는 것 같은 느낌이었다. 그녀는 다시금 티어가 어딘가 아픈 걸까 생각했으나 그 생각을 황급히 지워버렸다. 윌리엄 티어가 없는 타운…… 그건 생각하고 싶은 상황이 아니었다. 열병은 대체로 온 집 안을 돌았다. 릴리가 아프다면 티어 역시 아플 가능성이 높았다.

"유수프가 어디에 있든 잘 숨어 있는 것 같아."

티어가 말했다.

"그 애가 죽었다고 생각해요?"

릴리가 물었다.

"아니."

티어는 뭔가 더 말하려는 것 같았지만 결국에 턱에 힘을 주고 침묵을 지켰다. 사라져가는 햇살이 열린 부엌 창문으로 비스듬히 들어와 그의 목에 걸린 은사슬에서 반짝였다. 케이티는 오래전 그날 밤 기억에서 또 다른 것을 떠올렸다. 티어는 자신의 환영이 종종 그림자에 불과하다고 말했다. 조너선의 환영도 똑같을까? 그녀는 두 사람을 번갈아 보았다. 눈 색깔, 아버지의 창백한 피부와 달리 릴리에게서 물려받은 조너선의 붉은 뺨처럼 몇 가지 차이점을 발견했지만 닮은 점이 훨씬 많았다. 둘 다 키가 크고, 팔다리가 길고 말랐다. 무엇보다도 조너선은 아버지의 관찰력과 조용히 앉아서 결정 내릴 때가 될 때까지 관조하는 태도를 지녔다. 그리고 그 결정은 분명히 옳을 것이다.

다른 사람들이 조녀선의 이런 면을 보지 못하는 것은 안타까운 일이었다. 그는 더 이상 학교에 거의 나오지 않았고 여전히 거리감 있는 존재였다. 사람들은 그에게 말을 걸 때면 굉장히 존경심을 보였다. 그의 아버지만큼은 아닐지 몰라도 최소한 그에게 걸맞은 대접을 해주었다. 이런 감추어진 가치라는 느낌은 익숙했고, 케이티는 잠시 후에 그 정체를 깨달았다. 그녀가 로에게 늘 느끼던 것과 똑같은 느낌이었다.

이야기는 다음 주에 떠나는 산악 원정으로 이어졌다. 지금까지 타운 바깥의 넓은 땅을 조사하는 원정은 두 차례 있었고, 두 번째 원정에서 산맥을 발견했다. 서쪽에 있는 것 같은 작은 산맥이 아니었다. 지난번 원정을 이끌었던 젠 데블린의 말에 따르면 북부 산악 지대는 굉장히 넓고 봉우리가 워낙 높아서 건너갈 수 없을 것 같았다. 하지만 젠은 말을 약간 우물거렸다. 아마도 올라가기 어렵다는 얘기였을 것이다.

"위험할 것 같네요."

릴리가 말했다.

"그렇지."

티어의 얼굴에 그림자가 스치는 것 같았다.

"하지만 당신도 젠을 알잖아. 도전거리가 생기면 무시하는 법이 없지. 그게 딱히 그렇게 끔찍한 악덕도 아니고. 타운에는 모르는 것에 겁먹지 않는 그런 사람들이 필요해."

케이티는 인상을 찌푸리고 자신이 그런 사람일까 아닐까 고민했다. 하지만 언짢게도 자신이 그런 사람이 아니라는 걸 인정해야 했다. 그녀는 상황이 확실하고 명확하기를 바랐다.

"난 결정했어요."

조녀선이 말했다. 케이티는 깜짝 놀라서 고개를 들었다. 그는 그녀의 생각을 추측하는 짜증 나는 습관이 있었다. 하지만 지금 그는 그녀를 보고 있지 않았다. 아버지를 보고 있었다.

"그래?"

티어가 물었다.

조너선은 케이티를 가리켰고, 케이티는 마치 누가 꼬집은 것처럼 펄쩍 뛰었다. 세 사람 모두 그녀를 쳐다보았고, 그건 너무 과했다.

"무슨 결정?"

그녀가 접시를 쳐다보며 물었다.

"케이티, 왜 내가 너희들을 훈련시키는 건지 궁금하지 않았니?"

티어가 물었다. 케이티는 말없이 고개를 끄덕였다. 그녀는 거기에 대해서 만족할 만한 답을 찾지 못했지만 시간이 지나는 동안 의문 그 자체가 그렇게 중요하지 않은 것처럼 느껴지기 시작했다. 누군가는 알아야 하니까 싸우는 법을 배웠고, 그 지식은 차츰 그 자체로서 보상이 되었다. 하지만 티어가 답을 기다리고 있어서 그녀가 말했다.

"저희가 일종의 경찰이 되기 위해서라고 생각했어요."

"그걸로 우리 문제가 해결되면 좋겠다만."

티어가 말했다.

"왜요?"

"경찰은 한 명이 아니라 많은 사람을 지키기 위해 있는 거지."

케이티는 이 말을 잠시 곱씹었지만 결국에 이해하지 못했다. 티어 집안 사람들이 수수께끼를 내려는 건 아니라고 생각했다. 그냥 이게 그들의 방식이었다. 그녀는 이해한 척할까 하다가 어깨를 으쓱이고 물었다.

"그 한 명이 누군데요?"

"조너선."

케이티는 눈을 커다랗게 뜨고 고개를 들었다. 조너선이 냉정하고 즐거운 눈빛으로 그녀를 보고 있었다.

"조녀선을 누구한데시 지켜요?"

그녀가 물었다.

"그게 골치 아픈 부분이야. 아무도 몰라."

조녀선이 아버지를 향해 찡그린 눈길을 던졌고 티어는 그저 미소를 지었다.

"마법은 멋지지만 절대로 필요할 때 작동하지 않아."

케이티는 약간 환상이 깨지는 기분이라 인상을 찡그렸다. 필요할 때 작동하지 않으면 마법이 무슨 쓸모가 있지?

"조녀선의 머릿속에서 떠나지 않는 칼이 있어. 그런데 나도 그걸 볼 수 없고, 조녀선도 마찬가지야. 그래서 보호가 필요해. 경호원이 필요하지."

티어가 말했다. 케이티는 의자에 몸을 기댔다. 티어가 장난을 치는 게 아닐까 생각했지만, 그의 눈에는 농담의 기색이 없었고 조녀선의 미소 아래로도 음울한 걱정의 기색이 느껴졌다. 조녀선은 빈정거리는 농담을 잘 던지는 사람이었지만, 그들의 짧은 대화를 통해서도 케이티는 그가 그런 농담을 방어적으로 사용한다는 걸 알아챘다.

"우리 모두요?"

그녀가 물었다.

"네가 고르는 숫자만큼."

"저요?"

"경호대에는 대장이 필요해, 케이티."

"아저씨가 우리 대장인 줄 알았는데요."

티어는 입을 다물고 릴리를 쳐다보았고, 그녀는 어깨를 으쓱이고 물만 더 따랐다. 티어는 케이티를 돌아보았고 그녀는 그의 눈에서 음울하고 절망적인 빛을, 아무 대응도 할 수 없는 불운한 운명을 앞둔 사람의 눈빛을 발견했다.

"난 떠난단다."

"어디를 떠나요?"

"타운을 떠날 거야."

케이티는 입을 떡 벌리고 그를 보았다. 다시금 그가 농담하는 거라고 생각했지만, 릴리와 조너선 둘 다 탁자만 보고 있었고 그들의 내리깐 눈빛에서 케이티는 이미 패배한 수많은 말다툼의 자취를 느낄 수 있었다.

"이 마을은 좋은 곳이야. 난 이곳을 믿어. 하지만 화이트호는 끔찍한 손실이었어. 우리한테는 위생사와 조산사들이 있고 그들이 굉장한 일을 해주고 있지만, 제대로 된 의사가 필요해. 약이 필요하고."

"왜요?"

"우선 우린 피임 도구가 다 떨어져간단다."

케이티는 얼굴을 붉히고 조너선에게서 눈길을 피하기 위해서 시선을 내렸다. 엄마가 마을의 다른 여자아이들처럼 그녀가 열네 살 때 조산사인 존슨 부인에게 데려갔고, 케이티는 피임 도구를 받고 그걸 어떻게 쓰는지 설명을 듣고 돌아왔다. 그런 물건이 떨어진다는 건 생각조차 해보지 않았다.

"우리가 가져온 게 다 떨어지기 전에 의사들이 여기서 피임 도구의 대체제를, 이 지역 식물에서 뭔가를 발견할 수 있었으면 했지. 하지만 지금은 의사도, 화학자도 없어. 중절수술을 하는 법을 아는 사람도 없어. 그걸 좀 생각해보렴."

"의사를 어디서 찾으실 건데요?"

"바다 건너에서."

케이티는 이미 고개를 흔들고 있었다. 이건 실수였다. 티어가 지금, 모두가 뒤에서 이런저런 이야기를 속삭이고 이렇게 불만을 갖고 있는 상황에서 타운을 떠나서는 안 된다.

"다른 사람이 바다를 건너가면 안 되나요? 왜 꼭 아저씨여야 하죠?"

티어와 릴리가 거의 은밀하게 서로를 힐끗 보았고, 티어가 대답했다.

"아니, 나여야만 돼."

"왜요?"

티어는 숨을 깊게 들이켜고서 조너선과 릴리를 쳐다보았다.

"잠시 우리 둘만 있게 해주겠어?"

두 사람이 탁자에서 일어나서 거실로 사라졌고 릴리가 등 뒤로 문을 닫았다.

"너희는 크로싱이 단순히 바다를 건너온 거라고 생각하지. 하지만 실은 그것보다 더 복잡하단다. 난 배를 타야 돼."

케이티는 이해할 수가 없었지만 이게 최소한 하나는 설명해준다는 것을 깨달았다. 도서관의 거대한 채색 지도에서 왜 신세계를, 타운을 찾을 수 없었는지 말이다. 그녀가 아는 한 신세계는 대서양 한가운데에 있어야 하지만 거기에는 조그만 군도들 말고는 아무것도 없었다. 어른들은 아무도 거기에 대해서 이야기해주려 하지 않았고, 케이티는 이제야 자신이 옳았다는 것을 깨달았다. 크로싱은 일부러 꼭꼭 숨긴 비밀이었다.

"오래전에 나는 큰 실수를, 판단 착오를 했단다. 당시에는 그게 얼마나 큰 일인지조차 몰랐어."

티어가 말을 이었다.

"무슨 실수요?"

"우리는 한배에 의료인들을 다 태웠지."

티어가 대답했다. 케이티가 아까 알아챈 창백한 얼굴이 이제 더 하얘져서 그의 얼굴은 촛불 빛 속에서 섬뜩하게, 거의 해골처럼 보였다.

"난 모든 위험이 크로싱 이전에 오는 거고 이후에는 없을 거라고 생각했지. 하지만 폭풍이 닥쳤을 때 깨달았어. *깨달았지.* 그러나 너무 늦었어. 우리 모두 화이트호가 가라앉는 걸 봤어. 난 그들을 구할 수가 없었지."

케이티는 고개를 끄덕였다. 모두가 화이트호에 대해 알았다.

"이제 타운은 내 실수로 인해 고통받고 있어."

"우린 고통받지 않아요!"

케이티가 반박했다. 지금껏 평생 아플 때든 상처를 입었을 때든 존슨 부인이 돌봐주었고, 부인은 잘해냈다. 사람들이 가끔 병으로 죽었지만 대체로는 나이 든 사람들이었다. 타운의 인구는 랜딩 이후 두 배로 늘었다.

"우린 고통받고 있어."

티어가 다시 말했다. 케이티는 그가 자신의 말을 듣긴 한 건지 의심스러웠다. 그의 손이 식탁보를 잡고 비틀었다.

"난 실패했고, 내 실수가 되돌아와 날 괴롭히고 있어."

"무슨 말씀이세요?"

케이티가 물었다. 평소라면 윌리엄 티어에게 대답을 요구하는 대담한 짓은 못 했겠지만 지금 이 순간에는 그가 백일몽을 꾸는 어린애처럼 보였다. 그가 다른 사람이었다면 그녀는 한 대 때려 정신을 차리게 만들었을 것이다.

"릴리가 임신했단다."

케이티는 놀라서 그를 쳐다보았다. 그녀는 항상 조너선의 엄마가 젊다고 생각했지만 그래도 마흔 살이나 그 이상 되었을 것이다. 아이를 갖기엔 많은 나이지만, 불가능한 건 아니었다. 마을의 많은 여자들이 그 나이에도 아이를 낳았다.

"니사 말이 석 달 되었다고 하더구나. 지금은 건강하지만 출산이 어렵고 위험할 수도 있어."

티어가 침을 삼켰다.

"어느 쪽이든 살아남지 못할 수도 있어. 하지만 산부인과 의사가 있다면 살 가능성이 더 높아질 거야."

케이티는 눈을 가늘게 떴다. 타운에는 의사가 필요하지 않았다. 릴리에게 의사가 필요하고, 이제 그들에게 자신보다 마을을 생각하라고 항상 말하던 바로 그 윌리엄 티어가 타운을 뒤에 남겨두고 의사를 찾아 나서려는 거였다.

이기적이에요, 그녀는 가늘어진 눈으로 그를 보며 생각했다. 그거 알고 계시는 거예요? 저한테 거짓말을 하시는 건가요, 스스로에게 하는 건가요?

티어는 대답하지 않았으나 케이티는 자신의 생각 일부가 그에게 들린 게 분명하다고 생각했다. 그가 시선을 떨어뜨렸기 때문이다.

"네가 무슨 생각을 하는지 안다. 이게 내 문제라고 생각하겠지."

케이티는 그렇다고 대답하고 싶었지만 차마 거기까지 할 수는 없었다.

"넌 이해 못 해, 케이티. 화이트호는 내 머릿속에 거의 20년 동안 함께 있었어. 넌 어리지만 영리하니까 잘못을 바로잡고 싶은 마음을 이해할 거다."

케이티는 이해하지 못했으나 기묘하게도 지금 이 순간에는 분노가 사라졌다. 우상이 비틀거리는 걸 보는 건 사소한 일이 아니었지만, 티어의 가르침은 여전히 사실이었고 아무도 다른 사람의 고통을 비난할 권리가 없었다. 케이티는 티어의 교실에 발을 들이기 한참 전에 그 사실을 배웠다.

그가 완벽해야 할 필요는 없어. 그의 '인상이' 완벽했던 거고, 인상이란 실체보다 더 크게 마련이지. 케이티는 갑자기 그런 결론을 내렸다.

"가지 마세요. 타운이 이렇게 약한 상태인 지금은 안 돼요."

케이티가 마지막으로 애원했다.

"난 가야 돼."

"이 종교인들이요…… 이 사람들은 점점 나빠지고 있어요—"

"나도 안단다."

"그럼 왜 막지 않으시는 거예요? 왜 못 하게 하지 않으시는 건데요?"

그녀가 물었다.

"그러면 나는 독재자가 돼, 케이티. 반대를 할 수는 있지만, 그 이상은 할 수 없단다."

케이티는 화가 나서 입을 다물었다. 그녀의 첫 번째 생각은 타운에 독재자가, 나쁜 행동을 가로막고 금지할 사람이 필요하다는 거였다……. 하지만 그것은 로의 말이었다. 그녀는 그 말을 삼키고 무릎을 내려다보았다.

"언제 떠나세요?"

"다음 달에. 추수가 끝나자마자."

티어가 대답했다.

"혼자요?"

"아니. 매들린이 나와 함께 갈 거다. 네 엄마에게 책임을 맡길 거야."

"그럼 저도 갈게요."

"아니. 넌 여기 있어야 돼. 여기서 조녀선을 지켜다오."

케이티는 인상을 찌푸렸다. 그녀는 조녀선이 위험하다는 생각을 하고 싶지 않았지만, 많은 사람들이 겨우 한 명이나 설령 두 명이라 해도 소수를 지킨다는 게 타운의 순리에 어긋나는 것 같았다.

"네가 직접 사람을 고르렴. 우리 수업을 듣는 사람 중 누구든. 최대 대여섯 명 정도를 말하는 거야. 그 이상은 거추장스러울 거다."

"언제 시작하면 돼요?"

"내가 떠난 다음에."

"뽑히지 않은 사람들은 어떻게 해요? 어떻게 이걸 비밀로 유지하죠?"

티어가 대답을 하려고 하는데 조녀선이 끼어들었다. 그는 돌아와 문가에 서 있었다.

"그러기엔 이미 늦었어. 조만간 모두가 알게 될 거야. 무장 경호원이라는 건 감추기 힘들어."

"왜 저예요?"

그녀가 두 사람을 번갈아 보면서 물었다.

"전 우리 중에 가장 작아요. 리어가 더 똑똑하고, 버지니아가 더 강하고, 개빈이 칼을 더 잘 써요. 왜 저죠?"

"왜냐하면 내가 널 믿으니까, 케이티. 난 몇 년 동안 너희들 모두를 봤고, 넌 상황에 따라 마음을 바꾸지 않는 사람이야."

조너선이 간단히 말했다.

이 말은 자신의 마음이 항상 바뀐다고, 가끔은 말도 안 되는 이유로 그런다고 생각해왔던 케이티에게 새로운 것이었다. 그녀는 조너선의 말을 고쳐주고 싶었지만 티어가 동의의 뜻으로 고개를 끄덕였다. 그들이 자신이 보는 것과는 다른 눈으로 자신을 본다는 사실에 놀라서 그녀는 침묵을 지켰다. 나중에, 그녀는 이렇게 될 예정이었다는 걸 알고 있었던 것 같다고 생각했다. 단순히 공터에서 칼을 갖고 노는 아홉 명의 아이들을 넘어서는 더 중요한 것이 있다는 걸 알았던 것 같았다. 지난 3년은 그저 다음 단계를 위한 준비였던 것이다.

조너선이 앞으로 나와서 탁자 위로 한 손을 내밀었다. 잠깐 동안 케이티는 그냥 그를 쳐다보기만 했다. 이 기묘하게 낯설고 성격 이상한 학교 친구, 가끔은 다른 사람과 잘 어울리지 못하고 어울릴 마음도 없는 친구를. 가끔 그녀는 그에게서 신중하게 감추어지고 가려진 윌리엄 티어의 위대함을 느낄 수 있었다. 티어가 사람이라는 건 위험한 일이니까. 앞으로 곧 모든 티어가 사람들이 뒤에서 칼을 맞게 될 거고─

네가 그걸 어떻게 알아?

조너선의 손이 그녀의 손을 잡았고 케이티는 눈을 깜박였다. 머릿속에 갑자기 환영이 떠올랐다. 그녀와 조너선이 빛이 전혀 없는 곳에 단둘이 있는 모습이었다. 그가 그녀의 손을 놔주었고 다행스럽게도 환영은 사라졌지만 그의 손의 느낌은 사라지지 않았다. 마치 낙인이 찍힌 기분이었다.

나한테 무슨 일이 생긴 거지?

그녀의 머리가 통제 밖에 있는 깊은 우물에서 꺼낸 것처럼 즉시 예상 밖의 답을 던졌다. 그녀는 이제 조녀선과 결합되었고, 갑자기 자신이 견습이나 심지어 직업보다도 더 중요한 일을 맡게 되었다는 걸 깨달았다. 겁쟁이 같은 조그만 목소리가 마음속에서 이건 너무 과하다고, 자신은 겨우 열일곱 살이라고 외쳤지만, 케이티는 화가 나서 그 목소리를 억눌렀다. 그녀는 겨우 열네 살에 뒤뜰에서 티어와 함께 의자에 앉아 있던 때에도 이게 심각한 일이라는 걸 알고 있었다. 그녀는 타운을 지키겠다고 약속했지만 윌리엄 티어와 타운은 항상 떼어놓을 수 없는 관계였다. 이제 티어가 떠나고 타운에 남는 것은 미지의 존재인 조녀선뿐이었다.

난 근위병이야, 케이티는 생각했다. 조녀선은 그 직위에 반대할 것이고, 아마 그만 그러는 것도 아닐 테지만, 그녀는 왕자를 지키는 근위병이었다. 그녀는 지금 사방에서 들리는 끊임없는 속삭임을 떠올렸다. 불만, 탐욕, 비판. 타운에 안개처럼 퍼지고 있는 미신. 케이티의 어린 시절에는 어디에나 존재했던 신뢰와 선의는 타운에서 조금씩 다 말라버리고 이제는 거의 사라진 것 같았다.

"선택을 잘했구나. 케이티가 제 엄마가 나를 지켜줬던 것의 절반만큼만 해도 넌 완벽하게 안전할 거다."

티어가 조녀선에게 말하고서 케이티를 보고 미소를 지었다. 하지만 갑자기 떨쳐낼 수 없는 끔찍한 예감, 확신이 솟아올라 심장을 휘감는 것 같아서 케이티는 웃을 수가 없었다.

"케이티? 괜찮니?"

그녀는 고개를 끄덕이고 억지로 미소를 지었지만 괜찮지 않았다. 그녀도 알고 조니선도 알았다. 식탁 너머로 그녀의 시선을 마주 보는 그의 검은 눈은 우울했다.

윌리엄 티어는 돌아오지 않을 것이다.

"케이티."

그녀가 책에서 고개를 들었다. 그녀는 숲 한가운데에 어릴 때 로와 함께 발견한 조용한 곳에 책을 읽으러 나왔다. 서쪽 비탈에 있는, 참나무로 둘러싸인 작고 비교적 평평한 공터였다. 하지만 오랫동안 여기서 로를 보지 못했었다.

"뭐 읽어?"

그가 물었다. 케이티는 책을 들어 올려 표지를 보여주었다. 이제 막 재미있는 부분에 들어갔지만 잠시 책을 내려놓는 것도 기뻤다. 스티븐 킹의 책은 날씨가 아주 맑은 날에도 늘 무서웠다. 로가 옆에 앉았고 케이티는 그의 목에서 뭔가가 반짝이는 것을 보았다.

"그게 뭐야?"

로는 목걸이를 들어 올렸다. 그녀는 섬세한 사슬 끝에서 은빛으로 반짝이는 십자가를 보았다. 케이티의 몸에 불안한 떨림이 흘렀다. 로와 실제로 이야기를 나눈 지 너무 오래되었다. 로가 학교를 졸업하긴 했어도 그들은 종종 마주쳤다. 하지만 둘이 타운의 다른 사람들 눈에서 벗어나 주말 내내 붙어 있던 시절은 오래전에 끝났다.

"그건 왜 한 거야?"

로가 어깨를 으쓱였다.

"난 구원받았어."

"농담이겠지."

"아니야. 난 진짜 신도야."

케이티가 예리하게 쳐다보다가 그의 눈이 반짝이는 것을 보고서 안도했다.

"너를 구원하려면 엄청난 노력이 필요할걸, 로."

"아, 이미 구원받았어. 내 죄를 고백했거든."

"누구한테?"

"폴 수사님한테."

"폴 수사님?"

"난 그의 신자야."

그녀는 농담이라는 신호를 기다리며 그를 빤히 쳐다보았지만 그런 건 나오지 않았고, 그녀의 안도감도 사라졌다. 폴 수사란 분명히 본인이 성경 학자라고 하고 다니는 폴 아녜스콧 이야기일 것이다. 그는 매주 자기 집에서 성경 읽기 모임을 했고, 이것은 종교적인 게 아니라 학술적인 것이어야 했다. 케이티는 윌리엄 티어가 마을에 적극적인 기독교 신자들이 생기고 있다는 걸 알면 뭐라고 생각할까 궁금했……. 하지만 티어는 끼어들지 않을 거라고 했었다.

"넌 나만큼도 기독교를 안 믿잖아, 로. 왜 그러는 거야?"

"난 구원받았어."

그가 반복했다.

"그 말은 네가 마을 사람 절반이랑 자는 걸 그만둘 거라는 뜻이야?"

"난 불순한 행동을 이미 그만뒀어."

케이티가 해석할 수 없는 웃음을 지으며 그가 말했다. 그가 그녀는 이해할 수 없는 농담에 그녀를 끌어들이려는 것처럼 느껴졌다. 마지막으로 그냥 단둘만 있었던 적이 언제였더라? 최소한 6개월은 더 됐을 것이다.

"뭘 원해, 로?"

"나 다음 주에 떠나."

케이디의 입이 떡 벌어졌다. 제일 먼저 든 생각은 로가 티어와 함께 간다는 거였지만, 티어가 그를 데려갈 리가 없었다. 잠시 생각한 후 그의 말뜻을 깨달았다.

"너 산악 원정에 가는 거야?"

"응."

케이티는 고개를 끄덕였지만 마음속의 불안감이 더 강해졌다. 젠 데블린의 원정대는 이번 주에 떠나기로 되어 있었지만 티어가 떠나는 것 때문에 날짜를 미뤘다. 그는 지난주 회의에서 바다를 건너가겠다는 계획을 밝혔고, 예상대로 타운 전체가 항의를 했다. 모든 사람들이 재앙을 직감한 것 같았지만 타운 전체의 애원조차도 티어를 잡지 못했다.

"넌 모험가가 아니야, 로. 젠의 원정에서 뭘 원하는 거야?"

"떠나고 싶어."

그건 이해가 됐다. 로가 집에서 나갈 날이 가까워질수록 그의 어머니는 점점 더 간섭을 해댔다. 로가 가게에서 일을 할 때면 그의 어머니는 그가 뭔가 점심이나 재킷을 잊어버렸다고 주장하며 찾아왔다. 로가 친구들과 나가면 그의 어머니는 가끔 30미터쯤 뒤에서 질투로 눈을 치켜뜨고 그를 따라오곤 했다. 엄마는 핀 부인의 정신이 불안정해지고 있다고 말했고, 로가 제 어머니의 매 같은 눈초리에서 벗어나고 싶어 하는 건 완벽하게 말이 됐다. 심지어는 산악 원정도 괜찮은 선택 같았다. 핀 부인이 그런 여정에 따라오지는 못할 테니까. 모든 게 완벽하게 그럴듯했지만 로를 잘 아는 케이티는 그의 대답 바로 아래서 뭔가 다른 이유가 반짝이고 있는 것처럼 엄청난 거짓이 느껴졌다. 셔츠를 잡고 솔직하게 말하라고 캐묻고 싶었지만 그렇게 해도 그는 아마 말하지 않을 것이다. 그리고 케이티는 갑자기 그들의 우정이 지난 몇 년 동안 얼마나 약해졌는지를 깨달았다. 그녀는 로가 뭘 생각하는지, 뭘 하려고 하는지 전혀 몰랐다. 어린 시절에 느꼈던 그 자연스러운 친밀감은 사라졌고 이제 케이티는 그 천사의 얼굴 아래 뭐가 있는지 상상 밖에 할 수 없었다. 끔찍한 한순간 그녀는 자신이 로를 알긴 했는지, 그저 겉만 보고 나름의 생각으로 한 소년을 창조해낸 건 아닌지 의심이 들었다. 이제 더는 아무것도 확신할 수가 없었다.

"네가 보고 싶을 거야, 케이티."

고개를 들자, 로가 그녀를 바라보고 있었다. 입가에는 살짝 미소가 떠올라 있었다.

"나도 보고 싶을 거야, 로."

하지만 그 말이 진심인지 아닌지 자신도 알 수가 없었다. 티어가 떠나면 그녀는 조너선을 열성적으로 경호할 것이다. 전에 누굴 경호해본 적은 없지만 불확실한 데에서 보안 문제가 생긴다는 것은 잘 알았다. 생각이 잠깐 다른 곳으로 흘러가면서 한순간 그녀는 숲에서, 달빛 속에서 괴물을 마주 보고 서 있었다. 불확실한 것은 위험하고, 로는 늘 미지수였다.

어린 시절의 우정이 실제로 얼마나 가치가 있을까? 그녀는 바닥을 내려다보며 생각했다. 내가 얼마나 그에게 충성해야 하는 걸까?

"언제 돌아올 예정이야?"

"젠은 두 달 정도 예상하고 있고, 날씨가 나쁘면 세 달까지 생각해. 그 산맥 꼭대기에서 눈을 봤다고 했거든. 그때가 봄이었는데도."

"음."

케이티는 어색하게 말했다. 그 어색함 속에서 어디선가 문이 닫히고, 전에 일어났던 모든 일이, 그들이 부모님 몰래 빠져나와 도망쳤던 모든 때, 그들이 서로의 뒤뜰에 만들었던 요새, 로가 수학 숙제를 도와줬던 시간, 로가 그녀의 욱신거리는 머리를 쓰다듬고 누군가가 잔인하게 굴었던 걸 잊어버리게 만들어주었던 학교 담벼락에서의 그날까지 모든 기억들이 분리되는 기분이 들었다. 마음 깊은 곳에서 문이 쿵 닫히는 소리가 느껴진다기보다는 들리는 것 같았고, 눈을 깜박이고서야 그녀는 눈물이 고였음을 깨달았다. 로가 팔을 벌렸고 그녀는 울지 않으려고 애를 쓰며 그 품으로 들어갔다. 로는 울지 않았다. 그러니까 그녀도 울지 않을 것이다.

"몸조심해, 로."

그녀가 말했다.

"너도, 라푼젤."

그가 미소를 띠고 대답했다. 그녀의 긴 머리카락 한 가닥을 그가 살짝 잡아당기더니 돌아서서 숲을 따라 동쪽으로, 마을을 향해 걸어갔다.

그는 사과하지 않았어, 케이티는 문득 그것을 깨달았다. 이 모든 시간 동안 그는 나를 거기 세워두고 그것과 남겨뒀던 걸 한 번도 사과하지 않았어―

그 생각이 뚜렷해지며 분노로 변하려고 했지만 케이티는 재빨리 밀어냈다. 그녀는 여전히 로를 사랑했고 언제나 그럴 것이다. 그가 산맥으로 떠나 있는 동안 그리울 것이다.

하지만 그가 왜 산맥으로 가는 거지? 그녀의 머리가 그만두려 하지 않고 계속해서 질문을 던졌다. 왜 그가 산맥으로 가는 거야, 케이티? 왜 그가 거기로―

"조용히 해."

케이티는 나직하게 속삭이고 책을 집었다.

3주가 흐르고, 다시 한 주가 더 흘렀지만 윌리엄 티어는 돌아오지 않았다.

케이티는 티어가 죽었다는 걸 알았다. 천리안의 능력은 없었지만, 그래서 답이 더욱 간단했다. 조녀선이 알기 때문에 그녀도 알았다. 그는 여전히 자기 생각을 거의 드러내지 않았지만 이제 케이티는 누구보다도 그를 잘 읽었고, 그의 말을 분석하고 그가 드러내는 사소한 것들로 추론을 할 수 있었다. 5주째 한밤중에 조너선의 집 문을 두드리는 소리가 났고, 문을 열어준 사람은 케이티였다. 그녀도 알고 있었기 때문이다.

문밖에 서 있는 사람은 매디 이모라고 거의 알아볼 수가 없었다. 굶어 죽기 직전의 상태인 듯 촛불 빛 속에서도 창백한 얼굴에 뼈가 두드러졌다. 케이티가 팔을 잡으니 손가락 아래에서 매디 이모의 피부가 뜨겁게 느껴졌다. 케이티의 머리는 이런 사실들을 인식했지만 그래도 우선 급선무는 매디 이모를 집 안으로 들이고 문을 닫는 거였다. 그녀는 매디 이모가 죽어간다는 걸 알았다. 케이티의 눈앞에 보이는 이런 상태에서 살아남을 수 있는 사람은 아무도 없으니까. 하지만 이 잠깐 동안에도 케이티의 일부는 이미 가장 중요한 것에 집중하고 있었다. 바로 비밀을 유지하는 거였다.

매디 이모는 해골 같은 손을 앞에서 깍지 낀 채 그녀에게 거칠고 쉰 목소리로 이야기했다. 그녀의 몸을 이루고 있던 근육은 전부 사라졌고 팔뚝은 나뭇가지처럼 보였다.

"그 사람은 해내지 못했어."

매디 이모가 중얼거렸다. 아무도 쳐다보고 있지 않았지만 케이티는 이모가 릴리에게 말하고 있다는 걸 알았다.

"지난번 일을 기억하지? 그 사람의 모든 걸 빼앗긴 것 같았잖아. 너무 나이가 들었든지 반대편에서 하는 건 너무 어려운 건지 나도 잘 모르겠어. 하지만 그 사람이 해내지 못할 거라는 거, 그러다가 죽을 거라는 건 알 수 있었어. 나도 도우려고 했어. 손을 잡으면 나한테서 좀 힘을 가져갈 수 있을 거라고 생각했거든. 그리고 실제로 그랬고. 하지만 그래도 소용이 없었어. 문은 열리지 않았어."

케이티는 이 이야기의 대부분을 이해할 수 없었지만 주위를 재빨리 둘러보니 모르는 건 혼자뿐임을 알 수 있었다. 조너선과 릴리는 눈을 내리깔고 똑같이 체념한 표정을 짓고 있었다.

"결국에 난 그게 그 사람을 죽이는 걸 봤어. 그 사람도 알고 있었어. 날 밀어냈거든. 하지만 죽기 전에 나한테 이걸 줬어."

그녀는 주머니에 손을 넣어 섬세한 은사슬에 매달린 티어의 사파이어를 꺼냈다. 사슬은 좀 꼬여 있었고 은은 녹이 슬어 흐릿했지만 보석은 예전과 똑같이 반짝였다.

"이걸 너한테 주라고 했어. 그러니까 줄게."

매디 이모는 갈라진 목소리로 말하며 보석을 내밀었다.

조녀선은 보석을 손바닥 위에 놓고 한참 동안 쳐다보았다. 케이티는 그가 뭘 생각하고 있는지 대체로 알았지만 지금 이 순간에는 전혀 알 수가 없었다. 이야기 중간쯤 릴리는 일어나서 방을 나갔다가 빵과 치즈가 가득 놓인 접시를 들고 돌아왔다. 하지만 매디는 음식을 잠깐 쳐다만 보다가 어둡고 무덤덤한 눈으로 그들을 쳐다보았다.

"난 죽을 거야. 내가 알아. 그의 몫의 음식을 갖고 있어서 여기까지 올 수 있었지만, 그가 나한테서 가져간 그건 뭔지 몰라도 영원히 없어졌어. 난 매일 약해지고 있어."

"그 사람 시체는?"

릴리가 물었다.

"없어. 배 바깥으로 던져야 했어."

매디 이모가 대답했다.

이 말에 릴리는 몸을 돌리고 아무 말도 하지 않았다. 조녀선은 여전히 손에 있는 보석만 쳐다보았다. 케이티는 윌리엄 티어를 애도하고 싶었지만 그럴 수가 없었다. 티어 본인이 이미 그녀가 더 중요한 문제를 생각하도록 했기 때문이다. 이 일이 조녀선에게 어떤 영향을 미칠까? 티어가 죽었다는 것을 알면 타운은 어떻게 할까? 다른 사람들은 그렇게 멀리까지 생각하지 못할지 몰라도 케이티의 머릿속 깊은 곳은 이미 이 일이 미칠 영향을 알아채고 이걸 감출 방법을 생각하고 있었다.

"아무한테도 말하면 안 돼."

매디 이모가 말했고 케이티는 고마운 기분으로 고개를 들었다.

"무슨 말을 하는 거야? 이 일을 비밀로 할 순 없어."

릴리가 말했다.

"당연히 할 수 있어. 이건 지금 타운에 절대로 필요하지 않은 일이야."

매디 이모의 쉰 목소리는 모든 논쟁의 여지를 차단했다. 케이티도 고개를 끄덕였다. 윌리엄 티어는 늘 타운의 최악의 충동을 막아주는 마개 역할을 했다. 그가 없으면 폴 아네스콧이나 권력을 잡고 싶어 하는 수많은 다른 세력들을 가로막을 방법이 전혀 없었다. 조만간 사람들도 티어가 죽었다는 결론을 내리겠지만, 불확실함이 명백한 사실보다는 나았다.

"이런 일을 어떻게 비밀로 해? 네가 그 사람 없이 혼자 돌아온 걸 보면 사람들이 뭐라고 하겠어?"

릴리가 주장했다.

"그들은 아무것도 못 볼 거야. 난 시간이 얼마 안 남았어."

매디 이모가 소파에서 일어섰다. 약한 촛불 빛 속에서도 케이티는 피부 아래로 매디 이모의 팔뼈가 보인다는 사실에 놀랐다.

"난 떠날 거야. 지금, 해가 뜨기 전에."

"그럴 수 없어!"

릴리가 갈라진 목소리로 소리쳤다.

"릴. 그만해."

매디 이모는 릴리가 움찔할 때까지 어깨를 잡고 꽉 쥐었다.

"하지만 어디로 가게?"

"상관없어. 이건 우리 둘보다 더 중요한 일이야. 늘 그랬어. 언니도 나만금 잘 알잖아. 그 사람은 늘 언니가 우리 중 한 명이라고 그랬어. 오래전, 보스턴에서부터."

매디 이모는 그렇게 말하고 몸을 돌려 절뚝거리며 복도를 걸어갔다.

"이모 말이 맞아요, 엄마. 아버지는 돌아가셨고, 그게 알려지면 이 마을은 조각날 거예요."

조너선이 손에서 사파이어를 굴리며 조용히 말했다.

"매디를 막아야 돼!"

릴리가 주장했다. 하지만 케이티도 조너선도 움직이지 않았고, 릴리가 일어나려고 하자 케이티가 그녀의 팔을 잡고 도로 앉혔다. 몇 초 후에 앞문이 닫히는 소리가 들렸고 릴리가 흐느끼기 시작했다. 케이티도 울고 싶었다. 윌리엄 티어 때문에, 매디 이모 때문에, 그리고 무엇보다도 그들 모두가, 타운 전체가 잃은 것 때문에. 하지만 조너선의 금욕적인 태도 앞에서는 그녀도 눈물을 삼키고 당면한 미래로 생각을 돌리는 수밖에 없었다.

아무도 윌리엄 티어가 죽었다는 소식을 들을 준비가 되지 않았다. 티어는 엄마에게 책임을 맡겼으나 그것은 일시적인 해결책일 뿐이었다. 엄마는 오랫동안 타운을 하나로 모을 수 있는 사람이 아니었다. 조너선이 책임을 맡아야 할 거고, 타운은 그 어느 쪽도 받아들일 준비가 되지 않았다. 매디 이모가 옳았다. 티어의 죽음은 무슨 수를 쓰더라도 감추어야 했다. 케이티는 이제 근위병이었고 비밀을 지키는 게 임무였지만 반항적인 마음 일부는 이 책임이 다른 사람에게 넘어갔다면 좋았을 거라고 생각했다. 그녀는 타운을 사랑했지만 거짓말을 하는 데에는 능숙하지 않았다.

배우게 될 거야. 티어가 그녀의 머릿속에서 속삭였고 케이티는 그 말이 사실임을 깨닫고 몸을 떨었다. 그녀는 이제 죽은 사람을 위해 일하고 있었다.

9장

도주

이렇게 후일에조차 붉은 여왕의 출신에 대한 확실한 증거는 아직도 찾지 못했다. 필자는 그녀가 모트메인 북부의 작은 마을에서 태어났다고 믿지만 이것도 그저 추측일 따름이다. 이렇게 알려진 게 없고 심지어는 진짜 이름조차 알려지지 않은 사람을 어떻게 조사할 수 있겠는가?

—《군사국가로서의 티어링》, 순교자 캘로

여왕은 잠에서 깨서 잠깐 동안 그대로 누워 있었다. 맞은편 벽에서 뭔가가 스치는 소리가 들렸다고 확신했다. 아주 춥던 어느 겨울에 딱 한 번 팔레에 쥐가 들끓은 적이 있었다. 독을 넣은 미끼로 해결했지만 어쩌면 쥐새끼들이 되돌아왔는지도 모른다.

정말로 그렇지.

여왕의 입이 차가운 미소를 그렸다. 부하들이 매일 점점 더 많이 떠났다. 알현실은 일주일째 청소가 안 되고 있었다. 팔레의 청소부들 대부분이 도망친 탓이었다. 개인 근위병들도 절반은 찾을 수가 없었다. 근위대장 기슬랭이 여왕이 잠들 수 있는 유일한 이유였다. 지금 이 순간에도 기슬랭은 침실 문 앞에 서 있다. 창밖으로 도시에서 벌어지는 싸움 소리가 멀리서 들렸다. 디메인은 무정부 상태였다.

그 기묘하게 바스락거리는 소리가 또 들렸다.

여왕은 낮게 욕을 하면서 초에 손을 뻗었다. 어차피 밤에 거의 잠을 자지 못했다. 낮에, 밝을 때에 잠을 자는 게 훨씬 쉬웠다. 이불 너머로 방은 얼음장처럼 싸늘하고 팔레의 수많은 깨진 창문으로 외풍이 쌩쌩 들어왔다. 3주 전에 카다르 왕이 20년이 넘는 세월 동안 처음으로 선적을 보내지 않았다. 그 생각만으로도 여왕의 피가 끓어올랐다. 망할 늙은이가 그녀가 약해진 걸 알아챘고 몇 년간 카다르에 대해 걱정할 필요가 없었던 여왕에게 갑자기 남쪽 국경에서도 문제가 생겼다. 디메인 길거리에서 음식보다도 값싼 유리가 귀중한 물품이 되기 직전이었고, 한때 왕국에서 가장 단열이 잘된 침실을 소유했던 여왕은 지금 담요 아래서 떨고 있었다. 국고에는 창문을 수리하는 데 쓸 돈이 전혀 없었다. 팔레는 초겨울 바람과 안으로 들어오려고 하는 해충들에 훤히 열려 있었다.

여왕은 성냥을 찾고서 일어나 앉아 초를 켰다. 방은 빨간색 벽과 가구들로 언제나와 똑같아 보였다. 지난여름에 어둠의 존재가 불을 질렀던 이래 가구를 거의 다 바꿔야 했지만 가구업자들이 훌륭하게 작업해서 새 방은 이전과 거의 똑같아 보였다. 가구업자들은 지금 다 어디 있을까? 아마도 도망쳐서 르비외와 반역자 무리에 가담했을 것이다. 디메인에서 민란이 들끓었고 가끔은 여왕도 자신이 이기고 있다고 생각할 수 있었다. 하지만 대부분의 날에는 그렇지 않다는 걸 잘 알았다.

이게 몰락의 느낌이지, 여왕은 그렇게 생각하며 로브를 걸쳤다. 어릴 때 그녀도 역사 공부를 했다. 유모인 라이트는 전 세계의 독재자들의 몰락에 관한 내용을 많이 읽으라고 시켰다. 하지만 그것이 천천히 잠에 빠지는 것처럼 최면적이고 거의 마약을 하는 듯한 느낌이라는 건 아무도 말해주지 않았다. 그녀는 승리를 선언하는 대신 한밤에 몰래 훔쳐 가는 보이지 않는 적과 싸우고 있었다. 도시는 조금씩 조금씩 르비외와 반란군들에게 합류하고 있었고 그녀는 일이 벌어진 후에야 이 공격에 대해서 알게 되었다. 이미 그녀는 꼼짝할 수가 없었다. 그냥 여기 앉아서 바리케이드를 치고 그녀의 왕관, 왕좌를 움켜잡고 누군가가 와서 빼앗아 갈 때까지 버티는 게 훨씬, 빌어먹도록 쉽기 때문이었다.

침대 옆 탁자에 촛불 빛에 어둡게 반짝이는 티어 사파이어 두 개가 있었다. 여왕은 그것을 한참 동안 쳐다보았다. 머릿속에서 여자아이의 목소리가 들렸다. *당신이 졌어요.*

그래, 그녀가 졌다. 여자아이가 뭘 했는지 모르지만, 아주 잘했다. 사파이어는 두카르트처럼 망가진 도구였다. 붉은 여왕이 잠자리에 들 때 두카르트는 여왕의 장군들 여러 명과 복도 아래쪽 방에 틀어박혀 있었다. 밖에서 보기에는 전략 회의 같았지만 여왕은 그게 실제로 뭔지 잘 알았다. 숨어 있는 거였다. 장군들은 지금 전부 다 쫓기고 있었다. 그녀가 국고에서 그들에게 보상금을 꺼내 줬다는 게 전부 알려졌기 때문이다. 군 병사들이 지휘관 중 누군가를 잡으면 그들의 운명은 그녀 자신의 운명보다 딱히 낫지 않을 것이다.

맞은편 벽에서 바스락거리는 소리가 더 크게 났다.

한숨을 쉬고 여왕은 사파이어를 주머니에 넣고는 발뒤꿈치를 들고 조심조심 방 맞은편 구석으로 향했다. 쥐가 있는 거라면 죽여버릴 것이다. 침대나 소파 아래를 빼면 녀석이 숨을 곳은 아무 데도 없었다. 어릴 때 그녀는 혼자 남으면 시간을 보내기 위해서 쥐를 죽이곤 했다.

이비!

그녀는 그 목소리가 사라지기를 바라며 관자놀이에 손을 올렸다. 하지만 요즘은 세상의 모든 힘을 다 모아도 머릿속을 통제할 수가 없는 것 같았다. 어머니의 목소리가 항상 거기서 위협하고, 비난하고, 흠을 잡으려고 했다. 그 여자아이는 미의 여왕을 깨웠고, 미의 여왕은 다시 잠들려 하지 않았다. 여왕의 발아래에서 바닥이 얼음장같이 느껴졌고, 그녀는 슬리퍼를 찾다가 책상 아래에서 발견했다. 방을 반쯤 가로질러 갈 때 이번에는 머리 바로 위에서 바스락 소리가 났다.

이비!

여왕은 고개를 들었다가 피가 얼어붙는 것을 느꼈다.

천장에 어린 여자아이가 있었다. 마른 팔다리는 하얗고 핏기 하나 없었다. 더러운 손가락은 나무에 달라붙은 것 같아서 곤충처럼 거기 매달려 있을 수 있었다. 등이 여왕을 향하고 있어서 검은 머리가 뒤로 흘러내렸고, 옷은 누더기였다.

여왕은 근육이 다시 움직일 수 있을 만큼 깊게 숨을 들이켜야 했다. 그녀가 벽으로 물러나자 어린 여자아이가 거미처럼 천장에 달라붙어서 따라왔다. 바스락 소리는 나무에 스치는 아이의 무릎에서 나는 거였다. 아이가 벽과 천장이 만나는 곳에 도착해서 벽을 기어 내려오기 시작했다. 다시금 여왕은 거미를 떠올렸다. 모트메인 남부의 거미줄을 치는 거미가 아니라 페어위치 언덕에 있는 독거미였다. 이 거미들은 한참 동안 풀밭과 바위 사이로 먹이를 따라다녔고, 초반에는 천천히 움직이지만 가까이 다가가면 번개같이 먹이를 잡아챌 수 있었다.

여자아이에게 시선을 고정한 채 여왕은 책상 쪽으로 물러났다. 제일 위 서랍에 칼을 넣어두었지만 여기서 칼이 딱히 쓸모가 있을지는 의문이었다. 이 생물은 어둠의 존재가 만들었다. 여자아이의 기묘하고 계속 변하는 외형에서 유사성을 알아챌 수 있었다. 이 아이는 마치 실체가 아닌 것처럼 완전히 단단하지 않았고, 백 가지 방법으로 사람의 속을 끄집어내는 능력을 가진 여왕도 아이의 몸에서 어디서부터 시작해야 할지 찾을 수가 없었다. 머릿속에서 그것을 찾지 못하면 무기로도 어떻게 할 수 없을 것이다. 그래도 칼이 있는 게 아무것도 없는 것보다는 나았기 때문에 그녀는 서랍을 더듬어 종이와 펜과 스탬프를 밀어내고 날카로운 날이 달린 칼을 찾았다. 그리고 오래전 어둠의 존재와 동맹이었을 때…… 최소한 그가 그녀를 아직 유용하다고 여기던 시절에 그와 나눈 대화를 떠올려보려고 노력했다. 어둠의 존재는 그녀에게 많은 것을 가르쳐주었지만 자신의 과거에 대해서, 그런 존재가 된 기묘한 변화에 대해서는 침묵을 지켰다.

여자아이가 벽 아래쪽까지 내려와서 발로 섰다. 여왕은 몸을 떨었다. 여자아이의 누더기를 알아보았기 때문이다. 그것은 한때 경매에 부쳐지는 노예가 입던 싸구려 파란색 제복의 자투리였다. 하지만 모트메인은 브루사드가 경매인으로 일하기 한참 전부터, 벌써 40년이 넘게 그런 제복을 사용하지 않았다. 아이는 훨씬 젊은 모트메인의 여왕이 아직까지 어둠의 존재를 달랠 수 있다고 생각하던 시절에, 도시 길거리에서 잡혀 온 집 없는 어린애들을 사서 북쪽의 페어위치로 보냈던 초기 선적품이었을 것이다. 아이의 눈은 검고 공허했고 목소리는 오랫동안 쓰지 않은 것처럼 거칠었다.

"난 가고 싶지 않아요. 날 마차에 태우지 마세요."

아이가 쉰 소리로 말했다.

여왕은 물러나서 소파 등받이 뒤로 돌아갔다. 다시금 머릿속으로 아이를 부드럽게 밀어보았고 역시나 자신이 옳다는 것을 발견했다. 아이의 살은 어둠의 존재처럼 완전히 거기에 있는 게 아니라 벌 떼처럼 낮게 윙윙거렸다. 여왕은 초를 내려다보고 아이가 불에 탈 수 있을까 생각했다……. 아니, 어둠의 존재에게 속한 것이 불에 약할 리가 없었다.

"난 우리 마망을 원해요. 우리가 어디로 가는 거예요?"

아이의 목소리는 애처로웠다.

"넌 유령이 아니야. 넌 졸일 뿐이야. 그가 너에게 이렇게 말하라고 시켰겠지."

여왕이 대꾸했다.

아이는 소파 가장자리를 뛰어넘었고 여왕은 다시금 독거미를 떠올렸다. 아이의 작은 키는 속임수였다. 여왕이 어린애의 속도와 반사 신경을 예상하도록 속이는 도구였다. 여왕은 방에서 물러나다가 잠옷 단에 걸려 비틀거렸고, 아이는 멍하던 얼굴에 열의와 굶주림이 가득 차서는 앞으로 달려들었다. 여왕은 갑자기 페어위치에서의 그 기나긴 밤을, 눈이 눈보라로 변하고 산자락의 얼어붙은 땅 위로 바람이 울부짖던 것을 떠올렸다. 어둠의 존재는 그녀를 불로 감싸 따뜻하게 만들어주었고 여왕은 불길에 휩싸여 있는데도 고통이 없다는 사실을 깨닫고 깜짝 놀랐었다. 그녀가 손을 내밀어 불꽃을 건드리려 하자 어둠의 존재가 그녀의 손을 잡았다.

유예되었다고 해서 속지 마. 결국에는 우리 모두 불타지. 그는 그렇게 말했다.

"불에 타."

여왕은 거의 의문에 잠겨서 중얼거렸다. 고아와 그녀의 관계는 일시적으로 중단된 불길이고, 이제 이 불길이 그녀를 덮친 거였다.

그녀는 몸을 돌려 문으로 달려갔고 바로 뒤에서 아이가 뛰어오는 발소리가 들렸다. 그녀가 문을 열고 사이로 나갔지만 뒤에 있던 손이 바이스에 끼인 것처럼 잡혔고, 아이의 이가 손목에 파고드는 걸 느끼고 비명을 질렀다. 문 뒤쪽으로 소파가 힐끗 보였고 기슬랭이 거기서 피부가 새하얀 채로 죽어 있었다. 아래 있는 쿠션은 피로 젖어 있었다.

우리 모두 불타지.

"아직은 아니야."

여왕이 으르렁거리며 손을 앞으로 당겨 아이의 머리를 문 반대편에 갖다 박았다. 이가 손목에서 떨어졌다. 그녀는 복도를 따라 알현실로 도망쳤고 토끼가 뛰는 것 같은 아이의 발소리가 바로 뒤에서 들렸다. 앞의 복도는 텅 비고 끝이 없어 보였다.

내가 뭘 해야 되지? 여왕은 자문했다. 그녀의 목소리는 공포로 물들고 있었지만 어떻게 통제할 수가 없었다.

다들 어디 있는 거야?

왼쪽에 열린 출입구로 장군 여러 명이 누가 던져놓은 것처럼 팔다리가 아무렇게나 구부러진 채 맞은편 벽 앞에 쌓여 있는 게 보였다. 피가 바닥에 고여 있고 알현실 바닥까지 흔적이 이어졌다.

난 아무 소리도 못 들었는데, 여왕은 거의 감탄해서 생각했지만 여자아이가 로브 끄트머리를 잡는 바람에 갑자기 몸이 뒤로 덜컥 넘어가서 바닥에 아프게 엉덩방아를 찧고 쓰러져 머리를 부딪쳤다. 여자아이가 그녀의 위로 뛰어올라 낄낄거렸다. 아주 재미난 놀이를 하는 어린애의 웃음이었다. 여왕은 아이의 목을 잡고 떼어내려 했지만 아이는 웬만한 남자보다 강해서 꿈틀거리며 여왕의 손아귀에서 빠져나오려고 했다. 여왕은 자신이 가진 모든 힘을 끌어모아 아이를 복도 맞은편으로 내던졌다. 아이는 몸이 벽에 부딪쳤지만 잠시 후에 도로 일어났다. 더러운 얼굴에서 하얀 이가 가득 드러났다. 아이는 심지어 멍해지지도 않았다.

이길 수가 없어, 여왕은 그것을 깨달았다. 이미 그녀는 약해지고 있었다. 손목에서는 피가 흘렀다. 그녀는 로브 허리에 피를 닦고 출혈을 멎게 하려다가 주머니에서 뭔가 툭 튀어나온 단단한 것을 느꼈다. 티어 사파이어였다.

"당신은 사냥하는 재미가 있어."

아이가 혀 짧은 소리로 말했다. 아이의 눈은 더 이상 멍하거나 죽은 것 같지 않고 거의 광기에 가까운 어두운 즐거움으로 반짝거렸다.

"다른 사람들보다 훨씬 재미있어."

여왕은 몸을 돌려 복도를 달려갔다. 뒤에서 여자아이가 낄낄거리며 따라왔다. 여왕은 연결된 문으로 가서 등 뒤로 문을 쾅 닫고 돌아서서 다시 달렸다. 목에서 힘겹게 숨이 새어 나왔다. 뒤로 나무가 쪼개지는 소리가 들렸지만 그녀는 이제 알현실 문 거의 앞까지 왔다. 알현실 문은 튼튼한 모트산 강철로 만들어졌고 같은 강철 자물쇠가 달려 있었다. 영원히 버티지는 못하겠지만 잠깐 숨을 돌리며 생각할 여유는 줄 것이다. 그녀는 절뚝거리면서 비틀비틀 문을 지나와 숨을 헐떡이며 등 뒤로 쾅 닫고 빗장을 질렀다.

뒤에서 나직하게 헐떡이는 소리가 났다. 여왕은 몸을 돌렸다가 벌거벗은 여자와 남자가 왕좌에서 그녀가 들어온 것도 모른 채 엉켜 있는 것을 발견했다.

"내 왕좌에서 말이지."

여왕이 중얼거렸다. 그녀의 목소리는 유령처럼 몇 차례 메아리치다가 방 안 맞은편에서 사그라졌다. 여자가 고개를 들었고, 여왕은 미간이 땀으로 반짝이는 쥘리에트를 보았다.

"폐— 폐하."

"내 왕좌에서!"

상처와 약해진 것도 잊은 채 여왕이 고함을 질렀다. 심지어 아이조차 잊었다. 그녀는 정신을 이용해서 쥘리에트를 방 맞은편 벽으로 내던졌다. 쥘리에트의 등뼈가 부러지고 여전히 움찔대는 상태로 그녀의 시체가 바닥에 떨어졌다.

여왕은 이제 왕좌에 웅크려 다리를 감싸고 빠르게 시드는 성기를 감추려고 하는 남자 쪽으로 돌아섰다. 그 모습이 하도 애처로워서 여왕은 웃기 시작했다. 팔레의 경비인 것 같지만 확실하지는 않았고, 어느 쪽이든 하도 하찮아 보여서 분노조차 되돌아오지 않았다. 평소라면 알현실에는 한밤중이라 해도 경비들이 가득해야 했다. 하지만 지금은 아니었다. 여왕은 왕좌에서 내려가 그 뒤쪽에 웅크리는 남자를 무시했다. 남자의 겁에 질린 눈이 팔걸이 위쪽으로 보였다. 그녀는 쥘리에트의 망가진 몸 쪽으로 돌아섰다가 잠깐 후회를 느꼈다. 쥘리에트조차도 아무도 없는 것보다는 나을 텐데.

알현실의 강철 문을 쾅 치는 소리가 요란하게 났다. 여왕은 무기를 찾아서 다급하게 주위를 둘러보았지만 아무 소용 없다는 것을 깨달았다. 어떤 칼도 여자아이를 쓰러뜨리지 못할 것이다. 심지어는 그녀 자신의 마법으로도 충분하지 않았다. 그녀는 주머니에 손을 넣어 티어 사파이어를 꺼냈다. 지금이라면, 그녀가 위기에 처했을 때라면 반응을 할지도 모른다……. 하지만 아무 일도 일어나지 않았다. 보석의 힘은 그녀의 손이 닿지 않는 곳에 있었다. 오로지 한 사람만이 이것을 쓰는 법을 알았다.

다시 문에서 쾅 소리가 났다. 이번에는 충격으로 강철 표면에 길게 금이 생겼다. 여왕은 몸을 돌려 커다란 양 문을 통과해서 왕궁 정문으로 이어지는 넓은 복도로 도망쳤다. 하지만 정문으로 나갈 수는 없었다. 며칠째 팔레 주변으로 엄청난 수의 폭도들이 모여들었다. 폭도들은 기회만 생기면 그녀를 아마 갈가리 찢어놓을 것이다. 하지만 성에서 나가는 다른 길도 있었다. 신중함을 믿는 여왕은 이날이 절대로 오지 않을 거라고 생각하면서도 미리 준비를 해두었다.

도망치고 있어, 달리는 동안 그녀의 머리가 속삭였다. 맨발이 복도의 편편한 돌 위에서 찰박찰박 부딪쳤다. 넌 도망치고 있어. 그 생각에 여왕은 으르렁거렸으나 부인할 수는 없었다. 그녀는 도망치고 있었다. 그녀의 권력자 지위에서, 그녀가 벽돌 하나하나를 얹어서 지은 팔레에서 도망가고 있었다. 팔레 건축은 15년이 넘게 걸렸고, 그녀는 클룬더라는 이름의 건축가에게 작업에 대한 보상으로 평생 연금을 주었다. 팔레는 그녀의 정부가 자리한 곳이자 그 이상이었다. 여기는 그녀가 어린 시절을 잊고, 티어링에서의 삶을 씻어버리고, 맨손으로 자신만의 역사를 쌓게 만들어준 곳이었다. 몰락이 얼마나 빠르게 오는지 믿을 수가 없었다.

그녀의 앞에서, 다음 모퉁이를 돌아간 곳에서 남자가 비명을 질렀다. 싸우는 소리가 두꺼운 돌벽에 막혀 작게 들렸다. 발이 자동적으로 느려졌고 그녀는 뒤를 돌아보았다. 횃불을 피워놓은 부분만 밝고 어둠으로 드문드문 얼룩진 길고 텅 빈 복도뿐이었다. 하지만 지금, 멀지만 그렇게 멀지 않은 곳에서 높고 행복에 찬 웃음소리가 들렸다.

어느 쪽으로 가든 절망적이야.

여왕은 다시 달리기 시작했다. 숨이 목을 가르고 나오는 기분이었다. 하지만 그녀는 모퉁이를 돌아갔고 발이 그 자리에서 멈췄다.

6미터 정도 앞에서 두카르트가 미친 듯이 이쪽저쪽으로 몸을 돌리며 벽에 머리를 박고 있었다. 남자아이와 여자아이가 그의 몸에 달라붙어서 뱀처럼 그를 휘감고 있었다. 손과 팔이 사방에 있는 것 같고 두카르트는 여자아이가 그의 목 뒤를 물자 비명을 질렀다. 여왕은 한참 동안이나 꼼짝도 못한 채 눈앞의 장면을 해석하려고 노력했다. 저 아이들은 피를 마시는 걸까, 아니면 살을 먹으려고 하는 걸까? 하지만 곧 다시 웃음소리가 울렸고 여왕은 휙 돌아섰다. 뒤에는 아무것도 없었지만 소리는 아주 가까웠다.

두카르트가 무릎을 꿇었고 남자아이가 낮고 그르렁거리는 소리를 냈다. 먹이를 쓰러뜨린 동물의 만족스러운 울음소리 같았다. 여왕은 이 아이들을 영원히 앞서 달릴 순 없었다. 이 아이들은 너무 강했다. 북부 모트메인에서 오는 보고서들이 지난 한 달 동안 대단히 기괴해졌으나 모두 다 한 가지 사실을 분명하게 밝히고 있었다. 이 아이들이 너무 많아서 쫓아버릴 수가 없다는 거였다. 여왕에게는 도움이 필요했지만, 유일한 동맹군은 눈앞에서 죽어가고 있었다.

당신이 졌어요.

여왕이 눈을 번쩍 떴다. 자신에게 선택의 여지가 없다고 생각했지만, 아니었다. 갑자기 기운이 솟고 다리에 새롭게 힘이 들어갔다. 두카르트가 자신의 운명을 맞게 놔두고서 그녀는 오른쪽으로 돌아서 가까운 계단으로 황급히 내려가 지하 감옥으로 달려갔다.

옆 감방의 남자는 켈시가 지금껏 만난 사람 중에서 칼린까지 포함해도 더 많은 과학 지식이 있었다. 그의 이름은 사이먼이었고 열여섯 살 때부터 노예였다고 했다. 모트메인에 도착한 후 그는 이 주인 저 주인에게 팔려 중노동을 하다가 다섯 번째 주인이 마침내 사이먼이 건축과 수리에 굉장한 재능이 있다는 걸 발견했다. 그다음에는 모트 군대의 무기를 설계하는 과학자에게 팔려 갔다. 사이먼은 이 과학자에 대해 정말 애정을 갖고 이야기했다. 과학자는 사이먼을 비슷한 계통의 사람들 여럿에게 빌려주었고 그들 모두가 그에게 초급 물리학, 약간의 화학, 심지어는 사이먼이 바티만큼 아는 주제인 식물의 특성까지 여러 가지를 가르쳐주었다. 그는 빠르게 새 주인을 뛰어넘어서 복잡한 공격 무기들을 설계하기 시작했다. 그가 붉은 여왕의 눈에 띄기까지는 그리 오래 걸리지 않았다.

"이동식 다리는요? 모트군이 강을 건너는 데 사용하던 그 연단요. 그것도 당신 작품인가요?"

켈시가 물었다.

"합동 작품이죠. 설계는 제가 했지만 중량비(重量比)와 지렛대 원리에 대해선 아는 물리학자의 도움을 받아야 했습니다. 제 재능은 기계적인 것이지, 이론적인 게 아니라서요."

"하지만 인쇄기를 만들었잖아요."

켈시는 여전히 그 생각에 경탄한 채 중얼거렸다.

"그건 손으로 작동하는 단순한 인쇄기입니다. 하지만 제대로 작동하면 분당 20쪽을 찍을 수 있죠. 시간당 속도는 좀 더 내려갑니다. 인쇄판을 갈아 끼우는 시간을 포함해야 하니까요. 그리고 각 장이 제대로 마르는 데까지 최소한 몇 분이 필요합니다. 언젠가는 저보다 나은 사람이 번지지 않는 잉크를 발명하겠죠."

"분당 20쪽이라."

켈시가 나직하게 중얼거렸다. 맞은편 남자가 갑자기 카다르의 모든 보석보다도 귀중하게 느껴졌다.

한밤중이었지만 켈시는 두 시간이 넘게 꼬박 깨어 있었다. 시녀인 에밀리는 감방 밖에 앉아서 상비 경비 노릇을 하고 있었다. 마치 메이스가 여기 있는 것 같았다. 에밀리가 칼을 손에 움켜쥔 채 잠이 들었다는 사실만 빼고.

켈시의 머리는 전에도 수없이 생각했던 똑같은 자리를 따라 바쁘게 움직였다. 사파이어는 대체 뭘까? 왜 그녀는 그걸 쓸 수 있는데 붉은 여왕은 안 되는 걸까? 케이티의 세상에서 넘어온 작은 사파이어 덩어리가 켈시의 무릎에 있었으나 그것은 아무 작용도 하지 않고 그냥 거기 놓여 있을 뿐이었다. 그녀는 자신이 일종의 답에 굉장히 가까워졌다고 느꼈지만, 매번 그것을 잡으려고 할 때마다 그녀의 손가락 바로 앞으로 도망치곤 했다. 지하 감옥에서 비판적으로 생각할 수 있는 능력이 닳아갔다. 여기에 몇 달 더 있으면 아주 기본적인 생각조차 진흙을 헤집고 나아가는 것처럼 느껴질지 모른다. 그녀는 창살이 싫어서, 붉은 여왕이 싫어서, 그녀를 둘러싼 팔레와 이 저주받은 나라, 그녀를 집으로 돌아가지 못하게 음모를 꾸미는 모두가 싫어서 창살을 거칠게 발로 찼다.

"그러다가 발이 부러지실 겁니다."

사이먼이 부드럽게 말했다. 켈시는 낮게 욕을 하면서 발을 몸 아래로 넣었다. 폭풍이 모여드는 게 느껴졌지만 그 폭풍이 현재에 만들어지고 있는 건지 미래인지 아니면 과거인지는 알 수가 없었다. 윌리엄 티어의 마을은 무너지기 시작했다. 켈시는 무릎 위의 돌을 내려다보고 생각에 잠겼다. 티어링의 지반 아래에는 사파이어가 아주 많았다. 그것들이 다 똑같을까? 그게 중요하긴 한가? 티어는 자신의 사파이어를 이해하고 그 힘을 켈시보다 훨씬 더 잘 통제했지만, 여전히 자신의 마을이나 아들을 구하지 못했다. 몇 년 후면 모두에게 최선의 것을 원할 뿐이었던 그 검은 눈의 소년은 죽을 것이다.

조너선 티어는 어떻게 죽었지?

켈시는 이유는 모르겠지만 가끔 모든 것이 그 질문에 달려 있다는 기분이 들었다. 로 핀이 확실한 용의자였다. 설령 케이티가 눈에 빤히 보이는 걸 알아채지 못한다 해도 켈시는 알았다. 도둑맞은 시체, 도난당한 은, 티어의 보석에 대한 로의 지나친 관심……. 켈시는 두 번째 티어 목걸이가 금속 세공 능력이 뛰어난 로의 손에서 나온 거라는 데에 나라를 걸 수도 있었지만, 그게 전부가 아니었다. 타운의 어둠 속에서 로는 안 좋은 일을 꾸미고 있었다. 케이티는 이런 것에 관해 생각하고 싶어 하지 않았지만 켈시는 생각할 수 있고, 생각했다.

누가 조너선 티어를 죽였지?

켈시는 무릎에 있는 사파이어 원석 덩어리를 보며 인상을 찌푸렸다. 케이티의 기억에서 필요 없는 부분을 뛰어넘고 빨리 돌리고 싶었으나 사파이어가 있든 없든 그건 할 수 있는 일이 아니었다. 그냥 보면서 기다리는 수밖에 없었다. 너무 늦기 전에 케이티가 로 핀을 죽이게 만들 힘이 자신에게 있을까 궁금했다. 케이티와 켈시가 항상 나누어져 있는 것은 아니기 때문이었다. 가끔 릴리의 그 다급하던 마지막 순간에 그랬던 것처럼 케이티와 켈시도 완전히 유기적인 방식으로 합쳐지곤 했다. 하지만 그 해결책에 그녀 안의 뭔가가 멈칫거렸다. 그것은 너무 쉬워 보였다. 로는 타운의 파도에, 불만과 두려움의 파도에 올라타고 있었으나 그가 성발로 원인일까? 켈시는 그렇게 생각하지 않았다. 어쨌든 그녀의 일부는 도덕적인 견지에서 로를 죽이고 싶었으나 그녀는 그 일부를 굉장히 잘 알았다. 항상 그녀의 마음속을 떠돌며 끼어들 때만 찾는 스페이드의 여왕이었다. 과거, 현재, 미래, 전부 다 상관없었다. 켈시의 그 일면은 음침하게 웃으면서 낫을 들고 정의를 구현하며 신세계를 가르고 다니는 것에 완벽하게 행복을 느낄 것이다.

"안 돼."

켈시가 중얼거렸다.

"그쪽에서 굉장히 조용하게 계시네요. 저 때문에 잠드신 건가요?"

사이먼이 물었다.

"아니에요."

켈시가 천천히, 좀 더 큰 소리로 대답했다.

"사이먼, 뭐 좀 물어볼게요. 과거로 돌아가서 거대한 악을 고쳐놓을 수 있다면 당신은 그러겠어요?"

"아, 오래된 질문이군요."

"그래요?"

"네, 그리고 답도 명료하고요. 물리학자들은 그걸 나비효과라고 부르죠."

"그게 뭐죠?"

켈시는 왜 자신이 이 문제를 파헤치는 건지 몰랐다. 로를 죽이는 게 타운의 문제에 대한 답은 아니었다. 역사에 따르면 티어 암살이 문제였으나 로를 죽인다고 이 사건이 방지된다는 보장은 없었다. 그녀가 한꺼번에 모든 것을 보고 알 수 있으면 좋을 텐데.

"그 주제에 대해서 책을 딱 한 권 읽어봤어요. 나비효과는 아주 작은 변수가 시간이 흐름에 따라 증폭되는 경향이 있다는 내용이에요. 절대로 과거를 조작해서는 안 돼요. 당신이 더 낫게 만들었다고 생각하는 변화가 보이지 않는 수많은 파문을 일으켜서 전부 다 합쳐지면 제자리가 될 수도 있거든요. 결과를 조종하기에는 변수가 너무 많죠."

켈시는 잠시 그 말을 생각해보았다. 사이먼은 과학적인 논거를 제시했지만 그 아래에는 도덕적 질문이 깔려 있었다. 바로 그녀가 미래를 놓고 도박할 권리가 있느냐 없느냐라는 거였다. 왕위에 있던 짧은 6개월 동안 그녀는 좋은 것과 끔찍한 것들이 뒤섞인 많은 결정을 내렸다. 그녀의 안에서는 두 명의 켈시가 싸웠다. 바티와 칼린이 키웠고 명확한 옳은 것과 그른 것을 믿는 어린애, 그리고 모든 것을 어두운 회색의 그림자로 여기게 된 스페이드의 여왕이었다. 스페이드의 여왕은 도덕적인 질문 같은 것에는 신경 쓰지 않았다.

"내 질문에 대답하지 않았어요, 사이먼. *당신은* 어떻게 할 건가요?"

"그러니까 더 나쁜 일이 일어날 수도 있는 가능성에 제가 도박을 하겠느냐고요?"

"네. 이길 확률이 높을까요, 질 확률이 높을까요?"

"전 결과가 전적으로 우연이나 상황의 문제라고 생각해요. 이기느냐 지느냐가 아니라 설령 성공한다고 해도 엄청난 보상 같은 게 따르지 않는, 모든 걸 걸어야 하는 엄청난 도박이라고요. 전 도박사가 아니라 신중한 사람입니다. 그런 확률에 걸지는 않을 것 같아요."

켈시는 무릎을 꿇은 채 몸을 뒤로 조금 기울이고 고개를 끄덕였다. 논리는 이해했다. 설령 그녀가 로 핀을 죽이는 데 성공한다 해도 또 다른 로가 그 자리를 대체할 수도 있다. 힘이란 양날의 검이었다. 힘이 있다고 해서 켈시가 올바른 일을 할 가능성을 더 높이는 것도 아니었고, 잘못된 일을 하면 끔찍한 결과가 따랐다……. 그녀는 눈을 감았고 피투성이가 된 아렌 소른의 얼굴이 다시 떠올랐다.

"대화가 기묘한 방향으로 흘렀군요. 질문이 있는데―"

사이먼이 말을 할 때 쾅 소리가 지하 감옥을 울렸다. 에밀리가 즉시 깨어나서 벌떡 일어섰다. 켈시는 그녀가 졸다가 들킨 걸 메이스처럼 부끄러워한다는 것을 알아챘다. 그녀는 칼을 들어 올리고 복도 끝을 보았다.

"그들인가요?"

켈시가 물었다. 에밀리 말처럼 메이스가 구출을 시도할 계획이라면 에밀리가 한밤중에 여기에 와 있는 것도 설명이 되었다.

"아뇨. 하루는 더 빨라요."

에밀리가 고개를 흔들었다. 쾅쾅쾅 소리가 연속으로 복도를 울렸다. 어린애가 냄비를 두드리는 것 같은 소리였지만, 소리가 잘 울리는 지하 감옥에서는 귀가 떨어져 나갈 것처럼 요란했다. 켈시는 소리가 멈출 때까지 손으로 귀를 막아야 했다.

"폭도들이에요?"

사이먼이 감방 안에서 물었다.

켈시는 에밀리를 향해 눈썹을 치켜세웠고 에밀리는 고개를 흔들었다. 시녀의 말에 따르면 팔레는 지금 르비외가 뽑고 명령을 내리는 폭도들로 포위되어 있었다. 메이스와 페치의 합작이겠지만, 켈시는 직접 봐야 믿을 수 있을 것 같았다. 쾅 소리가 사라질 무렵 계단에 웬 여자가 나타나서 복도로 뛰어왔다.

미친 사람인가 봐. 그게 켈시가 제일 먼저 떠올린 생각이었다. 여자는 로브만 입은 것 같았고 머리는 산발이었다. 머리 바로 위로 횃불을 들고 있어서 자기 머리에 불붙지 않은 게 천만다행으로 보였다. 숨은 턱에 걸린 상태였고 눈은 휘둥그렇고 다급해 보였다. 로브 끝자락은 피로 젖어 있었다.

"누구냐!"

에밀리가 외쳤다. 하지만 잠시 후에 에밀리의 몸이 인형처럼 벽으로 곧장 날아가 부딪쳤고, 그대로 바닥으로 떨어졌다. 여자가 감방 바로 앞에서 멈추자 켈시는 입을 딱 벌렸다. 아무도 이 정신 나간 여자처럼 보이는 사람이 모트메인의 여왕이라고 알아보지 못할 것이다.

"시간이 없어. 내 바로 뒤에 있어."

붉은 여왕이 숨을 헐떡였다.

그녀는 에밀리의 늘어진 몸 옆에 주저앉아 주머니를 뒤지기 시작했다.

"열쇠, 열쇠, 열쇠. 어디 있지?"

강철을 비트는 날카로운 소리가 계단통에서 복도를 따라 울렸고, 붉은 여왕의 목에서 짐승 같은 낮은 신음 소리가 새어 나왔다. 그녀는 에밀리의 주머니에서 손을 빼고 패배한 듯 잠시 무릎을 꿇고 주저앉아 있다가 여자의 목에 걸린 사슬을 더듬었다.

"저게 뭐죠?"

켈시가 물었다.

붉은 여왕이 왼손에 은제 열쇠를 쥐고 일어섰다.

"어린애처럼 보여. 하지만 아니야."

여왕이 중얼거리면서 켈시의 감방 자물쇠를 풀고 문을 활짝 열었다. 그녀가 오른손을 내밀자 손바닥 위에 켈시의 사파이어 두 개가 있었다. 켈시는 이것을 보고 숨을 들이켰다. 붉은 여왕의 얼굴은 차분했지만 눈은 공포로 커다랬다.

"날 도와줘. 제발 도와줘."

그녀가 속삭였다.

복도 아래쪽에서 낄낄거리는 소리가 울렸고 붉은 여왕이 펄쩍 뛰었다. 감방에서 몸을 내밀고서 켈시는 계단통 제일 아래에 어린애라고밖에는 볼 수 없을 만큼 조그만 형체를 발견했다. 하지만 아이의 턱은 붉게 물들어 있고 가슴 위쪽도 피로 젖어 있었다.

"딩신은 숨바꼭질을 참 잘하네. 하지만 이제 내가 찾았어."

아이가 혀 짧은 소리로 말했다. 가느다란 목소리가 복도에서 울렸다.

"저게 뭐예요?"

켈시가 속삭였다.

"그의 창조물이야. 제발."

붉은 여왕이 켈시의 손을 잡고 손바닥에 사파이어를 쥐여주었다. 켈시는 문득 그녀가 모트어가 아니라 티어어로 말하고 있다는 사실을 깨닫고 깜짝 놀랐다.

"제발. 이건 네 거야. 네게 돌려주겠어."

켈시는 손에 놓인 사파이어를 바라보았다. 몇 달이나 이 보석들을 그리워하고, 벌을 주고 복수할 수 있는 능력을 그리워했다. 하지만 지금 이것들을 손에 쥐었는데도 기분이 그냥 똑같았다. 그녀가 사파이어에서 끌어낼 수 있는 모든 힘, 분노를 힘으로 바꿀 수 있는 모든 능력, 그것들이 사라졌다. 그러나 다른 것이 있었다. 이제 그녀는 실제로 두 보석을 구분할 수 있다는 것을 깨달았다. 두 보석은 똑같아 보이지만 머릿속의 별개의 목소리처럼 달랐다. 완전히 달랐다…….

이 차이를 분석할 여유가 없었다. 이제 조그만 여자아이라는 걸 확실하게 알 수 있는 아이가 늑대처럼 네발로 이를 드러내고 얼굴을 일그러뜨린 채 복도를 따라오고 있었다.

붉은 여왕이 켈시의 뒤로 몸을 구부리고 겁에 질려 그녀의 어깨를 꽉 잡았다. 켈시는 아이가 그들 앞에 올 때까지 약 2초 사이에 자신이 뭘 해야 할까, 그 짧은 시간 사이에 행동하는 건 고사하고 어떻게 계획을 세워야 하나 고민했다…….

그리고 시간이 느려졌다.

켈시는 이것을 또렷하게 볼 수 있었다. 빠른 속도로 복도를 따라오던 아이가 갑자기 레딕의 진흙거북처럼 느릿한 속도로 움직이기 시작했다. 몸이 겨우 몇 센티미터씩 움직였다.

서두를 필요 없어. 나한테는 얼마든지 원하는 만큼 시간이 있어. 켈시는 놀란 기분으로 생각했다.

그녀는 사파이어를 내려다보았다. 다르긴 하지만 서로가 묘하게도 뗄 수 없이 결합되어 있었다. 하나는 윌리엄 티어의 사파이어였다. 이 사파이어는 말이 아니라 연속된 이미지로, 생각으로, 옳은 것과 밝은 것을 그녀에게 명확하게 이야기했다. 시간을 움직여 그들 모두가 안전하게 대서양과 신의 바다를 지날 수 있게 만들어주었던 티어의 사파이어였다. 칼린은 항상 티어의 정착자들이 어둠 속에서 다트판의 정중앙을 맞힌 것처럼 운 좋게 신세계를 발견한 거라고 말했다. 하지만 그것은 사실이 아니었다. 윌리엄 티어는 자신이 어디로 가는지 정확히 알았다. 거기에는 운 같은 건 작용하지 않았다. 왜냐하면—

"이건 여기서 온 거니까."

켈시는 이 생각이 확실하게 옳다는 것을 느낄 수 있었다. 티어 사파이어 조각이 어떻게든 구세계로 흘러 들어갔다. 머릿속에서 켈시는 사파이어의 여정을 뚜렷하게 볼 수 있었다. 티어 집안에서 대대로 숨기고 밀반입하고 때로는 지구의 가장 구석진 곳까지 가져가며 권력자로부터 감추고 약한 자들로부터 지켜왔던 것이다. 티어 집안사람들 모두가 어둠을 밀어내고 막기 위해서 싸웠다. 티어 사파이어는 시간을 조종했다. 그래서 그녀가 앞에 있는 굶주린 어린애를 느리게 만들고 복도를 거의 무한정 길어지게 만들어서 과거를 볼 수 있는 거였다.

어떻게 이 두 개가 똑같다고 생각했던 거지?

차이는 그녀의 머릿속에 생긴 틈새 같았다. 또 하나의 보석의 목소리는 낮고 위협적이고, 하찮은 것과 질투와 욕망, 은밀한 감시, 분노와 폭력을 이야기했다. 이 사파이어 역시 랠리가에서 수 세대 동안 전해 내려왔지만, 누구에게도 속한 적이 없었다. 심지어는 켈시의 것도 아니었다.

로 핀의 것인가?

아마 그럴 것 같았다. 티어의 사파이어가 뭘 할 수 있는지 본 이후 그는 자신의 것을 만들려고 애를 썼으리라. 하지만 완전히 성공하지는 못했다. 이 보석은 독립적으로 작동하지 못했기 때문이다. 켈시는 이 둘 사이의 결합을 느낄 수 있었다. 티어의 사파이어가 그녀가 완전히 이해할 수 없는 방식으로 지배력을 가졌다. 따로 떼어놓으면 로의 보석은 별로 할 수 있는 일이 없지만, 함께 두면…….

"칼린."

켈시가 중얼거렸다. 어떻게인지는 모르겠지만 칼린은 알고 있었던 것이다. 로의 사파이어가 켈시의 목에 어린 시절 내내 걸려 있었기 때문이다. 그 유리 표면에 그녀의 어린 시절이 전부 비치는 게 보이는 것 같았다. 반면에 티어의 사파이어는 칼린이 숨겨두었다. 페치도 그걸 아는 게 분명했다. 켈시를 시험하는 동안 일부러 티어의 사파이어를 감춰두었으니까. 로의 사파이어는 대단한 일을 하지 못했다. 기억의 여러 편린 속에서 켈시는 케이든 암살자가 그녀의 침실 바닥으로 쓰러지는 장면을 볼 수 있었고, 눈 아래로 펼쳐졌던 모트군 야영지와 아이들이 끌려가는 동안 비명을 지르던 앨먼트의 여자를 떠올렸다. 그녀는 멀리 있는 것을 볼 수 있었고, 자신의 목숨을 지킬 수 있었다. 이런 것은 유용한 마법이었다. 하지만 두 개의 보석이 같이 있게 되면…….

"아."

켈시는 공포를 느끼며 숨을 헐떡였다. 이제 눈앞에 수많은 이미지들이 줄지어 스쳐 갔다. 피와 뼈만 남은 모트 군대의 병사들 수백 명, 그녀의 몸을 뒤덮은 수많은 거미줄 같은 상처들, 고통으로 일그러진 두카르트 장군의 얼굴, 메이스의 손등에 남은 피가 흐르는 상처, 그리고 최악은 아렌 소른이었다. 그는 붉은 여왕보다도 더 끔찍한 삶을 견뎌야 했지만 그렇다고 용서를 받을 정도는 아니었다. 왜냐하면…….

하지만 켈시는 소른을 그렇게 갈가리 찢어도 된다고 합리화했던 이유가 뭐였는지 기억조차 할 수가 없었다. 그렇게 한 게 기억나고, 그녀의 안에서 펼쳐졌던 검은 날개, 돌이켜보면 몇 살은 어렸던 것 같은 막 왕위에 오른 켈시 글린이 기꺼이 빠져들고 싶어 했던 그 유혹적인 어둠은 기억났다. 하지만 거기에는 오로지 광기만이 기다리고 있었다. 핀과 그에게 동조하는 사람들이 티어링에 물들이고 싶어 했던 바로 그 광기…… 탐욕, 냉담함, 공감의 부재와 얄팍한 마음으로 아무것도 남지 않고 공허 속에서 오로지 한 단어, '나'를 부르짖는 목소리만 남게 만드는 그런 광기였다.

혐오감에 찬 비명을 지르며 켈시는 핀의 사파이어를 티어의 사파이어 옆에서 낚아채 눈앞에 들어 올리고 생각했다. 난 이걸 원하지 않아, 이 일부가 되고 싶지 않아, 나 자신으로 되돌아가고 싶어—

뭔가 거대한 것이 그녀의 안에서 찢어지고 열렸다. 마치 뼈에서 근육이 뜯겨 나가는 것 같았고 갑자기 모든 것이 이해되었다. 붉은 여왕이 사파이어를 쓰지 못한 이유는 보석들이 켈시의 것이라서가 아니라 더 이상 이용할 게 남지 않기 때문이었다. 켈시가 보석들을 완전히 다 소모해버렸다. 티어와 핀이라는 두 가지 면이 몇 달이나 그녀의 안에서 싸움을 벌였다. 잠시 켈시는 로가 사라져버리기를, 켈시 글린으로 되돌아가기를 바라는 강렬한 마음으로 문자 그대로 몸이 반으로 찢어지는 것 같은 기분을 느꼈다…….

하지만 곧 그것은 끝이 났다. 켈시의 안에 있던 엄청난 분열이 저절로 닫힌 것 같았다. 여전히 화가 나지만 그것은 그녀 자신의 분노였다. 벌을 주고 싶은 마음이 아니라 잘못을 바로잡고 고치고 싶은, 항상 그녀에게 힘을 주었던 원동력이었다. 안도감이 너무 커서 켈시는 머리를 젖히고 비명을 질렀다. 비명이 복도에 울려 퍼졌으나 켈시에게 그것은 단순한 소리보다 훨씬 강력하게 느껴졌다. 마치 비명이 팔레의 기반을 뒤흔들 것만 같았다. 잠깐 동안 그녀는 건물 전체가 그들 주위로 무너질 거라고 생각했다.

눈을 뜨고 그녀는 아이가 절반 이상 다가온 것을 발견했다. 로의 사파이어는 여전히 켈시의 앞에서 흔들거렸다. 이제는 어둡지 않고 수많은 단편이 반짝거리며 환한 빛을 내뿜었다. 그녀에게 도로 걸고서 사용하라고, 무슨 일이 생기는지 보라고 애원하는 것처럼—

그녀는 보석을 주먹으로 감싸 빛을 가리고 붉은 여왕의 손에 도로 밀어 넣었다. 오래된 기억이 떠올랐다. 그녀가 아무것도 모르고 아무것도 이해하지 못할 때, 자신의 말의 진짜 중요성조차 모른 채 모닥불가에서 페치와 나누었던 이야기.

"가져요, 진홍의 레이디. 난 차라리 깨끗한 상태로 죽겠어요."

붉은 여왕이 그녀의 말을 들었는지 알 수 없었다. 여자는 옆에서 거의 미친 사람처럼 눈을 커다랗게 뜨고 꼼짝도 못 하고 서 있었다. 손가락이 아주 살짝 움찔거린 것만이 그녀가 목걸이를 받아서 주먹을 쥐려 한다는 사실을 알려주었다.

주위를 둘러보고 켈시는 시녀 에밀리가 여전히 의식을 잃고 발치에 쓰러져 있는 것을 발견했다. 관자놀이에 커다란 푸른 멍이 생기기 시작했다. 그녀는 도움이 되지 않겠지만 늘어진 손가락 옆에 아름답게 만들어진 긴 단검이 있었다. 켈시는 그것을 집어 들고 자신에게 익숙한 단검보다 좀 더 길다는 걸 깨달았다. 오래전 앨먼트에서 켈시가 사용했던 바티의 단검은 이것보다 최소한 5센티미터는 짧았다. 하지만 최소한 그녀가 휘두를 수 있는 무기였다.

"저건 강해. 보통 남자보다도 강해."

붉은 여왕이 느릿하고 멍한 어조로 그녀에게 말했다.

"그러면 당신이 날 도와줘야 해요."

켈시가 말했다.

붉은 여왕은 그저 그녀를 쳐다보기만 했다.

"도와달라고요! 알겠어요?"

"이걸로?"

붉은 여왕이 핀의 사파이어를 들어 올렸다.

"아뇨. 그건 치워요."

붉은 여왕이 사파이어를 주머니에 집어넣었고 켈시는 그게 시야에서 사라지자 안도했다.

"마법을 쓸 수 있지만 저 생물을 상대할 정도는 못 돼. 그러니 어떻게 해야 되지?"

붉은 여왕이 솔직하게 말했다.

"역사와 전통의 완력이죠. 저 애를 잡아 누르게 도와줘요. 그러면 내가 이 칼을 심장에 박을게요."

붉은 여왕이 머리를 흔들었다.

"이것들은 선크로싱 시대 동화에 나오는 괴물들이 아니야. 뭔가 다른 거야."

"더 나은 생각이라도 있어요?"

여자아이는 이제 겨우 60센티미터 앞에서 뛰어들려고 하고 있었다. 켈시는 단검을 꽉 쥐고 거의 기도에 가까운 혼잣말을 중얼거렸다.

"난 동화를 믿어보겠어요."

그 순간 여자아이가 그들을 향해 달려들었다. 켈시는 맥박이 빨라지고 시간이 그 탄성을 잃고 제자리로 돌아오는 것을 느꼈다. 무장을 했으니 여자아이가 자신에게 먼저 달려들 거라고 예상했지만, 아이는 켈시를 무시하

고 붉은 여왕에게 달려들어 그녀를 쓰러뜨렸다. 붉은 여왕이 아이를 밀어
내려 했지만 켈시는 여왕의 힘이 약한 것을 알아챘다. 붉은 여왕은 무너지
고 있었다. 켈시는 여자아이의 머리카락을 잡고 뒤로 홱 당겼다가 아이의
힘에 깜짝 놀랐다. 아이의 몸은 뒤로 딸려왔지만 붉은 여왕의 어깨를 잡은
손을 놓지 않아서 붉은 여왕까지 딸려와 세 명이 한꺼번에 단단한 돌바닥
으로 쓰러졌다. 단검이 켈시의 손에서 빠져서 옆쪽 바닥에 떨어졌다. 그녀
가 두 명에게서 빠져나와서 다급하게 단검을 집는 동안 뒤에서 붉은 여왕
은 모트어로 욕을 하며 계속 여자아이를 붙잡고 싸웠다.

단검은 사이먼의 감방 창살 바로 앞에 떨어졌다. 켈시는 그것을 집어 들
다가 사이먼이 바로 앞에서 몇 센티 떨어진 곳에, 창살 뒤에 웅크리고 앉아
있는 것을 발견했다. 지금까지는 그를 제대로 본 적이 없었고, 뒤에서 벌어
지는 모든 일에도 그녀는 충격으로 꼼짝할 수가 없었다.

그는 홀 장군이었다.

하지만 그럴 리가 없었다. 그녀는 뉴런던에 홀을 두고 왔고, 이 남자는
여기에 오랫동안 갇혀 있었다. 홀의 형제가 오래전에 선적에 실려 갔다고
했지……. 하지만 켈시는 그 이상 생각할 수가 없었다. 뒤에서 날카로운 비
명 소리가 울렸기 때문이다. 여자아이가 붉은 여왕의 쇄골에 손톱을 박았
고 입은 붉은 여왕의 어깨에서 2센티도 떨어져 있지 않았다. 붉은 여왕이
아이를 떼어내려고 애를 썼으나 소용이 없었다. 그녀의 눈이 절망적으로
흔들렸다. 머리를 낮추고서 켈시는 여자아이에게 몸을 날려 붉은 여왕에
서 떼어내 판석 위로 내던졌다. 아이는 거의 즉시 정신을 차렸으나 켈시는
대비를 하고 있었다. 여자아이의 왼팔에 달려들어 짓누르고 한쪽 팔꿈치
로 아이의 목 아래를 찍어 위험한 이가 가까이 오지 못하게 막았다.

"도와줘요! 다른 팔요!"

그녀가 붉은 여왕을 향해 소리쳤다. 붉은 여왕이 기어왔다. 상처를 입은

모양이었다. 켈시의 머리는 이 사실을 인지했지만 어떻게 대처할 시간이 없었다. 아이가 아래에서 그녀를 밀어내려고 발버둥을 쳤고 아이의 힘은 믿을 수 없을 정도였다. 심지어 두 사람이 팔을 누르는데도 켈시는 다시 단검을 떨어뜨릴 뻔했다.

"너무 힘이 세요! 붙잡고 있을 수 있어요?"

그녀가 소리쳤다.

붉은 여왕은 고개를 끄덕였고 잠시 후 켈시는 여자아이의 강력한 힘이 약간 줄었다는 걸 느꼈다.

"내가 잡았어. 하지만 오래는 못 버텨. 서둘러!"

붉은 여왕이 날카롭게 말했다.

"아버지! 아버지, 도와주세요!"

아이가 소리를 질렀다.

그의 창조물이야, 켈시의 머리가 말했다. 다시금 그녀는 매력적이고 이기적인 소년 롤런드 핀이 도대체 어떻게 여기까지 기나긴 길을 온 걸까 의아했다. 손이 떨렸지만 그녀는 단검을 단단히 쥐고 한쪽 무릎으로 아이가 꿈틀거리지 못하게 갈비뼈를 눌렀다.

"그만하세요, 폐하! 어린애예요!"

사이먼이 감방에서 소리쳤다.

"어린애가 아니에요."

켈시가 숨을 헐떡였다. 그녀는 단검을 다시 꽉 쥐었다. *만약 칼린이 지금 나를 본다면 어떨까?*라는 엉뚱한 생각이 머릿속을 스쳤으나 그녀는 무시하고 단검을 박았다. 칼날이 여자아이의 가슴 한가운데로 매끄럽게 들어갔다.

아이가 끔찍한 소리로 비명을 질렀다. 인간의 고통과 덫에 걸린 짐승의 비명이 뒤섞인 소리였다. 아이의 몸이 위아래로 들썩이며 경련을 일으켰고 켈시와 붉은 여왕 둘 다 뒤로 날아갔다. 켈시의 머리가 사이먼의 감방에 부딪쳐 쿵 소리가 났고 그 충격에 이까지 맞부딪쳤다. 고통은 없었다. 고통이 느껴지기를 기다렸지만, 느껴지기도 전에 그녀는 어둠 속으로 빠져들었다.

홀 장군은 이 계획이 싫었다. 첫째로 모트메인의 유령인 르비외에게 의지해야 한다는 게 문제였다. 르비외에 대해 들은 이야기 중 안심이 되는 건 아무것도 없었다. 그는 팔레를 지나 지하 감옥까지, 심지어 여왕의 감방까지 그들을 안내할 수 있다고 주장했지만 어떻게 길을 아는지는 말하지 않았다. 이 사람이 진짜 르비외인지조차도 알 수가 없었다. 아무도 르비외를 본 적이 없으니까. 르비외의 부하 한 명은 카다르인이었고 홀은 카다르인을 만나본 적이 없지만 그들을 믿을 수 없다는 걸 잘 알았다. 최악의 부분은 이 작전 전체가 폭도들에게 의존하고 있다는 점이었다. 부하들에게 명확하게 지시를 내렸다고 르비외는 주장했지만 홀은 폭도를 진정으로 조종할 수 있는 사람은 없다는 사실을 알았다. 디메인의 북부와 서부 지역은 이제 화염에 휩싸였고 열 개 구역 이상이 걷잡을 수 없이 불타올랐다. 지역 소방대는 어디에도 보이지 않았다. 폭도들은 도시의 북쪽 문으로 몰려가며 디메인에 아직 남은 얼마 안 되는 경찰 병력까지 끌고 갔으나 이 폭도들이 무엇이고 어디에서 온 건지 르비외는 말하려 하지 않았다. 홀의 작전은 모든 걸 확실하게 해놓고 반복적인 시험을 거쳐 모든 변수를 제거한 후 만들어졌다. 이 작전은 미친 짓이었고 그들에게 기회는 한 번뿐이었다. 아무리 여왕이라고 해도 한 여자를 위해서 감수하기엔 위험이 너무 컸으나 여왕을 빼내기만 하면 모든 게 다 잘될 거라는 망상에 사로잡혀 있는 것 같은 메이스를 설득할 방법이 없었다. 아무도 그를 설득할 수 없었으나 현실주의자라 자처하는 홀은 재앙에 대해 마음의 준비를 했다.

하지만 지금까지는 어긋나는 일 하나 없이 진행되었다. 팔레의 성문은 활짝 열린 채 지키는 사람도 없어서 메이스의 첩자가 최소한 자기 임무를 잘해낸 것 같았다. 경비병이 전혀 보이지 않아서 홀은 차츰 불안해졌다. 그 여자가 정문 경비대 전체를 매수했을 리는 없다. 르비외의 폭도들이 이미 팔레로 들이닥쳤고, 홀은 위층 전체에서 울리는 파괴의 소음을 들을 수 있었다. 유리와 나무가 박살이 났다. 르비외와 그의 부하 네 명, 홀과 블레이저, 여왕의 근위대 여덟 명으로 이루어진 조그만 무리는 반대편으로 들어와서 계단을 몇 층 내려와 르비외를 따라 지하 감옥으로 향했다. 하지만 가로막는 사람이 하나도 없었고, 마주치는 사람조차 없었다. 들어가는 경로가 놀랄 만큼 쉬웠고 홀은 이런 상황을 믿지 않았다.

냄새도 문제였다. 공기 중의 구리 냄새를 놓칠 수 없을 정도로 그는 오래 군 생활을 했다. 여기서, 꽤 최근에 엄청난 양의 피가 흘렀다. 시체는 하나도 보이지 않았지만 계단을 내려가며 그들은 바닥과 복도에 여기저기 피웅덩이가 있는 것을 발견했다.

메이스의 첩자는 계단 아래쪽에서 지하 감옥 문을 열 준비를 하고 기다리고 있어야 했으나 어디에도 없었다. 대신 그들이 발견한 것은 공성퇴로 두드린 것 같은 모습의 철문이었다. 창살이 휘어졌고 문 한쪽은 경첩 하나에 간신히 매달려 있었다.

"도대체 뭘로 이렇게 한 거죠?"

블레이저가 속삭였다.

"뭐가 나올지 모르니 대비하고 있어."

메이스가 말했다. 그는 자신의 이름과 같은 무기를 꺼냈고, 얼굴은 흐린 횃불 빛 속에서 거의 무시무시하게 창백했다. 여왕에게 무슨 일이 생겼다면 메이스가 어떻게 반응할지 홀은 알 수가 없었다.

"어서 와. 빨리 해치우자고."

그들은 계단을 내려갔다. 유일하게 들리는 소리는 횃불이 타닥타닥 타는 소리뿐이었다. 홀은 르비외와 그의 부하들이 걸리적거릴까 봐 걱정했었지만 그럴 필요가 없었다. 그들이 가장 조용했다. 홀은 옷 스치는 소리나 발소리 한번 듣지 못했다.

"대장, 여기 핏자국이 있습니다."

키브가 조용히 말했다. 홀은 고개를 숙여 계단 몇 개마다 회색 돌 위로 작고 검붉은 핏자국이 떨어져 있는 것을 발견했다. 이 모험에 관한 온갖 걱정거리 중에서 여왕이 정말로 위험할 거라는 생각은 한 번도 해본 적이 없었다. 그녀는 귀중한 죄수이자 협상 카드였다. 붉은 여왕이 모트 지하 감옥에서 항상 그러는 것처럼 일부러 그녀를 구타한다 해도 여왕이 죽을 정도라든지 심각하게 다칠 일은 없을 거라고 생각했다.

그러나 핏자국을 보자 홀의 심장이 조여들었다. 지난 몇 주 동안 그는 여러 번 여왕에게 했던 자신의 성난 말을 떠올렸다. 그는 그녀에게 영광만을 추구한다고 비난했다. 사과해야 하는데, 그럴 기회가 없었다.

"피가 그녀의 방향으로 이어져."

르비외가 중얼거렸고 홀은 그마저도 긴장했다고 생각했다. 르비외는 늘 냉정했다. 홀은 왕궁에서의 회의 때 그를 딱 두 번 만났지만 이 남자가 당황하는 건 지금 처음 보았다. 홀의 가슴속에서 울렁거리는 감각이 더 커졌다. 이 계획이 너무 쉽다고, 뭔가가 잘못될 거라고 예상했었다.

하지만 제발, 이렇게까지 틀리지는 않게 해주십쇼. 그가 우주에 대고, 아무한테라도 빌었다.

홀이 모트 지하 감옥에 관해 들은 소문은 과장이 아니었다. 여기는 여러 번의 전쟁으로 겨울에 힘들게 야영한 경험이 많은 군인에게도 뼛속까지 시릴 만큼 추웠다. 그들이 지나쳐 가는 많은 감방 안에는 뉴런던 감옥의 표준 침상 같은 것조차 없었다. 벽에 걸린 횃불 대부분은 오래전에 다 타버렸고 르비외와 코린이 든 횃불만이 유일한 빛인 구간이 대단히 길었다.

경비도 없고 간수도 없어. 여기서 도대체 무슨 일이 있었던 거지?

뭐가 됐든 이 죄수들이 살든 죽든 아무도 신경 쓰지 않는다는 건 명백했다. 몇 명만이 담요가 있는 것 같았고 대부분이 홀이 폐렴 증상이라고 짐작하는 가슴이 울리는 기침을 했다. 몇 명은 홀이 지나가자 빈 양동이를 보여주며 물을 애걸했다.

"열쇠를 찾아야 돼."

메이스가 그들에게 말했지만 홀도 그의 목소리에 담긴 불안을 알아챘다. 그들은 지하 감옥으로 들어가는 동안 싸우게 될 거라고 예상했고, 여왕 폐하를 구하지 못하면 죽겠다고 각오했었다. 힘겨운 싸움일 테지만 그것은 예상 범위 내의 위험이었고 몇 명이 죽을 수도 있다고 생각했다. 하지만 이런 건 전혀 예상하지 못했다. 한 감방에서는 만삭의 임산부가 내보내달라고 그들에게 애원했다. 홀의 뒤에서 여왕의 근위병 한 명이 낮게 욕을 했다. 홀은 차라리 전투에 참가하는 편이 낫겠다고 생각했고 그만 그런 게 아니었다. 지하 감옥 안에서 몇 번 방향을 바꾸고서 블레이저가 소리 없이 구역질을 하기 시작했다.

"얼마나 더 가야 되지?"

메이스가 르비외에게 물었다.

"오른쪽으로 두 번 돌고 아래로."

두 번째 모퉁이를 돌면서 모두가 속도를 늦추었고 홀은 검을 고쳐 잡았다. 조금 전까지 그는 차라리 싸움을 하는 편이 낫겠다고 생각했었으나 지금은 피부 위에 벌레가 기어가는 느낌이었다. 그들의 앞쪽에 어둠 속으로 내려가는 계단이 있었고, 홀은 아래쪽에서 얼음 같은 공기가 올라오는 걸 느낄 수 있었다. 핏자국은 계단으로 이어졌다.

"조용히."

르비외가 그들에게 경고하고서 소리 없이 계단을 내려가기 시작했다. 그들은 이제 한 줄로 서야 했고 홀은 르비외의 부하인 곰처럼 거나란 남자 뒤에서 따라갔다. 계단 폭이 좁아서 꽉 낀 홀은 잠시 바싹 붙은 벽과 앞뒤의 사람들 때문에 밀실 공포증을 느꼈다. 르비외의 사람들이 팔레의 위층을 산산조각 내고 있어서 위에서 쾅쾅거리는 발소리가 벽을 울렸다.

계단통 아래에서 줄이 멈췄다. 복도 전체가 어두웠지만 피 냄새가 여기서는 더 진하고 뚜렷하게 느껴졌다. 매번 홀이 숨을 쉴 때마다 녹슨 구리 냄새가 코로 달려드는 것 같았다.

"횃불을 앞으로 줘봐."

메이스의 말에 코린이 횃불을 앞으로 넘겼다. 그 정도로 충분히 복도를 비출 수 있었지만 홀은 앞에 선 거대한 남자의 어깨 너머가 잘 보이지 않았다.

"저게 뭐지?"

메이스가 물었다.

"움직이지 마."

르비외가 말했지만 더 기다릴 수 없었던 홀은 거인의 옆으로 빠져나와 앞을 보았다.

15미터쯤 떨어진 복도 끄트머리 감방 앞에 시체가 있었다. 감방 문은 활짝 열려 있었다. 홀은 시체의 정체를 알아볼 수가 없었다. 그 위로 조그만 형체 두 개가 몸을 구부리고 있어서였다. 하도 작아서 처음에는 독수리인 줄 알았으나 하나가 고개를 돌렸고 홀은 그게 조그만 남자아이라는 걸 깨달았다.

"물러나! 모건, 하월, 리어, 당장 이리 와!"

르비외가 소리쳤다.

하지만 복도는 너무 좁았고 르비외의 부하들은 나머지 사람들이 계단 쪽으로 물러나는 동안 앞으로 나오려고 했다. 메이스는 물러나지 않았고 홀 역시 앞으로 헤집고 나와서 근위대장 옆에 섰다.

"저게 뭐지?"

메이스가 르비외에게 물었다.

"신세계의 역병."

"어린애일 뿐이잖소!"

홀이 반박했다.

"계속 그렇게 생각하다가는 저 녀석들이 당신 피를 쪽쪽 빨아먹을걸, 장군."

르비외가 검을 들어 올렸다. 이제 조그만 남자아이가 일어서서 앞으로 다가오기 시작했다.

"저건 누구죠? 누가 죽어 있는 겁니까?"

펜이 목소리를 높여 물었다.

"그녀의 감방이야. 여기들 있어."

르비외가 조용히 말했다.

그와 남자 네 명이 메이스와 홀을 세워둔 채 복도를 따라 걸어갔다. 블레이저가 앞으로 나와서 홀의 어깨 뒤에 섰지만 나머지 사람들은 여전히 계단통 근처에 웅크리고 있었다.

"역병. 북쪽의 공격 말인가요?"

홀이 중얼거렸다. 메이스는 대답하지 않았지만 홀은 이미 머릿속으로 빈자리를 꿰어 맞추고 있었다. 레딕과 앨먼트 북부의 끔찍한 피해에 관해서는 들었다. 홀이 아직까지 군대를 지휘하고 있었다면 이미 상황을 통제하기 위해서 부대를 보냈을 것이다. 실제로 티어링을 습격한 세력은 억제되지 않은 채로 꾸준히 남쪽으로 내려오고 있었다. 생존자는 거의 없는 것 같았다. 홀이 들은 몇몇 소문에 따르면 엄청난 힘을 가진 짐승들이라고 했다. 하지만 아이들이라고?

어린 남자아이가 홀의 피부에 소름이 돋게 만드는 쉭 소리를 내면서 앞으로 달려 나와 카다르인을 반대편으로 날려버렸다. 또 다른 아이는 이제야 여자아이라는 게 보였고, 팔다리를 휘두르며 달려와서 르비외의 다리에 달라붙어 그의 허벅지를 깨물었다.

"다섯 명으로는 부족할 수도 있어."

메이스가 말하고 달려 나갔고 홀과 블레이저도 그 뒤를 따랐다.

"물러서!"

르비외가 소리쳤다. 그는 다리를 빼내고서 욕을 하며 여자아이를 커다란 남자 모건에게 던졌다. 그는 버둥거리는 아이를 잡았고 르비외가 아이의 몸에 검을 박았다. 여자아이가 경종 소리처럼 높게 비명을 질렀다.

"신이시여."

블레이저가 중얼거렸다. 홀은 메이스가 항의하는지 보려고 돌아보았지만 메이스는 이런 모습에 익숙한 것처럼 굳은 얼굴로 그냥 보고 서 있었다.

남자아이가 카다르인 리어의 위로 뛰어들어 그를 꼼짝 못 하게 잡았다. 이번에는 하월이 아이를 잡고 창살에 힘껏 내던졌고 남자아이는 잠시 멍한 상태로 바닥에 쓰러졌다. 하월이 한 팔을, 앨레인이 다른 팔을 잡았고 리어가 단도를 들고 아이의 위에 걸터앉았다. 홀은 더는 볼 수가 없어서 돌아섰고, 남자아이가 비명을 지르기 시작하자 눈을 감았다.

"다 됐어. 어서 오라고."

얼마나 시간이 흘렀는지 모르겠지만 마침내 르비외가 말했다.

메이스는 복도를 따라 걸어갔고 그의 근위대가 그를 둘러쌌다. 홀은 뒤따라갔다. 일종의 악몽 속에 있는 기분이었고, 눈앞의 장면은 더욱 끔찍했다. 두 아이는 피를 흘리며 바닥에 쓰러져 있었고, 복도를 좀 더 가자 홀이 아까까지 알아보지 못했던 또 다른 여자아이가 가슴에 단도가 박힌 채 쓰러져 있었다. 문이 열린 감방 앞에는 네 번째 시체가 있었다. 키가 크고 금발인 여자였다. 이제야 홀은 왜 아이들이 독수리를 연상시켰던 건지 깨달았다. 여자의 상체가 다 찢겨 나가 남은 살 사이로 갈비뼈가 드러나 보였다.

"키비?"

메이스가 물었다.

키브는 이미 여왕의 감방 안으로 들어갔고 이제 그의 목소리만 안에서 들렸다.

"없습니다. 여긴 아무도 없어요."

홀은 이 대화가 거의 들리지 않았다. 그는 옆 감방 앞에서 꼼짝 못 하고 서 있었다.

"아무 흔적도 없어? 메시지도?"

"없습니다. 바닥 요, 초, 성냥, 양동이 두 개가 전부입니다."

"어디 계신 거지?"

펜이 물었다.

홀은 한 손을 들어 창살 앞에서 흔들었다. 앞에 있는 죄수는 마주 손을 흔들지 않았다. 남자는 머리를 박박 밀었고 제대로 먹지 못한 티가 났지만, 마주 보는 얼굴은 홀 자신의 것이었다.

"사이먼."

그가 중얼거렸다.

"목이 부러졌습니다"

코린의 목소리가 멀리서 들렸다. 그는 금발 여자 위로 몸을 기울이고 있었다.

"이것들이 달려들기 전에 단숨에 죽었을 겁니다."

"아, 젠장. 그녀는 자기 임무를 해냈어."

메이스가 시체 옆에 무릎을 꿇고서 말했다.

사이먼이 창살 사이로 손을 내밀었고 홀은 그의 손을 잡고 다른 손바닥을 동생의 빰에 올렸다. 거의 20년이나 쌍둥이 형제를 보지 못했고 그동안 내내 동생 생각을 하지 않으려 했었다. 그런데 여기에, 실물로 사이먼이 있었다.

"하지만 여왕 폐하는 어디 계시지?"

엘스턴이 물었다. 다른 상황이었다면 홀은 커다란 근위병의 애처로운 말투에 웃음을 터뜨렸을 것이다. 사이먼의 입술이 움직였으나 아무 소리도 나오지 않았다. 홀이 창살 쪽으로 몸을 기울였다.

"뭐라고?"

"붉은 여왕. 붉은 여왕이 데려갔어."

"뭐라고 했지?"

메이스가 홀을 밀어내고 섰으나 홀은 옆으로 물러나서도 사이먼의 손을 놓지 않았다.

"여왕 폐하께서 창살에 머리를 부딪치셨어요. 붉은 여왕이 업고 갔습니다."

메이스는 홀과 사이먼을 잠시 번갈아 보다가 두 사람의 닮은 얼굴은 나중에 고민할 문제로 미뤄두기로 한 것 같았다.

"어디로 데려갔지?"

사이먼이 그들이 온 방향과 반대 방향을 가리켰다.

"얼마나 됐지?"

"모르겠습니다. 몇 시간쯤 됐겠지요. 여기서는 시간을 알 수가 없어서요."

"제기랄!"

홀이 펄쩍 뛰었다. 펜은 그들에게 등을 돌리고 어깨를 들먹이며 서 있었다.

홀은 사이먼 쪽으로 돌아섰다가 처음으로 그의 뒤쪽 감방 벽에 그림과 설계도가 가득한 것을 발견했다. 그들은 둘이서 오랜 시간 함께 앉아 기계를 설계하고 흙 위에 막대기로 도면을 그리곤 했었다. 기술자들. 홀은 눈을 깜박여 눈물을 삼키다가 사이먼이 아직도 갇혀 있다는 걸 깨닫고 열쇠를 찾기 시작했다.

"어디로 가신 거지?"

다이어가 르비외에게 물었다.

"나도 모르지."

"진리치야."

메이스의 목소리는 나직한 쉰 소리였고 홀은 남자의 얼굴에서 핏기가 가시는 것을 보고 불안감을 느꼈다.

"진리치로 가신 거야. 안달리가 우리에게 말했는데 내가 안 들었어."

"우리들 전부 다 안 들었죠."

엘스턴이 말했다. 그는 메이스의 어깨에 한 손을 올렸지만 메이스는 그의 손을 떨쳤고, 홀은 갑자기 근위대장의 가슴속에서 마침내 감정이 끓는 점에 도달했다는 것을 알아챘다. 근위대도 같은 생각을 한 것처럼 본능적으로 다 함께 뒤로 물러나 고개를 돌렸다. 홀은 사이먼 쪽으로 돌아서서 단호하게 동생의 얼굴만 보았고, 뒤에서 고함 소리가 터져 나왔다. 분노와 슬픔으로 가득한 의미 없는 기나긴 울부짖음이었다.

10장

진리치

악의에는 음침한 행복이 어려 있다.

—《레 미제라블》, 빅토르 위고(선크로싱 시대 프랑스인)

"내 팔레가 불타고 있어."

켈시는 꾸벅꾸벅 졸다가 차츰 잠들었으나 그 말에 벌떡 깨어났다. 그들은 거의 하루 동안 말을 달렸고 뒤통수에 생긴 거대한 혹에서부터 퍼져 나오는 찌르는 듯한 날카로운 통증으로 머리 전체가 다시 욱신거리기 시작했다. 그녀는 고삐를 당겼고 붉은 여왕이 뒤를 보고 있는 것을 알아챘다.

"봐."

켈시는 몸을 돌리고서 멀리 디메인의 하늘을 배경으로 높이 솟아 있는 팔레의 그림자를 보았다. 위쪽 창문에서는 불길이 솟구쳐 있었다. 오래전처럼 느껴지는 날에 그녀와 붉은 여왕이 서 있었던 발코니를 포함해서 성 꼭대기 전체가 치솟는 시커먼 연기에 가려 보이지 않았다.

"불멸의 존재는 도망치지 않아."

붉은 여왕이 중얼거렸다. 여왕이 머릿속으로 수도 없이 그 말을 되뇌었던 듯 켈시에게는 반복적인 암기처럼 들렸다.

붉은 여왕의 말에 따르면 둘은 오래전에 두카르트가 마련해두었던 지하 마구간을 통해서 디메인을 빠져나왔다. 마구간에는 옷과 물, 저장식, 동전이 가득했지만 붉은 여왕의 명한 표정으로 보아 그녀는 이런 곳이 필요할 거라고 한 번도 생각한 적이 없고 자신이 여기에 있다는 사실도 놀라운 것 같았다. 켈시 역시 꽤나 놀랐다. 붉은 여왕에게 긴급 탈출구가 있다니! 이 사실이 대중에게 퍼지면 어떤 일이 생길까 궁금했다.

붉은 여왕은 옷을 찢고 켈시의 머리를 산발로 만들었다. 그리고 옷 안쪽에 동전을 숨기고 켈시의 얼굴에 팔목 상처에서 나온 피를 여기저기 발랐다. 켈시는 이런 작업을 하는 이유를 전혀 이해하지 못하다가 팔레에서 조금 떨어진 버려진 건물의 어두운 지하실에서 나온 후에야 이해했다. 지하에서도 싸우는 소리가 들렸지만 켈시는 길거리의 풍경을 전혀 예상도 못한 상태였다.

디메인은 혼란 그 자체였다. 도시의 지평선 여기저기에서 통제 불가능한 불길이 솟아올랐다. 폭도들이 돌아다니면서 르비외의 이름을 외쳤다. 도시에서 가장 부유한 지역인 팔레 주위 구역들은 시민들과 모트 병사들의 공격에 시달리는 전쟁터였다. 이런 길거리에서 부자처럼 보이면 안 되겠지만, 켈시는 그 사실이 별로 두렵지 않았다. 다시 바깥으로 나왔다는 사실이 너무나 굉장하게 느껴지기 때문이었다. 지하 감옥의 악취 가득한 공기와 흐린 횃불의 불빛 말고 다른 것이 있다는 걸 거의 잊고 있었다. 망가진 이 도시의 모습조차도 반가웠다.

도시를 가로지르는 여정 동안 몇 번이나 켈시는 위장을 벗고서 붉은 여왕의 정체를 밝히고 자신은 티어인 노예라고 주장할까 생각해보았다. 길거리는 반란군이 된 탈출한 노예들 때문에 티어어로 가득했고, 모트인들이 모든 귀족들을 끝장내기 위해서 귀족들을 잡고 있는 판국에 고작 디어인 한 명에게 관심을 가질 것 같지 않았다. 붉은 여왕을 뒤에 남겨두고 떠난다고 켈시가 잘못하는 것도 아닐 것이다. 그녀는 붉은 여왕의 목숨을 구해줬고, 붉은 여왕도 그녀의 목숨을 살려주었다. 더 이상 빚은 없었다. 그리고 티어링은 멀지만 갑자기 아주 가까이서 그녀를 불렀다. 도시를 벗어나자마자 서쪽으로 곧장 말을 달리면 하루 조금 더 걸려서 국경을 넘을 수 있을 것이다.

집.

물론 그건 바보 같은 생각이었다. 디메인은 대단히 큰 도시였고 켈시는 자신이 어디에 있는지도 몰랐다. 붉은 여왕의 방향감각을 믿어야 했고, 그들은 도시의 남쪽 문을 지키는 다섯 병사들에게 뇌물을 주고 마침내 디메인을 빠져나왔다. 밖으로 나온 그들은 모트로를 무시하고 남서쪽으로 꾸준히 달리기 시작했다. 켈시는 붉은 여왕이 어디로 가려는 건지 전혀 몰랐지만 티어링 쪽으로 향하는 한 다른 곳으로 도망칠 이유가 없었다. 붉은 여왕에게 기묘한 책임감이 느껴진다는 사실에 그녀는 깜짝 놀랐다. 이 여자는 이제 그녀의 목을 부르짖는 나라에서 도망쳐서 완전히 혼자였다. 붉은 여왕이 잡히면 모트인들은 그녀에게 아주, 아주 끔찍한 짓을 하겠지만 티어인들은 아마도 더욱 끔찍할 것이다. 영원히 벌을 피할 수는 없을 거라고 켈시의 머리가 주장했다. 하지만 켈시는 그녀가 잔인하게 폭행당하는 걸 보고 싶지도 않았다.

"내 옆에 여자아이가 있어."

붉은 여왕은 한참 뒤쪽으로 보이는 불타는 폐허를 응시하며 멍한 목소리로 말을 이었다.

"내 옆에 여자아이가 있고, 회색 옷의 남자가 뒤를 쫓아와."

"주문을 거는 건가요, 아니면 횡설수설하는 거예요?"

켈시가 물었다.

붉은 여왕이 돌아보자 켈시는 갑자기 등을 타고 전율이 흐르는 것을 느꼈다. 자신과 티어의 사파이어가 무슨 관계인지 전혀 모르겠지만, 그것은 여전히 그녀가 다른 사람들이 숨기려고 애쓰는 조그만 경련을 보고 분류하고 분석할 수 있게 해주었다. 오늘 하루 동안 그녀는 점점 더 붉은 여왕이 간신히 버티고 있다는 것을 확신하게 되었다. *마냐크*, 소른은 그녀를 그렇게 불렀다……. 그런 사람이 다급한 도주라는 압박 속에 과연 어떻게 반응할까? 붉은 여왕의 사무적인 외면 아래로, 디메인에서 빠져나와야 한다는 긴급한 목표 아래로 켈시는 광기의 첫 번째 실마리를 감지했다.

"나는 불멸이 아니야."

붉은 여왕이 말했다. 켈시에게 던지는 눈길에는 증오와 비굴함이 섞여 있었고, 켈시는 어느 쪽에 더 마음이 불편한지 알 수가 없었다.

"행복해, 글린? 네가 나를 파멸시켰어."

"당신 스스로 파멸한 거예요! 그 모든 힘을 갖고서! 그걸로 뭐든 할 수 있었는데, 당신이 한 일을 봐요."

켈시가 날카롭게 말했다.

"난 내 왕위를 지키기 위해서 해야만 하는 일을 했어."

"당신은 거짓말쟁이예요. 난 당신 궁정에 대해 알아요, 진홍의 레이디. 당신이 어떻게 행동했는지 알죠. 고문당하고 강간당한 노예들, 심지어 남자들까지도 그랬죠. 내가 당신의 취향에 대해서 못 들었을 거라고 생각하지 말아요. 사람들이 당신의 실험실에 들어가면 절대로 나오는 일이 없다죠. 그건 꼭 필요해서가 아니라 사람 목숨을 제멋대로 하는 거예요."

붉은 여왕의 얼굴이 음울해졌고 켈시는 공기가 잠잠한데도 무언가가 머리카락을 헝크는 것을 느꼈다.

"조심해요. 이 상자를 열고 싶지는 않을 테니."

그녀가 나직하게 말했다. 붉은 여왕은 다시금 그녀를 한참 쳐다보다가 욕설을 내뱉고 도시를 돌아보았다.

"우린 꽤 멀리까지 왔어요, 진홍의 레이디. 이제 각자의 길로 헤어지면 어떨까요?"

"네가 원한다면, 글린. 하지만 나라면 우리의 길이 나뉘기 전까지는 계속 붙어서 가겠어. 두 여자가 한 여자보다는 안전하니까."

그건 맞는 말이었지만 켈시는 그 말 뒤에 어린 거짓의 기색을 감지했다. 그들은 평범한 여자들이 아니었고 그들에게 강도질하거나 그들을 공격하려고 하는 남자는 누구든 후회할 것이다. 붉은 여왕은 다른 걸 두려워하는 거였다. 핀의 아이들일까? 팔레를 떠난 이래로 그 끔찍한 존재들을 더 이상 보지 못했지만, 켈시는 핀 자신을 제외하면 그만큼 이 여자를 두렵게 만드는 다른 것은 떠올릴 수가 없었다. 그들은 몇 시간 전에 멈춰서 쉬며 물과 음식을 먹었지만, 여왕은 불을 지피지 못하게 했다.

붉은 여왕이 다시 팔목을 문질렀다. 마구간에서 켈시는 상처를 치료하고 물로 씻고 붕대를 감아주었다. 두 개의 자국은 굉장히 깊었고 이미 벌겋게 부은 것 같았다. 잇자국이었다.

"왜?"

붉은 여왕이 켈시가 자신을 쳐다보는 것을 알아챘고, 켈시는 시선을 돌려 풍경을 바라보았다. 그들은 마침내 샹디메인의 드넓고 잘 다듬어진 풀밭을 다 지나왔다. 그들 발아래의 땅은 가는 모래진흙이 섞인 높은 초지로 바뀌었다. 숨기에는 조금 더 낫지만 밤을 보내기에 그렇게 좋은 지역은 아니었다.

"계속 움직여야 돼요. 목적지가 어디죠?"

켈시가 물었다.

"건조 지대. 달리 내가 숨을 만한 곳이 없어."

"카다르는요?"

"카다르로 갈 순 없어."

붉은 여왕이 단호하게 말했다.

"흠, 국경을 건널 때까지는 당신과 함께 있을 수 있어요. 그 뒤에는 내 도시로 돌아가야 해요."

"괜찮아."

붉은 여왕은 신경 쓰지 않는 투로 대답했으나 켈시는 그녀가 함께 있기만 하면 어디로 가든 상관하지 않는다는 기묘한 기분을 느꼈다.

뭘 두려워하는 거지?

그들은 이후 몇 시간 동안 남서쪽으로 달렸다. 해가 지평선에 닿자 그들은 국경 언덕이 보이는 지점에 멈춰서 쉬었다. 이렇게 먼 남쪽에는 소나무가 없고 풀과 관목과 드문드문 화초 정도만이 있었다. 지루한 풍경이었으나 여전히 켈시는 매혹되는 기분으로 주위를 보았다. 북쪽으로 80킬로미터를 못 간 지점에서 홀이 전선을 사수했고, 결국에 두카르트가 숲에 불을 질러 티어 군대를 언덕 비탈에서 몰아냈었다. 두카르트가 남은 평생 티어 감옥에 들어가 있는 꼴을 보고 싶었던 켈시도 그 전략의 단순함에 감탄할 수밖에 없었다. 적이 움직이지 않으면, 그냥 태워버리면 된다.

저녁 식사는 또 다른 저장식과 과일이었다. 여기에는 사슴과 토끼 같은 사냥감이 많았지만, 붉은 여왕은 다시금 불을 못 피우게 했다.

"그를 죽이려고 해본 적이 있어요? 로 핀요."

켈시가 물었다.

"그래. 하지만 실패했지. 그는 확실하게 죽일 수 있는 존재가 아니야. 형태가 없지. 그를 사로잡을 수가 없었어."

켈시는 붉은 여왕의 말을 완전히 이해할 수는 없었지만 대충은 알 것 같았다. 아렌 소른을 죽일 때 그녀는 그의 핵심을 볼 수 있었다. 명확하지는 않지만 유독한 빛으로 그려져서 충분히 볼 수 있었고, 자신의 통제를 벗어난 모든 일에 좌절감을 느끼던 더 어리고 성난 켈시는 그것을 사로잡는 게 전혀 어렵지 않았었다.

"그가 어떻게 그런 존재가 되었는지 아나요?"

"어둠의 존재? 몇 가지 얘기는 했어. 예전에 그 이야기를 하곤 했지―"

여기서 붉은 여왕은 말을 끊고 슬쩍 켈시 쪽을 쳐다보았다.

"자신의 목숨을 지키기 위해서 어쩔 수 없었다고 말하곤 했지. 거의 자랑하듯이 말이야. 나한테 뭔가를 가르쳐주곤 했어."

"당신은 페어위치에 얼마나 있었나요?"

"2년. 나를 아는 모든 사람들이 나를 죽었다고 생각할 만큼 오래. 하지만 너도 알잖아, 글린. 나에 대해 모든 걸 아니까."

켈시는 그녀의 눈에 살짝 증오가 스치는 것을 알아챘다.

"전혀요. 난 명확하게 볼 수가 없어요. 책을 훑어보는 거랑 비슷해요. 왜 당신 어머니가 당신을 추방했죠?"

"그런 게 아니야. 내가 도망쳤어."

"왜요?"

"왜 캐묻고 난리야?"

켈시는 눈을 깜박였지만 꾹 참았다.

"핀에게서 마법을 배웠나요?"

"일부는. 배울 만큼 배워서 때가 되자 나만의 마법을 만들어낼 수 있었지. 하지만 재앙을 막아낼 수 있을 정도는 아니었어."

붉은 여왕은 인상을 찌푸렸고 켈시는 그녀가 다시 붕대를 감은 손목을 문지르고 손가락으로 만지작거리는 것을 알아챘다.

"아파요?"

켈시가 물었지만 붉은 여왕은 대답하지 않았다.

그들은 계속해서 남서쪽으로 향했다. 날씨는 점점 추워졌고 곧 땅이 건조해지기 시작했다. 개울과 강이 사라졌고 심지어 우물과 샘도 드물어졌다. 저지대에 있는 조그만 마을에 들러서 켈시가 모트어로 금과 물을 교환하는 동안 붉은 여왕은 옆에 말없이 서 있었다. 종종 켈시는 붉은 여왕을 뒤에 놔두고 그냥 사라져서 곧장 뉴런던으로 갈까 생각하곤 했다. 그녀가 말을 더 잘 타니까. 사실 붉은 여왕은 어쩌면 말도 두려워하는지 모르겠다는 생각이 들었다. 붉은 여왕이 디메인에서 나와본 게, 혹은 마부가 없이 어딘가에 가보는 게 얼마만의 일일까? 팔레에서 나와서부터 붉은 여왕은 모트메인의 마녀-마법사가 아니라 외롭고 갈 곳을 잃은 평범한 여자처럼 훨씬 더 연약해 보이기 시작했다. 집중력이 흐려지고 말할 때 목소리가 떨리는 등 처음에는 사소하던 것들이 디메인에서 멀어질수록 점점 더 뚜렷하게 드러났다. 붉은 여왕은 연신 뒤를 돌아보았고 켈시는 그녀가 정말 뭔가를 봤는지, 아니면 마침내 자연스러운 편집증의 종착점에 도달한 건지 알 수가 없었다.

"뭐예요?"

붉은 여왕이 그날 오후에 세 번째로 말을 세우자 켈시가 마침내 물었다.

"누가 따라오고 있어."

붉은 여왕이 대답했다. 켈시는 그 확신에 찬 어조에 불안해졌다. 붉은 여왕이 다시 팔목을 문지르기 시작했다.

"내가 좀 볼게요."

"저리 가!"

붉은 여왕이 날카롭게 외치며 켈시의 손을 쳐냈다. 켈시는 숨을 들이켜며 물러섰다. 잠깐 동안 붉은 여왕의 눈이 새빨갛게 타올랐다고 맹세할 수 있었다.

"당신을 묶으면 좋겠어요?"

켈시가 단호하게 물었다.

"아니. 내가 처리할 수 있어. 다른 건 통제할 수 없어도 내 몸 정도는 내가 통제해."

켈시는 의심스러웠지만 달리 해결할 방법이 떠오르지 않았다. 설령 붉은 여왕을 붙잡을 수 있다 해도 꽁꽁 묶은 여자를 데리고 어디로 갈 수 있을까? 다시금 그냥 그녀를 내버리고 북쪽의 자신의 도시로, 자신의 왕궁으로, 자신의 인생으로 돌아가고 싶은 충동을 느꼈다. 하지만 다시금 무언가가 발목을 잡았다.

내가 이 여자랑 무슨 관계가 있지? 뭐가 우리를 묶어주는 걸까? 켈시는 의아했다. 그녀는 예의나 사생활에 대한 존중 같은 게 전혀 없이 부주의하게 남의 집을 조사하듯이 그 여자의 머릿속을 살펴보았고, 이제야 그런 침입에는 전혀 생각지 못했던 대가가 따르는 게 아닌가 깨닫게 되었다.

"내 걱정은 하지 마. 계속 가지."

붉은 여왕이 험한 어조로 말했다.

여행 사흘째 날에 그들은 낮은 국경 언덕의 완만한 비탈을 올라갔고, 켈시는 마침내 눈길이 닿는 곳까지 쭉 뻗은 넓은 앨먼트 평원을, 자신의 나라를 볼 수 있었다. 예상했던 기쁨과는 달리 속이 메스꺼워질 것 같았다. 이 넓은 땅을, 그녀의 불완전한 국가를 위해 많은 것을 희생했지만 아직도 다 끝나지 않았다는 생각이 들었다. 고개를 숙였다가 그녀는 땀으로 축축해진 손으로 윌리엄 티어의 사파이어를 쥐고 있다는 걸 깨달았다.

오후에 그들은 카다르 국경까지 쭉 뻗은 160킬로미터가 넘는 사막 지대인 건조 지대 초입에 도착했다. 멈춰서 추위에 대비해 장비와 털옷, 천막을 사야 했다. 예전에 칼린이 켈시에게 건조 지대는 겨울철에 페어위치만큼 추위진다고 했었다. 켈시는 멀리 흩어진 검은 점 같은 마을 몇 개를 볼 수 있었지만 그 주위로는 바싹 마르고 무채색에 냉혹한 땅만 펼쳐져 있었다.

켈시는 지평선 너머도 어디가 끝인지 전혀 알 수 없었다.

서쪽 멀리로는 하늘에 얼룩이 보이고 천둥이 번쩍였다. 건조 지대의 폭풍은 물이 대체 어디서 온 건지 아무도 모르는, 전설적이고 무시무시하고 설명할 수 없는 생태학적 현상이었다. 세찬 폭우가 쏟아지지만 물은 이 지형의 특징을 조금도 바꾸지 못했다. 모든 것이 전과 똑같이 바싹 메마른 상태로 되돌아왔다. 정확하게 말하자면 건조 지대는 티어링의 일부였지만 켈시에게 이 사막은 외롭고 싸늘한 그 나름의 나라처럼 보였다.

"뭘 할 생각이죠? 여길 건너려다가는 죽을 거예요."

그녀가 붉은 여왕에게 물었다.

붉은 여왕이 고개를 돌리자 그 눈에 광기에 가까운 절망감이 번뜩였다. 그녀가 다시 손목을 잡았다.

"내가 여기 있는 걸 그가 알아. 난 느낄 수 있어. 더 보낼 거야. 난 도망쳐야 돼."

그녀가 조용히 말했다.

"그렇다고 사막에 숨을 수는 없어요."

"무슨 얘기를 하고 싶은 거야?"

"나랑 같이 뉴런던으로 가지 그래요? 내가 —"

켈시는 말을 하다가 멈췄다. 입 밖으로 나올 뻔한 말을 믿을 수가 없었다. *내가 보호해줄게요*……. 하지만 그럴 수는 없다. 티어는 붉은 여왕을 전범으로 취급할 거고, 그럴 권리가 있었다.

"저 작은 마을 중에 여관이 있을 거예요. 최소한 우리한테는 제대로 된 침대와 목욕물을 구할 만한 돈이 있고요."

그녀가 어색하게 말을 마무리했다.

붉은 여왕은 침을 삼키고 예전의 자제력을 되찾은 것 같은 얼굴로 고개를 끄덕였다. 하지만 켈시의 눈에 그것은 진짜의 그림자일 뿐이었다.

흐트러지고 있어, 그녀는 다시금 생각했다. 붉은 여왕이 눈을 깜박였고 이번에는 켈시도 스스로를 속일 수가 없었다. 붉은 여왕의 눈동자 가장자리는 붉은색이었다.

"좋아. 목욕과 침대. 그거 좋겠군."

붉은 여왕이 대답했다.

그들이 들른 첫 번째 마을은 주변 풍경만큼이나 음울하고 손바닥만 했다. 주도로라고 해야 할 것 같은 좁은 모랫길을 따라 걸어가면서 켈시는 모래땅에 박아놓은 작고 낡은 표지판을 발견했다.

진리치

이곳의 집들은 기능 위주의 나무 더미에 가까웠고 아무도 예쁘게 만들기 위해 공을 들인 것 같지 않았다. 딱 한 건물에만 유리 창문과 밝고 보기 좋은 차양이 달려 있었다. 켈시는 거기가 마을 술집이라는 사실에 별로 놀라지 않았다. 자신을 쳐다보는 눈길이 느껴지는 것 같았지만 고개를 들어보니 2층 창문은 전부 닫혀 있었다. 바람이 더욱 세져서 켈시의 얼굴로 모래가 날렸다. 폭풍이 다가오고 있어 마을 전체가 위기에 대비해놓은 것 같았다.

마을 여관은 손님방이 세 개 있는 커다란 주택이었다. 주인은 손님이 한 명뿐이니 두 사람이 사생활을 누릴 수 있을 거라고 말하고 호색적으로 윙크를 했다. 붉은 여왕은 신경 쓰지 않는 듯 방으로 뜨거운 물이 담긴 욕조 두 개를 날라 오라고 동전 하나를 떨어뜨렸다. 팔레 여기저기에서 본 사치와 무신경함에 켈시는 붉은 여왕이 작은 마을의 여관에서 굉장히 어색하게 행동할 거라고 생각했다. 하지만 여왕은 여관 주인의 추파를 가볍게 받아넘기고 능숙하게 행동했고, 켈시는 다시금 자신이 붉은 여왕의 머릿속에서 뭘 놓쳤을까, 그녀가 얼마나 복잡한 삶을 살아온 걸까 생각했다.

목욕을 하기 위해 옷을 벗고서 붉은 여왕은 붕대를 풀었고, 켈시는 그녀의 손목에서 자국이 사라진 것을 발견했다. 켈시의 불안감이 더욱 치솟았다. 그녀가 치료했던 자국은 깊고 심각했고, 이게 자연스러운 치유가 아니라면 대체 뭘까? 각자 철제 욕조에 늘어진 채로 켈시는 눈가로 붉은 여왕을 보았다. 그녀에게서는 지친 기색이 거의 보이지 않았다. 사실 추운 날씨를 견디며 여행했음에도 붉은 여왕은 디메인에서 출발한 이래로 육체적으로는 훨씬 더 튼튼해진 것처럼 보였다.

내가 뭘 두려워하는 걸까? 침대로 올라가면서 켈시는 자문했다. 대답은 생각나지 않았지만 보이지 않는 짐승이 바로 뒤에서 뛰어들 때만 기다리는 것처럼 피부가 따끔거렸다. 다시금 누가 그녀를 바라보는 기분이었지만 붉은 여왕을 힐끗 보니 그녀는 다른 침대에서 몸을 돌리고 편안하게 옆으로 누워 쉬고 있었다. 켈시는 잠을 자지 않으려고 애를 썼지만 피로에 짓눌려서 결국 경비를 서는 것을 포기하고 초를 불어서 껐다. 마을에는 끔찍한 폭풍이 불어닥쳐 천둥이 건물을 기반까지 흔들었고, 켈시는 아가이브를 넘어 국경 바로 앞에 멈춘 우리에 관한 꿈으로 금세 빠져들었다. 켈시와 근위대가 하루만 늦었어도 행렬은 모트메인으로 사라져버렸을 것이다.

그때가 결정적인 순간이었어, 꿈속의 켈시가 생각했다. *조너선 티어의 죽음처럼 결정적인 순간이었지. 그 순간을 놓쳤다면 무슨 일이 벌어졌을까? 우리가 지금 어떻게 됐을까?*

하지만 아가이브의 꿈은 사라지고 매끄럽게 다른 꿈으로 이어졌다. 켈시는 높은 교수대에 서 있었고 앞에는 아렌 소른이 집행자들의 손에 잡혀 무릎을 꿇고 있었다. 그들 주위로 폭도들이 미친 듯이 비명을 질러대는 소리가 가득했다. 소른이 고개를 들었고 켈시는 그가 마지막에 다다랐음을, 그의 얼굴이 피 칠갑인 것을 볼 수 있었다.

미안해! 켈시는 소리치고 싶었지만 그러기 전에 웬 손이 그녀의 발목을 잡았다. 아래를 보자 먼이 발치에서 고개를 들어 그녀가 그의 목에 그었던 커다란 붉은 곡선을 드러낸 채 씩 웃고 있었다. 그의 손이 종아리로 올라오기 시작하자 켈시는 유일하게 할 수 있는 일을 했다. 교수대에서 그녀를 기다리며 고개를 들고 비명을 질러대는 얼굴들 속으로 뛰어내린 것이다. 착지하기 직전에 그녀는 그들이 전부 다 그녀를 기다리고 있는 먼과 소른이라는 걸 깨달았고, 숨을 헐떡이며 잠에서 깼다.

어둠 속에 어떤 여자가 그녀의 옆에 서 있었다.

켈시가 비명을 지르려고 숨을 들이켜기도 전에 손이 그녀의 입을 꽉 막았다. 여자의 힘은 굉장히 셌다. 여자는 켈시의 어깨를 간단히 눌러 그녀를 침대에서 꼼짝 못 하게 만들었다.

내가 틀렸어, 켈시는 씁쓸하게 생각했다. 붉은 여왕이 어떤 상황이 되었든, 메이스가 확실한 적에게서 눈을 떼지 않을 것처럼 그녀에게서 눈을 떼면 안 되는 거였다. 그녀는 동료애와 상호 이익에 넘어갔고, 한 세기가 넘는 증오가 모트메인과 티어 사이에, 빨강과 검정 사이에 있다는 사실을 금세 잊어버리고 말았다.

붉은 여왕이 몸을 구부려 켈시에게 얼굴을 가까이 댔고 켈시는 여자의 색색거리는 숨소리를 귀로 들을 수 있었다. 누가 목을 이로 무는 것 같은 느낌이었다.

"넌 고통받게 될 거야, 이 망할 년."

붉은 여왕이 어둠 속에서 낮게 외쳤다.

"내 주인님을 위해 고통받게 될 거야."

켈시는 갑자기 그녀의 정체를 깨닫고서 얼어붙었다. 위협은 실제였지만 그녀는 그 출처를 착각하고 있었다. 붉은 여왕이 아니었다. 이건―

"브레나."

그녀가 중얼거렸다.

이웬은 새로운 장소에 잘 적응하지 못했다. 그는 평생 뉴런던에 살았으면서도 종종 도시의 엉뚱한 지역에서 길을 잃곤 했다. 아빠는 이웬의 머릿속에 나침반이 없다고 하셨다. 그러나 진리치에서 2주를 지내고서 이웬은 아빠도 아마 만족하셨을 거라고 생각했다. 그는 마을의 길 네 개를 구석구석 알았고 심지어 어떤 집에 누가 사는지도 알았다.

그와 브래드쇼가 도착하자 약간 소동이 일었다. 브래드쇼는 그들에게 쓸 돈이 있기 때문이라고 말했다. 진리치에는 돈을 쓸 곳이 거의 없었기 때문에 이웬은 의아했다. 일주일에 한 번씩 뚱한 표정의 남자가 뚜껑 덮인 마차를 몰고 주도로를 따라와서 술집 앞에 멈췄다. 술집 주인과 종업원이 마차에서 술병과 술통을 꺼낼 동안 마을 사람들은 집에서 나와 음식과 옷, 종이나 옷감, 약 같은 몇 가지 새로운 물건들을 뚱한 표정의 남자와 거래했다. 마을에는 남쪽 주택지 뒤쪽으로 울타리와 캔버스 천을 덮어 사막으로부터 보호해놓은 작고 음울한 밭이 있었다. 사람들이 거래하는 것 대부분은 그들이 기른 뿌리채소, 대파, 감자 등 햇빛이 적게 필요한 식량들이었다. 진리치에서 진짜 현금을 쓸 만한 유일한 장소는 술집과 여관뿐이었다.

이웬은 마녀를 처음 봤을 때 알아보지 못했다. 이웬이 기억하는 여자는 뼈처럼 새하얗고 나이를 알 수 없고 단도 같은 눈을 하고 있었다. 여자는 스무 살일 수도 있었고, 쉰 살일 수도 있었다. 하지만 그가 지금 본 여자는 불그스름한 뺨에 청춘의 절정기에 있는 것처럼 보였다. 이웬이 마지막으로 보았을 때 햇빛에 바랜 지푸라기 같은 색깔이었던 머리카락은 진하고 건강해 보이는 금색이었다. 여관 문가에 서 있는 여자는 많이 변했지만, 그래도 그는 여전히 그 아래 있는 마녀를 알아볼 수 있었다. 여자는 그를 보지 못했다. 여자를 본 순간 이웬이 두 집 사이에 있는 좁은 골목으로 숨었기 때문이다.

그날 밤에 그와 브래드쇼는 뭘 해야 할지 길게 이야기를 나눴다. 브래드쇼는 눈길만으로도 강한 남자들까지 조종할 수 있는 브레나의 힘이 굉장히 유명하다고 말했다. 두 사람 다, 설령 2 대 1이라고 해도 그녀를 쉽게 잡을 거라는 자신감이 전혀 없었다. 하지만 브래드쇼는 메이스에게 알려야 한다고 주장했고, 한 명이 전갈을 전하러 갈 동안 다른 한 명은 진리치에 남아야 한다고 말했다.

이웬은 여기 남고 싶지 않았다. 여관에서부터 여자를 따라다니는 내내 그는 브레나가 뒤를 돌아보고 눈빛만으로 그를 꿰뚫을 것처럼 느꼈다. 그녀가 사막으로 나가자 거기까지는 그녀를 따라갈 수가 없었다. 거기에는 숨을 곳이 전혀 없었고, 이웬도 건조 지대에 대해서 알았기 때문이다. 아빠는 사막이 사람에게 감추어진 모습을, 거기 있지 않은 것들을 보여주어 사람을 끌어들이고 길을 잃게 만들기를 좋아한다고 말씀하시곤 했다. 사람들은 머릿속의 그림을 쫓아다니다가 갈증으로 죽게 된다. 이웬은 여관 앞에서 기다렸고 브레나는 해 질 녘에 돌아와서 안으로 사라졌다. 그는 매를 피한 쥐가 된 기분으로 브래드쇼와 함께 쓰는 지하실 방으로 도망쳤다. 아니, 그는 여기 남아 브레나를 감시하고 싶지 않았다.

하지만 그 반대는 더 나빴다. 그들은 2주가 걸려서 진리치에 도착했고, 지금쯤 홀 장군은 이동했을 것이다. 연대가 앨먼트 남부의 그 자리에 있지 않으면 전령은 모트메인까지 가서 메이스에게 연락해야 한다고 브래드쇼가 말했다.

모트메인이라니! 세상에서 가장 끔찍하고, 어둠과 불과 잔인함으로 가득한 곳이 아닌가. 그는 진리치에 혼자 남고 싶지도 않았지만 악의 왕국에는 더더욱 가고 싶지 않았다. 브래드쇼는 모트메인이 그렇게 나쁘지는 않다고 주장했으나 이웬은 알아보고 싶지도 않았다. 모트메인에 간다는 말만으로도 속이 울렁거릴 정도였다.

"어쨌든 우리 중 한 명은 가야 돼. 그리고 내가 가야 한다면 넌 여기서 아주 신중하게 행동해야 해, 이웬. 마녀가 널 봤다가는 망하는 거야. 알겠지?"

브래드쇼가 단호하게 말했다.

이웬은 반쯤 건성으로 고개를 끄덕였다. 브래드쇼는 떠났고, 그 이래 며칠간 이웬은 첩자가 되었다. 쉬운 일은 아니었다. 매일 그는 여관을 지켜보는 새롭고 창의적인 방법을 찾아내야만 했다. 그래야 브레나가 눈치채지 못할 뿐만 아니라 마을 사람들이 수군거리지 않을 테니까. 그는 종종 여관 입구가 훤히 보이는, 여관 바로 아래쪽 술집으로 갔다. 하지만 이웬이 술을 마시지 않기 때문에 이것도 쉬운 일이 아니었다. 오래전에 아빠는 그에게 에일에 대해 경고하시며 술은 그를 문제에 빠뜨릴 뿐이라고 말씀하셨고, 이웬이 어떤 술도 마시지 못하게 완전히 금지하셨다. 후자는 별로 어려운 일이 아니었다. 어느 크리스마스에 위스키를 맛보았고 그게 형편없는 식초 맛이라고 생각했기 때문이다. 하지만 이웬이 하루 종일 술집에 있어야 하는 지금은 아빠의 금지령이 문제가 되었다. 이웬도 주정뱅이가 아닌 이상 아무도 술집에 하루 온종일 있지 않는다는 정도는 알았다. 그는 에일을 사서 천천히 마실까 했지만 결국에는 그럴 수가 없었다. 아빠가 돌아가시긴 했지만, 그렇기 때문에 아빠의 규칙은 더욱 강력했다. 이웬은 그걸 깰 수가 없었다.

그는 술집 주인에게 마을에 올 친구를 기다리고 있다고 말했고, 잠깐 의논한 끝에 그들은 이웬이 물을 마시고 에일 가격을 지불하는 데에 합의했다. 이웬은 술집 주인이 이 기묘한 합의에 대해서 좀 더 얘기하고 싶어 할까 봐 걱정했으나 그럴 필요는 없었다. 돈이나 술에 관한 논의가 아닌 이상 술집 주인은 이야기를 하고 싶지 않은 것 같았다. 그는 이웬이 바 끄트머리에 앉아서 물을 연신 마시고 술집 뒤에 있는 지저분한 화장실에 가느라 가끔 일어서는 것에 만족하는 것 같았다. 이 감시 임무는 굉장히 지루했다. 이틀째 날에 이웬은 연필과 종이를 가져와서 바 주변과 바깥의 길에 있는 사람들을 그리기 시작했다. 그는 그림이 그렇게 훌륭하지 않다는 걸 알았으나 최소한 술집 주인은 감탄하는 것 같았다. 주인은 몇 시간쯤 전혀 흥미를 보이지 않다가 슬그머니 다가와서 이웬이 그리는 것을 보았다. 그리고 몇 시간 후에는 이웬에게 자신도 뭔가 그릴 수 없겠느냐고 물었다. 이웬은 종이한 장과 짧은 연필을 주었다. 누군가가 진리치에서 그림을 그린 적이 있을까 궁금했다. 여기에는 영감이 될 만한 게 별로 없었다. 주변 풍경은 이웬이 상상할 수 있는 어떤 것보다도 황량했다. 그는 사람들과 건물, 하늘을 그렸으나 눈길은 여관 문에서 멀리 벗어나지 않았다.

두 번 더 브레나는 여관을 나가서 주도로를 따라 마을 밖 사막으로 나갔다. 목적이 없는 걸음처럼 보였으나 정말 그런 건 아니었다. 사흘째 날 이웬은 그녀가 여기서 뭘 하는 걸까, 왜 건조 지대를 건너가기 전에 준비하기 위해서 진리치에 들르는 다른 여행객들을 따라가지 않는 걸까 생각했다. 브레나는 이런 목적으로 있는 가게들을 방문하지 않았고, 다른 것도 사지 않았고 심지어 음식조차 사지 않았다. 실제로 사막에 기묘하게 산책을 나가는 걸 제외하면 여관에서 아예 나오지도 않았다. 이것은 이웬도 이해할 것 같았다. 전에 앓았던 그 하얘지는 병이 낫고 나니 브레나는 꽤 예쁜 여자였고, 길거리를 걸을 때면 남자들의 고개가 돌아갔다. 하지만 여전히 그 으스스한 분위기를 풍기고 있어서 아무도 그녀에게 말을 걸지 못했고 감히 그녀를 따라 사막으로 나갈 엄두도 내지 못했다. 그러나 그녀는 시선을 끌었고, 이웬은 그녀가 이걸 원치 않는다는 걸 알아챘다. 그녀는 신중하게 행동하며 뭔가를 기다리고 있었다. 이웬은 낮에만 그녀를 감시할 수 있었고 그가 자는 동안에는 그녀가 뭘 하는지 몰랐다.

브래드쇼가 떠나고 나흘째 날에 여행자 두 명이 더 여관에 도착했다. 두 사람은 외모를 완전히 감추고 있었지만 이웬은 거기서 위험한 조짐을 느끼지 못했다. 진리치에 오는 대부분의 여행자들이 자신들의 일을 떠들고 다니고 싶어 하지 않았기 때문이다. 브레나가 새로운 방문자들을 만나러 나오지 않았기 때문에 그는 그들을 머릿속에서 지우고 다시 그림을 그렸다.

그날 밤에는 아무도 잠을 자지 못했다. 폭풍이 사막 위로 일기 시작했다. 이웬이 전에 본 그 어떤 것과도 다른 폭풍이었다. 번쩍이는 번개가 지평선에서 지평선까지 하늘을 갈랐고, 천둥소리가 너무 커서 길가의 건물들이 전부 흔들렸다. 천둥을 무서워하는 이웬은 이런 폭풍 속에서 지하실 방에 혼자 있으면 절대로 자지 못할 거라는 사실을 깨달았다. 그는 늦게까지 술집에 머물렀고, 마을의 다른 사람들도 똑같은 생각을 했는지 가게의 모든 탁자에 손님이 가득 찼다. 술집 주인은 너무 바빠서 이웬의 물이 떨어지자 바에 피처를 통째로 갖다 놓고 돈도 요구하지 않고 서둘러 가버렸다.

실내가 하도 시끄러워서 이웬은 즐겁게 그림을 그릴 수가 없었다. 그는 그저 바에 머리를 올리고서 창문만 쳐다보았다. 몇 초에 한 번씩 번개가 번쩍였다. 길거리 전체가 한참 동안 푸르스름한 하얀 빛으로 물들었다. 천둥에도 이웬의 눈꺼풀이 무거워지기 시작했다. 자정이 거의 다 됐고 그는 평생 딱 세 번만 자정 넘어서까지 있어보았다. 왕궁 지하 감옥으로 일하러 가게 되기 전 세 번의 크리스마스였다. 그는 술집 주인이 그가 바에 머리를 기대고 잠들어도 그냥 놔둘 건지 궁금했다. 천둥소리가 세상을 둘로 쪼개는 것처럼 울렸으나 뇌우가 무섭긴 해도 예상했던 것만큼 무섭지는 않았다. 그가 뉴런던을 떠나서 신세계의 절반을 가로질러 와서는 기묘한 마을에서 자기 앞가림을 할 수 있을 거라고 누가 상상이나 했겠는가? 아빠에게 이 이야기를 할 수 있다면 좋을 텐데. 하지만 아빠는—

이웬은 벌떡 일어나 앉았다. 번개가 다시 번쩍였고, 유리 창문에 비친 등불 빛 내문에 잘 알아볼 수 없지만 망토를 두른 누군가가 여관 문밖으로 뭔가를 들고 나오는 걸 본 것 같았다.

이웬은 의자에서 일어나서 창문 앞으로 다가갔다. 바깥 어둠 속에서는 거의 아무것도 보이지 않고 여관의 전면부만이 간신히 보였다. 그때 번개가 하늘을 갈랐고 그는 여관 앞에 서 있는 마차와 그 뒤에 있는 꾸러미의 모습을 분명하게 볼 수 있었다.

여전히 바에 놓인 종이와 연필을 잊은 채 이웬은 밖으로 나갔고 즉시 비에 쫄딱 젖었다. 폭풍이 굉장히 요란해서 뒤쪽 술집에서조차 소리 하나 들리지 않았다. 그는 마차를 좀 더 자세히 살펴볼 생각이었지만, 그가 술집 차양 아래로 나오기가 무섭게 다시 번개가 번쩍여 여관 앞에 있는 검은 그림자를 비추었다. 이웬은 뒤로 물러나서 그림자 속으로 숨었다. 잠깐 동안 어둠만이 주위를 채웠다가 다시 번개가 치며 망토 아래로 마녀의 옆얼굴을 보여주었다. 머리를 양옆으로 돌리는 모습이 냄새를 맡는 개를 연상시켰다. 이웬은 등을 최대한 벽에 바싹 붙인 채 자신이 안 보이기를, 그 창백한 눈이 그를 보지 못하기만을 빌었다…….

거의 영원 같은 시간이 흐른 후 브레나가 여관 입구에서 벗어나 계단을 내려가기 시작했다. 다음번 번개가 번쩍이자 그녀의 어깨에 늘어진 두 번째 꾸러미가 보였다. 이웬은 차츰 커지는 공포 속에서 그 꾸러미가 사람 크기라는 것을 깨달았다. 브레나가 왕궁에서 윌에게 무슨 짓을 했는지 보지는 못했지만, 근위대 숙소에서 수많은 이야기를 들었다. 엘스턴은 브레나가 윌을 끝장냈을 때 그가 다진 고깃덩어리 수준이었다고 이야기했다.

브레나가 마차 좌석으로 올라가서 고삐를 잡았다. 그녀는 떠나고 있었고, 이웬의 첫 번째 반응은 엄청난 안도감이었다. 마녀는 뭔가 나쁜 일을 꾸미고 있었다. 어쩌면 누군가를 죽였을지도 모른다. 하지만 그녀가 진리치에서 떠난다면 더 이상 이웬의 문제가 아닌 셈이다. 브래드쇼가 돌아오면 그들은 세상의 가장자리에 있는 이 끔찍한 마을에서 떠나 뉴런던으로, 이웬의 형제들에게로, 그가 아는 삶으로 되돌아갈 수 있을 것이다.

하지만 심장이 가라앉는 기분으로 이웬은 그게 사실이 아니라는 것을 인정했다. 메이스는 그에게 뭔가 기묘한 일이 없는지 감시하라고 말했고, 지금 마녀가 한밤중에 사람처럼 보이는 것을 나르고 있었다. 게다가 브레나는 탈옥한 죄수였고, 메이스와 난생처음 이야기하기 전까지 이웬은 그 무엇보다도 우선 간수였다. 형제들이 더 똑똑하고 용감한데도 아빠는 이웬을 간수로 뽑으셨고, 아빠는 절대로 죄수가 탈옥하게 놔둔 적이 없었다.

이웬은 뒤쪽의 술집 창문을 보았지만 사람들은 전부 다 이야기를 하고 술을 마시고 있었다. 어쩌면 술집 주인에게 도움을 요청해야 할지도 모른다……. 아니, 술집 주인은 절대로 바를 떠나지 않았다. 브래드쇼가 여전히 여기 있어서 그가 뭘 해야 하는지 말해주면 좋을 텐데! 하지만 시간이 없었다. 다시 번개가 치자 이웬은 마차가 이미 움직이기 시작했다는 걸 깨달았다. 그는 허리를 더듬어 자신이 아직 단도를 갖고 있는 것을 확인했다. 검은 없었다. 메이스는 그가 검을 갖는 것을 허락하지 않았다. 어차피 이웬은 검을 쓰는 법을 몰랐고, 심지어 단도 기술도 굉장히 엉성했다. 베너가 그렇게 말했었다.

진짜 여왕의 근위대는 아니야, 그는 다시금 생각했다. 심지어 진짜 여왕의 근위대도 브레나를 두려워했지만, 지금 여기에는 달리 아무도 없었다. 도움의 손길은 제시간 안에 오지 못할 것이다.

"저 갈게요, 아빠. 제가 가요, 아시겠죠?"

그가 빗속에서 중얼거렸다.

그는 벽에서 몸을 떼고 길거리를 따라 마차를 따라가기 시작했다.

정신을 차리고서 켈시가 가장 먼저 깨달은 것은 등 뒤로 손이 묶여 있다는 거였고, 두 번째는 몸이 완전히 젖었다는 거였다. 그녀는 움직이는 마차 바닥에 있었다. 잠깐 동안 그녀는 지난 몇 달 동안의 일이 깊은 꿈이었고 자신이 여전히 모트메인으로 가는 길인 걸까 놀라서 생각했다. 눈을 떴지만 아무것도 보이지 않다가 다음 순간 번개가 치며 두건 아래로 검은 눈 한 쌍이 보였다. 붉은 여왕이었다.

브레나.

켈시는 몸을 비틀어서 마차를 모는 망토를 두른 형체를 보았다. 어둠 속에서 브레나의 목소리를 들은 이후로는 아무것도 생각나지 않았다. 붉은 여왕의 이마에는 핏자국이 있었다. 두 사람 다 기절했던 걸까? 최근에 켈시는 머리를 워낙 많이 부딪쳤지만 지금 두려운 건 뇌진탕이 아니었다. 그녀는 브레나가 어떻게 왕궁에서 빠져나왔는지 몰랐으나 그녀가 진리치에 있는 건 우연이 아니었다. 그녀는 아렌 소른에게 해를 입힌 사람이라면 누구든 쫓아갈 거고, 여기에도 켈시를 쫓아서 온 거였다. 켈시는 무력하게 몸을 비틀며 자신에게 아직 티어의 사파이어가 있는지 확인하려고 했으나 알 수가 없었다. 지금 사파이어가 쓸모가 있기는 할까? 브레나는 마녀라는 소문이 있었으나 실제 힘은 알려지지 않았다.

마차가 멈췄다. 켈시는 눈을 감고 붉은 여왕에게도 똑같이 하라고 쿡 찔렀다. 브레나의 정체가 뭐든 엄청난 힘이 있는 것만은 분명했다. 그녀는 켈시가 전혀 무게가 나가지 않는 것처럼 마차에서 끌어내 망토를 벗긴 후 바닥에 내던졌다. 켈시는 여기가 어딘지 보려고 실눈을 떴으나 번개가 눈부시게 번쩍이는데도 몰아치는 비 때문에 거의 아무것도 보이지 않았다. 뺨 아래 흙이 모래처럼 느껴졌다. 아마도 사막인 것 같았다.

브레나가 그녀를 잡고 마차 반대편으로 조금 끌고 갔다. 켈시는 늘어져 있으려고 노력했으나 브레나가 갈비뼈를 간질이자 자신도 모르게 몸을 움찔하고 말았다.

"그럴 거 없어, 참된 여왕. 네가 한동안 깨어 있었던 거 알아. 정신을 잃은 척해봤자 아무 소용 없어."

"뭘 할 생각이지?"

켈시가 물었다.

브레나는 대답하지 않았으나 다음번 번개에 짐승처럼 입을 벌린 웃음이 떠올랐다. 그녀는 달라 보였다. 더 젊어 보였다. 하지만 켈시는 빛이 사라지기 전에 뭐가 바뀐 건지 정확히 파악하지 못했다. 몇 걸음 더 가자 얼굴과 몸을 두드려대던 비가 멈췄다. 그들은 일종의 은신처 안에 있었다. 브레나가 그녀를 예고도 없이 단단한 돌바닥에 내던졌고 켈시는 팔꿈치를 찧는 바람에 비명을 질렀다.

"여기서 기다려, 어린 여왕. 너를 잊지 않을 거니까."

켈시는 이를 악물고 몸을 똑바로 일으키려고 노력했다. 등 뒤로 손이 묶여 있어서 할 수 있는 일이라고는 바닥에서 꿈틀거리는 것뿐이었다. 절망감 속에서 그녀는 가슴을 내려다보고 셔츠 안쪽으로 사파이어가 보이는 것을 깨달았다. 하지만 그녀가 필요로 하는 사파이어가 아니라 다른 쪽이었다. 티어의 사파이어는 상처를 입히지 못했다. 핀의 사파이어가 여기서는 그녀를 도울 수 있겠지만, 그것은 붉은 여왕에게 돌려줬다. 왜 그런 짓을 했지? 기억나지 않았고 머릿속에서는 아렌 소른의 얼굴 말고는 아무것도 떠오르지 않았다.

잠시 후에 브레나의 발이 돌바닥에서 질질 끌리는 소리가 나며 그녀가 돌아왔다. 쿵 소리와 날카로운 비명이 들리고 붉은 여왕이 켈시 옆에 떨어졌다. 브레나가 다시 나갔다.

"저건 누구지?"

붉은 여왕이 속삭였다.

"브레나예요. 아렌 소른의 마녀요."

"정말로 마녀군. 그녀를 찾을 수가 없어."

켈시는 동의의 뜻으로 고개를 끄덕였다. 브레나는 로 핀 같았다. 켈시의 머릿속에서도 다른 사람들과는 달리 전혀 존재하지 않았다. 크로싱 이후 수많은 아이들이 태어났고, 특히 전혀 예상할 수 없는 방식으로 오늘날의 티어링까지 이어져 내려오는 기묘한 능력을 갖고 태어났다. 신경 써서 들여다보면 티어 전역에 마법이 존재했고, 그중 다수가 배가 수평선의 구멍을 뚫고 들어오던 바로 그 순간으로 되짚어 올라갈 수 있었다. 하지만 크로싱이 정말로 근원일까, 아니면 티어링 전역의 지하에 존재하는 사파이어, 티어의 사파이어가 원인일까?

그게 우리에게 무슨 일을 한 거지? 우리 모두에게 무슨 짓을 한 거야? 켈시는 잠시 그 생각에 잠겼다.

성냥불이 켜지자, 방 맞은편에서 브레나가 나뭇가지 더미 위로 몸을 구부리고 있는 모습이 보였다. 그들은 창문이 없는 일종의 돌 건물 안에 있었다. 나무 지붕을 두드리는 빗소리가 들렸다. 건물 자체는 오래전에 버려진 것 같았다. 구석의 나무 덩어리 몇 개가 남은 가구의 전부였다.

브레나가 몸을 펴고 손에서 먼지를 털었고, 켈시는 자신이 옳았음을 깨달았다. 브레나는 달라 보였다. 이전에 하얗던 머리는 금발이고, 뺨은 색이 돌아 화사했다.

"이제 알비노가 아닌가 보지?"

켈시가 물었다.

"그랬던 적도 없어. 사람들은 눈에 보이는 멍청한 첫인상만을 금방 믿지."

"그럼 넌 뭐지?"

붉은 여왕이 물었다. 켈시는 그녀가 시간을 끌고 있다는 걸 알아챘지만, 그런들 여기서 무슨 소용이 있을까? 메이스와 펜이 어떻게든 디메인에서 여기까지 그들을 따라온다 해도 이 장소를 찾지는 못할 것이다. 브레나는 사막의 버려진 낡은 건물을 우연히 찾아낸 게 아니었다. 여기를 고른 거였다.

"모트의 여왕! 주인님이 너에 대해 종종 이야기했지."

브레나가 점차 강해지면서 벽에 그림자를 드리우는 불을 쳐다보았다.

"불이 좀 더 강해질 때까지 기다려야 돼. 그래야 모든 걸 제대로 볼 수 있으니까. 안 그러면 별로 재미있지 않을 거야."

"넌 뭐지?"

켈시가 앞장선 붉은 여왕을 따라서 물었다. 아무것도 안 하는 것보다는 지연하는 편이 나았다.

"난 도구야. 주인님의 유용한 도구지."

"어떤 도구?"

"내 정신을 흐트러뜨릴 수 있을 것 같아, 이 망할 년? 하지만 이 쇼와 관계가 있으니까 알려주지."

브레나는 마지막 말을 음미하듯이 말했고 켈시는 몸을 떨었다. 어떤 식으로든 고문을 하려는 게 분명했다. 여자의 흥분이 무엇보다도 뚜렷하게 그 사실을 드러냈다. 브레나가 말을 이었다.

"내가 걷기도 전부터 크레슈의 내 담당자들은 나한테 흥미로운 재능이 있다는 걸 알아챘지. 난 고통을 흡수해. 육체적 고통이 아니라 정신, 마음의 고통을 말이야. 사람의 최악의 기억을, 그가 저질렀거나 당했던 가장 끔찍한 기억을 찾아내서 그걸 내가 흡수할 수 있지. 돈을 지불하는 시간만큼 내 고객들은 거기에서 풀려날 수 있어."

"사람들이 거기에 대해서 높은 가격을 지불했겠군."

"오, 그랬지."

브레나는 쭈그리고 앉아서 켈시의 끈을 확인했다.

"하지만 안도는 잠깐뿐이야. 시간이 끝나면 고통은 되돌아가게 되지."

"아."

켈시는 브레나의 기묘한 가치를 이제야 알아차렸다. 어떤 집단에서 그녀는 평생 치의 모르핀 같은 가치가 있을 것이다.

"그러면 소른은?"

브레나가 켈시의 얼굴을 바닥에 내리찧었다. 켈시의 입안에서 피 맛이 났다.

"그분 이름도 부르지 마. 네가 무슨 짓을 했는지 봤어. 난 봤어—"

브레나가 침묵에 잠겼다. 그 잠깐 동안 그녀의 정신이 분산되었으나 켈시는 그걸 이용할 수가 없었다. 붉은 여왕이 일어나 앉으려고 애를 썼지만 그녀도 켈시만큼 성공하지 못했다. 시간을 끄는 게 그들에게 남은 유일한 선택지였다.

"네 주인을 위해서 무슨 일을 했지?"

켈시가 물었다.

"난 그분의 고통을 흡수해서 간직했어."

브레나의 얼굴은 깨끗해서 거의 아름다울 정도였다. 눈은 깊고 차가운 파란색이었다.

"난 그분의 고통을 절대로 되돌려 보내지 않았어. 그게 내 생명력을 깎아먹고 내 젊음을 앗아 가고 날 창백하게 만들었지만, 그분이 필요한 일을 하실 수 있게 내가 그분의 고통을 간직했어. 그분이 우리를 안전하게 지킬 수 있게."

켈시는 눈을 감았다. 그녀는 소른을 오판했다. 그가 순수한 소시오패스라고 생각했지만, 그런 게 아니었다. 그는 죽어가면서 켈시가 가한 상처보다 훨씬 더 큰 고통을 느꼈다. 브레나가 더 이상 그를 도울 수 없었기 때문이다.

"그러니까 넌 도관이란 말이지? 고통을 빼내는 도관."

붉은 여왕이 티어어로 물었다.

"가끔은."

브레나가 씩 웃었다. 그 흉포한 웃음에 켈시는 다시 몸을 떨었다.

"하지만 나한테는 다른 재능도 있지. 주인님은 거의 필요로 하지 않았지만, 지금 여기서 아주 잘 쓸 수 있을 것 같아."

그녀가 붉은 여왕의 머리카락을 쥐고 잡아당겨 앉혔다. 붉은 여왕이 고통으로 신음했지만 브레나가 의도한 것처럼 비명을 지르지는 않았다.

"너, 모트의 쌍년, 주인님께서 네 얘기를 여러 번 했어. 넌 빠져나갈 수 있겠다 싶을 때면 주인님을 속이려고 했었지. 넌 좋은 본보기가 될 거야."

"무슨 본보기?"

브레나가 쭈그리고 앉아서 붉은 여왕의 눈을 똑바로 보았다. 붉은 여왕은 고개를 돌리려고 했지만 그럴 수가 없었다. 차츰 그녀의 머리가 움직임을 멈추고 시선은 켈시가 볼 수 없는 뭔가에 고정되었다. 공포로 입이 벌어졌다.

"난 고통을 소유해."

브레나는 붉은 여왕에게서 시선을 떼지 않은 채 거의 태연하게 말했다.

"난 고통을 조종하지. 원하면 고통을 뽑아낼 수 있지만, 또한 증폭할 수도 있지."

붉은 여왕이 도살장의 돼지처럼 높고 짐승 같은 소리로 비명을 지르기 시작했다. 켈시는 눈을 감았지만 소리까지 막을 수는 없었다.

"네가 저지른 최악의 일, 네가 당했던 최악의 일을 떠올려봐. 난 네가 그 안에서 살게 만들 수 있어."

브레나가 속삭였다.

비명이 멈췄다. 붉은 여왕의 눈이 머리 뒤로 넘어갔다. 얼굴이 땀으로 젖었고 입가에서 가느다란 침이 흘러내렸다. 온몸이 부들부들 떨렸다.

"그만해! 넌 그녀에게 이런 짓을 할 이유가 없어!"

켈시가 소리쳤다.

"이년은 내 주인님을 속였어. 그거면 충분한 이유지만, 그게 다가 아니야. 난 네가 당할 일이 뭔지 잘 봐두길 바라, 티어의 쌍년. 이 쇼는 널 위한 거야."

브레나가 차분하게 말했다.

"어머니이이이!"

붉은 여왕이 울부짖었다.

"이제 이년은 놔둬도 될 것 같군."

브레나가 몸을 펴고 칼을 꺼내 붉은 여왕을 묶은 끈을 잘랐다.

"이년은 어디도 가지 못할 거야. 그래서 더 근사한 쇼가 되지."

"어머니, 잘못했어요!"

붉은 여왕이 소리쳤고 그녀가 빠르게 말을 내뱉는 동안 뺨으로 눈물이 흘러내리는 것을 켈시는 볼 수 있었다.

"제발 그러지 마세요! 그러지 마세요, 어머니! 제가 잘할게요, 약속해요! 절 팔지 마세요."

그녀의 풀린 손이 얼굴로 올라갔고 한쪽 뺨에 손톱이 길게 상처를 냈다. 피가 상처에서 흘러내려 목을 타고 떨어졌다. 켈시는 몸을 구부리고 구역질을 했다.

"너한테도 나쁜 기억이 있나, 켈시 글린? 네가 후회하는 거? 네가 도망치려고 하는 거?"

브레나가 부드럽게 말했다. 켈시는 그 말에서 도망치려고 했지만 브레나가 바로 앞에서 머리카락을 잡고 들어 올렸다.

"내가 찾아낼 거야. 그게 뭐든 내가 찾아낼 거고, 너한테 그 일이 계속,

계속해서 일어나게 될 거야. 네가 다른 건 다 잊어버릴 때까지."

켈시는 브레나의 눈을 마주 보지 않으려고 눈을 감았다. 브레나가 그녀를 바닥으로 밀쳤고 잠시 후 켈시는 손톱이 눈꺼풀을 찌르는 것을 느꼈다.

"눈 떠. 눈 뜨지 않으면 네 눈을 뽑아버릴 거야."

브레나가 속삭였다.

몇 미터 옆에서 붉은 여왕은 여전히 울면서 보이지 않는 어머니에게 빌고 있었다. 그 소리는 끔찍했지만 장님이 된다는 생각은 더 끔찍했다. 켈시는 눈을 뜨고 브레나의 얼굴이 코앞에 있는 것을 보았다.

"어디 있지?"

브레나가 속삭였다. 켈시는 이 여자가 자신의 머릿속으로 들어와 탐색하고 캐내는 것이 느껴진다는 것을 깨닫고 공포에 질렸다.

"어디 있지? 최악의 행동은 어디에 있을까?"

이게 내가 저지른 일인가? 켈시가 겁에 질린 채 생각했다. 브레나는 옷으로 가득한 서랍을 샅샅이 뒤지는 도둑처럼 그녀의 정신을 구석구석 탐색했다. 마치 얻어맞는 것 같았다. 켈시는 시선을 떼려고 노력했지만 고개를 돌릴 수도, 눈을 감을 수도 없었다.

내가 다른 사람들에게 이런 짓을 한 건가?

"깊이 묻혀 있어."

브레나가 중얼거렸다. 그리고 켈시는 끔찍하게도 브레나가 그녀의 정신에서 깊고 어두운 구석으로, 릴리의 기억과 크로싱 전 릴리의 삶, 폭력과 폭행으로 점철되는 두려움의 연속이었던 시절로 다가가는 것을 깨달았다. 켈시가 함께 살아야만 했던 릴리의 무시무시한 삶을 향해서.

"아, 이제 보여."

브레나가 기쁜 듯한 어조로 말했다.

켈시는 바닥에서 몸을 들어 올리고서 최대한 휘었지만, 그래도 눈길을 돌릴 수가 없었다. 근처 어디서 붉은 여왕이 숨이 막혀 컥컥거리는 소리가 들렸다.

"여기에 뭐가 있나?"

브레나의 목소리는 장난치는 것 같았다. 그녀의 손가락이 켈시의 갈비뼈를 간질여 몸부림치게 만들었지만 켈시는 여전히 시선을 돌릴 수가 없었다. 릴리의 기억이 정신 속 어두운 구멍에서 솟아나와 점차 속도를 더해가는 것이 느껴졌다. 그레그 메이휴, 랭어 소령, 파커라는 짐승, 곧 그들 모두가 그녀에게로 올 거고 그러면—

"그분을 놔둬."

브레나가 펄쩍 뛰었다. 켈시의 머릿속에서 연결이 끊기고 그녀는 그 기쁨에, 릴리의 기억이 다시 원래 자리인 정신의 어두운 구석으로 되돌아갔다는 안도감에 신음했다. 눈이 마르고 욱신거렸다. 몇 번 깜박이고 나서야 그녀는 문가의 형체를 볼 수 있었다. 거기서 그녀가 발견한 사람은 정말 예상치도 못했던 사람, 바로 왕궁 간수 이웬이었다.

"이웬, 도망쳐!"

켈시가 소리쳤다. 이웬은 칼을 들고 있었지만 눈은 어둠을 두려워하는 어린아이처럼 커다랬다. 켈시는 그가 여기서 죽는 것을 볼 수 없었다. 그녀가 이미 수많은 사람들을 죽인 지금, 이웬까지 죽는 건 안 된다…….

"그래, 여기서 나가, 꼬마. 이건 네가 상관할 일이 아니야."

브레나가 으르렁거렸다.

"그분은 티어링의 여왕님이야."

이웬이 떨리는 목소리로 대답했다.

"그리고 나는 여왕의 근위대고. 여왕님 일이 내 일이야. 그분을 그냥 놔둬."

"여왕의 근위대."

브레나의 말투에서 빈정거리는 빛이 뚝뚝 흘렀다.

"넌 그들에게 장난감이고 마스코트일 뿐이야. 넌 검도 없잖아."

그 말이 이웬에게 눈에 띄게 상처를 준 것 같았다. 하얀 얼굴이 더욱 창백해지고 그가 숨을 크게 들이켰다. 하지만 어쨌든 단도를 들어 올리고 안으로 한 걸음 더 들어왔다.

"이웬, 그 여자를 쳐다보지 마!"

켈시가 소리쳤다. 왼쪽에서 구역질하는 소리가 들렸고 돌아보니 붉은 여왕이 스스로의 목을 조르고 있었다. 엄청나게 몸을 휘었다가 굴려서 켈시는 몸을 뒤집고 그녀 쪽으로 기어가기 시작했다.

"이블린!"

먼 곳을 바라보면서 붉은 여왕은 목에서 손을 떼고 손을 갈고리처럼 구부리고 아래로 내렸다. 그리고 단번에 자신의 오른쪽 허벅지를 길게 할퀴었다. 켈시는 그녀의 손을 걷어차려고 했지만 몸을 기댈 곳이 없었다.

"이블린, 정신 차려요!"

"어머니?"

붉은 여왕이 중얼거렸다. 켈시는 붉은 여왕이 자신을 찾는 것을 깨닫고 공포에 질렸다. 그녀가 뒤로 물러나려고 했지만 붉은 여왕이 그녀 쪽으로 기어오며 손을 더듬더듬 내밀었다.

"어머니, 도망친 거 잘못했어요."

그녀가 울면서 쉰 소리로 말했다.

브레나는 이웬을 구석으로 몰고 이제 천천히 다가갔다. 그녀의 등 뒤에는 칼이 끼워져 있었고 입가에는 미소가 떠올랐다.

"이 문제를 의논해보지, 꼬마. 이리 와서 나를 봐."

"안 돼!"

켈시가 소리쳤다. 하지만 이웬은 이미 눈을 커다랗게 뜨고 입을 벌린 채 브레나에게 사로잡혀 멍하니 보고 있었고 켈시는 좌절감 속에 그 모습을 바라보았다. 발목에 뭔가 살짝 닿는 바람에 시선을 내렸다가 켈시는 비명을 질렀다. 붉은 여왕이 그녀의 발을 쓰다듬으며 피 묻은 입술로 미소를 지었다.

"어머니?"

흐느끼며 켈시는 몸을 움직여 이웬 쪽으로 기어갔다. 그를 브레나에게서 떼어내야만 했다. 그녀는 다치지 않은 팔꿈치를 대고 한 발씩 차례로 밀어서 앞으로 나아가며 이웬의 이름을 외쳤지만, 너무 느리게 가고 있고 제시간에 그들에게 갈 수 없다는 사실만 깨달았을 뿐이었다……. 하지만 이웬의 목소리가 돌로 된 실내에 울리자 그녀는 놀라서 고개를 들었다.

"당신 등 뒤에 칼을 갖고 있는 거 알아."

브레나의 미소가 사라졌다. 그녀는 눈을 커다랗게 뜨고 집중하느라 이를 악문 채 한참 동안 이웬을 쳐다보았다.

"당신 칼을 내려놔."

브레나의 얼굴이 분노로 일그러졌다. 엄청난 분노가 방 건너편에 있는 켈시에게도 열기처럼 느껴졌다. 이웬이 앞으로 다가가며 칼을 들어 올렸고 브레나의 눈이 충격으로 커졌다.

"이럴 수 없어. 넌 이럴 수—"

"칼 내려놔."

이웬이 다시 말했다. 켈시는 자신이 꿈을 꾸는 걸까 생각하며 멍하니 그를 쳐다보기만 했다. 그는 브레나 덩치의 두 배는 되었다. 하지만 조금 전까지 켈시는 브레나가 둘 중 더 크다고 믿어 의심치 않았었다. 브레나는 그에게서 물러나서 불 쪽으로 점점 다가갔다. 그녀가 칼을 들고 성급하게 휘둘렀지만 이웬은 그녀의 칼이 미치지 않는 범위를 유지했다.

"내려놔."

"싫어!"

"내려놔."

이웬이 반복해서 말했다. 그의 얼굴은 고집스럽고 인내심 강한 벽 같았고, 켈시는 갑자기 이게 어떻게 된 건지 깨달았다. 브레나는 잘못된 상대를 골랐다. 이웬의 머릿속에는 브레나가 달라붙어 고통을 줄 만한 종류의 기억이 없는 것이다. 이웬은 다르니까.

선량하니까.

"어디 있어?"

브레나가 소리쳤다. 그녀의 눈은 이웬의 얼굴에 고정되어 움직이지 않았다. 그녀가 다시 그를 찌르려 했지만 이번에는 너무 크게 휘둘러서 균형을 잃고 앞으로 쓰러졌다. 이웬이 그녀를 잡았고, 그녀는 그의 팔을 긋고서 황급히, 불 쪽으로 정통으로 물러났다.

"그녀를 잡아!"

켈시가 다급하게 몸을 꿈틀거리며 소리쳤다. 이웬이 브레나가 불에 닿지 않게 잡으려고 하다가 불길에 손이 스치는 바람에 비명을 질렀다. 브레나의 비명도 작은 석조 건물 안에 울렸고 이웬이 마침내 그녀를 불에서 끌어냈지만 두꺼운 드레스에 불이 붙었고 그걸 끌 만한 도구가 아무것도 없었다. 이웬이 무력하게 그녀 옆에서 서성거리는 동안 브레나가 고통의 비명을 질렀다. 속이 뒤집히는 냄새가 공기를 채우기 시작했다. 켈시가 아가이브 사건으로 익히 아는 냄새였다.

"그녀를 굴려! 바닥에 굴려!"

그녀가 이웬에게 소리쳤다.

이웬은 침을 삼키고 브레나의 몸에서 불을 끄기 위해 한 발로 그녀를 굴렸다. 하지만 이미 늦은 것을 알 수 있었다. 브레나가 비명을 멈췄다.

"글린."

그녀는 고개를 돌렸다가 붉은 여왕이 옆에 누워 있는 것을 발견했다. 그녀는 반만 눈을 뜨고 있었지만 켈시는 눈꺼풀 사이로 붉은 빛을 볼 수 있었다. 켈시의 안에서 뭔가가, 위험을 부르짖는 인간의 본능이 깨어났지만 그래도 물었다.

"괜찮아요?"

"아니."

붉은 여왕이 피투성이가 된 자신의 몸을 가리키고 말을 이었다.

"그래도 최소한 정신이 돌아오긴 했어."

"폐하?"

이웬이 더듬더듬 말했다.

"폐하, 전 최선을 다했습니다만 그녀가…… 제 생각에 아마도……."

"이웬, 이리로 와."

"폐하—"

"내 줄을 좀 잘라줘."

이웬이 재빨리 일어나서 칼을 들고 다가왔다. 켈시는 그가 끈을 자르는 동안 몸을 옆으로 굴렸고, 갑자기 손목이 풀리자 몸 앞으로 깍지를 끼고 기지개를 폈다. 어깨가 안도감으로 노래를 부르는 느낌이었다.

"내 말 잘 들어, 이웬. 그녀는 날 죽였을 거야. 자기 즐거움을 위해서 날 고문했을 거고, 그런 다음에 날 죽였을 거야. 그리고 그대를 사로잡을 수 있었으면 그대도 죽였을 거고. 하지만 그대는 그녀를 죽이지 않았어. 죄수에게 무기를 내려놓으라고 말했는데 그녀가 거부했지."

이웬은 고개를 끄덕였지만 얼굴에는 그림자가 내려앉았고, 켈시는 그 그림자를 없앨 수 있는 간단한 방법을 떠올릴 수가 없었다.

"여기에 어떻게 왔지, 이웬?"

"근위대장님요, 폐하. 그분이 저를 여기로 보내셨어요. 저와 브래드쇼를요."

"마술사? 그가 여기에 있어?"

"아뇨, 레이디. 그는 며칠 전에 근위대장님을 부르러 갔고, 저뿐이에요."

켈시는 일어서서 방을 가로질러 가 브레나를 내려다보았다. 그녀의 몸은 시커멓게 타버렸고 켈시는 약간 슬픔을 느꼈다. 그녀는 이 여자를 경멸했지만, 결국에 브레나의 원한은 정당했다. 진실이 몇 주 동안이나 켈시를 똑바로 마주 보고 있었다. 소른을 처형한 건 끔찍한 실수였고, 그 와중에 그녀가 그에게 저지른 일은 더더욱 나빴다.

"이웬, 밖에 있는 마차에 망토가 있어. 그걸 좀 가져와."

그녀가 중얼거렸다.

간단한 임무를 맡았다는 사실에 안도감을 드러내며 이웬이 서둘러 나갔다. 켈시는 깊게 숨을 들이켰다가 즉시 후회했다. 공기에 사람 살이 탄 악취가 가득했다.

"글린."

붉은 여왕이 다시 속삭였다. 켈시가 브레나의 칼을 주워 들고 그녀의 옆으로 가서 무릎을 구부리고 앉았다.

"마을로 돌아가서 당신 상처를 봐줄게요."

그녀가 붉은 여왕에게 말했다.

"그럴 필요 없어. 봐."

켈시는 고개를 숙이고서 붉은 여왕의 허벅지에 난 상저가 이미 아물었고 살이 알아서 찬 것을 발견했다.

이웬이 거의 뛰다시피 망토를 갖고 돌아왔고 켈시는 그에게 브레나의 시체를 덮으라고 시켰다. 시체를 화장할 생각이었으나 이웬이 그것까지 볼 필요는 없을 것이다.

"글린, 저 애를 밖으로 내보내."

붉은 여왕이 갈라진 목소리로 다시 말했다.

켈시는 이웬에게 고개를 끄덕였고, 이웬은 아주 잠깐 망설이다가 조그만 집을 나가서 등 뒤로 문을 닫았다. 켈시가 다시 붉은 여왕을 돌아보았다가 그녀의 눈이 또다시 빨갛게 번뜩이는 것을 보았다.

"난 변하고 있어."

붉은 여왕이 차분하게 말했다.

"뭔가 다른 걸로 변하고 있어. 난 더 이상 나 자신의 주인이 아니야. 내 핏속의 뭔가가 너를 죽이라고 하고 있고, 그 말을 듣고 싶어."

켈시가 주춤 물러났다.

"살을 뜯어 먹고 사는 건 참을 수 있어. 어떤 면에서 내 통치 기간 내내 내가 한 일이 바로 그거니까."

붉은 여왕이 미소를 지었고 눈에서 붉은 색깔이 더 진하게 번졌다.

"하지만 나 자신의 운명을 통제하지 못하고 남의 조종을 받는 건……오래전에 그런 삶은 이미 살아봤어. 다시 그런 일을 당할 수는 없어."

"당신에게 무슨 일이 있었던 거예요?"

붉은 여왕이 한 손을 내밀었다. 여왕의 손바닥 위에는 핀의 사파이어가 있었다.

"보겠어, 글린? 보고 싶다면 대신 나에게 친절을 베풀어줘야 해."

친절을 베풀어달라. 그 말이 켈시의 머릿속에서 울렸고, 그녀가 목을 자를 때 먼이 고개를 들어 올리고 웃던 모습이 떠올랐다. 갑자기 겁이 났다. 잠에서 깨어 브레나가 어둠 속에서 그녀를 내려다보던 것을 발견했을 때보다 더 겁이 났다.

"난 전에도 당신을 죽이지 않았어요. 왜 지금 와서 내가 당신을 죽일 거라고 생각하죠?"

"이건 달라, 글린. 지금은 내가 너에게 애걸하는 거야."

켈시는 눈을 감았다. 무언가가 그녀의 손을 건드렸고 고개를 숙여보니 붉은 여왕이 켈시의 주먹을 펴고서 핀의 사파이어를 손바닥에 놓은 다음 도로 오므려주었다.

"네가 뭘 두려워하는지 알아. 넌 내가 되는 걸 두려워하지."

붉은 여왕이 속삭였다. 눈이 빨갛게 빛났다.

하지만 그 말은 틀렸다. 켈시는 붉은 여왕이 되는 걸 원하지는 않았지만, 그것 때문에 밤잠을 못자는 건 아니었다. 그녀가 무엇보다도 두려워하는 것은 그녀의 어머니가 되는 거였다.

"두려워해야 해. 하지만 죽음은 유동적인 거야. 냉혈한 살인과 고통을 덜어주기 위한 죽음 사이에는 엄청난 차이가 있어. 글린, 내가 너에게 애원하겠어."

켈시는 핀의 사파이어를 내려다보았다. 그녀는 이것을 원하지 않았고 걸 수도 없었지만, 그렇다고 내버릴 수도 없었다. 강력한 물건은 지켜야 했다. 그녀가 핀과 페치가 주장한 것처럼 티어가 사람이라면 그녀의 가족은 아주 오랫동안 이런 물건을 지켜왔던 것이다.

"난 자살할 수가 없어, 글린. 그런 능력이 아예 없어. 하지만 넌 할 수 있을 거고, 그 행동으로 자책할 필요도 없어. 넌 네가 되고 싶은 사람이 얼마든지 될 수 있어."

켈시는 그 말에 움찔할 뻔했다. 다시금 코린이 팔에 주사를 찌를 때 미소를 짓던 먼의 모습이 떠올랐다. 당시에 켈시는 그게 자비라고 생각했지만, 정말 그랬을까? 붉은 여왕은 그녀의 앞에 누워 있었다. 엉망으로 망가진 몸으로가 아니라 그 아래 있는 여자가 붉은 빛으로 윤곽이 드러나 보였다. 그러나 붉은 여왕은 사라지고, 뭔가 다른 것이 그녀를 집어삼키고 있었다…….

"시간이 별로 없어, 글린. 와서 봐."

켈시는 들여다보았다가 공포에 뒤로 물러날 뻔했다. 전에 그녀와 그토록 열심히 싸웠던 여왕의 머릿속이 이제 훤히 열려서 생각과 발상과 기억과 후회로 이루어진 거대한 도시 같았다. 소리, 시야, 감각, 모든 것들이 켈시를 강력한 파도처럼 집어삼켜서 익사할 것만 같았다.

그 모든 것의 가장 밑바닥에는 사랑, 증오, 질투, 갈망, 후회, 슬픔 같은 상충되는 감정으로 칭칭 둘러싸인 어머니가 있었다. 미의 여왕은 어린 이블린을 졸로 여겼다. 이블린 자신이 지금 다른 사람들을 졸로 여기는 것과 똑같았고 이런 순환은 켈시에게는 거의 불가피한 것으로 느껴졌다. 그 생각이 너무 서글퍼서 그녀는 멈추고 붉은 여왕의 정신에서 빠져나올 뻔했으나 그러지 않았다. 언제나처럼 이야기는 흥미진진한 것이고 그 모든 고통을 견디고 결말을 확인할 만한 것이기 때문이었다.

이블린이 열네 살일 때 카다르 왕이 티어링에 말과 목재, 보석과 금이 관련된 복잡한 무역을 통한 동맹을 제의했다. 협상은 길고 복잡하고 몇 달이나 이어졌다. 결국에 양국 대사들은 지쳤고, 티어 궁정은 정성스러운 대접을 기대하고 손을 얌전히 둘 줄 모르는 남자들로 이루어진 카다르 대표단을 접대하는 데 지쳤다. 두 대표단이 느슨하게나마 합의에 도달하자 왕궁 전체가 안도의 한숨을 쉬었고, 선의를 표하는 뜻에서 미의 여왕은 왕가의 사생아인 이블린을 카다르 왕에게 선물로 내놓았다.

이블린은 다른 취급을 받는 데 익숙했다. 그녀는 항상 비판을 받았다. 아름다운 언니이자 적자인 일레인은 항상 칭찬만 받는 반면, 사람들은 이블린에게서 늘 흠만 찾아내는 것 같았다. 심지어는 무관심과 짜증을 오가는 어머니의 무시에도 익숙했다. 하지만 이 마지막 배신…… 이블린은 여기에는 마음의 준비가 되어 있지 않았다. 고함과 비난과 눈물, 마지막에는 애원으로 이어지는 소동이 있었다. 이 장면은 뚜렷하게 보이지 않았다. 아마도 이블린의 머릿속에서도 희미하게 남아 있기 때문일 것이다. 수치심이라는 어두운 베일 때문에 이블린도 이 사건을 잘 기억하지 못하는 것 같았다. 어머니는 마음을 바꾸지 않았고 결국에 이블린은 카다르인들에게 끌려 떠났다. 왕궁에 대한 마지막 기억은 켈시와 똑같았다. 그녀는 뉴런던 다리 반대편에 서 있는 건물을 신뢰할 수 없는 남자들에게 둘러싸여 슬픔 속에 바라보았고, 시선은 연신 그녀의 도시로 되돌아갔다. 하지만 대표단의 뒤로 뉴런던의 모습이 사라질 무렵, 슬픔은 분노로 바뀌었다.

카다르 대표단은 고향으로 돌아가지 못했다. 셋째 날 밤, 선물로 받은 티어 에일과 임무를 완수한 대가로 왕에게서 받을 보상이라는 거대한 꿈에 취한 대표단은 고향으로 끌고 가는 기묘하고 못생긴 어린애를 제대로 관리하지도 않고 잠이 들었다. 그녀가 여정 내내 하도 기묘하게 얌전했기 때문에 다들 그녀에 관해 잊었던 것이다. 그들은 술통 하나를 거의 다 비웠고, 어린 이블린이 칼을 손에 들고 살금살금 다가와서 목을 그어버릴 때 대부분이 저항조차 하지 못했다.

여왕의 손이 켈시의 손을 잡았다.

"시간이 별로 없어. 제발. 모든 게 차가워. 그리고 내 심장이……."

이블린이 중얼거렸다.

켈시는 잠깐 귀를 기울이고서 그녀의 말이 맞다는 것을 깨달았다. 그녀의 심장은 고동치고 있었지만 마치 시계가 느려지며 째깍째깍 소리를 내다가 멈추는 것처럼 느릿느릿했다. 하지만 봐야 하는 이야기가 아직 너무 많은데! 딱 한 명만이 완전히 잠을 깼고, 피투성이가 된 어린애가 짐승처럼 이를 드러내고 죽음의 눈빛을 번뜩이는 걸 보고서 남쪽의 건조 지대로 도망쳐서 다시는 나타나지 않았다. 이 사건으로 카다르와의 동맹은 파탄 났으나 사람들이 쉬쉬해서 실제로 무슨 일이 있었는지 아는 사람은 대단히 소수였다. 대중에 알려진 이야기는 그저 협상에 실패했다는 거였다. 지금도 켈시는 이블린이 자신도 모르게 본인의 미래 기반을 얼마나 잘 마련했는지 감탄스러웠나. 티어와 카다르가 오랫동안 동맹을 맺었다면 모트메인이 그간 누렸던 그런 권력을 거머쥐지 못했을 것이다. 하지만 대표단이 살해되었고 카다르 왕이 마지막까지 티어인들이 그 살인 사건을 저질렀다고 믿게 되며 양국 사이에 이후 수년간 관계가 틀어졌다. 젊은 여자 마법사가 갑자기 나타나 당시 뉴유럽을 엉망으로 만들기 시작하던 무렵에는 통합된 관계가 전혀 없어서 그녀를 막을 일관된 노력도 할 수가 없었다. 하지만 그건 미래의 일이었다. 카다르 대사들을 죽인 후 이블린은 북쪽으로 도망쳤고—

"제발."

붉은 여왕이 다시 말했다.

"스스로 목숨을 끊을 수는 없어요?"

켈시가 절망적으로 말했다.

"이미 시도해봤어. 포기한다는 건 내 본질에 너무나 어긋나는 행동이야. 내 몸은 미래가 없다는 걸 받아들이지 않을 거야."

켈시도 그 말을 믿었다. 이블린의 눈에 어린 괴로움은 진짜였다. 선택권이 있다면 이 여자는 다른 모든 것을 조종했던 것처럼 자신의 죽음까지도 자기 손으로 통제하기 위해 스스로 목숨을 끊으려 했을 것이다. 희미하게나마 켈시는 그녀가 다른 사람의 손에 자신의 죽음을 맡기는 게 얼마나 힘든 일인지를 알 수 있었다.

"난 이러고 싶지 않아요."

켈시는 그 말이 사실이라는 걸 깨닫고 좀 놀랐다. 이블린이 음울한 미소를 지었다.

"어머니가 종종 하시던 말이 있지. 소유는 욕망의 지옥이다. 여기가 우리가 끝나는 곳이야. 제발."

도와주세요, 켈시는 누구에게 말하는 건지 모른 채로 빌었다. 바티? 칼린? 메이스? 티어? 아렌 소른을 죽일 때 그녀의 안에 있었던 스페이드의 여왕은 사라졌다. 이제 그녀는 그게 살인이었다는 것을 이해했다. 하지만 스페이드의 여왕을 대체할 만한 게 없었다. 여기엔 켈시뿐이었다. 그녀는 다시 자기 자신이 되고 싶었지만 이제야 그 소원이 얼마나 큰 대가를 치러야 하는지 이해하게 되었다. 이블린의 심장이 그녀의 손안에 있는 것처럼 연약하게 느껴졌다.

"곧 저 혼자 멈출 거야. 그리고 다른 사람을 위해서 뛰기 시작할 것 같아서 정말, 정말 끔찍하게 두려워."

이블린이 나직하게 말했다.

켈시는 머뭇거렸다. 그녀의 반항적인 일부분은 여전히 붉은 여왕의 이야기의 끝을 굉장히 보고 싶어 했다. 로 핀이 거기서 기다리고 있을 거고, 켈시가 알아야 하는 게 아직도 아주 많았다…….

"제발. 난 이제 막판이야."

이블린이 다시 말했다. 그리고 사실이었다. 그녀의 심장박동이 흐트러지는 게 느껴졌다. 먼과 소른의 유령이 자신의 시야 근처에서 오가는 것 같았지만, 기묘하게도 켈시는 그들이 두렵지 않았다. 케이티 역시 나타나 켈시의 머릿속 일부분을 요구했다. 켈시는 시간이 짧아지고 있음을 감지하고 칼이 미끄러지지 않게 양손으로 꽉 쥐고는 이블린의 가슴 위로 들어 올렸다. 먼 때와 마찬가지로 이 일을 두 번 할 용기는 없었다.

"그는 너를 두려워해, 알아둬."

이블린이 말했다. 그녀가 이제 켈시의 손에 매달려 어두운 단면으로 횃불 빛을 반사하는 핀의 사파이어를 가리켰다.

"그걸 갖고서 해치워버려."

켈시는 이블린을 바라보았지만 그녀는 이미 눈을 감았다.

"난 준비됐어, 꼬마. 지금 와서 주눅 들지 마."

켈시는 깊게 숨을 들이켰다. 먼과 소른의 얼굴이 다시 눈앞에 나타났으나 이블린이 옳았다. 죽음에는 굉장히 많은 종류가 있었다.

"친절한 거야."

그녀는 눈을 깜박여 눈물을 삼키며 중얼거렸다.

"그래. 친절한 거지."

이블린의 입술이 미소 비슷한 것을 그렸다.

온몸의 힘을 다 끌어모아서 켈시는 칼을 내리꽂았다.

3부

11장
티어의 땅

윌리엄 티어의 마을에 되살아난 근본주의 기독교는 엄청난 타격이었고 조녀선 티어는 이를 확실히 알아차렸지만 대응할 수가 없었다. 선택받은 사람들이라는 개념보다 더 평등주의 이상에 위험한 것은 없었다. 신의 교회의 초기 활동으로 생긴 분열은 이미 마을을 훼손하고 있던 수많은 이데올로기적 단점들을 더 악화하는 데 일조했다. 상황이 위태로워지자 티어의 사람들은 서로를 쉽게 등졌고, 타운의 몰락은 너무나 순식간이라 필자는 이런 사회들이 전부 다 실패할 운명인 게 아닐까 의심스러울 정도다. 우리 인간은 분명히 이타주의적인 행동을 할 수 있지만, 이는 우리가 잘하는 건 고사하고 하고 싶어 하는 일조차 아닌 것이다.

　—《되돌아본 크로싱》, 엘런 올컷

윌리엄 티어가 죽고 이후 2년 동안 케이티 라이스는 많은 것을 배웠다. 그녀는 항상 조녀선과 함께 있었고, 조녀선은 가끔씩 그냥 무언가를 알았다. 하지만 그 이상이 있었다. 가끔 케이티는 자신이 타운의 숨겨진 심장부, 타운의 모든 비밀이 묻혀 있는 중추에 존재한다는 기분이 들었다. 이제 그녀는 알지 못했으면 싶은 것들까지 굉장히 많은 것을 알았다.

예를 들어 그녀는 릴리 티어의 출산 마지막 순간에 조녀선과 조산사인 존슨 부인이 제왕절개 수술을 시도했다는 걸 알았다. 결과는 무시무시했고 릴리는 비명을 지르며 죽었다. 케이티는 죽을 때까지 그 비명을 잊을 수 없을 것 같았지만, 그게 최악이 아니었다. 마지막 순간에 조녀선에게서 어떤 생각이 흘러나왔다. 절망으로 물든 그 생각은 너무도 명료하고 예리해서 케이티는 글자로 쓴 것처럼 그것을 읽을 수 있었다.

우린 실패하고 있어.

케이티는 이걸 이해할 수가 없었다. 릴리의 죽음은 조녀선의 잘못이 아니었다. 잘못한 사람이 있다면 의사를 데리고 돌아오는 데 실패했고, 초기 크로싱 때 화이트호를 안전하게 데려오지 못했던 그의 아버지였다. 물론 티어의 고통스러운 얼굴을 생각할 때 정말로 그의 잘못이라고 생각하는 것도 아니었다. 그는 이미 스스로를 벌했다. 조녀선에게는 어떤 잘못도 없었으나 케이티는 그가 어머니의 죽음을 자기 탓으로 여긴다는 걸 알았다. 어떤 사람도 섬처럼 외따로 살 수 없으나 조녀선은 최소한 지협 정도는 되었고, 케이티가 아무리 이야기해도 그는 죄책감을 떨치지 못했다. 어떻게 해도 그를 달랠 수 없을 거고, 시간이 지나면 그가 혼자 알아서 정리할 것이다. 케이티는 이제 그걸 이해할 만큼 그를 잘 알았다.

아이가 두 명 더 없어졌다는 것도 알았다. 애니 벨럼은 낙농장으로 걸어가던 중이었고, 질 매킨타이어는 학교 운동장에서 숨바꼭질하던 중이었다. 둘 다 흔적도 남기지 않았다. 이런 실종은 안 좋은 일이었으나 조녀선 덕택에 케이티는 무덤 강탈 사건도 다시 시작되었다는 것을 알았다. 지난 14개월 동안 열다섯 개의 무덤이 파헤쳐졌고, 전부 다 어린아이들의 무덤이었다. 타운 사람들 대부분은 무덤에 관해서는 몰랐다. 케이티가 직접 무덤 여러 개를 다시 덮고 자국을 없애기 위해서 흙을 더 넣어 다지고 이파리를 덮었기 때문이다. 하지만 매킨타이어가 없어진 이후 기독교도들의 행동은 더욱 악화되었다. 폴 아네스콧, 혹은 이제 스스로가 칭하는 것처럼 폴 수사는 이 실종 사건이 타운에 대한 심판이자 믿음이 약한 것에 대한 벌이라고 주장했다. 케이티는 여기에는 별로 놀라지 않았지만, 얼마나 많은 사람들이 이 말에 귀를 기울이는지에는 깜짝 놀랐다. 그녀가 두려워한 대로였다. 윌리엄 티어가 사라지며 점점 커지는 발작적인 종교적 분위기를 막을 만큼 강력한 목소리가 없었다. 엄마와 조너선이 노력하고는 있었다. 조너선에게는 군중을 움직이는 그의 아버지의 능력이 없었지만 필요하면 그럴듯하게 이야기할 수 있었다. 그는 차분하고 논리적으로, 모두에게 좋은 것을 바라는 사람 특유의 말투를 구사했다. 하지만 그걸로는 부족했다. 8개월 전에 백여 명의 사람들이 마을 남쪽 끝에 교회를 짓기 시작했다. 하얀색 미늘 판으로 된 조그만 건물이었고, 이제 교회가 완공되자 아네스콧은 매일 아침 거기서 설교를 했다. 그는 양봉 일을 그만두었으나 아무도, 조너선조차도 그에게 항의하지 못했다. 케이티는 이제 많은 것을 알았으나 타운의 잘못된 것들을 어떻게 고쳐야 할지는 몰랐다. 그녀는 조너선이 알기를 바랐으나 그것도 확신이 없었고, 조너선의 나머지 경호대원들 역시 회의적인 게 아닌가 하는 불안한 기분이 들었다.

개빈이 최악이었다. 그는 케이티가 할당하는 임무가 교회에서의 임무를 방해한다며 끊임없이 불평했다. 그런 열성 신자가 될 줄 알았으면 그를 뽑지 않았겠지만, 지금 와서 그를 내보낼 수도 없었다. 그는 여전히 그들 중 제일가는 단도 솜씨를 자랑했고, 모건과 리어는 조너선만큼이나 그를 우러러보았다. (어쩌면 그 이상일 거라고 케이티의 머리가 지적했다. 그녀는 그게 전혀 좋은 일이 아니라는 느낌에 몸을 떨었다.) 덕택에 어느 쪽이든 대세를 따르는 앨레인과 하월도 넘어갔다. 버지니아는 케이티의 확고한 동맹군으로 남았으나 이조차도 케이티에게는 실패로 느껴졌다. 그녀는 무리에서 유일한 여자의 충성을 얻을 수는 있어도, 남자들의 충성은 얻지 못했기 때문이었다. 이게 성차별인지 아닌지 잘 모르겠지만, 어느 쪽이든 윌리엄 티어가 실망했을 거라는 생각이 들었다. 조만간 개빈은 조녀선의 경호대에서 대장 자리를 놓고 그녀에게 도전할 거고, 케이티는 그런 도전에 어떻게 맞서 싸워야 할지 알 수가 없었다. 조녀선이 그녀를 지지하겠지만, 조녀선이 끼어서는 안 된다. 그것은 그녀의 권위가 부족하다는 사실을 확인해줄 뿐이다. 문제가 머릿속에서 돌고 또 돌았지만 개빈을 경호대에서 쫓아내는 것 말고는 아무 답도 떠오르지 않았다.

물론 이런 불화가 무리 바깥으로 새어 나가지 않게 해야 했다. 타운에서 그들 일곱 명은 그저 조녀선의 친구들이고, 그중 한 명이 항상 그와 같이 있는 것뿐이었다. 밤이면 경호대원 한 명이 조녀선의 거실에 있는 여분의 침대에서 잤다. 야간 임무에 투덜거리는 이들이 많았고, 케이티는 그들 대부분이, 최소한 개빈과 그 일파는 그녀가 과도한 걱정을 한다고 여긴다는 것도 알았다. 케이티는 상관하지 않았다. 윌리엄 티어가 예견했던 폭력의 징조는 여전히 보이지 않았지만 이게 닥칠 거라는 건 의심하지 않았고, 그녀는 그걸 미리 알아챌 생각이었다. 그녀는 티어에게 약속했고 이제 그가 죽었으니 그 약속을 지키는 게 더더욱 중요하게 느껴졌다. 가끔씩은 그녀와 다른 사람들이 여전히 어른인 척하는 어린애들처럼 느껴졌지만 달리 대안이 없었다. 다른 사람들은 없으니까.

그녀는 로 핀이 젠 데블린의 산악 팀과 두 번의 원정을 마쳤고, 한 달 전에 세 번째 원정을 떠났다는 걸 알고 있었다. 로의 친구로서 그녀는 로가 자신만큼이나 탐험에 관심이 없다는 걸 잘 알았다. 하지만 로가 산에서 찾는 게 뭔지 조녀선에게서 알게 되었다. 조녀선의 목에 걸린 것과 똑같은 사파이어를 찾는 거였다. 모두가 가끔씩 조그만 사파이어 조각들을 찾곤 했다. 아무래도 사파이어가 타운의 기반암을 이루고 있는 것 같았다. 하지만 산에서는 사파이어를 구하기가 훨씬 쉽고 부서지지 않은 커다란 덩어리로 잘라내기도 쉬웠다. 조너선이 알고 있기 때문에 케이티도 알게 된 거지만, 그녀는 로가 사파이어에서 뭘 원하는 건지, 그걸 갖고 돌아와서 뭘 하려는 건지 전혀 알 수가 없었다. 그녀는 세상에 가치 있는 것이 있다면 그가 당연히 갖고 싶어 할 거라는 결론을 내릴 만큼 로를 잘 알았다. 그래서 지난 2년 동안 그녀는 오랜 친구를 아쉬움보다 더 나쁜 감정으로 쳐다보기 시작했다. 바로 의심이었다.

산악 원정을 가지 않을 때면 로는 매일 교회에 갔다. 그는 굉장히 인기가 있어서 가끔 폴 아네스콧이 그에게 설교를 맡기기도 했다. 케이티는 두어 번 들었지만 길 건너편 참나무 좌석에 앉아서 들어야 했다. 로의 설교가 너무 인기가 좋아서 사람들이 뒷문과 입구까지 꽉꽉 들어차기 때문이었다. 선택받은 사람들, 남보다 더 낫고 좋은 대우를 받아야 하는 사람들에 관한 이야기가 사람으로 가득한 문가를 지나 로의 목소리로 울려 나오는 걸 들으며 케이티는 손톱을 깨물었다. 그가 설교사에 꼭 맞는 훌륭한 목소리를 갖고 있다는 건 케이티도 인정해야 했다. 케이티가 완전히 가짜라고 확신할 수 있는 감정으로 가득한 깊은 목소리였다. 로의 설교에는 은근히 무자비한 내용이 담겨 있었으나 케이티는 다른 사람들이 그걸 알아챘는지 의심스러웠다. 어쨌든 그녀는 한때 누구보다도 그를 잘 알았다. 그는 항상 완벽한 배우였다. 문제는 그 소년의 모습이 성인이 된 그에게 얼마나 남았는가 하는 거였다. 개빈을 통해서 케이티는 교회가 로의 산악 원정을 순례 여행으로, 야생에서 40일간 떠돌고 어쩌고 하는 것으로 받아들인다는 이야기를 들었다. 이것 역시 그녀를 불안하게 만들었다. 로는 예수에 비견되는 걸 즐길 것이다. 항상 그는 마을에서 자신의 지위가 낮은 것에 속았다는 기분을 느끼곤 했다. 로가 교회 사람들을 속이기로 한다면, 케이티는 눈물 한 방울 안 흘리겠지만, 속기 쉬운 그 많은 사람들이 한 사람의 조종에 따라 움직인다는 것은 굉장히 위험한 생각이었다.

조녀선에게 위험할까?

그녀도 알지 못했다. 어떤 면에서는 조녀선이 가장 의문 덩어리였다. 케이티는 종종 그가 다른 사람들에 비해서 그렇게 많은 걸 알고 많은 걸 보는데 왜 경호원이 필요한지 의문이었다. 가끔씩은 그들의 경호가 전적으로 보여주기용이라는 느낌이 들었으나 케이티는 그들이 누구를 속이려고 하는 건지 알지 못했다. 때로는 윌리엄 티어에게 계획이 있긴 했던 건지, 아니면 그냥 괜히 그들을 모아서 훈련시켰던 건 아닌지 하는 의문도 들었다. 케이티는 맨손으로 사람을 죽일 수 있는 능력을 갖게 됐지만, 싸워야 하는 적을 볼 수도 없는데 그게 무슨 쓸모가 있을까?

"여기는 뭐가 잘못된 거지?"

어느 날 도서관에 가는 길에 그녀가 조녀선에게 물었다. 사람들은 그들을 향해 손을 흔들고 미소를 지었지만, 케이티조차 그들의 인사가 아무 의미 없다는 걸, 그들이 지나가자마자 웃음이 사라질 걸 느낄 수 있었다. 타운의 무언가가 완전히 꼬였고, 그 실타래의 끝을 찾기 전까지는 엉킨 것을 풀 방법이 없었다.

"그들은 잊은 거야. 크로싱의 첫 번째 교훈을 잊었지."

조녀선이 대답했다.

"그게 뭔데?"

케이티는 조녀선이 크로싱에 관해서 말하는 게 싫었다. 그는 그들 나이 또래의 다른 사람들보다 크로싱에 대해 훨씬 많이 알았지만, 그 정보를 조각조각 던져줄 뿐이었다.

"우리가 서로를 돌본다는 거. 심지어는 푸른 수평선의 원래 조직원들까지도 그걸 잊은 것 같아."

"엄마는 아니야! 엄만 아셔."

케이티가 쏘아붙였다.

"그게 무슨 소용이 있을까."

"그게 무슨 뜻이야?"

예기치 않게 조너선이 그녀의 손을 잡았다. 케이티는 손을 뺄까 생각했으나 빼지 않았다. 조너선의 손은 따뜻하고 별로 기분 나쁘지 않았고, 그들이 손을 잡은 걸 사람들이 본들 뭐 어때서? 타운의 절반은 어차피 그들이 함께 잔다고 생각했다. 그것은 경호대의 다른 친구들에게 굉장한 재밋거리였다.

"너희 엄마는 망가졌어, 케이티. 이렇게 말해서 미안하지만, 그분의 삶은 우리 아버지를 중심으로 돌아갔기 때문에 아버지가 안 계시니 더 이상 움직일 힘이 없으신 거야."

케이티는 반박하려고 했지만 불쾌한 진실을 외면하려는 것을 더 이상 허용하지 않는 머릿속의 목소리가 입을 막았다. 매년 그 목소리는 점점 더 커졌다. 케이티는 가끔 그 목소리가 싫었지만 특히 이제 많은 것이 실용주의 방침에 달려 있는 듯한 마을에서는 종종 유용했다. 엄마는 멀쩡하지 않았다. 윌리엄 티어가 떠난 이래로 계속 그랬다. 일상적인 삶을 살고는 있지만 케이티는 엄마가 미소 짓는 것을 거의 보지 못했고, 엄마가 웃는 소리를 들은 지 몇 달이 되었다. 엄마는 망가졌다. 엄마만 그런 게 아니었다. 티어가 떠나며 타운은 깊은 상처를 입었고, 그가 돌아오지 않는 시간이 길어질수록 케이티는 점점 더 이 마을이 시체를 노리고 싸우는 늑대 무리로 보였다. 지난번 회의에서 토드 페리는 마을에서 사람들이 칼을 들고 다니는 것을 놓고 투표를 하자고 주장했다. 조너선, 케이티, 버지니아가 격렬하게 반대했고, 아슬아슬한 표 차이로 기각되었다. 하지만 바람이 어느 쪽으로 부는지 더 이상 스스로를 속일 수 없었다.

"가끔 난 사람들이 싫어."

조녀선이 나지막하게 말했다.

"아버지는 그렇게 느끼지 않으셨겠지만, 난 그래. 가끔은 사람들이 무장을 하고 울타리를 세우고 교회에서 하는 말에 따라 살고 싶으면 그냥 그러라고 놔두고 싶어. 폐쇄적인 생각에 사로잡힌 자기들만의 마을을 만들어서 거기 살고, 나중에 거기가 얼마나 개떡 같은 곳인지 알게 되라지. 그건 내 문제가 아니니까."

케이티는 너무 놀라서 잠깐 동안 말을 할 수가 없었다. 조녀선이 전에는 한 번도 그런 이야기를 한 적이 없기 때문이었다. 그는 영원한 낙관론자였다. 고칠 수 없는 일은 없다고 생각했다. 하지만 지금 그의 말투에 어린 무력감에 그녀는 불안해졌다. 그녀는 윌리엄 티어에게 조녀선을 지키겠다고 약속했고, 항상 그 보호라는 게 칼을 막는 종류의 일일 거라고 생각했다. 하지만 지금은 티어가 바로 이 순간, 지금 이것을 의미한 게 아닌가 하는 생각이 들었다. 문득 기억이 떠올랐다. 지금부터 5년 전에 뒤뜰에서 윌리엄 티어와 함께 앉아 손에 사파이어를 쥐고 있었던 것. 티어는 그때도 알고 있었을까?

"네 말이 맞아. 너희 아버지는 그렇게 느끼지 않으셨을 거야."

그녀가 말했다.

"난 아버지가 아니야."

"그건 중요하지 않아, 조녀선. 우리한테 남은 건 너뿐이니까."

"난 그걸 원하지 않는다고!"

그가 그녀의 손을 놓으며 쏘아붙였다. 그들은 이제 도서관 앞을 지나고 있었고, 조녀선의 날카로운 목소리에 의자에 앉아 있던 몇몇 아이들이 말다툼을 기대하는 눈으로 쳐다보았다.

"안 됐네."

케이티가 대꾸했다. 그녀도 조녀선의 마음을 알았다. 정말로 알았다. 가

끔찍 밤에 좁은 침대에 누워서 조녀선과 똑같은 생각을 하곤 했으니까. 하지만 지금은 동정할 때가 아니었다. 경호원은 돌벽 같아야 했고, 좋은 돌은 절대로 움직이지 않는다. 좋은 돌은 가운데가 쪼개져야만 1센티미터쯤 움직이는 법이다. 그녀는 제 부모에게 이야기를 곧장 실어 나르는, 작고 완벽한 녹음기인 아이들 귀를 의식하고 목소리를 낮추었다.

"아무도 싸움을 원하지 않아, 조녀선. 하지만 만약 싸울 일이 생겼고 그게 정당한 싸움이라면, 물러나서는 안 돼."

"우리가 질 운명이라면?"

"그건 모를 일이잖아."

"그럴까?"

그가 물었다. 그의 한 손이 가슴 위로 올라갔고 케이티는 그가 옷 바로 아래 있는 사파이어를 쥐는 것임을 알아챘다. 그 행동에 담긴 절망감에, 그 의존하는 태도에 케이티는 갑자기 화가 나서 그의 손을 홱 잡아당겼다. 하지만 한편으로는 자신이 위선자처럼 느껴졌다. 그녀도 이 사람들에 대한 조녀선의 증오와 혐오를 이해하니까. 그들은 너무 멍청해서 자신들의 미래가 벼랑 끝이라는 걸 몰랐다. 부자와 빈자, 폭력과 검, 사고 팔리는 사람들 —

네가 그걸 어떻게 알아?

모르겠어. 그냥 알아.

사실이었다. 마치 다른 사람이 그녀의 머릿속에 있어서 그걸 아는 것만 같았다. 그 앎에 속이 울렁거렸으나 그녀는 그것을 밀어내고 조녀선에게 집중했다.

"넌 아무것도 몰라. 마법이나 환영 같은 건 꺼지라 그래. 미래는 정해진 게 아니야. 우리가 얼마든지 바꿀 수 있어."

조녀선은 한참 동안 그녀를 바라보더니 뜻밖에 미소를 지었다.

"날 비웃는 거야?"

그녀가 물었다.

"아니야. 그냥 아버지가 떠나기 전에 말씀하신 게 생각이 나서."

"뭔데?"

"내가 올바른 경호원을 뽑았다고 그러셨어. 네가 우리를 끌어갈 인물이
라고."

잠깐 동안 케이티는 대답할 수가 없었다. 분노가 사라지고, 이렇게 오랜
시간이 흐른 후에야 자신이 윌리엄 티어의 눈에 부족해 보이지 않았었다
는 사실을 알고 갑자기 설명할 수 없을 정도로 감동이 치밀었다. 그는 아들
을 지킬 사람으로 그녀를 골랐다.

"위기는 끝났어."

조너선이 중얼거리고서 우울하게 고개를 흔들었다.

"하지만 오래가지 않을 거야. 내 환영을 안 믿을지 몰라도 난 문제가 다
가오고 있다는 걸 알아. 아주 나쁜 문제가 다가오고 있어."

그는 실제로 안다고 케이티는 마지못해 속으로 인정했다. 하지만 어깨를
으쓱이고 다시 그의 손을 잡고 도서관 쪽으로 당겼다.

"오늘 오후는 아닐 거야, 무당님. 그러니까 서둘러."

사흘 후에 로 핀이 마을에 혼자 돌아왔다.

그는 15킬로그램쯤 몸무게가 빠졌고 옷은 다 찢어져 망가졌고 배낭은
간신히 매달려 있었다. 걸음은 비틀거렸고 정신도 혼미해 보였다. 카델 강
둑에서 낚시를 하던 벤 마컴과 엘리사 우를 보고 그가 쓰러졌다.

이야기는 번개처럼 타운에 퍼졌다. 방문객으로부터 아들을 빈틈없이 지
키고 있는 핀 부인의 말에 따르면 원정대는 높은 산지에서 길을 잃었고, 한
명씩 차례로 추위와 굶주림에 쓰러졌다. 로가 가장 오래 버텼고, 그가 산길

로 이어지는 좁은 자연로를 발견한 것은 굉장한 행운이었다. 그는 넓은 숲에서 나무뿌리와 열매를 먹으며 간신히 집까지 살아 돌아올 수 있었다.

타운은 그 이야기를 믿었다. 케이티는 믿지 않았다.

아직 로를 보지는 못했지만, 이야기는 들을 만큼 들었다. 교회 사람들이 그를 살찌우겠다고 그의 주위를 떠나지 않았다. 이틀 전에 로를 보러 갔다 온 버지니아는 집 안이 음식과 빵, 수프로 가득했다고 말했다.

"여자들도. 그 교회의 끔찍하게 많은 여자들이 앓아누운 로를 보러 왔더라. 그거 하나는 말할 수 있어."

버지니아가 케이티에게 음울하게 말했다.

원정대의 나머지 사람들에 대해 타운은 드물게 진심으로 애도했다. 특히 젠 데블린은 엄청난 손실이었다. 그들은 열한 명의 사망자를 위해서 합동 장례를 치렀고, 장례식 내내 케이티는 눈물 한 방울 흘리지 않고서, 죽은 사람에 대한 추억을 이야기하는 여러 사람들이 아니라 언덕 아래 두 길 밑으로 훤히 보이는 핀의 집을 주시했다. 로에게 질문을 하고 싶어 마음이 초조했지만, 남들이 듣는 데서 하고 싶지는 않았다. 대화가 별로 좋게 흘러가지 않을 것이다. 오랜 친구를 의심하고 싶진 않았지만, 어쩔 수가 없었다.

결국에 혼자 있는 그를 찾기까지는 일주일이 넘는 시간이 걸렸다. 로의 교회는 이틀 동안 평원에서 일종의 기도회를 하러 떠났고, 그의 어머니는 카드 모임에 갔다. 로의 이야기 때문에 핀 부인은 인기 손님이 되었고, 케이티는 자신의 위태로운 인기를 미친 듯이 붙잡으려는 이 여자가 더더욱 싫어졌다. 지금껏 그녀에게 신경도 안 쓰던 여자들 무리를 행복하게 따라가는 모습을 보며 케이티는 정신 차리라고 그 여자를 흔들고 싶었다.

케이티는 노크도 하지 않고 그냥 핀의 집으로 들어갔다. 로의 침실에 들어가니 그는 침대에 옆으로 누운 채 눈을 감고 온화한 천사 같은 얼굴을 하고 있었다. 살이 빠져서 오히려 더욱 잘생겨 보였다. 광대뼈가 대리석을 조각해놓은 것 같았다. 케이티는 로가 서런 얼굴로 태어나지 않았다면 어떤 사람이 되었을까 자신도 모르게 생각해보았다.

"자는 척하는 거 다 알아, 로."

그가 눈을 뜨고서 미소를 지었다.

"넌 늘 알았지. 안 그래, 케이티?"

"너에 대해서는 그래."

그녀가 의자를 끌어당겼다. 침대 주위로 의자가 여러 개 있었다.

"손님들한테서 숨어 있는 거야?"

"사람을 지치게 만들어서 말이지."

그녀는 방 안을 둘러보며 손수 만든 꽃다발과 빵 상자 등을 발견하고 코웃음을 쳤다.

"그게 새로운 메시아가 되는 대가겠지. 안 그래?"

"난 메시아가 아니야. 그저 믿음이 깊은 사람일 뿐이지."

로가 상냥한 미소를 짓고 대답했지만 그의 눈은 옛날의 장난기로 반짝였다.

"무슨 일이 있었는지 나한테 얘기해보지 그래?"

"이야기가 지금쯤 온 마을에 퍼졌을 텐데."

"그래. 하지만 난 네 이야기를 듣고 싶어."

그녀는 미소를 지었지만 그 미소는 로만큼 순수하지 않았다. 마치 입가에 겨울이 내린 것 같았다.

"날 못 믿는 거야, 케이티?"

"나랑 장난치지 마, 로. 어떻게 된 거야?"

그는 그녀가 이미 들은 것과 사실상 똑같은 이야기를 했다. 산에서 길을 잃었고, 원정대는 굶주림과 추위로 서서히 죽어갔다는 것. 그는 신중하게 식량을 나누어 먹고 두 마리 말마저 죽을 때까지 그 사이에서 온기를 유지하며 남들보다 더 오래 버텼다고 말했다. 로가 사실을 조작한다고 케이티가 감지한 부분은 두 군데였다. 식량에 대한 것과 산에서 그가 길을 찾았다는 거였다. 하지만 케이티는 그가 이야기를 바꾸게 만들지 못했고, 결국에 포기하고 불만스럽게 의자에 기댔다.

"내가 보고 싶지 않았어, 케이티?"

케이티는 눈을 깜박였다. 지금 이 순간까지는 깨닫지 못했지만, 그가 정말로 보고 싶었었다. 로가 옆에 있으면 모든 게 더 흥미진진해졌다. 다른 모든 게 바뀌었어도 그것만은 바뀌지 않았다. 하지만 동시에 로가 없으면 타운이 더 안전하게 느껴졌다.

"난 네가 보고 싶었어, 케이티."

"왜?"

"왜냐하면 넌 날 아니까. 모든 사람들이 나를 선량하다고 생각하는 건 유용하지만, 좀 지겹거든."

"네 교회 어쩌고 하는 헛소리가 거짓말인 거 알아."

"폴 수사는 죽어가고 있어."

케이티는 갑자기 주제가 바뀌는 바람에 눈을 깜박였다.

"뭐 때문에?"

"밀러 씨는 암인 것 같다고 하더라. 폴 수사는 올해까지는 살 수 있겠지만 그 이상은 아닐 거야. 고통 때문에 그 전에 자살할 수도 있고."

"자살해도 되는 거야? 그거 죄악 아니었어?"

"그럴지도. 하지만 대부분의 사람들에게 믿음이란 꽤나 유연한 거거든."

"그런 거 같더라."

로가 씩 웃었다.

"그게 꼭 나쁜 건 아니야, 케이티. 믿음을 가진 사람들은 *쉬워*. 설득하기 쉽고, 조종하기 쉽고, 버리기도 쉽지. 폴 수사가 죽으면 나한테 교회를 넘길 거야."

"내가 왜 신경을 써야 하는데?"

케이티는 그렇게 말했으나 속은 싸늘하게 가라앉았다. 지난번 로의 몇 번의 설교 때 교회에 사람이 가득 차던 것이, 수많은 사람들이 현관으로 나오던 것이 떠올랐다.

몇 명일까? 300명? 400명?

"날 도와줄 수도 있잖아, 케이티."

"싫어."

"생각해봐. 신은 사람들을 조종하기 쉽게 만들어. 폴 수사의 입에서 나오는 무슨 정신 나간 소리든 믿을 거야."

"아니면 네 말이든지."

"아니면 내 말이든지. 우리가 그걸 아주 잘 이용할 수 있어!"

"어디에, 로?"

그가 그녀의 손을 잡았다. 그녀가 몇 분 전까지 매력적이고 거짓투성이인 새로운 로와 이야기를 했다면, 지금은 진심인 게 보였다. 하지만 그래서 더 나빴다. 오랜 친구 말고 적에게서 이런 이야기를 듣는 편이 차라리 나을 것이다. 그녀는 손을 잡아 뺄까 했지만 로가 셔츠 아래에서 은사슬을 꺼내자 몸이 굳었다. 사파이어가 오후의 햇살 속에 반짝였다.

"어디서 났어? 그건 조너선 거야!"

그녀가 말했다.

"아니, 이건 내 거야. 내가 직접 만들었어."

"어떻게?"

"넌 늘 윌리엄 티어가 완벽하다고 생각했지. 하지만 그렇지 않아."

로가 낄낄거리며 말했다. 그것은 대답이 아니었으나 어쨌든 케이티는 미간을 찌푸렸다. 로의 말에는 사실과 거짓이 예술적으로 섞여 있었고, 거기에 분명히 답이 있었다. 그녀가 그의 말뜻을 해석할 수 있다면 말이지만.

"나한테 작동해. 조녀선에게 작동하는 것처럼. 내 눈에는 보여. 알 수 있다고. 위대한 성자가 죽었다는 것도 알지."

로가 말했다.

케이티는 벌떡 일어나다가 의자를 쓰러뜨렸다. 그녀가 그의 어깨를 잡고 그를 침대 머리판으로 밀었다.

"입 다물고 있어, 로."

"생각해봐, 케이티. 티어는 사라졌어. 우리가 항상 이야기하던 타운, 우리처럼 영리한 사람들이 이끌고 나머지는 따르기만 하는 타운, 그걸 우리가 만들 수 있다고."

그는 그녀를 무시하고 말했다.

케이티는 그런 건 생각도 해본 적 없다고 반박하고 싶었지만, 생각해본 적이 있었다. 이제 기억이 났다. 어릴 때 그녀는 수많은 끔찍한 것들을 생각했다. 그걸 떠올리는 것만으로도 속이 아팠다. 로는 어깨를 잡은 그녀의 손을 밀어냈고, 뒤늦게 케이티는 굶주렸든 아니든 그가 이제 훨씬 더 강해졌다는 걸 깨달았다. 케이티는 그의 눈에서 사악한 빛을 보았다……. 하지만 그들이 어릴 때 그녀가 기억하던 무해한 그런 종류가 아니었다. 그는 은사슬과 사파이어를 도로 셔츠 아래로 넣었다.

"불신자들, 네 교회에 속하지 않은 사람들은 어떻게 할 거야? 그 사람들이 얌전히 있을 것 같아?"

"그런 사람들은 없어질 거야."

그 말에 담긴 확신에 그녀의 몸이 싸늘하게 식었다. 그 말에서 거대한 그림자의 윤곽을, 폭력의 향기를 희미하게 느꼈기 때문이다.

"나는 어쩔 건데, 로?"

"아, 라푼젤. 너한테는 아무 일도 생기지 않게 해줄게."

그는 옛날의 로처럼 삐딱하게 웃었다. 잠깐 동안 케이티의 경계심이 흔들리고 모든 의심이 갑자기 추억 속에 묻혔다. 그들 둘은 한때 정말로 *가까웠는데!*

"뭐라고 할 거야, 케이티?"

그동안의 모든 일에도 그녀는 잠깐 좋다고 말하고 싶은 유혹을 느꼈다. 지금도 로의 미래상은 여전히 그녀를 흔들 힘을 갖고 있었다. 그들이 몇 년이나 이야기했던 장소, 진정한 실력주의, 티어의 애매한 생각들이 조금도 앞을 가로막을 수 없는 사회. 그녀와 로는 머릿속에서 그것을 함께 계획하고 성처럼 쌓았다.

하지만 난 이제 다른 사람이야, 케이티는 그것을 깨달았다. *예전에 내가 느꼈던 그 모든 분노는 지금은 날 묶지 못해. 난 그걸 놓아버릴 수 있어.*

하지만 정말로? 사람들의 침실이나 엿보는, 보이지 않는 신 같은 걸 믿을 정도로 자신감 없는 머저리 같은 타운 사람들에게 느끼는 이 모든 혐오가 갑자기 그녀를 뒤덮었다. 그녀는 눈앞에서 로의 미래상이 펼쳐지는 걸 볼 수 있었다. 그런 사람들이 참정권을 박탈당해서 그 멍청함이 아무에게도 해가 되지 않게 격리되는 그런 마을. 그런 저능한 사람들이 벌을 받고 로와 조너선 같은 사람들이 다스리는 마을에 살면 얼마나 근사할까—

이번엔 누가 바보지? 그녀의 머리가 물었다. *조너선? 정말로 로의 천국에 조너선 티어의 자리가 있을 거라고 생각해?*

그 생각에 현실이 머리를 후려치는 것처럼 되돌아왔다. 케이티는 로가 위대한 계획을 어떻게 실행하려는 건지까지는 몰라도, 로는 알았다. 그는 항상 티어가 사람들을 미워했고, 사람들 그 자체보다 그들이 상징하는 개념을 미워했다. 조너선이 윌리엄 티어는 아니라 해도, 로의 왕국에 들이기에는 너무 위험한 존재일 것이다.

케이티는 가슴속에서 해묵은 슬픔이 꾸물거리는 것을 느끼며 의자에서 일어섰다. 오래전에도 그녀는 언젠가는 선택을 해야 한다는 걸 알았다. 하지만 그게 오늘이 될 줄은 몰랐다.

"난 너랑 같이할 수 없어, 로. 난 조너선 티어를 위해서 일해."

그녀가 말했다.

로의 얼굴이 긴장되었으나 그것은 순식간에 사라지고 만들어낸 즐거운 표정이 다시 나타났다.

"아, 그래, 그 악명 높은 전투 부대 말이지."

케이티의 입이 떡 벌어졌다.

"정말로 내가 알아내지 못할 줄 알았어, 케이티? 이 마을에는 비밀이라고는 없어. 난 늘 티어가 사기꾼이라는 걸 알았지만 넌 몰랐겠지, 안 그래?"

"그 사람은 사기꾼이 아니야! 이건 조너선을 위한 거야! 조너선을 지키기 위한 거라고!"

그녀가 화가 나서 소리쳤다.

로는 그녀가 어린애라도 되는 듯 관대한 미소를 지었다.

"티어가 너한테 그렇게 말했겠지. 하지만 생각해봐, 케이티. 경호원처럼 보일지 모르지만 티어가 정말로 훈련을 시킨 건 경찰이야. 자기 아들의 말만 따르는 *비밀경찰*이라고. 어떤 유토피아에 비밀경찰이 필요하지?"

"네가 조너선을 질투하는 줄 내가 모르는 거 같아?"

그녀가 물었고, 로의 얼굴이 어두워지는 것을 보자 기분이 좋아졌다.

"넌 항상 조너선을 질투했지! 넌 늘 조너선이 가진 걸 원했어!"

"그럼 너는?"

"난 티어를 위해서 일해. 조너선을 위해서 일하고."

케이티가 고집스럽게 반복했다.

로가 고개를 젖히고 웃음을 터뜨렸다.

"알겠어, 케이티? 너도 열성 신자인 거야!"

케이티는 다시 그를 잡고 침대로 짓누르려고 했다. 그 순간에 그녀는 로가 미웠다. 정말로 미웠다. 그의 말이 이미 그녀의 머릿속으로 파고들어 두 번 생각하게, *의심하게* 만들 걸 느낄 수 있기 때문이었다. 하지만 잠시 후에 그녀는 그를 놓아주고 물러났다. 조녀선은 항상 거기에 있었고, 그녀가 지금 기독교도들의 총애받는 아들과 싸움을 일으키는 건 조녀선에게 도움이 되지 않을 테니까.

로가 다시 몸을 폈지만 이번에는 침대 옆으로 다리를 내리고 일어났다. 그는 이불 아래 아무것도 입고 있지 않았다. 케이티는 이불이 떨어지기 전에 시선을 돌리려고 했지만 실패했고, 잠깐 본 모습에 몸 안쪽이 타오르는 것 같은 느낌이 들었다. 그리고 곧장 창피해졌다. 그는 그녀의 가장 오래된 친구였다. 두 사람에게 무슨 일이 생긴 걸까? 언제 모든 게 바뀐 걸까?

"그 메시아를 섬기는 건 어때, 케이티? 약점은 아직 못 찾았어?"

"조녀선에게서 떨어져 있어. 근처에도 다가오지 마."

"그럴 필요도 없어, 케이티."

로가 씩 웃었다……. 하지만 이제 그 미소는 매력적이기보다는 비열해 보였다. 그녀는 몸을 돌렸으나 잠시 후 로가 그녀의 다리 사이로 손을 미끄러뜨리자 온몸이 바르르 떨렸다.

"너도 원하는 것처럼 보이는데, 케이티."

"원하지 않아."

"네 모든 시간을 이등급 윌리엄 티어에게 쏟는 건 피곤한 일일 거야. 바꾸지 않을래?"

케이티는 주먹을 불끈 쥐었다. 뱃속에 모여드는 홍분 아래로 어마어마한 분노가 굼실거리기 시작했다. 그가 그녀를 이렇게 바보로 여긴다는 게, 이미 그에게 넘어간 수백 명의 다른 마을 여자들과 그녀를 똑같이 취급한다는 게 화가 났다. 그들이 더 이상 친구는 아니라 해도 이보다는 나은 대접을 받아야 하는 게 아닌가?

"티어의 천국은 조녀선의 발밑에서 무너질 거야, 케이티. 내가 이미 아는 것처럼 말이지. 그러면 그 폐허에서 사람들이 신 말고 누구를 바라보겠어?"

그녀는 도망쳤다. 로의 방에서 어설프게 나오다가 문틀에 어깨까지 부딪쳤다.

"생각해봐, 케이티! 넌 가라앉는 배에 타고 있어! 내 배로 와서 우리가 어디까지 갈 수 있을지 보자고!"

로가 그녀의 뒤에 대고 외쳤다.

케이티는 눈물 가득한 눈으로 비틀거리며 복도를 지나갔다. 계단을 내려오다가 핀 부인과 다른 여자들 여러 명과 부딪쳤으나 인사조차 할 수 없고 그저 미안하다고 말하며 여자들을 지나쳐 점점 더 빨리 계단을 내려왔다. 현관에 도착할 무렵 그녀는 아예 달리고 있었다.

"레이디."

메이스의 목소리다. 여기, 세상의 끝에서조차 그건 근사한 일이었다. 마지막으로 메이스를 한 번 더 보고 싶었다.

"제 말 들리신다는 거 압니다, 레이디. 일어나시죠?"

켈시는 일어나고 싶지 않았다. 가슴 위로 윌리엄 티어의 사파이어가 기묘한 여행을 함께하는 동반자처럼 느껴졌으나 차츰 그녀는 과거를 보기 위해서 보석은 필요치 않은 게 아닌가 생각하기 시작했다. 이제는 항상 그들이 그녀와 함께 있기 때문이었다. 티어, 조녀선, 릴리, 케이티, 도리언······심지어 로 핀까지도.

"레이디, 일어나지 않으시면 레이디가 세례를 받으시게 할 겁니다."

그녀가 눈을 번쩍 떴다. 메이스가 침대 옆에 앉아서 초를 들고 있는 게 보였다. 그의 주위로는 어두컴컴한 방이었다. 그녀가 재빨리 일어나 앉았다.

"라자러스? 그대 맞아요?"

"물론 그 사람이죠. 그런 어깨를 다른 사람하고 어떻게 착각하겠습니까?"

코린이 빛 속으로 나오면서 말했다.

켈시는 메이스에게 손을 내밀었으나 그는 그녀의 손을 잡지 않았다. 그들은 한참 동안 서로를 바라보기만 했다.

"저는 나가보겠습니다. 상태가 괜찮으셔서 다행입니다, 레이디."

코린이 중얼거렸다.

그가 문을 열자, 켈시는 복도에 환하게 횃불을 켜둔 것을 볼 수 있었다. 하지만 곧 문이 닫혔고, 그녀와 메이스는 다시금 서로를 쳐다보았다. 켈시는 갑자기 다리에서의 그날을 고통스럽게 떠올렸다. 그들 사이의 골은 대단히 넓었으나 지금은 더 커진 것처럼 느껴졌다. 그의 눈에서 불신을 읽을 수 있었고, 그건 분노보다도 훨씬 더 마음 아팠다.

"여기가 어디죠?"

"레이디의 어머님께 충성스러웠던 여자의 집입니다. 레이디 칠턴이죠."

"진리치가 아니군요."

"아닙니다, 레이디. 말을 타고 하루 정도 북쪽으로 와서, 앨먼트 남부입니다. 사흘 전에 저희가 찾았을 때부터 둔주 상태이셨습니다."

"사흘이나!"

"긴 발작이라서 근위대가 걱정했습니다, 레이디. 펜을 빨리 여기 들어오게 해주지 않으면 가구를 씹기 시작할 겁니다."

메이스가 미소를 지었지만 그 미소는 눈에까지 이르지 않았다.

"날 용서하지 않았군요, 메이스."

그는 침묵을 지켰다.

"내가 어떻게 하기를 바랐어요?"

"저희에게 말을 하셨어야죠, 제기랄! 제가 함께 왔을 겁니다."

"물론 그랬겠죠, 라자러스. 하지만 난 내가 죽게 될 거라고 생각했어요. 어차피 죽을 텐데 왜 다른 사람에게 여기로 나를 따라오라고 하겠어요?"

"그게 제 임무니까요!"

그가 고래고래 소리쳤다. 그의 목소리에 작은 방 안의 판자까지 흔들리는 것 같았다.

"그게 제가 하기로 한 일입니다! 레이디가 아니라 제가 선택한 겁니다!"

"그대가 뒤에 남아야 했어요, 라자러스. 그대가 나라를 이끌기를 바랐어요. 그런 일에 내가 달리 누구를 믿겠어요?"

그 말에 메이스의 분노가 조금 사그라진 것 같았다. 그는 붉어진 얼굴로 바닥을 내려다보았다.

"잘못 고르신 겁니다, 레이디. 전 실패했습니다."

"무슨 뜻이죠?"

"왕궁은 포위되었습니다."

"누구한테요?"

"아배스와 모트 여단에게요. 저희 쪽 사람들이 안에서 문을 닫아걸고 있지만, 영원히 버티지는 못할 겁니다. 뉴런던은 폭도들이 지배하고 있고요. 폭도들 역시 아배스의 지시를 받고 있습니다."

켈시의 손이 이불을 움켜잡았다. 손가락 관절이 하얘졌지만 메이스는 알아채지 못했기를 바랐다. 그녀의 왕궁에 교황이 있다는 생각만으로도 가슴속에 검은 구멍이 뚫리는 것 같았다. *내 왕좌에 앉아 있단 말이지!* 도시 전체, 나라 전체가 앤더스의 끔찍한 신의 자비하에 있다는 건…… 생각만으로도 분노가 끓어올랐으나 지금은 메이스의 의심이 더욱 다급한 문제였다.

"그건 그대만큼이나 내 잘못이기도 해요, 라자러스. 어떤 날에는 내가 우리를 열어주지 말았어야 했던 게 아닐까 의문이 드는걸요."

그녀가 부드럽게 말했다.

"레이디께서는 올바른 일을 하려고 하셨던 겁니다. 그게 이렇게 잘못되어버린 건 레이디의 잘못이 아닙니다."

그 말에 사이먼과 지하 감옥에서 나눈 긴 대화가 떠올랐다. 주제가 물리학이든 역사든 차이는 없었다. 올바른 일을 하려던 것이 종종 잘못된 결과를 낳기도 했다. 켈시는 그 생각을 지우려고 노력했다. 예측할 수 없는 결과가 두려워서 아무 결정도 내리지 못하는 무능함, 마비로 향하는 첫걸음이라는 생각이 들었기 때문이다.

"하지만 제 경우에는, 제가 떠났습니다. 저희 모두 레이디를 구하기 위해서 떠났죠. 저희가 나라를 훤히 열어놓고 나왔기 때문에 교황이 훔칠 수 있었던 겁니다."

메이스가 말했다.

"둘 다 가질 수는 없어요, 라자러스. 항상 회색 망토로 있지 않으면 긴급 상황에서 회색 망토로 활동할 수가 없을걸. 그대에게 여왕의 근위대이자 섭정 두 가지를 모두 부탁한 내가 아마도 잘못이겠죠. 그 두 가지가 종종 상치된 목적을 향했을 테니까요."

"절 달래려고 하지 마십시오, 레이디."

"지나간 일은 지나간 거예요, 라자러스. 우리 둘 다 실패했지만 그대가 전에 나에게 과거에 집착해봐야 아무것도 얻을 수 없다고 했잖아요. 지금은 미래가 전부예요."

그녀가 다시 한 손을 내밀었다.

"그러니까 우리 서로를 용서하고 앞으로 나아가는 게 어떻겠어요?"

한참 동안 메이스는 그저 그녀의 손만 바라보았고 켈시는 다시금 벼랑 끝에 선 기분으로 기다렸다. 붉은 여왕의 얼굴이 잠깐 머릿속에 떠올랐다가 사라졌다. 그 벼랑에서 여기까지는 오랜 여정이었지만, 왠지 여정이 아직 끝나지 않았다는 생각이 들었다. 메이스 없이 그녀가 어디로 갈 수 있을까? 근위병, 회의적인 목소리, 양심의 소리…… 그녀에게는 그 모든 게 필요했다. 목이 조여들 때 메이스가 손을 내밀어 그녀의 손을 잡았다.

"신의 바다만큼 커다랗게. 기억해요?"

그녀가 속삭였다.

"기억합니다, 레이디."

그는 시선을 돌리고 눈을 깜박였다. 켈시는 그 기회에 브레나가 묶어놔서 아직까지도 욱신거리는 팔과 어깨를 쭉 폈다. 교황에 대한 소식이 가슴속에서 소용돌이쳤다. 돌아가서 자신의 실수를 고치고 싶었지만, 이 문제의 뿌리는 훨씬 더 깊었다. 초기 정착지, 티어링의 시작, 모든 것이 잘못되기 시작한 그곳까지 거슬러 올라갔다.

티어는 시간을 거슬러 오갈 수 있었어, 그녀가 도전적으로 생각했다. 그리고 둔주 상태 때 켈시도 그렇게 한다는 느낌이 들 때가 가끔 있었다. 단순히 보기만 하는 게 아니라 여행을 한다고, 실제로 거기, 릴리의 세계에, 케이티의 세계에 있다고 느껴질 때가 있었다. 하지만 그녀가 통제하지는 못했다. 아직도 뭔가가 빠져 있었다.

"라자러스, 내 옆 감방에 남자가 하나 있었어요. 기술자요."

"사이먼 말이지요, 레이디. 저희가 데려왔습니다."

좋은 소식에 안도해서 켈시는 미소를 지었다. 지금 티어링에 인쇄 기계가 무슨 소용이 있을지는 신만이 아시겠지만, 그래도 사이먼을 빼냈다는 사실이 기뻤다.

"어디 있죠?"

"아래층에 있습니다. 요 며칠 홀이 나른 섯에 십중하게 만들지를 못할 지경입니다."

"쌍둥이로군요. 이제 알겠어요."

켈시가 고개를 끄덕였다.

"그런데 왜 그 친구를 원하십니까?"

그녀는 인쇄 기계에 대해서 설명하며 메이스가 책이나 독서에 대해서 냉혹한 비판을 할 거라고 예상했다. 하지만 그는 조용히 듣고 있다가 그녀가 이야기를 마치자 말했다.

"그건 귀중하겠군요, 레이디."

"그래요?"

"네."

"진짜 라자러스는 어디 간 거죠?"

그의 입가가 슬쩍 움직였다.

"저도 그간 좀…… 읽었습니다."

"뭘 읽어요?"

"레이디의 책들요. 지금 아홉 권을 읽었습니다."

켈시는 정말로 놀라서 그를 빤히 쳐다보았다.

"좋더군요, 이 이야기들이라는 거요. 다른 사람의 고통을 가르쳐주더군요."

메이스는 뺨이 빨갛게 물든 채 말했다.

"공감이에요. 칼린은 항상 그게 소설의 아주 귀중한 가치라고 말했죠. 우리를 낯선 사람의 머릿속으로 들어가게 해주는 거요. 라자러스, 내 도서관은 어떤 상태죠?"

"여전히 여왕동에 있습니다, 레이디. 포위 공격을 당하고 있죠."

켈시는 다시 주먹을 움켜쥐었다. 교황이 그녀의 책에 손을 댄다는 생각에 잠깐 동안 이불 위에 토할 것 같은 기분이 들었다.

메이스가 목을 가다듬고 말을 이었다.

"어쨌든 그런 기계의 가치를 알겠습니다. 이 일을 해결할 수 있다면 알리스와 제가 사이먼이 부품을 구할 수 있게 돕겠습니다."

켈시는 감동해서 미소를 지었다.

"보고 싶었어요, 라자러스. 햇빛이 보고 싶었던 것보다도 더요."

"그들이 상처를 입혔습니까, 레이디?"

그녀는 간수와 구타를 떠올리고서 인상을 찌푸렸다. 그러다가 갑자기 부끄러워졌다. 지하 감옥에는 다른 사람들도 많이 있었다. 교환할 것이 있는 여왕으로서 켈시는 특별한 지위를 누렸다. 그리고 다른 사람들에게는 아무것도 없었다.

내 고통은 진짜였어, 그녀가 주장했다.

그럴지도. 하지만 그렇다고 해서 더 큰 고통을 받은 사람들을 무시하지는 마.

"영구적인 피해는 없었어요, 라자러스. 그런 건 잊어버릴 수 있어요."

그녀는 방을 둘러보았다. 벽에서 촛불에 비친 그림자가 일렁거렸다. 멀리 어디선가 사람들이 이야기하는 소리가 들렸다.

"레이디 칠턴의 집이라고요? 그 사람이 누군지 모르겠군요."

메이스가 한숨을 쉬었고, 켈시는 그가 말을 굉장히 신중하게 고르는 것을 눈치챘다.

"그녀는 상태가 별로…… 좋지 않습니다, 레이디. 안전한 거처는 아니라고 봐야 할 겁니다."

"뭐가 문제죠? 정신적으로 불안정한가요?"

"그렇게 말하는 것도 상냥한 걸 겁니다, 레이디."

"그럼 왜 우리가 여기 있는 거죠?"

"왜냐하면 레이디의 둔주 상태가 끝날 때까지 기다릴 곳이 필요한데 레이디 칠턴이 기꺼이 저희를 받아주었으니까요. 그 저주받을 국경 마을에서는 머물 수가 없었습니다. 보는 눈이 너무 많아서요. 이 집은 저희 일행 전부가 머물 수 있을 정도로 크고, 물자도 많습니다. 레이디 칠턴은 모트군이 왔을 때 포위에 대비해 철저히 준비해뒀습니다. 하지만 저희가 여기 머무는 건 사실 그녀가 저에게 큰 빚을 졌기 때문입니다."

"어떤 종류의 빚을요?"

"제가 그녀의 목숨을 한 번 구해줬습니다. 아직 그걸 기억하고 있는 거죠."

"그녀는 뭐가 문제예요?"

"그녀의 병은 저희가 상관할 일이 아닙니다. 그녀는 레이디께 떨어져 위층에 있기로 약속했습니다. 내일은 여기서 떠날 수 있기를 바라고요."

켈시는 여전히 이 문제가 불편했지만 딱히 제안할 게 없었다. 그녀는 자신을 내려다보고서 아직도 사막에서 입었던 더러운 옷차림이라는 것을 깨달았다.

"옷이 필요해요."

메이스가 화장대를 손짓했다.

"레이디 칠턴이 드레스를 빌려줬습니다."

사막을 떠올리자 그 기묘한 밤의 나머지 사건들도 떠올랐고, 켈시가 물었다.

"이웬은 여기 있나요?"

"네, 레이디. 진리치에서 그를 만났는데 굉장히 기묘한 이야기를 해주더군요."

"기묘하지만 사실이에요."

"이웬은 자신이 진짜 여왕의 근위대가 아니라는 생각으로 괴로워하고 있습니다. '마스코트'라는 단어를 쓰더군요. 저는 예방 조치로 그 친구를 진리치에 보냈던 겁니다. 거기서 무슨 일이 있을 거라고는 전혀 생각하지 않았습니다."

"그가 내 목숨을 구했어요, 라자러스. 아마도 그 이상일 거예요."

켈시는 눈을 감았다. 그녀의 얼굴 바로 앞에서 눈으로 켈시의 머릿속을, 그 아래 있는 릴리의 정신을 파헤치던 브레나의 얼굴이 떠올랐다.

우리 둘 다 거기에 있었어, 켈시가 갑자기 깨달았다. 릴리와 나, 둘 다 동시에 거기에 있었어. 그게 어떻게 가능하지?

"음, 근위대의 나머지 사람들에게 말해두겠습니다, 레이디. 이웬이 영웅 놀이를 하고 싶어 하면 다들 그를 떠받들어줄 겁니다."

"그는 영웅이었어요. 그 드레스 좀 줘요."

그녀가 이불을 밀어냈다. 몇 분 후 메이스는 그녀를 데리고 횃불을 켜놓은 긴 복도를 걸어갔다. 벽은 왕궁의 밝은 회색 돌이 아니라 바람과 시간에 닳은 것 같은 짙은 모래색 벽돌로 되어 있었다. 복도를 따라 외풍이 들어와서 켈시의 머리카락이 헝클어졌고 몸이 떨렸다.

"단열이 형편없습니다. 최소한 10년 전에 손을 봤어야 했는데, 레이디 칠턴은 그냥 무너지게 놔두고 있더군요."

메이스가 말했다.

"그녀가 내 대관식에 왔었나요? 왜 내가 —"

하지만 더 말할 기회가 없었다. 갑자기 엘스턴과 키브가 모퉁이를 돌아왔고, 근위대의 절반이 뒤를 따라왔기 때문이다. 켈시가 인사를 할 새도 없이 엘스턴의 커다란 손이 그녀의 손을 덥석 잡았다.

"괜찮으십니까, 레이디?"

"괜찮아요, 엘."

"레이디를 위해서 기도했습니다."

다이어가 말하고 나서 그녀가 그의 뺨을 살짝 때리자 씩 웃었다. 그들을 보자 저절로 미소가 떠올랐지만 동시에 마음이 불편했다. 메이스, 엘스턴, 키브, 코린, 게일런, 다이어, 카이…… 그녀 주위의 모두가 반갑고 기쁜 얼굴이고 그녀가 보고 싶어 했던 사람들이었지만, 그들을 다시 보게 된 기쁨 아래로 멀리 있지만 어쨌든 현실적인 재앙의 그림자가 느껴졌다. 왕궁이 정말 포위된 상태라면 그들 모두가 이제 집이 없는 망명자들인 셈이었다.

"아프십니까, 레이디? 저한테 의료함이 있습니다."

코린이 말했다.

"난 괜찮아요."

그녀는 키브와 게일런과 악수를 나누었다. 그리고 주위를 둘러보고서 눈에 띄게 한 명이 없다는 것을 깨달았다.

"펜은 어디 있죠?"

엘스턴이 대답했다.

"경계를 둘러보고 오라고 보냈습니다, 레이디. 여기에 위험한 건 없습니다. 여기는 평원이고, 위협이 될 게 있다면 수 킬로미터 떨어져서도 보일 겁니다. 다만 그 녀석이 저희들 모두를 미치게 만들었거든요. 상사병 난 그 불쌍한—"

"입조심해!"

메이스가 소리쳤고 켈시는 뺨이 달아오르는 것을 느꼈다.

"죄송합니다, 레이디."

엘스턴이 중얼거렸으나 그의 눈이 대단히 명랑하게 반짝여서, 켈시는 고개를 흔들고 그의 어깨를 철썩 때렸다.

"또 여기에 누가 있죠?"

"홀과 그의 부하들이 아래층에 있습니다. 르비외도 있고요. 레이디께서 시간이 있으실 때 잠깐 이야기를 나누고 싶다고 하더군요."

"르비외요?"

"그는 유용했습니다. 레이디. 팔레에 들어가는 걸 도와줬지요."

메이스가 재빨리 대답하며 그녀에게 나중에 이야기하겠다는 눈빛을 던졌다. 켈시는 고개를 끄덕였지만, 페치를 생각하자 그 남자가 아니라 어린 개빈이 떠올랐다. 그게 무슨 뜻일까? 그녀는 엘스턴을 지나쳐 뒤쪽을 보다가 깜짝 놀랐다. 잠깐 동안 복도 끝에 누가 서서 그녀를 보고 있다고 생각했다. 하지만 눈을 깜박이자 형체는 사라졌다.

"레이디?"

그녀가 메이스를 돌아보았다.

"저기 모퉁이에서 누군가를 본 것 같았어요."

"아직 몸 상태가 안 좋으시군요, 레이디."

켈시는 고개를 끄덕였지만, 생각하면 할수록 거기에 누가 있었다고 확신하게 되었다. 긴 검은 드레스에 검은 베일을 쓴 여자였다.

정신적으로 불안정해. 그 생각에 불편한 마음이 가슴속으로 살짝 미끄러져 들어왔다.

"아침에 떠나도록 하죠."

그녀가 모두에게 말했다.

"레이디?"

"왕궁이 포위된 상태라고 했잖아요, 라자러스. 나라가 불타고 있는데 여기 숨어 있을 수는 없어요. 그러면 내가 어떤 여왕이 되겠어요?"

"하! 10파운드 내놔."

다이어가 코린을 보고 말했다.

메이스는 고개를 흔들었다.

"레이디께서 그렇게 말씀하실 줄 알았습니다. 제 유일한 의문은 그 말이 나오기까지 얼마나 걸릴까 하는 거였죠."

"음, 사실이니까요."

"레이디께는 군대가 없습니다. 교황에게는 모트 용병 한 대대가 있고요. 뉴런던으로 돌아가시면 레이디께서 죽는 거 말고는 아무것도 이루지 못하실 겁니다."

켈시는 이 조언을 마음으로 받아들이려고 노력하며, 이제라도 그녀가 되어야만 했던 영리한 여왕이 되려고 노력하며 고개를 끄덕였다. 하지만 모든 것으로부터 떨어진 이런 황무지 한가운데에서 기다리고 있을 수는 없었다. 그렇게 해서 뭘 고칠 수 있겠는가?

"레이디."

그녀는 몸을 돌렸고 거기에, 복도 맞은편 끝에 펜이 있었다.

"펜!"

그녀가 복도를 달려가려고 할 때 메이스가 그녀의 팔목을 잡았다.

"잠시만요, 레이디."

"뭐죠?"

"상황이 이제 좀 달라졌습니다."

메이스가 다른 근위병들 쪽으로 몸을 돌렸다.

"모두들 각자의 자리로 돌아가! 저녁 식사 때 여왕 폐하를 보게 될 거다!"

근위병들이 떠났다. 켈시는 그들이 갑자기 재빨리 자리를 뜨려고 하는 것을 알아챘다. 몇 초 만에 모두가 여기저기로 사라졌다.

"레이디, 건강하신 걸 보니 기쁩니다."

펜이 그들 앞으로 와서 절을 하며 말했다. 그녀는 당황해서 그를 쳐다보았다. 이 냉정한 남자는 그녀가 알던 펜이 아니었다. 그러다가 그녀는 다리에서의 일을 떠올리고 이해했다. 펜은 메이스처럼 그녀에게 화가 난 거였다. 그럴 만도 했다. 그녀는 그들 모두에게서, 그녀의 근위대에서 도망쳐서 적의 품으로 곧장 뛰어들었다. 감옥에 있는 동안 펜을 생각하지 않으려고 했지만, 당연히 그는 계속 여기서 그 배신감을 곱씹고 있었을 것이다. 그에게 보상을 할 것이다. 그녀가 —

"펜은 더 이상 근접 근위병이 아닙니다, 레이디."

메이스가 단호하게 말했다.

"뭐라고요?"

"오늘 밤부터 엘스턴이 펜의 임무를 맡을 겁니다."

켈시는 고개를 돌려 펜을 빤히 보았고, 그는 바닥으로 시선을 내렸다.

"어떻게 된 거죠?"

그녀가 물었다.

"두 사람에게 시간을 몇 분 주지. 딱 몇 분이야. 그 후에는 절대로 단둘이 있지 마."

메이스가 펜을 향해서 말했다.

펜은 고개를 끄덕였으나 켈시가 메이스를 향해 말했다.

"내 등 뒤에서 내 근위대를 이리저리 바꾸지 말아요, 라자러스! 난 새 근접 근위병을 요청한 적이 없어요. 이건 그대가 결정할 일이 아니잖아요."

"그렇습니다, 레이디. 이건 제 결정입니다."

펜이 말했다.

그녀는 입을 딱 벌리고서 그를 돌아보았다. 그들이 함께 잔 건 사실이지만, 그만둘 수도 있었다! 근위대를 바꿔야 할 이유는 없었다.

"펜? 왜 그러는 거죠?"

"몇 분이야."

메이스는 다시 한번 말하고 켈시의 방 쪽으로 복도를 따라 물러났다. 펜은 메이스가 방 안으로 사라질 때까지 기다렸다가 시선을 들어 켈시를 보았다. 그녀는 거기서 보이는 순수한 직업의식에 움찔할 뻔했다. 그것 말고는 아무것도 없었다.

"더 이상 날 원하지 않나요, 펜?"

"저는 근위병입니다, 레이디. 대장이 저를 발견한 이래로 제가 원한 건 오직 그것뿐이었습니다."

그가 어깨를 으쓱이고 미소를 지었다. 잠깐 동안 얼음이 깨지며 옛날의 펜, 그녀가 알던 펜이 나타났다.

"당신을 사랑합니다, 레이디. 레이디께서 그 망할 천막을 세우는 걸 도와도 되느냐고 물으셨던 그때부터 사랑했던 것 같습니다. 하지만 레이디께서 안 계신 동안 제가 레이디를 사랑하면서 동시에 여왕의 근위대가 될 수는 없다는 걸 깨달았습니다."

켈시는 고개를 끄덕였지만, 그건 그냥 반사적인 거였다. 그녀는 펜을 사랑하지 않았다, 그렇지? 더 이상 알 수가 없었다. 섹스는 그들을 결합시켜주고 그들의 관계를 처음에 의도했던 것 이상으로 만들어주었다. 펜의 어깨 너머에서 무언가가 움직였고 켈시는 다시금 복도 끝에 검은 형체가 서 있는 걸 보았다고 생각했다. 하지만 눈을 깜박이자 또 사라졌다.

그녀는 펜에게로 관심을 돌렸다. 그녀의 자존심이 상처를 입었다. 그건 확실했다. 하지만 그 충동에 항복했다가는 침대 파트너뿐만 아니라 친구까지도 잃게 될 것이다. 그녀는 이를 악물고 실망감을 감추기 위해서 최선을 다했다.

"근위대에는 남을 생각인가요?"

"그렇습니다, 레이디. 하지만 레이디의 근접 근위병은 되지 않을 겁니다. 그리고 저를 다른 사람들과 똑같이 대해주셔야 합니다. 안 그러면 저는 머물 수가 없습니다."

그녀는 가슴속에서 뭔가 슬픔 같은 게 퍼지는 걸 느끼며 천천히 고개를 끄덕였다. 그들이 많은 밤을 함께 보내지는 않았지만, 그래도 사랑과 우정의 중간쯤 되는 지점에서, 오두막을 떠난 이래 켈시의 삶을 이루고 있던 냉혹한 사막에서 달콤한 오아시스로 좋은 시간을 보냈다. 펜의 그런 면이 그립겠지만 고통의 깊숙한 곳에는 점점 더 그에 대한 존경심이라는 씨앗이 크게 자라났다.

우린 *비슷해*, 펜의 얼굴을 바라보며 그녀는 생각했다. 눈꺼풀 뒤로 갑자기 그녀의 도시가 보였다. 비탈진 언덕이 불길에 타올랐다. 그녀는 이 작업이, 그녀 인생의 위대한 작업이 스스로를 위해서 원한 그 어떤 것보다도 중요하다는 것을 깨달았다. 남자는 앞으로도 많을 수 있지만 그중 누구도 이 작업에 끼어들지는 못할 것이다. 그녀가 그걸 허용하지 않을 것이다.

깊게 숨을 들이켜고 그녀는 펜에게 한 손을 내밀고 악수를 청했다. 펜은 눈을 빛내며 솔직한 표정으로 미소를 지었고, 켈시는 그의 이런 모습을 다시는 볼 수 없을 거라는 걸 깨달았다. 켈시가 다른 근위병들과 하듯이 이야기를 나누고, 웃고, 서로에게 장난은 칠 수 있겠지······. 하지만 이런 식은 아닐 것이다. 그들은 악수를 나누었고 펜은 잠깐 더 그녀의 손을 잡고 있다가 침을 삼키며 놓았다. 다시 시선을 들었을 때 펜이라는 남자는 사라지고, 이제 멀고 분석적인 눈으로 그녀를 바라보는 근위병 펜만 남았다.

"상태가 좋아 보이지 않으십니다, 레이디."

"막 깨어났으니까요."

하지만 그가 옳았다. 그녀는 메이스 때문에 깬 거였다. 케이티의 목소리가 그녀를 혼자 두려 하지 않고 머릿속에서 끈질기게 울리고 있었다.

"르비외가 여기 있죠? 그와 이야기를 해야겠어요."

그와 이야기를 해야 하는 건 맞았다. 그의 셔츠를 잡고 조너선 티어에게 무슨 일이 있었던 건지 답해줄 때까지 흔들어댈 것이다. 케이티의 환영이라는 느린 속도에 맞추고 있을 필요가 없었다. 실제로 거기 있었던 사람에게서 모든 이야기를 들을 수 있는데 뭐 하러?

"기다리셔야 할 겁니다, 레이니."

메이스가 엘스턴을 달고 뒤에서 다시 나타났다. 켈시는 이곳에서 침착하게 있을 수가 없었다. 이 복도에는 뭔가 이상한 게 있었다. 뭔가 비율 같은 게 이상했다.

"르비외는 몇 시간 전에 떠났고 밤늦게까지는 돌아오지 못할 거라고 했습니다. 하지만 아래층에 저녁 식사가 준비되어 있습니다. 펜, 가봐."

펜은 떠났다. 켈시는 그가 가는 것을 보며 마지막으로 가슴속을 찌르는 슬픔을 느끼고서는 입을 꾹 다물고 메이스와 엘스턴 쪽으로 돌아섰다.

내 작업!

"이 복도는 움직입니다, 대장. 눈가로 계속 뭔가가 보입니다."

엘스턴이 중얼거렸다.

메이스가 굳은 얼굴로 어깨 너머를 보았다.

"난 이 집 주인을 믿지 않아. 여기서 빨리 나갈수록 좋을 거야."

"레이디도 괜찮으십니까? 제가 근접 근위병이 되는 거 말입니다."

엘스턴이 물었다.

그녀는 심장이 아렸지만 그래도 고개를 끄덕이고 그를 향해 미소를 지었다.

"그럼 저녁 식사 하러 가시죠."

그녀는 그들을 따라 복도를 걸어갔다.

켈시는 어둠 속에서 깨어났다. 잠깐 동안 자신이 어디 있는지 알 수가 없었다. 요즘은 매일 밤 새로운 장소에서 자는 것 같았다. 하지만 잠시 후 받침대에서 횃불이 타닥 소리를 냈고 그제야 기억이 떠올랐다. 그녀는 레이디 칠턴의 집에, 메이스가 할당해준 방에 있었다. 엘스턴은 바로 문 바깥에 있었다.

방 안에 뭔가가 있었다.

켈시는 뒤쪽으로 문 근처에서 공기가 속삭이는 소리 정도로 나직한 움직임 소리를 들을 수 있었다. 그녀는 몸을 굴려 일어날까 고민했지만, 움직이려고 하자 온몸이 굳어서 꼼짝도 하지 않았다. 보고 싶지 않았다. 갑자기 그녀의 머리가 지하 감옥의 그 어린 여자아이 모습을 끄집어냈고 켈시는 온몸에 소름이 돋는 것을 느꼈다. 도와달라고 소리칠 수도 있었다. 엘스턴이 바로 바깥에 있으니까. 하지만 지하 감옥의 어린애는 굉장히 빨랐다.

이번에는 좀 더 가까운 곳에서 다시 부드러운 소리가 들렸다. 바닥에 가죽이 스치는 소리였다. 발소리인 것 같지만 켈시의 상상력은 다른 것을 떠올렸다. 그녀에게서 60센티미터쯤 떨어진 곳에서 뛰어오를 준비를 하고 있는 어린애.

브레나 때처럼은 안 돼, 그녀의 머리가 속삭였다. 켈시는 갑자기 온몸에 충격이 타고 흐르는 것을 느꼈다. 아니, 브레나에게 잡혀갈 때처럼 붙들려서 무력하게 누워 있기만 하지는 않을 것이다. 꼼짝도 않고서 그녀는 온몸의 근육에 힘을 주고 움직일 준비를 했다. 머리 아래쪽, 베개 아래에 칼집에 넣은 단도가 있었다. 상대가 눈치채지 못하게 그걸 잡을 방법이 없었다. 하지만 움직이기 시작하고 0.5초 내에 뽑을 수 있을 것 같았다.

마지막 한 걸음. 이제 켈시의 바로 옆에 있었다. 그녀는 빠르게 일어나서 소리 쪽으로 몸을 돌렸다가 무언가에 쿵 부딪쳐 공격자 위로 쓰러졌다. 잠깐 동안은 아래 있는 검은 형체밖에 보이지 않았고, 곧 뒤로 쓰러질 때처럼 그 형체가 쥐새끼 같은 낮은 소리를 냈다. 켈시는 칼집에서 단도를 뽑아 상대의 위로 올라가서 목을 찾으려고 했다. 그러다가 공포에 질려 움찔 물러났다.

그것에게는 얼굴이 없었다.

하지만 잠시 후 켈시는 그게 얼마나 말도 안 되는 생각인지 깨달았다. 햇

불빛에, 그녀의 과도한 상상력에 속은 것이다. 이 사람은 괴물이 아니라 긴 검은 드레스에 얼굴 전체를 덮는 레이스 베일을 쓴 여자일 뿐이었다. 여자는 뒤로 물러나려고 했지만 켈시가 위에 올라타서 꼼짝도 못 하게 만들었다.

"레이디 칠턴이겠군."

그녀가 손으로 베일을 더듬으면서 숨을 몰아쉬었다.

"집 안 여기저기로 나를 따라다니며 뭘 하고 싶었던 거지?"

베일 가장자리를 찾아 그녀가 홱 당기자 레이스가 찢어지며 여자의 얼굴이 빛 속에 드러났다. 하지만 이번에는 켈시가 최대한 빠르게 뒤로 물러날 차례였다. 목에서 거칠게 숨이 흘러나왔다.

베일 아래의 얼굴은 그녀의 어머니였다.

12장

집주인

지옥? 지옥이란 잘 속는 사람들을 위한 동화지요. 우리가 스스로에게 가하는 것보다 더 끔찍한 벌이 어디 있겠습니까? 우리는 이 삶에서 너무도 끔찍하게 타버려서 남는 게 없을 겁니다.

—《타일러 신부의 설교집》, 아배스 서고에서

"그건 메이스의 생각이었어."

여자는 그게 모든 걸 설명해준다는 듯이 말했다.

그들은 방의 텅 빈 벽난로를 쳐다보는, 등이 높은 안락의자에 각각 앉아 있었다. 추웠지만 켈시는 붉은 여왕의 미신을 진심으로 받아들여서 불을 피우기를 거부했다. 로 핀의 장기적인 게임이 뭔지는 아직 모르겠지만, 그가 정말로 자유의 몸이라면 이제 그에게 켈시는 위협일 뿐이었다.

횃불 빛은 굉장히 희미했으나 켈시는 어머니를 쳐다보지 않을 수가 없었다. 그녀의 외모에서 뭔가 흠을, 이 모든 것이 속임수라는 걸 알려주는 것을 찾을 수 있기를 바랐다. 하지만 그런 안심되는 것은 전혀 찾을 수 없었다. 앞의 여자는 켈시가 왕궁에서 본 초상화보다 나이가 들어서 입과 눈가에 섬세한 주름이 있었다. 애도를 의미하는 검은 드레스와 베일 때문에 더 나이 들어 보였다. 하지만 그녀는 확실하게 엘리사 랠리였다.

"뭐가 메이스의 생각이었다고요?"

"뭐긴, 날 빼낸 거 말이야. 정말 많은 사람들이 나를 죽이려고 했거든. 짜릿할 정도였어."

엘리사가 방울 굴러가는 것 같은 소리로 웃었다. 켈시는 거의 절망적으로 문을 쳐다보았다. 엘스턴에게 당장 메이스를 데려오라고 시켰지만 문을 닫아놓은 상태로 이야기해서 이제는 엘스턴이 그녀의 말을 착각하진 않았을까 걱정스러웠다. 메이스가 여기 오면 목을 졸라버리고 싶은 충동이 들었다. 켈시가 뭔가 비밀로 했을 때 메이스는 온갖 죄책감을 불어넣었는데, 그는 손안에 이렇게 큰 비밀을 쥐고 있었다!

"캐롤과 메이스는 내 근위병들 중 최고였어. 너도 알다시피 제일 영리했지—"

엘리사는 말을 멈추었다. 인형 같은 입가가 아래로 내려갔다.

"캐롤이 죽었다고 메이스가 그러던데."

"네."

켈시는 자동적으로 대답했지만 잠시 후 그의 시체 역시 보지 못했다는 걸 깨달았다. 그 역시 어딘가에 아직 살아 있는 게 아닐까? 바티와 칼린은? 지금부터 무언가에 관한 메이스의 말을 어떻게 믿지? 수년 동안 켈시는 바로 앞에 앉아 있는 여자에게서 대단히 많은 것을 원했었다. 사랑, 인정, 지지, 그리고 나중에는 그녀의 얼굴에 대고 고함을 지를 기회를 원했다. 하지만 그 순간이 지금 여기에 왔으나 켈시는 이 방에 있고 싶지 않다는 것 말고는 자신이 뭘 원하는지 전혀 알 수가 없었다. 그녀는 어머니를 미워하는 데 익숙해졌고, 그게 마음이 편했다. 지금 와서 그 상태를 뒤흔들고 싶지 않았다.

"두 사람 다 그 생각을 했지만, 나를 왕궁에서 몰래 빼낸 건 메이스였어. 그가 아는 그 모든 비밀 장소를 통해서 말이지. 그가 날 여기로 데려왔단다."

엘리사는 다시 인상을 찡그리고 말을 이었다.

"수도에서 너무 멀어서 사는 게 좀 지루하긴 해. 메이스가 가능할 때마다 방문하고, 내 일이 있긴 하지만—"

"무슨 일요?"

켈시가 날카롭게 물었다.

"드레스."

엘리사가 자랑스럽게 말했다.

"난 티어에서 가장 인기가 좋은 디자이너 중 한 명이야. 하지만 여기서 일해야 하니까 다른 사람을 보내서 치수를 재고 지시를 받아 오지. 난 아무 데도 갈 수가 없어."

그녀의 입술이 부루퉁해졌다.

켈시는 인상을 찌푸렸다. 냉혹한 말이 입가까지 올라왔지만 꾹 참았다. 이 여자에게 모든 의견을 노골적으로 말하고 싶지만, 우선은 이야기를 전부 다 들어야 했다.

"하지만 널 봐서 정말로 기뻐!"

엘리사가 그렇게 외치며 켈시의 팔에 손을 얹었다. 켈시는 긴장했지만 엘리사는 그녀의 얼굴을 연신 쳐다보며 관찰하느라 바빠서 눈치채지 못한 것 같았다.

"그리고 정말로 예쁘구나!"

켈시는 한 대 맞은 것처럼 움찔했다. 창가에 서서 바깥을 바라보며 어머니가 오기를 기다렸던 오두막에서의 그 세월…… 그녀는 어머니가 현명하고 상냥하고 선량할 거라고, 칼린은 칭찬해주지 않았지만 그녀가 배운 모든 것들, 그녀가 한 모든 일들에 대해서 켈시를 칭찬해줄 거라고 믿어 의심치 않았었다. 설령 켈시가 예쁘다고 해도 그건 그녀가 기다리던 칭찬이 아니었다. 어린 시절부터 그녀는 이미 그게 얼마나 무의미한지 알았기 때문이다. 잠깐 동안 그녀는 엘리사에게 이 아름다움은 자신의 것이 아니라고 말할까 고민했지만 결국에 말을 삼켰다.

"시체가 있는 줄 알았는데요. 돌아가셨을 때 시체가 나오지 않았던가요?"

그녀가 갈라진 목소리로 물었다.

"그랬지요."

메이스가 뒤에서 대답하는 바람에 켈시는 펄쩍 뛰었다. 그는 그들이 이야기하는 동안 소리 없이 방으로 들어왔고, 이제 그의 커다란 몸이 그림자 밖으로 나와서 엘리사의 어깨에 한 손을 얹었다.

"여기로 어떻게 들어오셨습니까?"

그가 물었다.

"이 집은 비밀 통로로 가득해. 자기한테 배운 기술이야."

"시체. 시체가 있었다고 했잖아요."

켈시가 물었다.

"침대에 누워 목이 잘린 채 발견된 여왕의 시신이었죠."

메이스가 말했다.

"어떻게 된 거죠?"

켈시의 물음에 메이스는 그저 한참 동안 그녀를 쳐다보기만 했다.

"아, 라자러스, 설마. 대역이었어요?"

"다른 근위병들까지 속일 수 있을 정도로 완벽한 대역이었죠."

"어디서 찾았죠?"

"캐롤이 발견했습니다. 거트에서 장사를 하고 있었죠."

켈시는 낯선 사람을 보는 것처럼 그를 빤히 보았다.

"사실 굉장히 영리한 행동이었어. 그 일에 대해 생각을 해보고서 나랑 꼭 닮은 사람을 찾아온 거야. 그 여자가 그저 창녀였다고는 해도, 죽어야 했다니 안타까운 일이지."

엘리사가 끼어들었다. 켈시는 주먹을 움켜쥐었으나 꾹 참았다. 맞은편 안락의자에 있는 존재는 그럴 만한 가치가 없었다. 하지만 메이스는…….

"그대가 이런 건가요, 라자러스?"

"저는 여왕의 근위대입니다, 레이디. 제 첫 번째 임무는 여왕 폐하를 보호하는 겁니다."

그녀는 그를 노려보았다. 그의 말이 그녀의 안에 거대한 만(灣)을 만든 것 같았기 때문이다. 처음으로 그녀는 그 말에 좋은 것과 끔찍한 것이라는 두 가지 측면이 있다는 것을 깨달았다. 메이스 역시 켈시처럼 해야 하는 임무가 있었다. 가끔 그녀는 무너지는 나라를 되살리기 위해서 뭐든 할 거라고 생각하지만, 그래도 그렇게까지는 떨어지지 않겠다고 생각하는 최저 기준은 있었다……. 그런가?

"매일같이 새로운 암살 시도가 있었습니다, 레이디. 일부는 놀랄 만큼 영리한 방법이었죠. 아마 디메인에서 보낸 거였을 겁니다. 캐롤과 저는 조만간 누군가가 저희를 뚫고 들어올 거라는 걸 알았습니다. 가만히 앉아서 그런 일이 생기게 둘 수는 없었습니다."

"그래서 이게 그대의 해결책이었어요?"

"네. 그러지 않으면 여왕 폐하께서 사망하시게 놔두는 것뿐이었습니다."

"그대가 남겨둔 나라는 어쩌고요? 수많은 사람들 중에서 하필이면 내 삼촌에게 말이에요. 그건 어쩌고요?"

"여왕의 안전이 최우선입니다, 레이디. 나머지는 부차적인 것들입니다."

메이스가 냉혹하게 대답했다.

"날 위한 대역도 찾아놨어요?"

"아뇨, 레이디. 허락하지 않으실 걸 아니까요."

"맞아요, 빌어먹을. 그런 건 허락하지 않을 거예요! 그대는 우리가 도덕적으로 어떤 말도 안 되는 기준을 갖고 있다고 생각하는지 모르겠지만—"

그녀가 쏘아붙이자 메이스가 말했다.

"레이디께서는 지금의 저를 아십니다만, 20년 전의 저는 모르시지요. 저는 그때 크레슈에서 나온 지 얼마 되지 않은 전혀 다른 사람이었습니다."

"맞아, 그랬어!"

엘리사가 끼어들어 켈시가 손을 빼내기 전에 토닥거렸다.

"소리를 지르고 싸움을 하고 자기 뜻대로 안 되면 구석에 토라져 있었지. 캐롤은 그를 반쯤 야생이라고 말하곤 했어. 그게 틀린 말이 아니었다니까."

켈시는 속이 울렁거리는 기분으로 의자 팔걸이에서 손을 치웠다. 나이 차이에도 어머니는 켈시 자신보다 훨씬 어린 것 같았다. 거의 어린애 같았다……. 하지만 그런 식으로 빠져나가게 둘 수는 없었다. 어린애든 아니든 어머니에게는 대답해야 하는 것들이 있었다.

"왜 절 다른 사람에게 주신 거죠?"

"나한텐 선택권이 없었어. 넌 위험했어."

엘리사의 눈이 은밀하게 메이스 쪽으로 힐끗 갔다가 다시 돌아왔다.

"거짓말이잖아요."

"왜 과거에 관해서 이야기하고 싶어 하는 거니? 과거는 굉장히 흉해!"

어머니가 애원조로 말했다.

"흉하단 말이죠."

켈시가 중얼거렸다. 메이스도 그녀에게 애원하는 시선을 던졌지만, 그녀는 혐오감 속에 무시했다. 정말로 지금도 이 여자를 위해서 끼어들려고 하는 건가?

"라자러스, 우리 둘만 있겠어요."

"레이디—"

"문 닫고 바깥에서 기다려요."

그는 괴로운 눈으로 한참 그녀를 바라보다가 결국 나갔다.

켈시는 어머니를 돌아보았다. 불쾌감의 일부가 마침내 엘리사에게도 전해졌는지 그녀는 의자에서 꼼지락거리며 켈시의 눈을 마주 보지 못했다.

"그들 모두에게 선적에 관한 걸 저에게 알리지 말라고 약속시키셨죠."

"그래."

"왜죠? 그렇게 해서 대체 뭘 하려고 하셨던 건가요?"

켈시의 목소리가 분노로 높아졌다.

"내가 그걸 고칠 수 있을 거라고 생각했어."

어머니가 조용하게 말했다.

"그건 일시적인 해결책이고, 조만간, 네가 집으로 오기 전에 다른 걸 생각해낼 수 있을 줄 알았어. 메이스는 정말로 영리하고, 내 생각에는 그와 소른이 분명히—"

"소른이 선적 문제를 해결해요? 도대체 그게 무슨 개 같은 소리예요?"

"네가 욕하지 않았으면 좋겠다. 그건 너무 흉해."

또 그 단어다. 어머니가 일부러 켈시를 화나게 만들려 했다 해도 이보다 더 나은 단어를 고를 수는 없었을 것이다. 아름답지 않으면 뭐가 됐든 무슨 쓸모가 있을까? 어머니의 정신은 켈시에게 얼어붙은 연못처럼 느껴졌다. 생각이 그 위를 스쳐 갈 수는 있지만, 어떤 것도 뚫고 들어갈 수는 없는 것이다. 켈시는 책임을 원했다. 어머니가 이기적인 행동, 형편없는 결정, 범죄에 대해 답을 하길 바랐다. 하지만 이런 얼어붙은 쓰레기에게 어떻게 책임을 지라고 하겠는가?

"네가 알 필요가 없기를 바랐어. 그리고 그게 그렇게 나쁜 일도 아니었 잖니! 우린 17년이나 평화를 지켰어!"

어머니가 말했다.

"평화를 지킨 게 아니에요."

켈시의 성질이 드디어 솟아오르기 시작했다. 그녀의 성질은 모습을 드러 낼 기회만 기다리며 지금껏 정신의 가장자리를 슬슬 돌아다니고 있었다.

"당신이 지켜야 하는 사람들을 팔아서 평화를 산 거죠."

"그들은 가난한 사람들이었어! 이 나라는 어차피 그들을 먹여 살릴 수 없었고! 최소한 모트메인에서는 잘 먹고 보살핌을 받게 되었을 거야. 소른 이 그렇게 말했고―"

엘리사가 화를 내며 말했다.

"그럼요. 아렌 소른의 말을 의심할 이유가 전혀 없었겠죠. 안 그래요?"

어머니의 얼굴을 한 대 때리고 싶은 충동이 너무 강해서 켈시는 충동이 가라앉을 때까지 허벅지 아래 손을 끼우고 있어야 했다.

이 사람이 내 어머니야, 그녀는 생각했다. 그 생각조차 참을 수가 없었 다. 그녀가 칼린의 딸이기를, 다른 사람의 딸이기를 얼마나 바랐던가. 이 여자는 지금 그녀의 절반을 물려주었다……. 하지만 겨우 절반뿐이었다. 켈시는 그 생각을 생명줄처럼 잡고서 갑자기 분노를 잊고 몸을 앞으로 기 울였다.

"누가 내 아버지죠?"

엘리사가 다시금 긴장한 표정으로 시선을 내렸다.

"그건 더 이상 상관없는 일이야."

"근위대 전체랑 잤다는 거 알고 있어요. 그런 데에는 신경 안 써요. 하지 만 이름을 원해요."

"내가 모를 수도 있잖니."

"알잖아요. 라자러스도 알고요."

"그가 말하지 않았어? 내 충성스러운 근위병."

엘리사가 미소를 지었다. 켈시는 인상을 찌푸렸다.

"라자러스는 누구 것도 아니에요."

"한때는 내 거였어. 내가 그를 버렸지."

엘리사의 눈이 다시 먼 곳을 향했다.

"그런 이야기는 듣고 싶지 않아요."

"왜 우리가 과거 이야기를 하는 거니? 그건 오래전에 끝났어. 붉은 여왕이 마침내 죽었다면서. 정말이지?"

엘리사가 물었다. 켈시는 눈을 감았다가 다시 떴다.

"이야기를 돌리려고 하지 마세요. 아버지요. 이름을 원해요."

"그건 상관없는 일이야! 그는 죽었어!"

"그러면 말 못 할 이유도 없잖아요."

엘리사의 눈이 다시금 옆으로 움직였다. 갑자기 켈시의 머릿속에 끔찍한 의심이 떠올랐다. 누가 그녀의 아버지일까 온갖 고민을 하면서도 한 가지 가능성은 생각해보지 않았다. 그럴 수가 없었기 때문이다. 그랬다면 메이스가 그녀에게 말했을 것이다.

아니, 그랬을 리 없지. 그는 철저하게 뼛속까지 여왕의 근위대니까. 그녀의 머리가 거의 잘난 척하는 어조로 말했다.

"내 근위병이었어. 난 그와 겨우 몇 주만 같이했을 뿐이었어. 중요하지 않다고!"

"이름요."

"그가 우리에게 왔을 때 너무 슬퍼하고 있었어!"

엘리사는 이제 횡설수설 떠드느라 말이 한꺼번에 우르르 흘러나왔다.

"그는 시골 지역 출신이었지만 훌륭한 검사였어. 캐롤은 그를 근위대에 들이고 싶어 했고 난 그의 기분이 나아지게 만들어주고 싶었을 뿐이야. 딱히—"

"누구냐고요?"

"먼. 네가 그를 만나봤는지 모르겠지만—"

"만나봤어요."

켈시의 목소리는 무덤덤하고 이상하리만큼 차분했으나 어머니는 그런 걸 전혀 알아채지 못했다.

"그 사람도 알았어요? 그 사람도 자기가 내 아버지라는 걸 알았나요?"

그녀가 물었다.

"아마 아닐 거야. 그는 물어본 적 없어."

켈시는 안도감을 느꼈으나 아주 조금뿐이었다. 지금 그녀의 정신은 둘로 나뉘어 평행선을 달리고 있었다. 하나는 그럭저럭 작동하고 있었고, 다른 하나는 그녀의 손에 묻은 피와 모르핀으로 눈이 멍하던 먼의 웃는 얼굴만을 떠올리고 있었다.

난 내 아버지를 죽였어.

"캐롤이 근위대에 먼을 데려왔어. 그는 모트군에 아내와 딸을 잃었고, 맙소사, 완전 엉망이었어!"

엘리사는 이제야 시선을 들었고 켈시는 그녀의 눈에서 드물게 우울한 솔직함을 읽을 수 있었다.

"난 망가진 사람에게 저항하지 못하거든."

켈시는 고개를 끄덕이며 간신히 노력해서 상냥한 미소를 지었다.

"그건 내 약점은 아니지만—"

난 내 아버지를 죽였어.

"—그런 게 있다고 책에서 읽은 적이 있어요. 계속 말씀하세요."

"메이스가 알아내고는 격분했어. 그는 그럴 권리가 없는데 말이지. 그 무렵에 우린 끝난 지 한참 됐었거든. 가끔은 그가 날 벌주기 위해서 너를 데려갔던 게 아닐까 생각하곤—"

"라자러스가 날 데려갔어요?"

"그와 캐롤이. 나도 모르게 그런 짓을 했다니까!"

엘리사의 입술이 살짝 부루퉁해졌다.

"난 절대로 너를 다른 곳으로 보내지 않았을 거야."

켈시는 의자에 몸을 기대고 무자비하게 먼 기억을 뒤로 밀어냈다. 마침내 왕궁 잔디밭의 그날부터 그녀를 괴롭혔던 의문에 대한 답이 나왔다. 이렇게 이기적인 여자가 왜 자식을 안전하게 지키기 위해서 멀리 보냈을까? 켈시는 온갖 이유를 떠올려보았지만 그중 가장 간단한 것을 빠뜨리고 있었던 것이다. 어머니가 그녀를 다른 곳으로 보낸 게 아니었다는 것. 다른 사람들이 그녀 대신 결정을 내렸던 것이다.

하지만 왜?

"처음에는 네가 엄청 보고 싶었어."

엘리사는 다른 사람에게 있었던 일을 설명하는 것처럼 생각에 잠긴 어조로 말했다.

"넌 정말 귀여운 아기였고, 아— 나한테 짓던 미소가 얼마나 예뻤는지! 하지만 돌이켜보니 그건 훌륭한 선택이었어. 안 그랬으면 우린 너한테도 대역을 찾아줘야 했을 거야!"

그녀가 키득키득 웃었고, 그 소리에 마침내 켈시의 안에서 뭔가가 터졌다. 그녀는 의자에서 벌떡 일어나 웃고 있는 여자를 붙잡았다. 의자가 뒤로 쓰러졌다. 그녀가 어머니를 흔들기 시작했지만, 그걸로는 부족했다. 그 여자를 찰싹찰싹 때리고 실패를 인정하고 어떻게든 고치라고 다그치고 싶었다.

"레이디."

메이스의 목소리에 켈시는 잠시 멈췄다. 그가 어느새 다시 방으로 들어와서 이제는 몇 미터 떨어진 곳에 서서 그녀를 막으려는 듯이 양손을 들고 있었다.

"뭐죠, 라자러스?"

그녀의 손은 어머니의 목에서 겨우 몇 센티미터 떨어진 곳에 있었고 그녀는 정말로, 정말로 그러고 싶었다······. 어머니가 진짜 악은 아니지만, 딱히 소른이나 간수, 심지어는 젊은 로 핀보다 더 끔찍한 사람은 아니지만, 그래도 어쨌든 정말이지 목을 졸라버리고 싶었다······.

"그러지 마십시오, 레이디."

"그대가 날 막을 순 없어요."

"그럴지도 모릅니다만, 그래도 노력은 해야지요. 그리고 그녀는······."

메이스가 깊게 숨을 들이켜고 말을 이었다.

"그녀는 그럴 가치가 없습니다."

켈시는 의자 안으로 움츠러든 채 커다랗고 놀란 눈으로 자신을 올려다보고 있는 어머니를 내려다보았다. 아니, 놀란 것보다 더 나빴다. 자신이 뭘 잘못했는지 전혀 모르겠다는 듯이 당황한 눈빛이었다. 켈시는 훨씬 젊었던 엘리사가 매달 자신의 창문 아래로 선적물들이 지나가고 암살 시도가 시작되었을 때에도 이런 표정이었을까, 왜 세상 모두가 자신을 사랑하지 않는 건지 이해가 안 갔던 걸까 궁금했다······.

"그러지 마십시오, 레이디."

메이스가 애원하는 어조로 다시 말했고 켈시는 그가 옳다는 걸 깨달았다. 하지만 그가 생각하는 이유 때문은 아니었다. 켈시가 여기서 뭘 하든, 그녀가 원하는 것은 얻지 못할 것이다. 그녀는 복수를 하고 싶었지만 그녀의 분노를 풀어놓고 싶은 상대는 이 여자가 아니었다. 이 여자―어린애는 자신의 실수가 얼마나 엄청난 것인지 이해하지 못할 것이다. 설명하지도 못할 거고, 책임지지도 못할 것이다. 어떤 카타르시스도 없을 것이다.

내가 미워할 사람이 아무도 없어.

책에서라면 그런 생각에 해방감이 느껴지고 켈시의 가슴 깊은 곳에 있던 무언가가 치유될 것이다. 하지만 현실에서는 그녀가 상상할 수 있는 가장 외로운 생각이었다. 팔에서 모든 힘이 빠져서 그녀는 물러섰다.

"자, 그럼 다 정리됐네. 과거 문제는 다 끝난 거지?"

엘리사가 다시 밝아진 얼굴로 물었다.

"다 끝났어요."

켈시가 대답했지만 자신의 귀에도 목소리가 섬뜩하게 들렸다. 절대로 과거의 문제를 다 끝낼 수 없겠지만, 어머니는 이해하지 못할 것이다. 엘리사가 의자에서 일어서서 팔을 벌렸고, 켈시는 어머니가 자신을 껴안으려 한다는 걸 깨닫고서 공포에 질렸다. 그녀가 뒤로 물러나다가 울퉁불퉁한 돌바닥에 비틀거렸다.

"왜 그러는 거니?"

어머니는 다시 당황한 어조로, 심지어는 약간 상처받은 어조로 말했다.

"더 이상 비밀이 없잖니. 이제 드디어 서로를 알 수 있어."

"싫어요."

"뭐? 왜?"

엘리사가 그녀를 바라보았다. 입가에 다시 부루퉁한 표정이 살짝 돌아왔다.

"넌 내 딸이야. 내가 완벽한 엄마는 아니겠지만, 넌 이제 다 컸잖니. 과거는 흘려보낼 수 있을 거야."

"아뇨, 그럴 수 없어요."

켈시는 말을 멈추고서 신중하게 단어를 골랐다. 다시는 이 여자와 이야기를 나눌 생각이 없기 때문이었다.

"당신은 이기적이고 무심하고 멍청한 여자예요. 다른 사람들의 운명을 당신이 좌우하게 만들지 말았어야 했어요. 난 바티와 칼린 밑에서 자라서, 당신을 알지 못해서 더 나은 사람이 됐어요. 난 당신 삶의 일부가 조금도 되고 싶지 않아요."

어머니가 입을 딱 벌렸다. 반박을 하려고 했지만 켈시는 돌아섰다. 엘리사가 따라오려 하자 메이스가 앞을 가로막았다.

"문은 어디 있습니까?"

그가 물었다.

"무슨 문?"

"당신의 문요. 여기에 어떻게 들어왔습니까?"

메이스가 인내심을 갖고서 말했다.

"여기 있어."

엘리사가 벽을 두드리자 문이 열리면서 돌벽에 검은 직사각형 공간이 나타났다. 또 다른 비밀 통로였다. 이 나라에 있는 건물들은 겉모습 그대로인 게 하나도 없나?

"가십시오."

"하지만 저 애가 이해를 못 하잖아! 저 애는—"

"여왕 폐하께서 말씀하셨습니다."

엘리사가 분개해서 입을 벌렸다.

"내가 여왕이야!"

"아뇨. 당신은 오래전에 왕관을 안전과 바꾸었습니다."

"하지만—"

"가실 겁니까, 아니면 제가 모시고 갈까요?"

"자긴 예전에 내 최고의 근위병이었어, 메이스! 어떻게 된 거야?"

어머니는 금방이라도 울음을 터뜨릴 것 같은 말투였다. 메이스의 턱에 힘이 들어갔다. 말없이 그는 그녀를 통로로 밀어 넣은 다음 문을 닫았다. 한참 동안 반대편에서 문을 두드리는 소리가 들리다가 마침내 조용해졌다.

"근위대도 아나요? 나머지 사람들도?"

켈시가 메이스에게 물었다.

"캐롤만 압니다. 그는 항상 다른 사람들은 하지 않을 일을 저에게 시켰죠. 종종 그래서 저를 뽑은 거였다고 생각합니다."

"그녀는 언제든 돌아올 수 있었어요. 그냥 복도를 따라와서는 근위병들에게 자기 얼굴만 보여주면 되는 거잖아요."

"그러지 않을 겁니다."

"왜요?"

"제가 그렇게 하면 죽여버리겠다고 했으니까요."

"진심이었나요?"

"모르겠습니다."

켈시는 침대에 앉았다. 드러누워 도로 잠들어 이 모든 일을 잊고 싶었다. 하지만 그녀와 메이스가 지금 이 대화를 하지 않으면 앞으로 결코 못 할 거라는 느낌이 들었다. 켈시는 용기를 잃을 거고 그들은 편안하고 가끔은 신랄한 우정으로, 둘 다 깨뜨리고 싶지 않은 잔잔한 연못으로 되돌아갈 것이다.

"난 내 아버지를 죽였어요. 몰랐었지만, 어쨌든 그런 거예요."

그녀가 메이스에게 말했다.

"네, 레이디."

"왜 나한테 말하지 않았죠?"

"레이디께서 먼의 비참한 상태를 끝내주지 않으셨다면 저희가 했을 테니까요. 그게 올바른 일이었습니다. 그는 망가졌고, 당시에는 레이디께서 그가 누군지 아실 일이 없을 것 같았습니다. 저희들 누구도 그 이후로는 레이디게 말하지 않았을 거고요."

"나한테 말했어야죠."

"뭘 위해서요?"

켈시는 대답할 수가 없었다. 그녀는 수많은 사람들을 죽였다. 이게 그렇게 다를까? 그리고 핏줄이 뭐가 그렇게 중요한데? 그녀는 방금 자신을 낳아준 여자와 연을 끊었고, 그건 올바른 결정이었다. 그 상황이 벌어지는 동안 많은 감정을 느꼈고 후회하는 부분도 있었지만, 다른 결정을 내릴 만큼 크게 후회하는 건 아니었다. 핏줄은 엘리사를 더 나은 어머니로 만들지도 못했고, 먼을 아버지로 만들지도 못했다. 그는 등 뒤에서 그녀를 찔렀다. 켈시는 친부모보다 바티와 칼린이, 심지어는 메이스가 더 가깝게 느껴졌다.

"내가 강해지고 싶은 만큼만 강해질 수 있어."

그녀가 중얼거렸다. 예전에 누군가가 그 말을 해주었다. 메이스였나? 붉은 여왕이었나? 기억나지 않았다. 짐승은 혈육에게 신경을 쓰지만 인간은 그보다 더 진화했어야 했다.

출생 환경이 아무 상관 없는 곳을. 사방에 친절과 인류애가 흐르는 곳을.

그 목소리는 누구 것인지 알았다. 윌리엄 티어가 릴리 인생 최악의 밤에 그녀에게 했던 말이었다. 그게 사실이라면, 그게 티어의 시험이라면 켈시의 부모는 둘 다 실패한 거였다.

"이제부터 어떻게 해야 할까요, 라자러스? 내가 그녀처럼 상황이 계속 악화될 동안 이 황무지 한가운데에 숨어서 유배 생활을 해야 할까요?"

그녀가 물었다.

"모르겠습니다, 레이디. 여기 오래 머물 수는 없습니다만, 어디로 가야 할지 모르겠습니다. 뉴런던은 교황과 모트군의 손안에 있습니다만, 아래층에는 겨우 병사 75명뿐입니다. 돌아가는 건 자살 행위입니다."

켈시는 고개를 끄덕였다. 그녀는 사자의 입으로 돌진하는 데에 익숙했다. 사실 무모한 행동이 그녀의 통치 기반이었다. 설령 그런 짓을 해봐야 자살 행위인 경우조차도 그랬다. 하지만 왕국이 불타는 동안 안전을 지키겠다고 그냥 여기 앉아 있는 것도 똑같이 무모한 행동으로 여겨졌다. 이건 어머니 방식이었다.

"우린 여기까지 왔어요, 라자러스. 정말로 실패하자고 여기까지 온 걸까요?"

"가끔은 그렇게 결말이 나는 경우도 있지요, 레이디."

하지만 켈시는 그런 것을 믿지 않았다. 줄거리를 신중하게 짜고 모든 행동이 무언가 의미를 지니고 있어야 하는 소설책을 평생토록 읽었기 때문일 수도 있었다. 지금 와서 실패하기에는 그들은 함께 너무 많은 것들과 싸웠다. 그녀는 보지 못한다 해도 뭔가 선택지가 있어야 했다. 그녀의 초조한 정신이 과거를, 그녀가 겪어야만 했던 것들을 통해서 티어의 겹겹이 쌓인 역사를 살폈다. 조너선 티어의 죽음이, 그 끔찍한 비극이 빠르게 다가오고 있었다……. 그걸 피할 수 있었을까? 그리고 그렇게 하면 정말 티어를 구할 수 있었을까? 케이티가 로 핀을 죽일 수도 있었을 테지만, 타운의 문제는 단 한 사람의 잘못보다 훨씬 깊었고 장래의 독재자를 죽여봐야 텅 빈 왕좌만 남을 뿐이었다. 켈시는 과거의 어딘가에 해결책이 있다고 직감했지만 아직은 명확하게 떠오르지 않았다.

조너선 티어가 어떻게 죽었지?

케이티는 아직 거기까지 보여주지 않았으나 그녀는 더 이상 케이티의 기억이 펼쳐지기만 기다릴 수가 없었다. 그녀는 여전히 걱정스러운 눈으로 자신을 바라보는 메이스를 쳐다보았다.

"페치는 어디 있죠?"

그들은 2층 발코니에 홀과 병사들 몇 명과 함께 나가 있는 그를 찾았다. 해가 막 동쪽 지평선에서 떠오르기 시작했지만 아침 공기는 건조하고 차가웠다. 겨울이 정말로 왔다. 레이디 칠턴의 집은, 아니 우리 엄마지, 켈시는 그렇게 생각했다. 관목이 주위에 우거져 있어서 어둑어둑한 아침에 관목 사이사이에서 얼음 조각들이 반짝거렸다.

켈시와 근위병들이 발코니로 나오자 홀과 블레이저가 절을 했다. 그녀는 두 사람을 만나서 반가웠으나 홀이 끔찍하게도 사과 비슷한 것을 하려고 하자 단박에 잘랐다. 집을 가로지르는 동안 그들은 입구가 내다보이는 화랑을 지나왔다. 현관의 넓은 돌바닥에서는 백 명이 좀 안 되는 병사들이 자고 있었다. 이들이 홀의 남은 병사 전부였다. 그가 그녀에게 사과한다는 생각만으로도 참을 수가 없었다.

페치와 동료 네 명도 발코니에 서서 모두가 망원경을 들고 동쪽을 바라보고 있었다. 잠깐 동안 켈시는 그들의 모습에 꼼짝할 수가 없었다. 하월, 모건, 앨레인, 리어, 개빈. 타운의 다섯 소년이 이제 어른이 되었고 저주받은 채 여기 있었다.

켈시가 근위대를 돌아보았다.

"잠시 우리만 있게 해줘요."

"그럴 순 없습니다!"

엘스턴이 날카롭게 말했다.

"이런 맙소사, 엘, 내가 근위대 모두와 이런 일을 거쳐야 하는 건가요?"

"엘스턴, 이리 와."

메이스가 조용히 말했다.

엘스턴은 페치를 죽일 듯이 노려보았지만 결국 메이스를 따라 유리를 끼운 문을 지나 발코니에서 나갔다. 펜과 다이어도 그들과 함께였다. 펜은 전혀 거부감을 드러내지 않았고 켈시는 약간 가슴이 아팠지만 그 감정을 삼켰다. 펜의 무관심을 견디고 사는 법을 배울 것이다. 지금은 더 중요한 문제들이 있었다. 페치의 신호에 나머지 네 명도 따라 나갔다. 모건은 지나가며 켈시에게 상상 속의 모자를 기울이는 시늉을 했다.

문이 닫히자 그녀는 페치 쪽으로 돌아섰다. 오랫동안 그를 보지 못한 것 같았다. 그는 여전히 잘생겼지만 그래도 그에 대한 끌림이 거의 사라졌다는 사실을 깨닫고 깜짝 놀랐다. 그녀가 지금 성인 남자를 보고 있을지 몰라도, 오만하고 부주의해서 로 핀의 손쉬운 먹잇감이었던 소년 개빈을 떠올리지 않을 수가 없었다. 예전의 그 멍청한 아이를 보고 나자 성인인 그에 대한 매력이 감소했고, 그 사실에 대해 제일 먼저 실망감을 느끼긴 했지만 금세 안도감이 뒤따랐다.

"좋아 보이는군, 티어의 여왕님. 감옥에 있던 것치고는 아주 좋아 보여."

그가 말했다.

"난 건강해요."

"모트의 여왕은 어떻게 됐지?"

"내가 죽였어요."

페치는 재미있다는 듯한 소리를 냈다.

"내 말을 믿지 않는군요."

"믿어. 나 자신을 비웃고 있는 거야."

"왜죠?"

"한때는 그게 네가 여기 있는 이유라고 생각했거든. 모트의 여왕을 완전히 없애주기 위해서. 이제 네가 그 일을 해냈지만 우리는 이전하고 달라진게 없지. 티어는 여전히 실패했어."

"그 실패에 당신도 한몫했죠, 개빈."

그의 숨이 잠깐 멎었지만 잠시 후에 그가 말했다.

"네가 결국에 내 정체를 알아낼 줄 알았어. 로도 그걸 알더군."

"그는 뭘 원하는 거죠?"

"그가 항상 원하던 거. 왕관."

"무슨 왕관요?"

"티어 왕관. 로가 은과 사파이어로 만들었어. 하지만 평범한 장식품이 아니야. 로는 그게 과거를 고칠 수 있게 해준다고 하더군."

"과거를 고친다고요? 어떻게요?"

켈시는 이제 완전히 잠이 깼다. 그녀도 몇 달이나 과거를 고칠 방법을 고민하지 않았던가.

"모르지. 그는 항상 무언가를 빼앗겼다고, 운이 자신에게서 뭔가를 훔쳐 갔다고 생각했어. 그는 그냥 세라 핀의 아들이기에는 너무 똑똑했지."

"이 왕관은 어디 있는데요?"

"뉴런던 어딘가에. 내가 몇 달이나 그걸 찾았지만, 소득이 없었지. 사제가 도망칠 때 아배스에서 훔쳐 갔어—"

"타일러 신부님이요?"

"그래, 하지만 그 사람을 찾을 수가 없어. 크레슈까지는 추적했는데, 그 뒤로 자취가 끊겼어."

켈시는 고개를 끄덕였지만 나이 든 신부가 그 아래 있다는 생각에 가슴이 에였다. 메이스가 그를 찾을 수도 있겠지만 메이스에게 그 지옥으로 되돌아가라고 시킬 수가 없었다. 그는 어젯밤 저녁 식사 때 크레슈 프로젝트에 대해서 이야기했고, 그가 그녀의 말을 진심으로 받아들여서 기쁘긴 했지만, 그가 왜 그 일에 케이든을 고용한 건지 궁금했다. 이제는 이유를 알겠다. 메이스마저 겁을 먹게 할 정도라면 얼마나 끔찍한 곳일까? 그는 분명히 이 왕관과 마법에 관한 이야기를 비웃을 것이다. 켈시는 그의 목소리에 어린 냉정한 의심이 귀에 들릴 것 같았다. 하지만 *과거를 고쳐, 과거를 고쳐*, 라는 그 세이렌의 노래가 머릿속에서 계속 울렸다. 그녀가 다시 페치 쪽으로 돌아섰다.

"당신이 조녀선 티어를 죽였어요?"

"아니."

"당신과 로는 친구였잖아요."

그는 그 질문에 놀란 듯 눈을 깜박이다가 대답했다.

"그래, 그랬지. 난 그렇다고 생각했어."

"왜 그가 티어 일가를 그렇게나 싫어했나요?"

"로는 항상 자신이 태어난 게 엄청난 실수라고 말했어."

"그게 무슨 뜻이죠?"

"나도 모르지. 하지만 그는 왕관이 그 실수를 바로잡아줄 거라고 말했어."

페치가 돌아섰다. 목소리가 갈라졌다.

"우리는 적당한 사회를 재건설하고 싶었을 뿐이었어. 크로싱 이전의 사회처럼—"

"무슨 소릴 하고 있는 거예요? 크로싱 이전의 세계는 우리 세계보다 더 끔찍했어요!"

켈시가 쏘아붙였다.

"하지만 우린 그걸 몰랐어!"

페치가 그녀를 돌아보았다. 그의 얼굴은 거의 애원조였다.

"우리한테 얘기해주지 않았단 말이야. 우리는 로가 말한 것밖에 몰랐어. 로가 거기는 열심히 일하는 똑똑한 사람들이 더 나은 삶을 보상받는 더 나은 사회라고 했다고. 더 나은 집, 더 많은 음식, 더 밝은 미래…… 그게 그가 우리에게 내민 거였어."

켈시는 주먹을 꽉 쥐었다. 옛날에 그녀는 이 남자를 사랑하게 되었다고 생각했지만, 지금은 그게 다른 사람의 삶에 있었던 일화처럼 느껴졌다. 소년일 때의 개빈 모습이 모든 것을 가려버렸다. 페치가 지금 이 순간 그녀에게 영원한 사랑을 선언한다면 그녀는 그의 얼굴에 침을 뱉을 것 같았다.

"도대체 왜 전에 나한테 이런 이야기를 해주지 않았던 거죠? 나한테 비밀로 해서 뭘 얻으려고 했던 거예요?"

그녀가 물었다.

"넌 내가 실제로 가진 목적 이상을 꾸미고 있을 거라고 평가하는군, 티어의 여왕님. 답은 훨씬 간단해. 난 부끄러웠어. 네 최악의 순간을 낯선 사람에게 밝히는 게 쉬운 일일 거라고 생각해?"

"아뇨. 하지만 나라면 나라의 이득보다 내 자존심을 앞세우진 않았을 거예요."

그녀는 잠깐 생각한 후 대답했다.

"무슨 이득? 그 모든 일들은 300년 전에 끝났어. 그게 지금 와서 무슨 상관이 있지?"

"과거는 항상 상관이 있어요, 이 멍청이. 마지막으로 다시 묻는데, 누가 조너선 티어를 죽였죠?"

"아, 로가 죽였지."

페치가 지친 어조로 말했다.

"로가 전부 다 죽였어. 도리언과 버지니아, 에번 올컷, 문제가 될 만한 사람들은 전부 다. 심지어는 사서였던 지브 씨도 죽였지만, 그때는 이미 늦었지. 그녀가 이미 대부분의 책들을 감춰버렸으니까."

"그가 혼자서 그 모든 사람들을 다 죽였을 리가 없잖아요."

페치가 굳은 눈으로 그녀를 쳐다보았다.

"날 더 부끄럽게 만들 셈이야, 티어의 여왕님? 내가 멍청이였어. 하지만 지나간 일은 지나간 일이야. 난 과거에 대한 눈물을 이미 다 흘렸어."

"조너선이 죽은 후에는 무슨 일이 있었죠?"

"난 케이티가 도망치는 걸 도왔지. 그게 내가 했던 유일하게 좋은 일이었어. 로는 그녀까지 없앨 생각이었으니까. 하지만 그녀는 임신했다고 말했고, 난 그걸 무시할 수가 없었어. 그건 너무 큰 죄악이니까……."

"그만 좀 해요!"

켈시가 퉁명스럽게 대답했다. 그녀는 항상 죄악이라는 단어에 짜증이 났고, 케이티가 임신하지 않았다면 그가 그녀를 구하려 하지 않았을 거라는 생각에 속이 뒤집혔다.

"아버지는 누구였죠? 조너선이었어요?"

"그녀는 말해주지 않았어."

페치가 몸을 돌렸으나 켈시는 그의 눈에 떠오른 오랜 상처의 빛을 목격했다. 갑자기 그가 예전에 케이티에게 축제에 같이 가자고 한 적이 있었다는 게 떠올랐다. 그는 그녀를 존경했고, 어쩌면 그 이상이었을 것이다. 그녀가 도망치게 도와줄 정도로…… 하지만 조너선을 도울 정도는 아니었지.

"그녀는 사라졌고, 로의 왕관을 가져갔지. 로가 그걸 알아내고서는 펄펄 뛰었고, 난 그가 우리를 전부 다 죽일 거라고 생각했지만 그 무렵에 이미 그는 희미해지기 시작한 상태였어. 케이티는 우리 모두를 저주했지만, 뭔가가 잘못됐다는 걸 우리가 깨닫는 데에는 몇 달이 걸렸지."

"그녀는 당신들을 제대로 벌주지 못했어요."

페치의 얼굴이 분노로 붉어졌고 잠깐 동안 켈시는 그가 그녀를 때릴지도 모른다고 생각했다. 하지만 잠시 후 그의 주먹이 내려갔고 그는 패배한 듯이 발코니 난간에 몸을 기댔다.

"원하는 대로 말해, 티어의 여왕님. 하지만 네가 수 세기를 산다면, 네가 사랑하는 사람들이 전부 죽고 세상이 낯선 사람으로 가득해진다면. 너도 상황을 더 잘 알게 될 거야."

하지만 켈시는 동정심을 느낄 만한 상태가 아니었다. 그녀는 몸을 돌려 뉴런던이 보였으면 하는 덧없는 마음을 품고 발코니 너머의 땅을, 북쪽을 눈을 가늘게 뜨고 보았다. 하지만 어떤 뉴런던? 케이티의 도시, 아니면 그녀의 도시? 둘 다 지금 공격을 받고 있다. 켈시는 갑자기 윌리엄 티어의 실패한 꿈 때문에 날카로운 슬픔을 느꼈다. 그는 더 나은 세상을 위해서 그렇게나 열심히 노력했었다⋯⋯. 릴리, 도리언, 조너선, 배에 탔던 그 모든 사람들이 노력했었다. 그들은 인류의 가장 오래된 꿈을 좇기 위해 싸우고 굶주리고 심지어 죽어갔다. 하지만 티어의 미래상에 결점이 있다는 것을 몰랐다. 너무 쉬웠다. 유토피아는 티어가 상상한 것처럼 깔끔하게 새로 시작하는 것이 아니라 진화해야 하는 거였다. 인류는 그 사회를 만들기 위해서 열심히 노력하고 과거의 잘못을 바로잡기 위해서 끊임없이 성실하게 헌신해야만 했다. 수 세대, 어쩌면 수십 세대가 걸릴 수도 있지만 그래도—

"거기에 도달할 수 있을 거야. 설령 그러지 못해도 계속해서 더 가까워지는 거고."

켈시가 중얼거렸다.

"무슨 말이지, 티어의 여왕님?"

켈시는 고개를 들었다. 그녀의 눈에는 그가 보이지 않았고, 갑자기 뭘 해야 하는지 알 것 같았다. 과거를 바꿀 수 있는지, 윌리엄 티어의 실수를 고칠 수 있는지 어떤지는 몰랐다. 하지만 시도조차 해보지 않는 거야말로 가장 무모한 선택인 것 같았다. 이제 켈시는 자신도 릴리처럼, 다른 사람들처럼 티어의 미래상에 사로잡혔다는 것을 깨달았다. 인류의 가장 오래된 꿈⋯⋯ 그 가능성만으로도 죽음을 불사할 정도였다. 그녀는 셔츠 아래로 손을 넣어 티어의 사파이어를 움켜쥐며 그의 더 나은 세상을 느꼈다. 수백 년 떨어져 있지만 손에 닿을 것처럼 가까웠다. 과거와 현재, 어느 게 더 진짜인지 누가 말할 수 있을까? 몸을 돌려 메이스를 부르기 직전에 켈시는 그게 중요치 않다는 것을 깨달았다.

그녀는 양쪽 모두에 살고 있었다.

두 시간 후, 켈시는 근위병들과 홀, 그의 병사들에게 둘러싸여 말에 올라탔다. 메이스가 그녀의 앞에 있었고 켈시의 팔은 두꺼운 밧줄로 묶여 그에게 연결되어 있었다. 이것은 메이스의 생각이었고 굉장히 훌륭했다. 이제 켈시는 언제든 둔주 발작이 일어날 수 있었다. 근위대는 그녀를 묶은 줄이 이상하다고 생각한다 해도 전혀 드러내지 않았다. 코린이 그녀를 묶었고 키브가 예술적인 매듭을 지었다. 묶어놓은 것 자체도 꽤나 유용했다. 이제는 돌아가겠다는 마음을 바꾸기에는 너무 늦었기 때문이다. 켈시는 완벽한 무신론자는 아니었다. 그녀는 필연이라는 개념에서 너무 많은 위안을 받았다.

"우리가 얼마나 빨리 갈 수 있죠?"

그녀가 메이스에게 물었다.

"레이디께서 저희를 느려지게 만들지 않으시니 더 빨리 갈 수 있습니다."

메이스가 대답했고, 그가 의도했던 대로 그 말에 켈시는 입을 다물었다.

근처에는 홀 장군이 회색 종마를 타고 있었고 동생 사이먼은 그 옆에, 그들 뒤로는 애처로운 티어 군대의 잔여 병사들이 따라왔다. 페치와 그의 동료들 역시 거기 있었다. 홀과 페치는 일종의 친밀감이 생긴 모양이었다. 이 여정을 준비하는 동안 함께 이야기를 나누는 걸 보았기 때문이다. 켈시는 완전히 사기꾼이 된 기분이었다. 그녀는 홀과 대부분의 근위병들이 돌아가는 데 동의한 유일한 이유가 그녀가 이 상황을 어떻게든 처리하고 가능성을 반반으로 만들 거라고 믿기 때문이라는 걸 잘 알았다.

내가 할 수 있을까? 어떻게?

켈시도 몰랐다. 티어의 사파이어는 목에 걸려 있고 로의 사파이어는 안장주머니 안 깊숙한 곳에, 그녀가 과거에서 가져온 돌덩이 옆에 들어가 있었다. 하지만 이것들이 지금껏 무슨 좋은 일을 했지? 메이스는 그녀에게 사파이어를 버리는 편이 더 나을 거라고 말한 적이 있었고, 켈시는 그가 옳았던 게 아닐까 궁금했다. 뉴런던 어딘가에 왕관이, 그녀를 도와줄 수 있는 왕관이 있지만, 그것도 바보 같은 바람일지 모른다. 그녀가 그들 모두를 학살의 현장으로 데려가고 있는 것일 가능성이 훨씬 높았다.

하지만 여기 남을 수도 없잖아, 그녀는 가슴속에서 결심이 더 굳어지는 것을 느끼며 생각했다. 어머니의 집 창문을 올려다보니 반짝이는 유리에 밝은 사막이 반사되어 안쪽은 보이지 않았다. 그 뒤에 검은 옷의 여자가 있는 것을 생각하자 켈시는 안도감만 느꼈다. 뉴런던이 불타고 있는데 여기 남지는 않을 것이다. 어쨌든 깨끗하게 죽는 편이 더 나으니까.

"그럼 가시죠."

메이스가 갑자기 말하고서 말 머리를 돌렸다. 켈시의 몸이 그를 따라 흔들렸고 배 속이 무거워졌다. 말을 통제할 수 없고 손도 묶인 상태이니 이 여행은 꽤나 험난할 것이다. 하지만 어쩔 도리가 없었다. 케이티가 또다시 나타나 켈시의 정신과 나란히 있었고 거의 그녀의 정신을 압도할 정도였다. 켈시는 왕궁에서의 마지막 날 밤에 릴리의 정신이 계속해서 그녀가 통제할 수 없는 곳으로 끌어당기던 것을 통해 이것을 잘 알았다. 그녀와 케이티는 궤도 위에서 서로를 향해 다가가는 두 개의 구처럼 차츰 서로를 향해 다가가고 있었고, 이제 켈시는 겹칠 때가 거의 다 되었다고 느꼈다.

"뉴런던으로 간다!"

메이스가 모여 있는 병사들 무리를 향해 소리쳤다.

"여왕 폐하나 내 명령이 없으면 멈추지 않을 것이다! 모든 게 잘된다면 내일 저녁이면 거기 도착할 것이다!"

모든 게 잘된다면 말이지, 켈시는 속이 울렁거리는 기분으로 생각했다. 그들은 북서쪽으로 향했다. 이런 먼 거리에서도 켈시는 비명 소리가 들리는 것 같았다.

제발요, 티어, 우리를 도와주세요. 그녀가 소리 없이 빌었다. 심지어는 대답이 들리길 바라고 잠깐 숨을 멈추었으나 답은 들리지 않았다. 윌리엄 티어는 그들을 도울 수 없었다. 그들뿐이었다.

13장

티어 마을

그것은 여기에 있지만 아직은 복잡해서 알 수 없어.

사악한 계획이라는 건 필요할 때가 되어야 나타나는 법이지.

—《오셀로》, 윌리엄 셰익스피어(선크로싱 시대 영국인)

타운은 변했다.

케이티는 그 변화를 스스로에게도 적절하게 설명할 수가 없었다. 하지만 공유지를 지나갈 때마다 느꼈다. 어린 시절에 비해서 길거리도 달라져서 텅 비고 차가웠다. 이웃들은 울타리를 쳤고 여기저기에 자기 집을 고치지 못하는 사람들이 도움을 받지 못해서 무너져가는 집에 그냥 살았다. 타운은 망가져가는 냄새가 나기 시작했다.

어느 날 밤에 마흔 가구가 그냥 떠나버렸다. 그들이 떠났다는 걸 사람들이 깨달을 무렵에 그들은 이미 평원 멀리까지 가버렸고 계속해서 남쪽으로 가고 있었다. 조녀선은 그들을 쫓아가고 싶어 했지만 케이티가 그를 말렸다. 이 가족들은 아무도 로의 교회의 일원이 아니었고, 최소한 그들 중 절반은 지난 한 해 동안 괴롭힘을 당했다. 조너선이 돌아오라고 그들을 설득한다 해도 한밤중에 창문에 돌을 던지고 가축을 살해하는 등 전에 당했던 것과 똑같은 박해를 받을 것이다. 2주 전에는 폭도들이 지브 씨를 둘러싸고 몽둥이로 두들겨 패며 도서관을 닫으라고 요구했다.

케이티도 책임이 이렇게 크지만 않았으면 마을을 떠났을지도 모른다. 하지만 조너선이 여기 있으니 그녀는 아무 데도 갈 수 없었다. 어쨌든 마흔 가구를 잃은 대가는 컸다. 그들 중에 타운에서 제일 뛰어난 목수가 두 명, 낙농업자 여러 명, 그리고 케이티에게는 뼈아프게도 양 농장을 하던 린 씨도 포함되어 있었다. 그가 없으니 타운의 모직 질은 하락할 게 뻔했다.

여기에는 범인이 여럿 있을 것이다. 종교가 사람을 옹졸하게 만들기도 하지만, 옹졸함이 종교를 키우는 것이기도 하니까. 그래도 케이티는 마을 가장자리에 있는 조그만 하얀 교회의 첨탑 쪽으로 눈을 돌리지 않을 수가 없었다. 로는 신자들을 완전히 사로잡았고, 그의 설교는 점점 더 어두워지며 교회 역시 어두워졌다. 로의 신은 개인의 행동을 열심히 감시하는 경찰이었고, 그런 감독이라는 발상이 타운의 핵심과는 정반대라는 사실에 케이티와 조너선 말고는 아무도 더 이상 신경 쓰지 않는 것 같았다. 일하지 않는 사람들은 로가 설교를 하든 말든 계속 교회에 가서 하루 온종일 시간을 보내는 것 같았다. 케이티는 종교 자체를 비난하고 싶었지만 아무리 그녀라도 그 정도로 스스로를 속일 수는 없었다. 교회는 설교에서 흘러나오는 철학처럼 좋을 수도 있고 나쁠 수도 있었다. 이제 그녀의 모든 분노는 로를 따르는 사람들, 상식이 있어야 할 만한 사람들에게로 집중되었다. 그들도 한때는 제대로 된 생각을 했을 것이다. 안 그러면 윌리엄 티어가 그들을 크로싱으로 데려오지 않았을 테니까. 그는 자신의 사람들을 신중하게 골랐다. 엄마가 항상 그렇게 말씀하셨다. 하지만 이제 상황이 너무도 크게 바뀌어서 케이티는 타운에서 조너선과 기묘하게도 로를 제외하면 아무도 예측할 수가 없었다.

그녀는 일종의 운동 삼아 로를 슬슬 따라다니기 시작했다. 그는 나쁜 짓을 꾸미고 있었고 그녀도 그걸 알았으나 포착하는 것은 쉽지 않았다. 그는 매일 교회에 가서 아침저녁으로 듣고 싶어 하는 사람들에게 설교를 했다. 교회를 떠나면 여자들이 그를 줄줄이 따라다녔고, 매일 밤 그의 집에는 다른 여자가 갔다. 물론 그는 굉장히 신중했다. 여자들은 자정이나 1시가 되어서, 타운 대부분이 잠이 든 후에야 그의 집으로 들어갔다. 케이티는 잠시 이 문제를 끄집어낼까 생각해봤지만, 결국에는 자신이 혐오스러워서 그만두었다. 그녀도 로에게 끌렸다. 그의 침실에서의 그날 밤 일은 머릿속에서 완전히 사라지지 않았다. 그렇다고 질투심 때문에 이러는 것도 아니었다. 사생활은 사생활이고, 다만 위선자만이 그것을 건드릴 테니까. 로가 뭔가 하는 것을 감지하고 싶다면 그건 타운 전체에 영향을 미칠 만한 공공연한 문제여야 했다. 그 이하는 안 된다.

설교 사이사이에 로는 제나 카버의 금속 가게에 갔고, 하루하루 지날수록 이 열렬한 직업정신이 케이티에게 점점 의문으로 다가오기 시작했다. 그녀는 주변에 물어보고서 로의 교회가 그를 보살핀다는 걸 알게 되었다. 신도들이 그의 집을 유지했고, 여자들은 심지어 누가 로에게 저녁 식사를 가져가느냐를 놓고 싸움까지 벌였다. 그에게는 더 이상 낮의 직업이 필요하지 않았다. 하지만 매일, 하루도 빠지지 않고 그는 제나의 가게에 가서 대여섯 시간씩 머물렀다. 어느 날 오후에 케이티는 가게로 다가가서 창문을 엿볼 기회를 잡았지만 유리에 벽지를 바르고 창문을 막아놨다는 걸 알게 되었다.

나쁜 짓을 하고 있는 거야, 그녀는 집으로 돌아오면서 생각했다. 그녀는 여전히 오래전에, 로가 그녀를 금속 가게로 데려가서 티어의 목걸이를 보여주었던 밤을 기억했다. 하지만 수년이 흘렀고 지금은 거기서 뭐든 만들고

있을 수 있다. 케이티는 그게 뭔지 알아내기로 결심했다.

다음 날 그녀는 엘런 와이크로프트의 제분소 뒤에 숨어서 금속 가게 바깥에서 기다렸다. 로는 저녁 설교를 하러 가게를 떠났지만 케이티는 저녁 식사 시간이 되어 제나 카버 역시 가게를 떠날 때까지 한 시간을 더 기다려야 했다. 해는 이미 졌다. 계절은 빠르게 가을에서 겨울로 넘어가고 있었다. 금요일 밤에 타운에는 가을 축제가 열릴 것이다. 곧 확실하게 내릴 눈에 대비해서 모든 것을 닫아걸고 잠그기 전에 마지막으로 즐기는 파티였다. 케이티는 어릴 때 축제를 좋아했지만 윌리엄 티어가 죽은 후 매년 분위기가 점점 우울해졌고 다들 억지로 즐거운 척했다. 타운의 모든 사람들은 서로를 가느다란 눈으로 쳐다보며 약점을 찾으려 했다. 하지만 조너선은 축제에 빠지지 않을 거고 그러니 그녀도 가야 할 것이다. 요즘 케이티는 그를 거의 눈 밖에 내놓지 않았다. 지금은 버지니아와 개빈이 그와 함께 저녁을 먹고 있었으나 그 배치조차도 완벽하게 마음이 편하지 않았다. 케이티는 조너선의 안전을 두 눈으로 확인하는 편이 좋았다.

제나의 가게 앞문은 잠겨 있었다. 길을 둘러보니 아무도 없었다. 그녀와 로가 여기 왔던 이래 몇 년 동안 일부 사람들이 벤드 저지에 집을 지었지만 지금은 다들 안에서 문을 잠그고 저녁을 먹고 있었다. 길거리의 전등 절반은 불도 켜져 있지 않았다. 길 몇 개 건너에서 짧게 연속적으로 개 짖는 소리가 계속해서 반복됐다. 아무도 개를 조용히 시킬 마음이 없는 모양이었다. 그 모든 것들이 케이티의 어린 시절 분위기는 오래전에 사라졌다는 것을 보여주었다.

길거리가 텅 빈 것을 보고 그녀는 칼을 꺼내 자물쇠 쪽으로 몸을 구부렸다. 그녀의 머리는 윌리엄 티어는 그녀가 하는 일을 좋아하지 않을 거라고 주장했다. 사생활을 지킬 권리를 바탕으로 만들어진 마을에서 자물쇠를 따고 있으니까. 하지만 곧 그게 말도 안 된다는 것을 깨달았다. 애초에 티어가 그늘에게 자물쇠 따는 방법을 가르쳤다. 자물쇠 따는 법, 바리케이드 만드는 법, 칼싸움과 맨손 격투술, 취조를 견디는 법…… 티어는 그들에게 이 모든 기술을 가르쳤다. 한때는 마을에서 유일하게 잠겨 있는 건물은 도서관뿐이었다. 그것도 사서인 지브 씨가 집에 가고 난 밤에만이었다. 그러나 티어가 죽은 이래로 사람들은 문에 자물쇠를 달기 시작했고, 심지어는 추가 자물쇠까지 설치했다. 대부분은 조악한 수제 데드볼트와 사슬이었으나 제나의 가게 자물쇠는 금속으로 만들어지고 열쇠를 넣도록 설계된 진짜였다.

비밀경찰이야. 로의 목소리가 그녀의 머릿속에서 속삭였다. *조녀선의 말만 따르는 비밀경찰.*

손에서 단도가 미끄러졌다. 케이티는 욕을 하고 땀에 젖은 머리카락을 눈가로 밀어내고 다시 시작했다. 겨우 5분 동안 쑤시고 나자 문이 찰칵 열렸다. 제나는 훌륭한 금속 세공사였으나 자물쇠공은 아니었다. 티어가 넌더리를 냈을 것이다.

케이티는 어두운 가게 안으로 들어가서 등 뒤로 문을 닫았다. 주머니의 상자에서 성냥을 꺼내 불을 붙인 다음 근처 작업대에 있는 등불을 찾아서 켰다. 불빛은 가늘고 흐렸지만 주위를 둘러볼 정도는 됐다. 작업대를 살펴보다가 그녀는 조그만 나무토막을 발견하고서 문 아래 끼워두었다. 제나나 아니면 더 나쁘게도 로가 뜻밖에 나타나면 뒤쪽 창문을 깨고 도망쳐야 할 것이다.

5년 전 그날 밤 이래로 여기 와본 적이 없지만 재빨리 훑어보니 변한 건 거의 없었다. 작업대와 탁자에는 여전히 작업 중인 물건들이 가득했다. 제나는 맨손으로 장식품을 만들 수 있었지만, 크로싱을 넘어온 물품들을 수리하는 일거리도 굉장히 많았다. 케이티는 등불을 높이 들고서 로의 작업대인 긴 탁자 쪽으로 다가갔다. 버려진 은 조각은 여러 개 있었지만 사파이어는 없었다. 아주 오래전 티어의 사파이어가 들어 있던 서랍은 지금은 조그만 스크래퍼 말고는 텅 비어 있었다.

수년 전부터 감시해야 했어, 케이티는 화가 나서 생각했다. *어둠 속에서 그가 얼마나 많은 것들을 교묘하게 훔쳤을까? 우리가 칼을 갖고 노는 동안 얼마나 많은 걸 훔쳤을까?*

하지만 또 다른 목소리가 그런 마을에 살고 싶으냐고 물었다. 안전이라는 이름 아래 시민들을 끊임없이 감시하는 그런 사회에서? 티어가 거기에 관해 뭔가 말한 적이 있었다, 안 그런가? 그래, 그랬다. 오래전에, 리어가 시민들을 안전하게 지키는 정부의 의무에 관해서 질문했을 때였다. 케이티는 눈을 감았고 갑자기 그곳으로 돌아갔다. 열다섯 살이나 열여섯 살 무렵, 티어의 거실에 불길이 타오르고 리어의 질문이 아직 허공을 맴돌고 있었다.

"그런 경우에는 말이다, 리어, 안전이란 허상이야."

티어가 말했다.

"불만을 품은 군중들은 가장 안전한 나라조차도 무너뜨리지. 하지만 무력으로 안전을 이뤄낸다고 해도 말이지, 스스로에게 이걸 물어봐라, 리어. 안전이 얼마나 중요하지? 그게 자유국가가 기반으로 하는 모든 원칙을 계속해서 깎아낼 정도로 가치가 있나? 그러면 그 나라가 어떤 곳이 될까?"

케이티의 숨이 멎었다. 여기에 뭔가 있다고 해도 찾아내지 못할 걸 알기에 로의 작업대 위쪽 표면을 반쯤 건성으로 쓰다듬던 중이었다. 하지만 그녀의 손끝이 미묘하게 튀어나온 부분을 스쳤다. 사포질을 해서 매끄럽게 만들었는데, 그냥 갈라진 틈이라기에는 지나치게 대칭적이었다. 그녀는 등불을 더 가까이 대고서 그게 뭔지 살폈다. 일종의 가장자리였다. 그녀는 그 아래로 손톱을 밀어 넣으려고 하다가 그다음에는 칼로 파보았지만 아무 변화도 없었다. 가장자리가 너무 섬세했다. 케이티는 잠깐 생각한 후 튀어나온 부분에 손가락을 대고 꾹 눌렀다. 부드러운 금속성 쨍 소리와 함께 탁자의 일부분이 위로 올라오며 숨겨진 서랍이 드러났다. 그 안에는 짙은 빨간색 나무로 된 환하게 윤이 나는 상자가 있었다.

벚나무야, 케이티는 생각했다. 마을에는 벚나무가 없었지만 마틴 카츠마르가 강 건너를 탐험하며 몇 그루 발견했었다. 그가 가져온 버찌는 타운에서 굉장히 귀하게 여겨졌고 나뭇가지조차 목세공인들에게 굉장히 높은 평가를 받았다. 하지만 이 정도의 통나무를 얻기 위해서는 나무를 통째로 잘라야 했을 것이다. 누가 이렇게까지 수고를 감수한 걸까?

그녀는 숨겨진 서랍에서 상자를 들어 올렸다. 하도 섬세하게 광을 내서 표면이 거의 철제처럼 매끄러웠다. 상자에는 걸쇠가 있었지만 다행히도 자물쇠는 없었다. 케이티는 걸쇠를 풀고 뚜껑을 열었다가 헉하고 숨을 들이켰다.

상자 안에 있는 것은 왕관이었다. 순은으로 만들어진 것 같았고 윌리엄 티어의 사파이어와 놀랄 만큼 비슷해 보이는 반짝이는 파란 돌이 여기저기에 박혀 있었다. 아름다운 장인의 작품이었다. 케이티는 왕관을 불빛 쪽으로 들어 올리고 감탄했지만 그녀의 머리는 제나의 가게 바깥 먼 곳을 향해 빠르게 움직이고 있었다. 로가 왜 이걸 비밀리에 만들었을까? 왜 왕관이 필요한 건데?

멍청하게 굴지 마. 그 질문에 대한 답은 하나뿐이잖아. 그녀의 머리가 속삭였다.

문 걸쇠가 흔들렸다. 케이티는 상자를 떨어뜨릴 뻔했다가 가슴에 껴안았다. 손잡이가 돌아갔지만 그녀가 문 아래 끼워놓은 나무토막이 문을 고정해두었다.

누군가가 문을 두드렸다.

조용히 케이티는 상자를 작업대에 내려놓고 살금살금 문으로 가며 칼집에서 단도를 뽑았다. 불빛이 문 틈새로 새어 나갔을 가능성도 있지만, 괜찮았다. 제나가 저녁을 먹으러 집에 가면서 등불을 켜놓고 갔을 수도 있는 거니까. 케이티는 문에 기대서 귀를 바싹 댔다. 아무 소리도 들리지 않았지만 상대가 떠나지 않았다는 게 느껴졌다.

너야? 그녀가 말없이 물었다. 로는 언제나 온갖 망할 것들을 아는 것 같았다. 누군가가 여기 와서 그의 새 장난감을 만지고 있다는 걸 알아챈 걸까?

칼을 꽉 쥐고서 그녀는 몸을 구부리고 소리 없이 문 아래쪽의 나무토막을 빼내기 시작했다. 심장이 쿵쿵거리고 시야가 흐릿해졌고 칼 주위로 손바닥에서 땀이 났다.

우리 몸은 우리를 완전히 배신한다니까, 그녀는 우울하게 생각했다. 연습용 링과는 전혀 달랐다. 그녀는 토막을 빼내고 천천히 일어섰다. 한쪽 무릎에서 뚝 소리가 났다. 그녀는 손잡이에 한 손을 올렸다. 문을 홱 열 생각이었지만 결국에는 마지막 한 단계를 할 수가 없어서 머뭇거렸다. 누군가가 거기 서 있으면 어떻게 할 건데? 찔러? 실제로 사람을 죽일 수 있을까? 그게 로라면 어떡할 건데? 그녀가 그를 죽일 수 있을까? 그녀도 몰랐다. 한참 동안이나 그녀는 1센티도 움직일 수가 없어서 그대로 서 있었다.

발소리가 물러나고 곧 제나의 가게 계단을 내려가는 쿵쿵 소리가 났다. 케이티는 문에 몸을 기댔다. 심장이 안도감으로 고동쳤다. 그녀는 손바닥으로 이마를 닦았다. 이마는 축축했다. 그녀는 상대가 돌아오나 보려고 몇 초 더 기다리다가 재빨리 작업대로 돌아갔다. 이미 너무 오래 있었다. 로의 설교가 곧 끝날 것이다. 그가 언제 돌아올지 모른다.

케이티는 왕관을 도로 상자에 넣고 걸쇠를 닫은 후 반짝이는 표면을 응시했다. 머리가 초조하게 움직였다. 이건 무기가 아니라 그냥 왕관일 뿐이었다. 설령 로가 타운의 왕이 되겠다는 은밀한 꿈이 있다고 해도(실제로 있을 것이다. 그녀는 알았다) 왕관은 그가 그 자리를 얻는 데 별 도움이 되지 않을 것이다. 도로 서랍 안에 넣고 여기 놔두고 가면 아무도 그녀가 봤다는 걸 모를 것이다. 하지만 그녀 안의 뭔가가 왕관을 있는 그대로만 봐서는 안 된다고 경고했다. 왜 이렇게 정교하게 만들었을까? 왜 이렇게 많은 사파이어를 박았을까? 로가 이걸로 뭘 하려는 걸까?

도둑질은 사람이 할 수 있는 최악의 행동 중 하나이고 타운이 표방하는 가치의 정반대였다. 무언가를 억지로 빼앗아야 한다는 것은 그것이 공짜가 아님을 대단히 명백하게 보여주는 것이기 때문이다. 케이티는 평생 한 번도 도둑질을 한 적이 없었고, 이 행동이 그녀의 안에 쉽게 닫을 수 없는 어두운 문을 열 거라는 느낌이 들었다.

우린 티어가 완벽하다고 생각했지만 그렇지 않았잖아. 그녀는 광이 나는 상자 표면을 내려다보며 음울하게 생각했다. *그는 우리가 그를 가장 필요로 하는 그 순간에 우리를 저버렸어. 그리고 티어의 말을 믿을 수 없다면 누구 말에 귀를 기울여야 할까?*

너 자신.

그 생각은 위험할 정도로 이단적이고 도둑질보다도 더 나쁘게 느껴졌다. 하지만 다른 대답이 떠오르지 않았다. 케이티는 상자를 들어 올려 헐렁한 스웨터 안에 집어넣고 끝부분을 바지허리 안쪽에 넣은 다음 끈을 느슨하게 풀었다. 그리고 등불을 끄고 밖으로 몰래 나왔다. 로가 있을까 봐 신중하게 살폈지만 아무도 보이지 않았다. 다음 길의 모퉁이를 돈 다음에 그녀는 상자에 팔을 두르고서 달리기 시작했다. 여전히 무시무시하게 겁이 났지만 어쩐지 웃고 싶은 기분이었다. 숲속으로 들어가서 마을 중심가를 향해 가는 동안 몇 번의 웃음소리가 입에서 새어 나왔다.

올해의 가을 축제는 언제나와 똑같아 보였다. 마을 중심가 주변의 나무들에 색색의 줄을 두르고 주변의 많은 골목에는 종이 등을 달고 불을 켰다. 공예가들은 광장에 좌판을 깔고 물물교환을 하고 싶은 물건들을 전시했다. 하지만 이것도 다시금 좀 달랐다. 이런 행사의 특징이던 유쾌한 분위기가 없었다. 손님들이 좌판 사이를 지나다니고 에일이 공짜로 넘쳤으나 사방에서 사람들이 무리 지어 은밀하게 이야기하고 어깨 너머를 돌아보는 것 같았다. 대체로 어린아이들에게 공짜로 줄 조그만 세공품들을 갖고 나오던 공예가들도 이제는 모든 것을 빡빡하게 흥정했다.

케이티는 긴장을 풀 수가 없었다. 사방에서 수군거리는 소리가 들리는 것 같았다. 케이티와 개빈과 버지니아는 본능적으로 조녀선을 항상 가운데 놓고 삼각형 모양으로 이 좌판 저 좌판을 돌아다녔다. 자신들을 바라보는 눈길이 느껴졌지만 케이티가 고개를 돌리는 순간 그 눈들은 다른 쪽으로 향했다. 그녀는 일종의 편집증 검사표를 하나하나 채워나가는 기분이 들었으나 이게 다 상상이라고 납득할 수가 없었다. 사람들은 조녀선에게 미소를 지었지만 그 모든 미소는 가짜처럼 보였다.

누군가가 손에 에일 컵을 쥐여주었지만 케이티는 컵을 탁자 위에 도로 내려놓았다. 엄마도 거기서 사람들을 보고 있었으나 그것은 일부일 뿐이었다. 거대한 폭풍이 남쪽에서 몰려오기 전에 공기 중에 정전기가 튀는 것처럼 무언가가 점점 커져서 머리 위에서 떠돌고 있는 것만 같았다. 어디를 봐도 반짝이는 눈, 반짝거리는 치아, 반드르르한 피부만 보였다. 마치 열병에 걸린 것 같았다. 이제 음악이 시작되었다. 사람들은 광장 한가운데 넓게 치워놓은 공간에서 춤을 추었으나 춤추는 사람들도 어딘가 잘못되어 보였다. 무언가 썩어가는 것을 감추고 붉은 죽음을 물리치기 위해서 억지로 쾌활한 분위기를 만들려고 애쓰는 것 같았다.

"케이티?"

누군가가 허리를 안는 바람에 그녀는 펄쩍 뛰었다. 그녀의 손이 셔츠 아래의 단도로 향했으나 돌아보니 그저 브라이언 로드일 뿐이었다.

"와서 나랑 같이 춤추자, 케이티!"

"싫어!"

그녀는 그의 손을 밀어내며 말했다. 모두가 그녀를 쳐다보는 것 같았지만 그녀가 돌아보니 사람들의 눈길은 다른 곳을 향하고 있었다. 브라이언은 사라졌고, 케이티는 계속해서 앉을 자리를 찾아 사람들을 헤치고 갔다.

"케이티."

그녀가 돌아보자 로가 뒤에 서 있었다. 그의 눈이 조녀선을 잠깐 평가하듯 쳐다본 후 무시하고서 다시 케이티에게로 돌아왔다.

"뭘 원해, 로?"

"물론 춤이지. 달리 뭐겠어?"

케이티는 조녀선을 힐긋 보았으나 그와 개빈과 버지니아는 부츠와 벨트 등의 가죽 제품을 파는 근처 좌판 쪽으로 몸을 돌리고 있었다.

"그쪽은 괜찮아. 항상 괜찮았다고, 케이티. 그에겐 네가 안 필요해. 혼자만의 시간을 잠깐 갖지 그래? 아무도 모를 거야."

그가 다시 그녀의 손을 당겼고 케이티는 해리스 부인의 생강 빵 좌판을 지나 뒤쪽의 나무들이 있는 곳으로 그를 따라갔다. 주위로 나무들이 시야를 가렸고 케이티는 잠깐 불안감을 느꼈다. 여긴 *너무 어두워!* 하지만 곧 단도가 떠올랐다. 로가 그녀를 숲속 더 깊은 곳으로 끌어당기려 했지만 그녀는 걸음을 멈추고 그에게서 손을 뺐다.

"뭘 원해?"

그녀가 다시 물었다.

"너 뭔가를 훔쳤잖아, 케이티."

"그게 대체 뭘까?"

그가 그녀의 허리에 한 손을 올리자 그녀가 펄쩍 뛰었다.

"어디 있어?"

"네가 무슨 얘기 하는지 모르겠어."

그녀는 생각을 감추려고 노력하면서 대답했다. 그녀는 왕관을 마을 공원 뒤쪽 숲에, 오래되고 마른 참나무 뿌리에서 수십 센티미터 아래에 묻었다. 그걸 찾으려고 의도하는 게 아닌 이상 아무도 찾지 못할 테지만, 로는 전에도 그녀의 마음을 들여다볼 수 있었다. 그가 가까이 다가오자 나뭇가지가 부러졌다. 어둠 속에서 그가 그녀를 내려다보았다. 그녀는 아주 오래전 그날 밤을 떠올렸고 등을 따라 냉기가 흘렀다. 숲을 몰래 돌아다니는 두 어린애에서 그들이 어떻게 이렇게 변한 걸까? 어디서부터 썩기 시작한 걸까? 그의 손은 여전히 그녀의 허리에 있었고 케이티는 그의 손가락을 떼어내고 손을 밀어냈다.

"나랑 장난치지 마, 로. 난 네 교회 멍청이가 아니야."

"그래, 아니지. 하지만 넌 속았어. 우리 모두 그랬지. 티어에게."

"여기에 관해선 아니야."

"생각해봐, 케이티. 왜 모든 걸 그렇게 비밀로 했을까? 왜 과거를 숨겼을까?"

그가 그녀의 팔을 잡고 그림자 바깥으로 끌어당겼다. 케이티는 그의 얼굴이 창백하고, 눈은 커다랗고 달빛 속에 거의 붉게 보일 만큼 열기를 띠고 있다는 것을 깨달았다. 무시무시한 한순간 그녀는 그가 그날 밤 숲에서 보았던 그것처럼 보인다고 생각했고, 뒤로 물러나다가 근처 나무에 걸려 넘어질 뻔했다. 하지만 다시 고개를 들자 그는 그냥 로일 뿐이었다.

"난 왜 그가 과거를 숨겼는지 알아, 케이티. 다른 방식이 있을 수 있다는 걸 우리에게 알리고 싶지 않았던 거야. 각자의 재능을 따르는 삶…… 영리하고 열심히 일하는 사람들이 보상받고, 게으르고 멍청한 사람들이 벌을 받는 그런 사회."

"그게 네 신도들에게는 먹힐지 몰라도 나한테는 아니야, 로. 난 역사에 관한 네 말을 들을 이유가 없어. 난 책을 *읽어*, 로. 네 천국은 악몽일 거야."

"허약한 자들에게나 그렇지, 케이티."

로의 목소리에는 미소가 담겨 있었다.

"허약한 자들은 졸여. 하지만 너랑 나는 뭐든 될 수 있어."

그가 그녀를 나무 몸통 쪽으로 밀었고 그의 손이 그녀의 옷 위를 거칠게 더듬었다. 케이티는 그를 막고 싶지 않다는 것을 깨달았다. 그녀는 취했지만, 범인은 술이 아니었다. 망각이었다. 그녀는 수년 전 그날 밤, 로가 창문 앞에 서서 밤의 세상으로 나오라고 손짓하던 것을 떠올렸다. 그때 왜 나갔던 건지 당시엔 알지 못했고 지금도 알 수가 없었다……. 아마도 그녀가 알아야 하는 게 아닐지도 모른다. 어쩌면 그런 건지도 모른다. 그녀는 로를 사랑하지 않고 그를 미워하는 것 같다고 생각했지만 가슴 깊이, 어두운 곳에서는 사랑과 증오가 혈육보다 더 서로 가까웠다. 그러나 둘 중에서 증오는 사람을 취하게 만들고 훨씬 더 강력했고, 그녀는 손가락으로 오므려 손톱을 세우고 로의 등을 할퀴었다.

그가 그녀의 안으로 들어왔고 케이티는 예상도 못 했던 절정에 올랐다. 등으로 나무껍질이 파고들었지만 그녀는 상관하지 않았다. 고통이 다른 모든 것들과 어울리는 것 같았다. 로는 지금 그녀와 섹스를 하고 있었다. 그녀가 책에서 읽었던 것 같은 방식으로 섹스를 했고 그 쾌감이 믿을 수 없을 정도라 케이티는 비명을 참기 위해서 손바닥으로 자신의 입을 막았다. 겨우 수십 미터 떨어진 곳에서 축제가 열리고 있고 사람들이 이야기를 하고 웃었다. 그녀는 조녀선을 생각하려고 했지만 그는 저 멀리, 나무들 너머 빛으로 가득한 우주에 있었다. 로의 입이 그녀의 목과 가슴 위로 움직여 유두를 피가 나겠다 싶을 정도로 깨물었지만 고통이 그녀 안에 있는 존재를 키웠다. 그녀의 일부는 이게 영원히 계속되기를, 그들이 이제는 오로지 적일 뿐인 마을로 다시 돌아가지 않기를 바랐다. 그녀가 세 번째로 절정에 올랐을 때 로가 몸을 굳히고 그녀의 안쪽 깊이 파고들어 그대로 한참 있다가 마침내 그녀의 어깨에 기대며 숨을 헐떡였다.

"아직 늦지 않았어, 케이티. 우린 왕이 될 수 있어."

그가 속삭였다.

그녀는 가슴속의 봉인이 부서지며 다시 자기 자신으로 돌아오는 것을 느끼면서 그를 쳐다보았다. 그녀는 스무 살이고 조너선은 거의 스물한 살이고 로는 스물두 살이었다. 그녀 자신을 포함해서 그들 누구도 변명을 해줄 수가 없었다.

"왕."

그녀는 그의 말을 따라 하며 그를 밀어냈다. 그가 몸을 빼자 그녀는 움찔했다.

"네가 왕관을 하나만 만든 거 봤어, 로. 그거 내 거야?"

"케이티—"

"물론 아니겠지. 넌 뭔가를 공유하는 성격이 아니니까. 그러니 헛소리하지 마. 여긴 네 마을이 아니야. 티어의 거라고."

로가 웃었다. 케이티는 자신이 뭔가 핵심적인 정보를 빠뜨렸다는 기분이 들었다. 거의 백 번째쯤 그녀는 왜 윌리엄 티어가 오래전에 로를 죽이지 않았던 걸까 궁금했다. 분명히 그는 이런 일이 일어날 줄 알았을 텐데.

"너한테 마지막 기회를 주겠어, 케이티. 나랑 같은 편에 서."

"안 그러면 어쩔 건데?"

로는 아무 말도 하지 않았지만 그건 중요하지 않았다. 잠시 후에 비명 소리가 들렸기 때문이다. 케이티는 돌아섰지만 나무 사이로 아무것도 보이지 않았다. 오로지 축제의 불빛뿐이었다. 연이어 비명이 몇 번 더 울리며 밝게 불을 켠 광장에서 나무 사이로 울려 퍼졌다. 케이티는 달리기 시작했지만 마치 진흙 속을 헤치고 가는 것만 같았다. 로가 뒤에서 차갑게 낄낄거렸다.

그 차가운 소리는 관 틈새를 신나게 꿈틀꿈틀 기어 들어가는 벌레 같았다. 나무 사이로 축제 장소에서 비명을 지르며 뛰쳐나온 사람들의 옷의 움직임이 보였다. 달려가면서 그녀는 단도를 뺐다. 이제는 그녀가 단도를 든 걸 사람들이 봐도 더 이상 상관없었다. 이 마을에 로와 그의 망할 아첨꾼 무리 말고도 다른 세력이 있다는 걸 알려줄 때가 되었다. 설령 나중에 조녀선이 그 대가를 치르더라도 말이다.

그녀는 해리스 부인의 천막을 돌아 나와서 멈췄다. 광장에는 아무도 없었으나 밝은 등불이 천막들을 비추었다. 천막 가장자리가 산들바람에 흔들렸고 바닥에는 부서진 그릇들이 널려 있었다. 그녀는 잠깐 동안 조각들을 바라보다가 뒤늦게 그게 사람들이 도망치는 동안 떨어진 맥주 컵이라는 것을 깨달았다. 컵 조각들이 자갈 위에 널려 있었다. 그녀는 오른쪽을 돌아보고서 숨이 멎는 기분을 느꼈다.

광장 한가운데 바닥에 시체 두 구가 누워 있었다. 그들 아래로 길바닥은 피에 젖어 있었다. 케이티는 천천히 다가가서 손을 내밀어 한 구를 뒤집었다가 공포에 질린 낮은 비명을 지르며 펄쩍 물러났다. 눈을 커다랗게 뜨고 입은 늘어진 버지니아의 얼굴이 드러났기 때문이다. 목이 잘려 있었다. 턱을 따라 가는 피 한 줄기가 흘러내렸다. 아무 생각 없이, 끔찍한 필연이라는 감각에 이끌려 케이티는 손을 내밀어 두 번째 시체를 뒤집었다.

엄마였다.

케이티의 첫 번째 생각은 엄마의 눈이 감겨 있어서 다행이라는 거였다. 엄마의 목에서 피가 흘러 셔츠가 젖어 있었지만, 눈을 감고 있으니 엄마가 잘 때처럼 기묘하게 평화로워 보였다. 하지만 케이티의 마비 상태는 잠깐뿐이었다. 비틀거리며 자신의 몸에 팔을 감고 커다랗고 상처받은 눈으로 숨을 헐떡거렸다.

조녀선!

그녀는 다급하게 주위를 둘러보았지만 그의 모습도, 개빈의 모습도 없었다……. 케이티가 숲에서 잠깐 쉬는 동안 경호 임무를 맡았던 개빈. 뒤쪽에서 깨진 컵이 버스럭거리는 소리에 로가 다가오는 거라고 확신하고 케이티가 홱 돌아섰다. 이건 로와 그의 사람들의 작품이었고, 그들은 엄마를 죽이고서 케이티는 살려두지 않을 것이다. 그녀가 그들 모두를 죽일 거니까—

하지만 그것은 로가 아니라 숲속에 사는, 바닥에 떨어진 남은 음식을 살피러 온 조그만 새끼 여우 한 마리였다.

케이티는 다시 앞에 있는 시체들 쪽으로 돌아섰다. 기묘하게 멍하고 거의 분석적인 기분이었다. 누군가가 버지니아와 엄마를 칼로 그었지만 로는 아니었다. 누가 했을까? 버지니아는 조녀선을 지키고 있었다. 그녀와 개빈이…… 개빈은 어디 있지? 아무도 단도로 그를 능가할 수는 없었다. 케이티는 감시하는 눈길을 느끼며 광장을 둘러보았다. 로가 여전히 여기 어디 있을 것이다. 분명했다. 어쩌면 숲에서 그녀를 바라보며 그녀가 얼마나 쉽게 다른 곳에 정신이 팔렸는지, 그녀를 그의 앞길에서 치우고 바보로 만드는 게 얼마나 쉬웠는지를 생각하며 흡족해하고 있을 테지…….

"어디 있어?"

케이티가 소리쳤다.

하지만 사람의 흔적은 없었다. 그저 텅 빈 광장과 늦은 가을바람에 흔들리는 밝은 등불뿐이었다.

그녀는 로의 집 문을 쉽게 박차고 들어갔다. 크로싱 직후에 지은 오래된 집이라서 문은 요란한 소리와 함께 현관 안쪽으로 쓰러졌다. 케이티는 칼을 든 채 안으로 들어갔다.

로의 어머니가 그린 커다란 로의 그림이 현관에 걸려 있었다. 그림 속에서 그는 여덟 살이나 아홉 살 정도였고, 그리 잘 그린 그림은 아니었지만 그의 어머니는 액자에 꽃과 호랑가시나무 가지를 붙여서 우스꽝스러울 정도로 장식을 해놓았다. 케이티는 이 초상화를 수백 번쯤 지나치면서도 이게 어떤 의미인지, 여전히 지나치게 달콤한 썩은 내를 풍기는 테두리의 꽃들이 왜 있는지를 생각해보기는커녕 거의 눈치채지도 못했다.

핀 부인은 거실의 흔들의자에 앉아 벽난로를 바라보고 있었다. 집 안은 추웠지만 벽난로에는 불이 지펴 있지 않았다. 이 사실이 왠지 모르게 케이티를 괴롭혔다. 핀 부인은 케이티가 안으로 들어와도 고개조차 들지 않았다.

"나가, 이 티어의 창녀."

케이티는 어이가 없어서 걸음을 멈추었다. 로의 어머니를 좋아해본 적이 없었지만 그래도 항상 그럭저럭 잘 지냈다. 사실 케이티는 로보다 이 여자에 대한 혐오감을 더 잘 감추었다. 하지만 핀 부인의 말투는 말의 내용만큼 독기로 가득했다.

"로는 어디 있어요?"

"그 애가 이제 대장이야. 우린 너희 같은 것들을 더 이상 참을 필요가 없어."

핀 부인이 말했다.

"우리 같은 것들이 대체 뭔데요?"

케이티는 방 안을 둘러보며 물었다. 로는 분명히 여기 없었고, 실마리도 찾을 수가 없었다. 케이티는 그의 어머니에게서 억지로 정보를 알아내야 할까 잠시 고민했다. 그렇게 할 수 있을까? 아마도 아니겠지만 이 여자의 입에서 나오는 모든 말이 그 생각을 점점 더 유혹적으로 만들었다. 엄마가 돌아가셨다. 케이티의 머리는 그 생각을 밀어내고 차단했다. 하지만 이 끔찍한 여자는 살아서 지금도 여전히 아들을 위한 변명을 하고 있었다.

"너희들 전부. 우리보다 훨씬 낫다고 생각하는 너희들. 내 영리하고 용감한 아들을 그 약해빠진 계집애 같은 놈 때문에 무시했지. 그 모든 책들은 너희에게 도움이 되지 않았어, 안 그래? 내 아들이 이 마을에서 힘을 쥐었어."

핀 부인이 으르렁거렸다.

"그러니까 당신도 조녀선을 질투했군요. 로처럼요."

케이티가 칼을 쥔 채로 말했다.

"조녀선 티어는 사기꾼이야! 그는 제 아비가 아니야. 어떻게 그러겠어? 그 어미라는 씹할 년이 모든 걸 망쳤는데!"

핀 부인이 소리쳤다. 케이티는 날카롭게 숨을 들이켰다. 조녀선의 어머니에 관한 모든 기억 중에서 지금 이 순간에는 티어의 집 거실 벽에 걸려 있던 초상화만 떠올랐다. 손에 활을 들고 얼굴에 행복한 미소를 띠고 꽃을 넣어 땋은 머리를 등 뒤로 늘어뜨리고 있던 릴리. 책에서 보긴 했지만 케이티는 평생 씹할 년이라는 단어를 누가 말하는 걸 들어본 적이 없었고, 그 한마디에 담긴 증오에 꼼짝도 할 수 없었다.

"넌 예전에 로의 친구였지. 난 기억하고 있고, 그 애도 기억해. 하지만 그들이 손가락을 까딱였더니 넌 그 애를 내버렸어."

"조녀선은 어디 있어요?"

케이티가 물었다. 문득 자신은 왜 조녀선과 함께 끌려가지 않은 걸까 궁금했지만, 답은 쉽게 나왔다. 로는 왕관을 되찾고 싶어 했고, 케이티가 그를 왕관이 있는 곳으로 데려가주기를 바랐던 것이다. 그녀는 로와 티어 일가가 사는 세상, 보석과 마법과 보이지 않는 것들이 있는 세상을 이해할 수 없었지만 왕관은 오로지 문젯거리라는 걸 알 수 있었고 지금 이 순간 다시는 그 근처에 가지 않겠다고 다짐했다. 땅속에서 영원히 썩어버리라지.

핀 부인이 악의에 찬 미소를 지었다.

"내 아들한테는 네가 더 이상 필요 없어. 그 애는 그 애만의 재능이 있어. 윌리엄 티어는 더 이상 그 애한테 상처를 주지 못해."

케이티는 눈을 가늘게 뜨고 그 마지막 말을 이해해보려고 노력했다. 그녀가 아는 한 티어는 로에게 일말의 관심도 없었다. 사실 그런 무시, 로가 그 가치만큼 인정을 받지 못한다는 느낌이 근본적인 문제였다. 로는 항상 자신이 더 나은 대접을 받아야 한다고 생각했다. 하지만 윌리엄 티어는 로를 쫓아내지도 칭찬하지도 않았다. 그럴 필요가 있을 때에도, 로의 지능과 지략을 인정해줘야 하는 때조차도 그러지 않았다. 티어는 그를 놀랄 만큼 무시해서 고의인 것처럼 보였다……. 이제 케이티의 머릿속에서 끔찍한 의심이 치솟았다. 그녀는 핀 부인을 바라보며 이 생각을 억누르려고 애를 썼다. 이 질문에 대한 답을 알고 싶지 않으니까, 절대로 알고 싶지 않으니까—

"난 아침 내내 책을 읽었어."

핀 부인이 선언했다. 그녀가 탁자로 손을 뻗자 케이티는 핀 부인에게 칼이 있다고 완전히 확신하고 긴장해서 앞으로 뛰어들었다. 하지만 핀 부인은 가죽 장정에 표지에 금박 십자가가 있는 책을 들어 올렸을 뿐이었다.

"카인 이야기를 아니?"

"카인요?"

케이티가 멍하니 물었다. 그녀도 물론 성경을 읽었다. 로의 설교 내용에 대해서 이해하기 위해서였다. 하지만 지금은 그 이름에 대해 아무것도 떠오르지 않았다.

"카인. 제 잘못도 아닌데 총애받지 못하고 무시당하고 항상 겉돌았던 아들이지. 신의 뜻이라서."

핀 부인이 다시 미소를 지었다. 그 미소는 더 이상 악의로 가득한 것이 아니라 자신의 죽음의 전조를 바라보는 것처럼 섬뜩했다.

"난 카인과 아벨 이야기를 여러 번 읽었어. 이 마을에는 불공평하고 타락한 신이 있었지만, 이제 사라졌어. 내 아들이 정당한 자리를 되찾을 거야."

"남편분께서—"

"내 남편은 크로싱 4년 전에 죽었어!"

핀 부인이 쏘아붙였다.

"우리는 더 나은 세상을 만들기 위해서 여기로 왔는데 그가 가장 먼저 뭘 했는지 알아? 그 계집을 골랐어! 첫 번째 배가 좌초되기도 전부터 모두가 알았지!"

핀 부인이 흔들의자 팔걸이를 움켜쥐었다. 목소리가 비명에 가깝게 높아졌다.

"난 임신 4개월이었는데 그는 미국 계집 때문에 나를 버렸어!"

케이티는 손으로 귀를 막고 싶은 충동을 간신히 억누르며 물러섰다. 핀 부인은 절대로 로를 내놓지 않을 것이다. 하지만 케이티가 여기 있으면 핀 부인은 계속 이야기할 거고, 케이티는 더 이상 듣고 싶지 않았다. 그녀는 저무는 햇살 속에서 윌리엄 티어와 함께 뒤뜰 의자에 앉아 있던 어린 자신을 떠올렸다. 그녀가 그때 모든 걸 알았다면 그래도 그러겠다고 대답했을까?

"난 나의 성경을 알아. 이 집 사람들은 경건한 사람들이야. 카인이 일어섰어."

핀 부인이 음울한 만족감이 담긴 어조로 중얼거렸다.

케이티는 뭔가 말을 하려고 입을 열었으나 무슨 말을 해야 할지 알 수가 없었다. 아마 카인과 그의 후손 모두가 그 바로잡을 수 없는 행동으로 영원히 저주받았다는 이야기였을 것이다. 하지만 말하기 전에 목덜미 털이 곤두서는 게 느껴졌다. 그녀는 휙 돌아섰다가 개빈이 바로 뒤에서 주먹을 들어 올려 휘두르는 것을 보았다. 그 주먹에 그녀는 옆으로 쓰러지며 벽에 머리를 부딪쳤다. 그러고 나자 그녀는 아무에게도 신경 쓰지 않게 되었다…… 윌리엄 티어에게도, 엄마에게도, 조너선에게도, 아무에게도.

정신을 차렸을 때는 온몸이 얼어붙을 것 같았다. 케이티는 빛도, 그 무엇도 들어오지 않는 새카만 어둠뿐인 방 안에 있는 것 같았다. 코가 따끔거렸고 잠시 후 그녀는 곰팡이 냄새가 난다는 걸 깨달았다. 부패하고 축축한 땅 냄새가 사방에서 났다. 그녀는 손을 내밀었다가 옆에서 따뜻한 살갗을 발견했다.

"케이티."

"조너선."

그녀는 숨을 들이켰다. 잠깐 동안 안도감이 너무 커서 갇혀 있는 게 사소한 문제처럼 느껴졌다. 조너선은 포옹을 하는 타입이 아니었지만 케이티는 상관하지 않았다. 그를 끌어당겨 어둠 속에서 그에게 팔을 둘렀다. 엄마가 돌아가셨다. 이제 기억이 났다. 버지니아도 죽었다. 티어, 릴리, 매디 이모까지 모두 죽었다. 그녀와 조너선 둘밖에 남지 않았다.

"다쳤어?"

그녀가 물었다.

"아직은."

그 대답에 몸이 싸늘해졌지만 케이티는 더 이상 묻지 않았다. 그를 놓아주고 그녀는 주위를 더듬었다. 돌바닥, 돌벽, 모든 것이 곰팡이처럼 미끌미끌하고 축축한 것으로 덮여 있었다. 일종의 지하실이었다. 모두에게 지하실이 있었으나 타운의 집들은 돌이 아니라 나무로 지어졌다. 머리 위 먼 곳에서 들려오는, 처음에는 바람 소리라고 생각했던 것이 조금 지나니 바람이라기에는 지나치게 음악적이라는 사실이 머릿속에 들어왔다.

"노래야. 우린 교회 지하에 있어."

그녀가 잠시 후에 중얼거렸다.

"맞아."

그녀는 머리를 숙이고 다시 귀를 기울였다. 음악은 합창 같았지만 너무 멀게 들렸다. 그들은 설령 둘이 함께 소리를 지른다 해도 아무도 그들의 소리를 들을 수 없을 정도로 깊은 지하에 있었다. 이 사실에 팔에 소름이 돋았다. 로가 이 방을 만든 게 분명했다. 하지만 무엇 때문에?

"문이 있을 거야."

"애쓸 거 없어. 자물쇠가 달렸어."

조너선이 대답했다.

"난 자물쇠를 딸 수 있어."

"이건 아니야. 네 친구는 꽤 훌륭한 자물쇠공이더라고."

조너선이 한숨을 쉬었고 케이티는 그의 목소리에서 음울한 유머를 느꼈다.

"내 친구가 아니야."

케이티가 으르렁거리며 벽을 따라 움직였다. 그녀의 손이 마침내 나무에, 문틀에 닿았고 그다음에 문을 찾아냈다. 하도 두꺼워서 두드리니 주먹만 아프고 무겁고 둔탁한 '쿵' 소리만 날 뿐이었다.

그녀는 물러나다가 조너선을 넘어서 도로 벽에 기대앉았다.

"다 죽었어? 버지니아랑 너희 엄마랑."

조너선이 물었다.

"응."

케이티가 대답했다. 눈물로 목이 메었지만 피 맛이 느껴질 때까지 입술을 꽉 깨물고 참았다. 이 어두운 곳에서 울기 시작하면 멈출 수 없을 것 같았다.

조너선이 경탄하는 어조로 말했다.

"개빈이었어. 로는 그럴 줄 알았지만 개빈은…… 난 생각도 못 했어―"

왜 못 했어? 케이티는 그에게 고함을 지르고 싶었다. *왜 몰랐던 거야? 넌 다른 온갖 망할 것들을 알면서, 왜 여기에 대해선 몰랐던 건데?*

그녀는 깊게 숨을 들이켜고 진정하려고 노력했다. 공황 상태에 빠지는 건 아무 쓸모도 없어, 윌리엄 티어는 항상 그들에게 그렇게 말했고, 상상 속의 티어조차 마음을 차분하게 만들어주는 효과가 있었다. 개빈이 배반자였고, 케이티는 나머지 경호대도 모두 돌아섰을 거라고 추측했다. 아무도 그들 둘을 구하러 오지 않을 것이다. 나갈 길이 있다면 그들이 이 방 안에서 찾아야 했다. 머리 위에서 노랫소리가 위로 점차 올라가며 고음에 도달했다가 사라졌다.

"로가 우리에게 뭘 원하는 거야?"

그녀가 물었다.

"아버지의 사파이어를 원해."

"왜 그냥 가져가지 않는 건데?"

"그럴 수가 없어."

조너선은 잠깐 머뭇거렸고 케이티는 그가 대답을 아주 신중하게 고르고 있다는 걸 느꼈다. 분노가 다시금 화르르 치솟았다. 이런 상황에서조차 비밀을 지키려는 건가? 하지만 분노는 금세 사라졌다. 티어가 사람들은 원래 그랬다. 그녀는 조너선이 그녀의 손을 잡고 말도 안 되는 이야기를 했던 공터에서의 그날 이래로 자신이 어떤 일에 뛰어들었는지 잘 알았다. 이런 식으로 끝나게 되었다고 해서 지금 와서 불평할 권리는 없었다.

"나도 내 사파이어에 대해서 전부 다 이해하지는 못해. 아버지도 그러셨을 거야. 나보다는 분명히 더 많이 아셨지만. 로는 항상 이걸 갖고 싶어 했지만, 이건 빼앗을 수는 없어. 내가 직접 줘야만 하고, 그도 그걸 알아."

조너선이 말했다.

"억지로 빼앗으면 어떻게 되는데?"

"벌을 받아."

"무슨 뜻이야?"

"네 손 줘봐."

케이티가 손을 내밀자 조너선이 그녀의 손을 잡고 뭔가 차가운 것을 쥐여주었다. 그녀는 오랫동안 티어 사파이어를 만져본 적이 없었지만 여전히 그 느낌을 완벽하게 기억하고 있었다. 차갑지만 그녀의 손가락 아래서 거의 숨을 쉬는 것처럼 살아 있는 보석.

"여기에 전부 다 있어."

조너선이 그녀의 손 위로 자신의 손을 감싸면서 중얼거렸다.

"티어 가문의 사람들. 얼마나 과거까지 거슬러 올라가는지는 나도 몰라. 난 거의 겉만 핥은 정도니까. 이 보석은 자기만의 정신을 갖고 있지만, 또한 그들 모두의 정신이기도 해. 아버지도 여기 계시고, 언젠가는 나도 여기에 있게 되겠지…… 우리 모두 함께."

케이티는 눈을 감고 잠깐 동안 숨을 멈춘 채 그녀도 조너선이 보는 것을 볼 수 있기를, 그 은밀하고 보이지 않는 세계로 가서 그가 아는 것을 알 수 있기를 바랐다. 하지만 그녀는 티어가 사람이 아니었다. 그녀는 조너선이 말해준 것 이상은 절대로 볼 수 없을 거고, 그 생각이 좀 슬펐지만 안도감이 들기도 했다. 조너선은 환영 때문에 평생 괴로워했다. 아는 사람은 많지 않지만, 티어의 마법에는 대가가 따랐다. 릴리는 그걸 분명히 아는 것 같았고, 아마 엄마도 아셨을 것이다. 하지만 로는 모르는 것 같다는 생각이 들었다. 그녀의 머릿속에 희미한 생각이 스쳤다가 금방 사라졌다.

우리가 어떻게 해야 되지? 그녀가 자문했다. 로에게 싸움을 걸 수도 있을 것이다. 하지만 그를 죽일 수 있을까? 그녀는 숲속에서 그녀를 쫓아왔던 팔다리가 하얗고 쏘는 듯한 붉은 눈을 한 존재, 타운의 모든 사람들이

자는 사이에 어둠 속에서 로가 만들어내 소종하는 그 존재를 떠올렸다. 그 것도 죽일 수 있을까? 그녀에게는 칼이 없었다. 그녀가 정신을 잃은 사이에 누군가가 가져갔다. 하지만 그게 딱히 중요할까? 이 상황은 칼로 해결하기에는 너무 깊게 꼬여 있었다.

"로는 강해. 하지만 무적은 아니야. 로는 자기가 이해하지 못하는 걸 갖고 장난을 치고 있어. 본인은 모를 테지만 그게 약점이야."

조너선이 말했다. 케이티는 이 말을 정확하게는 이해하지 못했으나 핵심은 알아들었다. 로는 신중하지만 조심스럽지는 않았다. 그는 언제나 자신의 손이 닿는 범위 이상을 원했다. 케이티가 티어의 대련장에서 가장 먼저 배운 교훈 중 하나는 너무 멀리 손을 뻗으면 본인은 모른다 해도 자신의 약점이 고스란히 노출된다는 거였다. 그런 것은 원 바깥에서 볼 때 훨씬 쉽게 보인다. 그녀가 이 원 바깥에 서 있어서 이 상황을 훨씬 더 냉정하게 평가할 수 있다면 얼마나 좋을까.

케이티.

그녀는 펄쩍 뛰었다. 무언가가 머릿속에서 움직였다. 신중하지만 낯선 것, 그녀의 것이 아닌 목소리였다.

"왜?"

조너선이 물었다. 그녀는 고개를 흔들었다. 위층에서 노래가 다시 시작됐다. 머리가 둘로 쪼개질 것만 같았다. 조너선은 로의 아버지가 누군지 알까? 만약 모른다면 그에게 그 말을 할 수는 없었다. 이 기묘한 청년에게 자신이 느끼는 감정이 뭔지 그녀도 잘 몰랐지만, 어쨌든 조너선에게 윌리엄 티어에 관해서 조너선이 안다고 생각하는 모든 것을 무너뜨릴 만한 이야기를 하고 싶지는 않았다. 그건 절대로 자신의 역할이 아니었다.

문 바깥의 사슬이 흔들리고 자물쇠를 따는 소리가 들렸다. 횃불이 방 안으로 들어오자, 케이티는 그들이 대략 6미터쯤 되는 길고 좁은 방에 있다는 것을 깨달았다. 돌벽은 습기로 축축하고 천장에서 물이 흘러내렸다.

누가 여길 만들었을까? 대체 언제?

개빈이 안으로 들어오고 그 뒤로 리어, 모건, 하월, 앨레인이 따라왔다. 케이티는 딱 5초만이라도 칼이 있었으면 하면서 그들을 차갑게 바라보았다. 개빈을 이길 수는 없겠지만 나머지 넷은 손쉬운 상대일 것이다.

"물을 가져왔어."

개빈이 짧게 말했고 리어와 하월이 바닥에 양동이를 내려놓았다. 개빈은 그녀의 생각을 읽은 것처럼 칼을 손에 쥐고서 방 안으로 들어오는 내내 케이티에게서 눈을 떼지 않았다.

"우리가 여기 얼마나 더 있어야 되지?"

그녀가 물었다.

"그렇게 오래는 아닐 거야. 로는 지금 바쁘지만, 일을 끝내고 나서 너희를 처리할 거야."

"내가 너한테 별로 잘해주지 않았었어, 개브?"

조너선이 물었다. 케이티는 그의 말투에 어린 빈정거림에 웃음을 억누를 수가 없었다.

"우리 아버지가 너를 특별하게 여겨주지 않았었나?"

"그런 문제가 아니야! 이건 우리가 원하는 마을에 관한 거야!"

개빈이 쏘아붙였다.

조너선은 고개를 흔들었다. 그의 얼굴에 혐오의 표정이 스쳤고, 케이티는 개빈이 움찔하는 것을 볼 수 있었다. 개빈은 모두가 자신을 좋아하기를 절실하게 바랐다. 심지어는 자신이 쓰레기처럼 대한 상대에게도 말이다. 그것은 심각한 성격적 결함이었다. 케이티는 그가 다시 움찔할 정도로 경멸하는 눈으로 그를 쳐다보았다.

"그게 도대체 어떤 마을인데? 로가 너한테 뭘 하라고 시키면 네가 그 말을 따르는 마을? 지금도 너를 아주 잘 조종하고 있는 것 같은데."

"내 결정은 내가 내려! 그리고 우리 중 누구도 티어의 마을에서는 그럴 수 없어!"

개빈이 날카롭게 말했다.

"로가 너한테 그렇게 말했단 말이지. 우리가 일종의 민주주의 체제인 건가?"

조너선이 생각에 잠긴 어조로 말했다.

"맞아!"

케이티는 개빈의 말에 반박하고 그에게 닥치라고 하고 싶었지만, 그럴 수가 없었다. 아주 잠깐 그녀는 개빈의 눈으로, 로의 눈으로 조너선을 보았고, 부인할 수 없고 불쾌한 진실이 머릿속에서 솔직하게 솟아올랐다. 그들은 틀렸다. 그들 모두가 틀렸다. 하지만 이것 하나만은 그들이 옳았다. 티어 가문이 이렇게 밝고 찬란하게, 다른 사람들과 다르게 눈에 띄는데 어떻게 모두가 동등하다고 말할 수 있겠는가? 어떻게 윌리엄 티어의 마을에서 공정한 사회를 만들 수 있을까?

하지만 다음 순간 그녀는 공포에 질려 그 생각을 머릿속에서 밀어냈다.

"너희들 넷은 뭔데?"

그녀는 하월과 나머지를 돌아보고 물었다. 그들 누구도 그녀와 눈을 맞추지 못했지만 리어가 말했다.

"우린 타운을 지키겠다고 약속했어. 우리는 명확한 지시를 받아야 돼. 짐 덩이는 잘라내야 하고."

"짐 덩이라. 그래서 로가 우리를 어떻게 할 계획인데?"

리어가 비참하게 다른 네 명을 쳐다보았다. 케이티는 그들이 전혀 모른다는 사실을 알아채고 불안감을 느꼈다.

"그렇군. 참으로 도움되는 조언자들이네. 하나 쓸모없지만."

"입 닥쳐, 케이티!"

개빈이 소리쳤다. 그가 바닥의 양동이를 걷어차자 양동이가 위험할 정도로 흔들렸다. 물이 가장자리로 흘러넘쳐 조너선의 발치를 적셨다.

"이래서 내가 널 뽑지 않은 거야, 개빈. 네 가슴속에는 구멍이 있고, 넌 그걸 뭘로든 채울 테니까. 질은 중요치 않거든."

조너선이 말했다. 개빈이 칼을 들어 올렸지만 리어가 그의 팔을 잡고 재빨리 말했다.

"우린 물만 갖다주기로 되어 있어."

개빈은 분노에 차서 한참이나 조너선과 케이티 두 사람을 쳐다보다가 칼을 도로 꽂고 문으로 향했다.

"이리 나와. 쟤네는 더 이상 우리 문제가 아니야."

케이티는 이를 드러냈다. 바로 직전에 그녀는 개빈이 너무 멍청해서 화를 낼 가치도 없다고 생각했다. 하지만 그의 말, 그들을 무시하는 말, 그가 그러기로 결심했다고 해서 이 상황에서 그냥 발을 뺄 수 있다고 생각하는 그 말에 케이티의 머릿속에서 조그만 불길이 펑펑 터지는 것 같았다.

"난 네 문제가 될 거야, 개빈 머피!"

남자들이 문을 나가는 동안 그녀가 그들의 뒤에 대고 소리를 질렀다.

"넌 배신자고 내가 여기서 나가면 그런 식으로 널 대할 거야! 로도 나한테서 널 보호해주지 못할걸!"

그들 뒤로 문이 쾅 닫혔지만 케이티는 창백하고 갑자기 겁에 질린 개빈의 얼굴을 힐끗 볼 수 있었다. 그녀는 이를 드러내고 그를 보며 씩 웃었고, 다음 순간 자물쇠가 철컥 잠기고 불빛이 사라졌다.

"난 늘 허세에 감탄했어. 하지만 그 협박을 실행하는 건 좀 힘들 거 같은데."

조너선이 덤덤하게 말했다.

"상관없어. 그는 로를 두려워해. 그러니까 나도 두려워할 수 있겠지."

"개빈은 모든 걸 두려워해. 그래서 조종하기가 그렇게 쉬운 거야. 그 두려움이 선크로싱 시대를 지배했지. 아버지가 종종 그 이야기를 하셨어. 나라 전체가 국경을 닫고 그 가공의 위협을 몰아내기 위해서 벽을 세웠대. 상상이 가?"

"응."

케이티가 짧게 대답했다. 티어의 훌륭한 마을이 망가지는 데에 겨우 20년밖에 걸리지 않았다. 로에게 필요했던 것은 교회와 기묘하게도 믿음의 부재뿐이었다. 그녀는 이제 뭐든 믿을 수 있을 것 같았다. 그녀는 벽에 머리를 기대고 눈을 감았다. 왠지 모르게 이렇게 하는 편이 어둠을 견디기에 더 쉬웠다.

"너희 아버지는 어떻게 그 사람들을 이기신 거야?"

"이기지 못하셨어. 노력하셨지만 결국에는 도망치는 것밖에 선택지가 없었지. 그들은 그걸 크로싱이라고 부르지만, 사실은 후퇴였을 뿐이야. 그리고 이제는 그것마저 실패했지."

그의 목소리는 공허했다. 하도 공허해서 케이티의 심장으로 곧장 날아와 반으로 갈라놓는 것처럼 느껴졌다. 그녀는 어둠 속에서 그의 손을 더듬어 찾아서 손가락에 깍지를 꼈다.

"바보처럼 굴지 마."

"그런 게 아니야."

갑자기 무언가 결심한 것처럼 조너선의 목소리가 강해졌다.

"네가 날 위해서 뭔가 해줬으면 해."

"뭔데?"

어둠 속에서 금속 소리가 울렸고 무언가가 목으로 미끄러지고 무거운 돌조각이 가슴뼈 위에 부딪치는 느낌에 그녀는 펄쩍 뛰었다.

"뭐 하는 거야?"

"이걸 너한테 주는 거야."

"왜?"

"왜냐하면 네가 나보다 강하니까. 항상 그랬어. 네가 훨씬 더 오래 버틸 거야."

조녀선의 목소리는 어둠 속에서 씁쓸하게 들렸다.

"우리 둘 다 무너지지 않을 거야."

"난 무너질 거야. 우리한테는 선택지가 없어. 이게 아무것도 안 하는 것보다는 나아."

조녀선이 그녀의 손을 꼭 쥐었다. 케이티는 인상을 찌푸렸다. 티어가 사람들은 실용주의자였다. 항상 그랬다. 하지만 그녀는 자신도 모르게 더 나은 것을 바랐다. 타협이 아니라 묘책을, 통치의 성배를 원했다. 그 완벽한 단 한 가지는 어디에 있을까? 그것만 찾을 수 있다면 그게 효력을 발휘하게 만드는 데에 평생을 바칠 마음이 있었다.

지하 감옥에서 하는 말치고는 멋지네, 조녀선의 목소리가 그녀를 조롱했다.

케이티는 인상을 찌푸리다가 다시 머리를 기댔다. 이제는 기다리면서 머릿속을 정리하고 그녀의 가장 오래되고 친했던 친구가 그녀에게 휘두를 칼을 들고 저 문으로 들어올 때만 기다릴 차례였다.

시간이 흘렀다. 몇 시간, 어쩌면 며칠인지도 몰랐다. 가끔 그녀는 조녀선의 어깨에 기대서 잤고 가끔은 그가 그녀에게 기댔다. 가끔씩 자신이 어디 있는지 기억하지 못한 채 어둠 속에서 깨어났지만, 조녀선의 손이 그녀의 손을 잡고 있는 것을 느꼈고, 그러면 그들이 지하 감옥에 있든 공터에 있든, 타운 안에 있든 밖에 있든 아무 상관도 없다는 생각이 들었다. 한 가지 목적으로 단결된 그들 둘이 함께였고, 그 사실이 그들을 이전보다 천배쯤 더 가깝게 만들어주었다. 너부 가까워서 조너선의 손이 그녀의 셔츠 아래로 들어오고 케이티가 그의 무릎 위로 올라갔을 때 이것이 그들이 이미 도달한 곳에서 자연스럽게 이어지는 결과처럼 느껴질 정도였다. 사랑은 아니지만 그보다 천배쯤 더 강력한 것이었다. 조너선이 그녀의 안으로 들어와 그녀의 머리카락을 당겨 목을 드러내자 케이티는 쾌감에 비명을 지를 뻔했다. 그녀의 목에서 사파이어가 빛나면서 조너선과 그녀 자신의 얼굴을 비추었고, 그녀는 그 역시 완전히 그 자신이 아니라 다른 것에게 사로잡혀 있다는 것을 깨달았다. 곧 그녀의 정신도 멈칫거리고 끊기다가 폭발하며 한 가지 생각만을 반복했다. *이제 우린 함께야 이제 우린 하나야—*

다 끝난 후 그들은 잠이 들었다. 조너선은 아무 말도 하지 않았고 케이티 역시 마찬가지였지만 두 사람 다 정말로 잠든 건 아니었다. 그들은 제각기 기다리고 있었다……. 각자의 방식으로 이 궁극적인 순간을 대비하고 있었다. 자물쇠가 달칵 열리고 문이 열리는 순간을.

14장
거대한 도박

마침내 닥친 뉴런던 침공은 사람들이 상상한 것과는 완전히 달랐다. 천 명이 넘는 모트 병사들이 무방비한 도시로 들이닥쳐 물건을 약탈하고 불을 질렀고, 그중에서 오백 명은 왕궁을 포위했다. 교황이 이 군대를 고용했다. 나중에 나온 증거에 따르면 그들을 은밀하게 데려오는 데에 엄청난 돈을 썼다. 하지만 용병을 고용하는 경우가 종종 그렇듯이 실제 결과는 바라던 결과와는 달랐다. 모트군은 형편없이 이용당했다고 느꼈고, 그래서 재물만이 아니라 피와 복수를 원했다. 대학살의 정도는 추측만 할 수 있다. 그 일을 기록할 사람이 거의 살아남지 못했고 그 사람들도 무언가를 쓸 수 있는 상태가 아니었기 때문이다…….

—《군사국가로서의 티어링》, 순교자 캘로

자신의 도시를 바라보며 켈시는 기묘하게 두 가지로 보이는 감각을 느꼈다. 그녀는 자신이 아주 잘 아는 도시 뉴런던을 바라보고 있었다. 언덕 위에 옹기종기 모인 집들, 회색 성채 왕궁, 하얀 탑 아배스, 이 모든 것들이 낯익었다. 하지만 동시에 케이티의 눈을 통해서도 도시를 볼 수 있었다. 망가진 가능성의 거대한 암 덩어리. 뉴런던이 어떤 도시가 되어야 했는지를 알고 나니 이런 결말을 보는 것이 훨씬 더 힘들었다.

도시 서쪽은 불길에 휩싸여 있었다. 남서쪽 언덕 아래인 여기서도 켈시는 사람들이 불길을 피해 도망치며 지르는 비명을 들을 수 있었으나 불길만이 문제라고 착각하지는 않았다. 모트군이 도시 전역에 퍼져 있었다. 서쪽 부분에는 벽이 없어서 아래쪽 주택지인 벤드 저지대로 언덕을 올라가는 것이 쉬웠다. 하지만 켈시는 어디서부터 시작해야 할지 알 수가 없었다. 그녀는 무장한 사람들, 홀과 남은 군대, 근위대에 둘러싸여 있었다. 하지만 그들로는 부족했다. 힘으로 도시를 탈환할 수는 없었다.

"폐하."

메이스가 다급하게 말했다.

그녀는 남쪽으로, 마지막 날 동안 그들을 계속해서 따라온 거대한 먼지구름 쪽으로 돌아섰다. 처음에는 지평선에서 공기가 조그맣게 약간 흔들리는 정도에 불과했지만 지난 몇 시간 사이에 앨먼트 저지대에 넓게 퍼진 먼지구름으로 변했다. 근위대는 연신 불편한 눈으로 뒤를 돌아보았지만 멈출 시간이 없었다. 켈시가 페치를 돌아보자, 그가 커다랗고 무력한 눈으로 자신을 보고 있었다.

"그가 당신 때문에 오는 건가요?"

그녀가 물었다.

"아니, 티어의 여왕님. 너 때문이지."

"무슨 소리를 지껄이고 있는 거야? 똑바로 말을 해. 저게 뭔데?"

엘스턴이 물었다.

"고아."

"고아는 어린애들 동화야."

다이어가 반박했다.

"쉿, 다이어."

갑자기 뭔가 생각이 떠올라서 켈시는 페치 옆으로 다가가 몸을 기울였다.

"로에게 정말로 무슨 일이 있었죠? 조녀선이 죽은 다음에요."

"저주를 받았지. 우린 케이티가 조녀선의 마법을 가졌다는 걸 몰랐어. 조녀선이 죽은 다음에야 알게 됐지. 그리고 그걸 알고 나니 로조차도 그녀를 건드릴 수가 없었어. 그녀는 도망쳤지만 우선 우리 모두를 저주했지."

페치가 주위에 있는 네 명의 남자들을 가리켰고 그들이 우울하게 고개를 끄덕였다. 그는 비운의 눈빛으로 다시 뒤쪽의 먼지구름을 쳐다보았다.

"그녀는 우리를 배신자로 저주했고, 우린 여전히 그 대가를 치르고 또 치르고 있어."

"로는요?"

"케이티가 로에게 뭘 했는지는 몰라. 로는 희미해지기 시작했고, 그러다가 그냥 사라져버렸어. 타운은 분열되어 서로 싸우게 됐고 저절로 갈라졌어. 사람들의 절반은 평원을 가로질러 동쪽으로 떠났지. 몇 년이 지나서야 우리는 로가 죽은 게 아니라 페어위치에 있다는 걸 알게 됐어."

"그리고 내가 그를 풀어줬고요."

켈시가 중얼거렸다. 이제 그들을 보기 위해 망원경도 필요하지 않았다. 조그맣고 까만 형체들이 떼로 모여 네발로 평원을 가로질러 북쪽으로 달려오고 있었다. 그녀가 그들을 이 도시로 끌고 온 걸까, 아니면 내내 여기로 오고 있었을까? 자신도 몰랐지만 더 이상은 별로 중요하지 않았다. 그녀는 근본적인 답이 뭔지 몰랐다……. 현재로서는 어쨌든 몰랐다. 로 핀이 어떤 존재가 됐는지 모르겠지만 그를 여기서 물리칠 수는 없을 거라는 생각이 들었다. 이 문제는 다른 많은 것들처럼 과거에 시작되었고 이제는 고치기에 너무 늦었다.

"레이니, 움직여야 합니다. 당장요."

메이스가 다시 말했다.

켈시는 고개를 끄덕이고서 다시 언덕을 올려다보았다. 시급한 문제가 바로 저기 있었다. 그녀는 왕궁으로 들어가야 했지만 그곳은 대혼란이 지배하고 있었다. 도시는 폭력에 점령되었다……. 그로 인해 켈시는 그간 내내 있던 곳으로 되돌아가는 수밖에 없었다.

그녀는 주머니를 뒤져 로의 사파이어를 꺼냈다. 파란 단면이 꺼져가는 빛 속에서 반짝거렸고, 켈시는 다시금 보석이 그녀에게 윙크를 한다는 불편한 느낌을 받았다. 마치 걸 테면 걸어보라고 그녀에게 도전하는 것 같았다.

나한테 어떤 선택권이 있는데? 그녀가 물었다. *칼린은 나에게 무력을 피하라고 가르쳤지만 이 세계는 무력으로 통제돼. 다른 것을 하기엔 너무 늦었어.*

그녀는 언덕가에서 주위에 모여 있는 근위대들을 둘러보았다. 홀 장군과 그의 쌍둥이 형제도 여기 있었고, 홀의 불쌍한 병사들 무리는 수십 킬로미터 떨어진 비탈 아래쪽에서 기다리고 있었다. 도시까지 그들을 따라오겠다고 고집을 부린 이웬 역시 여기 있었다. 브래드쇼가 이웬을 자기 말에 태웠던 것 같지만, 이 여정에 관해서는 제대로 생각나지 않았다. 너무 많은 거리를 케이티의 정신 속에서 헤매며 지나왔다. 하지만 지금, 마지막 순간에 그녀는 이웬이 여기 함께 있는 것을 유감스럽게 생각했다. 그가 안전하게 뒤에 남았더라면 좋았을 텐데. 그녀의 근위대, 그녀의 나라, 모두 안전하게 지킬 수 있다면, 그들 모두를 꽁꽁 싸서 과거 혹은 미래 속에 숨겨둘 수 있다면 좋았을 텐데. 현재만 아니라면 어디라도 좋을 것이다. 그녀는 손가락으로 목걸이를 흔들며 사슬에서 빛이 반짝이는 것을 보았다.

힘. 다른 모든 선택권이 다 사라졌으니 힘밖에 남은 게 없어. 칼린도 그

걸 알 거야.

"우린 저기로 갈 거예요. 왕궁으로요. 그대들의 첫 번째 본능이 나를 보호하는 거라는 걸 알지만—"

그녀의 말에 다이어가 중얼거렸다.

"이제 나온다."

"하지만 부디 내 부탁을 들어 서로를 보호해줘요. 알겠어요, 다이어?"

"네, 레이디, 그럼요! 그게 제가 해야 하는 임무니까요. 여왕 폐하는 혼자 가시게 놔두고 다른 근위병을 지키는 것 말입니다."

그녀는 잠시 그를 노려보다가 자신이 이러고 있을 수 없음을 깨달았다. 잠시 후 그녀는 고개를 흔들고 말을 이었다.

"말대답 그만두고, 내 말은 진심이에요. 내가 이걸 걸면 무슨 일이 생길지 나도 모르지만—"

그녀가 사파이어를 들어 올리고서 말을 이었다.

"—별로 안전한 일은 아닐 거예요. 내가 나 자신이 아닐 수도 있어요. 아마도—"

스페이드의 여왕이 되겠지.

그녀는 침을 삼켰다.

"모두가 내 앞에서 비켜 있기를 바라요. 알겠죠?"

근위병들 누구도 그녀와 눈을 마주치지 못했다. 다만 메이스는 수많은 의미를 담고 눈썹을 치켜세웠다.

"나 진심이에요."

"우리 갈 건가요, 아니면 저것들이 여기까지 따라와서 우리 입에 키스하기를 기다리고 있는 건가요?"

엘스턴이 물었다.

켈시는 뒤를 돌아보고 어린애들 무리가 거의 언덕 아래까지 왔다는 것을 깨달았다. 깊게 숨을 들이켜고 그녀는 두 번째 목걸이를 걸었다. 그것이 가슴 사이에 자리 잡자마자 끔찍한 편안함을, 오래전에 무너졌지만 어쨌든 간에 집인 장소로 돌아왔다는 편안함을 느꼈다.

"가요."

그녀가 그들에게 말하고서 그들이 따라오는지 아닌지 확인하지 않고서 언덕을 올라가기 시작했다.

"지금이에요."

아이사가 나직하게 말했고 타일러 신부는 고개를 끄덕였다.

그들은 함께 머리 위의 격자 창살을 밀었다. 그것은 속이 꽉 찬 철로 되어 있어 무거웠지만 아이사는 창살이 움직이는 것을 느낄 수 있었다. 그들이 튼튼한 남자들이었다면 아무 문제 없었을 것이다. 하지만 타일러 신부는 대단히 약해진 상태였고 아이사의 몸은 열에 시달리고 있었다. 상처 입은 팔이 혈관 속으로 녹은 철을 흘려보내는 느낌이었다. 아이사의 등 전체가 욱신거릴 때까지 창살을 밀었지만 여전히 짙은 밤하늘에서 초승달이 4분의 1밖에 보이지 않았다.

"그래도 이 정도면 대단한 거예요. 몇 분만 더 해보고서 우리—"

아이사가 말을 하다가 입을 다물고 귀를 바싹 세웠다.

"그들이니?"

타일러 신부가 속삭였으나 아이사는 조용히 하라는 의미로 그의 팔목에 한 손을 올렸다. 아래쪽 터널에서 부츠가 돌에 스치는 것 같은 소리가 들린 것 같았다.

"다시요. 빨리."

그녀가 나직하게 말했다. 두 사람은 뚜껑 가장자리를 잡고 밀었다. 아이사의 눈앞에서 밝은 빛이 흔들거렸지만 뚜껑은 이제 반쯤 열렸다. 별빛이 그들이 올라서 있는 사다리 가장자리를 비추었고 잠깐 동안 아이사의 균형 감각이 흔들려 그녀가 방금 올라온 터널 속으로가 아니라 그녀가 전혀 알지 못하는 더 깊은 어둠 속으로 떨어질 것만 같았다.

"이 정도면 빠져나갈 수 있을 거야."

타일러 신부가 중얼거렸다. 그가 사다리를 몇 개 더 올라가서 마른 몸을 반달 모양 구멍으로 밀어 넣고 바깥으로 몸을 들어 올려 빠져나갔다. 그가 옆구리에 멘 가죽 가방이 사다리 위쪽에 부딪쳐 텅 소리를 내자 아이사는 움찔했다. 아래쪽 터널에 있는 모든 사람들이 그 소리를 들었을 것이다.

아이사는 며칠 전에 케이든이 앞장서서 가는 동안 주 터널의 깊숙한 틈새로 몰래 빠져나왔다. 쉬운 결정은 아니었다. 그녀는 이 네 남자들에게 엄청난 충성심을 느끼고 있었기 때문이다. 하지만 여왕에 대한 충성심이 더 컸고, 여왕이 타일러 신부가 안전하게 왕궁으로 돌아오기를 바란다는 걸 알고 있었다. 그리고 이게 비교적 빠르고 간단한 일일 거라고 생각했었다. 타일러 신부를 숨어 있는 벽감에서 데리고 나와서 몰래 왕궁으로 데려다 놓은 다음에 아무도 모르는 새에 돌아오면 된다고 생각했다. 그런 다음에 하루 이틀 정도 터널에서 길을 잃었다고 주장하면 될 것이다. 아주 깔끔하고 아주 간단했다.

그녀는 케이든이 바보가 아니라는 걸 잊고 있었다.

돌이켜보면 그녀가 타일러 신부를 발견했던 그 순간에 뭔가 문제가 있다는 걸 그들이 알아챘던 것 같았다. 그녀는 그를 거기 남겨두고 오는 것이 불편했고, 그런 걱정이 드러났던 것이다. 그녀가 빠져나오자 케이든은 그녀가 생각한 것처럼 터널 위쪽으로 가는 대신에 그녀가 어디로 가서 뭘 하는지 보려고 숨어서 기다렸다. 오늘 아침이 되어서야 그녀는 자신과 타일러 신부가 터널 안에서 추적당하고 있다고 의심하기 시작했고, 그 무렵에는 다른 계획을 세우기엔 이미 늦었다. 그들은 거트의 남쪽 가장자리, 아이사가 잘 알지 못하는 미궁 지역에 있었고 그녀에게는 여기를 파악할 능력이 없었다. 밖으로 나가는 것이 최선의 희망인 것 같았지만 그것 역시 위험을 내포하고 있었고, 그래서 어두워질 때까지 기다려야만 했다.

타일러 신부는 밖으로 나가자마자 맨홀 뚜껑을 다시 밀기 시작했다. 이제 몸이 좀 더 잘 지탱되니 그 혼자서도 원형 철판을 완전히 밀어낼 수 있었다. 그가 구멍 안으로 손을 내밀었다.

"어서 오렴, 아이야. 몸을 들어 올려."

아이사는 몸을 올렸다. 평소에는 아이라고 불리면 화가 났지만, 이 늙은 사제가 그렇게 부르니 화가 나지 않았다. 그녀는 그의 손을 잡고 무릎을 구부려 뛰어오르려고 했지만, 손 하나에 발목을 잡히자 가는 비명을 질렀다.

"어디로 갈 생각이지, 꼬마?"

다급하게 발로 차며 아래를 내려다보니 흐릿한 빛 속에서 대니얼의 얼굴이 보였다. 그녀의 발길질은 효과가 없었다. 발목을 잡은 손은 강철 같았다. 다시금 그녀는 그냥 포기할까 생각했다. 며칠째 그녀는 죽음에 가까워지고 있었다. 사제에 대한 걱정 때문에 그 음울한 유령과 싸울 수 있었던 거였다.

"우린 너한테 새 출발을 할 기회를 줬어, 꼬마. 그런데 넌 우리에게 이런 식으로 갚는 거냐? 너 혼자서 만 파운드의 현상금을 독차지하려고?"

대니얼이 날카롭게 말했다.

"전 현상금을 바라는 게 아니에요."

그녀가 숨을 헐떡였다. 대니얼의 얼굴이 더 가까워졌고 그녀는 그가 아래에서 사다리를 올라오고 있다는 걸 깨닫고 불안감을 느꼈다. 그의 다른 손이 그녀의 종아리를 잡고 꽉 쥐자 그녀가 다시 비명을 질렀다.

"우리는 길드야, 이 사기꾼 꼬마 녀석. 아무도 길드에 돈을 비밀로 할 순 없어."

"거짓말! 당신은 그랬잖아요! 얘기 들었어요! 레이디 크로스요! 당신이 그 여자를 보내주고 돈을 차지해서 그 사람들이 당신을 내쫓았잖아요!"

그녀가 헐떡거리며 외쳤다. 대니얼이 입을 딱 벌리고 그녀를 보았다. 그 순간에 타일러 신부가 구멍 안으로 몸을 기울이고 가방을 날카롭게 휘둘렀다. 가방의 모서리가 대니얼의 얼굴에 맞았고 그가 비명을 지르며 사다리 아래로 떨어졌다.

"이리 와라, 얘야! 당장!"

타일러 신부가 소리쳤다.

아이사는 그의 손을 잡았고 그가 그녀를 구멍에서 끄집어냈다. 그녀는 즉시 자신이 위치를 잘못 생각했다는 걸 깨달았다. 그들은 거트에 있는 게 아니라 벤드 저지대 가장자리에 있었다. 여기서는 쉽게 방향을 찾을 수 있지만, 왕궁 잔디밭에서 최소한 1.5킬로미터는 떨어져 있었다. 너무 멀었다. 그녀는 뛰는 건 고사하고 간신히 걸을 수 있을 정도였다. 팔은 고통의 도가니였다.

그녀의 발치 구멍에서 욕설 소리가 들리고 곧 사다리를 올라오는 묵직한 부츠 소리가 들렸다.

"아이야, 가야 된다!"

타일러 신부가 그녀의 성한 팔을 잡고 당겼다. 아이사는 고통과 열 때문에 반쯤 눈앞이 흐릿한 상태로 눈을 깜박였다. 보이는 게 거의 없었고 머릿속에서 오래전에 들은 굵은 목소리가 들렸다. 아버지의 목소리였지만, 아빠의 목소리는 아니었다.

"고통."

그녀가 불이 환한 창문을 끝없이 지나쳐 가며 눈을 가린 채 사제를 향해 중얼거렸다.

"고통은 그저……."

다리가 풀렸고 그녀의 몸이 쓰러지기 시작했다. 삼시 후, 그녀는 거의 느끼지 못했지만 사제가 그녀를 들고 품에 안은 채 달리기 시작했다. 뛸 때마다 아이사의 머리가 쪼개지는 것 같았지만 타일러 신부는 어디로 가야 하는지 아는 것 같았다. 그가 근처의 뒷골목을 지나서 또 다른 곳을 지나 신중하게 거트 가장자리로, 도시 중심부를 향해 달려갔기 때문이다.

제이블은 배가 고팠다. 굶주림이 배 속 깊은 곳에서 돌덩어리처럼, 짜증나게 깔짝대는 고통처럼 느껴졌다. 메스꺼움과 너무나 가까워서 가끔은 그 차이를 알 수가 없었다. 한동안 고통이 사라져서 완전히 잊었다가 음식 냄새를 한 번만 맡으면 굶주림이 순식간에 되살아났다. 그들은 이미 식량 제한을 시작했고, 이제는 정문 경비들이 아무리 열심히 일해도 하루에 두 번 소량밖에는 먹을 수가 없었다. 왕궁은 여전히 모트 침공에 대비해서 물자가 꽤 비축되어 있었고, 필요하면 식량은 한참 동안 버틸 수 있을 정도였다. 하지만 포위는 포위였다.

한참을 싸운 끝에 그들은 마침내 왕궁 정문을 닫고 나무 빗장을 지르는 데 성공했다. 모트군이 자는 사이에 빌이 용맹하게 소규모 부대를 이끌고 벽을 지나 도개교에 벽돌 벽을 쌓았고, 그들이 깨어날 무렵에는 모르타르가 굳어서 완벽하게 장벽이 되었다. 하지만 어제 모트군이 벽을 부수고 다시 정문을 공격하기 시작했다. 나무 보강 벽은 차츰 약해졌지만 빌은 신경 쓰지 않는 것 같았다. 그는 진정한 영웅이었다. 자신에 대해 생각하지 않고 왕궁에 갇힌 위쪽의 여자들과 아이들을 걱정했다. 하지만 빌은 영웅일지 몰라도 제이블은 겁이 났다.

가끔씩 빌은 정문 경비 두세 명을 데리고 고층 발코니로 나가서 도시 전역을 바라보았다. 별로 좋은 광경은 아니었다. 아래쪽 잔디밭과 도개교에는 모트군이 가득했고, 도시에서는 그 두 배는 되는 모트 병사들이 불을 지르고 물건을 훔치고 더 끔찍한 짓들을 하고 있었다. 제이블은 보고 싶지 않았지만 자신도 어쩔 수가 없었다. 위치가 너무 좋았고, 비명 소리가 잔디밭을 따라 쉽게 들렸다. 하지만 오늘은 도시의 서쪽 하늘로 치솟는 불길에서 나오는 연기에 가려서 풍경이 다행스러울 정도로 흐릿했다.

"저 불이 여기까지 타고 오면 좋을 텐데 말이죠. 아래의 저놈들한테 기름이 있는데, 버릴 데가 아무 데도 없거든요."

마틴이 말했다.

"불은 우리한테도 안 좋아. 여기엔 나무가 너무 많아. 다리도 나무라고."

빌이 말했다. 제이블은 침묵을 지켰다. 사방이 불로 둘러싸인 채 여기 갇힌다는 생각은 고려하기조차 싫을 만큼 끔찍했다. 그는 거의 백 번째로 왜 자신은 주위의 다른 사람들처럼 용감하게 태어나지 못했을까 생각했다. 그의 비겁함이 누구에게 좋은 일을 한 적이 있나? 경멸감 가득하던 앨리의 얼굴이 떠오르자 그는 그녀의 시선에서 물러나려는 것처럼 눈을 감았다.

"교황은 오늘 모습을 드러냈어?"

빌이 물었다.

"아직요. 하지만 곧 여기 올 거예요. 이건 교황의 군대니까. 여왕 폐하께서 그자를 반역죄에 처하셔야 하는데."

마틴이 대답했다.

"무슨 여왕? 여기 여왕이 있어?"

"제 말뜻은—"

"네 말뜻 알아. 됐어. 아래로 가자고. 우리도 좀 자야지."

빌이 지친 듯이 말했다. 하지만 1층에 도착해보니 전혀 조용하지 않았다. 정문 앞에서 정문 경비대 전체와 여왕의 근위대가 서로 정면으로 맞서고 있었고, 제이블이 쉽게 알아볼 수 있는 여자도 함께였다. 여왕의 마녀 안달리였다. 옆에는 그녀의 손을 잡고 전에 제이블에게 말을 했던 그 조그만 여자아이가 있었다. 그는 그들을 보고서 몸을 떨었다.

"이게 뭐야? 왜 제자리에 안 있는 거지?"

빌이 물었다.

"저 여자요, 대장. 저 여자가 문을 열라고 고집하고 있습니다."

이선이 대답했다.

빌이 불안한 눈길로 안달리를 돌아보고 말했다.

"말도 안 돼."

"여왕 폐하께서 오세요. 문을 열어요."

그녀가 말했다.

여왕의 근위대 한 명이 앞으로 나왔다. 제이블이 전에 본 적 있는 궁수였다. 그는 소년기를 겨우 벗어난 정도였지만 태도가 하도 호전적이라 빌이 뒤로 한 걸음 물러설 정도였다.

"메이스가 안달리에게 지휘권을 맡겼어요! 당장 문을 열어요!"

궁수가 소리치며 빌을 밀었고, 빌이 뒤로 넘어졌다. 마르코와 제러미가 검을 뽑았지만 그들은 스무 명이 넘는 여왕의 근위대를 마주하고 있었고 그들 모두가 철저하게 무장하고 있었다. 제이블은 한참이나 앞에 있는 남자들을 바라보았지만 그는 그들을 보는 게 아니었다. 대신에 수많은 슬픔을 안고 머리 위에는 왕관을 쓴 여자, 키가 크고 말 위에 앉아 있는 여자를 보고 있었다. 머릿속으로 여자들과 아이들의 비명 소리가 들렸다.

문을 여는 데에는 용감한 남자가 필요하지, 다이어의 목소리가 속삭였다.

당신은 용감한가요, 제이블? 앨리의 목소리는 잔인하지도 상냥하지도 않고, 그저 회의적일 뿐이었다. 그리고 마지막으로 오래전 왕궁에서 여왕의 목소리가 들렸다.

알고 싶지 않나?

제이블은 알고 싶었다.

잠시 후 그는 뒤에 있는 문으로 돌아서서 다급하게 나무판자를 한 번에 하나씩 끌어내리고 강화 벽을 뜯어내기 시작했다. 여러 개의 손이 그의 어깨를 잡고 그를 뒤로 당겼으나 결국에는 멈췄다. 다른 손들이 그를 돕기 시작하는 것을 깨닫고 그는 기뻤다. 많은 손이 쌓여 있는 거대한 나무판을 끌어 내렸고 서서히 두꺼운 참나무로 된 왕궁 정문이 드러나기 시작했다.

아배스가 제일 먼저 무너진 건물이었다.

건물은 빠르게, 너무 빠르게 무너져서 켈시는 마치 속은 기분이었다. 제대로 된 첫 봄바람에 나무 위에서 눈이 녹아 떨어지듯이 교황의 집이 조각조각 떨어지고 우선 하얀 돌에 금이 가고 한 꺼풀씩 일어나다가 커다란 덩어리가 되어 떨어지는 꼴을 보고 싶었다. 건물이 산산조각으로 무너지는 걸 보고 싶었다. 하지만 무너지는 게 너무 빨랐다. 치솟은 하얀 첨탑으로 정신을 집중하자마자 표면에 넓게 금이 갔다. 금이 너무 두꺼워서 여기서도 보일 정도였다. 꼭대기에 있던 반짝이는 십자가가 제일 먼저 떨어져 바닥으로 곤두박질쳤고, 10초 안에 건물 전체가 먼지 폭풍을 일으키면서 무너져버렸다.

속았든 아니든 어쨌든 잘된 일이었다. 이제야 켈시는 지난 몇 달 동안 자신이 얼마나 많은 부분을 포기했는지, 자신의 성격에서 얼마나 많은 부분이 지하 감옥에서 살아남기 위해 스스로에게 가한 혹독한 자기통제 아래 약해지고 꼼짝 못 하고 있었는지를 깨달았다. 여기서는 모든 것들이 회색빛이었고 그녀의 성질이 멋대로 치솟아 펄펄 뛸 여지가 없었다. 그녀가 거의 미친 게 아닐까, 하는 선을 넘어서서 완전히 광기에 빠져버린다 해도 그걸 깨닫기나 할까 궁금했다. 어쩌면 그게 정해진 다음 단계일지도 모른다는 생각이 들었다.

상관없었다. 지금 그녀는 자유였다.

희미하게 그녀의 근위대가 주위에서 도시를 가로지르며 따라오고 있다는 걸 깨달았다. 그들 모두가 달리고 있었고 로 핀의 생물들이 바로 뒤를 쫓아왔다. 이제 켈시는 그리 멀리 떨어지지 않은 곳에서 모든 관심을 그녀에게 집중한 그 남자의 존재를 느낄 수 있었다. 가끔 그녀는 그의 눈길까지도 느껴지는 것 같았다. 몇 번이나 근위병들이 멈춰서 뒤쪽의 거리를 향해 화살을 쏘았으나 켈시는 아무것도 맞히지 못했다는 걸 알았다. 로의 어린 애들은 너무 빨랐다.

그들은 중앙광장을 지났다. 켈시는 사람들이 앞길에서 흩어지는 것을 본다기보다는 거의 느꼈다. 이 사람들은 중요하게 느껴지지 않았다. 그들의 문제는 아주 사소했다. 켈시는 지나가는 동안 그들을 느꼈다. 부부간의 문제, 돈 문제, 술 문제.

그들은 흩어질 거야. 그녀는 이 여행이 그녀 자신의 정당성을 입증해야 하는 논쟁이라도 되는 것처럼 음울하게 생각했다. 그들은 흩어져야 해. 난 *스페이드의 여왕이야.*

그들은 두 언덕 사이 움푹한 골짜기에 주택과 건물들이 자리한 거트 바깥쪽을 빙 돌아갔다. 한때 이 움푹한 지역은 윌리엄 티어의 유토피아주의자들이 만나서 투표로 문제를 결정한 원형극장이었다. 진짜 민주정치라고 생각했지만, 실은 아니었다. 모든 것들의 뒤에는 티어가, 언제나 티어가 있었고, 그 원동력이 사라지자 타운에는 가장 최저의 공통분모 말고는 아무것도 남지 않았다. 리더십이 민주주의와 폭도 사이를 가로막는 유일한 것이었다. 거트를 가로지르는 동안 켈시는 아래쪽으로 언제 만들어졌는지 아무도 모르는 방과 터널로 된 거대한 개미굴인 크레슈를 느꼈다. 그 땅속 깊은 곳에 있는 지하 감옥이 떠오르자 켈시는 로가 크레슈를 직접 만든 걸까 생각했다. 그가 어둠 속에서 뭘 만들어냈을지 누가 알겠는가?

내가 그걸 막을 수만 있었어도, 그녀는 그렇게 생각했다. 그 생각은 이제 너무 익숙해서 그녀의 머릿속에서 말발굽으로 잘 다져진 코스처럼 느껴졌다. 누군가가 그걸 막을 수만 있었어도! 거트를 뒤로하고 떠나면서 켈시는 몇 달 전에 뉴런던 다리를 부술 때 했던 것처럼 땅바닥을 거대하게 갈라놓기 시작했다. 발아래 길이 떨렸으나 그녀는 남아서 자신의 작업이 만들어낸 결과를 보지 않았다. 어떤 식으로 흘러갈지 잘 알았다. 사이먼이 수많은 기계들의 작동 방식을 예측할 수 있는 것처럼 그녀도 그 효과를 예측할 수 있었다. 깊은 곳까지, 뉴런던의 어두운 심장부에 있는 토끼 굴 같은 터널들이 있는 곳까지 금이 생길 것이다. 버팀목이 무너지고 기단이 무너지고 심지어는 길거리까지도 그녀가 만든 균열 안으로 가라앉기 시작할 것이다. 몇 시간 혹은 며칠이 걸리겠지만 결국에 거트, 크레슈, 이 모든 것들은 먼 미래에 누군가가 끝없는 나무와 돌덩이들을 발굴하게 될 고고학적 지역으로 전락할 것이다.

"레이디, 안 됩니다! 저 여자아이요! 아이사요!"

메이스가 소리쳤다. 켈시는 그의 방해에 짜증이 났지만 한 귀로 흘렸다. 이 길거리 아래에서 생긴 어마어마한 고통에 비하면 하나의 생명이 뭐 그리 가치가 있단 말인가? 시간을 충분히 들이면 도시 전체가 땅에 생긴 구멍으로 무너져서 거대한 쓰레기 더미가 될 것이다. 그런 결과가 온당하게 느껴졌다. 망가진 기반 위에 뭘 다시 지을 수 있겠는가? 싹 쓸어버리고 새로 시작해야 할 것이다.

그건 로의 말이지.

케이티의 목소리였지만 켈시는 그것 역시 한 귀로 흘렸다. 재건에 관해서는 나중에 생각하자. 지금은 오로지 벌을 주고 싶었다. 중앙대로 아래쪽에서, 그녀가 다가가자 사람들이 흩어지는 곳에서 그녀는 모자 가게 앞에 서 있는 여자와 눈이 마주쳤다. 여자가 비명을 지르기 시작했다.

그들이 뭘 본 걸까? 켈시는 궁금했다. 몸을 돌리고 메이스에게 물어보려고 했으나 그는 어디에도 보이지 않았다. 6미터쯤 뒤에서 엘스턴이 검은 모트 군복을 입은 남자 여러 명과 싸우고 있었다.

모트군? 여기에? 그녀가 멍하니 생각했다.

그녀가 모트 병사들에게로 시선을 돌리자 그들의 제복 가슴팍이 피로 시커멓게 물들며 땅으로 떨어졌다. 나머지 근위병들은 여전히 그녀와 함께 있었으나 그들도 그녀를 쳐다보지 않았고 다른 곳에 시선을 두려고 애를 쓰는 게 보였다. 아무도 스페이드의 여왕을 좋아하지 않았다……. 메이스도, 근위병들도, 누구도. 사파이어가 피부 위에서 고동쳤고 이제 그녀는 머릿속으로 로 핀을, 그의 긴 삶을, 거의 끝이 없는 것처럼 쌓인 경험을 느낄 수 있었다. 하나만을 살필 여유는 없었지만 눈앞에 보였다.

그녀 자신의 통통한 손가락이 나무 바닥에서 공을 굴리며 놀고 있다

그녀의 쓸모없는 어머니가 탁자에 앉아 초를 켜놓고 울고 있고, 켈시는 여자를 바라보며 가슴속에 거의 증오가, 혐오감이 쌓이는 것을 느낀다

윌리엄 티어가 멀리 길 건너편에 서서 의심과 슬픔이 모두 드러나는 얼굴로 그녀를 바라본다

조너선 티어를 따라 길을 걸어가고, 두 사람 다 열 살이나 열한 살 정도밖에 안 된 어린 나이지만 켈시의 심장은 굶주림으로, 특별한 사람이 되고 싶고 타운의 총애를 한 몸에 받는 인물이 되고 싶은 굶주림으로 타오른다

그녀가 목을 조르자 아래에 깔린 젠 데블린의 눈이 툭 튀어나오고 뺨이

시뻘게지고 좋아하는 것도 싫어하는 것도 아닌 고통스러운 혼란이 눈에 어리지만, 그것은 선의를 갖고 사람을 쉽게 믿은 젠 자신의 탓이라고 생각할 뿐이다

손에 든 거칠게 쪼개진 사파이어 덩어리를 내려다보며 이걸로 뭘 해야 할지도 모르고, 어떤 일을 해낸 건지도 잘 모르지만, 그래도 최소한 드디어 여기에 *자신의 것*이 생겼다는 만족을 느낀다

그들은 대로의 오르막 꼭대기에 도착했다. 여기는 왕궁 잔디밭이었지만 그녀가 놔두고 간 대로의 모습은 아니었다. 더 많은 모트군이 잔디밭 여기저기에 서서 왕궁을 둘러싸고 있었다. 도개교는 내려왔고 문은 거의 무너진 것처럼 보였으나 모트군 상당수가 여전히 열심히 파성퇴를 휘두르고 있었다. 여러 명이 3층의 발코니를 노리고 왕궁의 돌로 된 외벽을 올라가려 했다.

"대장은 어디 있어?"

뒤에서 코린이 소리쳤다.

"없어! 대로까지는 우리와 함께 있었는데 그다음은 모르겠어!"

엘스턴이 마주 소리쳤다.

켐시는 고개를 흔들었다. 지금은 메이스든 다른 사람들에게든 신경을 쓸 수가 없었다. 처리해야 할 일이 있었다. 잔디밭 아래쪽에서 위에 십자가가 달린 하얀 천막을 발견했기 때문이다. 교황이 아배스를 빠져나온 거라면 더 잘된 일이었다. 그녀의 정신이 불을 찾아서, 로 핀이 항상 조종하던 불을 찾아서 그에게로 손을 뻗었고, 불을 찾아내자 기쁨에 숨을 들이켜며 하얀 천막이 타오르고 천 안쪽에서 남자들의 비명 소리가 들리는 것을 바라보았다. 벽의 남자들이 그다음이었다. 그들은 해자로 떨어져서 물 위에

거대한 핏자국만을 남기고 사라졌다. 문 앞의 남자들에게 기름이 있는 게 이제 보였다. 그들은 왕궁 앞쪽 넓은 지역에 불을 지를 생각이었던 것이다. 그녀는 남자들의 몸 안을 움켜잡고 비틀고서 잔디밭 위에 피가 흩어지고 그들의 몸이 서 있던 자리에서 그대로 쓰러지는 것을 미소를 띠고 바라보았다.

"레이디! 대장요!"

엘스턴의 목소리였다. 다시 짜증을 내며 켈시는 몸을 돌려 그가 가리키는, 대로로 들어오는 입구가 있는 언덕 위쪽을 보았다. 그 모습이 기억의 심금을 당겼다. 너무 명확해서 마치 데자뷔 같았다. 그녀는 몸을 떨며 약간 원래의 자신으로 돌아왔다.

─티어링의 백성들이여!─

그게 언제였더라?

잔디밭으로 들어오는 입구에서 메이스는 붉은 망토를 두른 네 남자와 싸우고 있었다. 추억의 날이었다. 잠깐 동안 켈시는 그들이 다시 카델 강가로 돌아가서 목숨을 걸고 싸우고 있는 걸까 생각했다. 메이스 옆에는 그의 커다란 몸에 비해 아주 조그맣게 보이는 형체가 싸우고 있었다. 조그만 전사의 두건이 내려가자 켈시는 안달리의 딸 아이사가 단도로 두 명의 케이든을 막으려 하는 것을 볼 수 있었다. 아이의 얼굴은 열로 발갛고 왼팔은 힘없이 옆구리에 늘어져 있었다. 이건 시범이 아니었다. 켈시의 눈앞에서 케이든 한 명이 아이를 잡고 팔로 목을 부러뜨렸다.

켈시의 뒤쪽, 왕궁에서 높은 비명 소리가 울렸다. 안달리였다. 하지만 켈시는 지금 거기에도 신경을 쓸 수가 없었다. 세 번째 형체가 켈시와 근위병들을 향해 언덕을 달려 내려왔고, 켈시의 안에서 솟구치던 폭력의 물결이 타일러 신부를 보는 순간 잦아들었다. 비현실적인 느낌이 다시 그녀를 덮쳤다. 어머니의 집에서 깨어난 이래로 계속 오락가락하는 반쯤 꿈속에 있는 듯한 바로 그 느낌이었다.

타일러 신부는 허수아비처럼 보였다. 더러운 옷은 그의 몸에서 돛처럼 펄럭거렸다. 메이스가 네 명의 케이든을 막으며 그가 안전하게 내려오게 길을 확보했다. 다이어와 키브가 그를 도우러 갔으나 그럴 필요 없었다. 켈시는 네 명의 망토 두른 남자들을 쉽게 처리할 수 있었다. 그녀는 더 이상 케이든도, 그 누구도 두렵지 않았다.

"그분을 안으로 모셔!"

메이스가 소리쳤다. 그는 다이어와 키브에게 그 임무를 맡기고 언덕을 달려 내려오며 그들을 앞으로 몰았다.

어디의 안으로? 켈시는 의아했지만 왕궁으로 몸을 돌리자 놀랍게도 문이 열려 있었다. 죽은 모트군들이 도개교 주변과 잔디밭 아래쪽에 널려 있었고 켈시는 그 광경에 감탄했다. 그녀가 그런 걸까? 아니, 물론 아니었다. 이건 스페이드의 여왕이 한 일이었다.

"레이디, 달리십쇼!"

엘스턴이 외치며 그녀의 팔을 잡고 언덕 위쪽을 가리켰다. 그의 시선을 따라갔다가 켈시는 오늘 처음으로 진짜 두려움이 솟구치는 것을 느꼈다. 대로 입구는 아이들로 가득했다. 너무 아이들 무리가 많아서 안으로 들어오려고 서로 밀치고 끼고 난리였다. 지하 감옥의 어린 여자아이처럼 그들 모두 네발로 움직였고, 그래서 그 한가운데 두 발로 서 있는 키 큰 형체를 구분하기가 쉬웠다. 창백한 하얀 피부에 번뜩거리는 눈을 가진 로 핀이었다. 그가 마침내 잘생긴 얼굴을 되찾았고, 켈시에게는 그를 막을 힘이 없었다. 그와 아이들의 주위로 뉴런던 벽 아래에서 군대를 보호하기 위해 붉은 여왕이 쳤던 것과 똑같은 방어막이, 벽이 느껴졌다.

"오세요, 레이디!"

엘스턴이 다시 소리쳤다. 켈시는 그에게 이끌려 잔디밭을 가로질렀다. 이제 그녀 주위를 근위병들이 확실하게 둘러싸고 있었고, 그녀는 다이어나 키브, 케이든이 어떻게 되었는지 볼 수가 없었다.

"폐하."

타일러 신부가 옆에서 헐떡였다. 평생 그녀는 이렇게 혹사당하고 쓰러지기 직전인 사람을 본 적이 없었다. 그가 두꺼운 끈을 내밀었고, 켈시는 그가 여전히 오래된 가방을 메고 있는 것을 깨달았다. 메고 다니기에는 형편없어 보이는 물건이었다. 그녀가 그걸 들어주기를 바라는 건가? 지금?

옛날의 켈시는 그를 위해 얼마든지 그걸 들어줬을 거야, 칼린의 목소리가 머릿속에서 조롱했다. 켈시는 인상을 찌푸리고 가방을 받았다.

"하느님, 감사합니다."

타일러 신부가 뺨 위로 눈물을 흘리면서 말했다.

"하느님, 감사합니다."

그녀는 혼란스러운 기분으로 그를 보았으나 그들은 이제 도개교를 건너 문으로 들어가고 있었다. 달리는 동안 메이스가 그들을 따라잡았고, 문을 통과하자마자 그가 명령을 외치며 부서진 벽돌 더미들 주위로 켈시를 데려갔다. 많은 얼굴들이 보였다. 품에 글리를 껴안고 공포로 하얗게 질린 안달리, 데빈, 심지어 정문 경비 제복을 입은 제이블도 있었다. 하지만 그들과 이야기할 시간이 없었다. 근위병들이 이미 그녀를 복도로 밀고 가고 있었기 때문이다. 그들 뒤로 로의 아이들이 그녀의 머릿속에서 울리는 것 같은 고음의 비명을 지르며 계속해서 다가오는 소리가 들렸다. 뒤를 돌아보니 통로는 이미 아이들로 가득했다. 그들은 정문 경비들을 덮치고, 벽과 천장으로 올라갔다. 그들의 움직임은 기괴하고 곤충 같았다. 타일러 신부의 가방이 켈시의 다리에 부딪쳐 무릎에 상처를 냈으나 그에게 돌려줄 수가 없었다. 사제는 뒤에 남았다.

"여기로."

메이스가 중앙 복도의 수많은 문 중 하나를 열며 말했다.

"안에 들어가서 문을 막자고."

그가 켈시를 안으로 밀었고, 그녀는 펜과 엘스턴, 이웬, 코린, 게일런이 안으로 따라 들어오는 것을 보고 안도했다. 메이스가 등 뒤로 문을 쾅 닫았다.

"문을 막아!"

그가 소리쳤다.

엘스턴과 코린이 어깨로 문을 받치자마자 문이 흔들리기 시작했다. 펜은 검을 손에 들고 켈시의 앞에 섰다. 그녀는 바닥에 주저앉아 눈을 깜박였다. 타일러 신부의 가방이 옆에서 텅 하고 바닥으로 떨어졌다.

"아, 맙소사, 라자러스. 난 완전히 실패했어요."

그녀가 중얼거렸다.

"그건 레이디답지 않으신 말씀입니다."

메이스가 나직하게 으르렁거리며 닫힌 문을 막고 있는 남자들 사이로 어깨를 밀었다.

"지금 와서 저한테 우는소리 하지 마십시오."

달리 내가 뭘 해야 되는데요? 그녀는 그렇게 묻고 싶었다. 메이스는 이 방을 잘 골랐다. 두꺼운 참나무 문이었으니까. 하지만 영원히 버티지는 못할 것이디. 스페이드의 여왕은 사라지고 이제 남은 건 그리 회복력이 강하지 않은 켈시뿐이었다. 강한 쾅 소리가 문을 흔들었고 방 안에 상처 난 나무의 신음 소리가 울렸다. 달리 할 수 있는 일이 없어서 켈시는 타일러 신부의 가방을 열었다가 두 개의 물건을 발견했다. 오래되어 너덜너덜한 성경과 커다란 빨간 상자였다.

"밀어, 다들! 여왕 폐하를 위해서 밀어!"

메이스가 소리쳤다.

또다시 쾅 소리가 문을 울렸지만 켈시는 거의 듣고 있지 않았다. 그녀는 광이 나는 벗나무 상자 표면을 응시했다. 전에 이 상자를 본 적이 있었다. 케이티의 손에서. 이것은 티어링만큼이나 오래되었지만, 그래도 여기에 있었다. 걸쇠를 풀고 상자를 열고서 케이티가 봤던 것처럼 구석구석 세세하고 완벽한 왕관을 쳐다보았다.

그는 왕이 되고 싶었어. 그게 그가 원했던 전부였지. 그를 스페이드의 여왕에게 소개해주면 정말 좋을 텐데. 아, 정말이지 둘을 소개해줄 수만 있다면—

쾅!

또 한 번의 요란한 충격이 문틀을 흔들었고 근위병 몇 명이 그 충격으로 비명을 질렀다. 코린이 뒤로 쓰러졌다.

자신으로 돌아와서 켈시는 왕관을 들어 올렸다. 손가락을 타고 그녀의 머릿속으로 전달되는 것 같은 작고 위협적인 목소리—

감히 그러지 마!

—를 무시하고 그녀는 그것을 머리 위에 올렸다. 돌벽 너머에서 로 핀이 분노로 비명을 지르는 소리가 들렸다.

그녀는 왕관이 무거울 거라고 생각했다. 상자 안에서는 굉장히 무겁게 느껴졌으니까. 하지만 머리 위에서는 공기처럼 가벼웠다. 그 힘이 그녀의 몸을 타고 내려와서 가슴으로 전류가 곧장 흐르는 것처럼 느껴졌다. 고통스러울 정도로 강력한 쾌감에 그녀는 눈을 감았다. 다시 눈을 뜨자

그녀는 오두막에 있었다.

하지만 집 안은 비어 있었다. 그녀는 그걸 항상 알 수 있었다. 깨어 있을 때에도 바티와 칼린이 집에 있는지 없는지 알았다. 지금은 그들이 없는 게 느껴졌다. 주위에서 아무것도 움직이지 않았다. 빛 속에서 춤추는 먼지들

조차도 차분하고 느릿해 보였다.

그녀는 칼린의 서재 한가운데 서 있었다. 몇 살이나 어려져서, 아침에 여기로 와서 켈시의 자리에 웅크리고 앉아 세상이 전부 올바른 것 같은 기분을 느끼던 일곱 살이나 여덟 살쯤으로 돌아간 것 같았다. 하지만 켈시의 자리는 여기에 없었다. 사실 방에는 책장 말고는 가구가 하나도 없었다. 칼린의 책이 사방에서 그녀를 둘러싸고 있었지만…… 켈시의 어린 시절에 그랬듯이 오래되고 낡은 책들이 아니었다. 이 책들은 새것 같았다. 본능적으로 켈시는 한 권을 집었다. 너무 오랫동안 책을 만져보지 못했다! 이 책은 《가장 파란 눈》이었다. 하지만 표지를 열어보니 페이지는 텅 비어 있었다.

불안감에 그녀는 다른 책을 뽑아 넘겨보았다. 《사악한 것이 이리로 온다》였다. 하지만 여기에도 텅 빈 페이지밖에는 아무것도 없었다.

"칼린!"

그녀가 소리쳤다. 하지만 대답은 들리지 않았다. 어린 시절 일요일 오후, 텅 빈 오두막 특유의 고요함뿐이었다. 그녀는 칼린이 없고 바티와 단둘뿐인 이 시간, 둘 다 비판적인 시선을 예상하고 어깨 너머를 돌아볼 필요가 없는 이 시간을 아주 좋아했었다. 하지만 텅 빈 책을 보자 오두막의 친숙한 고요함이 악몽으로 변하는 것 같았다.

그녀는 칼린의 셰익스피어를 뽑았다. 이 정도로 글자가 많으면 지우기가 어려울 테니까. 하지만 이것 역시 텅 비어 있었다. 이제 다급한 공포 속에서 켈시는 이 책 저 책을 계속 뽑았으나 전부 다 비어 있었다. 여기는 겉보기에만 서재일 뿐 아무것도 아니었다. 글자가 없으면 종이는 아무 가치도 없다.

"칼린!"

그녀가 소리쳤다.

"그녀는 여기 없어."

켈시는 돌아서서 윌리엄 티어가 그녀의 뒤에 서 있는 것을 발견했다. 그의 존재는 꿈속에서 항상 그렇듯이 굉장히 논리적으로 느껴졌다. 텅 빈 책만이 사실이라고 보기에는 너무 끔찍할 뿐이었다.

"왜 이게 다 비어 있죠?"

그녀가 물었다.

"아마 미래가 결정되지 않았기 때문일 거다."

티어는 떨어진 책 두 권을 주워서 조심스럽게 도로 책장에 올렸다.

"하지만 나도 잘 모르겠구나. 난 과거를 건드리려고 했던 적이 없어."

"왜요? 선크로싱 시대…… 거기로 돌아가서 바꿔놓을 수도 있었잖아요, 안 그래요? 프리웰과 비상대권법과……."

켈시가 물었다.

"현재를 바꿔서 미래를 조종하는 쪽이 더 쉬워 보였거든. 과거는 다루기 어려운 존재야."

그의 말이 켈시의 기억을 건드렸다. 다른 사람이 그녀에게 그것과 거의 똑같은 말을 했었다, 그렇지? 나비에 관한 거였는데…… 그게 수십 년 전처럼 느껴졌다.

"제가 과거에 간섭할 권리가 없다고 생각하세요?"

그녀가 물었다.

"그렇게 말하지는 않았어. 하지만 그 결과가 너에게 요구할 대가에 대해 마음의 준비를 해야 할 거다."

"전 준비됐어요. 달리 선택권이 없어요. 티어링은 무너지고 있어요."

켈시는 사실인지 아닌지 모른 채 대답했다.

"티어링이라니. 뭔가에 내 이름을 따서 붙이지 말라고 했건만."

그가 생각에 잠긴 어조로 중얼거렸다.

"사람들은 그 말을 듣지 않았어요."

켈시는 서재와 텅 빈 오두막을 둘러보았다.

"왜 우리가 여기 있는 거죠?"

"이야기하기 위해서지, 애야. 나도 이런 식으로 내 조상들과 이야기하곤 했어. 여기서는 아니었지만. 우리는 사우스포트에서, 내가 자랐던 산책로에서 얘기를 했지. 길이 그렇게 비어 있는 걸 보면 겁이 나곤 했어……. 하지만 난 너보다 어렸으니까."

"제가 누군지 아세요?"

켈시가 물었다.

"네가 내 핏줄이라는 건 알지. 안 그러면 내가 여기 있지 않았을 테니까. 하지만 넌 티어니, 핀이니?"

켈시는 그 질문을 한참 동안 생각한 끝에 마지못해 인정했다.

"잘 모르겠어요. 아마 아무도 모를 거예요. 왜 당신은 로를 버렸나요?"

"우린 그 애한테 이야기하지 않았어. 그 애 엄마도 비밀로 하기로 되어 있었지."

"왜 당신이 말하지 않은 거예요?"

"난 세라가 임신했다는 걸 랜딩 이후에야 알았어. 난 그녀와 함께 있을 수 없었지. 릴리가 환영 이상이라는 걸 알게 된 이후로는 그럴 수가 없었어. 세라는 내게 선택을 요구했고, 난 릴리를 선택했어. 그리고 내 아들을 잃었지."

"하지만 로는 알았어요."

"그래. 세라는 약한 여자였고 로는 남을 완벽하게 조종할 수 있었거든. 그녀는 그 애한테 뭔가를 오랫동안 감추지 못했어."

"그를 자랑스러워하는군요."

티어는 괴로운 표정으로 인상을 찌푸렸다.

"그 애의 잠재력이 자랑스러웠지. 하지만 몰락도 예견할 수 있었어."

"우리 모두 몰락하고 있어요. 당신이 도와줄 수는 없나요?"

켈시가 물었다.

"네 이름이 뭐지, 아이야?"

"켈시 글린요."

"글린…… 그 이름은 모르겠구나. 너한테도 할 이야기가 참 많을 것 같고 우리 마을이 어떻게 되었는지 나도 정말 알고 싶다만, 네 시간은 짧아. 이리 오너라."

그가 그녀를 데리고 서재 밖으로 나가 오두막의 조그만 앞쪽 복도로 걸어갔다. 켈시의 눈에 들어오는 모든 곳에 그녀가 기억하는 물건들이 있었다. 칼린의 은제 촛대, 켈시가 열두 살 때 살짝 깨뜨린 꽃병, 바티가 부츠를 놔두기 위해서 깎아 만든 신발 받침대. 하지만 촛대에는 초가 없고, 받침대에는 부츠가 없고, 꽃병은 새것이었다.

티어는 현관문을 열고 손짓했다. 그를 따라 나가면서 켈시는 오두막 앞에 항상 있었던 잘 갈아놓은 땅을 보게 될 거라고 예상했지만, 밖으로 나와서는 숨을 들이켜고 양손으로 귀를 막았다.

그들은 바람이 휘몰아치는 터널에 있었다. 켈시의 피부가 사방에서 불어오는 바람에 흔들렸다. 릴리의 기억 속에서 보았던 터널, 차가 빠르게 달리고 귀가 먹먹한 소리가 들리는 그곳이 떠올랐지만, 이 터널은 비어 있고 차도, 사람도 없었다. 릴리의 시대에 있던 콘크리트 벽 대신에 터널은 사람들과 장소, 모든 것들이 끊임없이 움직이는 커다란 전망을 보여주었다. 이런 모습이 수 킬로미터쯤 이어지는 것 같았다.

"이게 뭐죠?"

"시간이야. 과거, 현재, 미래."

티어가 옆에서 말했다.

"뭐가 뭔데요?"

켈시는 왼쪽과 오른쪽을 쳐다보았다. 눈앞의 장면을 구분할 수가 없었다.

"전부 다 하나란다. 과거가 미래를 통제하지. 그래서 네가 여기 온 거 아니니?"

켈시의 시선이 한 장면에 고정되었다. 그녀는 빈 터널을 걸어가서 그 장면을 보았다. 나무 바닥에 돌벽으로 된 작은 방이었다. 남자들 한 무리가 온 힘을 다해서 문을 막고 있었고, 그들의 뒤로 바닥에서 여자가 책상다리를 하고 눈을 감고 있었다. 앞으로 숙인 머리에는 왕관이 있었다. 켈시가 보는 동안 문이 갈라지고 나무가 쪼개지기 시작했다.

"시간이 별로 없어. 넌 거기로 돌아갈 수 있어. 아니면 다른 걸 선택할 수도 있고."

티어가 말했다.

하지만 켈시는 이미 어떤 책을 읽을 때보다도 빠르게 눈앞의 장면들을 보며 찾고 있었다.

여기엔 시간이 너무나 많아!

사실 그랬다. 하지만 이것은 켈시의 시대였다. 눈앞에 끝없이 많은 장면들이 펼쳐졌으나 모르는 장면은 없었기 때문이다. 선적이 앨먼트를 가로질러 가는 게 보였다. 아홉 개의 기다란 우리가 모트메인을 향해서 갔다. 화이트호가 끔찍한 폭풍에 휘말리는 게 보였다. 하느님, 그녀가 저걸 막을 수만 있었어도! 프리웰 대통령이 연단 뒤에 서 있고, 훨씬 젊은 윌리엄 티어가 비행기에서 뛰어내리고, 릴리가 여동생이 검은 제복을 입은 네 명의 남자들에게 잡힌 채 복도를 지나가는 모습을 눈물 속에 바라보았……. 그런 장면들이 계속되었다. 이제 켈시는 더 멀리, 더욱더 과거로 돌아가서 차도, 전기도, 책도 없는 시대까지 보았다. 그 세계의 울부짖는 공허함에 두려워졌다. 대부분의 인류는 생존 투쟁에만 사로잡혀 있었다. 그녀는 거기로 돌아가고 싶지 않았다.

그녀는 시선을 미래로 돌렸지만, 거기서 찾은 것은 더욱 끔찍했다. 그녀는 왕궁에서 로의 생물들에게 갈가리 찢겨 죽을 것이다. 그들은 계속해서 인간을 괴롭히다가 언젠가 누군가가 예방주사를 발명하며 박멸될 것이다. 켈시의 시야가 넓어졌고 이제 수백 년 후의 티어링이 보였다. 켈시의 유산 위에 지어진 전제 국가로, 그 지배력을 제국 수준으로 넓혀 신세계 전체가 티어의 통치하에 있었다. 이 새로운 티어링은 모트메인보다 딱히 나을 게 없었다. 권력에 취하고 꽉꽉 다져진 우월함에 사로잡혀 앞으로의 운명이 훤히 보였다. 그리고 그건 완벽하게 이해가 갔다. 어쨌든 제국의 위험은 황제들의 성격에 달린 문제니까.

"빨리 고르렴."

티어가 냉정한 목소리로 말했다.

켈시가 돌아보자, 로의 아이들이 근위병들을 그들의 검이 따라갈 수 없을 정도로 빠르게 덮치고 있었다. 그중 하나가 마침내 메이스를 쓰러뜨리고 그의 어깨를 물었다. 켈시는 가슴속에서 깊고 넓은 금이 가는 것을 느끼고 슬픔의 비명을 막기 위해 입을 꾹 다물었다. 그다음은 펜이었다. 그의 발목으로 기어올라 그를 아래로 끌어당기는 생물들 앞에서 그의 검은 아무 소용이 없었다. 몇 초 만에 고개 숙인 여자는 무방비하게 남았고 그들이 그녀를 향해 달려들었다.

"여기서도 시간은 영원히 멈춰 있지 않아. 고르렴."

티어가 말했다. 켈시는 멍하니 눈앞의 파노라마 쪽으로 몸을 돌리고 이 광경 저 광경을 띄엄띄엄 보았다. 그녀의 머리는 평생 어느 때보다도 빠르게 움직였고, 그녀는 마침내 찾던 것을 찾아냈다. 축축한 방 안에 앉아 있는 케이티와 조너선. 방에는 불빛이 전혀 없었지만 케이티는 그들을 볼 수 있었다. 둘 다 잠들어 있었고 조너선은 케이티의 어깨에 머리를 기대고 있었다.

"이거요. 이걸로 고를래요."

켈시가 티어에게 말했다.

그녀가 핀의 사파이어를 쥐었다. 스페이드의 여왕이 그 안에서 서성거리고 있었으나 켈시는 더 이상 그녀가 두렵지 않았다. 켈시가 할 수 없는 것, 꼭 해야만 하는 일, 이런 게 그녀의 담당이었다. 둘 다 분노에서 태어났으니까.

집으로 가는 거야.

"확신하니?"

티어가 물었다.

"네."

"그럼 행운이 있기를, 아이야."

그가 그녀의 어깨를 토닥거렸다.

"언젠가 네 시간이 다하면 우리가 다시 만날 수 있겠지. 너한테 할 이야기가 많은 것 같고, 나도 기꺼이 듣고 싶구나."

켈시의 눈에 눈물이 고였다. 그녀는 그에게 고맙다고 말하려고 돌아보았으나 티어는 이미 사라졌다.

15장
티어링

—《티어링의 초기 역사》, 무명 작

어두운 감방 안에서 케이티는 굉장히 기묘한 꿈에서 언뜻 깨어났다.

그녀는 조녀선의 어머니와 이야기하고 있었다. 두 사람은 산에 가을이 오면 타운을 뒤덮는 하얀 안개가 아니라 짙은 회색의 두꺼운 커튼 같은 안개에 둘러싸여 있었다. 백 년 동안 사방팔방으로 그 안개 속을 들여다본다고 해도 방향을 찾을 수 없을 것 같았다.

"네 도움이 필요해."

릴리가 말했고 케이티는 고개를 끄덕였다. 어차피 꿈일 뿐이니까. 릴리는 오래전에, 3년 전에 죽었으니 두려워해야 마땅할 텐데, 케이티는 두렵지 않았다. 살아 있을 때 항상 릴리를 좋아했고, 릴리의 유령이 지금 와서 그녀에게 해를 입히려고 한다고는 생각할 수가 없었다.

그렇다고 해서 이 모습의 릴리가 무섭지 않다는 건 아니었다. 가끔씩 릴리의 모습이 깜박거리면 케이티는 표면 아래로 뭔가 다른 것을, 뭔가 무시무시한 걸 볼 수 있었다. 이 릴리는 친절하지 않고, 이해심이 깊지도 않고, 복수심으로 가득했다……. 하지만 케이티는 릴리가 하려는 게 그녀에 대한 복수라고 생각하지는 않았다. 아니길 바랐다. 언제라도 릴리가 피부를 찢고 뭔가 전혀 다른 모습을, 릴리를 가면으로 쓰고 있었던 검고 움츠러든 존재를 드러낼 거라는 기분이 들었다.

"어떤 도움요?"

그녀가 물었지만 반쯤 건성으로 들었다. 정신의 나머지 절반은 감방으로 돌아와서 로가 그들을 찾으러 온다는 신호인 자물쇠를 여는 열쇠 소리를 기다리고 있었다. 여기서 나가 조녀선에게 돌아가게 해준다면 릴리에게 뭐든 약속할 수 있을 것 같았다. 케이티는 릴리의 얼굴을 보며 실마리를 찾으려고 했지만 그저 단호한 인내심밖에는 볼 수 없었다. 그리고 이제 다른 것도 깨달았다. 릴리는 파란 보석이 박힌 은왕관을 쓰고 있었다. 로의 왕관이었다! 갑자기 케이티의 몸에서 긴장이 풀렸다. 이게 무해한 꿈이라는 부인할 수 없는 증거 같았기 때문이다. 로의 왕관은 여기, 릴리의 머리 위에 있을 리 없었다. 케이티가 숲속 깊이 묻어놨고 아무에게도 해를 끼치지 못하고 거기 영원히 있을 테니까.

"난 여기 있어야 돼. 내가 여기 있도록 네가 허락해줘야 돼."

릴리가 말했다. 케이티는 미간을 찌푸렸지만 릴리의 목소리를 멍하니 들으면서 고개를 끄덕였다. 잠깐 동안 그녀가 릴리가 아니라 윌리엄 티어에게 말하고 있다는 생각에 갑자기 혼란스러웠다. 그러다가 세상이 다시 단단히 제자리로 돌아왔고 머리 위에서 퍼지는 빛에 그녀는 멍청하게 눈을 깜박거렸다. 몇 시간 동안 자물쇠 소리가 들리기를 기다렸는데 정작 소리를 놓쳤다. 개빈과 그의 부하 네 명이 서 있고 다들 한 손에는 횃불을, 다른 손에는 칼을 들고 있었다. 케이티에게 칼이 있었어도 덤비기에는 상대가 너무 많았다.

"일어나. 그가 너를 보고 싶어 해."

개빈이 무덤덤한 어조로 명령하고 케이티의 한 팔을 잡았지만 그녀는 그의 손을 뿌리쳤다.

"건드리지 마, 이 배신자."

"난 배신자가 아니야. 난 이 마을을 구하는 걸 돕는 거야."

그녀는 그가 어떻게 이렇게 앞을 못 보고 멍청한 걸까 생각하며 이를 갈았다. 케이티는 타운에 뭐가 필요한지 잘 몰랐지만, 그게 뭐든 간에 모든 걸 자기 혼자 차지하려 하는 로가 해주지는 않을 거라는 건 알았다. 하지만 개빈은 잘난 척하며 확신하는 얼굴이었다. 케이티는 그를 한 방 때리고 싶었다. 주먹을 꽉 쥐었지만 갑자기 손이 저절로 풀어지는 바람에 의아해졌다. 마음속에서 뭔가가 초조하게 움직이다가 멈췄다.

나 꿈을 꾸는 건가? 이 모든 게 꿈인가? 케이티는 생각했다.

"빨리 와. 리어를 따라가."

케이티는 왜 그들이 그녀의 손을 묶지 않는 걸까 궁금해하며 따라갔다. 분명히 꿈을 꾸었다. 이제 기억이 났다. 하지만 무슨 꿈이었는지 생각나면 좋을 텐데. 그녀가 타운에서 본 비슷한 어떤 건물보다도 수가 훨씬 많은 기나긴 계단을 올라가는 동안, 무언가 무거운 것이 가슴뼈에 쿵 부딪치는 것을 느꼈다. 티어의 사파이어였다. 당연히 아직 셔츠 안에 있겠지. 조너선이 어둠 속에서의 그 길고 꿈 같은 막간의 시간에 그녀에게 주었다. 케이티는 지금도 꿈을 꾸는 건 아닐까 생각했다. 좁은 침대에서, 침대 옆 탁자에는 책이 놓여 있고 엄마가 옆방에 있는 상태로 깨어날 수만 있다면. 이 모든 일이 그렇게만 끝난다면.

그녀는 조너선을 힐끗 보았다. 창백하지만 차분해 보였다. 횃불이 일렁거리고 잠깐 동안 광대뼈 전체가 회색 선으로, 얼굴이 해골로 보였다. 케이티는 숨을 들이켤 뻔했지만 어둠 속에서 그의 손이 그녀의 손을 잡는 게 느꺼지자 침묵을 지켰다.

"우린 노력했어, 케이티. 우린 최선을 다했어."

그가 간신히 들리는 목소리로 속삭였다.

그녀는 그를 돌아보았지만 조너선은 똑바로 앞만 보고 미래에 집중하고 있었다. 자신의 말이 그녀의 심장에 깊게 박혔고 열다섯 살 때 그녀와 조너선만 단둘이 뒤에 남았던 그 공터로 되돌아가게 만들었다는 걸 전혀 눈치채지 못한 것 같았다. 그때로 돌아갈 수만 있다면! 로부터 시작해서 그들이 다르게 할 수 있는 일이 정말 많았을 텐데. 케이티는 숲에서 로의 목을 졸라 죽이고 아무도 모르는 곳에 시체를 묻어버렸을 것이다.

티어는 그걸 원하지 않았을 거야.

티어는 죽었어. 왜 그 사람에게 아직까지 묶여 있어야 되는데?

답은 나오지 않고, 정신 깊은 곳에서 무언가 움직이는 게, 그녀의 것이 아닌 생각이 굼실거리는 게 느껴졌다. 잠깐 동안 엉킨 게 풀리면서 한 가지 생각이 떠올랐다가

—스페이드—

도로 사라졌다.

계단 꼭대기에 도착하자 횃불을 켜놓은 길고 좁은 복도가 나타났다. 케이티는 뒤를 돌아보았지만 계단이 시작되는 부분만 보였다. 넓은 입구는 아래쪽으로 어둠에 묻혔다.

사람들이 몇 명이나 있었을까? 로가 조너선과 나를 위해 이 지하 감옥을 만들었을 리 없어. 맙소사, 몇 명이나 저기에 갇혀뒀을까? 케이티는 갑자기 궁금했다.

복도 끝에 다다를 무렵 문가에 길고 가느다란 그림자가 나타났고, 케이티는 앨레인의 칼에 대비해 몸을 긴장했다. 그는 항상 가장 약한 싸움꾼이었다. 개빈이 순식간에 그녀에게 칼을 박겠지만, 그래도 로의 심장을 칼로

찌를 시간은 있을지 모른다. 그건 죽을 가치가 있는 일이었다.

하지만 그것은 로가 아니었다. 케이티는 그림자에 속았다. 문으로 들어온 것은 120센티미터가 채 안 되는 조그만 남자아이였다. 케이티는 눈을 가늘게 뜨고 한참 본 끝에야 유수프 만수르를 알아보았다.

"이게 대체 뭐야? 저 애한테 무슨 짓을 한 거야?"

그녀가 개빈에게 비난조로 말했다.

개빈은 시선을 돌렸고, 케이티는 그가 전혀 모른다는 걸 깨닫고 다시 경멸감을 느꼈다. 케이티가 알던 유수프는 착하고 숫자에 뛰어나고 남을 기쁘게 해주려던 아이였다. 하지만 지금 앞에 있는 생물은 유수프의 얼굴을 하고 있지만 닮은 점은 거기서 끝이었다. 너무 창백해서 피부가 거의 하얗게 보였고 눈은 어둡고 바닥없는 늪처럼 보였다. 그는 미소를 짓거나 그들을 알아보았다는 어떤 표시도 하지 않고 그저 쳐다보기만 했다. 문으로 다가가는 동안 케이티는 유수프의 눈이 조너선에게 고정된 것을 깨닫고 불안감을 느꼈다.

그녀가 마지막으로 기억하는 건 문을 통과해서 나간 것까지였다.

롤런드 핀은 이 순간을 머릿속으로 하도 여러 번 상상해서 정작 현실로 닥치면 실망할 거라고 예상했다. 여기에 총애받았던 아들 조너선 티어가 있다. 아, 그 불공평함에 여전히 그의 심장이 타올랐다. 티어는 타운에 아무것도 해주지 않았건만. 고개를 숙인 케이티 역시 여기 있다. 그러는 것도 당연했다. 수많은 사람들 중에서 케이티야말로 뉘우쳐야 했으니까—

케이티가 고개를 들자 로의 평정이 순식간에 깨졌다. 두려움이 아주 가볍게 그의 목 뒤쪽을 건드리는 기분이었다.

케이티는 미안해하고 있어야 했다. 몇 년이나 이 순간을 떠올릴 때면 그는 이거 하나만은 확실하다고 생각했다. 케이티가 그와 함께하지 않아서 후회할 거라고. 몸을 움츠리고 어깨가 축 처진 태도는 거기에 걸맞았지만, 얼굴은 완전히 잘못되어 있었다. 그녀는 무표정한 얼굴로, 마치 충격을 받은 것처럼 멍한 얼굴로 그를 쳐다보았다. 자신이 어디 있는지조차 모르는 것 같았다.

로는 근처에 서서 애처롭도록 열렬한 표정을 띤 개빈을 쳐다보았다. 케이티와 달리 개빈은 꼭두각시처럼 완벽하게 행동했다. 줄만 흔들면 그는 시킨 대로 움직였다.

"어떻게 된 거야? 약이라도 먹였어? 때렸어?"

"아냐. 우린 걜 건드리지 않았어."

개빈이 대답했다.

로는 그 말을 무시하고 조너선을 쳐다보았다.

"너! 윌리엄 티어의 사파이어는 어디 있어?"

티어가 눈을 들었고 로는 그의 얼굴에 어린 동정의 빛에 움찔했다. 조너선 티어가 지금, 로가 이긴 지금 이 순간에 그를 불쌍하게 여길 순 없었다.

"나한테 내놔. 아무도 고통을 견디지 못할걸. 설령 티어라고 해도 말이야."

그가 조너선에게 말했다.

그 말에 케이티가 몸을 살짝 떨었고, 로는 약에 취한 것 같은 그녀의 얼굴 아래에서 무언가가 물결치는 것을 보았다. 다음 순간 그녀의 몸이 굳었다. 그의 머릿속에서 희미하게 경보가 울리는 것 같았다. 그녀는 마치 몽환 상태에 빠진 것처럼 보였다……. 하지만 케이티는 몽환 상태에 빠지지 않는다. 그녀에게는 어떤 재능도 없었다. 로는 다시 티어를 보았다.

"내놔."

"안 돼. 날 죽일 거면 지금 당장 죽여. 넌 그걸 가질 수 없어."

티어는 마치 피곤한 것 같은 어조로 말했다.

로는 인상을 찌푸렸다. 그는 진밀로 보석을 *빼앗을* 용기는 없었다. 그건 끔찍한 일이었다. 그 자신의 사파이어는 작동했지만 아주 드문드문 변덕스럽게 할 뿐이었고, 티어의 보석을 쥐었을 때 느낀 것 같은 힘은 없었다. 그러나 조너선을 그냥 죽이고 빼앗겠다는 생각은 한 번도 떠오르지 않았다. 그렇게 쉬운 일이 아닐 걸 아니까. 어떤 일도 그렇게 쉽지 않다. 그리고 그 생각 아래에는 더 확고한 믿음이 있었다. 무력으로 차지한 마법은 아무런 가치가 없었다. 로는 힘을 획득했고 몇 년 동안 갈고닦았다. 아무도 그걸 그냥 빼앗을 수는 없다.

그가 유수프에게 손가락을 퉁기자 아이가 짐승처럼 얼굴을 일그러뜨리고 웃으며 앞으로 달려왔다. 그 웃음은 로의 몸을 싸늘하게 만들었지만 동시에 거의 부모 같은 자부심이 솟구쳤다. 이 아이는, 더 이상 아이가 아니지만, 그의 창조물이었다. 그가 교회 아래 판 지하 무덤 깊은 곳에서 둘을 더 만드는 중이었다. 그러나 이 셋은 앞으로 그가 만들 것에 비하면 새 발의 피였다. 훨씬 더 많이 생길 것이다.

그는 유수프를 보고 나면 티어의 얼굴에서 동정의 빛이 사라지리라고 여겼으나 다시금 실망해야 했다. 조너선은 아이를 한참 동안 바라본 다음에 말했다.

"그러니까 이게 네가 어둠 속에서 하던 일이구나. 아버지조차도 네가 이렇게 바닥으로 떨어질 거라고 생각하진 않으셨는데."

로는 주먹을 꽉 쥐었다. 수년이 지난 지금도 그는 윌리엄 티어가 자신에 관해 자신의 등 뒤에서 말을 했다는, 자신이 항상 배제되었던 그 가족의 품에서 자신의 이야기를 했다는 생각을 하기조차 싫었다. 티어, 릴리, 조너선, 케이티, 라이스 년, 그들 모두가 가족이었는데 그는 거기서 빠졌다.

그는 여전히 긴장증에 빠진 것처럼 보이는 케이티를 돌아보았다. 그녀가 그의 왕관을 훔쳐 갔다. 그게 어디 있는지 그녀는 알지만, 그 정보를 쉽게 알아낼 수 없을 거라는 것도 잘 알았다. 조녀선의 고통은 여기서 이중으로 유용하겠지만, 지금 케이티의 몽롱한 눈을 보자 조녀선이 고문당하는 걸 알 수 있을지 의문이 들었다. 그런 걸 알아채기나 할까?

이런 식으로 흘러갈 예정이 아니었다고, 제기랄! 그가 다시 생각했다. 그녀는 울어야 했어! 둘 다 두려워해야 했다고!

그가 케이티의 얼굴 앞에 대고 손가락을 퉁겼지만 그녀는 그를 무시했다. 대신 조녀선을 돌아보고 한 손을 내밀었고, 조녀선이 그 손을 잡았다. 질투가 고양이의 발톱처럼 로의 등을 길게 할퀴었다. 케이티와 조녀선이 서로를 쳐다보고 말없이 대화를 나누는 이런 모습이 싫었다. 한때는 로와 케이티 둘이 그랬었다. 그를 잊어버린 마을에서 오로지 케이티만이 그를 명확하게 봐주었다. 그녀와 조녀선이 그런 식으로 서로를 바라보면 바라볼수록 그는 점점 더 불편해져서 결국에 리어에게 말했다.

"둘을 떼어놔."

리어가 케이티를 잡고 떼어놓았다. 케이티가 고개를 들자 로는 뒤로 한 걸음 물러났다. 그녀의 얼굴이 시뻘겋게 달아올랐고 눈은 가늘어져서 밝은 초록색 실처럼 보였다. 다음 순간 그녀가 펄쩍 뛰어올라 조녀선을 공격했다.

로는 이 상황을 보고 너무 충격을 받아 대응조차 하지 못했다. 그는 개빈에게 그녀를 특히 주의해서 감시하라고 지시했다. 그녀가 누군가를 공격한다면 그 자신일 거라고 생각했기 때문이다. 하지만 지금 그녀는 티어를 붙잡고 그의 등에 올라타고 있었다. 리어와 개빈과 다른 사람들도 꼼짝도 못 한 채 입만 딱 벌리고 있었고, 케이티는 이를 악물고서 티어의 목에 팔을 감았다. 티어는 그녀를 밀어내려고도 하지 않고 그냥 거기 서서 숨을 헐떡였고, 마지막 순간에야 로는 무슨 상황인지 깨닫고 앞으로 달려들었다. 하지만 너무 늦었다. 티어의 목에서 나는 뚝 소리가 높고 텅 빈 교회 안에서 울렸다. 케이티가 그를 놓았고 그는 눈을 커다랗게 뜬 채 바닥으로 천천히 쓰러졌다.

"하느님, 도와주십쇼!"

개빈이 외쳤다. 로는 그에게 닥치라고 하고 싶었다. 개빈 같은 멍청이만이 이런 순간에 신을 믿을 것이다. 하지만 그는 그 말을 삼켜야 했다. 지금도 개빈이 필요할 수 있으니까. 케이티는 티어의 시체를 보며 어깨를 들먹였고, 로는 그녀를 전에 한 번도 본 적이 없는 것 같은 기분으로 바라보았다.

"케이티?"

그녀가 고개를 들자, 앨레인이 비명을 지르기 시작했다.

케이티의 입이 커다랗게 벌어졌다. 너무 커다래서 그녀 자신이 비명을 지르는 것처럼 보였다. 로의 눈앞에서 입이 점점 더 커지고 커져서 머리 전체를 삼킬 것처럼 늘어났다. 그녀의 눈과 코가 뒤로 넘어가서 처음에는 머리 위로, 그다음에는 뒤쪽으로 밀려났다. 벌어진 입은 검은 구멍이 되었고 로는 공포에 사로잡혀 꼼짝도 못 하고 처음에는 손이, 그다음에는 팔이 그 안에서 나오는 것을 보았다.

앨레인은 여전히 비명을 지르면서 교회에서 달려 나갔고 하월과 모건 역시 그 뒤를 따랐다. 개빈과 리어는 남았지만, 개빈은 설교단 구석에 웅크리고서 자신의 몸에 팔을 감은 채 커다랗고 겁먹은 눈으로 케이티가 변하는 것만 쳐다보았다. 이제 어깨가 빠져나왔고 로가 보는 앞에서 구멍의 가장자리가 물결치며 머리가 바깥으로 밀고 나왔다. 그 얼굴을 보고서 로도 비명을 질렀다. 죽은 사람은 그를 겁먹게 만들지 못했다. 그는 수년 동안 시체를 상대했다. 죽은 사람은 그를 겁먹게 만들지 못했지만, 이건 시체가 아니었다.

이건 유령이었다.

릴리 프리먼이 뱀이 허물을 벗듯이 간단하게 케이티의 몸에서 빠져나와 나머지를 바닥에 떨어뜨렸다. 릴리는 벌거벗은 상태였고 몸에는 흙이 묻은 것처럼 검은 얼룩이 여기저기 남아 있었다. 긴 검은 머리는 풀고 있었고, 로가 알던 여자보다 훨씬 젊었다. 그는 이런 릴리를 전에 본 적이 있었다. 티어의 집 거실에 걸려 있는 초상화 속에서였다. 여러 번 로는 아무도 집에 없을 때 티어의 집에 숨어 들어가곤 했고, 릴리의 초상화는 이유는 모르겠지만 늘 그를 한 대 치는 것 같은 느낌을 주었다. 로에게 어머니는 아무 쓸모도 없었지만, 그래도 그 그림을 볼 때면, 모든 것을 망치고 핀 가족이 가져야 하는 모든 것을 빼앗았으면서 대단히 행복해 보이는 릴리를 볼 때면 어머니의 분노가 항상 느껴졌다.

릴리는 그의 왕관을 쓰고 있었다. 로는 그 반짝이는 파랑과 은색 관을 공포에 질려 바라보았다. 그는 그것을 되찾기 위해 살인을 할 준비까지, 심지어 필요하다면 케이티를 고문할 준비까지 하고 있었으나, 조너선 티어의 목에서 보석을 빼앗을 수 없는 것처럼 유령의 머리에서 왕관을 낚아챌 용기도 없었다. 그것은 마치 달에 있는 거나 마찬가지였다.

그녀가 그를 돌아보았고, 로는 다시 비명을 질렀다. 얼굴은 릴리였지만 그 눈은 새카만 눈동자로 된 구멍 같았다. 그녀의 입이 검댕으로 칠해놓은 것처럼 냉혹하고 검게 일그러졌다.

"네가 옳았어, 로."

그녀가 속삭였고, 그게 이 모든 일 중에서 최악이었다. 이 끔찍한 유령의 입에서 나오는 것이 케이티의 말, 케이티의 목소리였기 때문이다.

"여기에는 특별한 사람들을 위한 자리가 없어."

그녀가 앞으로 휘청거리며 다가왔다. 로는 주춤주춤 물러서다가 교회 오른편에 줄줄이 놓여 있는 열 개의 신도석 중 하나에 걸려 비틀거렸다.

"구원받은 사람은 없어. 선택된 사람도 없어. 모두가 함께할 뿐이야."

릴리가 쉰 소리로 말했다.

그림자 하나가 빛 속으로 달려 나왔다. 유수프가 손을 들어 손톱을 세우고 으르렁거렸고, 로는 안도감이 격하게 솟구치는 것을 느꼈다. 이 어린애에 관해서 모든 걸 다 이해하지는 못하지만, 그래도 이 생물이 뭘 할 수 있는지는 아니까—

릴리가 유수프를 보고 으르렁거렸다. 거기에 인간적인 면은 돼지의 울음소리만큼도 남아 있지 않았다. 유수프는 한 대 맞은 것처럼 움찔하고서 바닥에 쓰러져 몸을 씰룩거렸다. 구석에서 개빈이 낮은 신음 소리를 내고서 팔로 머리를 감싸고 눈을 가렸다. 리어는 어디에도 보이지 않았다. 신도석 한 곳에 쓰러진 게 분명했다.

"우린 정말로 좋은 친구였어."

유령이 속삭였다. 그 목소리는 동물의 사체를 돌 위로 끌고 갈 때 나는 소리처럼 쉭쉭거렸다.

"왜 도망치는 거야?"

로는 몸을 돌려 신도석을 따라 달려갔지만, 뒤를 돌아보니 그녀는 그의 열 바로 끝에, 조금 전보다 훨씬 가까운 곳에 있었다. 그녀가 그를 보고 미소를 지었고 뾰족뾰족한 이가 그의 눈에 들어왔다.

"케이티?"

그가 물었다. 잠시 후 어두운 공포로 가득한 목소리로 다시 물었다.

"릴리?"

"케이티? 릴리? 아, 로."

그것이 낄낄 웃으며 팔을 들었다. 로는 그것이 가래(스페이드)를 들고 있는 것을 발견했다. 타운에서 추수할 때 쓰는 작은 정원용 도구가 아니라 성인 남자만큼 크고 널찍하고 평평한 가래였다. 그 끝에서는 피가 떨어졌다.

그 순간 그는 문을 향해서 도망쳤다. 축복받은 햇살이 들어오는 문으로 도망치며 그는 생각했다. 하느님, 절 제발 여기서 나가게 해주세요. 그러면 그들이 생각하는 사람이 되겠다고 약속하겠습니다. 로 수사, 로 신부, 뭐든 될 테니까 제발—

그가 1.5미터도 가지 못했을 때 문이 쾅 닫혔고 그는 거기에 전속력으로 부딪쳐서 뒤로 나동그라져 바닥에 쓰러졌다. 피가 왼쪽 눈으로 흘러 들어오고 오른쪽 시야는 검게 빙빙 돌았다.

어떻게 이럴 수가 있지? 우리가 얼마나 잘 계획했는데! 그들은 정말로 훌륭하게 움직여줬다고! 어떻게 이럴 수가 있어? 그의 머리가 거세게 비난조로 외쳤다.

근처에서 발이 질질 끌리는 소리가 점점 가까워졌고 그는 눈을 질끈 감았다. 오랫동안 떠올린 적이 없었으나 어릴 때 그는 밤에 방에 괴물이 있을까 봐 두려워했었다. 하지만 눈을 한참 동안 감고 있으면 그들은 항상 사라졌다. 다섯 살로 돌아가 침대에 웅크리고 있을 수만 있으면 뭐든지 줄 텐데!

손가락이 그의 어깨를 잡았다. 그 끝에는 날카로운 발톱이 달려 있었다. 로의 몸이 위로 덥석 올라갔다. 성한 눈을 뜨자, 그 짙은 검은색 눈동자가 자신을 똑바로 보고 있었다. 그것이 말을 하자 뾰족뾰족한 잇새로 숨결이 흘러나왔고, 그것은 열세 살의 로가 보물을 찾아서 억지로 열었던 지하 무덤의 냄새를 풍겼다. 거기서 뭘 해야 할지 몰랐지만 그때조차도 그는 자신이 뭐든 하려는 의지로 가득하다는 걸 알고 있었다—

"난 이 땅을 지켜, 롤런드 핀. 아무도 내가 어떻게 하는지 알고 싶어 하지 않겠지만, 난 할 거야."

로는 비명을 지르기 시작했다.

케이티는 차츰 정신을 차렸다. 이해할 수 없는 꿈에서 서서히 풀려나는 것 같은 느낌이었다.

그녀는 교회 한가운데 바닥에, 로가 수년간 수많은 설교를 했던 설교단 바로 앞에 누워 있었다. 가슴 위에서 뭔가 차가운 게 느껴졌고, 잠시 후에 그녀는 그게 목에 걸린 은사슬, 조너선의 사파이어라는 걸 깨달았다.

고개를 들자 몇 미터 옆에 쓰러져 있는 시체가 보였다. 조너선처럼 보였지만, 그럴 리가 없었다. 두 사람은 방금 계단에서 올라왔는데. 그녀는 무릎을 대고 그를 향해 기어간 다음 그의 몸을 뒤집었다.

생명을 잃은 조너선의 눈이 그녀를 마주 보았다.

케이티는 거의 놀라지도 않았다. 머릿속 한쪽 구석 어둑한 곳에서 이런 식으로 끝날 줄 알았다고, 당연히 알았다고, 윌리엄 티어가 그녀에게 얘기하지 않았느냐고 중얼거렸다……. 하지만 놀랍지 않다는 사실이 슬픔을 덜어주지는 않았다.

교회 맞은편 구석에서 목멘 소리가 났다. 케이티는 다급하게 주위를 둘러보다가 구석에 웅크리고 앉아서 눈을 휘둥그렇게 뜨고 자신을 바라보는 개빈을 발견했다.

"너 무슨 짓을 한 거야?"

그녀가 물었지만 목소리의 독기는 눈물 때문에 묻혀버렸다.

"조너선한테 무슨 짓을 했어?"

개빈은 공포로 새하얗게 질린 얼굴로 고개를 흔들었다.

"내가 아니야! 맹세해!"

그녀는 간신히 일어서서 그에게 다가갔다. 그녀가 다가가자 개빈은 팔로 자신의 몸을 감싸고 구석에 조그맣게 웅크린 채 공포로 넋이 나간 목소리로 말했다.

"제발, 케이티, 잘못했어, *내가 잘못했어!*"

잠깐 동안 그녀는 그를 바라보며 그를 죽이면 얼마나 기분이 좋을지, 얼마나 쉽고 즐겁고 공정할지 생각했다. 하지만 뒤에 누워 있는 조너선의 시체를 생각하자 그 충동이 조금 가라앉았다.

몸을 돌리자 그녀는 교회 문이 활짝 열려 있고 아름다운 여름 햇살이 통로로 쏟아져 들어온다는 것을 깨달았다. 바깥에서 공원에서 노는 아이들의 고함 소리가 멀리 들렸다. 그 어떤 것도 여기 그녀 앞에 보이는 것과 연결되지 않는 것 같았다. 조너선의 시체, 구석에 웅크리고 있는 개빈.

우린 계단을 올라왔어. 그다음에 어떻게 됐지? 그녀가 생각했다.

통로 맞은편 끝, 문가에 기름처럼 생긴 널찍하고 검은 웅덩이가 보였다. 하지만 가까이 다가가보니 냄새가 그녀를 후려치는 것 같았다. 웅덩이 주위로 파리와 각다귀 같은 벌레들이 셀 수 없이 많이 붕붕거리며 날아다녔다. 웅덩이 근처에 반짝이는 것이 떨어져 있었다. 그쪽으로 다가가보니 은사슬에 매달린 파란 보석이었다.

그녀가 개빈 쪽으로 몸을 돌리고 물었다.

"로는 어디 있어?"

개빈이 흐느끼기 시작했다. 거기에 너무 화가 나서 그녀는 그에게로 성큼성큼 걸어가 얼굴을 후려쳤다.

"지금 와서 울겠다면 마음대로 해, 이 등신 자식아. 우리가 뭘 해야 되는 거야?"

"나도 몰라."

넌더리가 나서 그녀는 그를 놔두고 돌아와 로의 목걸이를 집었다. 사슬은 피로 끈적거렸지만 셔츠 소매로 깨끗하게 닦았다. 그녀의 동작은 거의 무의식적이었다. 그녀가 손으로 사파이어를 쥐었다. 어차피 로는 이걸 갖지 못했어야 했다. 이건 애초부터 그의 것이 아니었다. 그는 속임수를 써서 얻은 것이다. 그녀의 눈이 다시 조너선의 시체로 향했다. 뺨을 타고 눈물이 흐르는 게 느껴졌다. 조너선을 위해서뿐만 아니라 모든 것들, 타운의 망가진 잠재력, 여기서 이런 일이 벌어질 정도로 타락한 것 때문이었다. 그녀는 조너선의 시체 위로 몸을 구부려 이마 위에서 머리카락을 쓸어 넘겼다. 수년 동안 그를 위험에서 지켰는데, 결국 이렇게 끝났다. 하지만 마음 깊은 곳에서 그녀는 당혹스러웠다. 로는 사라지고 조너선은 바닥에 쓰러진 시체가 된 이 명백한 결말 아래로 뭔가가 잘못됐다는 기분이 들었기 때문이다. 이런 식으로 끝날 일이 아니었다. 이 아래로 다른 결말이 거의 보이는 것 같았다. 조너선은 죽었지만 그녀는 그의 시체를 보지 못했다. 그녀는 도망쳐서 모습을 감추었고, 로와 개빈과 타운의 배신자들이 어떻게 살든 그냥 놔두었다……. 그러나 또렷하게 떠올리려고 하는 동안에도 점점 이 두 번째 환영은 연기처럼 흩어져서 사라졌다. 그녀는 도망치지 않았다. 그녀는 여전히 여기 있다. 그 생각에 케이티는 물려받은 역할처럼 책임감이 자신에게 내려앉는 것을 느꼈다.

"개빈. 일어나."

그가 그녀를 올려다보았다. 그의 눈은 커다랗고 두려움으로 가득했다. 그는 겨우 스무 살이라고 케이티는 생각했다. 한때는 엄청나게 늙은 것처럼 느껴졌던 그 나이가 지금은 참을 수 없을 정도로 어리게 느껴졌다. 지금 이 순간 케이티는 어쨌든 나머지 사람들처럼 젊고 멍청했던 로까지도 불쌍하게 여길 수 있을 것 같았다.

"일어나라고."

개빈은 벌떡 일어섰고 케이티는 그가 자신을 두려워한다는 것을 깨달았다. 잘된 일이었다.

"넌 이 마을을 망가뜨리는 걸 도왔어, 개빈."

그는 침을 삼켰다. 그의 눈이 자신도 모르게 조너선의 시체로 향했다. 케이티는 그의 소리 없는 생각을 읽고 고개를 끄덕였다.

"티어를 위한 자리는 없다고 네가 그랬지. 하지만 나는 티어가 아니고,

너도 마찬가지야. 리어나 하월, 모건, 앨레인도 마찬가지지. 넌 로가 여기를 망가뜨리는 걸 도왔어. 이제 내가 이걸 고치는 걸 도울 차례야. 내 말 알겠어?"

개빈은 열렬하게 고개를 끄덕였다. 그의 손가락이 십자가를 그으려는 것처럼 이마로 올라갔지만 마지막 순간에 도로 내려왔다. 그리고 멍하니 그냥 서 있었다.

지시를 기다리는 거야, 케이티는 경멸 조로 생각했다. 개빈은 항상 뭘 해야 할지 말해줄 사람을 필요로 했다. 그녀는 로의 목걸이에서 피가 굳은 부분은 침을 뱉어서 닦고 사파이어가 새것처럼 반짝일 때까지 완전히 다 닦아냈다. 사슬을 목에 걸까 생각했지만 마지막 순간에 머뭇거렸다. 이유는 알 수가 없었다. 주의해야 한다고 얼핏 속삭이는 해묵은 두려움이 있었다…….

잠깐 생각한 후 그녀는 사파이어를 주머니에 집어넣었다. 이후 오랜 세월 동안 케이틀린 티어는 종종 이 목걸이에 대해서 생각하고 가끔은 꺼내서 바라보기도 했다. 한두 번쯤 걸어볼까 생각도 했다.

하지만 한 번도 걸지는 않았다.

켈시는 밝고 햇살이 가득한 방에서 깨어났다.

왕궁에 있던 자신의 방이 아니었다. 그녀는 이곳을 단 한 번도 본 적이 없었다. 여기는 하얀색 페인트를 칠한 벽에 작지만 깔끔한 방이었다. 책상과 의자, 책이 가득한 두 개의 책장이 놓여 있었다. 책상 위의 커다란 유리창을 통해 빛이 들어왔다. 시험 삼아 살짝 몸을 꿈틀거린 다음 켈시는 자신이 좁은 1인용 침대에 누워 있다는 걸 깨달았다.

내 방이야.

그 생각이 아직 잠에서 덜 깬 것 같은 그녀의 뇌 깊은 구석에서 뜬금없이 튀어나왔다.

켈시는 일어나 앉아서 이불을 밀어내고 발을 바닥으로 내렸다. 시트, 베개, 바닥…… 이 방의 모든 것이 놀랍도록 깨끗해 보였다. 그녀는 부츠가 진흙 얼룩을 남기고 모두가 너무 바빠 그런 데에 신경을 쓰지 못하는 왕궁에 완전히 익숙해져 있었다. 하지만 누군가가 이 방을 청소한 모양이었다.

내가 했어, 켈시는 생각했다. 다시금 그 생각은 기묘하고 낯설었고, 언뜻 기억이 떠올랐다. 오래되고 편리한 빗자루로 바닥을 쓰는 모습이었다.

어떻게 된 거야? 어떻게 끝난 거지?

"켈시! 아침 먹으렴!"

목소리에 그녀는 펄쩍 뛰었다. 여자 목소리,

—엄마야—

하지만 한 층 아래에서 외친 것처럼 목소리는 작게 들렸다.

켈시는 침대에서 일어났다. 그러는 동안 이 집이 머릿속에서 확실히 친숙하게 느껴지기 시작했다. 여기는 어릴 때부터 자신의 방이었다. 저쪽에 있는 건 옷장 문이고 그 안에는 좋아하는 옷들이 가득했다. 멋진 행사에 입고 갈 드레스도 몇 벌 있지만 대부분은 편안한 바지와 스웨터였다. 이것은 그녀의 책상이고 이건 그녀의 책들이었다. 그녀는 책장 옆에서 제목을 쭉 살폈다. 몇 권은 그녀도 아는 거였다. 그녀는 책을 뽑아 펼쳐보고 모든 종이에 글자들이 있는 것을 발견하고는 안도했다. 이쪽에는 톨킨이 있고 이쪽에는 포크너, 이쪽에는 크리스티, 모리슨, 애트우드, 울프가 있었다. 하지만 판본은 알아볼 수가 없었다. 전부 소중히 다룬 것처럼 상태가 좋았다. 그녀는 이 책들을 책등까지 다 알았다. 몇 권은 어릴 때부터 아주 좋아했던 책들이었다.

"켈시!"

목소리가 더 가까워졌고 그녀는 거의 겁에 질린 눈으로 문가를 쳐다보았다. 머릿속에서는 아무것도 떠오르지 않았다.

내 이름은 켈시야. 최소한 그것까진 알겠어. 내 이름은 바뀌지 않았어. 그녀는 스스로에게 말했다.

그녀는 옷장으로 서둘러 가서 바지와 파란색 스웨터를 꺼냈다. 옷장 바닥에는 텅 빈 상자들이 흩어져 있었다. 켈시는 잠깐 그것들을 보다가 기억을 떠올렸다. 그렇지! 그녀는 이사할 준비를 하던 중이었다. 하지만 어디로? 머릿속이 그녀의 시선으로부터 이 삶을 감추는 갱도와 터널로 가득 차 있는 것만 같았다. 그녀는 방 안의 짐을 쌀 예정이었지만 지난 2주 동안 계속 꾸물거렸다. 손댈 수 없도록 상자에 물건들을 싸놓기가 싫어서였다.

옷을 입은 다음 켈시는 뒤쪽에 용이 기다리고 있기라도 한 것처럼 침실 문을 조심스럽게 열었다. 몇 개의 닫힌 문이 있는 짧은 복도가 나타났고, 앞쪽으로는 내려가는 계단이 있었다. 계단 꼭대기 근처의 벽에는 유리와 나무로 된 전신 크기의 거울이 걸려 있었다. 어디서 계란 요리를 하는 냄새가 났다.

"켈시 랠리, 당장 이리 내려와! 너 직장에 늦겠어!"

"랠리."

그녀가 중얼거렸다. 그게 맞겠지. 여기에는 글린이 없고, 바티나 칼린도 없었다. 그들에게 맡겨지지 않았으니까. 그녀는 평생을 여기 이 집에서 자랐고, 이제 거기에 질렸다. 엄마가 아침마다 깨우는 데 질렸고, 엄마가 모든 일에 끼어드는 데에도 질렸다. 그녀는 엄마를 사랑했지만 엄마는 그녀를 미치게 만들었다. 켈시는 자신만의 장소를 원했다. 그래서 이사를 가는 거였다.

그녀는 여전히 반쯤 꿈을 꾸는 기분으로 계단을 향해서 가다가 거울을 힐끗 보고 다시 멈추었다.

자신의 얼굴이 거울 속에서 마주 보고 있었다.

그녀는 거울의 매끄러운 표면에 한 손을 올리고 굶주린 듯이 눈을 움직였다. 열아홉 살, 동그랗고 성격 좋아 보이는 얼굴에 밝은 초록 눈을 한 여자아이가 거기 있었다. 한 걸음 물러서자 그녀가 잘 먹어 튼튼한 몸매라는 게 드러났다. 릴리가 아니었다. 이 여자는, 그녀의 외모는 예쁘지도 그리 주목할 만하지도 않았다……. 하지만 켈시는 그녀를 영원히 쳐다볼 수 있을 것 같았다.

내 얼굴이야.

"켈시!"

마지막으로 한 번 본 다음 그녀는 계단을 내려갔다.

아래에서 식당으로 이어지는 열린 문을 찾았다. 식탁에는 접시가 놓여 있었다. 무거운 돌이 아니라 하얀 바탕에 파란 무늬가 있는 질 좋은 도자기 제품이었다. 그녀는 접시 가장자리를 만져보고 마무리가 매끈하다는 것을 깨달았다.

"거기 있었구나!"

그녀는 몸을 돌리고 엘리사 랠리가 식당 쪽으로 트여 있는 조그만 부엌에 서 있는 것을 보았다. 그녀는 한 손에 주걱을, 다른 손에는 접시를 들고 있었고, 굉장히 피곤해 보였다.

"여기, 아침 먹으렴!"

그녀가 켈시의 손에 접시를 밀어 넣었다.

"오늘 아침엔 시간이 없어. 클레먼트 부인 집에 가야 돼. 그 집 딸이 결혼하는데, 말도 안 되는 드레스를 해달라잖니……."

켈시는 접시를 받아 들고 머릿속에서 자물쇠가 풀리며 또 다른 정보가 떠오르는 것을 느꼈다. 어머니는 재봉사였다.

"어서 가거라! 너도 늦겠어!"

어머니가 그녀를 식탁으로 밀었고 켈시는 자리에 앉았다. 붕 떠서 둥실둥실 올라가는 기분이었다. 아무도 엘리사 여왕을 알아보지 못할 것이다……. 엘리사 여왕이란 없으니까. 존재조차 한 적이 없으니까. 켈시는 음식이 전혀 들어갈 것 같지 않았다. 그저 어머니가 부엌을 돌아다니며 이것저것 정리하고 종종 켈시가 냉장 식품 저장실이라는 걸 아는 열린 문으로 사라지곤 하는 것만 쳐다보았다.

재봉사라니, 그녀의 머리가 속삭였다. 켈시는 그것을 받아들일 수 있었지만, 나머지, 그녀에게 그림자를 드리우는 이 집 바깥의 세상에 대해서는 아무것도 알 수가 없었다. 아버지는 누구지?

"난 서둘러야겠다. 안아주렴."

어머니가 말했다. 켈시는 깜짝 놀라고 화가 나서 어머니를 쳐다보았다. 자신이 이 여자를, 너무나 많은 이기적인 행동을 했던 이 여자를 껴안을 것처럼…… 아니, 그랬나? 켈시는 갑자기 자신의 안에 생긴 거대한 틈새, 항상 알아온 세상과 이 부엌 사이의 틈새에서 길을 잃고 헤매는 느낌이었다. 엘리사 여왕은 티어링을 망가뜨렸지만, 이 사람은 엘리사 여왕이 아니었다. 앞의 여자가 허영심이 강하긴 했다. 켈시는 그게 오랫동안 그들 사이의 불만이었다는 걸 직감했다. 하지만 이 여자는 나라를 파멸시킨 사람은 아니었다.

"켈시?"

어머니가 인상을 찌푸리고 불렀고, 켈시는 자신이 느끼는 감정 일부가 얼굴에 드러났다는 걸 깨달았다.

"네가 빨리 독립하고 싶어 한다는 건 알아, 켈. 나도 네 나이였던 때가 있으니까. 하지만 네가 보고 싶을 거야. 이제 좀 안아주면 안 되겠니?"

켈시는 한참 동안 그녀를 바라보며 과거를 밀어내려고, 최소한 과거를 받아들이려고 노력했다. 그녀는 너그러운 사람이 아니었다. 화와 분노 사이를 오가는 쪽이 훨씬 쉬우니까. 하지만 그녀의 머리는 기본적인 공정함을 요구했고, 그 공정함은 어머니가 누구에게도 위협이 되지 않는다고 말했다. 켈시가 정말로 그녀에게 다른 삶의 책임을 물릴 수 있을까? 어머니는 옷에 관한 것 말고는 아무런 결정도 하지 않는데?

다른 사람의 팔다리를 조종하는 것처럼 뻣뻣하게 움직여서 켈시는 일어나 어머니에게 팔을 둘렀다. 그녀가 아주 잘 알지만…… 그러면서도 전혀 모르는 어머니. 그들은 포옹을 했고 뭔가 레몬 같은 환한 향기가 가득 밀려들었다.

"즐거운 하루 보내렴, 우리 딸."

어머니는 그렇게 말하고 음식이 가득한 접시를 바라보는 켈시를 남겨두고는 서둘러 부엌을 나갔다. 싱크대 위에 걸린 시계에서 종소리가 울리며 9시를 알렸다. 그녀는 9시 반까지 직장에 가야 했다.

"하지만 내가 어디서 일하는데?"

그녀가 텅 빈 공간에 대고 물었다.

기억은 나지 않지만, 가는 방법은 알았다.

바깥의 길거리로 나와서 켈시는 다시 걸음을 멈춰야 했다.

우선은 집들이 눈에 들어왔다. 모두 다 굉장히…… 깔끔했다. 깨끗하고 새로 페인트를 칠한 나무 주택들이 총총히 서 있었다. 나무숲이 아니라 하얗고 둥근 지붕과 박공이 언덕 비탈 위쪽으로 가득했다. 집을 둘러싸는 울타리는 없었다. 많은 뜰에 참나무가 자라고 몇몇은 꽃밭을 꾸며놓았으나 그 외에는 다들 공간을 공유했다. 그리고 이것, 이것은 켈시가 릴리의 눈으로밖에 본 적 없는 거였다. 선크로싱 시대 뉴가나안의 즐거운 척하는 그 동네에 있었던 것, 바로 우편함이 집집마다 앞에 있었다.

거의 아무 생각도 할 수 없을 정도로 멍하니 켈시는 집 앞을 따라 길거리로 나왔다. 그녀의 집 우편함은 밝은 노란색이고, 빨간색으로 413이라는 숫자가 쓰여 있었다. 길거리는 붐볐다. 말이 *끄는* 마차가 몇 초마다 지나갔고, 사람들도 일하러 가는 듯 서둘러 걸었다. 모든 것이 깨끗하고 부유해 보였지만 켈시는 다시금 뉴가나안을 떠올렸다. 여기에 좋은 것들이 많이 보이지만, 이게 *진짜일까?*

아무 생각 없이 오른쪽으로 돌아서 다른 사람들과 함께 길을 걸어갔다. 매일 아침 일하러 가는 똑같은 길이었지만 그녀의 눈은 답을 찾아 사방을 살폈다. 무언가를 잊고 있는 것 같고 그녀의 머리가 아주 기본적인 것을 인정하려 하지 않는 것 같은 기분이 들었다…….

1킬로미터 정도 걸어갔을 때 그 생각이 갑자기 떠올랐다. 이 길거리에서 수많은 사람들을 지나쳤다. 얼룩진 옷에 연장을 들고 있는 노동자들, 일종의 사무실에 가는 것처럼 옷을 잘 차려입은 남녀, 마차에 온갖 물건들을 쌓고 캔버스 천으로 덮고서 나르는 운반꾼들……. 하지만 어디서도 갑옷이 반짝이는 것을, 심지어는 망토 아래 갑옷을 입고 있다는 걸 알려주는 불룩한 모습조차 볼 수가 없었다. 이 깨달음에 곧이어 또 다른 사실을 알게 되었다. 강철이 전혀 보이지 않았다. 검도 없고 단도도 없었다……. 켈시는 지나가는 사람들에게서 칼 손잡이를, 칼집을 유심히 찾아보았지만 아무것도 없었다.

우리가 뭘 한 거지?

습관적인 발걸음대로 움직여서 켈시는 길을 끝까지 따라간 다음 왼쪽으로 꺾어 중앙대로라는 걸 알아볼 수 있는 널찍한 길로 들어섰다. 화려한 차양이 달린 똑같은 가게들이 줄지어 서 있었다. 모자 가게, 약국, 신발 가게, 식품상…… 하지만 뭔가가 달랐다. 다시금 그 차이가 하도 근본적이라 처음에는 알아채지 못하고 그냥 발이 움직이는 대로 멍하니 앞으로만 걸어갔다. 그러다가 오른쪽을 쳐다보고 우뚝 멈췄다.

앞의 창문에는 책이 가득했다.

누군가가 그녀에게 부딪쳤다. 켈시는 잠시 균형을 잃었으나 남자가 그녀의 팔을 잡고 세워주었다.

"미안합니다. 직장에 늦어서요!"

그가 어깨 너머로 말하며 황급히 지나갔다.

켈시는 멍하니 고개만 끄덕이고 다시 창문 쪽으로 돌아섰다.

책들은 몇 권을 세로로 세워서 피라미드 모양으로 예술적으로 진열되어 있었다. 켈시는 몇 권을 알아보았다. 《필스》, 《위대한 개츠비》, 《우리는 언제나 성에 살았다》 등등. 하지만 들어본 적 없는 책들도 아주 많았다. 매슈 린의 《이 타오르는 세상에서》, 머리나 엘리스의 《요술》 등 칼린의 책장에 한번도 존재한 적이 없는 책들이 여럿 있었다. 진열된 책들 위에 붙어 있는 손으로 쓴 포스터에는 간단하게 "고전"이라고만 되어 있었다.

켈시는 직장으로 향하는 수많은 사람들을 피하기 위해 이번에는 조금 더 신중하게 뒤로 물러났고, 이번에는 가게를 덮은 차양 아래 걸려 있는 수제 간판을 볼 수 있었다.

"코퍼필드 서점."

간판에는 이렇게 쓰여 있었다.

가게는 문을 닫은 상태였다. 진열대 뒤쪽은 아직 어두웠다. 켈시는 문으로 다가가서 안을 들여다보려 했지만 보이는 게 별로 없었다. 빛을 막도록 만들어진 일종의 강화 유리로 된 문이었다. 모트메인에서, 붉은 여왕의 침실에서 그런 유리를 본 적이 있지만 티어링에는 이런 게 한 번도 들어온 적이 없었다. 켈시는 물러나서 다시 진열장을 바라보았다. 여기는 서점이었다. 그녀가 가장 좋아하는 서점. 집에 있는 책장의 책들 대부분을 여기서 구입한 것이었다. 여기는 토요일 오후에 그녀가 가장 자주 들르는 곳이었다.

어딘가에서, 몇 길 아래쪽에서 시계 종소리가 울리자 그녀는 깜짝 놀랐다. 거의 9시 반이었다. 직장에 늦을 것이다. 놀랍게도 오래된 본능이 치솟아 그녀를 다시 움직이게 만들었다. 그녀는 한 번도 직장에 늦은 적이 없었다. 서둘러 대로를 걸어가며 열일곱 살에 학교를 졸업한 이래 매일 그랬던 것처럼 엉덩이에 가방이 부딪치지 않도록 꼭 잡았다……. 하지만 이것도 뭔가 달랐다. 뭔가가 굉장히 달라서—

"이런 세상에."

그녀가 중얼거렸다. 그녀는 중앙대로 한가운데 서서 1.5킬로미터가 넘는 길을 바라보았다. 그녀는 전에 여기에, 바로 이 자리에 섰던 적이 있었다. 그녀와 메이스가 처음 도시로 온 날이었다. 그때 그들이 도시로 다가가는 동안 대로 위로 왕궁이 점점 더 커지며 긴 그림자를 드리우던 것을 선명하게 기억했다.

하지만 지금은 왕궁이 없었다.

켈시는 한참 동안이나 길을 바라보며 이 사실을 완벽하게 받아들이려고 노력했다. 왕궁 그림자가 있어야 하는 자리에는 아무것도 없고 대로가 언덕 위쪽으로 이어지며 더 많은 건물들의 그림자만 있었다. 이것을 보고 켈시는 오른쪽으로 고개를 돌리고 자동적으로 뉴런던 지평선의 또 다른 방벽을 찾았다……. 하지만 아배스 역시 없었다.

켈시는 텅 빈 지평선을 한참 동안 바라보았다.

"칼린, 이거 보여요?"

그녀가 중얼거렸다. 그리고 왠지 모르게 칼린은 보고 있을 거라는 생각이 들었다.

그녀는 이 모든 것이 어떤 의미일까 고민하면서 다시 걷기 시작했다. 왕궁도 없고 아배스도 없다……. 이 사람들에게는 뭐가 있을까? 누가 이 도시를 움직이지? 그녀는 여기에 대한 답 역시 나오기를 바라며 머릿속을 뒤졌지만 아무것도 떠오르지 않았다. 가는 동안 이 빈자리를 채워야만 했다.

"좋아. 알아낼 거야."

이제 발걸음은 대로에서 벗어나서 오른쪽으로 꺾였고, 거트 외곽으로 이어져야 하는 좁은 길로 들어섰다. 하지만 힐끗 보기만 해도 거트 역시 바뀌었다는 걸 알 수 있었다. 낡고 기울어진 집들과 연기를 내뿜는 굴뚝들이 다닥다닥 붙어 있던 지역이 지금은 번창한 상업 지구로 보였다. 각 문마다 깔끔한 구리 명패가 붙어 있어서 회계사, 치과의사, 내과의사, 변호사 등 전문적인 서비스를 광고했다.

우리가 뭘 한 거야? 그녀의 머리가 다시 물었다. 이번에 이 목소리는 답을 요구하고 평가를 요구하는 케이티의 것이었다. 하지만 켈시는 아주 신중하게 생각해야 한다는 기분이 들었다. 어쨌든 디메인도 겉보기에는 근사하고 부유한 도시처럼 보였으니까.

직장에 도착했다.

켈시는 앞에 있는 여러 층으로 된 높다란 벽돌 건물을 올려다보았다. 각 층에는 창문이 많았다. 이 모든 유리들을 보는 데에 익숙해질 것 같지가 않았다. 많은 사람들이 올라갈 수 있는 널찍한 계단이 현관으로 이어졌다. 켈시는 고개를 숙이고 이번에는 땅에 박아놓은 또 다른 간판을 발견했다.

뉴런던 공공 도서관

그녀는 이 간판을 한참 동안 바라보다가 시계가 45분을 알리는 또 다른 종을 치는 바람에 움직여야 한다는 걸, 정말로 지각했다는 걸 깨달았다. 그녀가 돌계단을 올라가서 유리문을 열자, 시원하고 넓은 공간이 나타났다. 이곳 창문들은 열기를 막을 수 있도록 단열 처리가 되어 있었다. 눈에 들어오는 모든 곳에 책들이 가득한 높은 책장이 있었……. 여기에 책이 몇 권이나 있는지 짐작도 가지 않았다. 희미하게 켈시는 이것이 오늘 본 중에서 가장 놀라운 것이라고 생각했지만 거기에 경탄할 수가 없었다. 경탄하는 능력 자체가 다 소진된 것 같았다. 그녀는 이 도서관을 사랑했지만, 여기는 직장이었다.

그녀는 사람 없는 체크아웃 데스크 뒤를 지나 아래로 내려가서 지하층에 있는 미궁 같은 사무실로 향했다. 도서관은 10시가 되어야 문을 열었다. 동료들이 그녀가 지나가자 손을 흔들었고, 켈시 역시 각각의 이름을 떠올리며 손을 흔들었으나 그들과 이야기하고 싶지는 않았다. 그저 자리에 앉고 싶었다. 그녀는 굉장히 큰 프로젝트를 하는 중이었다. 이제 기억이 났다. 부유한 남자가 사망하면서 도서관에 모든 책들을 남겼고, 그 책들을 깨끗이 소제하고 분류해야 했다. 그것은 마음을 편안하게 만드는 작업이었다.

"켈시!"

몸을 돌리자 칼린이 뒤에 서 있었다. 잠깐 동안 켈시는 이것도 또 다른 꿈이라고 생각했다. 멍하니 그녀는 칼린이 오두막에서 항상 쓰던 것과 똑같은 독서용 안경을 쓰고 있는 모습을 바라보았다. 하지만 칼린의 얼굴에 떠올라 있는 불만스러운 표정은 너무나 익숙하고 너무나 예리했다.

"늦었어."

칼린이 말했다. 그녀의 말투에는 켈시가 차라리 죽는 편이 더 나을 거라는 느낌이 담겨 있었다.

"죄송해요."

"뭐, 이번이 처음이니까. 하지만 두 번째는 없어야 할 거야. 알겠지?"

"네."

칼린은 가까운 사무실로 들어가서 등 뒤로 문을 닫았다. 켈시는 문에 붙어 있는 또 다른 명패를 보고 별로 놀라지 않았다. "칼린 글린, 사서장."

잠시 후 그녀는 머뭇거리며 복도를 따라 계속 걸어갔다. 자신이 미친 게 아닐까 하는 생각이 들었다. 어쩌면 이건 또 다른 둔주 발작, 그녀가 아는 티어링의 먼 국경 어딘가의 현실일지도 모른다.

그게 아니면 어쩌지?

그녀는 이 생각에 사로잡혀 복도 한가운데 우뚝 섰다. 그럴 수도 있을까? 켈시, 릴리, 케이티, 이 세 명이서 정말로 과거, 현재, 미래를 전부 다 합쳐서 이곳을 만들어낸 거라면?

인류의 가장 오래된 꿈이야, 켈시는 그렇게 생각했다. 머릿속 깊은 곳에서 티어의 목소리가 들렸다. 티어링이 현실임을 다른 사람들이 알게 되기 한참 전에 환영에서 이곳을 본 윌리엄 티어의 목소리였다.

총도, 감시도, 약도, 빚도 없고 탐욕이 전혀 끼어들 수 없는 곳을.

하지만 그게 여기일까? 그 생각은 아주 작은 승리에도 항상 대가를 치러야 했던 켈시에게는 불가능하게 느껴졌다. 설령 눈앞의 세상이 꿈이 아니라 현실이라고 해도 뭔가 잘못된 부분이, 그녀가 본 모든 것들을 깎아내릴 만한 것이 있을 것이다. 당연히 대가가 있지 않겠어?

그녀는 "켈시 랠리, 준사서"라고 붙어 있는 사무실에 도착해서 문을 열었다. 맞은편 벽이 바닥부터 천장까지 책으로 가득했다. 오래된 것, 새것, 온갖 종류의 책들이 있었고 그 광경에 켈시의 가슴속에서 처음으로 뭔가가 느슨해졌다. 티어링에서 보낸 평생보다 오늘 하루 동안 더 많은 책을 보았다. 책을 이렇게 쉽게 접할 수 있는 세상이 그렇게 끔찍할 리 없었다. 하지만 여전히 켈시의 안에서 뭔가가, 그 음울한 경고의 통증이 쌓여 있는 책더미에서 낡은 책 한 권을 집어 펼치게 만들었다. 글자로 가득한 페이지를 보고 안도의 한숨을 내쉬었다. 오늘 주위에서 본 모든 것이 그녀가 해냈다는 걸, 그녀의 작은 나라를 위해서 그녀가 바란 것 이상을 이뤘다는 걸 알려주었다. 칼린도 이 일을 안다면 자랑스러워했을 것이다. 하지만 켈시는 이제 칼린의 칭찬이 필요치 않았다. 티어링은 안전하고 켈시도 거기에 만족할 수 있었다.

한동안은 그랬다.

새로운 티어링을 보면 볼수록 켈시의 눈에는 점점 더 좋아 보였다. 윌리엄 티어의 도달할 수 없는 꿈이 현실로 된 건 아닐지도 모른다. 여전히 어느 정도 부의 차이가 있고 인간의 본성상 개인적 싸움은 피할 수 없으니까. 그래도 사회는 놀랄 만큼 열려 있고 티어링이나 이웃 나라의 특징이던 부정부패도 거의 볼 수 없었다. 마약이나 사람들, 다른 어떤 것도 불법적으로 거래되지 않았다. 누군가가 무기를 들고 다니는 것을 금지하는 법은 없었지만 켈시는 정육점 외에는 단도 하나 본 적이 없었고, 폭력은 술을 너무 많이 마시고 종종 일어나는 주먹다짐 정도로 한정된 것 같았다.

책은 정말로 사방에 있었고, 도시에는 여섯 종류의 신문이 나왔다. 노숙자는 없었다. 남들보다 더 부유한 사람들이 일부 있긴 했고, 특히 의사들이 상당히 잘살았지만 도시의 모든 사람들에게 집이 있고 잘 먹고 잘 입고 보살핌을 받았다. 켈시는 타운의 후반기에 횡행하던 투덜거림은 전혀 듣지 못했다. 이런 기본적인 선의 보살핌이 윌리엄 티어의 꿈의 진정한 핵심이자 그들 모두를 배에 올라타게 만들었던 원동력이었고, 그것은 이 사회에서 확실하게, 기꺼이 울려 퍼지고 소중하게 여겨졌다.

뉴런던이 유일한 도시도 아니었다. 윌리엄 티어의 원형을 본딴 마을들이 이제 신세계 여기저기에 퍼져서 거의 소집되는 일이 없는 의회에 의해 느슨하게 통치되었다. 모트메인도 카다르도 없었다. 설령 이블린 랠리가 한때 존재했다 해도, 그녀는 붉은 여왕이 되지 못했다.

이후 며칠 동안 켈시는 예전의 아배스에서 그리 멀리 떨어지지 않은 의회 건물을 방문했고, 얼마 전에 졸업한 뉴런던 대학, 마지막으로 가장 기묘하게도 옛날 창고 구역 근처에 자리하고 대중에게 공개된 방 두 개짜리 전시관인 티어 박물관에 가보았다. 거기서 켈시는 과하게 열정적인 투어 가이드에게 크로싱에 관한 이야기를 들을 수 있었다. 바다를 건너 모두를 이끌고 온 윌리엄 티어, 배신한 조언자 로 핀에게 살해된 조너선 티어. 이 조언자는 이후 조너선 티어의 경호원들에게 살해되었고 그의 반란은 빠르게 진압되었다.

켈시는 이야기를 건성으로 들었다. 첫 번째 방의 벽에는 초상화 여러 개가 걸려 있었고 대부분은 그녀가 아는 것이었다. 다른 곳에 있고 싶은 얼굴을 한 윌리엄 티어, 들판에서 활을 들고 미래가 눈앞에 훤히 펼쳐져 있는데도 뒤를 돌아보고 있는 릴리, 무표정하고 걱정으로 흐릿한 검은 눈을 한 조너선 티어. 마지막 초상화만이 새로운 것이었다. 켈시는 사람들 무리에서 떨어져 나와서 한참 동안 그림을 바라보았다. 투어 가이드의 밝고 경쾌한 목소리가 들려왔다.

"티어링의 처음이자 유일한 여왕인 케이틀린 티어입니다! 그분은 아주 오랫동안, 77세까지 나라를 통치하셨죠."

초상화는 켈시가 왕궁에서 본 것과 비슷하지도 않았다. 이 케이틀린 티어는 나이가 많고 얼굴에는 일찌감치 주름이 생겼으며 입가도 긴장되어 있었다. 머리카락은 여전히 예전처럼 길고 탐스러웠고 등 뒤로 늘어져 있었으나 왕관은 쓰고 있지 않았다. 거의, 혹은 아예 웃는 일이 없는 근엄한 여자라고 켈시는 생각했다.

"케이틀린 여왕은 티어 헌법을 만드는 걸 도우셨고, 현재 법률의 상당수가 그분의 통치기에 생긴 거죠. 티어 의회를 설계하고 만드는 데에는 50년이 넘게 걸렸지만, 77세에 그분은 마침내 통치권을 의회에 넘기고 왕위에서 내려오셨습니다. 티어링은 그 이래로 왕족이 없지요!"

켈시는 이 정보를 말없이 받아들였다. 그녀가 예상했던 끝은 아니지만,

돌이켜보면 완벽하게 합리적이었다. 헌법과 의회…… 이것은 선크로싱 시대 영국과 미국의 가장 좋은 부분만을 합쳐놓은 것 같았다. 케이티는 몰랐을지 몰라도 역사학도였던 리어는 알았을 것이다. 케이티에게는 개빈과 하월, 리어, 앨레인, 모건, 이 다섯 명이 모두 필요했을 것이다. 모두가 각기 다른 재능이 있었으니까. 켈시는 다섯 명이 이후 60년 동안 속죄하며 살았을 것을 생각하니 기분이 좋았다. 여러 번의 삶도 아니고 딱 한 번의 삶만큼만. 그건 공정하게 느껴졌다.

"그분의 보석은 여전히 여기에 있지요!"

투어 가이드가 방 한쪽에 자리한 진열대를 가리키며 숨 가쁜 목소리로 말했다. 켈시는 어깨 너머로 두 개의 사파이어 목걸이가 파란 벨벳 진열대 위에 놓여 있는 것을 보았다. 비현실적인 감각이 그녀를 휘감았고, 그녀는 잠깐 동안 유리 진열대 가장자리를 잡고 있다가 간신히 물러났다.

투어가 끝난 후 켈시는 가이드를 따라 방을 나가며 햇살에 반짝이는 사파이어를 불편하게 돌아보았다. 하지만 이미 늦었다. 가슴속에서 경보가 울렸다. 도서관에서의 그 첫날 아침에 느껴졌던 경보였다. 이 두 보석과 보낸 오랜 시간 동안 그것들은 항상 양날의 검이었다. 이제 더 이상은 그녀의 것이 아니고 어쩌면 처음부터 그녀의 것이 아니었을 수도 있지만, 두 보석은 여전히 어떤 것도 쉽지 않다는 것을 상기시켜주는 불편한 존재였다. 언제나 대가가 있다. 며칠 만에 처음으로 켈시는 메이스를, 근위대를 떠올렸다. 그들도 저기 어딘가에 있을까? 몇 명은 아예 태어나지도 못했을지 모른다. 그녀는 나비효과에 대한 사이먼의 이야기를 이해할 수 있을 만큼 연구했다. 하지만 칼린이 살아 있다면 근위대 몇 명쯤은 존재할지도 모른다. 메이스와 펜, 엘스턴, 코린, 키브…… 그들을 다시 볼 수만 있다면 뭐든 줄 수 있을 것 같았다.

하지만 그들을 찾을 수 있을까? 햇살 속으로 나와서 눈을 깜박이며 눈앞의 넓은 도시의 지평선을 바라보고 기운이 빠지는 것을 느꼈다. 이 뉴런 던은 대단히 큰 세계였고, 여왕의 근위대에 비교할 만한 존재가 없었다. 검술은 귀중한 것이 아니었다. 근위대는 전혀 눈에 띄지 않을지도 모른다.

하지만 그렇다고 해서 시도도 해보지 않을 건가? 세상의 시간이 분리되는 굉장한 일이 벌어졌고, 켈시는 갑자기 세상 그 무엇보다도 누군가 이야기할 사람이, 거기에 그녀와 함께 있었던 사람이 필요하다는 것을 깨달았다. 그녀는 여전히 과거를 기억했다. 그녀가 기억한다면 다른 사람들도 분명히 기억할 것이다. 설령 그들이 케이티나 로, 나머지에 대해서 그녀의 말을 믿지 않는다 해도 최소한 왕궁에 관해서, 옛날에 관해서, 그들 모두가 알았던 세상에 관해서 이야기할 수 있을 것이다.

이틀 후에 그녀는 펜을 보았다.

그녀는 식품점에서 아직 철이 좀 이르긴 하지만 포도를 찾고 있었다. 그러다가 창밖을 지나가는 그의 모습을 보았다. 심장이 덜컥 뛰었고, 그녀는 그의 이름을 외치며 가게에서 달려 나갔다.

그는 돌아보지 않았다. 그는 어깨에 가죽 배낭을 느슨하게 맸고, 켈시는 사람들 사이를 헤치고 그를 부르며 배낭을 따라갔다. 그는 그녀의 목소리를 들은 것 같지 않았고 켈시는 다시금 자신이 미친 게 아닌지, 이 모든 것이 누구든 꿀 수 있는 굉장히 거대하고 생생한 꿈이 아닌지 생각했다. 마침내 그녀는 그를 따라잡고서 그의 어깨를 잡았다.

"펜!"

그가 돌아서서 그녀를 전혀 알아보지 못하는 얼굴로 보았다.

"뭐라고요?"

"펜? 펜 아닌가요?"

그녀가 머뭇거리며 물었다.

"미안합니다만, 다른 사람이랑 착각하신 것 같네요. 제 이름은 앤드루입니다."

켈시는 한참 동안 그를 바라보았다. 그는 모든 부분에서 펜이 확실했다……. 하지만 이름이 달랐다.

"그럼 좋은 하루 보내시길."

그가 그녀의 어깨를 토닥이고 돌아서서 걸어갔다.

켈시는 뒤를 따라갔다. 그에게 다시 접근할 정도로 멍청하지는 않았다. 그녀를 전혀 알아보지 못하던 그의 얼굴이 심장을 얼어붙게 만든 것 같았다. 하지만 그를 찾은 이상 그가 완전히 사라지게 둘 수 없었다. 거리를 두고서 여러 개의 길을 지나며 그를 따라갔고, 그는 마침내 길에서 한참 안쪽으로 들어간 조그만 석조 오두막으로 들어갔다. 그가 계단을 올라가자 문이 열리고 켈시는 한쪽 엉덩이에 아기를 얹은 예쁜 금발 여자가 서 있는 것을 볼 수 있었다. 펜이 여자에게 키스를 했고 두 사람은 안으로 들어가서 문을 닫았다.

켈시는 한참 동안 펜의 집을 바라보며 거기 서 있었다. 평생 이렇게 혼자라고 느껴진 적이 없었다. 바티와 칼린의 오두막에서조차 이 정도는 아니었다. 바티는 최소한 그녀를 사랑했다. 어쩌면 칼린도 자신만의 방식으로 그녀를 사랑했을지 모른다. 하지만 펜은 그녀를 몰랐다. 그녀를 알았던 적도 없었다. 이제 정말로 끔찍한 생각이 떠올랐다. 근위대 모두가 이런 식이라면 어쩌지? 그녀를 사랑했던 사람들, 그녀와 함께 싸우고 그녀를 보살펴 줬던 모든 사람들이 지금은 그녀를 전혀 모르는 사람으로 여기면? 그녀는 항상 메이스에게 나라를 위해서 뭐든지 희생할 수 있다고 말했지만, 이건 그녀가 생각도 못 했던 대가였다. 혼자가 되는 것이라니.

마침내 그녀는 펜의 오두막에서 몸을 돌리고 억지로 집을 향해 걸어갔다. 그녀는 어머니의 집에서 나와 도서관에서 가까운 조그만 다세대 주택으로 이사할 준비를 하느라 최근에 바빴다. 그곳은 그녀 혼자 살 수 있는 최초의 집이 될 거고, 그 생각에 흥분되었었지만…… 지금은 자신만의 집이 생긴다는 기쁨이 무지개처럼 허황되고 의미 없게 느껴졌다. 음울한 한 순간에 그녀는 왕궁에서 죽었으면 좋았을 거라고 생각했다. 최소한 그랬다면 모두가 그녀 곁에 있었을 테니까. 그들은 함께 있었을 것이다.

그녀는 티어 박물관에 두 번 더 가서 진열장 안에 있는 반짝이는 사파이어를 바라보았다. 유리 바깥에서도 켈시의 손가락은 그걸 쥐고 싶어서, 보석을 쥐고 모든 걸 되돌리고 필요하다면 나라를 망가뜨리고 싶어서 움찔거렸다. 그렇게 해서 인생을 되찾고 가족들이 곁에 있을 수만 있다면—

그녀는 세 번째 방문 이래로 다시는 박물관에 가지 않았지만, 소용없었다. 이미 악영향을 입었으니까.

이후 몇 주 동안, 그러려던 것은 아니었지만 켈시는 직장 동료들에게 크리스천이라는 이름의 남자를 만난 적이 있느냐고 물어보았다. 그녀는 그게 흔한 이름일 거라고 생각했지만 알고 보니 그렇지 않았다. 뉴런던에는 교회가 몇 개 없었고, 어쨌든 그 이름은 열성 신자들 사이에서도 이미 인기를 잃은 이름인 것 같았다. 켈시는 자신이 왜 메이스를 찾는 건지 알 수가 없었다. 그를 찾아봐야 펜과 겪은 끔찍한 장면의 재탕일 뿐일 텐데. 하지만 알아야만 한다는 기분이 들었다. 근위대 몇 명은 아예 태어나지도 않았을 테지만, 몇 명은 저 바깥에 존재할 거고, 그걸 아는 한 그냥 둘 수가 없었다.

알고 보니 이 뉴런던에서도 메이스는 유명한 인물이었다. 겨우 몇 번만 물어보고서 켈시는 크리스천 매커보이라는 남자가 도시 경찰대 대장이라는 것을 알아냈다. 이 크리스천 매커보이는 180센티미터가 넘는 커다랗고 덩치 좋은 남자로, 엄격하지만 공정해서 훌륭한 경찰관으로 여겨진다고들

했다. 이 남자에게 거짓말하고 싶지는 않을 것이다. 항상 거짓말을 알아내기 때문이다.

2주 동안 켈시는 망설였다. 그를 보고 싶었지만, 보고 싶지 않기도 했다. 보러 가겠다는 생각까지는 했지만, 겁이 났다. 그래도 결국에는 가기로 했다.

그녀는 도서관에서 점심시간에 나와서 택시 마차를 타고 도시를 가로질렀다. 메이스를 귀찮게 할 생각은 없고, 그냥 그가 보고 싶은 거라고 스스로에게 말했다. 그를 보고, 그가 실제로 존재하고, 펜처럼 그 역시 이 새로운 장소에서 행복하게 산다는 걸 알면 그녀에게도 좋을 것이다. 켈시가 그에게 뭔가 좋은 일을 했다는 사실이 마음에 위안이 될 것이다. 그녀는 그의 삶을 망가뜨리고 싶지 않았다. 그저 그를 보고 싶었다.

하지만 마침내 그 순간이 닥치자, 메이스의 얼굴을 한 키 큰 남자가 경찰서에서 나와서 켈시가 존재하지도 않는 것처럼 그녀를 꿰뚫어 보고 지나가자, 그녀는 자신이 끔찍한 실수를 저질렀음을 깨달았다. 온몸에서 힘이 빠졌다. 그녀는 길 건너편, 경찰서를 마주 보는 건물 계단에 서 있다가 메이스가 길을 따라 빠르게 걸어가는 동안 계단에 주저앉아 손에 얼굴을 묻었다.

난 그들 모두를 기억해. 나는 그들 모두를 기억하는데, 그들은 날 기억하지 못해. 앞으로도 결코 기억하지 못할 테지.

그 생각이 너무도 절망적이어서 켈시는 울기 시작했다. 그녀 자신이 이걸 선택한 거라고 그녀는 스스로에게 말했다. 그녀는 대단한 일을, 중요한 일을, 한 생명보다 훨씬 더 중요한 일을 해냈다. 그녀의 나라는 이제 경제적으로 번창했다. 무역을 하고 정보가 자유롭게 움직였다. 티어링에는 법이, 성문법이 있고 이를 집행하는 사법부가 있었다. 교회는 국가에서 분리되었다. 나라 안에는 서점뿐만 아니라 학교와 대학이 가득했다. 모든 노동자들이 먹고살 수 있는 돈을 벌었다. 사람들은 폭력의 두려움 없이 아이들을 키웠다. 이 나라는 훌륭했고, 켈시가 이것을 얻기 위해서 내놔야 했던 것은 전부였다. 갑자기 페치에게 그가 그런 운명에 처해 마땅하다고 고함을 질렀던 게 떠올랐다. 그가 알고 사랑했던 모든 사람들이 그의 곁에서 죽어가는 걸 봐야만 하는 게 마땅하다고. 그녀는 몰랐다. 이해하지 못했다. 그녀는 더욱 격하게 울었고, 완전히 넋을 놓고 있어서 처음에는 등에 닿는 부드러운 손길을 느끼지 못했다.

"괜찮은가요, 어린양?"

켈시는 눈을 닦고 고개를 들었다가 타일러 신부를 발견했다.

"여기 있어도 괜찮아요. 신의 집은 모두에게, 특히 슬퍼하는 자들에게 열려 있으니까요."

그녀의 경계하는 표정을 착각하고 그가 그녀를 달랬다.

"신의 집요."

켈시가 중얼거렸다. 뒤에 있는 건물 지붕에 달린 조그만 십자가를 알아채지도 못했었다. 타일러 신부의 얼굴은 창백했지만 켈시가 기억하는 것처럼 비쩍 마르고 굶주려서 혈색이 없는 건 아니었다. 이 타일러 신부는 더 이상 금욕적으로 살지 않을 거라고 확신했다. 그는 아배스의 그 소심하고 쉽게 겁먹는 존재와 거의 닮은 데가 없었다.

"안으로 들어오겠어요? 잠깐이라도 햇살을 피하게 말이죠."

그가 말했다.

켈시도 그러고 싶었지만 그럴 수가 없었다. 타일러 신부 역시 그녀를 낯선 사람처럼 대하는 건…… 그건 참을 수가 없을 것이다.

"신의 집은 저에게 맞지 않아요, 신부님. 전 신자가 아니에요."

그녀가 무겁게 말했다.

"난 신부가 아니에요. 그냥 수사죠. 타일러 수사랍니다. 여긴 내 교회

고요."

그가 미소를 띠고 대답했다.

"교회 이름은 뭔가요?"

"이름은 없어요."

타일러 신부가 대답했다. 그녀는 그를 수사로는 도저히 생각할 수가 없었다.

"교구 사람들이 원하면 아무 때나 오죠. 난 일요일에 설교를 하고요. 가끔은 나가서 좋은 일도 한답니다."

"참 훌륭하시네요."

켈시가 냉담하게 말했다. 타일러 신부를 볼 수 있으면 온 세상이라도 줄 수 있었지만, 그녀에게 남은 건 그녀를 전혀 모르는 상태로 미소 짓는 신의 사도 타일러 수사뿐이었다.

"누구 때문에 그렇게 슬퍼하는 건가요?"

그가 물었다.

"중요하지 않아요."

"물론 중요하죠."

그가 옆에 앉아서 팔로 무릎을 감쌌다. 켈시는 그가 더 이상 끔찍한 관절염을 앓지 않는다는 데에 집과 전 재산을 걸 수 있었고, 어떻게 그런 기적이 일어났을까 생각했다. 하지만 지금 티어링에는 의사가 가득했다. 뉴런던 중심부에는 종합병원도 있었다.

"사랑하는 사람을 잃었나요?"

켈시는 딸꾹질을 하며 웃었다. 누굴 잃는 것보다 더 끔찍한 일이니까. 주위의 모든 사람들이 이 새로운 세계에서 아무것도 모른 채 행복하게 살고 있었다. 그녀만이 홀로 뒤에 남겨졌고, 이보다 더 큰 외로움은 상상조차 할 수가 없었다.

"말씀해주세요, 신부님. 자신의 모든 삶을 잃어버린 사람을 만나보신 적이 있나요?"

그녀가 물었다.

"그럼요. 하지만 자매님만큼 젊은 사람은 만난 적이 없군요. 그래서 더더욱 비극적이고요."

"무슨 말씀이세요?"

"몇 살이죠? 열여덟? 열아홉?"

"열아홉 살요."

"아, 그렇군요. 자매님은 젊고 건강한 여자예요. 건강한 건 맞죠?"

켈시는 고개를 끄덕였다.

"자매님은 젊고 건강한 여자고, 눈앞에 삶이 전부 펼쳐져 있는데, 지금 여기 앉아서 과거 때문에 울고 있어요."

전 이미 제 삶을 다 살았는걸요. 하지만 켈시는 그 말을 하지 않았다. 펜이나 메이스에게 그들이 알 수 없는 과거 일로 짐을 지울 수가 없었듯이 타일러 신부에게도 짐을 지우지 않을 것이다.

"과거는 모든 것에 영향을 미쳐요. 신과 역사를 공부하는 분이라면 당연히 그걸 아실 테죠."

그녀가 말했다.

"내가 역사를 공부하는 사람이라는 걸 어떻게 알았어요?"

"그냥 추측이에요."

켈시가 지친 채 대꾸했다. 한때 너무나 잘 알던 사람 옆에서 그를 전혀 모르는 척 분위기를 맞추고 싶은 기분이 아니었다. 그녀는 어깨에 가방을 도로 걸쳤다.

"전 가볼게요, 신부님."

"잠깐만요, 자매님."

그의 예리한 시선이 그녀를 훑었다.

"자매님은 모든 걸 잃었다고 말했죠."

"네."

"그러면 주위를 봐요."

그가 앞을 향해 팔을 휘둘렀다.

"이 모든 사람들을 봐요. 마음을 기울일 만한 새로운 걸 분명히 찾을 수 있을 거예요."

켈시는 그의 말에 담긴 낙관론을 불편하게 느끼며 눈을 깜박였다. 어떻게 사람이 그렇게까지 회복력이 강할 수 있을까?

"좋은 조언이네요, 신부님. 하지만 그건 다른 사람을 위한 조언이에요. 쉴 곳을 내주셔서 감사드려요."

그녀가 마침내 말했다.

"물론이에요, 자매님. 언제든 환영이니까 와서 이야기를 나눠요."

그가 뒤쪽 건물을 가리키며 말했다.

"고맙습니다."

하지만 켈시는 자신이 다시 오지 않을 것임을 알았다. 교회 계단을 내려오며 뒤도 돌아보지 않았다. 발밑에서 누가 땅을 홱 잡아당기는 것처럼 머리가 여전히 어지러웠다.

지금은 사라진 모든 것들…… 그것들은 다 어디로 갔을까? 여전히 어딘가에 존재하고 있을까?

경찰서에 오지 말걸 하는 후회가 들었다. 그녀가 이미 예상했던 것처럼 여기에는 고통만 있을 뿐이었다. 그녀는 이제 메이스마저 잃었다.

마음을 기울일 만한 새로운 걸 분명히 찾을 수 있을 거예요.

하지만 그게 뭘까? 그녀는 이미 삶의 위대한 업적을 이루었다. 티어링을 구했고, 이제 여왕이 아니라 평범한 젊은 여자일 뿐이었다. 더 이상 영웅적인 일을 할 게 없다. 켈시 랠리로서 뭘 할 수 있을까? 그녀는 도서관에서의 일이 좋았다. 조그만 집을 사랑했다. 그게 전부일까? 나라의 흥망을 보고 난 이후 이런 텅 빈 삶을 어떻게 살라고?

장점도 있잖아요. 그녀의 머리가 덤덤하고 냉정한 목소리로 말했다. 켈시는 그게 안달리의 목소리라는 것을 깨달았다. *아무도 이제는 여왕님을 죽이고 싶어 하지 않잖아요, 안 그래요? 여왕님도 아무도 죽이지 않았고. 아무한테도 잔인하게 행동하지 않았고.*

맞는 말이었다. 스페이드의 여왕, 왕위에 앉은 그 순간부터 켈시의 위에 드리웠던 복수의 그림자…… 그녀는 먼 과거 속으로 사라졌다. 켈시는 가시를 뽑아낸 자리처럼 그녀의 부재를 느꼈고, 스페이드의 여왕이 다시는 그녀를 곤란하게 만들지 않을 거라고 확신했다. 이 새로운 세계에서 확신할 수 있는 범위 내에서이긴 하지만 말이다. 어쨌든 이건 굉장히 큰 이득이었다……. 하지만 켈시는 그걸 명확하게 보고 있는 건지 스스로를 믿을 수가 없었다. 과거가 앞을 가로막고 있었다.

이제는 케이틀린 여왕로라고 불리는 중앙대로 교차로에서 켈시는 마차에서 내려 천천히 직장으로 걸어가기 시작했다. 시계를 보고 그녀는 아직 시간이 많이 남았다는 사실에 안도했다. 첫날 아침 이래로 다시는 지각하지 않았고, 칼린도 켈시가 문으로 들어올 때마다 시계 보는 것을 그만두어서 다행이었다. 칼린은 조금도 변하지 않았다. 켈시는 그녀에게 인정받기를 절실하게 원했지만 칼린은 그녀가 속속들이 노력해서 인정받도록 만들 것이다. 옛날처럼. 켈시는 다시 눈물이 나오려는 것을 느끼고 더 빨리 걸었다. 하지만 눈물 아래로 타일러 신부의 말이 머릿속에서 메아리쳤다.

눈앞에 삶이 전부 펼쳐져 있는데.

이 생각이 그냥 사라져버리기를 바랐다. 되찾을 수 없는 과거를 놓아주고 미래를 잡으려고 노력하는 것…… 그건 그녀가 가진 것보다 훨씬 많은 용기를 필요로 하는 일이었다. 과거는 그녀에게 너무 큰 일부였다.

꼬마 여왕님께선 배짱이 있으시죠, 알리스가 머릿속에서 속삭였다.

그건 사실이었다. 그녀에게는 항상 배짱이 있었다. 하지만 지금 필요한 건 뇌진탕이었다. 그녀가 어떻게 모든 걸 잊고 여기서 이 보통의 삶을 다시 시작할 수 있을까?

그녀는 자신이 다시 울고 있다는 걸 비참하게 의식하며 도서관 앞길로 접어들었다. 가방을 뒤졌지만 손수건을 갖고 나올 정도의 머리조차 없었다.

더 최악인 상황이 일어났다. 칼린이 도서관 현관 앞의 의자에 앉아 있었다. 그녀는 날씨가 시원할 때면 밖에 나와 점심을 먹는 걸 좋아했고, 그래서 나머지 직원들은 대체로 원칙처럼 현관을 피했다. 켈시는 최대한 빨리 지나쳐 가려고 했다.

"켈시?"

머릿속으로 욕설을 중얼거리며 켈시는 돌아섰다.

"무슨 일 있었어?"

칼린이 물었다.

"아무것도요."

켈시가 고개를 숙인 채 대답했다. 그 순간 그녀는 그 말이 거의 사실이나 다름없다는 것을 깨달았다. 아무 일도 없었다. 머리 바깥에서 실제로는 아무 일도 생기지 않았다……. 하지만 그걸 받아들일 수 있을까? 눈물이 줄줄 흐르는 눈을 닦다가 칼린의 손이 어깨에 닿자 그녀는 놀라서 펄쩍 뛰었다.

지난 몇 주 동안 켈시가 겪은 온갖 기묘한 일들 중에서 이게 가장 마음을 뒤흔들었다. 칼린에게는 상냥한 구석이라고는 단 한 군데도 없었다. 그녀는 훈육할 때가 아니면 아무한테도 손을 대지 않았다. 하지만 지금, 켈시의 어깨에 닿은 손은 그녀를 꼬집지 않았고, 고개를 들자 칼린의 엄격하고 주름진 얼굴이 상냥하다는 것을 볼 수 있었다. 놀란 상태로 켈시는 갑자기 이 새로운 티어링에서는 뭐든 달라질 수 있다는 것을 깨달았다. 심지어는 칼린 글린마저도 바뀌어 다른 사람이 될 수 있었다.

"켈시?"

눈물을 삼키고 켈시는 깊게 숨을 들이켠 다음 어깨에 힘을 주었다. 그녀는 여왕이 아니라 평범한 소녀였다……. 더 이상 구할 필요가 없고 완전해진 그녀의 나라 티어링의 선량한 시민이었다.

"켈시, 어디 갔었던 거야?"

감사의 말

책을 출판할 때 편집자의 필요성을 의심하는 사람은 좋은 편집자를 가져본 적이 없는 것이다. 이 책은 내가 지금껏 쓴 글 중에서 가장 힘들고 까다로웠고, 나는 그냥 다 없애버리고 다시는 글을 쓰지 말아야겠다는 상황에 몇 번이나 도달했다. 내 좋은 친구이자 편집자인 마야 지브가 흉측한 초고를 내가 자랑스러워할 만한 책으로 바꾸는 길고 어려운 작업에 계속 동행해주었다. 최종 원고에 남은 실수들은 전부 다 내가 부족한 탓이다. 마야는 욕설도 일부 삭제하게 해주었다!

훌륭한 편집자뿐만 아니라 훌륭한 대리인까지 있었으니 나는 이중으로 운이 좋았다. 항상 티어링이 노력을 기울일 가치가 있고 상당한 골칫거리까지 감수할 만하다고 믿어주어서 고마워요, 도리언 카치마. 여기에는 메이스도 한 명 이상 있었고, 내가 이 책을 쓸 동안 개인적으로나 직업적으로나 나를 안전하게 지켜준 걸 정말로 고맙게 생각한다. 윌리엄 모리스 인데버사의 다른 모든 사람들 역시 나에게 믿을 수 없을 정도로 잘해주었다. 제이미 카, 로라 보너, 시몬 블레이저, 애슐리 폭스, 미셸 피한, 캐트린 서머헤이스, 고마워요.

하퍼콜린스 사의 모든 사람들에게도 감사를 표하고 싶지만 특히 이 책을 올바르게 끝내는 데 필요한 여분의 시간을 주었던 조너선 번햄에게 감사를 전한다. 그리고 에밀리 그리핀, 연관성의 마술사 미란다 오트웰, 헤더 드러커, 어맨다 에인스워스, 케이티 오캘러건, 버지니아 스탠리, 에린 윅스, 수년에 걸친 이들 모두의 도움과 나의, 음, 고질적인 특이한 버릇을 참아준 것에 대해 감사한다.

트랜스월드 출판사의 수많은 상냥한 사람들에게도 감사를 전한다. 특히 사이먼 테일러, 소피 크리스토퍼, 리앤 올리버에게 감사한다. 상스러운 미국인을 상대로도 다들 굉장히 상냥하고 좋은 사람들이었다.

가족과 친구들도 다들 마감을 앞두고 나타난 내 하이드 씨를 너그럽게 이해해주었다. 내가 심각한 압박을 받고 있을 때 제정신을 유지하게 해주고 당신의 이성도 잃지 않아줘서 고마워요, 내 남편 셰인. 인간에 대한 연구는 그만두고 가정을 꾸리라고 말하지 않아줘서 고마워요, 아빠. 무엇보다도 크리스천과 케이티, 너희가 너희라서 정말로 고마워.

언제나처럼 이 책에 큰 사랑을 쏟아주고 지지해주었던 세상의 모든 도서관과 독립서점들에게 깊은 감사를 전하고 싶고, 특히 페탈루마의 코퍼필드 서점과 좋은 책들 쪽으로 나를 이끌어주었던 근사한 직원 앰버 리드와 레이 로러슨에게 인사를 전한다.

독자들에게 마지막으로 말을 전하고 싶다.

티어링은 쉬운 세계가 아니다. 나도 안다. 나는 반골 사상을 지닌 사람이기에 이 나라에 공명(共鳴)의 삶을 주겠다고 결심했다. 우리의 질문에 대한 답이 아름다운 포장지로 깔끔하게 포장되어 선사되는 것이 아니라 경험과 좌절, 가끔은 눈물(이 모든 눈물이 전부 켈시의 것은 아닐 것이다)을 통해서 획득해야만 하는 그런 곳 말이다. 가끔은 아예 답을 얻지 못하는 경우도 있다. 이 이야기와 함께하고, 티어링이 오락가락하고 가끔은 아예 사라진 역사가 가득한, 차츰 드러나는 세계라는 사실을 이해하고 때로는 즐겨주었던 모든 독자들이여, 이 개념을 믿어준 것에 감사한다. 여러분의 인내심이 결국에는 보상받았다고 느낀다면 좋겠다.

이제는 나가서 더 나은 세상을 만들 차례다.

티어링의 운명

1판 1쇄 인쇄 2018년 10월 29일
1판 1쇄 발행 2018년 11월 5일

지은이 · 에리카 조핸슨
옮긴이 · 김지원
펴낸이 · 주연선

책임편집 · 심하은
표지 및 본문 디자인 · 안자은
마케팅 · 장병수 최수현 김다은 이한솔
관리 · 김두만 유효정 박초희

(주)은행나무
04035 서울특별시 마포구 양화로11길 54
전화 · 02)3143-0651~3 | 팩스 · 02)3143-0654
신고번호 · 제 1997-000168호(1997. 12. 12)
www.ehbook.co.kr
ehbook@ehbook.co.kr

잘못된 책은 바꿔드립니다.

ISBN 979-11-88810-62-8 (04840)
ISBN 979-11-88810-60-4 (세트)